换种方式品水浒

水浒传里的那些人

丛书主编 张巨才
编著 柯继红

农村读物出版社

图书在版编目（CIP）数据

换种方式品水浒：水浒传里的那些人 / 柯继红编著
. — 北京：农村读物出版社，2013.8
ISBN 978-7-5048-5385-1

Ⅰ. ①换… Ⅱ. ①柯… Ⅲ. ①水浒 – 人物形象 – 文学研究 Ⅳ. ①I207.412

中国版本图书馆CIP数据核字(2010)第157929号

策划：刘宁波

责任编辑	刘宁波　吕睿
出　　版	农村读物出版社（北京市朝阳区农展馆北路2号 100125）
发　　行	新华书店北京发行所
印　　刷	北京中科印刷有限公司
开　　本	720mm × 1000mm　1/16
印　　张	29.5
字　　数	600千
版　　次	2014年1月第1版　2014年1月北京第1次印刷
定　　价	45.00元

序言

纵观中国数千年文学史，那些气势恢宏、波澜壮阔的文学图景其实是由成百上千的人物形象支撑起来的。其中，有许多人的名字对每一个中国人来说都耳熟能详，而且一听到名字便会引起无穷的文学想象。不过，这些人物却并非在一个层面上，比如说：一类是屈原、陶渊明、李白、杜甫、苏轼、辛弃疾等……而另一类却是诸葛亮、关羽、曹操、武松、鲁智深、李逵、孙悟空、猪八戒、贾宝玉、林黛玉、薛宝钗、王熙凤……这两类形象当然有很大的不同，前一类是创造文学的人，而后一类是被文学创造出来的人。用钱钟书先生的比喻就是，后一类是味道鲜美的鸡蛋，前一类却是下蛋的母鸡。那么，为什么会有这样的差别，为什么我们听到罗贯中、施耐庵、吴承恩、曹雪芹之类的名字却并不能立刻就进入曹操、武松、孙悟空、贾宝玉们的世界呢？这自然与文体差异有关，诗歌突出的是抒情主体的形象，我们从《楚辞》里面看到的自然是峨冠博带、形容憔悴的屈原，在李白的诗歌里看到的是谪仙人青莲居士……但小说不同，小说的作者相对来说要隐蔽一些，作者要躲在故事的幕后，光辉的前台是其笔下人物的舞台，作为观众（读者），我们自然无法知道幕后导演的相貌与性格，只是看到了在其指挥下的演员的表演。

那么，这两种不同的塑造人物形象的文体在中国文学史中究竟是如何演进的呢？

自古以来，中国便是泱泱诗歌大国。天才诗人的吟唱贯穿了整个中国文化史：从《诗经》“哀而不伤”的庄雅，到《楚辞》窈窈深邃的奇谲；从汉乐府的犀利透辟，到《古诗十九首》的温丽悲远……古老而瑰丽的中华大地在历代诗人眼中总是充满了诗性的美。然而，随着时代文化的变迁以及文学文体的嬗递，昔日倾动天下的诗歌已经逐渐隐退，成为绝大多数人尊而不亲的供品——对当下的中国人来说，谁都不能否认李白、杜甫们的伟大，但是又有多少人整日捧着他们的诗集在吟诵呢？

纵观整个中国古代文学史，从元代开始，另一种文学类型就登上了文学史舞台，而且逐渐占据了中心地位，这就是后出的叙事文学。直到明代，叙事文学中的小说（主要指章回小说）更是异军突起，成为文学界的新霸主，并迅速产生了所谓的“四大奇书”，以此奠定了中国古典章回小说的体制。从此以后，小说在人们文学消费中的比重逐渐增长，其霸主地位越来越稳固。19世纪末，中西方文化通过不正常途径开始交融，西方叙事文学夹杂在坚船利炮中登陆中国，与中国传统小说结合，催生出新的品种，至今不替。因此，正如西方曾经以诗来泛指文学一样，就目前而言，小说一词也已几乎成为了文学的新的代称——我们自然不能简单地用进化论来看待文学文体之间的变迁，但历史发展的客观现实是，小说虽然后起，但却是当之无愧的“后起之秀”。

一、中国小说的含义与发展

事实上，中国“小说”原本的语意指向正如我们所看到的一样，是“小”的“说”，是与圣贤大道相悖的小的、微不足道的言辞，从某种程度上类似于我们今天说的“小道消息”或者“流言蜚语”。中国“小说”这种最初的指向对后世小说影响极大，于是，像《世说新语》中一些只一句话的小短文在中国仍然是小说，但却绝非西方的novel或者story。

当然，中国小说的文体与观念也在慢慢地发生变化，但这种变化却仍然是在“中国小说”的轨道上：先秦时期产生了“小说”的概念，并且据《汉书·艺文志》载可知，也产生了一些早期的“小说”作品，都是些“或托古人，或记古事，托人者似子而浅薄，记事者近史而悠谬”的作品。到了魏晋时期，又产生出以《搜神记》为代表的志怪小说与以《世说新语》为代表的志人小说，前者多记神异报应，后者多记人物清谈品鉴；前者故事情节较完整，形象单薄，后者记人多有风采，但多无情节。直到唐代才产生了可与唐诗并称为“一代之奇”的唐传奇。借用鲁迅先生的评价就是“有意为小说”与“叙述宛转，文辞华艳”：前句是指唐传奇作者真正幻设为文，开始了自觉的叙事性虚构；后句指其行文有章法、有文采，开始了自觉的文学性写作。唐传奇是中国古代文言小说的高峰，宋代以来，创作层出不穷，却难望其项背，直至《聊斋志异》的出现才算有了一个回光返照式的交代，而唐传奇以后的叙事文学创作却有了新的生力军，那就是白话小说。宋代城市文化发达，于是开始形成说话的技艺，说话的对象是市井人物，其语言自然是白话口语，所说内容也自然是叙事性的故事，并逐渐各立门庭，形成南宋说话四家的局面，即讲史、说经、说铁骑、小说，这四种不同类型的说话家数经过民间艺人的世代相传，最终影响到了文学创作，从而分别衍生于明代章回小说最著名的四大奇书，即《三国志通俗演义》《水浒传》《西游记》《金瓶梅》，从而也开始了章回小说的新历程。

二、中西方“小说”的差异

许多人理所当然地把中西方的小说混为一谈，甚至以为这是一个普通的文学常识，似乎中国的所谓“小说”与英语中所谓的“novel”是完全对应的概念，其实这是大错特错了。任何语言之间的转换，都要通过文化的折射来完成，因此，除了个别专有名词外（其实，就是专有名词，透过文化之网的过滤后，其使用色彩也会产生差异），很少会有内涵、外延完全重合的一对词——这一点在林林总总、五花八门的双语辞典中即可一目了然。认真阅读一下西方有关novel（我建议将其译为“长篇叙事文”）的文体研究就会发现，产生于西欧18世纪的novel有许多自身文化系统遗传下来的文体基因与内在文体规定性，与中国章回小说其实有着很大的差异，并不能简单地把所有“用一定篇幅的散文写成的一部虚构作品”都称作novel，英国小说家福斯特很推崇法国人谢瓦莱的这一定义，这表明只面对欧洲文化传统、自觉不自觉地以欧洲文化为中心的学者并不知道或拒绝知道世界上还有其他类型的长篇虚构作品。事实上，仅从时间上来看，中国章回小说的成熟若以《三国志通俗演义》的刊刻为标志的话也当在16世纪初，而欧洲的novel则诞生于18世纪末，更遑论两种文体在各自文化系统中继承的基因大不相同。辨明此点有着极为重要的意义，因为一个世纪以来，西方小说观念对中国小说观念的取代已经影响了我们对中国古典小说的理解与欣赏，同时也影响了对中国古代文化的体悟。

再回到中西小说的不同上来，中国小说传统特异于西方者不胜枚举，其中，最明显的是中国小说的“文备众体”。正如上文引用谢瓦莱“用一定篇幅的散文写成的一部虚构作品”的定义所示，西方小说的语体是典型的散文体，而中国小说则未必，可以说，举凡中国文学史中出现过的文体，中国小说中莫不有之。当然，也正因为如此，中国小说也才引起西方某些学者“非均一性”的讥评——他们认为小说应该“有着个人一贯的人生观，也相应而有个人一贯的文学风格”，但中国小说却有着“题材不纯、手法不一、语言杂合”的性质，其实，这是戴了西方的有色眼镜观察中国文体的结果。中国古典小说尤其是章回小说在中国文学史中出现较晚，但同时在文体特色上也有集成性的特点，举凡诗词曲赋、书奏表启等各种文体，莫不毕载。所以，事实上对中国小说家来说，撰写一部作品的目的不单纯是讲述一个曲折动人的故事，而是要展现一幅社会生活的全景，并在这种外在的展现中展示作者全面的才华。在中外文学史中时常听到对某作家或作品用“百科全书”来赞誉，只是这个词对西方单独的小说作品并不适合，因为西方小说多是生活的横切面，挖掘自深，但却也很窄，只有少数作家如巴尔扎克，将其一生所著集合而为《人间喜剧》方才当得起19世纪法国社会“百科全书”的评语。而在中国叙事文学中，大多数章回小说都可从这一角度去看。

这些特点给中国小说带来一些西方小说难以企及的地方，其中最关键的是人物形象的塑造。当然，在探讨这个话题之前我们先来说说人物形象在小说世界中的地位吧。

三、小说艺术的核心是什么

小说艺术的核心究竟是什么？究竟是何种质素令千秋万世的读者对某部小说作品爱不释手？一部小说之所以好而另一部之所以不好的本质何在？这些问题是自有小说以来所有的小说家与小说理论家甚至是读者不停思考的关键问题，但似乎也没有公认正确的答案。梳理一下，大致有几种意见。一是情节，二是思想，三是人物。

推尊情节在小说作品中的地位似乎是理所当然的。因为没有情节其实也就等于取消了小说。20世纪以来，有不少小说家试图取消情节，但这种试验几乎都失败了，从这个反例也可以看出情节的重要。此外，还可以看到大量正向的例子，例如，一部小说发表后，为了吸引读者，总会有一个“犹抱琵琶半遮面”的内容提要，而这个提要也总是起个头，在情节最关键的地方便剩下省略号了，之所以如此，也是因为情节就如同小说这一产品的“核心技术”，不可以在被买或被读之前提前让别人知道。但是分析至此更多的人已经否定了情节做为小说核心的资格：因为几乎所有的人都知道，前边说的这些大多是畅销书、大众读物的策略，世界经典名著从来不怕情节曝光，它们都已经到了常读常新的地步，哪里还会刻意保守情节的小秘密。而且，根据我们的阅读经验，越是伟大的作品，其情节似乎越没有什么奇异的地方。当然，我们仍然承认情节是小说的主干，没有情节也就没有小说。但这就好像说人生在世，吃饭非常重要，没有食物人就没法活下去，但却并不等于说某个人的价值就在于他每天要去吃什么级别的饭（虽然社会上会有一些人用这种眼光来测量自己与他人，但相信这一般只是一种下意识的行为，你若公开以此为问，他一定不会承认的）。那么，为什么情节如此必需却又并不是本质性的呢？原因就在于情节并不永恒，再好的情节也会被读者司空见惯的审美疲劳所抵消——事实上，越是新奇的情节，这种轮回也越快。《三国志通俗演义》写了温酒斩华雄、《水浒传》写了武松打虎，在当时来看都是极新异的情节，但现在没有人不知道——众所周知当然意味着它的经典，但也意味着它的褪新入凡。也正因为如此，每一个希望自己的作品成为伟大经典的作者，其撰写小说的目的都绝非在情节经营，而在于这些情节所能表达出来的意义——所以说，情节只是一个载体，来承载那个最关键的意义。

那么，这个意义是什么呢？许多学者与读者都认为是思想——小说通过情节所体现出来作家对社会、对人生、对历史的思考。作家是人类社会最为敏感的部分，由他们来表达对社会的思考是最合适的了。这一看法似乎也是对的，但却无法解释小说史上很常见的一种现象，就是某小说的思想极为深刻，甚至其作者本身就是哲学家，提出的问题也是人类史上非常具有本质性的问题，但小说作品却依然平庸。其实，这一误解已经影响到了许许多多的小说家，他们在下笔之前便想好一个极为深刻的命题，然后让小说中的人物痛苦思考，以体现作品的思想深度，但最终却只能是小说史中过眼云烟般的东西。造成这一现象的原因也很简单，人类的思想永远处于一种螺旋上升的进化之中，历史上再伟大的思想家，其思想公布后便成为了全民的文化财产，虽然不见得每个人都能了解，但就人类整体的思想水平而言，总会是后来居上的。因此，任何一部小说作品，其中蕴涵了再深刻的思想，也都只能是某个时代的产物，而这种深刻也只能在一个特定的时代中“保先”，随着时代的发展进化，其势必裸露在新的思想光芒之下。《儒林外史》《红楼梦》中反封建科举的思想在当时算是走在了时代的前列，但在现代人看来，却是那么挣扎与拘谨，但这却并不能影响它们的伟大。看来，情节所承担的意义中，思想或许算是一个，但却仍非我们要寻找的那个核心。

在我看来，这个核心说来其实很简单。那就是人物形象。情节会褪色，思想会过时，只有人物形象是永远的。之所以会有这个判断，主要是因为在小说作品中，人物形象占据着极为核心的位置：情节需要人物的活动来支撑，没有人物也自然就没有情节，而情节表现力的强弱高下，其标准也恰恰在于对人物形象揭示的高低上。那么思想意义呢，伟大的作品都有其深刻的思想意义，这种思想有些或许会经过时间的淘洗而失色，但有些却会永远熠熠发光，这些永远鲜活的思想便是通过人物形象所表达的对人类生存境遇之观感，之所以不会褪色就是因为人物形象本身便是活的。事实上，人类千万年的历史，许多东西都是进化的，但只有人本身却未必——数千年过去了，没有人敢说今天的人在生命活力与存在状态上比古人更为进步，也正因如此，我们透过许许多多伟大的小说作品，看到了不同时代、不同空间那些有血有肉的人物。

我们再来回想一下阅读过的小说吧，我相信，在阅读的体验中，新奇的情节与深邃的思考的确会带来阅读的快感，但时过境迁之后，在脑海深处仍然闪烁的更多的却是人物的光芒。

四、编辑本书的目的

综上所言，便是我们编辑这套书的目的了。一、中国古典小说在新的文学文化背景下遭遇到了不应有的冷落。我不止一次地听到学生或朋友抱怨中国古代小说“不好看”“简单”“平淡”，甚至有人评为“弱”，每到此时我都很痛心。其实，四大名著的光芒依旧璀璨，只是今天的人们先有了西方小说的框范，再以彼度此，结论自然偏颇。因此，我们需要用某种方式把古典小说的美展示出来，让大家领略到不同于西方叙事文体所呈现的那种美（虽然我们也承认那种美，但并不必然要否定这种美）。二、中国古典小说不同于西方小说的地方甚多，最重要的在于文备众体，也就是说，文学创造的容括力极强——当然，不接受的人会认为这有些驳杂不纯，但问题就在于，这个世界上，谁先行地规定了小说必须如何写了呢？西方现代派小说的创作实践其实已经开始打破此前小说的各种规定了，我们难道还要把西方小说已经冲破的樊篱奉为圭臬吗？三、欣赏中国古典小说应从人物入手，只有对小说所写人物十分熟稔如同身边的朋友一样，才能更好地欣赏那些伟大的作品。

为此，我们首先选择了中国古代小说世界中已有定论的四大名著，用了新颖的方式将其中人物独立出来，好让读者对每个人物有清楚的了解。相信对于阅读四大名著甚至是中国古典小说的其他作品也都大有裨益。

目录

第一篇 永远的传奇——梁山八杰 … 1

花和尚鲁智深 … 2

拳打镇关西 … 3
二闹五台山 … 7
侠戏小霸王 … 12
火烧瓦罐寺 … 13
倒拔垂杨柳 … 16
大闹野猪林 … 19
计占二龙山 … 21
遇水而兴 … 22
华州救友 … 23
浙江坐化 … 24

豹子头林冲 … 27

受辱高衙内 … 28
献刀白虎堂 … 29
刺配沧州道 … 30
生死野猪林 … 31
棒打洪教头 … 33
风雪山神庙 … 35
雪夜上梁山 … 38
交割投名状 … 38
火并王伦 … 40
南征病亡 … 42

及时雨宋江 … 43

私放晁天王 … 46
怒杀阎婆惜 … 49
三次投奔 … 53
一上梁山 … 56
二上梁山 … 60
三次吟诗 … 68
两次点化与大结局 … 71

行者武松 … 75

结交宋江 … 76
景阳冈打虎 … 78
杀嫂祭兄 … 82
闯关十字坡 … 85
醉打蒋门神 … 88
大闹飞云浦 … 91
血溅鸳鸯楼 … 92
折臂得终年 … 93

黑旋风李逵 … 95

李逵赖赌 … 96
李逵买鱼 … 98
真假李逵 … 102
李逵杀虎 … 104

怒杀殷天锡 … 106
力请公孙胜 … 109
结义汤隆 … 113
负气成功 … 115
醉闹菊花会 … 117
李逵闹东京 … 118
李逵捉鬼 … 123
大闹忠义堂 … 125
李逵坐堂 … 129
扯诏骂钦差 … 131
李逵梦闹天池 … 133
李逵之死 … 137

浪子燕青 … 139

三劝玉麒麟 … 139
燕青打擂 … 145
燕青朝天 … 151
燕青射雁 … 158
燕青献图 … 159
燕青救主 … 162

鼓上蚤时迁 … 165

时迁盗墓 … 166
时迁偷鸡 … 168
时迁盗甲 … 170
火烧翠云楼 … 174
四进曾头市 … 177
火烧蓟州城 … 180
火烧盖州城 … 183
独闯昱岭关 … 186

浪里白跳张顺 … 190

活捉黄文炳 … 191
威服宿太尉 … 194
降伏玉麒麟 … 196
力请安道全 … 198
活捉高俅 … 203
夜伏金山寺 … 206
就义涌金门 … 208

第二篇 … 211
千古英雄 … 211

九纹龙史进 … 212

立志学艺 得遇名师 … 213
初试锋芒 结交三英 … 214
义盖云天 流亡江湖 … 216
结交鲁达 剪径松林 … 217
斗杀恶僧 落脚少华 … 217
三次失手 众人施救 … 218
战昱岭关 壮烈殉职 … 220

小旋风柴进 … 222

逼上梁山 … 224
智走皇宫 … 225
深入虎穴 … 227

青面兽杨志 … 231

大战林冲 … 232
杨志卖刀 … 233
大名府比武 … 235
失陷生辰纲 … 238
落草梁山与结局 … 242

智多星吴用 … 244

打劫生辰纲的智慧 … 245
逃亡地点的选择 … 246
对王伦的两种判断 … 246
救宋江的两种办法 … 247
三种打祝家庄的方式 … 247
怎样打华州救鲁智深 … 249
两次骗人上梁山 … 249
乌龙岭下的迷惑 … 250
霸州城下的忧虑 … 251

托塔天王晁盖 … 254

托塔传名 … 254
智救刘唐 … 256

聚义七星 … 257
智取生辰纲 … 259
虎口脱险 … 259
梁山夺位 … 260
领袖群伦 … 262
曾头市中箭 … 263

小李广花荣 ... 267

力救宋江——清风寨两箭退追兵 … 267
活捉秦明——清风山摆疑阵 … 269
梁山射雁——射雁定排名 … 271
盖州扬威——箭射三将 … 272
活捉山士奇——盖州打伏击 … 273
睦州建功 … 274
自缢殉忠 … 275

神行太保戴宗 ... 277

古代铁人 … 277
初会宋江 … 278
戴宗传信 … 278
智请萧金 … 279
误陷州府 … 280
落草梁山 … 280
访友招贤 … 281
神行救危 … 283
计脱乐和 … 284
辞官出家 … 286

阮氏三雄 ... 287

撞筹入伙 … 287
大战石碣村 … 292
活捉凌振 … 294
合擒卢俊义 … 295
偷喝御酒戏官差 … 297
钱塘江死里逃生 … 298
阮小二之死 … 299
阮小五之死 … 300
戏穿龙袍得余生 … 301

第三篇 … 303
百年英豪 … 303

赤发鬼刘唐 ... 304

霹雳火秦明 ... 308

出战 … 308
中计 … 309
落草 … 309
劝降 … 310
成婚 … 310
上梁山 … 310
救急 … 311
挑战 … 311
合作 … 312
战死 … 312

石秀与杨雄 ... 313

坎坷人生 … 313
路见不平 … 314
两条道路 … 315
百口莫辩 … 316
真相大白 … 317
上山风云 … 318
求助风波 … 319
三打祝家庄 … 319
北京跳楼 … 320
火烧蓟州城 … 322
盖州建功 … 322
殒命昱岭关 … 322

插翅虎雷横 ... 324

两种出身、两种人生、
两种结局 … 324
跳远健将 … 325
捉放刘唐 … 325
义放晁盖 … 325
义放宋江 … 326

一上梁山 … 327
逼上梁山 … 327
建功立业 … 329
双鞭呼延灼 … 330
赐马出征 … 330
首战失利 … 331
大摆连环马 … 332
轰天雷中计 … 332
连环阵破 … 333
夺马之路 … 333
独力斗梁山 … 334
中计降顺 … 334
诱捉关胜 … 335
不辱祖宗 … 335
美髯公朱仝 … 336
一救晁盖 … 336
二救宋江 … 337
三救雷横 … 339
沧州得宠 … 340
逼上梁山 … 341
建功立业 … 343
大刀关胜 … 344
围魏救赵救北京 … 344
首战告捷捉张阮 … 345
失手被擒上梁山 … 346
降伏二将建功勋 … 349
义降三将破壶关 … 350
双枪将董平 … 352
力斗梁山军 … 352
中计降顺 … 353
大战张清 … 354
威震节度使 … 355
为国捐躯 … 355
没羽箭张清 … 357
小试牛刀 … 357
石打十三将 … 358
中计归顺 … 360
征辽建头功 … 361
奇异因缘 … 361
夫妻双建功 … 365
结局 … 367
金枪手徐宁 … 368
金枪爱甲 … 368
宝甲被盗 … 369
故人来访 … 369
千里追踪 … 370
骗上梁山 … 371
钩镰枪法 … 371
沙场殒命 … 373
急先锋索超 … 375
大名府比武 … 375
北京保卫战 … 377
降顺梁山 … 378
战死疆场 … 380

第四篇 … 381
一时英杰 … 381

玉麒麟卢俊义 … 382
入云龙公孙胜 … 386
摸着天杜迁 … 389
云里金刚宋万 … 389
旱地忽律朱贵 … 389
扑天雕李应 … 392
鬼脸儿杜兴 … 395
操刀鬼曹正 … 397
混江龙李俊 … 399
出洞蛟童威 … 403

翻江蜃童猛 ... 403
船火儿张横 ... 405
小遮拦穆春 ... 407
没遮拦穆弘 ... 407
神机军师朱武 ... 409
跳涧虎陈达 ... 411
白花蛇杨春 ... 411
打虎将李忠 ... 412
小霸王周通 ... 412
锦毛虎燕顺 ... 415
矮脚虎王英 ... 415
白面郎君郑天寿 ... 415
小温侯吕方 ... 417
赛仁贵郭盛 ... 417
镇三山黄信 ... 419
丑郡马宣赞 ... 419
井木犴郝思文 ... 419
百胜将韩滔 ... 419
天目将彭玘 ... 419
圣水将军单廷圭 ... 419
神火将军魏定国 ... 419
轰天雷凌振 ... 419
圣手书生萧让 ... 422
玉臂匠金大坚 ... 422
神医安道全 ... 422
紫髯伯皇甫端 ... 422

第五篇 … 425
巾帼女杰 … 425

母夜叉孙二娘 ... 426
孙二娘娶亲 … 426
孙二娘开店 … 427
一遇武松 … 428
再遇武松 … 430
梁山建功 … 432
一丈青扈三娘 ... 434
定亲出征 … 434
活捉王矮虎 … 435
军中混战 … 436
失手被擒 … 436
梁山改嫁 … 437
活捉彭玘 … 439
活捉天寿公主 … 440
战死疆场 … 440
母大虫顾大嫂 ... 442
投奔梁山 … 442
梁山建功 … 446
义探监牢 … 448
建功受封 … 449

附 … 450
两头蛇解珍 ... 450
双尾蝎解宝 ... 450
病尉迟孙立 ... 453
小尉迟孙新 ... 453
铁叫子乐和 ... 455
出林龙邹渊 ... 457
独角龙邹润 ... 457

第一篇
永远的传奇——梁山八杰

永远的传奇——梁山八杰，是本书的第一篇。本篇共收入八个人的故事，他们分别是：花和尚鲁智深、豹子头林冲、及时雨宋江、行者武松、黑旋风李逵、浪子燕青、鼓上蚤时迁和浪里白跳张顺。

花和尚鲁智深

当好一名和尚是很难的：不得喝酒，不得吃肉，不得杀生，要坐得住，要安静，要会念经，当然，还要有智慧……不过自从一个人出现之后，一切的观念似乎都变了：喝酒，吃肉，心直口快，鲁莽好动，率性使气，惹是生非，不念经，不守杀生之戒，但仍然能成为一名好和尚——这个人就是鲁智深，绰号花和尚。鲁智深的故事既爽朗明快，又耐人寻味。他是一名觉悟者，一个真正拥有智慧的人，他的故事，启迪我们这些墨守成规的芸芸众生怎样打破樊笼，去创造自由自在的生活。

鲁智深的故事由史进引出，从拳打镇关西开始，到浙江坐化结束，较完整地展示了一位天性自由、不受拘束的英雄人物的传奇一生。鲁智深的一生，既有着命运的特点，又带有成长的意味，金圣叹称鲁智深为梁山一等一的英雄，但鲁智深的功德圆满，似乎并不是简单的性格使然，而是与他漫长的个人主观努力联系在一起。

鲁智深原来的名字不叫智深，而叫鲁达，智深是他当和尚后的法名。鲁达这名字，与鲁智深的长相和身份很是相配。书中说，鲁智深身长八尺，腰阔十围，面圆耳大，鼻直口方，腮边一部络腮胡子，生得很是莽撞威猛，则他的长相，可算是通达。他第一次见史进的

时候，已是在小种经略府门下做提辖官。经略是当时官职，掌管一方军事防务；种经略一门俱是北宋守边名将，老种经略曾受范仲淹提携，因抗击西夏而闻名，传到小种经略的手中，威风不减。因镇守边疆建有实功，与单逞口舌的一路不同，故这一门，很受当时绿林好汉的推崇和尊敬。在这一门手下当差，当然也是很光荣的事。鲁智深曾任职老种经略府门下，又在小种经略府门下做到提辖，提辖是协助经略的副官之一，多担任训练团兵，协助管理一方安宁的教头一类职务，是很值得骄傲的一个职位，所以，鲁智深的身份，也可以说是很通达的了。无论身份还是长相，鲁智深配这一个“达”字，的确有难言之妙。但是，鲁达这个名字离“智深”，似乎还有一段距离。提辖这个职位，固然不足以展现鲁智深全部的潜力，但在这个职位上所养成的傲气，却给鲁智深提供了突破自我，完善自我的可能性。从鲁达到鲁智深，就是一个自我磨砺、不断成长的过程。

人们在对拳打镇关西、大闹五台山、倒拔垂杨柳这些传奇故事津津乐道的同时，往往不太会去注意这些故事串联在一起所展示的新意义和内在秩序。但是，如果我们在欣赏一颗颗精美珍珠的同时，能够意识到，由它们所组成的项链将是何等神奇的一件物事，并适当把我们的精力从对零散之美的欣赏中抽离出来一部分，转而去探求品味那串项链所散发出的更高意义的神奇和优美，则我们将会收获更多。所以，下面我们带领大家去欣赏一颗颗精美的珍珠，大家一定不要忘了，那是一串完整的项链。

拳打镇关西

老百姓最怕的是两种人，一种人不说大家也明白，另一种人则是所谓的一方恶霸，俗称地头蛇，用现在的话说，就是带有黑社会性质的社会团伙。这类人勾结成群，欺邻霸市，强买强卖，敲诈勒索，甚至杀人越货，无恶不作。尤其可怕的是，这类人往往养着一群打手，相抱成团，形成势力，且多与官府相勾连，在地方上盘根错节，老百姓恨之入骨，可是拿他毫无办法，遇上了只能自认倒霉。渭州经略府地面就有这样一个恶霸财主，号称“镇关西”，原是一个卖肉的屠夫，因与经略府出力，便狐假虎威，纠集着一群人，多做一些欺压百姓的事。

有一天，这镇关西在酒楼上碰见了一对唱曲的父女，见那女孩生得楚楚可怜，镇关西便动了占有之心。镇关西使人打听，原来这女子叫金翠莲，东京人，本来同父母一起来这渭州投奔亲戚，不想那家亲戚早搬到南京去了，这金翠莲合不走运，在客店里母亲又病倒，不久便离了人世，医病住店办丧事把盘缠都用完，只好同父亲一起每日靠唱些小曲儿度日。打听到这些，镇关西便生下奸计。他着人强媒硬保，要买金

翠莲做妾，并向金老儿许下三千贯卖身钱。那金老儿既已养不起翠莲，又不知镇关西的底细，如何拗得过这帮人三番四次干扰。就这样，镇关西把金翠莲强骗到了手。那许下的三千贯钱却再也没有下落。三个月后，镇关西玩腻了，便暗地唆使他的大娘子把金翠莲赶出家门，并强迫翠莲唱曲偿还他从未给出过的三千贯钱，否则不准翠莲离开。这自然是仗势欺人，可是金老儿孤身一人，如何能够抗辩，也只能按他的办，每日但得些钱来，将大半还他，留下少许的做些盘缠。读者或许会问，那金翠莲如何不去告状呢？读者想想，那镇关西有钱有势，又做得圆滑合同在手，就好比现在工人告经理、老板，平头百姓告县长、局长，如何告得过；又或者有读者问，那翠莲父女如何不暗地逃走？原来这镇关西势力非凡，早托了店主每日严厉看管，那店主店小二尽是镇关西的人，一对懦弱父女如何能够逃离他的魔掌！

强买强卖金翠莲的事只是镇关西所做的众多坏事中的一桩，如果不是碰上鲁提辖，这等不义的行为便永远得不到惩罚，正义便永远得不到伸张。不过这次镇关西却不走运，他碰上了鲁提辖。

这一天，鲁提辖正在酒楼上拉着史进喝酒，作陪的是李忠，却听到隔壁传来咦咦呀呀的抽泣声，便生了焦躁之心，将那盘儿碟儿扔到地上，唤店小二来说话。原来这鲁提辖是初遇史进，英雄识英雄，喝酒正在兴头上，哪里耐烦有人扰他豪兴。那店小二忙不迭解释，并唤哭泣的人来问话。这哭泣的人正是金翠莲父女。那翠莲上前，一一向鲁提辖诉说了原委，原来这两日酒楼人稀，听曲人少，父女俩收入微薄，镇关西那边又不断派人来催促还钱，父女俩凄切无法，想起命运如此不公，因此忍不住那里哭泣，却才搅了鲁提辖的兴。鲁提辖是个眼里不容沙子的人，见这父女说得凄苦，那郑屠夫做得张狂，哪里还坐得住，当时便要去教训郑屠夫，好歹才被史进、李忠劝住。

鲁达打定主意要管这件事情。稍微坐定，便对金老儿说："老儿，你来！洒家给你些盘缠，明日便回东京去如何？"父女两个说："若是能够回乡去时，便是重生父母，再长爷娘。只是店主人家如何肯放？他放了我们，郑大官人就会找他要钱的。"鲁提辖早有主意，说："这个不妨事，俺自有办法对付。"便去身边摸出五两来银子，放在桌子上，看着史进说："洒家今天不曾多带得些出来，你有银子，借一些与我，洒家明天便送还你。"史进说："值什么，要哥哥还。"去包裹里很慷慨地取出一锭十两银子，放在桌上。鲁达看着李忠："你也借些出来与洒家。"李忠去身边摸了半天，才摸出二两来银子。鲁提辖看了见少，便说："也是个不爽利的人。"鲁达把十五两银子给了金老，吩咐说："你父女两个拿去做盘缠，今晚回去收拾行李。俺明日清早来，送你们离

开，看哪个店主人敢拦你！”金老和女儿看有提辖仗义帮忙，万分感激，拜谢去了。鲁达把二两银子丢还李忠。三人再吃了一会儿酒，便各分手去了。

鲁提辖当晚回到经略府前下处，到房里，晚饭也不吃，气愤愤地睡了。第二天一早，便大踏步赶来店里。天色微明，只见鲁提辖大踏步走入店里来，高声叫道：“店小二，哪里是金老儿住宿的地方？”店小二乖巧，忙高喊：“金公，鲁提辖来找你了。”金老儿开了房门，便说：“提辖官人，请里面坐。”鲁达说：“坐什么！要走就赶快走，等什么！”金老引了女儿，挑起担儿，作谢提辖，便待出门。这时店小二拦住说：“金公，你到哪里去？”鲁达说：“他少你房钱吗？你干吗拦他？”小二说：“小人的房钱，昨夜都算还了。只是他欠郑大官人的典身钱，郑大官人让我帮着看管！”鲁提辖道：“郑屠夫的钱，洒家还他。你放这老儿还乡去。”那店小二不肯放。鲁达大怒，叉开五指，去那小二脸上只一掌，打得那店小二口中吐血；又加上一拳，打下当门两个牙齿。店小二扒将起来，一道烟躲向店里去了。店主人虽是郑屠夫的人，但见鲁达凶猛，也不敢再出来阻拦。金老父女两个，迅速离开小店，出城搭上昨日寻好的车儿，平安地离开了。鲁达此时倒也心细，怕店小二赶去拦截金老父女，便向店里掇条凳子，在店门口守了两个时辰。算一算金老儿走远了，方才起身，径到状元桥来找郑屠夫。

郑屠夫开着两间门面，两副肉案，悬挂着三五片猪肉。正在门前柜台内坐着，看那十来个刀手卖肉。鲁达走到面前，叫声：“郑屠夫！”郑屠夫定眼一看，是鲁提辖，慌忙出柜台来说话：“提辖恕罪。”又叫副手掇条凳子来，“提辖请坐。”鲁达心想，这家伙平常戏弄别人惯了，我今天且不忙教训他，先戏弄他一番再说。因此坐下说：“奉经略相公的命令，要十斤精肉，切做肉馅，不要见半点肥的在上头。”那郑屠夫哪里知道鲁达的意思，忙对手下说：“使得，你们快选好的，切十斤去。”鲁提辖说：“不要那些肮脏的小人们动手，你亲自动手切给我！”郑屠夫说：“说得是。我亲自切就是了。”自去肉案上拣下十斤精肉，细细切做肉馅。

那被鲁提辖打伤的店小二用手帕包了头，正想来向郑屠夫家报告，却见鲁提辖坐在肉案边，不敢拢来。只得远远地立住，在房檐下朝这边望。

这郑屠夫整整地忙活了半个时辰，却才切好。用荷叶包了，道：“提辖，要教人送吗？”鲁达说：“送什么？还没完！再要十斤都是肥的，不要见些精的在上面，也要切做肉馅。”郑屠有些纳闷，问：“刚才要精的，可是府里要裹馄饨用，肥的肉馅却有什么用？”鲁达睁着眼道：“相公的命令，谁敢问他？”郑屠夫想了想，没奈何说：“只要用得着，小人就切。”又选了十斤实膘的肥肉，也细细切做肉馅，把荷叶

来包了，整弄了一早晨，早饭都吃过了。

那店小二不敢过来，连那些正要买肉的主顾，瞅着有些不对劲，也不敢拢来。郑屠夫说：“叫人帮提辖拿了，送到府里去。”

鲁达故意不肯放过镇关西，说：“再要十斤寸金软骨，也要细细地剁做肉馅，不要见些肉在上面。”郑屠夫也看出鲁达是故意损他，只是不知道哪里得罪了鲁达，便说：“你不是故意来戏弄我吧。”鲁达听了这话，不再装假，跳起身来，拿着那两包肉馅在手里，睁眼看着郑屠夫说道：“洒家正是来戏弄你的！”把两包肉馅劈面打去，就好像下了一阵肉雨。那郑屠夫平日骄横惯了，哪里曾受这样的戏弄，再也忍不住，两股怒气从脚底下直冲到顶门。心头那一把无明业火，焰腾腾地按捺不住，从肉案上抢了一把剔骨尖刀，托地跳将下来，便要来砍鲁提辖。这却是鲁提辖早算好了的，他早拔步跳到当街上。街坊邻舍和十来个卖肉的，没一个敢向前来劝。两边过路的人都立住了脚，那店小二也惊得呆了。

郑屠夫右手拿刀，左手便要来揪鲁达。被这鲁提辖就势按住左手，贴近身去，望小腹上只一脚，腾地踢倒在当街上。鲁达再入一步，踏住胸脯，提着那醋钵儿大小拳头，看着郑屠夫说：“洒家我以前投到老种经略相公处，做到关西五路廉访使的职位，也不枉被人称作镇关西。你这个卖肉的操刀屠户，狗一般的人，平时无恶不作，也敢来称镇关西！你为什么要强骗了金翠莲？”扑地只一拳，正打在鼻子上，这一拳精彩，打得鲜血迸流，鼻子歪在半边，那郑屠夫的脸就好像开了个油酱铺，咸的、酸的、辣的，一齐都滚了出来。郑屠夫挣不起来，那把尖刀也丢在一边，口里还在硬气地叫：“打得好！”鲁达骂道：“直娘贼，还敢应口！”提起拳头，就眼眶

际眉梢只一拳，打得眼棱缝裂，乌珠迸出，这一拳打得结实，那郑屠夫的脸就好像开了个彩帛铺，红的、黑的、绛的，都绽将出来。两边看的人，平日里不少都被欺负，这时心里都叫好；另有不少郑屠夫的人，但都惧怕鲁提辖，也不敢上前劝阻。郑屠夫被打不过，气焰消了，口里开始讨饶。鲁达喝道："咄！你这个恶霸流氓，若是和俺硬到底，洒家倒饶了你；现在叫饶命，洒家偏不饶你。"又只一拳，太阳穴上正着，这一拳打得相当有艺术，打出了音响效果，就好像做了一个全堂水陆的道场，磬儿、钹儿、铙儿，一齐响。好一个鲁达，只三拳，便把那无恶不作的镇关西打得只有出的气，没有进的气。

鲁达看时，只见郑屠夫挺在地下，动弹不得，面皮渐渐地变了，眼看要死了。鲁提辖吃了一惊，假装说："你这厮诈死，洒家再打。"却回身便走。原来，鲁提辖原本只想痛打这狗屠夫一顿，不想三拳却打死了他。提辖不想吃官司，回头指着郑屠夫尸道："你诈死，洒家和你慢慢地再算账。"一边骂，一边大踏步离开。回到宿舍，捡了两件衣物和几粒碎银，连夜逃亡去了。

三拳打死镇关西，鲁提辖从此走上了逃亡的道路。但逃亡，却使另一条辉煌的人生之路在鲁提辖面前徐徐展开。

二闹五台山

鲁达离开渭州，东奔西逃，来到代州雁门县，正看墙上张贴捉拿他的文榜时，遇上了被他救助的金翠莲父女。那金翠莲已嫁给当地的富人赵员外，金老儿感激，便请鲁达喝酒，那赵员外误会，带几十人来要打鲁达，反叫金老儿几句话解除了误会，因此感激鲁达的仗义，留在家中住了几日。因怕鲁达被公差捕抓，便找了个机会把鲁达送上五台山，推荐在文殊院智真长老手下剃发当了一名和尚。

鲁达虽有慧根，这当和尚却不是一两天的事，鲁达当和尚，从此便弄出了许多笑话、许多问题来，把一个清净的文殊院闹得鸡飞狗跳，啼笑皆非。

这第一天剃度便出了问题。问题就出在鲁达的长相上。那智真长老叫首座、维那来商议剃度的事。首座与众僧一看鲁达却大不满意，嫌他长得太凶险，不像出家人的模样。于是一起来阻拦说："这个要出家的人，形容丑恶，貌相凶顽，一定是个闹事的主，剃度他，恐怕以后会闹出乱子来，连累山门。"只有智真长老是个有道高僧，能看出鲁达的不同寻常，回说："他是赵员外的兄弟，不剃度他赵员外那边面子上过不去，你们不要以貌取人，待我再看一看。"于是焚起一炷香，长老上禅椅盘膝

而坐，口诵咒语，入定去了。一炷香过后，长老睁开眼睛，对众僧说道："此人上应天星，心地刚直。虽然时下凶顽，命中驳杂，但时间长点必能修成正果，以后成就非凡，你们都比不上他。先剃度他吧。"众僧都不以为然，但长老力排众议，剃度才算勉强通过。

临剃度时，鲁达又闹出笑话。原来剃发的时候，鲁达倒还老实，临到剃须时，鲁达却不大肯，歪着脑袋说："不要全剃了，留一些儿给洒家。"众僧哄堂大笑。智真长老在法座上大叫念偈："寸草不留，六根清净，与汝剃除，免得争竞。"念罢大喝一声："咄！全部剃去！"鲁达才老实下来，剃了个干净。

剃度的最后一道手续是由长老赐名，那长老很欣赏鲁达的慧根，念了一段偈语："灵光一点，价值千金，佛法广大，赐名智深。"鲁达就这样糊里糊涂地成了鲁智深，好在鲁达对这个名字倒没什么意见。

鲁达自从做了鲁智深，智慧果然与别的和尚大不一样。别的和尚要坐禅，鲁智深见了禅床便眼困，倒头便睡。别的和尚口不离善哉，见他无礼便说声苦也，鲁智深却心想，我连团鱼也吃，什么'鳝哉'？团鱼肚大，又肥甜，好吃，哪来'苦也'。晚间睡觉，别个和尚都静默息声，鲁智深却鼾声如雷。晚上起来解手，大家都跑远，鲁智深却在佛殿附近撒尿、拉屎，全不顾惜。佛家的清规戒律，鲁智深是七窍通了六窍——一窍不通。别的和尚劝不了，告状又有长老护着，只得随他去了。这样搅了四五个月。终于被他闹出乱子来。

这次乱子出在酒上。

有一天，天气晴朗，鲁智深久静思动，信步踏出山门，来到了半山的亭子上，突然想起酒来。也是机缘凑巧，正碰上远远地一个汉子，挑着一桶好酒路过，准备挑上去卖给寺里做杂工的。鲁智深上前便要喝酒，初时是买，那汉子死活不肯，后来就变成了抢，那汉子拦不住，被他把两大桶酒，整整地喝了一桶。鲁智深喝得大醉，乘着酒兴，歪歪扭扭地回向寺来。

来到山门下，两个看门的远远地看见了，便拿着竹篦来拦鲁智深。还一边呵斥："你是佛家弟子，怎么喝得烂醉上山？你眼又不瞎，没见到庙里贴的告示：但凡和尚破戒吃酒，责打四十竹板，赶出寺去。我们要是纵容醉的僧人入寺。也要打十下。你快下山去，饶你不打。"原来那些门子早看不惯鲁智深，这回是抓住了机会要教训他一回。鲁智深一来初做和尚，二来旧性末改，三来不喝酒也罢，喝了酒那个身子就不是他的了，见那小和尚举着竹篦吓他，勾起了他的野性，瞪起双眼便骂："直娘贼！你两个要打我，我便和你打！"只一掌，隔过竹篦，叉开五指，把那看门的打得踉踉

跄跄，那看门的还要挣扎，智深又补上一拳，把他打倒在山门前。另一个门子见势头不好，飞也似的跑进庙里报告去了。

鲁智深踉踉跄跄地颠入寺里，里面监管寺庙的和尚正带着老郎、火工、直厅、轿夫三二十人，拿着白木棍棒，从西廊下抢出来拦他。智深望见，大吼一声，就好像天上打了个霹雳，大踏步冲过来就和众人厮打。众人开始不知道他是军官出身，还想擒他，和他对打，一会儿见他打得凶猛，抵挡不住，都慌忙退入后殿，把亮槅关上。鲁智深抢入台阶上，一拳一脚，打开亮槅，打得兴起，夺条棒，把三二十人都赶得抱头鼠窜，鬼哭狼嚎。大殿里乱成一团。

监寺慌忙去向长老报告。长老听了，赶忙带了三五个和尚来到廊下，喝止智深。还好智深虽然酒醉，却认得是长老，撇了棒，向前来打个招呼，指着廊下对长老说："我吃了两碗酒，不曾惹他们，他众人又引人来打洒家。"长老说："看我的面子，快去睡了，明天再说。"好歹把鲁智深稳住，长老叫侍者扶智深到禅床上，鲁智深倒头才睡去。

这一闹把众人都惹恼，一起要赶鲁智深出门，还好长老一心维护，又把鲁智深叫去痛责了一顿，令他痛改前非，才勉强把他留下。就这样鲁智深老实待在寺里，平安过了几个月。

俗话说：江山易改，本性难移。那鲁智深一连三四个月，不出寺门，哪里耐得住。这一天，天气突然转暖，是二月间天气，鲁智深禁不住又出了山门，在山腰上忽然听到山下一阵叮叮当当的响声，顺风吹上山来。鲁智深猜想必是一个集市，忍不住回僧堂取了些银两，揣在怀里，一步步走下山去。下得五台山，果然见一个市镇，大约五七百户人家，有卖肉的，有卖菜的，也有酒店、面店。鲁智深却一眼看中了那传出响声的铁匠铺和卖酒的酒店，又闹出一番大事来。

鲁智深走进铁匠铺，打铁的正在那里打铁，鲁智深便想打两样护身的兵器，走上前问："打铁的师傅，有好钢铁吗？"那打铁的看见鲁智深腮边新剃，胡须长长短短的，先有五分怕他，住了手说："师父请坐，请问你要打件什么东西？"鲁智深说："洒家要打条禅杖，一口戒刀。不知道你有没有上等好铁？"打铁的说："我这里正有些好铁，不知师父你要打多重的禅杖、戒刀。"智深回道："洒家只要打一条一百斤重的。"打铁的吃了一惊，笑道："重了。师父，我打起来倒不难，只怕师父你拿不动？关老爷的刀，也只有八十一斤。"鲁智深一听那人小瞧他，有些生气，焦躁地说："关老爷不也是个人，我怎么一定不如他。"那打铁的说："按常情，打条四五十斤的，就已经算是很重的了。"鲁智深说："那就依你说的，比关王刀，也打

一把八十一斤重的。”那打铁的见鲁智深固执，就商量说：“师父，禅杖打肥了不好看，又不好使。不如好生打一条六十二斤重的水磨禅杖，不过先说好了，你要是使不动，不要怪我。我用最好的铁给你打，你看好吗？”智深问：“两件家生，要几两银子？”打铁的道：“不讨价，实要五两银子。”智深道：“便依你，若打得好，再赏你。”就这样，鲁智深给自己打了一条六十二斤重的水磨禅杖和一柄戒刀。

离了铁店，智深进酒店，便要买酒喝。却不凑巧，一连进了四五家酒铺，没一家肯卖酒给他。一问，都说这里地属五台山，山上长老令，凡在此开店的，不许卖酒给寺里僧人，否则就赶他们离开。智深没有酒喝，要是在往时，就要发怒，不过在山上住了许久，性子稳重了不少。鲁智深心想，看来要喝酒，还得要点手段。远远地杏花深处，市梢尽头，有一个傍村小酒店。鲁智深走入店中，靠窗坐下，便叫道：“主人家，我是过往的僧人，来买碗酒吃。”店主人很怀疑地看了一看，问道：“和尚，你是从哪里来的？”智深流利地回答说：“我是行脚的僧人，游方从这里经过，要买碗酒喝。”店家说：“和尚，你要是五台山寺里的，我就不能卖酒给你喝了。”智深撒谎说：“洒家不是，你快打酒来。”店家看见鲁智深的模样、声音，不太像本地人，才把酒拿了出来。

鲁智深骗得酒来，一连吃了十来碗，便想吃肉，恰遇上店家牛肉都卖完，正煮着一只狗。鲁智深不管三七二十一，又要了半只熟狗，捣些蒜泥，大吃了起来，一气又吃了十来碗酒。店主人惊得呆了，都来劝他少喝点，却劝不住，反被他又多要了一桶酒，咕噜噜喝得一干二净。前前后后，鲁智深共喝了三十几碗酒，喝得大醉，直叫畅

快。把一条狗腿捆在腰间，留下一帮店客目瞪口呆，跌跌撞撞地望五台山上来。到半山亭，坐下休息了一会儿，酒劲上来，忍不住跳起身来，大耍了一通拳脚。使得力发时，却不料一膀子扇在亭柱上，刮拉拉一声响，把一根粗大的亭柱活生生打折，亭子坍倒了半边。

山上看门的门子听得半山里响，往下一看，刚好看到鲁智深一步一摇晃上山来。吓得赶紧回转，把山门关上，把门闩紧，躲在门后从缝里向外张望。鲁智深晃到门前，把拳头敲鼓似的敲门，门却始终不开。智深敲了一阵，见没有动静，扭过身来，刚好看到左边立着的一个大金刚，鲁智深痴劲上来，大喝一声说："你这个鸟大汉，不替我敲门，却拿着拳头吓唬我，我怕你不成。"跳上台基，把栅栏一拔，好像拔葱般拔开了。折起一根木头，往那金刚腿上便打，打得那金刚身上泥土和颜色簌簌地都往下脱。看门的和尚大叫不好，赶忙跑去报告。鲁智深等了一会儿，转过身来，看见右边的金刚又咧着嘴朝他笑，忍不住又大喝一声说："你这家伙张开大口，也来笑我。"跳到右边台基上，朝那金刚脚上连打两下，只听得轰天一声响，鲁智深竟把那尊金刚硬生生从台基上倒撞下来，坍塌在地上。

鲁智深提着折木头大笑。两个看门的去报告长老，长老只叫他们不要理睬。首座、监寺、都寺和那些职事僧人，全都不满，可也没有什么办法，只好都冷眼旁观。那智深见门内有人，却不开门，在外面大叫说："直娘的秃驴们，再不放洒家进寺，洒家一把火烧了这个鸟寺。"众僧听了，怕鲁智深真个放火，只得叫门子拽了门闩，放他进来。众僧飞也似的避了去。那鲁智深双手把山门尽力一推，扑地跌进寺来，摔了一跤。扒将起来，把头摸一摸，直奔僧堂里去。那些和尚正在打坐，看见智深揭起帘子，钻将进来，都吃一惊，尽低了头，不敢说话。鲁智深跌到禅床边，喉咙里咯咯地响，忍不住大吐了一番。禅房里一片狼藉。鲁智深吐了一回，扒上禅床，解下腰带，掉下那条狗腿来。鲁智深醉得不轻，哪里管什么禅房净地，口里喊道："好，好，正肚子饿！"扯来便吃。众僧看见，便把袖子遮了脸，不敢多看。左右两个打坐的和尚便想向旁边躲开。智深见他躲避，便扯一块狗肉，拉着左边的和尚说："躲什么，你也想吃。"那和尚把两只袖子死遮了脸。智深道："你不吃？"把肉却往右边的和尚嘴边塞去。那和尚躲不过，刚要下禅床，鲁智深扑过来把他的耳朵揪住，将肉硬塞。对床四五个和尚跳过来劝架，鲁智深撇了狗肉，提起拳头，朝那些光脑袋上噼噼啪啪乱打。满堂僧众又是鬼哭狼嚎，大叫起来，抱头鼠窜。

智深一味地打将出来，大半禅客都躲出禅房。这次，监寺、都寺不再跟长老报告，叫起一班职事僧人，点起老郎、火工道人、直厅、轿夫，约有一二百人，都执杖

叉棍棒，一齐打入僧堂来，要来擒住智深。鲁智深见了，哪里肯服擒，大吼一声，见没有别的兵器，便抢入僧堂，推翻供桌，折断两条桌脚，从僧堂里打出来。众多僧行见他来得凶，都拖了棒，退到四边。鲁智深拽两条桌脚，着地卷过来，众和尚占着人多，两边合拢过来要擒智深。鲁智深大怒，指东打西，指南打北，一时间打得寺庙里又是鬼哭狼嚎，抱头鼠窜。一直打到法堂下面，撞见了长老，喝退众僧，才算罢手。

这二闹五台山，山寺僧人，被鲁智深打伤了几十个，山寺的清静，被鲁智深搅得一塌糊涂。虽有赵员外事后的赔礼，智真大师一心的维护，但鲁智深是无论如何再也待不下去了。其实，鲁智深本不是这等胡闹的人，只是看不过这常人的唯唯诺诺，受不了那世俗的清规戒律，又机缘凑合，被拘多时，一身英雄手段不得施展，才闹出这样一段故事来。

两闹五台山之后，鲁智深又被迫重新踏上了旅途。新的旅途上等待鲁智深的又将会是什么呢？

侠戏小霸王

渭州三拳打死镇关西，雁门县两番醉闹五台山，智真长老看看留不住鲁智深，就写了一封信给他，让他去东京大相国寺，投奔智清禅师。

鲁智深跨着戒刀，带上禅杖，藏好信件，往东京方向行来。这一天，鲁智深行到一处景色至美的地方，到处开满鲜红的桃花，人称桃花村。因贪看景色，天已黄昏，正看到前面有一处唤作桃花庄的庄院，就上前借宿。来到庄前，却看到庄上男女正在到处搬东西，一片急急忙忙，好不混乱。要借宿时，那些人都推说今夜要出大事，叫和尚快快离开，不肯借宿。鲁智深奇怪，正和他们纠缠，从庄里走出一位信佛的老庄主来，把鲁智深接了进去。一打听，才知道桃花山有个强盗头目，唤做小霸王周通，见老庄主女儿生得漂亮，今夜要来强娶，刘太公不敢拒绝，心里却实在不想把这个独女嫁了强盗，断了他家香火，又担心自己老后无人送终。全庄上下因此都为这件事胆战心惊，不敢留鲁智深在此过夜。

鲁智深听罢，计上心来，便对那老太公说，他是五台山和尚，最善跟人说因缘讲道理，无论多混账的人，也能说得他服服帖帖，为感谢老太公留宿之情，他愿去说服强人，叫强人放了太公的女儿。其实鲁智深哪里会讲什么因缘道理，他只想到时用拳头说话，打服那伙强人，事情自然就解决了，事先却不敢和老太公说，怕那老太公怕事不让他去做。老太公见鲁智深不俗，就相信了，千恩万谢，多上了些酒肉饭菜来款

待，只等晚上行事。

到了晚上，鲁智深叫那女儿和庄上的人都躲了，自己却去那女儿的闺房，灭了灯，赤条条脱了衣服躺上床去，只等周通到来。且说那周通带百来号人马，从桃花山浩浩荡荡下来，刘太公和众人只是帮办酒席，尽力周旋，酒过三巡，周通差不多醉了，摇摇晃晃往洞房来，要看新娘。

周通进了洞房，黑漆漆的，以为娘子怕羞，便掀开帐子，朝床上摸来。鲁智深躺在床上暗笑，早已等候多时，见周通往床上摸他肚皮时，一翻身起来，骑在周通身上抡拳便打。只七八拳，便把那周通打得哭爹叫娘，直喊救命。外面的太公还等着鲁智深说服周通哩，却没有想到里面传出了救命声，慌忙引着众小强盗点灯来房里。小强盗们见一个胖大和尚光溜溜地骑在大王身上乱打，便都拽了棍棒来救周通，鲁智深见了，撇下周通，床边抄了六十二斤重的禅杖，横着打将过去。小强盗们哪曾见过这种阵势，直吓得屁滚尿流，四处逃散。小霸王周通才寻着一个机会，爬出房门，骑马一溜烟逃回桃花山。

那太公见走了小霸王，吓呆了，怕小霸王带人来报复，扯住鲁智深只怪他多事。鲁智深回房穿了衣服，出来见众人，把自己曾是军官，因打死人在逃等实话都告诉了大家，并安慰大家，有他鲁智深在，就算来了一二千军马，也不必怕。众人还半信半疑，鲁智深拾起六十二斤重的禅杖，叫众人来拿，众人都拿不动，鲁智深却把那水磨铁杖舞了一回，就像舞一根灯心草似的，众人这才信了。

鲁智深虽然准备打这一仗，这一仗却没有打起来。原来周通被打之后，回去搬来他大哥做救兵，这大哥却是鲁智深以前相识，正是当日一起喝酒的打虎将李忠。鲁智深和李忠两人阵前相认，免去了一场打斗。那周通早听李忠说过鲁智深三拳打死镇关西，这时亲眼见了，才知道自己被打不冤，报仇之事，也就不提了。鲁智深这时候又趁热打铁，把退亲乃功德之事央求李忠、周通，周通既深服鲁智深，又有李忠从中说话，便折箭为誓，一一答应。

鲁智深扶危济困，行侠仗义，在鲁智深的侠义帮助之下，刘太公因此而欢欢喜喜地退去强盗，得了一个完整的女儿。

火烧瓦罐寺

鲁智深在桃花山待了几日，李忠、周通见他英雄了得，每日好酒好肉款待，想拉他入伙。鲁智深一来是做了和尚，二来嫌那李忠、周通兄弟出手太不大方，便不答

应。这一天，也不来告别，觑了个机会，卷起那兄弟俩的“心头肉”，一骨碌从后山滚下山去，自个走了。

这一日，鲁智深离了桃花山，一气走了五六十里，直走到午后，没得吃饭，感觉困乏。远远听到有铃铛声，连走了几个山坡，见到一座寺庙，便去化缘投斋。

这寺庙唤做瓦罐寺，本是一座年久的大寺，却不知道什么原因，落得个破旧不堪。鲁智深走进会客厅去看时，一个人也没有，转到方丈门前，只见墙壁粉落，满地燕子粪，门上一把锁，锁上尽是蜘蛛网，鲁智深站在外叫了几声“过路的僧人来投斋”，没一丝答应。鲁智深肚饿，便找到一座招待香客的厨房看时，那厨房锅也没了，灶头都塌了。智深把包裹放下，提了禅杖，到处寻找。居然在厨房后面的一间小屋里，见到几个面黄肌瘦的老和尚。智深奇怪，喝一声道：“你们这和尚，好没道理！洒家叫唤，没一个应。”那和尚赶忙摇手道：“不要高声。”一副害怕的样子。智深感到很奇怪，问道：“我是过往僧人，讨顿饭吃，干什么要害怕？”老和尚见他要讨饭吃，似乎有些着急，赶忙说：“我们三天不曾吃饭，那里讨饭给你吃？”鲁智深说：“我是五台山来的和尚，肚饿了，就是半碗粥也行。”老和尚说：“你是大庙来的高僧，我们本应该化缘与你。只是我寺中僧众走散，一粒斋粮也没有。连老僧我们都饿了三日。”智深道：“胡说！这么大一个寺庙，怎会没斋粮。”老和尚诉苦说：“这里本来是有吃的。只因一个云游的和尚引着一个道人，来此住持，霸占了这寺，把众僧赶出去了，把这寺都毁了，他两个无所不为，我几个老的走不动，只得在这里过，因此没饭吃。”鲁智深大惊，疑心那和尚说谎，道：“胡说！他一个和尚，一个道人，怎么能把你们这么多人都赶走，你们却还不去官府告他？”老和尚回答说：“师父你有所不知，这里衙门远，官军平常管辖不到。那和尚、道人又都是杀人放火的人，十分厉害，没人管得。你不信，他俩现在就住方丈后面的房间，你自己去看看就明白了。”正说的时候，猛闻得里屋传出一阵香来，鲁智深抢去一看，原来竟一锅粥藏在里面，那些和尚见了，纷纷抢了碗来舀粥，鲁智深也是饿不过，误会那些和尚骗他，一脚踢翻几个，哪里顾得上讲什么道理，独占了那锅，用手捧了便吃。才吃了几口，听见那老和尚说：“我们真的是三天没饭吃，刚刚才化缘得了这些粟米，熬些粥吃，你怎么又来抢我们的呢。”鲁智深见他说得可怜，才知他肚饿是实话，便不再吃，把粥还了他们。记起他们说的毁庙的和尚道士，便提起禅杖去寻那和尚道士了。

原来这寺庙里，果然住着两个恶霸魔王，一个是个和尚，姓崔，法号道成，绰号生铁佛；一个是个道人，姓丘，排行小乙，绰号飞天夜叉。这两个全不像出家人，完全是绿林中的强贼，强占了寺庙，赶跑了众僧，把偌大的一个寺庙弄得如同荒山野地

一般。这一天，那道人刚从外面打劫回来，挑着些酒肉，正拐到方丈后面的园子里，和那胖大的和尚一起吃酒，旁边却傍着一个妇人。鲁智深尾随那道人进入，正好撞上，见了大怒。

鲁智深见了那胖和尚三个，跳将出来，便要发作。那和尚却是十分狡猾，见鲁智深持一根大禅杖，怒气腾腾，心里已觉不妙，却毕恭毕敬地站起身来，口里说道："师兄哪里来，快请坐，一同吃一盏酒。"鲁智深见他十分有礼，十分殷勤，不好发作，直截了当地便问："你俩个怎么强占了寺庙，把一座好好的寺庙都毁了？"那和尚听出鲁智深的来由，便说："我寺原来十分热闹，田庄又广，僧众极多，只是被走廊边那几个老和尚吃酒撒泼，将钱养女。长老出面干涉，他们反诬告长老，把长老们又排挤出去。因此把寺庙都废了。僧众全都走散，田土已都卖了。小僧却和这个道人，刚来到这里住持，正要整理山门，修盖殿宇。"鲁智深半信半疑，问："那这个女的是谁，怎么在这里喝酒？"那和尚回答说："师兄真是细心，这个娘子，他是前村王有金的女儿。他的父亲以前是本寺的檀越，如今家道中落，近日家里困难，家间人口都没了，丈夫又患病，因此来我寺借米。小僧看在他父亲的面子上，取酒招待她，没有别的意思。师兄怀疑小僧，一定是听了那几个老畜生的话，被他们骗了。"鲁智深听了大怒，拖杖便要去找那帮老和尚。原来这些都是这两个狡猾的和尚道人早就编好的谎话，怕有人问到，只是用来遮人耳目，搪塞人的。鲁智深纵是心细，哪里想到这些，只听得这一篇话天衣无缝，现编不来，又见那道人十分小心有礼，演得真确，一时便被蒙蔽了。

鲁智深提了禅杖，再回香积厨来，找那几个老和尚理论。那些老和尚刚吃完粥，还在那里，万分委屈，一齐喊冤，一个说："师兄定是被他编的谎话骗过了，他们现在养着一个女人在那里。刚才看见你有戒刀、禅杖，他无器械，不敢与你相争。你要不信，再去一趟，看他把你怎样。"一个说："师兄，你仔细想想，他们吃酒吃肉，我们粥也没的吃，刚才还只怕师兄你抢了我们的吃了。哪个说话骗你来着？"鲁智深被这番话一说，这才醒悟。持了禅杖，赶忙去找那和尚道人。

果如老和尚们所说，那崔道成、丘小乙一篇谎言暂骗过鲁智深，这时，已各取了兵器，等在园中。崔道成见鲁智深前来，便仗起一条朴刀，来斗智深，斗了四五十回合，却不是智深的对手，那道人见崔道成要败，便挺一条朴刀，来合斗鲁智深。鲁智深何曾吃过败仗，但这次却是吃亏，一来没吃过饭，二来走了许多路途十分困乏，三来这两个也是一身好武艺，鲁智深战不过，只得卖了个破绽，拖了禅杖便走。那两个掂着朴刀，追出山门来，又斗了十数回合，智深才找到机会脱身，拖了禅杖，逃之夭

天。那两个见鲁智深十分厉害，也不敢追得太急，赶到石桥下，便随他去了。

鲁智深拖了禅杖，逃到一处松林，正愁没有帮手，难赢那两个强盗，上天却是帮他，正好碰上了他的一个好兄弟，九纹龙史进。那史进自与鲁智深喝酒后，鲁智深三拳打死镇关西，史进怕受盘查牵连，便离了渭州，一路寻找师父王进，直到延州，又寻不着师父。回到北京，住了一些日子，钱用完了，所以到这松林里打劫寻些盘缠钱，因为天暗，所以糊里糊涂地和鲁智深战了一场。两人在黑松林里相认，鲁智深得了兄弟，十分兴奋，吃了史进的干粮，把自己别后大闹五台山、拳打小霸王、路过瓦罐寺的事说了一遍，便邀史进一起去斗那瓦罐寺的和尚道士。

两个好汉径到瓦罐寺，正碰见和尚道士，四下里一斗，那和尚道士怎么敌得过这两位好汉。这边鲁智深吃得饱了，正有力气，斗不数合，一禅杖把那生铁佛和尚打下桥去，那边史大虫只几回合，一刀杀倒了奸道士。好个狡猾的和尚道士，只是碰见了鲁智深，难逃作恶的下场。鲁智深、史进把这丘小乙、崔道成两个尸首都缚了，来到庙里，那个掳来的妇人已投井死了，可怜香积厨下的几个老和尚，因见鲁智深输了去，怕崔道成、丘小乙来杀他们，都上吊自杀了。兄弟两个见了这许多尸体，都只叹气，鲁智深寻到后面，拿了自己的包裹，兄弟俩又捡了些崔道成、丘小乙留下的银两，才转到寺里，各处放了一把火，把瓦罐寺和那些尸体，一并轰轰烈烈地烧了。

许多冤孽，也随那大火火化，一起烧了个干干净净，都烟消云散了。

倒拔垂杨柳

鲁智深火烧瓦罐寺之后，便和史进告别，史进再回少华山，鲁智深取路东京。一路没事，八九天就来到了东京。东京就是现在的开封市，当时是北宋的首都，十分繁华，各种人物，应有尽有，热闹非凡。鲁智深也顾不上赏玩景色，挟着师父智真长老给的书信，直接就去了大相国寺。

大相国寺是东京的一个大寺，僧人众多，还有自己的田产地产。方丈智清和尚是智真长老的师弟，接到师兄的推荐信，见鲁智深曾是个犯罪的军官，十分轻视，却也不好推脱，便安排了一份棘手的末等差事给他——叫他去看管寺庙所属的一个大菜园子，倒是有意要看看他的本事。

原来，这大相国寺有自己的一个大菜园子，每日供应着寺庙上下的菜蔬。附近却有一二十个地痞流氓，祖居这里，都只靠赌博讨钱为生。这片菜园就是他们的衣食饭碗，闲时无事，常来菜园子偷菜捣乱，一日三番四次的，管又管不了，赶又赶不

走，叫寺庙里十分头痛，却又奈何不得。原来管理菜园子的一个老和尚，那是瞎子点灯——摆设，因此就差鲁智深来接替这个职位。鲁智深初时自然不乐意，嫌职位小，后来一想，凡事一步一步来，何况管理菜园子是在寺外，不必吃斋念经，也不用打拱啰唆，乐得逍遥，就满口答应了。这一天，张贴了告示，带上行李，来上任了。

附近一二十个地痞流氓，见了告示，知道要换菜园头，如何坐得住。便来商量，要给新来的菜园头一个下马威。为首的两个，一个叫做过街老鼠张三，一个叫做青草蛇李四，商计说："他是新来的，我们又不认识，不好直接上门去打人家；不如我们去登门拜访庆贺，把他引诱到菜园子粪窖边，装做给他下礼，当他来牵时，把他攧下粪窖去，让他出一回丑，叫他知道我们的厉害。"众人都说是高计。

鲁智深来到菜园房，安顿了包裹行李，倚了禅杖，挂了戒刀，参拜了几个种地道人，领了钥匙，同两个管理菜园的老和尚告别，便来到菜园地上，看那些园圃。正看时，却见到二三十个泼皮，东张西望，拿着些果盒、酒礼，往菜园子走来。走到菜园子粪窖边，却都停下，为首的两个，笑嘻嘻地喊道："听说长老你新来住持，我们邻舍街坊来与你接风庆贺了。"鲁智深见这些人不三不四，心里疑惑，说："你们既是街坊邻居，那都来亭前坐。"张三、李四却拜在粪窖边，不肯起来。那鲁智深何等眼光，早看在眼里，心想，你这伙人要来算计洒家，那真是老虎嘴里拔牙！我倒要走向前去，教你们看看洒家的厉害。鲁智深是艺高人胆大，千军万马都见过，哪把这几个混混放在眼里，大踏步走到众人面前。那张三、李四口里说着："小人兄弟们特来参拜师父。"底下却一个来抢左脚，一个来抢右脚，要把鲁智深推到粪窖里去。好个智深，不等他沾身，早飞起右脚，腾地把李四先踢下粪窖里去。张三见了要跑，却被智深左脚飞起，一起踢到粪窖里扑腾。两个泼皮在粪窖里扑腾，后头那二三十个混混惊得目瞪口呆，都待要跑，智深喝道："一个跑的，一个下去！两个跑的，两个下去！"把那混混喝在原地，都不敢动。那张三、李四这才知道鲁智深的厉害，在粪窖里探起头来，一身臭屎蛆虫，立在粪窖里叫道："师父饶命。"智深早看穿了这帮混混的身份，都是些无业游民，惯于欺软怕硬，却也并不是什么恶霸大害，于是就说："你们这些泼皮，快扶那鸟上来我就饶你们。"大家把那张三、李四搭救上来，搀到菜园池子里洗了一通，穿了大家的衣服，才来亭前回鲁智深的话。

鲁智深因问缘故，众人服鲁智深了得，大相国寺里从来没有过，不敢隐瞒，把实情都说了。鲁智深这才明白，便也告诉众人说："洒家是关西延安府老种经略相公帐前提辖官，只因杀的人多，因此情愿出家，从五台山来到这里。洒家俗姓鲁，法名智深。休说你这三二十个人值什么，便是千军万马队中，我也能杀进去杀出来！"众泼

皮也才明白今天是撞见了阎王，拜谢而去。

鲁智深降伏了这群泼皮，第二天，众泼皮便凑些钱物，买十瓶酒，牵一头猪，来向智深赔罪。大家正喝得高兴，忽然听到一阵老鸦哇哇地叫，搅得心烦。原来那户外正有一棵碗口粗的绿杨柳，一群乌鸦却在那里安家落户，每日唱歌，不管人间烦恼。众人都说心烦，便要端了那个老窝。一帮人兴师动众，围着一棵鸟巢，出主意，一个人提议："搭梯子上去拆了。"众人都嫌慢。李四便说："不要梯子，我与你盘上去。"众人正要称赞，却见智深乘着酒意过来，拨开众人，走到树前，拿手把树圈了圈，众人都不知道他要干什么，只见智深把外衣脱了，用右手向下，把身倒缴着抱了树，紧了紧手，却把左手拔住上截使力，把腰只一扭，才听得刺拉拉一阵土响，竟把那株碗粗的绿杨柳连根拔了起来。众泼皮见了，一齐拜倒在地，只叫："师父不是凡人，是真罗汉身体，没有千万斤气力，如何拔得起这树？"鲁智深说："小事一桩，有什么大惊小怪？你们还没看到看洒家的真本事。"

好个鲁智深，倒拔了垂杨柳，这一件事不几日便传遍了江湖。自那日起，那二三十个破落户见了鲁智深都服服帖帖，大相国寺的菜园子，自此便有了平安。鲁智深也在那大相国寺的菜园子，无拘无束，逍遥自在，度过了一段平安的日子。

大闹野猪林

水浒传中，鲁智深和林冲恰成对照。大闹野猪林，最能显示两人的异同分别。

鲁智深认识林冲是在大相国寺的菜园子里。鲁智深正在向一班泼皮展示武艺，把一根六十二斤重的水磨禅杖耍得如同风车一般，却听到林冲在园子外叫好，两人是英雄识英雄，一见如故，又加上鲁智深小时候在东京认得林冲的父亲，于是就结为兄弟。林冲几次受辱受困，都是能忍则忍，而鲁智深则敢于站出来，为他解围，有帮上忙的，也有没帮上的，但从没退缩。两人初结义时，林冲的娘子在庙里被高衙内欺辱，林冲忍了，鲁智深却提着铁禅杖，引二三十个破落户，赶来庙里要帮林冲厮打；林冲息事宁人，告诉鲁智深对方是高太尉的儿子，要让他一头，鲁智深却要替林冲出气，说："你怕高太尉，我怕他做什么！我如果撞见那鸟人，帮你揍他三百禅杖。"临走时，林冲怕鲁智深酒后闹事，鲁智深却对林冲说："只要有事，就来找我，我与你一起去。"林冲固然是稳妥考虑，鲁智深却真正是义气为先。林冲的娘子再次受辱，林冲十分郁闷，一连几日不出门，鲁智深便赶来林冲家里探问，同他喝酒解闷，排解烦忧。一天，鲁智深正和林冲喝酒，高俅叫人故意来卖一把宝刀，林冲不知是计，回家去拿钱要买那刀，和鲁智深告别，第二天，鲁智深听到林冲持刀误闯了白虎堂的消息，替他担了十分的心。林冲吃官司时，鲁智深整天打听消息，只恨没法救他。后来终于官司判定，林冲被刺配沧州，鲁智深便去开封府前等候。没见到林冲，打听到林冲被关押在使臣房内，鲁智深便索性先去打听那押送林冲上路的公差，一个叫董超，一个叫薛霸，好不义气。这一打听，却又救了林冲的命。

原来鲁智深正要去会那董超、薛霸，却远远见到高府内的官人来请两个差人说话，鲁智深顿时起了疑心，便尾随窥看，却见这几个人在茶楼里交头接耳，交换银两，鬼鬼祟祟地，神情诡秘。鲁智深见的事多，顿时大起疑心，担心起林冲路上的安全来。于是，决定暗地跟踪这两个差人，看看他们是否图谋不轨，一边暗地保护林冲。

董超、薛霸押着林冲，从东京出发，朝沧州而去，鲁智深暗地尾随而行。第一天无事，行了三四十里，晚上在城外客店歇了。第二天天明便出发，走到天黑，也没什么事，向晚各自歇息了。到了三四天之后，林冲的身体却开始吃不消，渐渐走得慢了，那两个差人的脸色也时好时坏起来。原来，林冲不久前遭过拷打，身上的伤疤刚刚结痂，六月的炎天暑气一熏，结痂的地方慢慢化脓，十分疼痛，一步也是难行。鲁智深在暗处早就明明白白地看清，只是不见两个差人的动静，只得忍耐。

当晚，三个人投村中客店里来。到了房内，两个公人放了棍棒，解下包裹。林冲

也把包来解了，不等公人开口，去包裹取些碎银两，央店小二买些酒肉，余些米来，安排饭菜，请两个监送公人坐了吃。董超、薛霸又添酒来，把林冲灌得醉了，和枷倒在一边。薛霸去烧一锅滚开水提将来，倾在脚盆内，叫道："林教头，你也洗了脚好睡。"林冲挣扎起来，被枷碍了，曲身不得。薛霸便道："我替你洗。"林冲忙道："使不得。"薛霸道："出路人那里计较的许多。"原来高俅早就交代过，要两公人尽力折磨林冲一番，林冲不知是计，只顾伸下脚来。被薛霸只一按，按在滚汤里。林冲叫一声："哎也！"急缩得起时，泡得脚面红肿了。林冲大叫受不了。薛霸说："从来只见罪犯服侍公人，哪见过像我们一样公人服侍罪犯的。我们好心叫你洗脚，你还嫌冷嫌热！真是好心不得好报！"口里喃喃地骂了半夜。林冲却也忍得住。鲁智深在隔壁听了，当时便想窜过去，一刀解决了这两个恶人，却又怕惊动其他人，只得强忍着。

才睡到四更，薛霸便起来催促林冲吃饭上路。林冲起来晕了，吃不得。要找自己的合脚的旧草鞋，才发现早被薛霸丢了，却换给他一双打脚的新草鞋，耳朵并索儿却是麻编的。林冲走不到两三里，脚上的泡便被新草鞋磨破了，鲜血直流，走不动，又惹来薛霸的大骂。林冲却好涵养，忙陪不是。鲁智深生气，却不便发作。

走了不久，便见到一座烟笼雾锁的黑暗松林。鲁智深远远地跟着，只见薛霸领着林冲进入了那座林子。鲁智深暗叫不好，赶忙紧跟了进去。那座猛恶林子，十分有名，唤做野猪林，是东京去沧州路上第一个险峻去处。宋时这座林子内，很多罪犯，被人使钱买通公人带到这里，结果了性命。鲁智深跟了进去，只见三个人走到里面，解下行李包裹，似乎要歇息一番，一个差人放下棍棒，刚刚躺下，又似乎有什么放心不下，跳起来和林冲说了一通话，林冲便伸手让他们用一根索子捆扎，连手带脚和枷，紧紧地绑在树上。鲁智深大惊，摸到大松树后面，只见两个人跳将起来，转过身，举起水火棍，看着林冲说："不是我要结果你，是前几天那陆虞候传高太尉的密令，教我们两个到这里结果你。他还等着那金印回去回话。你就是再多走几天，结果也还是个死。不如今天就这里死了，成全我们。你不要怨我们弟兄两个，一切都是上司的安排，我们也是身不由己。你须记着，明年今日，就是你的周年。"那林冲听罢泪如雨下，说："我与你二位往日无仇，近日无冤。你二位要是救我性命，我生死不忘。"那董超说："莫再说！救不得。"只见薛霸提起水火棍来，望着林冲脑袋上劈了下来。说时迟，那时快，鲁智深从松树后大吼一声跳出，铁禅杖飞将出来，把这水火棍一隔，将它打出丈远。喝道："洒家在林子里听你多时了！"把那两个公人吓得呆了，动弹不得。鲁智深提起禅杖，抡起来便要杀人。林冲方才睁开眼，认得是鲁

智深，连忙叫道："师兄，不可下手。"智深听了，收住禅杖。林冲说："不关他两个的事，都是高太尉指使陆虞候命令他俩害我性命。他两个怎敢不依。你杀了他俩，也是冤枉。"鲁智深扯出戒刀，把索子都割断了，扶起林冲，这才告诉林冲前后的原委。林冲说："既然师兄已救了我，就不要再害他们性命。"鲁智深回过头，喝道："你这两个撮鸟，要不是我兄弟求情，我把你两个都剁成肉酱！看在我兄弟的面上，饶你性命。"就那里插了戒刀，提了禅杖，叫两个公人扶了林冲，一路出了林子。

鲁智深将林冲救出野猪林，却再怕林冲出事，便一路相送，直抵沧州，一路上要行便行，要歇便歇，好便骂，不好便打，两个公人就好像遇见了阎王，只怕丢了性命，不敢再起歹心。林冲因此平安到达沧州。

大闹野猪林这一段，最能看出鲁智深的粗莽和林冲的谨慎。鲁智深后来打路回转，因此事而被高俅追捕，再次亡命江湖。对兄弟，鲁智深是情深义重，义薄云天，为兄弟赴汤蹈火、在所不辞。他的粗莽，含有一份极动人的因素在里面。

计占二龙山

鲁智深大闹野猪林，护送林冲一路平安到达沧州，便折返回东京大相国寺，继续当他的菜园头子。董超、薛霸路上干不掉林冲，回去后不敢隐瞒，把鲁智深大闹野猪林、护送林冲到沧州的情况，如实报告给了高俅。高俅恼怒，查得鲁智深曾犯罪杀人，不许大相国寺收容，派兵来捕捉鲁智深。鲁智深不是林冲，哪会束手就擒，一把火烧了相国寺大菜园子，逃离东京而去。

鲁智深逃离东京，东躲西藏，留落江湖，没有着落。走到孟州十字坡，险些个儿被酒店里母夜叉孙二娘害了性命。孙二娘把鲁智深用蒙汗药麻翻了，幸亏她的丈夫菜园子张青回来得早，张青见鲁智深是条好汉，又看了鲁智深的禅杖、戒刀，大吃一惊，连忙用解药把鲁智深救醒。问过鲁智深的名字，才知道他就是大名鼎鼎的三拳打死镇关西、倒拔垂杨柳的人，因此十分佩服，就留下鲁智深过了数日，与鲁智深结义做了兄弟。

鲁智深在张青、孙二娘处住了几日，无处可去。这一天，忽然打听到青州地面上有一座二龙山宝珠寺，好不险峻，一伙儿强人在那里占了，可以安身。鲁智深便决定去投奔入伙。二龙山是青州地面上三座高山之一，一个叫邓龙的强人在那里占据，另两座是桃花山和白虎山，分别叫李忠周通兄弟、孔明孔亮兄弟占据。二龙山高耸入云，只有一条道路上山，却被三座关卡卡住，三座关卡都是一夫当关万夫莫开的地

方。那邓龙却是个气量狭小的人，鲁智深不知道，直接去叫关。邓龙在关上看了，是一个胖大和尚，通报姓名，却是闹事的爷爷、杀人的好汉鲁智深，那邓龙先看到鲁智深的样子，心里已有五分害怕，通报了姓名来意，更是心惊，心想，鲁智深武艺高强，如果留他上山，自己如何管束得了，自己的第一把交椅如何能够坐得稳，岂不是岌岌乎殆哉。便推说："本山寺小，容不下许多人，请和尚去到他处落脚。"一连几回，坚不开关。鲁智深上前叫骂，邓龙逼不过，出来应战，却不是对手，被小喽啰救回关去，关了关门，再也不出来。

说来也是凑巧，就在鲁智深无计可施的时候，却碰上来了另一个人。

这一天，鲁智深心烦，正在林中歇息，忽看见一条青面大汉拿着一把朴刀，撞入林来，鲁智深以为是抢劫的强盗，不等来人说话，先下手为强，抡起禅杖，就去斗那大汉，那大汉也是不弱，斗了四五十回合，竟不落败。鲁智深见来人不凡，卖个破绽，托地跳出圈子外来，喝一声："且歇！"两个都住了手。鲁智深便问来人姓名，却是林冲常提到的东京制使因卖刀杀了牛二的杨志。原来杨志在黄泥冈失陷了生辰纲，又被诬陷抢劫了生辰纲，流落江湖，遇上了林冲的徒弟曹正，便叫他来抢占了这二龙山安身。两人互说了经历，惺惺相惜。便相邀共去曹正那里商量，如何破这二龙山。曹正一番妙计，二人依计行事。

鲁智深叫杨志把自己用活扣捆了，由曹正领着去见邓龙，说店里一个和尚酒醉了不给钱，还口称要报告官军来打山寨，店家报信给本庄，本庄趁醉把他捉了，特押来献给寨主。邓龙几日来正为鲁智深的事烦恼，听了大喜，叫人押解送上大厅。来到大厅，见了邓龙，杨志把活扣一拉，鲁智深趁势从曹正手中接过禅杖，一禅杖把邓龙脑袋打得粉碎，杨志也搠翻了四五个小卒，众庄家也一齐发作。曹正大喊："都来投降。谁若不从，尽行处死。"寺前寺后五六百小喽啰和几个小头目，见死了邓龙，吓呆了，都来投降顺伏了。

从这日起，鲁智深便和杨志在二龙山落草，自由自在，不受管束。鲁智深年长，坐了第一把交椅，真个是龙归大海，虎放南山。

遇水而兴

鲁智深上梁山，纯是为了义气。

鲁智深在二龙山做寨主之后，山寨开始兴旺。先是张青、孙二娘推荐斗杀蒋门神的武松来投奔鲁智深；随后张青、孙二娘也来投奔鲁智深；后来又有武松的兄弟施恩

受武松牵连前来投奔。前后相加，一共有七位英雄。鲁智深领着七位英雄，正合了那句“遇山而富”的偈语。

呼延灼带兵打梁山，被汤隆用钩镰枪破了拐子马，吃了败仗，逃跑路上又被桃花山李忠、周通偷了御赐宝马，便去投奔青州知府慕容，领兵来打桃花山。桃花山周通、李忠抵挡不过，就来向二龙山鲁智深求救。鲁智深领杨志、武松来战，刚打个平手，青州那边却被白虎山孔明、孔亮攻打，要救他们的叔叔，被知府慕容抓捕的孔实，呼延灼因此领兵连夜去了。呼延灼赶回青州，阵前活捉了孔明，孔亮逃散，路上遇上了带兵回寨的武松。武松义气，回寨便请鲁智深等商量打青州，救孔亮；一面去请桃花山协助；一面又去向孔明的故友——梁山宋江求救。桃花山、白虎山和梁山水泊英雄，一起来二龙山鲁智深这里相聚了，一时龙腾虎跃，英雄云集，二龙山的声誉达到了顶峰。

在二龙山，吴用设了一计，捉降了呼延灼，由呼延灼里应外合，众路英雄一起大破了青州，救了孔亮。在青州，众英雄大奏凯歌，宋江设宴庆祝，在席上邀请鲁智深和众英雄一起同归水泊。鲁智深因见到梁山好气魄，又想念林冲，又见那宋江好义气，诚意相请，便火烧了二龙山，带领武松、杨志等二龙山人马，同众英雄一起上了梁山。

鲁智深聚义上梁山，归水泊，同众英雄一起出生入死，梁山此后也是顺风顺水，正应了鲁智深命运的另一句话：遇水而兴。

华州救友

鲁智深在梁山住了几月，忽然想起曾在瓦罐寺救助过他的好兄弟史进，便决定下山寻找史进等一帮兄弟上山来入伙，同壮山威。

史进和鲁智深分手时，曾说去少华山，投奔神机军师朱武、跳涧虎陈达和白花蛇杨春。鲁智深和武松一起，来到华州华阴县界，直接来到少华山，却听那三人说，史进因救画匠王义被太守强占的女儿，行刺贺太守，失手被抓，如今，贺太守正准备差人来扫荡少华山。鲁智深一听大怒，便要独自一人去杀太守，救史进。武松拦也拦不住。

鲁智深来华州城桥上，见了太守的轿子，大胆去找太守，太守远远看见鲁智深不善，便叫手下请他进府里去谈话，鲁智深仗着艺高人胆大，跟随而去，到门口，又自负交了兵器，进得府中，还没近太守的身，便叫三四十个公差一齐上前，活活按住捉了，和史进关在一起。

鲁智深不听武松劝告，失陷华州，这也是他命中应有的一劫，叫做“华州救友”。华州坚固难攻，为救鲁智深、史进二人，宋江只好智取，捉了一个朝廷派到华州来上香的宿太尉，假扮了他，上香那天，叫贺太守前来陪同，乘机杀了太守一帮人，同时叫其他兄弟赶到华州，里应外合，趁太守已死，大破华州。破了华州，鲁智深才和史进得以被救，领了少华山朱武等三个头领，一起上了梁山。

浙江坐化

梁山排定座次，鲁智深是三十六将之一，在山寨时管理山前南路的军兵，出战时是步兵的第一头领。在梁山上，鲁智深的地位与别人不同，宋江也要叫他“吾师”。他秉性耿直，有自己的意见，山寨上只有他和李逵、武松等几人敢于和宋江顶撞，所以他的名号又叫“天孤星”。他的命运也和别人不同。

鲁智深的师父五台山智真长老是宋代的一个活佛。他对鲁智深的命运曾经有过三次评说和预测，说的就是鲁智深的一生命运。鲁智深初上五台山，削发为僧拜他为师时，智真长老第一次赠言：“此人上应天星，心地刚直。虽然时下凶顽，命中驳杂，久后却得清净，正果非凡。汝等皆不及他。”这是对鲁智深的总评。鲁智深大闹五台山，不得不离开的时候，智真长老第二次赠言：“我夜来看了，赠汝四句偈言，你可终身受用，记取今日之言：“遇林而起，遇山而富，遇水而兴，遇江而止。”次后，鲁智深因闹野猪林而从此与官府对抗，因落草二龙山而渐渐势力壮大，因与众虎同心归水泊而事业兴旺，征辽，打田虎，打王庆都军功卓越，大胜而回。几句赠言都得到验证。只有“遇江而止”还没有得到灵验。征辽胜利后，宋江和智深同来五台山参拜智真长老，智真长老对他们各有赠言。给鲁智深赠言是第三次，赠言是：“吾弟子此去，与汝前程永别，正果将临也！与汝四句偈言，收取终身受用。偈曰：“逢夏而擒，遇腊而执，听潮而圆，见信而寂。”说的就是鲁智深的结局，不过比第二次说得更详细了。

打方腊时，宋江从小路越过直逼睦州的最后一个关卡乌龙岭，从另一面来打乌龙岭。守将夏侯成下山迎战，大败，逃去清溪请救兵，再来迎战，又被打败，逃往乱山深处。鲁智深在乌龙岭上万松林里厮杀，追赶夏侯成进入乱山深处，终于把夏侯成杀了，自己却迷了路，在山上遇到一个茅庵，就在那里歇息。一天晚上，鲁智深看到山上起火，知道有事，便小心注意了，正好碰到被宋江打败、丢盔弃甲的方腊爬上山来，鲁智深一禅杖把方腊打翻，捉来绑了。正好宋江军赶到，一起押来见宋江。为擒

方腊，宋江兄弟死了大半，却终于叫鲁智深擒了，立了大功。

宋江见鲁智深立了大功，以为是上天注定，就来庆贺说：“吾师成此大功！回京奏闻朝廷，可以还俗为官，在京师图个封妻荫子，光耀祖宗，报答父母劬劳之恩。”鲁智深回答说：“洒家心已成灰，不愿为官，只图寻个净了去处，安身立命足矣。”宋江又道：“吾师既不肯还俗，便到京师去住持一个名山大刹，为一僧首，也光显宗风，亦报答得父母。”智深听了，只是摇头，叫道：“都不要！要多也无用。只得个全尸体，便是强了。”宋江听了不高兴，鲁智深看得透彻，爱说便说，也不理会。

宋江带兵回京，屯兵在六和塔驻扎。大家都在六和寺安歇了。鲁智深与武松在寺中一处歇马听候，看见城外江山秀丽，景物非常，心中欢喜。这一夜，月白风清，水天共碧，二人正在僧房里睡。到半夜，忽听得江上潮声雷响。鲁智深是关西汉子，没听见过浙江潮信，以为是战鼓响，贼人来袭，跳将起来，摸了禅杖，大喝着便抢出来。众僧吃了一惊，都来问缘故，鲁智深说：“我听到战鼓响，便要出去厮杀。”众僧都笑了起来，告诉鲁智深那不是战鼓响，乃是钱塘江潮信。鲁智深见说，吃了一惊，问道：“师父，为什么叫潮信？”寺内众僧，推开窗，指着那潮头，叫鲁智深看，说道：“这潮水日夜来两次，十分准时。今天是八月十五，应该是三更子时潮来。因不失信，所以称为潮信。”鲁智深看了，忽然心中大悟，拍掌笑道：“我师父智真长老，曾赠给我四句偈言，一句是：‘逢夏而擒’，我在万松林里厮杀，活捉了个夏侯成；一句是：‘遇腊而执’，我生擒了方腊；今天正应验了另外两句：‘听潮而圆，见信而寂’。我想既逢潮信，应该圆寂。众和尚，我问你们，什么是圆寂？”寺内众僧答道：“你是出家

人，还不晓得！佛门中圆寂便是死的意思。”鲁智深笑道：“既然死唤做圆寂，我今天必当圆寂。烦请你们给我烧桶热水来，我要沐浴。”寺内众僧，都以为他开玩笑。又见他这般性格，不敢不依他，只得叫人烧水来与鲁智深洗浴。鲁智深换了一身御赐的僧衣，叫部下军校：“去报宋公明先锋哥哥，来看洒家。”又问寺内众僧处，要纸笔写下一篇颂子。去法堂上，捉把禅椅，当中坐了。焚起一炉好香，把那张纸放在禅床上，盘起两只脚，左脚搭在右脚上。宋公明见报，急引众头领来看，鲁智深坐在禅椅上不动，升天去了。回头看他自己写的颂赞，却是：

“平生不修善果，只爱杀人放火。忽地顿开金枷，这里扯断玉锁。咦！钱塘江上潮信来，今日方知我是我。”

好一个透彻的和尚！几人吃斋念佛，几人真能成佛，这花和尚却是最后一刻得了真性，成了佛去了。

后来，朝廷有感于鲁智深擒获方腊有功，能得善终坐化于大刹，加封他为义烈昭暨禅师。

林冲

豹子头林冲

林冲生的豹头环眼，燕颔虎须，故人称豹子头。水浒传中，鲁智深和林冲恰成对手。

作者的写作篇幅相当；两人都是军官；两人都有一身好武艺；两人都义气非凡；两人也都最后落草——这是他们的相近处。不同处在于，鲁智深曾在老种经略手下做事，想来与镇边有关，林冲则是东京八十万禁军教头，在京城做官；鲁智深孑然一身，无牵无挂，林冲娇妻在堂，家庭美满；鲁智深是无产者，粗莽近于智慧，林冲是有产阶层，谨慎好像懦弱。

林冲的为人，可以用谦逊谨慎来形容。林冲的一生，忍字居多，他前半生做得最痛快的两件事，也都是迫不得已，一是痛杀了陆虞候，已到了山穷水尽的时候；二是怒杀了秀才王伦，抢了梁山水寨，却把水寨之主又让给晁盖，自己只坐了第四把交椅。他的行为性格，最能反映中产阶级人士的行为性格：做事中庸，不走极端。而中产阶级往往是社会中的大多数，最能看出一个社会中普通人的心理意识来。到林冲都被逼上梁山，那官府真是反动、腐败到了极点，令普通人都难以忍受了。

面对厄难，鲁智深的反应，也许只有很少数人才会有；但林冲的反应，却和我们大多数人相似。所以林冲的故事，最值得我们深思。林冲的故事，主要有受辱高衙内；献刀白虎堂；刺配沧州道；生死野猪林；棒打洪教头；风雪山神庙；雪夜上梁山；交割投名状；火并

王伦；南征北战等。下面介绍几个最脍炙人口的段落。

受辱高衙内

这一天，林冲陪同妻子去庙里还愿，路过一个大菜园子，看到墙内一个胖大和尚和一群人正在谈说武艺。林冲见那人说得不凡，便让妻子和丫鬟先去，自己却站在墙外观看。那和尚说了一会儿，从屋里取了一根乌漆的禅杖，耍了起来。外行看热闹，内行看门道，林冲是八十万禁军教头，如何不知好坏，看那大和尚把如此重的一件镔铁杖舞得水泄不通，威风八面，天花乱坠，神采飞扬，禁不住大声喝彩："真是使得好！"那和尚正是花和尚鲁智深。鲁智深请林冲入内说话，一个是倒拔垂杨柳，传闻京城的神人；一个是八十万禁军枪棒教头，名动江湖的好汉，那鲁智深原来小时还见过林冲的父亲林提辖，两人一见倾心，遂结为兄弟。两人谈起江湖武艺，好不投机。

林冲正和鲁智深谈论武艺，忽然看见丫鬟锦儿慌慌张张地跑来。原来有人在庙前五岳楼上调戏娘子。林冲慌忙告别智深，和锦儿赶向五岳楼。只见几个人，拿着弹弓、吹筒、拈竿，都站在栏杆边，楼梯上一个年轻的后生，正拦着娘子不许她下楼。林冲大怒，赶到跟前，把那后生肩胛一下扳过来，喝道："调戏别人妻子，该当何罪？"就要下拳打时，却认出是上司高太尉的养子高衙内。高俅刚发迹时，没有子嗣，便过继了叔叔高三郎的儿子做干儿子。高太尉对这个养子十分溺爱，那家伙在东京倚仗父势，专爱调戏强奸人家妻女。京师人都怕他，叫他做花花太岁。却说林冲扳将过来，认得是高衙内，当时手就软了。高衙内说道："林冲，干你什么事！你来多管闲事！"原来高衙内不晓得那妇人是林冲的娘子。林冲气得说不出话，旁边那些认识的一齐拢来劝道："教头饶恕了，衙内不认得，多多冒犯。"林冲怒气未消，一双眼睁着瞅那高衙内，却踌躇不敢下手。众闲汉忙哄着高衙内出庙上马离开。

林冲和娘子、丫鬟，也下楼到走廊里，正碰见鲁智深提着铁禅杖，引着二三十个地痞，赶来帮忙。鲁智深听说有人戏弄嫂子，十分气愤，听说是高俅的干儿子，当时便要去追打，林冲心里感激，却不愿惹事，好歹才将鲁智深劝住。鲁智深却没那么多顾虑，离开时对林冲说："有什么事，只管来叫我。"林冲领了娘子和锦儿，取路回家，心中郁郁不乐。

这高衙内自从见了林冲娘子，又被他冲散了，心中好生着迷，回到府中，一连几日，怏怏不乐。手下一个小喽啰，唤作干鸟头富安，却猜中高衙内的心事，他要着意巴结衙内，便帮高衙内设计说："门下心腹陆虞候陆谦，和林冲最好，明日衙

内躲在陆虞候家里楼上，摆下些酒食，却叫陆谦去把请林冲骗出去喝酒。我们便去林冲家里，对林冲娘子说：‘你丈夫和陆谦喝酒，一时串气，闷倒在楼上，你快去看！’把她骗来楼上。妇人家水性，见了衙内这般风流人物，再说些甜话儿哄她一哄，她就从了。”高衙内大喜，来找陆虞候。陆虞候住在高太尉隔壁，又在高太尉手下当官，惧怕高府权势，不敢违抗，却弃了朋友交情，答应了。

林冲一连几天闷闷不乐。这一天，陆虞候来邀他去樊楼喝酒，他不知是计，就答应了。两个来到樊楼，喝酒说话。林冲只是叹气，说：“男子汉空有一身本事，不遇明主，屈沉在小人之下，尽是受气！”陆虞候装做不知，问：“如今禁军中虽有几个教头，谁人比得上兄长的本事？太尉又器重你，却受谁的气？”林冲把前日高衙内的事告诉陆虞候一遍。陆虞候便道：“衙内必不认得嫂子，兄长不要生气。我们来喝酒。”林冲喝了八九杯酒，下楼解手，在东边小巷子口，正碰上到处找他的丫鬟锦儿。原来，林冲和陆虞候出来，没半个时辰，高衙内便叫人把林冲娘子骗到了陆家。林冲娘子上到楼上，不见林冲，便要下楼，高衙内便上前拦住非礼，林冲娘子大喊救命。锦儿赶忙逃脱了，来找林冲。林冲见说，大吃一惊，丢下丫鬟锦儿，三步并做一步跑到陆虞候家。抢到楼梯上，却见关着楼门。只听得娘子叫道：“清平世界，为什么把我良家妇女关在这里？”又听得高衙内说：“娘子可怜可怜，救我一命。”林冲立在楼梯上喊：“大嫂开门。”那妇人听的是丈夫的声音，便来开门。高衙内吃了一惊，从楼窗跳墙逃了。林冲上楼，没见高衙内，把陆虞候家打得粉碎。所幸的是娘子不曾被玷污。

林冲回到家里，不敢去找高衙内，却气愤陆虞候出卖朋友，拿了一把解腕尖刀，来樊楼找陆虞候算账，陆虞候早躲了。林冲来到他家门前又等了一夜，仍不见人回，只好回去。林冲娘子息事宁人，把他拦在家里不让他出门。过几日，那鲁智深来找林冲，一连出去喝了几天酒，林冲的心里才慢慢平静些。

献刀白虎堂

林冲虽然渐渐平静下来，那高衙内却不平静。两次想调戏林冲娘子，均未得手，自那次跳窗逃回家后，郁郁寡欢，又不敢把这事告诉高俅，居然生起病来，卧床不起了。高俅对这个干儿子百依百顺，眼看他大病在身，十分着急。一日，这陆虞候和富安来看高衙内，便把这事告诉了前来探病的老总管，老总管回去又禀告了高俅。高俅得知，不去管教衙内，却和老总管商量，设计陷害林冲，夺他娘子，以成全儿子。

在宋代，白虎节堂是商议军机大事的地方，任何人不得无故闯入，带刀闯入更是可定死罪。那高俅却设计，先叫人装扮卖刀的，去把一柄宝刀卖给林冲，然后叫人扮作太尉府的当差，传太尉命令，叫林冲携刀去高府内比试优劣，却暗把林冲领入那白虎节堂，两个假扮当差的人先走了，高俅从后面进来，叫人把林冲绑了，送与开封府，定他个带刀私闯白虎节堂的死罪。林冲一死，他的娘子自然是唾手可得了。

林冲哪里知道这等奸计，买得刀来，前去献刀，果然误入白虎堂，被高俅喝令绑了，不容他争辩，解到开封府定罪去了。

刺配沧州道

高太尉差人把林冲和那把刀送到开封府滕府尹手里。滕府尹升堂，问道：“林冲，你是个禁军教头，为什么不知法度，手执利刃，闯入节堂？这可是死罪！”林冲申冤道：“恩相明镜，林冲冤枉。林冲虽是粗鲁的军汉，却也知道些法度，怎么敢擅入节堂？前月二十八日，小人与妻子到岳庙还愿，正碰见高太尉的小衙内，调戏小人的妻子，被小人喝散了。后来，小衙内又叫陆虞候来骗小人喝酒，却让富安去骗小人的妻子到陆虞候家楼上，非礼调戏，也被小人赶去，把陆虞候家打了一场。两次调戏，皆有人证。昨天，小人买了这口刀，今天太尉便差两个差人来家呼唤小人，叫拿刀去府里比试看。因此，小人随二人到节堂里。两个差人进堂里去了。不想太尉从外面进来，说我私闯白虎堂。一切都是设计陷害小人。望恩相做主！”府尹取了林冲的诉词，叫画了押，便将林冲先行监入牢里。

林冲家里前来送饭，一面上下使钱。林冲的丈人张教头亦来买上告下，使用财帛。

开封府有个孔目孙定，十分耿直，好帮助人，人都称他孙佛儿。孙定知道林冲冤屈，来帮林冲，私下对滕府尹说：“这件事情冤枉了林冲，可以帮帮他。”滕府尹问：“是高太尉定的罪，怎么能帮得了？”孙定说：“这开封府是朝廷的，又不是高太尉家的。高太尉当权，有人小小触犯，便押来开封府，要杀便杀，要剐便剐，把开封府当成他家的了。”府尹也是有心开脱林冲，便问如何才能既帮了林冲，又不得罪高俅。孙定说：“看林冲的诉词，是个无罪的人，只是没拿着那两个差人做证人。现在让他招认了带刀误入节堂，打他二十杖，刺配到边远的地方去。林冲能接受，太尉面子上也过得去。”滕府尹去见太尉，太尉自知理亏，便答应了。最后定下刺配林冲到沧州。差两个公差董超、薛霸押送。

林冲被刺配沧州，临行之前，却怕妻子苦守自己，耽误了青春，硬下心，任凭丈人妻子如何苦求，一纸休书，把不曾生子的妻子休了。林冲妻子是个情深义重的女人，虽拿了休书，却打定主意死等丈夫回来，林冲的丈人也重情义，愿意终生养着女儿，只等林冲回来，叮嘱林冲多多来信，注意身体，早日归来与女儿团聚。

生死野猪林

董超、薛霸押着林冲，从东京出发，朝沧州而去。那高太尉如何肯放过林冲，已差陆虞候买通了董超、薛霸，只等在半路上谋害了林冲。董超、薛霸见是太尉安排，不敢不从。

第一天无事，行了三四十里，晚上在城外客店歇了。第二天天明便出发，走到天黑，也没什么事，向晚各自歇息了。到了三四天之后，炎天暑热，林冲身上的棒伤开始化脓，渐渐走得慢了，那两个差人的脸色也时好时坏起来。当晚，三个人行到村中客店歇宿。两个公差却故意用开水来帮林冲洗脚，把林冲烫得满脚亮泡。林冲只是强忍了。次日，才睡到四更，薛霸便催促林冲吃饭上路。林冲起来晕了，吃不得。薛霸故意消耗林冲，又把林冲的旧鞋扔掉，换了一双打脚的新鞋，林冲走不到两三里，双脚便鲜血直流。

走了不久，便见到一座烟笼雾锁的黑暗松林。那座猛恶林子，十分有名，唤做野猪林，是东京去沧州路上第一个险峻去处。宋时这座林子内，很多罪犯，被人使钱买通公人带到这里，结果了性命。两个公差便想在林子里结果林冲的性命。两个人先装作歇息，不放心林冲，叫来把林冲捆了，林冲也不疑心，两人把林冲绑在树上，才露出狰狞面孔，要来杀害林冲。

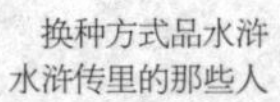

花和尚大闹野猪林

这一切，却被一个人全看在眼里，这个人就是鲁智深。原来，鲁智深去找林冲时，刚好碰到陆虞候去酒楼里找董超、薛霸，鲁智深看他们密谋，放心不下林冲，便一路尾随而来，暗地保护林冲。鲁智深见那两个要害林冲，大叫冲了出来，救了林冲一命。鲁智深救得林冲性命，本要杀那两个公差，林冲一心想平安回去见娘子，便全力劝住。鲁智深保护着林冲，一路把他平安送到了沧州。

生死野猪林这一段，最是凶险，最能看出林冲的谨慎。他为早日刑满与妻子团聚，竟然连谋害自己的凶手都能忍让，他的谨慎可见一斑。不过，从另一面，却能看出中产阶级的宅心仁厚、心地善良、重视家庭。

棒打洪教头

从出场到刺配沧州，林冲一直没有真正显示武艺。我们都是从旁人角度得知他武艺高强的。例如，从鲁智深手下泼皮的口中，我们得知他是京城八十万禁军教头；从对鲁智深的喝彩中，我们得知他见识不凡；从陆虞候的口中，我们得知京城禁军教头没有一个比得上他；从他买刀的行为，我们得知他对兵行器械的鉴赏能力十分高超。林冲真正显示武艺，是在去沧州路上小旋风家里，棒打洪教头。

林冲三人将要到沧州，鲁智深已回去了，三人来到一座酒店喝酒，那酒保却不上酒菜，反说是为了客人好。一打听，原来这是小旋风柴进的村庄。柴进是村里有名的大财主，人称柴大官人，江湖上人称小旋风，他是大周柴世宗的子孙，家里留着宋太祖赵匡胤亲赐的誓书铁券，无人敢招惹。他最喜欢招揽天下的好汉，平常家里总养着三五十个好汉，常常嘱咐村里酒店，只要有流配来的犯人，就可叫投到他庄上，他愿意资助盘缠。所以这酒家不卖酒菜给林冲，只怕他吃喝饱了，拿不到资助。林冲在东京就听说过柴进的大名，便和两个公差去投柴进。柴进的庄园坐落在平原之上，四面都是河流，高堂大阁，果然阔绰非凡。林冲三人来到庄前，先是没有碰到，后来却在离开的半路上，碰到打猎而回的柴进。那柴进生得龙眉凤目，皓齿朱唇，三牙掩口髭须，三十四五年纪，被一群人簇拥着飞奔而来。听说是林冲，下马便拜，迎到庄上，好不喜欢。

柴进把林冲引到庄上大厅，说：“小可久闻教头大名，不期今日来踏贱地，足称平生渴仰之愿。”林冲回答：“微贱林冲，闻大人贵名，转播海宇，谁人不敬？不想今日因得罪犯，流配来此，得识尊颜，宿生万幸。”那柴进见林冲谦虚有礼，更是喜欢。

几人坐定，柴进便唤庄客摆酒。数个庄客托出一盘肉，一盘饼，温一壶酒；又一

个盘子，托出一斗白米，米上放着十贯钱，便来打发林冲。柴进见了说："村夫不知高下，禁军教头到此。怎么这样轻视？快拿回去，换果盒好酒，再杀一只羊，好好款待！"柴进着意抬高林冲，林冲也是极力谦谢。

众人喝酒，柴进坐了主席，林冲坐了客席，两个公人在林冲旁边坐了，叙说些闲话，江湖上的勾当，不觉红日西沉。又吃了一些果品海味，又喝了一道汤。只见庄客来报告："老师来也。"原来庄上近来来了一个教头，曾和柴进讲些武艺，见庄上无对手，十分傲慢自大，人都叫他老师。柴进并不喜欢。柴进见是他来，请他来席上坐。

那个教师进来，歪戴着一顶头巾，挺着胸脯子，来到了后堂。林冲想庄客称他做教师，必是柴大官人的师父，忙起身施礼，那人像是没看见一样不还礼，林冲不敢抬头。柴进看不过去，便指着林冲对洪教头说："这位便是东京八十万禁军枪棒教头林武师林冲，他向你问好了。"林冲听了，又拜，那洪教头回头说："不必拜了，起来。"却仍不躬身答礼。柴进看了，心中好生不满。林冲拜了两拜，起身让洪教头坐，洪教头也不推让，一屁股去上首便坐。柴进看了，更不喜欢。林冲只得在下首坐了。

大家就座。洪教头便问："大官人今天为什么厚礼款待配军？"柴进说："这位好汉非比其他，乃是八十万禁军教头。"洪教头道："大官人只因好习枪棒，所以流配军人都来倚草附木，都说自己是枪棒教师，来投庄上，混些酒食钱米。大官人如何能够当真？"林冲听了，并不做声。柴进说道："人不可貌相，不要小瞧了这个教头。"洪教头怪柴进说自己小瞧了林冲，便跳起身来道："我不信他，他敢和我比一比棒法，我便服他。"柴进正中下怀，大笑道："也好！也好！林武师，你心下如何？"林冲小心道："小人却是不敢。"洪教头以为林冲怕了，越是要和林冲比棒。柴进一来要看林冲本事；二者要林冲赢他，灭他的嘴，便起身说："二位教头较量一下。"林冲还在犹豫，怕一棒打翻了柴进的师父，柴进面子上不好看。"柴进见林冲踌躇，便说："此位洪教头也到此不多时，此间又无对手。林武师休得要推辞，小可也正要看二位教头的本事。"林冲见柴进说开了，方才放心。

只见洪教头先起身道："来，来，来！和你使一棒看。"大家一齐都哄出到堂后空地上。庄客拿一束棍棒来，放在地下。洪教头先脱了衣裳，扎起裙子，掣条棒，使了个旗鼓架势，喝道："来，来，来！"柴进道："林武师，请较量一棒。"林冲道："大官人，休要笑话。"就地也拿了一条棒起来道："师父请教。"洪教头看了，恨不得一口水吞了他。林冲拿着棒，使出山东大擂，打将入来。洪教头把棒就地下鞭了一棒，来抢林冲。两个教头就明月地上交手。斗了四五回合，林冲嫌颈上的木枷碍事，托地跳出圈子外来，叫一声："暂停。"柴进道："教头为什么不使本

事？”林冲说：“小人输了。”柴进说：“二位还没较量完，怎么就输了？”林冲说：“小人身上多了这具枷，因此就当是输了。”柴进大笑着说：“是我一时糊涂了。这个容易。”便叫庄客取十两银子交付两个公差，托两个公差暂时去了林冲的枷。让两人再战。

两人再战，洪教头见林冲刚才棒法无力，以为林冲不行，提起棒来要使。柴进叫住，又叫庄客取出一绽银来，重二十五两，作为赢家的奖赏，却要激林冲使出真本事来。洪教头又想争这个大银子，又怕输了锐气。把棒来尽心使个旗鼓，吐个门户，唤做把火烧天势。林冲想道：柴大官人心里只要我赢他。也横着棒，使个门户，吐个势，唤做拨草寻蛇势。洪教头喝一声：“来，来，来！”便使棒盖将下来。林冲往后一退，洪教头赶入一步，提起棒，又复一棒下来。林冲看他脚步已乱，便把棒从地上一挑，洪教头措手不及，就原地一跳，和身一转，林冲那棒却直扫着洪教头的臁骨上，洪教头撇了棒，扑地倒了。

柴进大喜，叫人快拿酒来庆贺。众人一齐大笑。洪教头挣扎起来，被人扶着，羞颜满面，自投庄外去了。柴进却携住林冲的手，再入后堂饮酒，又一连留林冲在庄上住了几日。

林冲棒打洪教头，在林冲不过是小事一桩，不过其他人却大饱了眼福。毕竟，八十万禁军教头和人比试武艺，并不是常有的事，更何况是林冲这样的谦谦君子。

风雪山神庙

林冲在柴进家住了七八天，柴进才放他离开，临行前，捧出二十五两大银相送，又修书给沧州牢狱，托他们照顾。俗话说，钱能通神，关系是富，的确不错，这银两和关系后来果然大派用场。

林冲来到牢营，见了当差的。那当差的起先见林冲没有献钱，把林冲破口大骂，林冲赶紧献上五两银子和一封书信，那当差的脸上顿时阴转晴，把林冲一顿夸奖吹捧。林冲又拿出十两银子和一封书信，托当差转交给牢营总管，那当差的喜滋滋地去了。林冲大为感叹，此后，凡柴进赠送来的一些银两，林冲隔三差五地送一回，当差的和总管因此都十分喜欢他。林冲又把钱两酒菜常分一些给牢友兄弟，那些牢友们也因此十分喜欢林冲。那总管拿了钱和柴进的书信，犯人刚进牢房规定必打那顿棒也免了，给林冲的管制也松了，又给林冲安排了一个轻松的牢狱差使——看管天王堂的香火。林冲从此在天王堂打扫看管，十分自由，又在近处酒店里碰到曾得他救助的李小

二——那李小二在东京店主人家偷钱被捉，多亏林冲从中说情，才免了官司，又得到林冲资助盘缠钱，流落到沧州此处做事，被店家招做了女婿，岳父母去世后，便管理了这个小店，李小二见大恩人到，十分高兴——从此林冲便常来喝酒，生活也有了李小二照顾，林冲又常资助小二一些银两，在天王堂里竟然过上了小康的生活。

转眼间到了冬天。一天，李小二家来了一个军官，后面跟一个走卒模样的人，都是东京口音，李小二便留心了；那军官却叫李小二请当差的和牢营总管来说话，四人来了，却把李小二支开，李小二疑心起来，便叫老婆站在堂后偷听；四个人鬼鬼祟祟的，低声密谋着什么，说话声音很低，只听到“高太尉”“包在我身上，好歹要结果他性命”等几个字句。李小二大惊。等那几个人一走，便要去告诉林冲小心，却刚好碰到林冲到来。李小二把几人情况都描述了，那林冲大叫起来，说：“那三十来岁的军官正是陆虞候。居然跟踪到这里来谋害我。看我不把他碎尸万段！”林冲去街上买了一把解腕尖刀，在沧州满城寻找陆虞候，一连四五天，没有找到。

到第六天，管营叫林冲到点视厅上，说：“你来这里很久了，看柴大官人的面子，今天抬举你。这里东门外十五里，有一座大军草场，每月只有一些纳草纳料的活，还可以从中赚些外快。如今，我抬举你去管那草料场。你和当差的去那里交接吧。”林冲见总管不来害他，却给他安排一个好差使，心中非常纳闷。去草料场的路上，天上却纷纷扬扬卷下一场大雪来。

到草料场，交接完毕。林冲看那草棚，破败不堪，朔风一吹，摇摇欲坠，难以过冬，决定来日叫人来修葺一番。烧了一盆炭火，仍难抵御寒风，就去墙上取了葫芦，去那东边二三里的小集市上打酒。走了没半里，见路边一座古庙，林冲作揖了，又往前走，那雪忽忽拉拉地正下得紧。林冲来到集市，饱餐了一顿，打了些酒，又顶着大雪，花枪挑了酒葫芦，一路迤逦而回。来到草料场，叫一声不好，原来大雪却把草棚压垮，多亏林冲外出，捡了一条性命。林冲只得抢一条破被褥，挑着花枪，去那半里外古庙暂时住一晚。林冲锁了草料场，来到古庙，用石头顶了门，铺下被褥，脱了雪布衫，用被褥裹了下半截，躺了下来，摸了葫芦冷酒就着剩牛肉来吃。

林冲摸了葫芦冷酒就着剩牛肉正要吃，却听到外面毕毕剥剥地爆响。林冲跳起来，从庙门缝里往外一看，只见草料场里起火，四面刮刮杂杂地烧着。林冲十分惊讶，不及多想，挑了花枪便要开门去救火，却听见外面有人行来。林冲躲在门后听，听到三个人的脚步，来到庙前，一个人前来推门，推不动，三人在庙檐下站地看火。其中一个说：“这条计好么？”一个回答说：“真是亏管营、差拨二位用心。回到京师，禀过太尉，保你们二位做上大官。这一次张教头再没法推脱了。”那人说：“林

冲这次被我们搞定，高衙内这病必然好了。”又一个说：“张教头那厮，几次托人去说：‘你的女婿已死了。’张教头就是不信，不肯答应衙内的话。衙内的病看看又重了。太尉才特地派我们两个来办这件事。不想到今天才办完了。”又一个说：“小人爬过墙去，四面草堆上点了十来把火，他往哪里逃？”那一个说：“差不多烧了七八分了。”又听见一个说：“就算逃得性命，烧了大军草料场，也得个死罪。”又一个说：“我们回城去罢。”一个说：“再看一看，拣他一两块骨头回去也好向太尉交差。”林冲听那三人，都是熟人，一个是差拨，一个是陆虞候，一个是富安。

从高衙内戏弄娘子开始，林冲连番受辱，几次遭人暗算，今天又差点被活活烧死，终于忍不住了。林冲轻轻挪开挡门的石头，挺起花枪，一手拽开庙门，大喝一声：“泼贼哪里去！”三个人急要走时，惊得呆了，正走不动。林冲先一枪戳倒差拨。又一枪杀翻逃不到十来步的富安，陆虞候叫声饶命，吓得慌了手脚，刚刚逃不到三四步。林冲喝声道：“奸贼！你往哪里逃？”批胸里只一提，把陆虞候丢翻在雪地上，把枪搠在地里，用脚踏住胸脯，身边取出那口刀来，逼在陆谦的脸上，喝道：“泼贼！我和你无冤无仇，你为什么这样害我！正是‘杀人可恕，情理难容’。”陆虞候求饶道：“不关小人的事，是太尉的命令，我不敢不从啊。”林冲骂道：“奸贼，我同你自幼相交，现在你倒来害我，怎么说不关你的事！吃我一刀。”把陆谦上身衣服扯开，把尖刀向心窝里只一剜，把心肝挖了提在手上。回来又割了三人的头，将三个人头发绾在一起，提入庙里，都供了山神。

好一个林冲，几番忍辱，今天才得以爆发。林冲回庙穿了衣，提了枪，把冷酒都喝尽，丢了葫芦，却出门，迎着一天大雪，踉踉跄跄地去了。

雪夜上梁山

林冲雪夜逃亡，十分寒冷，来到几个看米仓的人的住处，烤干了衣服，抵不过寒冷的来袭，抢了那几个人的酒，喝了半瓮，出门行不到一里，被风一吹，醉倒在山涧边雪地上。那几个人回去，引二三十人来寻抢酒的强盗，在山涧边找到林冲，把他绑了，押解到主人的庄上。正拷打间，主人出来查问，见了林冲，彼此大惊，赶忙把林冲松了绑。原来那主人正好是柴进，这里正好是柴进的东庄。

林冲向柴进诉说了原委。柴进将林冲留在东庄，一连住了六七天。

另一边牢狱的总管看草料场烧了，陆谦三人死了，林冲却逃了，便把责任都推在林冲身上，向州府里状告林冲火烧草料场，杀人越狱。州府大惊，定了案，派了缉捕人员，到处张贴林冲画像，严厉检查各处关口，搜捕林冲。

林冲在柴进东庄住了六七日，眼看风声渐紧，不敢久留。只是去哪里呢？柴进便推荐林冲去一个去处。原来山东济州地面上有一个水乡，地名梁山泊，方圆八百余里。中间是宛子城，蓼儿洼。现在有三个好汉在那里扎寨。为头的首领叫做白衣秀士王伦，第二个叫做摸着天杜迁，第三个叫做云里金刚宋万。三个好汉，聚集着七八百小喽啰，打家劫舍。常有一些做下弥天大罪的人，为躲灾避难去那里投奔，他都收留寨中。三个好汉，落难时都曾得到柴进照顾资助，与柴进交情很好，常寄书信来问好。柴进便推荐林冲去那八百里梁山水泊。

林冲大喜，便准备投靠梁山去。只是怎样突破官府的严厉检查，从关口混出去呢？

多亏柴进，却想了一个冒险的办法。这一天，柴进装作出门打猎，带了鹰马走狗，一行二三十人，把林冲夹在其中，来到沧州关口。把关的军官都认得柴进，说：“大官人又去快活了。”柴进下马还礼，因问：“什么重要的事，叫几位亲来过问？”那人回答：“沧州州长托我们来查捕犯人林冲。”柴进故意笑说：“那我们这一行人中藏有林冲，你们怎么认不出！”军官见柴进如此说笑，不好意思细查，说：“大官人知礼懂法，哪会做这样的事，不必查了。”手一挥，却让林冲一行人过去了，柴进笑着告别：“打扰了，回来时带些野味送你。”驱马过关去了。

来到关外，柴进与林冲作别。林冲快马加鞭，奔梁山水泊而去。

交割投名状

林冲上梁山，是梁山发展的开端。但林冲上梁山，却颇费了一番周折。

林冲投梁山来，虽有柴进推荐书信，毕竟是人生地不熟，不知道结果如何？却说

林冲别了柴进，一连行了十余天。这一天，纷纷扬扬卷下一场大雪，林冲踏着满地琼银，却已经来到了梁山路面。林冲踏进湖边一个酒店，对雪小酌一番，又多愁善感了一回，回头便问酒保，离梁山水泊还有多远。酒保回答，已到水泊旁边，只是大雪，又天晚了，无船进去。林冲心中有感，拿笔去墙上写了一首诗，把笔一丢，长叹一声，又去喝酒。

林冲问路，写诗，叹气，被酒店里一个汉子看在眼里。那汉子是梁山王伦手下的头目旱地忽律朱贵，在梁山脚下开了这个酒店，专门打探江湖往来人员的消息。他背手独自望了一会儿雪，便回头来看墙上的诗，只见那诗写道：

"仗义是林冲，为人最朴忠。江湖驰誉望，京国显英雄。

身世悲浮梗，功名类转蓬。他年若得志，威镇泰山东！"

朱贵早听说过豹子头林冲的大名，此时在这里见了，大惊，便上前和林冲搭话。两人认识了，林冲说了自己的来意，朱贵又惊又喜，惊的是林冲不幸，喜的是如果能把林冲引上山，梁山实力必然大增，自己也是立了一大功。当下两人喝酒，等到五更，朱贵一支令箭射过水泊去，引来几艘小船，就把林冲接上了梁山。

来到山上大厅，见了三位好汉：中间交椅上是白衣秀士王伦，左边交椅上坐着摸着天杜迁，右边交椅坐着云里金刚宋万。林冲交上柴进的书信，秉明来意。却不料王伦是个不讲义气，气量狭小的人，他想，自己是个没考上的秀才，因犯事跟杜迁来这里落草；后来宋万入伙，一起聚集起这许多人马。他没有大本事，杜迁、宋万武艺也很平常。林冲却是京师禁军教头，好武艺。倘若林冲入伙，谁能管束得住他。便叫人拿了一锭大银，推说山寨小容不下大菩萨，打发林冲投靠别的地方去。其他三人甚讲义气，都来劝王伦，朱贵说，山寨虽小，水洼子却大，更要顾及柴进的面子；杜迁说，柴进对山寨有恩，不可忘恩负义；宋万说，如果不收留林冲，会让江湖上笑话。王伦这才改口，叫林冲三日之内献上投名状，就收留他入伙。所谓投名状，是江湖上的说法，就是说杀一个人，献上人头表示投奔的诚意。

林冲在山下一连等了两日，没遇上客人。第三日下午，才遇上一个人，却是被赦免罪行、回京复职的杨志。林冲抢了杨志的行李，送上山去交差。杨志找来兵器，和林冲大战一场，两人是不打不相识，互相敬佩，这时王伦、朱贵等才从山上赶下来，叫停了二人，一起邀上山去。王伦欲留杨志入伙，以牵制林冲，一连留了几天，不料杨志要去京城复职，死活不肯落草，王伦只好放杨志下山。回过头这才收留了林冲，让林冲坐了第四把交椅，朱贵坐了第五把交椅。

梁山的事业，从林冲开始，逐渐发达。但林冲和王伦的恩怨，却还没有结束。

火并王伦

林冲上梁山，梁山的事业真正开始了蓬勃发展。但梁山虽占得天时、地利，却不得人和。王伦气量狭小，嫉贤妒能，不能得人才，这是领袖的大忌。林冲初上梁山时，受他百般刁难；到梁山后，又处处受气。江湖上的英雄，但听说王伦的行事，都不敢来投奔。鲁智深大闹野猪林被高俅追捕，杨志失陷生辰纲被官府缉拿，二人本想来投奔林冲，听说王伦的行径后，便改投了二龙山落草。

梁山要想获得更大进步，首要的阻碍就是领袖；铲除阻碍的最简单办法，就是更换领袖；而有更换能力的人选，在梁山上，只有林冲。问题在于，林冲是个十分能忍的人，不到万不得已，他很难和王伦撕破脸皮。那么，林冲最终和王伦决裂了吗？如果有，那又是什么促使他做出了决裂决定的呢？

的确，林冲最终是和王伦决裂了，而促使他做出这一决定的，正是王伦对晁盖一伙英雄加盟请求的再次拒绝。而这正事关梁山的前途。

晁盖、吴用、公孙胜、刘唐、阮小二、阮小五、阮小七、白胜八位英雄智取了生辰纲，却不料走漏风声，白胜被抓，供出其余七人，七人无法，便拿生辰纲做献礼，又杀退官军，合伙来投梁山。若是王伦顺利接纳，就不会发生后面的事了，可惜王伦这次却打错了念头。

朱贵将晁盖一行人迎到山寨，王伦领着一班头领出关迎接。众人见面，晁盖说："晁某是个不读书史的人，甚是粗鲁。今天不慎出事了，甘心在头领帐下做一小卒，如蒙收留，深表感谢。"王伦只说："先到小寨，再好商量。"一行从人，到大寨聚义厅坐下，王伦起先倒是有意接纳，宰了两头黄牛、十个羊、五个猪，大摆筵宴。饮酒间，听说杀了许多官兵，放了何涛，阮氏三雄如此了得，便变了脸色，心里打鼓，次后席间支支吾吾，那收留二字，再也不提。

晚上散席，晁盖心中欢喜，对吴用等六人说道："我们犯下这等弥天大罪，王头领如此错爱，此恩不可忘报！"吴用看得明白，知道王伦忌惮众人了得，不肯收留，只是冷笑。晁盖问："先生为什么冷笑？有事请告诉大家。"吴用这才说出了白天自己的观察，并说："王伦要是肯收留我们，白天便议定了座位；杜迁、宋万这两个也是粗莽的人，不懂接纳；只有林冲，原是京师禁军教头，大郡来的人，晓得事体。他在这里只坐了第四把交椅。王伦和你说话时，他似乎不满意王伦，频频用眼瞪他。只

有这个人似乎有意收留我们。”

第二天，林冲清早便来拜访七人。说了些客套话，吴用便对林冲说：“柴大官人声播天下，教头武艺超群，他才推荐上梁山的。不是吴用奉承，按理王伦该把这第一位交椅让你坐。天下英雄都这样说，他王伦受柴大官人的恩，只有这样做才对得起柴大官人的托付。”林冲直言说：“我倒不在乎位次低微。只是王伦心术狭窄，说话闪烁，难以共事。”吴用说：“王头领待人接物，一团和气，怎么心地倒这么窄狭？”林冲说：“众多豪杰来山寨相扶相助，似锦上添花，他却怀妒贤嫉能之心，唯恐众豪杰压了他的势头。所以不想收留大家。”吴用便说：“既然王头领有这般之心，我等不要自讨没趣，赶紧投别处去算了。”林冲赶忙说：“众豪杰不要见外，林冲自有办法留住大家。今天王伦要再推脱，我便不饶他。”晁盖等人纷纷感谢。专等到时相助林冲了。

当天酒席上，晁盖等人各藏了暗器。酒过三巡，提起聚义一事，那王伦便把闲话支吾，林冲强忍住未发作。喝到午后，王伦便回头叫小喽啰取了银两来，要打发晁盖等英雄走路，便如当日打发林冲一般。林冲大怒，双眉扬起，两眼圆睁，坐在交椅上大喝道：“你上次见我上山来时，也推说粮少房稀。今日晁兄与众豪杰到此山寨，你又说这样的话，是何道理？”吴用便劝说：“头领息怒。是我等来的不是时候，你们兄弟不要为这事坏了情分。我等离开就是了。”林冲说：“这等笑里藏刀，言清行浊的人！我今天再不放过他！”王伦喝道：“你这畜生！又没喝醉，敢来骂我，以下反上！”林冲大怒道：“量你是个落第穷儒，胸中又没文学，怎么做得山寨之主！”吴用便要告退，七人起身，要下亭子。王伦留道：“喝完这杯酒再走。”林冲把桌子一脚踢在一边，抢起身来，从衣服下掏出一把刀来。吴用一发令，把手将髭须一摸，晁盖、刘唐便上亭子来，假意拦住王伦，叫道：“不要火并！”吴用一手扯住林冲，便说：“头领不可造次！”公孙胜假意劝说：“不要为我等坏了大义。”阮小二便去拉住杜迁，阮小五拉住宋万，阮小七拉住朱贵。吓得小喽啰们目瞪口呆。林冲拿住王伦骂道：“你是一个村野穷儒，亏了杜迁来到这里支撑。柴大官人资助你，赒给盘缠，与你相交；举荐我来，你百般推却。今日众豪杰特来相聚，你又要打发他们下山。这梁山泊岂是你一个人的！你这嫉贤妒能的贼，又无大量大才，又做不得山寨之主，不杀了要你何用！”杜迁、宋万、朱贵本想要向前来劝时，却被这几个紧紧拉着，过来不得。王伦要跑，又被晁盖、刘唐两个拦住。王伦见势头不好，口里叫道：“我的心腹都在哪里？”虽有几个心腹的人，但是见了林冲这般凶猛势头，没人敢上前。林冲拿住王伦，又骂了一顿，去心窝里只一刀，把王伦杀了。

林冲杀了王伦，扫除了梁山发展的障碍，又谦虚让贤，叫晁盖做了头领，吴用第二，公孙胜第三，自己却还是坐了第四把交椅。晁盖侠义为怀，又宽容仁厚，自晁盖当了头领，各路英雄纷纷来投，梁山事业蓬勃大发展，一发而不可收。林冲的识人之德，让贤之功，是不可不铭记的。

南征病亡

林冲让晁盖做了头领，派人回东京打探家人下落。妻子不愿意从顺高衙内，上吊自杀；老丈人郁郁寡欢，不久去世；丫鬟锦儿也嫁人了。林冲从此断了念头，一心以梁山为事业。

后来，打曾头市晁盖身殁，林冲等力举推荐宋江暂代头领位置，辅佐宋江顺利做了寨主。林冲本枪棒教头，行军打仗、阵前捉敌是他的老本行。从资历来讲，他是梁山的元老；从武艺上讲，他是梁山五虎将之一。此后梁山南征北战，东征西讨，打祝家庄、打高唐州、闹华州、斗梁中书、打北京、打曾头市、打东平府、斗高俅、征辽、征田虎、打王庆、打方腊，都少不了林冲的身影。林冲身先士卒，作为主力干将出战，阵前杀敌，为梁山的事业立下了汗马功劳。

林冲戎马一生，生性善良耿直，虽没有鲁智深通达，不过也是梁山英雄中最为人称道的人物之一。林冲的死，则略微有些遗憾。他既不像多数梁山英雄一样，马革裹尸还；也不像燕青、李进、柴进、戴宗等人，能够逍遥隐退。他作为为数不多的从战场上幸存的英雄，在得胜回京的途中，不幸得病，患了风瘫，不得不留守杭州，由出家的武松看护，在杭州六和寺度完了自己最后的半年。林冲身后并没有像鲁智深、武松一样享受到特殊待遇，只是按常例封了个忠武郎的称号；不过令人又爱又恨的林冲也因病躲过了像宋江、卢俊义一样冤屈而死的命运，这也许是上天对林冲唯一的眷顾吧。

宋江

及时雨宋江

宋江是梁山故事最多的人物。

宋江也是梁山性格最复杂的人物。

为了更好地了解宋江，我们先来看一下宋江的简历。

（1）起事前。约30余岁。

面黑身矮，人称黑宋江；

字公明，人敬称宋公明；

排行第三，父在母丧，有一个弟弟，在家大孝，在外仗义疏财，人称孝义黑三郎；

起事前在郓城县做文官押司，刀笔精通，吏道纯熟，人唤宋押司；

好枪棒但武艺一般，好结识江湖好汉，好排忧解难，好仗义疏财，名满江湖人称及时雨；最要好的朋友有三帮：一是小旋风柴进；二是孔太庄孔明、孔亮；三是清风寨花荣。

（2）义助晁盖逃跑（助智取生辰纲的七人反上梁山，帮助梁山第一次扩大队伍）。

（3）怒杀阎婆惜，从此开始亡命江湖。

（4）受助于朱雷二人，逃离宋家庄（朱仝、雷横二人后来都上了梁山）。

（5）投奔柴进，受到热情款待，住半年。

（6）柴进庄上结交武松，慧眼识武松（他的欣赏使武松由人见人嫌的病大虫成长为打

虎英雄。武松后来落草二龙山，带动鲁智深、杨志等英雄好汉投奔宋江一同上了梁山）。

（7）投奔孔太庄，住了半年。

（8）孔太庄上救武松。

（9）投奔花荣路经清风山被捉，反被清风山尊为座上宾，结交好汉燕顺、王英、郑天寿。

（10）清风山错救人。

（11）投奔清风寨花荣，受到热情款待。

（12）清风寨遇险，一上梁山，为梁山输送六位英雄，帮助梁山第二次扩充队伍（包括一系列事件，主要有：清风镇看灯被捉；花荣闯寨救兄；夜上清风山再被捉；累及花荣中青州兵马都监黄信计赴清风寨被捉；清风山三好汉大败黄信半路截囚车；清风山设计降伏青州指挥司总管青州兵马统制秦明；毒计留秦明；撮合秦明婚事；秦明招降黄信；一上梁山；半路收服对影山吕方、郭盛；石勇报丧；修书推荐六好汉梁山入伙）。

（13）奔丧被捕，下狱，宽刑刺配江州。

（14）梁山泊拒绝落草。

（15）结交揭阳三霸（李俊、李立、童威、童猛、张横、张顺、穆弘、穆春）及薛永。

（16）江州结交戴宗、李逵、张顺。

（17）浔阳楼吟反诗。

（18）法场被救，白龙庙小聚义。

（19）报仇打无为军。

（20）三上梁山（此次共为梁山新输送头领15人，分别是揭阳三霸李俊、李立、童威、童猛、张横、张顺、穆弘和穆春，薛永、戴宗和李逵，以及半路结识的黄门山欧鹏、蒋进、马麟和陶宗旺）。

（21）回乡接父。

（22）三打祝家庄。

（23）杀小衙内逼朱仝上梁山。

（24）打高唐州斗法杀高廉救柴进。

（25）打呼延灼。

（26）救孔亮聚三山打青州。

（27）带领三山英雄同上梁山（此次上梁山的英雄有11人：二龙山鲁智深、武松、杨志、施恩、曹正、张青、孙二娘；桃花山李忠、周通；白虎山孔明、孔亮。其中鲁智深、武松、杨志皆有一等一的武艺；而鲁智深还有出色的个人魅力和组织才能，此后曾介绍史进、

神机军师朱武、跳涧虎陈达、白花蛇杨春四人入伙）。

（28）设计援救史进、鲁智深。

（29）收服邙砀山三英。

（30）代晁盖为王。

（31）毒计逼卢俊义上山。

（32）活捉关胜退敌。

（33）救卢俊义攻打大名府。

（34）降伏水火二将退敌。

（35）打曾头市，称王。

（36）梁山排座次。

（37）开菊花会。

（38）赏灯闹东京。

（39）首次受招安，不成功。

（40）大胜童贯。

（41）两败高俅。

（42）第二次受招安，仍不成功。

（43）活捉高俅。

（44）三度招安成功。

（45）征辽。

（46）五台山参禅。

（47）打田虎。

（48）打王庆。

（49）打方腊。

（50）中毒身亡。

从宋江的经历来看，宋江既是梁山的核心成员，也是梁山枢纽式的人物。这种枢纽地位主要体现在两个方面：第一，在梁山大聚义之前，几乎大半英雄的上梁山都与宋江有关，或者受他的帮助（如生辰纲七杰），或者受他的感召推荐（如揭阳三霸、薛永、戴宗、李逵、欧鹏、蒋进、马麟、陶宗旺、青州三山众英雄等），或者被他设计逼上山（如秦明、卢俊义、朱仝），或者是他阵前收服（如黄信、关胜等多数原来的官军将领）；第二，宋江几乎参与指挥了梁山所有的大小战争，包括打清风寨、打江州、三打祝家庄、打高唐州、三山打青州、打大名府、打水火二将、打曾头市，打童贯、三败高俅、征辽、打田虎、打王庆、

打方腊等，他是梁山实际的军事首领，梁山的其他重大活动也都有他的策划与指挥。所以，宋江就像一根绳索一样，串联起了水浒的各路英雄好汉以及各种各样的英雄故事，宋江经历的复杂也就复杂在这个地方，他是一个交会口，梁山众水虽然各有千秋，但只有到了他这里，才千汇万状，蔚为大观。

宋江的性格，也主要是从他这些复杂的活动经历中体现出来的。宋江的性格非常多面，简单地讲，可以概括为孝、义、忠、智四个方面。孝，就是他对父兄的情感，这个很好理解。义，特别体现在英雄义气上，宋江情商极高，重视兄弟情义、英雄义气甚至到了多愁善感的地步，这一点使他轻而易举地俘获了所有梁山好汉的心，甚至意见不同的好汉们也不得不认同他的极真诚的行为态度。忠，就是对所在国家坚定不移的信念，梁山中，李逵是反国家的，鲁智深是怀疑国家的，多数英雄则没有什么明确的国家概念，宋江则不同，他把国家放在了一个最重要的位置，所以他做了领袖，梁山的结局就只能是招安，是征辽、平田虎、打王庆、打方腊，他自己的结局则只能是喝毒酒身亡；智，这一点当然毋庸置疑，历次战争，取得最后的胜利靠的是出色的智谋和出色的组织能力，如果说，出色的智谋是吴用和宋江共同具备的素质的话，那么，出色的组织能力就是宋江的专长。孝、义、忠、智这四个方面支撑了宋江的思想大厦，宋江就是靠着这四种品质成就他的事业的，当然，宋江的局限性也在这四个字中暴露无遗。宋江的临事而惧、爱才如命、兄弟情长等性格在文中尤其有非常多的有意思的细节表现。

宋江的经历如此复杂，故事这么多，体现出来的思想性格也各不相同，我们在此挑选几个最重要的、最能体现宋江性格的故事来给大家介绍。这些故事分别是：私放晁天王；怒杀阎婆惜；三次投奔；一上梁山；二上梁山；三次吟诗；两次点化与大结局。

私放晁天王

宋江出场的第一个故事，就是私放晁天王，就体现了他的江湖义气，也就是他的绰号“及时雨”所展现出来的那种勇于替人排忧解难的江湖侠义气质。

晁盖八人在济州地面上劫了生辰纲，闹得沸沸扬扬，蔡京大怒，责令济州知府十天之内抓到劫匪，知府又把责任状下到州捕快何涛身上，也是事与凑巧，那何涛正不能交差之际，却撞上他的兄弟何清，从他那里得知赌客白胜参与了抢劫，于是派人一举捉拿了白胜，严刑拷打，白胜顶不住，供出郓城县晁盖的姓名。这何涛大喜，便来到郓城县联系当地衙门，准备抓捕晁盖，并顺藤摸瓜，审出其他六人的名字，一一抓捕。

这一天中午时分，何涛来到郓城县，知县已退了早衙，县前静悄悄地。何涛走去

县对门一个茶坊里坐下，喝茶等候。何涛问茶店主人："今天县里不知是哪个押司值班？"茶博士指一个正从县里走出来的吏员说："今天值班的押司来了。"来人正是当天值班的县衙秘书宋江。

宋江和几个同事一起走来，何涛见宋江器宇不凡，就上前当街迎住，叫道："押司，请到这里来喝茶。"宋江见何涛是个公人打扮，慌忙答礼问："尊兄是从哪里来的？"何涛说："先请押司到茶坊里面喝茶，慢慢再说。"两人来到茶店，互相介绍了，何涛说他是济州府缉捕使臣何观察，宋江也通了姓名。宋江见他是上面来的捕快，心里想不知本县出了什么事，便问道："观察到敝县，不知有何公务？"那何涛早听说宋江的大名，此时又要宋江帮忙，便没有提防，说："实不相瞒，来贵县抓几个重要的嫌疑犯。"宋江忙问："什么嫌疑犯？"何涛说："公文就在这里，烦请押司过目帮忙。"宋江追问："观察是上司派来捕盗的人，小吏自然倾力协助，只是不知道是什么情况？"何涛便说："押司也是办案的人，说给你听也没关系。敝府管下的黄泥冈上有一伙贼人，共八个，用蒙汗药麻翻了北京大名府梁中书差遣送蔡太师生辰纲的士兵十五人，劫走了十一担珍珠宝贝，合计十万贯的赃物。我刚刚抓到其中一个叫白胜的从犯，供认其他七个正犯都在贵县。所以到这里来抓捕。这是太师府特别下达的命令，要本府来办这件事，望押司帮忙，早点把这事办完。"宋江说："不要说有太师的命令，就是观察不亲自前来，我们也是要帮忙捕拿嫌疑犯的，只是不知道白胜供出了哪七个人的名字？"何涛说："不瞒押司说，贵县东溪村的晁保正是贼头，其他六名还不知道姓名，麻烦帮忙查找。"宋江听完，大吃一惊，心里想："晁盖是我的心腹弟兄。他如今犯下了弥天大罪，我要是不救他，被抓了去，性命就丢了！"心内虽然着急，脸上却不露声色，答应说："晁盖这厮，一向刁顽，本县上下，没一个不怪他，现在犯下这样的大罪，一定要捉他归案！"何涛便叫宋江帮他去打理文书，宋江推脱说："打理文书，这事容易，瓮中捉鳖，手到拿来。只是，这是一封密封好的公文，最好还是由观察自己去投送，我的上司知县看了，自然会施行发落，派人去捉。小吏不敢私自擅开。这件公事，非同小可，不要事先泄露出去了。"何涛说："押司高见，相烦引进。"宋江说："知县刚办完一上午的案，刚刚才休息，观察也在此休息一会儿，等下知县上班了，小吏来请。"何涛答应了，便在原地等候。

宋江安顿好了何涛，吩咐茶店主人："那官人要再用茶，都算在我的账上。"又吩咐他的手下人："要是知县坐衙了我还没到，就帮忙去茶坊安抚一下那个公人说：'押司马上就来。'叫他略等一等。"慌忙骑上马，慢慢溜达出县城，快马加鞭奔东

溪村晁盖庄来。半个时辰，来到晁盖家，仆人进去报告了。那晁盖正和吴用、公孙胜、刘唐在后园葡萄树下悠闲地喝酒，三阮已分了钱财，回了石碣村。晁盖便问：“来了多少人？”庄客说：“只有宋江一个，飞马赶来，说要马上见保正，越快越好。”晁盖说：“一定出事了。”慌忙出来迎接。宋江进了门，把晁盖拉到一个小房子里。晁盖问：“什么事这么急？”宋江慌忙把情况都告诉了晁盖，说：“哥哥不知，兄弟我现在是舍着性命来救你。你黄泥冈的事发了！白胜已被捉进济州大牢。供出了你们七人。济州府派一个何捕快，带着人，奉太师府的命令来捉你七人，说你是领头。天幸撞在我手里！我推说知县睡着了，教何观察在县衙对门茶坊里等我。才飞马赶来报告哥哥。‘三十六计，走为上计’。此时不走，还等什么？我回去帮他投送办理了手续，知县马上就会派人连夜下来。你们不要耽搁。慢一点，被抓了怎么办！到时候不要怪小弟没来救你。”晁盖听完，大吃了一惊，连说：“贤弟大恩难报！”宋江说：“哥哥，你不要多说了，赶快安排逃走，不要耽搁。我现在就要回去。”晁盖说：“七个人：三个是阮小二、阮小五、阮小七，已得了财，回石碣村去了；后面有三个在这里，贤弟见一面。”晁盖引着见了吴学究、公孙胜、刘唐。宋江草草见了，回身便走，嘱咐说：“哥哥保重，快走！兄弟走了。”上了马，飞也似望县里来了。宋江回到县城，又故意耽搁了一会儿，才引着何涛去见了知县，办了抓捕的手续。县衙连夜就派人前来晁盖家抓人。

宋江一走，晁盖赶紧把情况都告诉了其他三人。吴用三人对宋江都是感恩不尽，先前早就听说及时雨、呼保义的大名，此时更加感慨不已，只恨时间仓促，不能再

会一面。当时四人商量，收拾五七担财物挑了，先去那石碣村三阮家里避一避，那石碣村往里一点，就是梁山泊，好生兴旺，官军不敢捕盗，如果官军追得紧，大家都上梁山入伙。商量已定，分头行事。后来官军果然来追捕，四人有宋江的报信，早有准备，又得雷横、朱仝的帮助，安全逃离了郓城县，去了石碣村，最后七人全都上了梁山。晁盖上梁山后，做了梁山第二代寨主，吴用成为梁山的军师，宋江自然就成了山寨最大的恩人。

私放晁天王，宋江一出场，就以自己特有的方式阐释了“及时雨”的内涵；并为以后梁山的事业输送了至关重要的人才。

怒杀阎婆惜

宋江三次受辱被害，三次都手刃了仇人。怒杀阎婆惜是第一次，是他亲手杀了；杀青风寨知县老婆是第二次，因为她恩将仇报，借燕顺的手杀的；追杀黄文炳是第三次，因为黄文炳告他吟反诗，此次大动干戈，灭了黄文炳一门老小，最后活捉黄文炳，借李逵的刀剐了。从这三次杀人看，宋江的报复心极重，他平常虽然谨慎，但一旦杀起人来，也是杀人不眨眼，从江湖标准来看，这倒正是江湖好汉所必备的素质。这三次杀人，一次比一次恶劣，怒杀阎婆惜是头一次，从中颇能看出宋江忍勇兼备的性格特征。

宋江私放晁盖后，晁盖反上梁山，公然与朝廷官军对抗，在梁山泊大败官军，活捉官军头领黄安。济州知府不得不招军买马、命令各县合力收剿梁山泊好汉。命令下达到郓城县，宋江知道了，既喜且惊，喜的是晁盖等人尚能自保，惊的是晁盖等犯下灭九族的大罪，难有回头的一天，一旦出事，自己难脱关系。因此心里十分矛盾。

先不说宋江的担心，且说一天，宋江出外散步，碰到做媒的王婆引着一个婆子从面前经过。那婆子一家三口卖唱从东京来，投奔亲戚不成，流落到郓城县，在郓城县刚刚死了老头阎公，身边只剩一个唱曲的女儿阎婆惜，无力置办棺材。王婆素知宋江乐善好施，便上前请求宋江施舍一副棺材钱。宋江当即答应了，并另外再给了十两银子做丧葬费用。那阎婆因此十分感激。后来，阎婆前去感谢宋江时，发现宋江家里还未娶亲，便主动要把女儿阎婆惜嫁给宋江，请王婆帮忙说媒。宋江初时不肯，后来挡不住媒婆的利嘴，便将就娶了阎婆惜。就在县西巷内，租了一所楼房，置办了些家具，安顿了阎婆惜娘儿两个。

那阎婆惜，本是个水性的烟花女子，初时因为穷，嫁了宋江，倒还安分。没半月

之间，得宋江的支持，把自己打扮得满头珠翠，遍体绫罗，却渐渐不满意起宋江来。夫妻的事，本来就不好说，原来宋江是个好汉，只爱学使枪棒，对女人不十分上心，也不愿花心思，这阎婆惜竟和他过不到一起去。也是合该出事，一日，宋江把他的同房押司张文远带到家里喝酒，这张文远平素风流俊俏，阎婆惜是个酒色娼妓，两人眉来眼去，竟然渐渐勾搭上了。此后，张文远便常常背着宋江来找阎婆惜，两人打得火热，只把宋江蒙在鼓里。

阎婆惜自从和张文远勾搭上，对宋江便更无情意，见了宋江，只是埋怨斗口，没有一丝温和的语气。久了，宋江也渐渐地淡远了此事，慢慢就不怎么回家。有些流言飞语传在宋江耳朵里，宋江也半信不信，自己想："又不是我父母定的婚，她既然无心恋我，我自己去惹气受气干什么？我只不上门就是了。"便干脆几个月不回去。阎婆多次叫人来请，宋江都推说有事，不去上门。

话分两头。再说梁山这边，晁盖一直惦记着宋江、朱仝、雷横三人的恩情，事情稍微平息后，便派刘唐带着书信和银两前来感谢宋江。刘唐在县城找到宋江，宋江见了刘唐大吃一惊。刘唐对宋江说："晁盖哥哥托我来再三拜谢大恩人。山寨里林冲出头，火并了王伦，现今晁盖哥哥做了梁山泊总头领，吴学究做了军师，公孙胜同掌兵权。山寨里原有杜迁、宋万、朱贵和俺弟兄七个，共是十一个头领。现今山寨有七八百人，粮食不计其数。兄长大恩，无可报答，特派刘唐送一封信和黄金一百两前来感谢押司，还有朱、雷二都头。"宋江看完书信，装在文书袋里。打开包儿，只取了一条金子，也装进袋里。对刘唐说："贤弟，你听我说：你们七个弟兄初到山寨，正要

金银使用；我家里还有些富裕，钱就先放在你山寨上，等宋江缺少盘缠时，教兄弟宋清去取就是了。今天不是宋江见外，我拿一条金子。朱仝那人，也有些家私，不用与他，我把你们的心意带到就是了。雷横这人，并不知道是我报的信；另外，他这人好赌，要是拿金子出去赌博，惹出事来，反倒坏事，金子切不可给他。贤弟，我不敢留你家中住，要是有人认出你，你我都走不了。今夜月色明朗，你马上就回山寨去，不要在此停搁。众头领心意，宋江心领了，不能前来庆贺，望原谅。”宋江死活只收一根金条，写了一封回信给刘唐，请刘唐吃饱喝足，匆忙把刘唐打发回了梁山。

再说阎婆这边，见宋江不理睬女儿，断了活路，心里着急，便出来找宋江。正好碰上刚刚送走刘唐，心里正忐忑不安的宋江。那阎婆连拉带扯，不由得宋江分说，把宋江扯回了家。阎婆想他女儿笼住宋江，回到家里便喊：“你的心爱的三郎来了。”那阎婆惜先以为是张文远到了，口里喃喃骂着：“这短命，等得我苦也！老娘先打两个耳刮子着！”飞跑下楼来接。走到楼梯口一看是宋江，却折身打转，又回房去倒在床上。阎婆见了，百般遮掩，假意训斥女儿，反过来又劝宋江，叫宋江原谅，千万见她女儿一面，百般撮合。宋江吃不住她的软话，只好随她上楼进了房门。那阎婆从外面先反插了门，又去做了一桌酒席来劝婆惜和宋江。宋江的一个线人唐牛儿刚好来找宋江，宋江本想借机开溜，却被那阎婆识破，一巴掌把唐牛儿打出门去。宋江被阎婆逼不过，只好当夜在婆惜床上歇息。宋江把头巾除下，放在桌上。脱下上衣，搭在衣架上。解下腰带，上面别着腰刀和文书袋，挂在床边栏杆上。脱去鞋袜，便上床去那婆娘脚后睡了。那婆惜仍是不理不睬，只是冷笑。婆惜脸向里，宋江脸向外，两人无言无语。半个更次，只听见婆惜在脚后冷笑。宋江气闷，无心睡眠。古话说“欢娱嫌夜短，寂寞恨更长”，宋江躺到三更，酒就醒了。好不容易挨到五更，宋江起来，打冷水洗了脸，穿了上衣，带了头巾，口里骂道：“你这贼贱人好无礼！”那婆惜也没睡着，听到宋江骂，扭过身来反骂说：“你不羞这脸！”宋江忍气吞声，下楼离开。

睡不好就容易忘事。这宋江一夜未合眼，临走时却忘了一件大事，把那装信件和金条的文书袋忘在婆惜的床栏杆上。且说宋江去老王头铺面上吃早餐，正要施舍往日许给那老儿的一副棺材钱，突然发现文书袋忘在家，大吃一惊，那钱倒还罢了，那封书信却是要命的东西。宋江赶紧回家去拿。

这阎婆惜听到宋江出门，爬起来自言自语：“指望老娘陪你说话，我偏不，老娘自和张三过得好，谁耐烦你！你不来上门更好！”口里说着，却发现了那个文书袋，摸过来一看，原来是宋江通贼的一封书信和一根金条。阎婆惜正愁不能和张文远长久，见了这信件，心想：“好呀！我只道‘吊桶落在井里’，原来也有‘井落在吊桶里’。我正

要和张三做夫妻，只没理由，今天你也撞在我手里！原来你和梁山泊强贼往来，送一百两金子给你。先不要慌，老娘慢慢和你玩！”就把这封书信依原样收好。

正在楼上计划，宋江回来了。那婆娘慌忙把腰带、腰刀、文书袋卷做一块，藏在被里，抱着被条装睡。宋江撞进房里，到处找遍，不见东西，心内慌张，只得忍了昨夜的气，用手去摇妇人说：“你看我以前待你不错的面上，还我文书袋。”婆惜装睡不应。宋江又摇说：“你不要生气，我改天来跟你赔礼。”婆惜说：“老娘正睡，谁搅我？”宋江说：“你明知是我，别装了？”婆惜扭转身说：“黑三，你说什么？”宋江说：“你还我文书袋。”婆惜说：“你什么时候交到我手里的？来问我讨。”宋江说：“忘在你脚后小栏杆上。这里没人来，一定是你收了。”婆惜说：“呸！你不要来见鬼！”宋江说：“夜里是我不对，明天来向你道歉。你先还了我东西，不要戏弄我。”婆惜道：“谁戏弄你？我没收！”宋江说：“你原来睡时没脱衣裳，现在盖着被子睡，一定是起来铺被时拿了。”只见那婆惜柳眉踢竖，星眼圆睁，说道：“老娘拿是拿了，只是不还你！你去叫官府的人来把我当贼捉去呀。”宋江见这话，心里越慌，便说：“我没亏待你娘儿两个，还了我罢！我要去办事。”婆惜说：“平常总说老娘和张三有事，那张三就算有地方不如你，也没做过杀头的事，不比你勾结劫贼强。”宋江说：“好姐姐，不要叫，邻舍听见了。”婆惜说：“你怕外人听见，莫做不就行了！这封书，老娘牢牢地收着。若要我饶你，你必须依我三件事！”宋江说：“休说三件事，便是三十件事也依你。”婆惜才说：“第一件，你从今天起便将典我的文书来还我；再写一张文书，任我改嫁张三，不来争执。”宋江说：“这个依得。”婆惜说：“第二件，我头上戴的，身上穿的，家里用的，虽都是你办的，也写一纸文书，不许你今后来要。”宋江说：“这个也依得。”阎婆惜又说：“只怕第三件你不依。”宋江说：“两件都依了，为什么这件不依？”婆惜说：“把那梁山泊晁盖送你的一百两金子，快拿来给我，我就不去告你，还你文书袋。”宋江说：“这一百两金子，我没有收。要是收了，我双手送给你。”婆惜不相信，说：“我就知道你不愿意给。常言说‘公人见钱，如蝇子见血。’他派人送金子给你，你岂有不收的？这说话像放屁！做公务员的，哪个猫儿不吃腥？阎罗王面前，没有放回的鬼！你瞒得了谁！快把这一百两金子给我。”宋江告饶说：“我是老实的人，不会说谎。你要是不信，宽限我三天，我变家私换一百两金子给你。你先还了我文书袋。”婆惜冷笑说：“你这黑三倒乖，当我是三岁小孩。我先还了你文书袋，过三天向谁讨钱去。一手交钱，一手交货。你先拿金子出来。”宋江说：“真的没有。”婆惜说：“明天到公堂上对质去，你也敢说没有？”宋江听了公堂两个字，怒从心起，再也忍了不

住，睁着眼说："你还还是不还。"那妇人说："你狠，我就是要还你也不还了！"宋江说："你真个不还？"婆惜说："不还！一百个不还！若要还时，在公堂上还你！"宋江就去扯那婆惜盖的被。妇人不顾被，两只手紧紧抱住胸前。宋江扯开被来，见那妇人紧紧抱着文书袋，宋江说："原来在这里！"一不做，二不休，两手去抢。那婆娘不肯放。宋江在床边死命地抢，婆惜死也不放手。宋江狠命一拽，猛地拽出那把腰刀来，宋江便捡了刀。那婆娘见宋江拿刀在手，大叫："黑三郎杀人了！"这一声叫，却提起了宋江这个念头来。宋江那一肚皮气正没处出。婆惜要叫第二声时，宋江左手早按住那婆娘，右手刀落，去那婆惜嗓子上只一勒，鲜血飞出。那妇人还要吼叫。宋江怕她不死，补上一刀。把那颗头伶伶仃仃砍落在枕头上。

宋江一时怒起，杀了阎婆惜，取过文书袋，抽出那封信来，就灯下烧了。这才离开。

此后，那阎婆就将宋江告上法庭。张文远也暗地帮忙，知县平时又和张文远有勾结，宋江开脱不得。宋江眼见要判杀人的重刑，只好夺路潜逃，走上了落草的第一步。

宋江怒杀阎婆惜，从结果看，看出的是一个"勇"字，不过从过程看，却能看出宋江那是真的能"忍"。宋江能成为梁山的领袖，他比鲁智深、晁盖等更配作为一个领袖，大概要得益于这个忍字。作为一个政治家，忍恐怕是比勇更难修炼的素质吧。

三次投奔

我们知道，韩信点兵，多多益善；但刘邦说：我善将将。

作为一个领袖，更重要的恐怕是将将，而将将的基础在于，要善与人打交道，善识别人才。宋江就是此中高手，他非常善于同各路英雄们打交道，往往给人留下极好的口碑。对于宋江的交往能力，文中有实写，也有虚写。其中，潜逃过程中三次投奔朋友，就是虚写宋江的交往能力。

宋江怒杀阎婆惜，潜逃江湖。临走前，朱仝问宋江："兄长，你现在去投奔哪里？"宋江说："有三个安身之处。一是沧州横海郡小旋风柴进庄上。二乃是青州清风寨小李广花荣处。三者是白虎山孔太公庄上。他有两个孩儿，长男叫做毛头星孔明，次子叫做独火星孔亮，多曾来县里相会。"那么，宋江最后去了哪个朋友家，朋友们欢迎他吗？且听下面一一介绍。

宋江兄弟两个潜逃出来，在路上商量说："我们先投奔谁？"宋清说："我听江湖上人传闻，沧州横海郡柴大官人，是大周皇帝嫡派子孙，仗义疏财，专门结识天下好汉，救助遭配的人，是个在世的孟尝君。只是没机会认识，何不去投奔他？"宋

江说："我心里也是这样想的。他还和我常常有书信往来，只是无缘没见过面。"两人于是先去投奔柴进。一路饥餐渴饮，夜住晓行，登山涉水，过府越冲，不几天，就来到沧州地面上。问清楚柴大官人的住处，就直奔柴进家来。来到庄上，便问庄客："柴大官人在家不？"庄客回答说："大官人往东庄收租去了，不在庄上。"宋江问："这里到东庄有多少路？"庄客说："有四十余里。"宋江问："从哪条路可以去？"庄客见二人问得仔细，就问二人姓名。宋江说："我是郓城县宋江。"庄客说："莫不是及时雨宋押司？"宋江说："正是。"庄客说："大官人平素常说起你的大名，只恨没有相会。既然是宋押司，小人引你前去。"庄客便领宋江、宋清，走了三个时辰，来到东庄，前去通报柴进。那庄客去不多时，只见那座中间庄门大开，柴大官人引着三五个随从，慌忙跑出来，迎接宋江。柴进见了宋江，拜在地下，口里说："真是想杀柴进！天幸今天什么风，把哥哥吹到这里来。"宋江忙拜在地下，说："宋江疏顽小吏，今天特来相投。"柴进扶起宋江来，口里说道："昨夜灯花报，今早喜鹊噪，不想来的是贵兄。"满脸堆下笑来。宋江见柴进接得义重，心里很高兴。柴进携住宋江的手，到里面正厅，分宾主坐定。柴进问："听说兄长在郓城县做事，怎么有空，来到荒村敝处？"宋江回说："久闻官人大名，如雷贯耳。虽然时常收到书信，但是一直不能见面，心中抱憾。现在宋江不才，做了一件犯法的事，无处安身。想到大官人仗义疏财，特来投奔。"柴进听完，笑说："兄长放心！就算做下十恶大罪。既到敝庄，就不用担心。不是柴进夸口，任他捕盗官军，不敢来小庄抓人。"宋江便把杀了阎婆惜的事，一一告之。柴进笑了起来，说："兄长放心！就算杀了朝廷的命官，劫了府库的财物，柴进也敢藏在庄里。"说完，便安排宋江弟兄两个洗浴，换衣，酒菜款待。酒席上柴进与十几个庄客和几个主管，轮流把盏，盛情款待宋江。三人各诉胸中之志，谈得投机，大有相见恨晚之意。当晚，宋江还在柴进庄上结识了一位日后扬名天下的英雄——武松，这里暂且不说。从这天起，宋江便在柴进庄上住下，一住就是半年。

半年间，宋清回家探来消息：靠朱、雷二都头帮忙，家中已没事；只是到处还在捉拿宋江；外逃时孔太公曾三番五次来信问候宋江情况，已向他回信告之。宋江于是安心住下。正住着，那孔太公派人到柴进庄上来接宋江去住。原来，白虎山孔太公的两个儿子独火星孔亮和毛头星孔明，都是天不怕地不怕的角色，因为好习枪棒，都曾拜宋江为师，此时见师父落难，哪能不管，两人合计，央求孔太公来请师父宋江去庄上住，也正好借此把宋江留在庄上，好好点拨他们武艺。宋江盛情难却，便又投奔到孔太公庄上。孔明、孔亮兄弟招待甚周，宋江又住了半年。在孔太公庄上，还碰巧救

了武松一命。

宋江在柴进和孔太公家正住的时候，清风寨知寨小李广花荣，听说宋江杀了阎婆惜，多次寄信来邀请宋江去他那里避难。宋江在孔太公庄住了半年多，便决定起程前去拜访花荣。一路上又遇了些险阻，结识了燕顺、王英、郑天寿等几个好汉，按下不提。只说宋江独自一个，背着包裹，来到清风镇上，打听花知寨的住处，镇上人说："清风寨衙门在镇中间。南边有个小寨，是文官刘知寨的住宅。北边那个小寨，是武官花知寨的住宅。"宋江打听清楚，向北寨走去。到了门口，见有几个军人把门。宋江通了姓名，不一会儿，只见寨里走出一个年少的军官来，拖住宋江便拜。那人生得齿白唇红双眼俊，两眉入鬓常清，细腰宽膀似猿形，正是百步穿杨的小李广花荣。花荣拜了宋江，喝叫军汉接了包裹、朴刀、腰刀，扶住宋江，直到正厅上，请宋江在当中凉床上坐了，又磕头拜了四拜。方才起身说："自从别了哥哥，屈指已过了五六年。这五六年，常常想念哥哥。听说哥哥杀了一个泼烟花，被官兵到处追捕。小弟是如坐针毡。连连写了十数封信去贵庄问信，也不知道你接到信没有？今天上天有眼，哥哥到了这里，我不用再成天想念了。"说完，又拜。宋江扶住说："贤弟不要只顾讲礼。请坐，听我告诉你情况。"花荣斜坐着。宋江便把杀阎婆惜，投奔柴大官人，以及孔太公庄上，遇见武松，清风山上被捉，遇燕顺等事，细细地都说了一遍。花荣听完，说："兄长真是多磨难！今天幸亏到我这里，好好在我这里住几年，再作打算。"宋江说："就是没有兄弟宋清寄信到孔太公庄上，我也是要来贤弟这里的。"花荣说："我一连寄了好多封信去，问哥哥的情况，不见回音。后来才听令弟说，哥哥在白虎山孔太公庄上，本来要派人去请哥哥过来住的。现在哥哥自己来了，只管安心住下，不要嫌兄弟没有什么东西招待。"便请宋江去后堂坐，请出媳妇崔氏前来拜见了，又叫妹子出来，拜了哥哥。再去安排酒桌款待宋江。

宋江第一次潜逃，分别投奔了柴进、孔明孔亮和花荣三处。除柴进处是主动前去投奔的外，其他两处都有人来信或来人迎接，三处招待都是不辞辛苦，极为周到。这当然说明柴进、孔明孔亮和花荣等人的江湖义气，同时也能看出，宋江有一股特别的魅力，这股魅力让所有与他相见的人都受到感染，心悦诚服，乐于为他效劳。这股魅力源于什么呢？是兄弟的真情吗？是朋友的义气吗？是凛然正气吗？还是什么其他的。也许什么都有一点，但又不完全只是这些。

三次投奔，对于宋江虽只是虚写，但亦能见出他的精神。

一上梁山

一上梁山是由一系列的小故事组成，它首次展示了宋江的领袖才能和军事指挥潜力。

清风山宋江错放人

宋江投奔清风寨花荣，路经清风山，被一群强盗捉上山去。正值性命攸关的时刻，宋江喊出了自己的名字。慌得为首的强盗赶忙上前松绑下拜。原来清风山上占山为王的是三个绿林好汉：锦毛虎燕顺、矮脚虎王英和白面郎君郑天寿。这三个人都是江湖英雄，最重江湖义气，早听说了及时雨宋江的大名，心中钦佩，只是没见过面。宋江连忙还拜了。燕顺等便一定要宋江在寨上多住几天，宋江只得住下。一天，矮脚虎王英从外面打劫来一个妇人，王英是个好色之徒，要拿那女人做压寨夫人，谁知宋江一打听，那女人竟然是清风寨的知寨夫人。宋江不知道清风寨有两个寨主，一文一武，文官是知寨刘高，武官是知寨花荣，起先还以为是花荣夫人，后来才问清楚，原来是刘高的夫人。宋江又不知道刘高屡次排挤花荣，和花荣关系并不好，心里只是想，看在刘高和花荣是同事的面子上，须救这女人一命。于是极力说服王英放了朝廷命官的夫人，并许诺说以后一定帮忙找一个更好的，燕顺等也前来帮宋江劝说，王英虽老大不高兴，被燕顺逼着也只得放人。谁知这一次错放人，竟惹出大事，险些丢了宋江和花荣的性命，最后逼迫花荣丢官，和宋江同上梁山。

清风镇宋江被捉

那女人回去后，添油加醋把被劫的事说了一遍，却不提王英逼亲和宋江放人的恩情，只说强盗怕

官，见她是知寨夫人，所以放了她。再说这宋江在清风山住足了，便辞别燕顺等人，去清风寨投奔花荣。花荣高兴接待不提。宋江把放人的事都讲了，那花荣却说救得不值。原来刘高是个文官，又没本事，做个正知寨，贪污诈骗，乱行法度，无所不为，常常借故压制花荣，让花荣怄了一肚子气，恨不得杀了他，他的婆娘更是不贤，一味怂恿唆使刘高行不仁不义的事，残害良民，贪图贿赂。宋江不信，反来劝花荣看开些。时光匆匆，转眼元宵佳节到，花荣负责保安，宋江便去清风镇上看灯。碰巧那刘高与夫人也去看灯，刚好在镇上遇见。那女人眼尖，告诉刘高宋江就是劫她的贼头，刘高命手下捉拿劫贼，宋江逃跑不及，当场被捉了。刘高将宋江捉拿回去，严刑拷打，宋江只称自己是郓城县客人张三，来此拜访故友花荣，也是被强盗掳掠上山的，当时还曾替知寨夫人说好话，劝得那伙强盗放了知寨夫人。刘高哪里肯信，把宋江关押进牢房，只等来日押送到州府里去报功。

清风寨花荣力救宋江

跟随宋江的伙伴见宋江被捉，赶忙回去报告花荣。花荣大惊，连忙写信给刘高，求他高抬贵手放人。不料那信却说漏了嘴。原来花荣不知道这边宋江已招了自己是郓城县客人张三，因此在信里只说宋江是他从济州来看灯的亲戚刘丈。刘高看了信，大怒，心想你是朝廷命官，胆敢和强盗勾结，还敢前来叫放人！就叫把那送信的人赶了回去。花荣担心宋江的安全，得知刘高不肯放人，大怒，扬言：我有一个亲戚，前来看灯，你刘高居然把他当成强盗抓起来，谁家没个亲戚，你刘高好欺负人！便怒气冲冲地带了一队人马，前去抢人。刘高是个文官，手下的军官，又都和花荣熟悉，知他了得，都不敢阻拦。花荣径直闯入刘高寨中，抢了宋江回寨。刘高见宋江被劫，也带了两个新来的武官教头和一二百人，前去抢人。花荣不关寨门，等刘高人马走近，立在寨上喊道：你们众人，不要替刘高强出头；新来的教头，大概还没见过我花荣的本事，今天让你们见识见识！取出一支弓箭，说，看我先射大门上左边门神的骨朵头。”搭上箭，拽满弓，只一箭，喝声：“着！”正射中门神骨朵头。众人看了，都吃一惊。花荣又取第二支箭，大叫：“你们众人再看我这第二支箭，要射右边门神的头盔上朱缨。”嗖的又一箭，不偏不斜，正中缨头上。那两枝箭射定在两扇门上，把众官兵都惊出一身冷汗。花荣再取第三支箭喝道：“你众人看我第三支箭，要射你那队里穿白衣服的教头的心窝。”那教头吓得自己转身先逃，众军发一声喊，都落荒而逃了。花荣这才关了寨门，进去和宋江商量。宋江说，刘高此去，必不罢休，要是告发到上司那里，再捉了自己，只怕连累了花荣，为今之计，就是他先到清风山上去避

一避，刘高捉不到人，就是告到上司那里，没有证据，也不过是个文官武官不和斗殴的事，影响不大。于是宋江忍着痛连夜离开花荣寨子。

宋江、花荣中计双被捉

不料，刘高是个文官，有些谋略，寻思："想他这一夺去，必然连夜放他上清风山去了。明天却来和我抵赖。就是官司打到上司那里，也不过是文武斗殴的事。我怎么奈何得了他。不如今夜派二三十个军汉，去五里路头等候。要是有运气，把人捉来了，悄悄地关在家里。暗地派人连夜到州里报告了，州里军官下来拿人，就连花荣一起捉了。那时我独霸着这清风寨，岂不是好？"当下便派人前去，把宋江捉了个正着。连夜派人去州里报了信。州里慕容知府见事关重大，大吃一惊，连忙派青州总兵镇三山黄信前去拿人。黄信带五十干将，连夜来到清风寨抓人。花荣此时还不知道宋江被捉，黄信因此设计，明天派人去请花荣前来，就说青州知府知道文武不和，特派人前来和解，把花荣骗到大厅，埋伏上三五十人，到时瓮中捉鳖。那花荣完全蒙在鼓里，第二天，仗着宋江已走脱，贸然赴会，中计被捉。黄信、刘高带了一百余人，押了宋江、花荣二人，送往青州。

清风山三英劫囚车

刘高带领人马押送花荣，本以为这次花荣死定了。却不料他忘了清风山上的好汉。那燕顺、王英、郑天寿自宋江走后，日夜留心宋江在清风寨的消息。探听到宋江、花荣被捉，要被押往青州府，大吃一惊，连忙带领人马来路上拦截。两路兵马在路上相遇了，三个英雄一起来战黄信，黄信敌不住，丢下刘高和囚车，打马逃回清风寨。众军兵们见主将逃跑，也都败散。三人救回宋江和花荣。回到山寨杀了刘高，商议如何打清风寨黄信救出花荣的妻小和妹妹。

清风山妙计捉秦明

黄信败回清风寨，急派信使去青州请救兵。慕容知府见了信报，急派青州指挥司总管本州兵马的秦统制秦明带兵驰援。秦明性急，带五百兵马，直接便去攻打清风山，来清风山十里扎了寨。花荣和宋江闻报，全然不惧，定了个先力敌、后智取的计策迎战。秦明前来叫阵，花荣带一彪人马下山应敌，两个在阵前见了，各使本事，大斗了一场，不分胜负。花荣看看差不多了，架开秦明，回马往山下小路撤离，秦明追赶，花荣立马回身，一箭射落秦明头盔上的红缨。秦明大吃一惊，不敢追赶。回马来杀那些小兵，小兵们也一哄而散，退回山上。秦明火起，挺兵追赶，过了两三个山头，山上滚下大石木头来。秦明退兵，绕山下来寻路上山。寻到下午时分，只见

西山边锣响，树林丛中闪出一队红旗军。秦明便引人马去追赶，一会儿，锣也不响，红旗也不见了，只是几条砍柴的小路，被乱树折木堵塞。秦明正要清理道路上山，又听见军汉来报："东山边锣响，一队红旗军出来。"秦明又引人马，飞也似奔往东山边，来看时，锣又不响了，红旗也不见了，还是些堵塞的路。一会儿，探事的又来报："西边山上锣又响，红旗军又出来了。"秦明拍马再奔来西山边看时，又不见一个人，红旗也没了。秦明是个急性人，恨得把牙齿都咬碎了。正在西山边气愤愤的，又听到东山锣声震天响，急带了人马，又赶过来东山边看时，又不见有一个贼汉，红旗都不见了。秦明气满胸脯，正要赶士兵上山寻路，又听到西山边又发起喊来。秦明怒气冲天，大驱兵马投西山边来。山上山下看时，连一个人影也没见到。来回五趟，士兵们人困马乏。秦明只得带人马下山，已是黄昏。士兵们好不容易来到那山下，正想扎营造饭，山上火把乱起，锣鼓乱鸣。秦明转怒。引五十马军，跑上山来，山上树林内，一阵乱箭射将下来，又射伤了些军士，秦明只得回马下山。刚刚在山下烧着了火，只见山上有八九十把火把，呼呼转下山来。秦明急待引军赶时，火把一齐都灭了。当夜月光被阴云笼罩，不甚明朗。秦明怒不可当，便叫军士点起火把，烧那树木。只听到鼓笛之声吹响。秦明纵马上来看时，见山顶上点着十余个火把，照见花荣陪侍宋江在上面喝酒。秦明看了，勒马在山下大骂。花荣回话说："秦统制，你不必着急。回去休息休息。我们明天再拼输赢。"秦明越怒，只管在山下骂。本想寻路上山，又怕花荣的弓箭。因此只在山坡下骂。正叫骂间，听得本部下军马，发起喊来。秦明急回到山下看时，只见这边山上火炮、火箭一齐射向他的营寨，背后二三十个小喽啰做一群，把弓弩在黑影里射人。众军马发喊，一齐都拥过那边山侧深坑里去躲。此时已有三更时分。众军马正躲得弩箭时，只叫得苦，上溜头滚下水来。一行人马，都被淹在溪里，各自挣扎逃命。扒得上岸的，尽被小喽啰挠钩搭住，活捉上山去了。扒不上岸的，尽死在溪里。秦明此时，怒气冲天，脑门粉碎。见一条小路在侧边，把马一拨，抢上山来。走不到三五十步，和人连马，滚下陷坑里去。两边埋伏下五十个挠钩手，把秦明活捉了。

设毒计逼秦明入伙

这般圈套，都是花荣和宋江的计策。先派小喽啰，或在东，或在西，引诱得秦明人困马乏，策立不定。预先又把这土布袋填住两溪的水，等候夜深，却把人马逼赶溪里去，上面撤了土袋，溪水泻下，淹死了许多军马。秦明带出的五百人马，一大半死在水中，生擒活捉了一百五七十人，夺了七八十匹好马。次后陷马坑里活捉了秦明。

且说宋江活捉了秦明，一面以礼相待，劝说秦明入伙；一面暗地派人取了秦明的头盔军服、马匹兵器，扮作秦明的样子，率领士兵，连夜去那青州城，大肆杀人放火，故意让慕容知府误解。再说这秦明，虽然无论宋江等如何义气款待，都不愿入伙当强盗，但是当他讨回兵器回青州时，慕容知府已把他当成了大敌，他的妻子也都被杀死，秦明走投无路，这时宋江等又来劝说，并把花荣的妹子许配给他为妻，秦明知道真相，想反目，一来大家都以礼相待，十分客气；二来怕他人多，自己又敌不过，终于不得不默默随顺，随大家入伙了。

劝降黄信

秦明得了花荣的妹子为妻，便主动前去劝降黄信。那黄信一来是秦明的老部下，二来是秦明教他的武艺，三来和秦明又关系最好，四来单身一人，又无妻室老小牵挂，五来孤掌难鸣，是以秦明劝降，不费吹灰之力。清风寨不攻自破，花荣救了妻小，宋江杀了刘高挑祸的老婆，再回清风山。

齐上梁山泊

朝廷见反了花荣、秦明、黄信，要起大军来征剿，扫荡清风山。众好汉商量说：“清风山是个小寨，不是久恋之地。要是大军到来，四面围住，便没有后退之路；要是再断了粮草，就插翅难逃。大家得另找一个安身的地方。”宋江这才提议大家都去梁山泊，并说自己跟梁山泊寨主晁盖是至交朋友。大家一致同意。宋江带领几百大军，浩浩荡荡上了梁山泊。一路大家都穿官军衣服，所以也没遇上什么阻拦。倒是路经对影山时，又有两个好汉吕方和郭盛慕名加入了宋江的队伍。

宋江一上梁山并没有完全成功，因为半路石勇传来丧父的消息，他就急急忙忙回家探亲去了。但是，他写了一封书信给晁盖，把花荣、秦明、黄信、燕顺、王英、郑天寿、吕方、郭盛、石勇等九名好汉推荐上了梁山，梁山实力因此大增。

二上梁山

一上梁山，宋江将九位英雄送上了梁山。二上梁山，则卷入了更多的英雄人物，过程更为纷繁复杂，最后上梁山的人数也比第一次多。宋江作为政治和军事领袖其才能得到了全面的展现。

宽刑刺配

宋江大闹了清风寨，伙同花荣、秦明、黄信、燕顺、王英、郑天寿、吕方、郭盛

等八位好汉正要上梁山，石勇传来家书，报宋江父亲过世，慌得宋江梁山也不上了，修书一封，推荐其他九人自行上了梁山，自己则连日连夜赶回家。回家一看，又惊又喜。惊的是原来父亲是假传死讯骗他回家；喜的是父亲并未亡故，又可朝夕相处了。还有一条好消息，就是新太子策立，要天下大赦，宋江可能减刑。

当夜，宋江回家的消息被走漏，两个新捕快带人来抓宋江。宋江知道可能减刑的消息，便不怎么抗拒，任由他抓捕了去。一面用钱上下买通打点，一面等待大赦。果然，最后招了个恃酒斗殴，误伤死人的罪行。任由打了二十军棍，刺配江州。

风雨刺配路

宋江被刺配江州，即日上路。刺配路上，一路遇险，却也因此而一路结交许多英雄好汉。

宋江和两个公差来到梁山泊路面上。宋江此时只想平安服完刑，争取早日回家孝顺父亲，怕被梁山泊好汉劫持去，又要强行他入伙，便叫两位公差绕道而行。谁知绕也绕不过去，路上正被刘唐、吴用拦了个正着。两人要杀公差，宋江执意不肯；两人将宋江邀上梁山。各路英雄都来劝说他落草，宋江铁心拒绝。众人留他住了两日，不得已只好多送银两给宋江，送他下山上路了。

来到揭阳岭上，三人走得饥渴，碰到一个酒店，便进去打酒喝。这酒店是催命判官李应开的，他不认识宋江，眼见宋江身边带了许多金银，见财心起，就去酒里下了蒙汗药。宋江和两个公差哪里知情，口里还说笑这强盗蒙汗药的事，却把那蒙汗药酒都喝进肚里。李应得了银两，把宋江三人搬到后屋，就要动手杀害。正要杀害的时候，李应的伙伴混江龙李俊带着童威、童猛兄弟到来。也是宋江命大，那李俊是一条响当当的好汉，平素最佩服宋江，只是没见过面，这两天打听到及时雨宋江刺配江州要从此处经过，一心想结交，正四处留心打探。李俊来到酒店，便问李应可有客人经过。李应带李俊来后房。李俊看了两个公差和宋江相貌打扮，心里已明白了一半，再去拿包里押送的文书一看，果然是宋江。三人连忙救醒宋江，倒头便拜。次后又救醒公差，两个公差都说这里的酒厉害，还不知道已到鬼门关走了一回。宋江在揭阳岭上遭了一厄，因此却结交了四条好汉。李俊把宋江接到岭下家里住了几天，才放宋江上路。

宋江上路，下午四五点来到揭阳镇上。正走着，忽然看见一群人围着一个江湖卖艺的汉子。宋江围上去看，只见那人先使了一套棒法，宋江连声叫好。那人又使了一顿拳法，就拿起一个托盘来，央求大家打发小钱。走遍人群，没一个人出钱。那人又叫了一遍，竟然还是没一个人出钱。宋江见那人英雄落难，慌忙叫公差去自己包

袱里取了五两银子，送了上去，口里说："教头，我是个犯罪的人，没多的给，就这点钱，聊表心意，不要嫌少。"那人接了钱，托在手里，心里感激，转过来说："这么大的一个揭阳镇，没一个识货的好汉，反是这个路过的恩人，自己是戴罪之身，却来送我这些银两。"正说间，一条大汉拨开人群，大喊着："什么人学了一点武艺，就到揭阳镇来逞威风，我已叫人不要给钱，谁还这么大胆给钱。"穿过人群，揪住宋江，宋江刚说："我给他钱，关你什么事。"那人提起拳头就打。宋江忙躲开了，正要和那人动手，那条得钱的好汉呼地上来，三跤两摔就把来人摔倒在地。来人见不是对手，走开叫人去了。宋江就来和这条好汉见面说话，原来这条好汉是河南洛阳病大虫薛永，宋江自报了姓名，那好汉早听说及时雨宋江大名，此时见面胜似闻名，心里钦佩不已。宋江因此而结交了薛永，又多了一个兄弟。两人去酒店喝酒，酒店主人不敢卖酒给他俩。原来刚才滋事的汉子也是本地一霸，因为行事鲁莽，所以人称没遮拦穆弘，刚吩咐过谁留两人砸谁的店。两人也怕地头蛇来寻，互相道别，约定在江州见面，就匆忙分手了。

宋江匆忙而行，一路过往客店都不敢收留。晚上，才见前面有一个庄子，三人只好上前借宿。一个老太公出来接了，安排三人住下。住到半晚，却听见人马喧哗，宋江从门缝里往外看时，大吃一惊。原来这里却是白日打他的汉子没遮拦穆弘的家。那穆弘带了一批人马进来，老太公连声责问，又在外惹了什么事，不要让他哥哥知道了来责骂。穆弘气愤愤地说，一条汉子到揭阳镇卖药逞能，他叫人不要给钱，一个贼配军偏站出来给钱，他上前教训，却被那卖药的打了一顿，下午他便吩咐，酒店里都不许留人，自己带着一批人去抓了那个卖药的汉子，现在就吊在巡捕房里，只可惜没抓到那个贼配军，现在他要叫哥哥一同找去。那老太公说，人家自己给钱，关你什么事，你却要去抓人家。大概是不想儿子惹事，所以老太公没提宋江借宿的事情。宋江听了，吓得不敢多待，连忙收拾行李，从侧门逃跑。

宋江逃离穆家庄，深一脚浅一脚，逃到浔阳江边。后面追兵已近，正没办法逃脱，一条大汉摇着一条小船到来，看看宋江有钱，便把他们接到了水中。岸上穆弘兄弟已打着火把带人追赶到，两人认识撑船的这条大汉，连叫张大哥把船划回去。那张大哥倒认识穆弘兄弟，不过并不买穆弘兄弟俩的账，口里说：客人是我的衣食父母，怎么能让给你俩抢去，把船渐渐划到江心去了。那张大哥就是浪里白跳张顺的哥哥张横，此时还不认识宋江，专一在江上靠打劫为生。宋江正在庆幸逃脱，却不料张横把船划到江心，抽出一条刀来，逼着三人：要不自己跳江，要不吃他一刀，叫三人快快决定，别要他动手。两个公差早吓糊涂了，宋江也逃脱不得，

便要跳江。却说宋江真是命大，关键时刻总有人救他。正要跳江之际，远方又来了一伙打劫的强盗，认识张横，走近了要来和张横分一杯羹，这伙打劫的强盗却是李俊。张横不怕穆弘兄弟，却怕李俊，只得引见了。宋江听到是李俊，连叫救命，又捡了一条命回来。

舡火兒大鬧潯陽江

李俊听到是宋江，慌忙前来见礼，又给张横介绍了，张横也大吃一惊，慌忙赔礼不尽。宋江倒不以为意。说到穆弘兄弟和薛永的事，李俊便笑着说，这个容易。原来揭阳有三霸，揭阳岭上岭下，是李俊和李立一霸。揭阳镇上，是穆弘和穆春弟兄两个一霸，浔阳江边做私商的，是张横、张顺两个一霸，都是江湖上的好汉，相互也都认识。说起及时雨宋江，谁个不知，哪个不晓，只是见面不认识，误会而已。当下由李俊出头，去那穆弘家，消了误会，做了个英雄聚会。宋江刺配一路有惊无险，又结识了不少英雄好汉。

江州行

宋江辞别揭阳岭，来到江州。

在江州牢房，宋江用钱上上下下打发了一遍，把牢友、小牢头们都治得服服帖帖的，单留下一个江州两院总监狱头戴宗不问不访。戴宗大怒，一天，来视察喝问：哪个是新来的配军，为什么不来送孝敬钱。宋江当场顶嘴说：孝敬孝敬，须要人心里愿意才行，哪有硬逼的。戴宗便叫人来打宋江，牢房里大家都和宋江好，听说要打宋江，都四下躲开了。戴宗见无人动手，便自己拿起棍来，要打宋江，口里说着：“该死罪犯，如此无礼”。宋江早有防备，架住了棒子，说：“我不孝敬你，就是该死；

那有人结交梁山泊吴用，该当何罪？”戴宗听了大惊，慌忙问宋江是何人，是从哪里听来的这话。宋江报了姓名，戴宗听了大惊，没料到这个新来的配军就是自己平常钦佩的山东及时雨宋江，连忙转变态度，作揖打拱，邀请宋江进城去说话。两人别了牢房，来到城中酒店坐下，宋江见戴宗十分有礼，这才不慌不忙地从口袋中取出吴用写给戴宗的书信，递给戴宗。原来吴用和戴宗早年认识，十分要好，写了这封信来拜托戴宗照顾宋江。戴宗看完书信，方才知道原委，连连向宋江道歉。宋江见他坦荡，也是连声叫冒犯。两人坐定，各说了自己的身世事情，各自佩服，喝酒不提。

宋江结识了戴宗，正和戴宗喝酒之际，戴宗手下的小牢头李逵却来了，在楼下吵闹着找店主人借钱还赌。戴宗下去劝了李逵上楼，来和宋江见了。那李逵平时最仰慕宋江，这时见面了，大为高兴。宋江见李逵一片天真，毫无心机，非常喜欢。李逵缺钱，骗说自己有一锭大银子压在别人那里，只差十两银子就可赎回，宋江不问原因，当即给了十两银子叫李逵去还钱。戴宗说钱白给了，李逵一定又拿去赌了，宋江也不以为意。李逵拿钱去赌场闹事打了人，又是宋江前去花钱帮忙平息。李逵回来，宋江看出李逵饭量大，又是多点肉、又是买鱼，叫酒店做了款待李逵。宋江诚心诚意地欣赏李逵，没半点犹豫和心机，李逵一辈子也没见人对他这样好过，从此，便对宋江忠心耿耿，死心塌地，成了宋江最心腹的兄弟和朋友。

宋江和李逵喝酒，喝得高兴，便想要鲜鱼汤喝。李逵自告奋勇下去买鲜鱼。来到集市，买卖的商行头领张顺还没到，大家不敢私自开仓卖鱼，都在等。李逵等不住，上船去自己捞鱼，别人不许，李逵行凶就抢，却不知道情况，把一仓活鱼都放跑到江里去了，其他渔民怕他，都撑船避开。远方张顺跑来，和李逵打了起来。李逵力大，张顺斗不过，便跑回船上。张顺在船上用话激李逵上船，李逵不知是计，跳上船。浪里白跳把李逵弄到水里，淹了个半死。恰巧宋江、戴宗已赶来，连忙叫住了张顺。宋江身上恰有一封张顺的兄弟张横托他带给张顺的家书，连忙递上。四人兵释前嫌。张顺本来就钦佩宋江，此时见他送来家书，更是高兴，亲自和李逵去挑了几条大鱼，来款待宋江。宋江因此又多认识了一个兄弟。

宋江来到江州，又结识了三位英雄：戴宗、李逵、张顺。其中李逵和张顺，后来都成了宋江的铁杆粉丝。

江州被捕

宋江在浔阳楼酒后吟完诗词，便回营睡了，第二天，就把这事忘得一干二净。

江州对岸无为军有个通判黄文炳，是个阿谀奉承，一心想往上爬的人。这一天

也来到浔阳楼上看风景，猛然间看到宋江题诗，大吃一惊。便问了酒保情况，抄了诗，准备了礼物，来江州知府蔡九处汇报。蔡九是当朝太师蔡京的儿子，这时刚好接到蔡京来信，信里说，近日太史院天文官夜观天象，发现罡星照临吴楚交界处，表明此处有造反迹象，又说，百姓中正流行四句童谣："耗国因家木，刀兵点水工。纵横三十六，播乱在山东"，其中也有谋反痕迹，要蔡九谨慎从事，好好注意。

蔡九接待了黄文炳，把情况告诉了黄文炳，黄文柄献上诗，说："要谋反的人就在这里。"蔡九看了诗，说："谅他一个配军，有什么谋反的能力。"黄文炳说："这是天数，不可小看。尊府家书中的小儿谣言，正应在这个宋江身上。"知府问："何以见得？"黄文炳说："'耗国因家木'，耗散国家钱粮的人，必是家字头下面一个木字，明明是个宋字。第二句：'刀兵点水工'，兴起刀兵之人，水边加个工字，明明是个江字。这个配军姓宋名江，又作下反诗，岂不是天数！"知府又问道："那什么是：'纵横三十六，播乱在山东'？"黄文炳说："或是指六六之年，或是指三十六个人。'播乱在山东'，郓城县正在山东。这四句谣言都应了。"

知府见说得圆合，连忙派人去查，果然查到宋江正在江州牢房。便叫节级戴宗速带领人马去抓人。

戴宗听了命令，大惊失色，先叫人马去准备，到他的住处集合，自己则火速赶往宋江处，问得清楚，叫宋江赶紧装疯，避过此难。这才回来，带着众人马来捉宋江。大家来到宋江住处，宋江胡言乱语，把屎尿涂了满身，扬言要带玉皇大帝千军万马来杀众人，众人见他疯得厉害，都不抓了。戴宗也以为能躲过，回去向蔡九报告了情况。蔡九本不相信小小宋江会谋反，此时见报是个疯子，本不想理睬。谁知黄文炳狡猾异常，前来禀告说，宋江不可能是疯子。从所写的诗词看，思路清晰，表意清楚，不可能是疯子所为，只要前去查一查他是什么时候疯的，就知道他是否是在装疯。蔡九找来以前的小牢头一问，不敢隐瞒，都说宋江以前不疯。蔡京大怒，命戴宗再去捉拿宋江。戴宗不敢违抗，只希望宋江能够蒙混过关。宋江前来，仍旧装疯卖傻，蔡九命人严刑拷打，宋江忍受不了，只得招供，认了个酒后误写反诗的罪。

救援失策

黄文炳建议蔡九赶紧写信给其父，报告情况，请示处理宋江的办法，是就地正法，还是押送京城处理。蔡九写了书信，叫戴宗火速送到太师府。戴宗无法，叫李逵看护宋江，自己先上京去，面见太师后再想什么办法。

戴宗火速赶往东京，不料半路上却被梁山好汉请了上去。吴用问了宋江的情况，

便设一计，请来雕刻名家金大坚，仿蔡京笔迹写了回信，命儿子火速解送宋江进京，信封上盖上仿刻的“翰林蔡京”印，等押送囚车路经梁山泊时，派人再去打劫囚车救宋江。按计写了信，盖了章，戴宗带信回交给蔡九。

蔡九收了来信，并不怀疑，正准备解送宋江上京，黄文炳前来，拿信一看，却看出了破绽。黄文炳说，信是伪造的。原因有二：一、既是家信，就不必直写蔡京；二、现在太师已官升丞相，不会再用翰林图章。蔡九听了疑惑，把戴宗拿来盘问细节。戴宗没去过东京，说过几句就漏了破绽。蔡九大怒，一顿严刑拷打，戴宗只得招了实情。

黄文炳说，要避免夜长梦多，蔡九下令，五天后出斩宋江和戴宗。

江州劫法场

吴用把戴宗遣送下山后，发现伪造书信有问题。要去追赶，已来不及。吴用断定蔡九发现破绽，必会速斩宋江、戴宗二人，于是一面派人去打听，一面重新谋划救人之计。

行刑这天，蔡九大张榜文，四五百士兵、六七十狱卒前来督阵，一两千人，黑压压的来看。午时三刻，一阵鼓响，便要开斩，眼见宋江、戴宗就要身首异处。忽然，四处骚动起来，一个汉子跳到人丛里，敲一声锣，四面发一声喊，几十上百人从东南西北各处抽了刀枪棍棒，打将过来。原来梁山英雄早埋伏好了救兵。晁盖、花荣、黄信、吕方、郭盛扮成一伙客商。燕顺、刘唐、杜迁、宋万扮成一伙卖药使枪棒的。朱贵、王矮虎、郑天寿、石勇扮成挑担的。阮小二、阮小五、阮小七、白胜扮成乞丐。一行十七个头领一起发动，带领小喽啰一百余人，四下里杀了起来。李逵也不知道从哪里跑出来，抡两把板斧，一路砍过去。官兵百姓见了李逵，都慌忙避开，走得慢的，都成了他的刀下之鬼。蔡九早吓得躲起来了。晁盖叫人劫了囚车，背了宋江、戴宗，大家跟着李逵一起往城外杀去。

来到城外六七里，只见一条大江，大家正愁没路，李逵大喝一声：“不要慌。”带着大家先来到附近一座白龙庙里歇息。不久，江面上摇来三艘大船，原来是张顺、李俊带着揭阳三霸和四十余人前来。二十九个好汉，一百四五十人，当时在白龙庙里会聚，一时声威大震。

这时，城里整顿官军，五七千军马，鸣锣击鼓前来追赶。晁盖商定，先把宋江、戴宗护送上船，大家再一起合力打回去。李逵当先一人，直杀了出去；花荣取了弓箭，朝那马军头领射过去，一箭射下马去，其他马军见了，转头就跑，倒把后面的步

兵踏倒一片；李逵乘乱掩杀过去，步兵都怕李逵，转头躲避。众英雄大喊杀过去，直杀得鬼哭狼嚎，血流成河。官军抵挡不住，退回城里，紧闭城门，不敢出战。众英雄这才得胜回白龙庙前，乘上大船，过了大江，都去穆太公庄上会合。

活捉黄文炳

劫了法场，救了宋江，晁盖提议回寨。宋江恨透黄文炳的告密挑拨，坚持要先报仇，再回寨。并请求众人帮他报仇。众将都愿意帮忙，晁盖只得答应，并将指挥权交给宋江。

宋江首先派薛永前去探听黄文炳家情况。薛永去，带回黄文炳家做裁缝的侯健，具体说了情况：过大江，进无为军城，城里不远就是黄文炳家；黄文炳家共有五十四口人；黄文炳被蔡九请过江州去商量对策，还未回转。

情况清楚，宋江说："不必和官兵正面交锋，只须半夜火烧黄文炳家，水上守株待兔，就可活擒黄文炳。"宋江定计：准备八九十个土袋，作登城之用；三五捆油柴，作放火之用；朱贵、宋万在家串通消息；童猛驾一只打鱼快船，前行探路；张横、三阮、童威驾五只大船接送众人及物资过江；白胜进城先藏了，到三更二点，听见门外放起带铃鹁鸽，便上城策应，插一条白绢带引大家登城，去黄文炳家；薛永、侯健先去黄文炳家藏了，到时作放火杀人的内应；晁盖、宋江、花荣、燕顺、王矮虎、郑天寿、戴宗、刘唐、黄信、吕方、郭盛、李立、穆弘、穆春、李逵进城去黄文炳家放火杀人；石勇、杜迁，扮作丐者，先去城门边埋伏，看城内黄文炳家火起为号，下手杀人夺门，以接应众人出城；张顺、李俊，驾两只小船，在江面巡逻等候黄文炳。

这个计策十分周密。果然，一切顺利，大家利用土袋进了城，去黄文炳家放火杀人，夺了城门出城，黄文炳在江对面听说无为军这边起火，急忙从蔡九处出来，过江回家，在江心被张顺、李俊活捉。宋江让李逵活剐了黄文炳，终于报了屡次陷害之仇。

宋江率领众人大闹了无为军，这才带领众人一同归顺了梁山。这次是宋江二上梁山，这次随宋江新上山的头领有：戴宗、李逵、张顺、张横、穆弘、穆春、薛永、李俊、李立、童威、童猛、侯健。宋江始终不肯承认落草，可是他最终还是不得不做了强盗。这个强盗和其他强盗有什么不同吗？这就要看他后面的表现了。

三次吟诗

宋江是梁山上少有的文武兼备型英雄。除他之外，梁山上文武兼备的英雄好像就只有一个燕青。水浒中写到即兴吟诗的，燕青有一次，宋江则有三次。宋江这三次吟诗分别是：浔阳楼吟反诗、菊花会吟招安诗和东京李师师处吟投谒诗。

浔阳楼吟反诗

宋江在江州牢营中没事可做，就揣了银子，锁上房门，离开营地，信步进城去找戴宗喝酒。进了城，到州衙前问戴宗家住处。有人说：“他没有老小，就住在城隍庙隔壁观音庵里。”宋江听了，来到观音庵，观音庵上一把锁。宋江找不到戴宗，就去找李逵。找了半天，大家都说：“他是个没头神，没有家室，平常就睡牢里。要是出去玩，就东边歇两日，西边歪几时，不知道他会去哪里。”宋江又去找卖鱼的张顺，路人说：“张顺在城外村里住。就是卖鱼的时候，也只到城外江边来，除了讨赊账，从不进城。”

宋江遍寻朋友不见，独自一个闷闷不乐，信步走出城外，来到江边。只见江景壮丽，一座酒楼迎江而立，酒楼牌额上大书“浔阳楼”三个字，乃苏东坡书写，旁竖一根高竿，悬挂一面酒旗，上书：“浔阳江正库”。宋江看了，心想：“我在郓城县时，常听说江州浔阳楼好，原来就在这里。今天虽然只有我一个人，不可错过，且上楼去玩一遭。”

宋江来到楼前，只见门边朱红华表，柱上一副对联写着：“世间无比酒，天下有名楼。”宋江走上楼，去靠江边一个位子坐了。抬眼四望这座酒楼，临江当风，雕栏画栋，不禁神驰目眩，喝彩不已。酒

保上楼来问："客人是几个人？"宋江说："现在是一个人。你先来一杯好酒，再上点水果，荤菜。"酒保听了，下楼去，一会儿，上来一杯蓝桥风月美酒，时新果品、开胃蔬菜、肥羊嫩鸡、酿鹅精肉，各摆了一两小碟。宋江看了，心中暗喜，说："这般精致菜肴，漂亮器皿，真是个好江州。我虽是犯罪发配到这里的，却也顺便看了些真山真水。我家乡虽有些名山古迹，却没有这样的景色。"独自一人，一杯两盏，倚阑畅饮，不觉沉醉。

喝了几杯酒，宋江忽然想起自己的身世来："我生在山东，长在郓城，学吏出身，结识了多少江湖好汉，虽留得一个虚名，但现在年过三旬，名又不成，功又不就，倒被文了双颊，刺配来在这里。我家乡中老父和兄弟，什么时候才能相见？"想到真切处，不觉酒涌上来，潸然泪下，临风触目，感恨伤怀，当时肚里就做了一首《西江月》词。做完，便叫酒保拿笔砚来。正要写下，忽然看见白粉墙壁上有很多前人的题咏。宋江想："为什么不就写在墙上？他日事业有成，再来经过，重睹一番，也能作个纪念。"于是乘着酒兴，磨得墨浓，蘸得笔饱，去那白粉壁上挥毫便写道：

"自幼曾攻经史，长成亦有权谋。恰如猛虎卧荒丘，潜伏爪牙忍受。
不幸刺文双颊，那堪配在江州。他年若得报冤仇，血染浔阳江口。"

宋江写完，自己看了，十分得意，大喜大笑，一面又喝了几杯酒，不觉欢喜狂荡起来，手舞足蹈，又拿起笔来，去那《西江月》后再写下四句诗，道是：

"心在山东身在吴，飘蓬江海谩嗟吁。他时若遂凌云志，敢笑黄巢不丈夫！"

宋江写完诗，又去后面大书五字："郓城宋江作。"写完，掷笔在桌上，又自己唱了一遍。再喝过几杯酒，不觉大醉，力不胜酒，便叫酒保算了钱，拂袖下楼，踉踉跄跄，辞别江楼回牢营去了。

宋江乘兴做了两首诗，这两首诗差点害了他的性命，并因此搅出一番惊天动地的事来，这是后话，后面再说。这里提醒大家注意的是宋江这两首诗词的意义——从艺术上讲，这两首诗粗糙得很，但他所体现出来的思想意义却发人深省。

这两首诗词，是宋江潜意识的自我流露，可以说是宋江自诉抱负的得意之作，就像后来毛泽东的《沁园春·雪》。后来，倒是宋江的对手黄文炳看出了其中奥妙，解释说："自幼曾攻经史，长成亦有权谋"——这人自负不浅。"恰如猛虎卧荒丘，潜伏爪牙忍受"——是个不依本分的人。"不幸刺文双颊，那堪配在江州"——不是个高尚人士，只是个配军。"他年若得报冤仇，血染浔阳江口"——这厮要报仇，在此生事！"心在山东身在吴，漂蓬江海谩嗟吁"——这两句还可原谅。"他时若遂凌云

志，敢笑黄巢不丈夫”——无礼，要赛过黄巢，不是谋反是什么。黄文炳后来便依此而陷害宋江，其实倒不一定是陷害，当时不当言论是要砍头的——更像是事实。黄文炳的解释可以当此诗的注解，有助于我们了解宋江的真实内心。

宋江的内心，是一个有野心的人，但现实中，他最后还是招安了。后代有人因此而评价说，宋江这个形象塑造得比历代起义军领袖的形象要低，倒不这么认为。宋江的问题，是他自己解决不了，也是他的那个时代没能解决的，老实说，历代中国起义军领袖都没能解决这个问题。相信水浒的作者最后一定很清晰地看到了这个问题，不过，他有没有解决的办法，就不得而知了。

亡命江湖，失路投奔，一上梁山，再配江州，复杂的经历把宋江从一个仗义疏财的普通押司变成了一个叱咤风云的江湖枭雄。浔阳楼吟诗，首次揭示了宋江深藏不露的内心世界和个人抱负。

菊花会吟招安诗

宋江自从聚义盟誓之后，一直不曾下山。不觉炎夏已过，又到秋凉，重阳节将近。宋江便叫宋清，安排大筵席，会同兄弟，同赏菊花，取名为菊花之会。

这一天，宴席摆定，肉山酒海。下山的兄弟，不论远近，都来赴筵。先行犒赏了三军和各路小头目。忠义堂上，遍插菊花，大家依次坐定，痛饮美酒。堂前两边，敲锣打鼓，大吹大擂，语笑喧哗，觥筹交错。众头领开怀痛饮，马麟品箫唱曲，燕青弹筝，不知不觉就到了黄昏。宋江高兴，喝得大醉，一时诗兴大发，叫取纸笔来，乘着酒兴，作了一首《满江红》词。词中写道：

“喜遇重阳，更佳酿今朝新熟。见碧水丹山，黄芦苦竹。头上尽教添白发，鬓边不可无黄菊。愿樽前长叙弟兄情，如金玉。统豺虎，御边幅。号令明，军威肃。中心愿平虏，保民安国。日月常悬忠烈胆，风尘障却奸邪目。望天王降诏早招安，心方足。”

写完，又叫乐和单唱这首词曲。

乐和唱着这首词，正唱到“望天王降诏，早招安”，武松叫道：“今天也要招安，明天也要招安去，冷了弟兄们的心！”黑旋风李逵睁圆怪眼，大叫说：“招安，招安！招甚鸟安！”飞起一脚，把桌子踢翻，摔做粉碎。宋江大怒，要斩李逵，被兄弟们劝住。宋江回头说：“我只想兄弟们招安，为国家做一番事业，为什么你们都不理解我？”鲁智深站出来说：“朝廷就像我这被染了的衣服，早就染黑了，没有清白，招安不会成功的，要招安，还不如大家趁早散了。”宋江说：“朝廷只是一时被奸臣蒙蔽了，等知道我们是替天行道，总有招安的一天。”

因为这一首词，大家都不畅快，菊花会也就在一片压抑的气氛中结束了。

菊花会吟诗，首次展示了宋江希望带领梁山英雄招安的政治意图。这一次宋江遭到了他最信赖的几位头领的一致反对，一方面固然是因为招安时机并不成熟；另一方面也显示了梁山泊好汉内部更为深层次的矛盾。

东京吟投谒诗

宋江带燕青等人来到东京，见了李师师。李师师宴请宋江喝酒。宋江拿大杯，说："大丈夫饮酒，何用小杯。"一连喝了几杯。李师师在一边低唱苏东坡的大江东去词。宋江一时诗兴大发，乘着酒兴，要了纸笔，磨得墨浓，蘸得笔饱，拂开花笺，对李师师说："不才乱涂一词，诉胸中郁结，请花魁尊听。"当即写了一首乐府词。词中说：

"天南地北，问乾坤何处，可容狂客？借得山东烟水寨，来买凤城春色。翠袖围香，绛绡笼雪，一笑千金值。神仙体态，薄幸如何消得！想芦叶滩头，蓼花汀畔，皓月空凝碧。六六雁行连八九，只等金鸡消息。义胆包天，忠肝盖地，四海无人识。离愁万种，醉乡一夜头白。"

宋江写完，便递给李师师看。李师师不知背景，自然看不明白，正要问，手下来报：当朝皇帝正从地道前来李师师家，只好请宋江回避。宋江等慌忙回避了。

宋江写这首词，目的只是要引起李师师注意。希望能借李师师的口，把梁山的招安愿望传达给天子。只可惜天子来得太早，宋江只好回避，愿望因此而落空。这个愿望只好等另一个会唱曲的英雄——燕青来完成了。

两次点化与大结局

还道村受真言

宋江反上梁山，回家来接父兄同去山寨，到村才发现，家人已被官军控制。宋江不敢进门，转身回奔梁山泊。夜里月色朦胧，宋江只拣僻静小路走，忽然听见背后有人发喊，追兵赶到。宋江慌不择路，逃到还道村，见到林子里有一所古庙，便躲了进去。

宋江躲进古庙的神床里。外面本县捕头赵能、赵得引着四五十个追兵打着火把进来。赵得查到神床处，正要拿火把来照，宋江暗叫不好，却是走运，火烟冲下一片黑尘来，正好落在赵得眼里。赵得丢了火把，到庙门外去了。赵得正要离开，一个士兵发现了痕迹，又拿火把来照。忽然神殿里卷起一阵恶风，将火把都吹灭了。赵得便拿枪去戳

神橱后面，殿后又卷起一阵怪风，吹的飞沙走石，古庙摇动，外面又罩下一阵黑云，冷气侵人。追兵都说触动神灵，各自逃了出去，都到村口守候去了。

宋江逃得一命，正想办法逃脱之际，忽然从神床外面走来两个小童。两个小女童自称娘娘有请，喊宋江“星主”，领着宋江下殿，转过后殿侧面墙角上的一座小门，穿过一片茂林修竹，走了一里来路，越过涧水，踏过青石桥，来到一座大殿上。大殿上金碧交辉，龙灯凤烛；两边都是青衣女童，执旌擎扇；正中七宝九龙床上，坐着一个娘娘。娘娘先赐宋江喝酒，喝毕，取出三卷天书来，对宋江说：“宋星主，传你三卷天书，你可替天行道，称王时要全忠仗义，做臣子时要辅国安民。他日功成正果，你可做官做到上卿。我有四句真言，你要好好记住，千万不要泄露给别人，可终生受用。”宋江不敢推辞，接受了。那娘娘便传了四句话：

“遇宿重重喜，逢高不是凶。北幽南至睦，两处见奇功。”

传毕，又说了几句话，便叫两个小童带宋江出去。两个小童把宋江带到桥边，忽地一推，宋江一惊，跌落到一个神床上，一看，竟然就是刚才藏身的神床，也不知是梦非梦。

宋江得了真言，爬将起来，看到九龙椅上坐着一个妙面娘娘，和梦里一模一样。在庙旁又看见一个石碑，刻着：“九天玄女之庙”。宋江循着梦里的道路，走出还道村，逃脱重围，奔梁山而去。

五台山参禅

鲁智深的师父五台山智真长老，是当时一个著名的活佛。话说宋江大军征辽完毕，班师回京，路经五台山，鲁智深便要去顺便参拜师父。宋江是个有禅心的人，便也一同前往。其他一帮兄弟好汉，也都跟随宋江而来。

宋江等一行一百多人，直到方丈，来参拜智真长老。智真长老六旬以上，眉发尽白，骨骼清奇。见礼完毕，智真长老对鲁智深说：“徒弟一去数年，杀人放火不易。”言语中颇有责备之意，鲁智深答不上话。宋江慌忙上前说：“久闻长老德高望重，只可惜无缘拜会。今因奉诏破辽到此，得以拜见，实乃平生之幸。智深兄弟虽然杀人放火，但是忠心耿耿，不害良善。今天正是他引宋江等众兄弟前来参拜大师的。”智真长老说：“常有高僧到此，亦曾闲论世事。久闻将军替天行道，忠义在心。我弟子智深跟着将军，岂有差错！”宋江连连谦虚。

第二天，智真长老会集众僧，来为大家说法。三炷香敬祝完毕，宋江合掌向前问：“浮世光阴有限，苦海无边，人身至微，生死最大，请师父点化。”智真长老便

回偈说：

“六根束缚多年，四大牵缠已久。堪嗟石火光中，翻了几个筋斗。咦！阎浮世界诸众生，泥沙堆里频哮吼。”

长老说偈完毕，众将都拈香设誓：“只愿弟兄同生同死，世世相逢！”

讲完法，宋江与鲁智深跟随长老来到方丈内。宋江单独求问：“弟子与鲁智深本想多住几天，听师父指点迷津。但统领大军，不敢耽搁。师父的语录，我实在没有领悟。今天就要辞别返京，我这一群弟兄，此去前程如何，万望师父告之。”智真长老便取出纸笔，写了四句偈语：

“当风雁影翻，东阙不团圆。只眼功劳足，双林福寿全。”

写完，递给宋江说：“这是将军一生的前程，你收好了，以后必应。”宋江看了，仍不明白。又求长老解释，智真长老说：“这是禅机隐语，最好你自己去参想，不可明说。”说完，又向鲁智深说了一偈。两人感谢了。

宋江下山，拿出禅语给卢俊义、公孙胜看了，大家都看不懂。宋江也未多理睬，随它去了。

大结局

宋江的命运，有两处暗示，就是上面还道村九天玄女的暗示，和五台山智真长老的点化。九天玄女留下的四句真言是：

“遇宿重重喜，逢高不是凶。北幽南至睦，两处见奇功。”

智真长老留下了两副禅语是：

“六根束缚多年，四大牵缠已久。堪嗟石火光中，翻了几个筋斗。咦！阎浮世界诸众生，泥沙堆

里频哮吼。”

“当风雁影翻，东阙不团圆。只眼功劳足，双林福寿全。”

第一次暗示，亦梦亦真，但宋江牢记心头，参得透彻。后来，他敬爱宽待宿太尉，大力袒护大家都想杀的高俅，最后成功争取到了朝廷的招安。第二次暗示，万分真实，摆在面前，可惜宋江却忽略了。他没有参透，最后把一群兄弟和自己的性命搭在了里面。

此后，宋江带领兄弟们打田虎，得功，带领兄弟们打王庆，又得功，又继续带领兄弟们前去打方腊——一群和他出身相似的人。宋江没有双林镇许贯中的智慧，只看重眼前的功劳和兄弟们的团聚。最后，在打方腊的战争中，兄弟们十折七八，纷纷零落，那个当风翩跹的团圆梦终于破灭；宋江自己也在打完方腊后，被朝廷赐了毒酒，魂丧在蓼儿洼。

行者武松

说起武松，在中国那真是个家喻户晓的人物。武松打虎，大概要算是中国民间流传最广的故事之一了。但武松这个人物，却是个不大好理解的人物。他固然没有宋江的复杂，但也不像鲁智深、李逵一样单纯。他做事豪放，有时像鲁智深，但是似乎没有鲁智深那样的正义感；他杀人的狂态，比得上李逵，不过他宣称专打天下的硬汉，却不像李逵的胡乱杀人；他做事的细致严密，甚至比得上宋江、吴用，不过他却是个不折不扣的武夫，并不爱讲什么仁厚曲折；在反对招安这一点上，他是唯一直接认同鲁智深和李逵的，而他的结局，却是与鲁智深相似而和李逵迥异。

武松的故事很多，很精彩，不过关键是，他的一些故事实在影响太深远，以至于到现在，人们还从他的故事中寻觅灵感。武松打虎的故事，虽然失去了现实针对性，但是生命力并没有消亡，人们把他变成了小品；杀嫂祭兄的故事，虽然有些残忍，但是并没有退出舆论舞台，人们却从新的角度，把它变成了争论的焦点，改编成了先锋小说和电影。现代人从自身出发，给武松这个人物赋予了新的意义。

不过，要全面理解武松，却必须知道，他既是那个赤手空拳打死老虎的武力象征，他又是那个杀嫂祭兄过程中精明的复仇者；他既是为了报仇雪恨斗杀西门庆的武松，他又是

为了哥们义气醉打蒋门神的武松。他杀嫂祭兄，是何等的有理有节；他鸳鸯楼上杀人如魔，却又是何等地没有道理；柴进庄上众人嫌弃的病猫是武松，清河县里举县景仰的英雄也是武松；反对招安比鲁智深急躁的是武松，营救史进劝鲁智深不要莽撞行事的也是武松；出场时落寞孤寂的是武松，仙逝后辉煌荣耀的也是武松。所有这一切，都是武松形象的某一个侧面，必须把它们组合起来，才能看到一个全面的活生生的武松形象。

就让我们一起来回味那些荡气回肠的故事，感受一回那些纷纭壮阔的人生吧。

结交宋江

武松是清河县人，因排行第二，人称武二郎。武松在清河县时，因酒醉打昏当地文官，误以为致死，告别哥哥武大郎，潜逃到柴进庄上避难。武松初来投奔时，柴进热心接待。但武松喜欢醉酒，性子又刚烈，庄客有些照顾不周的时候，便老拳相向，因此庄客都不喜欢他，常去柴进面前告状，柴进虽然不赶他走，但也渐渐对他有了看法。武松在柴进庄上蹉跎一年有余，没有相知，非常寂寞。后来打听到那个文官没死，被人救活，就想回乡寻找哥哥。却事不凑巧，偏偏在这个节骨眼上染上疟疾，整天打摆子，不能动弹。因此只好暂时留下来，以等病好。

这一天晚上，因害疟疾，挡不住寒冷，武松便烧了一盆火在走廊上烤火。冷不防一个黑胖汉子仰着脸从火盆旁踏过，正踏在火盆柄上，把那火盆里的炭火，都掀在武松脸上。武松大吃一惊，蹦跳起来抖落身上的炭火，因此惊出一身冷汗来。武松以为又是庄客故意捉弄，大怒，把那个汉子劈胸抓住，说："什么鸟人？敢来捉弄我！"那汉子也吃了一惊。正想说话，一个提灯笼的庄客，远远叫道："不得无礼！这位是柴大官人最要好的贵客。"武松说："'贵客'，'贵客'！我初来时，也是'贵客'。现在却听庄客搬弄口角，便疏慢我，正是'人无千日好，花无百日红'。"就要打那汉子。庄客撇了灯笼，前来劝解。这时，两三个灯笼飞奔而来，远远听到柴进的声音："我接不着押司，押司怎么跑到这里来闹？"武松听了，住了手。那庄客把事情说一遍。柴进便笑，对武松说："你是个英雄好汉，难道不认得这位押司？他可是江湖闻名。"武松说："江湖闻名！他难道能和郓城宋押司相比！"柴进大笑说："你可认得宋押司？"武松说："我虽不认得，但很久就听说他是江湖上的及时雨。仗义疏财，扶危济困，是天下闻名的好汉。"柴进问道："你怎么知道他是好汉？"武松恼怒柴进对他有始无终，便说："这个却说不了，但我知道他一定是个大丈夫，待人有头有尾，有始有终。我现在只等病好时，便去投奔他。"柴进问："你一定要

见他么？”武松说：“一定要见！”柴进说：“他远在天边，近在眼前。”指着那汉对武松说：“这位就是及时雨宋公明。”

武松和柴进说话时，早已仔细观察那汉，只见那汉只是微笑，并不说话，气度从容，态度和蔼，心中便相信了几分。说：“难道真是宋江？”那汉这才回话：“小可便是宋江。”武松定睛看了看，这才知道眼前正是自己景仰的及时雨宋公明。纳头便拜，说：“我不是梦里么？与兄长相见！小人有眼不识泰山！一时冒渎兄长，望乞恕罪。”

这位好汉果然是宋江。宋江因为怒杀阎婆惜逃避官司，来到柴进庄上，两人早已是书信神交。刚才是柴进款待宋江喝酒，宋江不胜酒力，起来走动，却不料撞上了烤火的武松。

宋江忙扶起武松，问道：“足下是谁？高姓大名？”柴进便介绍了。宋江说：“江湖上多听说武二郎的名字，没想到今天在这里相会。多幸，多幸！”柴进便引二人同去喝酒。宋江大喜，携住武松的手，一同到后堂席上。又叫宋清与武松相见。柴进邀武松坐席。宋江连忙让他一同在上席坐。武松非常感动，谦让了半天，坐了第三位。三人痛饮。宋江在灯下看那武松时，果然是一条好汉。但见：

身躯凛凛，相貌堂堂。一双眼光射寒星，两弯眉浑如刷漆。
胸脯横阔，有万夫难敌之威风；语话轩昂，吐千丈凌云之志气。
心雄胆大，似撼天狮子下云端；骨健筋强，如摇地貔貅临座上。
如同天上降魔主，真是人间太岁神。

宋江在灯下看到武松这表人物，非常欣赏。那武松被宋江一惊，却因祸得福，把病惊好了。

自此，每遇柴进请酒，宋江必邀上武松；宋江又拿钱出来帮武松做衣裳。两人一连住了十几天。到武松的病全都好了，执意回乡，辞别柴进要行，宋江回房取了些银两，和兄弟宋清赶出庄门为武松送行。三个离柴进东庄，行了五七里路，武松要告别，宋江说：“何妨再送几步。”路上说些闲话，不觉又过了两三里。武松感激，挽住宋江说：“尊兄不必远送。常言道：‘送君千里，终须一别。’”宋江指着道：“再行几步，那官道上有个小酒店，我们吃三盅酒作别。”三个来到酒店里，宋江上首坐了，武松倚了哨棒，下席坐了，宋清横头坐定。便叫酒保打酒来，且买些盘馔、果品、菜蔬之类，都搬来摆在桌子上。三人饮了几杯，看看红日平西。武松落魄，宋江却识得他是英雄，像兄长一样待他。武松便说：“天色将晚，哥哥不弃武二时，就

此受武二四拜，拜为义兄。”宋江大喜。武松便纳头拜了四拜。宋江叫宋清身边取出一绽十两银子，送与武松。

武松和宋江结义，是武松辉煌人生的开端。宋江是武松生命中的贵人，他把武松从柴进庄上人人讨厌的病猫变成景阳冈上人人崇敬的打虎英雄。也许人的成功真的只是需要一些鼓励、一些欣赏。

景阳冈打虎

时代变了，老虎现在成了保护动物，打虎是要坐牢的；不过在武松那个年代，正是人和老虎争夺地盘的时候，老虎很多，时常伤人，因此打虎是很英雄的一件事情，全社会都支持。当然，老虎凶猛，打虎这差事虽然光荣，却不是人人愿意干的，即使是县衙门的悬赏捉虎。是个人就知道，捉老虎极其危险，别说一个人做不了，就算是一群人围捕，也常常是丢了性命又捉不到老虎，谁愿意拿生命开玩笑呢？所以当时的情况是，打虎往往变成烫手的山芋，谁也不愿意接，所以某地一旦出现老虎伤人，官府就不得不召集猎户，向他们下达命令，限期抓捕老虎，违期重罚。

武松虽然英雄，不过却不是傻瓜，他当然知道老虎的厉害，不会贸然去老虎窝里送命。武松打虎，实在是事出有因，是机缘巧合，无心插柳柳成荫，不过这种偶然性并不损害武松的形象，相反，更显示出武松形象的真实性来——他是和我们一样有血有肉会害怕的普通人。武松打虎有三个条件，第一个是酒；第二个是形势；第三个才是武艺。缺了这三者中的任何一个，武松就打不成老虎了。

这第一个条件是酒，这酒非同一般，名叫“三碗不过冈”。俗话说，酒能乱性，酒能壮胆，醉了酒，就解决了三个问题，第一，武松判断失误，偏向虎山行；第二，武松有了打虎的胆气；第三，武松有了打虎的力气。这酒既然叫做“三碗不过冈”，武松当然得醉，那么，武松到底喝了几碗呢，说出来吓你一跳，书中交代，武松竟然一连喝了十五碗之多。那么，店主人又是如何让武松喝了这么多酒的呢？

武松别了新交的兄弟宋江，回清河县的途中，来到阳谷县地面，晌午时分，进了一家酒店，酒店门前挑着一面招旗，上头写着五个字：“三碗不过冈”。店主人把三个碗，一双箸，一碟热菜，放在武松面前，武松先喝干一碗酒，叫店主人切了二斤熟牛肉，又喝了两碗。喝满三碗，店主人不来斟酒，推说酒浓，凡客人喝满三碗就会醉，过不了前面的山冈。武松笑说自己怎么没有醉，酒家回答这酒叫做透瓶香，又叫做出门倒，酒力全在后劲上。武松不肯相信，又强喝了一碗。连喝了四碗，酒家怕喝

出人命，无论如何也不肯再卖酒，酒家越不卖，武松就越想喝，便说狠话刺激店家，就算是酒里下了蒙汗药，他也再要喝上几碗。店家见他这样说，也就不管了。武松一口气又喝了两碗，算上去就喝了六碗。后来再切了二斤熟牛肉，又喝了三碗酒。整整喝了九碗。店家此时心里怪武松不识好歹，武松喝得性起，还要酒时，店家便说还有五六碗酒，只怕武松喝不了。武松兴起，便叫全都上了，如果再推三阻四，便把店砸了。店家见武松已醉了，不敢得罪，把六碗酒全端了上来，这样武松又一连喝了六碗酒。前前后后加在一起，总共是十五碗。十五碗酒，武松酒力再强，也要醉了。

武松打虎的第二个条件是形势。武松打虎实在是迫不得已，形势所逼。当然，首先是第一个条件起了作用。前后共吃了十五碗酒，武松醉了，不信‘三碗不过冈’的说法，手提哨棒，要过冈去。酒家赶出来告诉他景阳冈上有只吊睛白额大虫，晚了出来伤人，坏了三二十条大汉性命，官府出榜限猎户捉拿，让往来客人结伙成队于巳、午、未三个时辰结伙过冈。一来武松醉了；二来因喝酒和店家闹过矛盾，不信那店家的话，三来武松往常常常从这冈上走过，并没有听说过此地有老虎，因此失了判断，怀疑那店家留他在家歇宿是想半夜三更谋财害命，就把大虫唬吓他。酒家见自己一片好心，反被人当做恶意，便摇着头，自进店里去了。武松就这样因为喝醉了酒，判断失误，贸然上了景阳冈。这武松提了哨棒，大着步，约行了四五里路，来到冈子下，见一大树，刮去了皮，一片白，上写两行字：“近因景阳冈大虫伤人，但有过往客商，可于巳、午、未三个时辰，结伙成队过冈，请勿自误。”武松看了，依然以为是酒家耍诈，吓唬过往客人，便横拖着哨棒，直上冈子去。如果说，直到此时，武松的上虎山是因为判断失误，不知山有虎的话，那么，下面的武松却是为形势所逼，明知山有虎，偏向虎山行了。那时已到了下午四五点钟。这轮红日，厌厌地相傍下山。武松乘着酒兴，走上冈子，不到半里多路，见一个败落的山神庙。行到庙前，见这庙门上贴着一张印信榜文：“阳谷县示：为景阳冈上，新有一只大虫，伤害人命。现今杖限各乡里正并猎户人等行捕，未获。如有过往客商人等，可于巳、午、未三个时辰，结伴过冈；其余时分及单身客人，不许过冈。恐被伤害性命。各宜知悉。”武松这才知道真的有虎。可是再想转身回酒店，已不可能了。因为来时把话说满了，此时再回去，会被人耻笑。武松是个硬汉英雄，最重自尊，只好硬着头皮往山上走。武松正走，酒涌上来，便把毡笠儿背在脊梁上，将哨棒绾在肋下，一步步上那冈子。回头看这日色时，渐渐地坠下去了。此时正是十月间天气，日短夜长，容易得晚。武松自言自说道：“哪得什么大虫？人自怕了，不敢上山。”武松走了一路，酒力发作，焦躁起来。一只手提着哨棒，一只手把胸膛前袒开，踉踉跄跄，直奔过乱树林来。见一块

光挞挞大青石，把那哨棒倚在一边，放翻身体，就想要睡一觉。只见发起一阵狂风来。原来但凡世上云生从龙，风生从虎。那一阵风过处，只听得乱树背后“噗”地一声响，跳出一只吊睛白额大虫来。

我们说，武松打虎是被逼出来的，但是，没有武艺高强这第三个条件，武松也打不了老虎。此时，这第三个条件自然起了作用，若是换了常人，遇到这种情况早吓瘫，被老虎吃了。但武松是艺高人胆大，好个武松，见了老虎，叫声：“呵呀！”从青石上翻将下来，便拿那条哨棒在手里，闪在青石边。那个大虫又饥又渴，把两只爪在地下略按一按，和身往上一扑，从半空里蹿将下来。武松被那一惊，酒都做冷汗出了。说时迟，那时快，武松见大虫扑来，只一闪，闪在大虫背后。那大虫背后看人最难，便把前爪搭在地下，把腰胯一掀，掀将起来。武松只一躲，躲在一边。大虫见掀他不着，吼一声，就像半天里起个霹雳，震得那山冈也动，把这铁棒也似的虎尾，倒竖起来只一剪。武松却又闪在一边。原来那大虫拿人，只是一扑，一掀，一剪；三般提不着时，气性先自没了一半。当然，也只有武松，才能躲得过这大虫的三绝招。那大虫又剪不着，再吼了一声，一兜兜将回来。武松见那大虫复翻身回来，双手轮起哨棒，尽平生气力只一棒，从半空劈将下来。只听得一声响，簌簌地将那树连枝带叶劈脸打将下来。定睛看时，一棒劈不着大虫，原来打急了，正打在枯树上，把那条哨棒折做两截，只拿得一半在手里。那大虫咆哮，性发起来，翻身又只一扑，扑将来。武松又只一跳，却退了十步远。那大虫恰好把两只前爪搭在武松面前。武松将半截棒丢在一边，两只手就势把大虫顶花皮肐膪地揪住，一按按将下来。那只大虫急要挣扎，被武松尽气力捺定，哪里肯放半点儿松宽。武松把只脚望大虫面门上、眼睛里只顾乱踢。那大虫咆哮

起来，把身底下扒起两堆黄泥，做了一个土坑。武松把那大虫嘴直按下黄泥坑里去。那大虫刚才猛扑武松损耗了不少气力。武松把左手紧紧地揪住顶花皮，偷出右手来，提起铁锤般大小拳头，尽平生之力，只顾打。打到五七十拳，那大虫眼里、口里、鼻子里、耳朵里都迸出鲜血来。那武松尽平昔神威，仗胸中武艺，半歇儿把大虫打做一堆，却似躺着一个锦皮袋。

当下景阳冈上那只猛虎，被武松没顿饭之间，一顿拳脚打得动弹不得，只是口里兀自气喘。武松放了手，来松树边寻那打折的棒橛，拿在手里，只怕大虫不死，把棒橛又打了一回。那大虫气都没了。武松再寻思道："我就地拖得这死大虫下冈子去。"就血泊里双手来提时，哪里提得动？原来使尽了气力，手脚都疏软了，动弹不得。武松再来青石坐了半歇，寻思道："天色看看黑了，倘或又跳出一只大虫来时，我却怎地斗得它过？且挣扎下冈子去，明早却来理会。"就石头边寻了毡笠儿，转过乱树林边，一步步捱下冈子来。走不到半里多路，只见枯草丛中，钻出两只大虫来。武松道："呵呀！我今番罢了！"只见那两个大虫，于黑影里直立起来。武松定睛看时，却是两个打虎的猎人，把虎皮缝做衣裳，紧紧拼在身上。那两个人手里各拿着一条五股叉，见了武松，吃一惊道："你那人吃了㺀狸心、豹子肝、狮子腿，胆倒包着身躯！如何敢独自一个，昏黑将夜，又没器械，走过冈子来？不知你是人？是鬼？"武松道："你两个是什么人？"那个人道："我们是本处猎户。"武松道："你们上岭来做什么？"两个猎户失惊道："你还不知哩！如今景阳冈上有一只极大的大虫，夜夜出来伤人。只我们猎户，也折了七八个。过往客人，不计其数，都被这畜生吃了。本县知县着落当乡里正和我们猎户人等捕捉。那业畜势大难近，谁敢向前！我们为它，正不知吃了多少限棒，只捉它不得。今夜又该我们两个捕猎，和十数个乡夫在此，上上下下，放了窝弓药箭等它。正在这里埋伏，却见你大剌剌地从冈子上走将下来。我两个吃了一惊。你却正是什么人？曾见大虫么？"武松道："我是清河县人氏，姓武，排行第二。却才冈子上乱树林边，正撞见那大虫，被我一顿拳脚打死了。"两个猎户听得痴呆了，说道："怕没这话！"武松道："你不信时，只看我身上兀自有血迹。"便把来龙去脉都讲了，两个人听得又惊又喜，便引后面藏着的十几个乡夫去看了现场。一群人抬了老虎，拥着打虎英雄来到山下。

这武松打死老虎，纯属自卫。但对其他人，意义可就重大。对当班的猎户而言，那就是救了他们的命；对其他猎户而言，也是永久解除了他们必须的劳役；对当地村民而言，有救命之恩；对路过的客人而言，则免除了他们的危险；对当地的富贵人家而言，以后再不必为捕捉老虎出钱出力；而对官府而言，打死了吃人的老虎，安定民

心，也算是大功一件；而对一县人而言，赤手打死老虎的英雄出在本县，每个人脸上也都觉得无上的光彩。总之，对于社会各界，武松打虎，都是一件大功德。所以，当晚，一家富贵人家便留宿英雄；二三十猎户都赶来相谢英雄；第二天天明，一乡富贵人家便都赶来把酒庆贺英雄；一乡人拥着他们心目中英雄，去那阳谷县城请功；一县人听说，都赶来相看英雄；举县都在议论英雄。武松肩扛大老虎，身披大红花，威风凛凛，走向县衙，全县人围观喝彩，县令大人一见倾心，为自己的县里出了这样一位传奇英雄，无尚自豪，当时便举荐武松在自己手下做了都头，就是现在的县刑警大队队长。可以说，武松一日之间成了家喻户晓、人人崇拜的英雄。这在信息不发达的古代，是很少见的事情。现在研究新闻传播的专家，实在应该好好研究一下武松打虎这一新闻案例的。

武松打虎的故事，随着众人的传说逐渐升温，迅速传遍了全中国；武松这个人物，也就成了老百姓心目中的不二的打虎英雄，一直传闻到现在。可以说，武松的江湖名声，是由赤手打虎奠定的。武松这个人物的形象性格，也在打虎这一事件中定了个基调。当然，武松的传奇，才刚刚开始。

杀嫂祭兄

武松打虎后，阳谷县县令爱惜人才，提拔他当了捕快的头头，俗称都头。武松在阳谷县住了一段时间，刚好碰到被人欺负从清河县搬来的亲哥哥武大。武大和嫂子潘金莲便要武松搬去同住。潘金莲是清河县一个大户人家的使女，年轻美貌，因不愿顺从主人淫威而被屈嫁给身材短小、长相不佳而又性格懦弱的武大。潘金莲生性风流泼辣，见武松一表人才，便屡次拿语言勾引，武松只是装作不知。住了一月有余，一日潘金莲借劝酒机会向武松示爱，被武松严词斥责，刚好碰到从外面回来的武大，潘金莲反污蔑武松调戏，武大虽不相信，但武松也只好搬回县衙单住。不几天，县令差武松护送一包金银去东京，一去要两个月，武松深知潘金莲的性格，担心哥哥管不住，便回家作别，并告诫潘金莲不要做出对不起武大的事情，与潘金莲又闹了个不欢而散。

武松走后，潘金莲果然耐不住寂寞。一日，当地的暴发户西门庆路过，正好碰到关窗的潘金莲，西门庆是风流之人，一见倾心，便去隔壁专一为人说媒的王婆处打听。耐不住西门庆的软磨硬泡、金元外交，王婆便设计撮合二人。西门庆施舍一匹缎子给王婆，王婆叫潘金莲帮忙缝织寿衣，借故把潘金莲诱邀家中，那边西门庆假意来看干娘，三人见面，少不得一起吃酒，临时王婆却借故先出去了，把二人留在房

间。西门庆厚着脸皮，潘金莲也早被王婆说得有意，两人一拍即合，当时便做了苟且之事。自此，两人每日来王婆家厮混。邻居都知道，只有武大不知。邻居们见武大懦弱，西门庆平素也是一霸，有钱有势，黑白道上都贯通，便都闭口不说。

事情的败露是一个偶然。县里有一个小生叫郓哥，每日卖些水果养活家中老爹。这人乖巧，和西门庆认得，这一日拿了一篮水果寻西门庆，知道的人叫他去王婆家寻找。他来到王婆家，那王婆正帮西门庆看门，不让他进，两人平地闹起口角，郓哥口无遮拦，讥讽王婆收西门庆黑心钱，却被王婆追着一阵痛打。郓哥一时气愤，便去找武大来捉奸。第二天，郓哥找来武大，自己先把王婆拖住，武大却去叫门捉奸。西门庆逃避不及，开门一脚踢伤武大，扬长而去。武大一来被踢在心窝上，二来是受气，卧床难起，见潘金莲仍与西门庆鬼混，不来照顾，便对潘金莲说，只要你照顾我好，日后武松回来，我不和他讲。这番话却葬送了他性命。潘金莲对西门庆说起，西门庆发愁，来问王婆计策。王婆却说了一条毒计。三人一不做，二不休，用砒霜害死武大，准备火化了，好叫武松寻不到把柄。大家都知武大死得奇怪。临到敛尸时，西门庆却用钱贿赂当时验尸官团头何九叔。何九叔是聪明之人，得钱已知蹊跷，一见武大的尸体便知是毒死，既怕当面得罪西门庆，又怕日后武松问起来不好交代，两面为难，当时不敢说话，咬破舌头装晕。回到家中，其妻献计，中毒之人，尸骨可以作证，只要证据在，到时便好向武松交代，因此，若潘金莲停尸等武松回来下葬，尸骨仍在，便没事；设若土葬，尸骨也还在，也无事；如果潘金莲要火化尸体，就需偷一两根尸骨回来，保留作证据。最后，潘金莲果然火化毁尸灭迹，何九叔便佯装送葬，偷了两块骨头，回家化验变黑，把黑骨和西门庆给的银两包在一起，写上年月日，备作证据收藏。没了武大，那西门庆就整日混在潘金莲家里了。

武松完成任务回来，已是近两日就要断七了。武松穿了一件新衣，直奔回家，见了灵堂，大惊失色，就叫嫂嫂。西门庆从后门逃走，潘金莲赶紧卸了艳妆，方才从楼上猖猖地哭下来。武松心中生疑，直问武大得了什么病，吃了什么药死的，潘金莲说武大得了不知什么心疼病，没吃药就死了。武松不信。当时回转衙门换了孝服，差士兵买了麦面酒食，当夜守灵，夜里却得了一梦，他哥哥托梦称自己死得冤枉，求他报仇。第二天一早，武松向潘金莲问了谁帮忙买的棺材，谁负责抬的棺材，问出来是何九叔负责。武松便推说去衙门签到，却私下去见了何九叔。武松是个极有头脑的人，见了何九叔，只说请他喝茶，何九叔如何不知道为啥，便把证据随身带了。来到茶馆，武松只是喝酒，并不开口，何九叔却感到了巨大的压力，拿话来挑武松，武松也不理睬，何九叔手上冒汗，武松却从衣服底下拔出尖刀来，猛插在桌子上，这才开口

说："小子粗疏，还晓得'冤各有头，债各有主'。你休惊怕，只要实说，对我一一说知武大死的缘故，便不干涉你！我若伤了你，不是好汉！倘若有半句儿差错，我这口刀立定教你身上添三四百个透明的窟窿！闲言不道，你只直说我哥哥死的尸首，是怎的模样？"武松道罢，一双手按住肐膝，两只眼睁得圆彪彪地，看着何九叔。何九叔这才松了一口气，把证据取出交给了武松，只说武大系毒死无疑、西门庆曾给他银两两件事情，推了自己的责任，又说武松要知道详情，可去找捉奸的郓哥。武松谢了，使钱找来郓哥，知明情况。三人一起来到县衙，武松擂鼓告状。谁知西门官人早已上下花钱，官吏们都与西门庆私下交好，一起商量说此案难办；次日，县令升堂推说人已死亡多日，证据不足，须从长计议；第三天，西门庆又来上下贿赂；再一日升堂，县令推说此案时日过长，所告难以成立，竟不受理。

好个武松，此时见出真的英雄。武松带领几个士兵，将何九叔、郓哥安排在家里吃饭。又差人买了一些笔墨纸砚，一个猪头、一只鹅、一只鸡、一担酒和一些果品之类，安排在家里。说是断七，要请邻居来相谢。潘金莲已知武松告状未成，所以大着胆要看看武松玩出什么花样。约莫到了正午，武松叫潘金莲待客，主位坐了，去隔壁请来王婆，对席坐了。婆子已知道西门庆回话了，放着心吃酒。两个都心里道："看他怎地！"武松又请这边下邻开银铺的姚二郎姚文卿在王婆旁边坐了。又去对门请两家：一家是开纸马铺的赵四郎赵仲铭，在潘金莲下首坐了。又去请对门那开冷酒店的胡正卿。那人原是吏员出身，瞧出有些不对劲，也被武松拖了来，在赵四郎肩下坐了。又请来王婆的隔壁卖馉饳儿的张公，在姚二郎肩下坐了。一共六个人。先是安排喝酒，武松不说话，众人心里都是十五个水桶打水，七上八下。喝到半截，有人要走，却被武松拖住，士兵前后把着门，不让走。这一餐酒，吃得大家都不安宁。

武松虎视眈眈，四五个士兵把着门，这却是武松的心理战术，首先要那王婆和潘金莲胆怯了，才好说话。酒过三巡，武松却才拿出对付何九叔的手段来，叫士兵把门都关了，扑的拿出尖刀，插在桌上，说："高邻休怪，不必吃惊。武松虽是粗鲁汉子，便死也不怕，还省得有冤报冤，有仇报仇，并不伤犯众位，只烦高邻做个证见。若有一位先走的，武松翻过脸来休怪，教他先吃我五七刀了去！武二便偿他命也不妨。"众邻舍俱目瞪口呆，再不敢动。武松于是找到胡正卿记录，众邻居都作证人，先呵斥住王婆，却反手一把抓住潘金莲，推说只要她招供，便饶她性命。那潘金莲还要嘴硬，武松一脚踢开桌子，提了潘金莲的头发，把她放翻在地上，一手提起刀，回头逼住王婆，叫王婆招供，王婆再不招时，那武松提刀在潘金莲脸上一抹，威吓说，若再不招供，便先杀了脚下淫妇，再来结果她的性命。那潘金莲何曾见过这样凶蛮的

人，一时心理防线崩溃，开口求饶，便一五一十都招了，却把责任都推到王婆教唆上，王婆见潘金莲招了，便也招供。武松叫人一一记下供词，画了押。却把潘金莲拉到武大的灵牌前跪了，说："兄长，我为你报仇了。"一刀下去，取出潘金莲的心肝，供在兄长的灵前。

武松叫士兵看住众人，等候一会儿，自己却抽身去找西门庆，在酒楼上找到西门庆，不几回合便杀了西门庆，取了人头回来。武松将两个人头捆在一起，却带着一干邻居，以及证据证词，去县衙里自首了。此事轰动了一县。杀人本是死罪，县令敬武松英雄了得，帮他修改了证词，只说是潘金莲、西门庆谋害武大，又不许武松祭奠，武松争斗失手伤人，官司报到州府里，府里也敬武松仗义，帮武松开脱，报到刑部，刑部只判了个杖罚四十、刺配两千里的轻罪，从宽处理了。王婆因谋害人命，被判"剐"刑，就在东平州府行刑了。至此，武松杀嫂一事方告一段落。

对于武松而言，这个故事是一个快意恩仇的故事。故事很简单，精彩之处在于，作者把这个故事变成了一场武松展现人格魅力的表演秀。冷静、有条不紊地追凶、捕凶、杀人，手刃仇敌，软、硬、恩、威，严丝密扣、干净利落，就像基督山伯爵，可怕，但迷人。

闯关十字坡

武松三月初杀人，坐两个月牢房，五月刺配孟州。一路上两个公差敬武松好汉，小心服侍不提。

去孟州城的路上有一个十分凶险的关口，不易通过，叫做十字坡。十字坡上，住着一对凶神恶煞夫妇，菜园子张青和母夜叉孙二娘，开着一个酒店，惯于使用麻药，麻翻过往客人，谋财害命，又惯做人肉包子，江湖上闻名丧胆。这张青原是光明寺种菜的，因一时争执，杀了光明寺僧行，流落做抢劫之事，却碰上老抢劫的孙二娘老爹，抢劫未成反被打，两人臭味相投，老爹便教了张青许多本领，又招他做了女婿，城里待不下，同来到十字坡盖些草屋，卖酒为名，专门谋财害命。虽说十字坡却也有十字坡的规矩，张青曾吩咐住家的孙二娘：三等人不可谋害，第一，是云游僧道；第二是江湖上戏院妓女之人；第三是各处犯罪流配的人，中间多有好汉在里头。但孙二娘学了她爹的本事，比男子还凶猛，常常不守规矩，武松之前，已药死了一个本事了得的和尚，又差点药死了路过的鲁智深，要不是张青及时赶回，鲁智深只怕已被她做了人肉馒头。那么，武松的命运又如何呢？武松能顺利通过十字坡吗？

六月炎炎之际，武松三人来到孟州路上，远远望见土坡下约有十数间草屋，傍着溪边，柳树上挑出个酒帘儿。武松问了樵夫，方知来到了大树岭十字坡，武松便小心了。武松和两个公人一直奔到十字坡边看时，只见一棵大树，四五个人抱不拢，树边一个酒店，门前窗槛边坐着一个妇人，露出绿纱衫儿，头上黄烘烘的插着一头钗环，鬓边插着些野花。见武松同两个公人来到门前，那妇人便站起身来迎接。那妇人穿着也野，下面系一条鲜红生绢裙，搽一脸胭脂铅粉，敞开胸脯，露出桃红纱主腰，上面一色金钮。长相也野，眉横杀气，眼露凶光。辘轴般蠢坌腰肢，棒槌似粗莽手脚。厚铺着一层腻粉。遮掩顽皮；浓搽就两晕胭脂，直侵乱

发。正是孙二娘。张青却出外了，并不曾回。

孙二娘见了武松是个囚犯，起先也无意害他，只请他去喝酒。武松心中有数，只是不说，要看孙二娘动静。到了店里，武松解下包裹缠袋，脱下布衫，那包裹沉甸甸的，孙二娘便留心了。武松故意要看孙二娘的底细，叫了酒，三五斤肉，三二十个馒头，孙二娘笑嘻嘻地端上来，那酒肉也罢了，这馒头却是地地道道的人肉馒头。武松取一个拍开看了，叫道："酒家，这馒头是人肉的？是狗肉的？"孙二娘一惊，仍笑嘻嘻说："客官休要取笑。清平世界，荡荡乾坤，哪里有人肉的馒头，狗肉的滋味？我家馒头，积祖是黄牛的。"武松见孙二娘说谎，心里不高兴，说："我从来走江湖上，多听得人说道：'大树十字坡，客人谁敢那里过？肥的切做馒头馅，瘦的却把去填河。'"那妇人道："客官，哪得这话？这是你自捏出来的。"武松说："我见这馒头馅肉有几根毛，一像人小便处的毛一般，以此疑忌。"武松见孙二娘嘴硬，便要戏耍她一番，又问道："娘子，你家丈夫怎地不见？"孙二娘道："我的丈夫出外做客未回。"武松道："这么说，你独自一个人不寂寞。"孙二娘起先见了武松缠袋沉重，已有些心动，此时见武松言语轻薄，忘了什么规矩，生了杀人之心。便挽留三人歇宿。武松听了这话，已知孙二娘不怀好意，却将计就计，说："大娘子，你家这酒，好生淡薄。别有更好的，请我们吃几碗。"那妇人道："有些十分香美的好酒，只是浑些。"武松道："最好，越浑越好吃。"那妇人心里暗喜，便去里面托一下了蒙汗药的浑色酒来。武松看了道："这个正是好生酒，只宜热吃最好。"那妇人道："还是这位客官省得，我烫来你尝。"孙二娘自忖道："这个贼配军正是该死，倒要热吃。这药却是发作得快，那厮当我是手里行货。"烫得热了，把将过来筛做三碗，便道："客官，试尝这酒。"两个公人哪里忍得饥渴，只顾拿起来吃了。武松便道："大娘子，我从来吃不得寡酒。你再切些肉来与我过口。"骗得那孙二娘转身入去，却把这酒泼在僻暗处，口中虚把舌头来咂道："好酒！还是这酒冲得人动！"那妇人哪曾去切肉，只虚转一遭，便出来拍手叫道："倒也！倒也！"那两个公人，只见天旋地转，禁了口，往后扑地便倒。武松也把眼来虚闭紧了，扑地仰倒在凳边。孙二娘以为武松着了道，笑道："着了！由你奸似鬼，吃了老娘的洗脚水。"便叫人先把两个公人扛了进去。孙二娘拿了武松的包裹回去放好，是些金银，心中高兴。却出来看。这两个汉子扛抬武松，怎么也扛不动，直挺挺在地下，好像有千百斤重。孙二娘见这两个蠢汉拖扯不动，喝在一边说道："你这鸟男女，只会吃饭吃酒，全没些用，直要老娘亲自动手！这个鸟大汉，却也会戏弄老娘，这等肥胖，好做黄牛肉卖。那两

个瘦蛮子，只好做水牛肉卖。扛进去先开剥这厮。”便先脱去绿纱衫儿，解下了红绢裙子，赤膊着便来把武松轻轻提将起来。武松原来只是装死，骗得孙二娘来扛他，此时就势抱住孙二娘，把两只手一抱，拘将拢来，当胸前搂住。却把两只腿往那妇人下半截只一挟，压在妇人身上。那妇人杀猪也似叫将起来。那两个汉子急待向前，被武松大喝一声，惊得呆了。孙二娘被武松制服，按压在地上，只好叫饶。

武松将计就计，擒了孙二娘，正碰上外头回来的张青。若那张青当时便上前动手，武松专爱打强硬不讲理的人，是个吃软不吃硬的硬汉，只怕夫妻二人当时便要遭殃。那张青也是一条好汉，当时看了武松，知道遇上英雄，却抱拳施礼，告饶请罪，十分有礼，问了武松姓名，纳头便拜，只称闻名久矣，今日幸得拜识，却怪女流之辈有眼不识泰山，不知怎地触犯了都头，但请武松原谅。武松是个服软不服硬的英雄，别人敬他一尺，他敬别人一丈。又见孙二娘女流之辈，行事豪放，也有钦佩之心，当时便将孙二娘放了。几人说起原委，都是些江湖手段，不打不相识。张青劝武松把公差杀了落草，武松感激公差一路照顾，并不同意。把公差救醒，那公差还以为醉酒了，却不知自己去鬼门关走了一回。张青夫妇佩服武松，挽留武松，一连住了不少时日。才依依不舍地送他上了去孟州城的路途。

好汉如鲁智深，都不免着了十字坡的道，独有武松，能够从十字坡全身而退。武松勇闯十字坡，固然有武力作为后盾，更多靠的却是智慧，正像他杀嫂祭兄一样，武松的精明果干，正是武松不同于别的英雄的标志性特征。

醉打蒋门神

武松有一句话：我从来只要打天下不明道德的人！最能体现他的风格。这句话是武松在醉打蒋门神时说的。

武松来到孟州牢狱，遇上三件怪事。第一件是，他不愿学其他人贿赂牢狱管营，情愿吃一顿痛打（宋代流放罪犯抵达后规定必须先打一百大板，以示警告），所以当厅顶撞管营，却被一个小子在管营耳边说了几句话，竟然免了他这顿打；第二件是，自他住牢之日起，每天有人送好酒好肉款待，并无相害之意；第三件是，其他犯人都被赶去烈日下做苦力劳役，他却被单独安排，每日清闲无事。武松情知有异，他是个无功不受禄的好汉，便逼迫送饭之人，很快就查出这事都与小管营有关。

原来这全是小管营的安排。小管营有事要请武松帮忙。

这个小管营叫做金眼彪施恩，后来因武松之事也上了梁山。且说东门外有一座集

市，唤做快活林。山东、河北客商们都来那里做买卖；有百十处大客店，三二十处赌坊、兑坊。施恩倚仗学到的本事，领着营里八九十个拼命囚徒，在快活林开了一个酒肉店，一方面向众店家和赌坊、兑坊供应酒肉，另一方面也收些保护费，其实就是那里的一个小霸王。不料前不久，地方上的张团练（相当于民兵连长）看中这块肥肉，唆使一个叫蒋门神的恶霸，痛打施恩，抢了他的酒店。这蒋门神一身武艺，号称三年上泰岳争跤，不曾有对手。施恩父子正苦于无法之际，却不料上天送来了打虎英雄，于是就想请武松援手，又怕武松体力不曾恢复，所以百般照顾，只等武松恢复体力，便要请他帮忙。

武松逼出了施恩，施恩只好出来陪话，起先还怕武松气力未复，不肯告知实情，等到武松将牢狱门前一座三四百斤石墩单手提起，扔在空中，又轻轻接了，方才信武松神力，便据实情相告。武松一方面感激施恩，另一方面也对蒋门神的所作所为和狂妄深为不满，又加上老管营也出来赔话，礼数十分恭敬，便一口答应了。武松是个快性的人，当时便要去寻找蒋门神，那老管营怕武松吃醉了酒，耽误事情，就拖了一日。等到知道武松是多吃一分酒，多一分力气，方才允许他去。第三日，施恩派人护送武松，自己带一些人马接应，朝快活林而去。

武松决斗蒋门神，却是有序曲的，那就是先要喝酒。要说水浒中喝酒豪爽的，大概就数鲁智深和武松了。不过两人又有不同。鲁智深喝酒，误事的多；武松喝酒，却多能助他成功。从这一点上来讲，武松的饮酒，又要高于鲁智深。临出发前，武松向施恩提出了一个要求，“无三不过望”，就是说，路上每遇上一个酒店，没喝满三杯就不过去。这样算来，一路上武松大概喝了三四十碗酒，大约有七八分醉了，状态正好。武松却装做十分醉。来到了快活林，施恩先躲了。

武松斗蒋门神，又是有策略的。他早在林子里看到了大槐树下乘凉的蒋门神，估计就是了，却不上前挑斗，而是先去酒店闹事。武松来到酒店，问清了，看是蒋门神新纳的妾，便去挑衅。武松装醉了，要酒，小妾先上了普通酒想对付一下，武松便嫌酒不好，叫酒保换酒；那小妾拿出上等酒，武松又说不好；直到小妾拿出最好的酒，武松些微赞扬了一下，却又提出要那小妾过来陪酒。那酒保回说店家的娘子不能陪酒，武松耍赖，说就是主人家娘子陪酒有什么关系。那小妾一忍再忍，终于忍无可忍，一边大骂一边推开柜台要冲出来。武松是来闹事的，不等那妇人出来，隔着柜台只一抓一提一扔，把那妇人就扔进了门口一个大酒缸里，又把几个赶来帮忙的酒保也一一扔进了大酒缸。三个酒缸里，三个人挣扎。已有人去向蒋门神报信。武松又不等蒋门神来找他，反过去迎蒋门神。两个人在大路上相遇了。

武松降伏蒋门神，真是有技巧有策略。那蒋门神也是一个金刚大汉，虽酒色过多，近日亏虚些身子，毕竟武艺不差。武松存心斗他，所以用了策略。首先，他装醉，迷惑敌人。其实武松只有七分醉，却装成十分醉的样子，摇摇晃晃，东倒西歪朝蒋门神迎去。那蒋门神自然麻痹了。其次，他向对手示弱，故意惹怒对手，再出其不意。只见武松迎着蒋门神，见了面，只象征性地把拳头往蒋门神脸上晃了晃，却转身就走。那蒋门神以为武松怕了，大怒，怕武松逃走，扑抢上去，正中武松的下怀。再次，关键时刻使出生平绝学，这绝学有个名称，叫夺命鸳鸯腿，又叫玉环步。只见武松忽地转身，飞出左脚，一脚正中蒋门神小腹。蒋门神双手按了肚，蹲下去。武松右脚连环飞出，正中蒋门神额角，蒋门神应脚倒地。武松追入一步，踏住蒋门神胸脯，提起醋钵儿大小拳头，往蒋门神脸上如打虎般便打。那蒋门神如何比得过老虎，只有连声告饶。武松便说了相饶的三个条件：第一，离开快活林，归还金眼彪施恩的酒店；第二，请快活林有头有脑的英雄豪杰，都来向施恩陪话；第三，连夜回乡去，不许你在孟州住！在这里不回去时，见一遍打你一遍，见十遍打十遍。轻则打你半死，重则结果性命。蒋门神要保命，一一依了。武松才放他起来，这才向他交代了自己的身份：不要说你这一个人，就是景阳冈上的老虎，也被我三拳两脚打死——这句话最管用，蒋门神才知道自己碰上了打虎的英雄，先前的气焰，和心里的一点不服气，彻底灭了。

武松押着蒋门神兑现了诺言：归还酒店，请来了众邻居，向施恩赔礼，离开孟州城。武松大闹快活林，醉斗蒋门神，帮施恩讨回公道，事情做得干净利落，延续了他一贯的风格。

大闹飞云浦

蒋门神自败给武松，失了酒店，便去投张团练。张团练失了一处财路，如何肯善罢甘休，便与蒋门神设计，欲除掉武松。且说张团练有个同姓结义兄弟，在州里做都监，也就是孟州城的保安司令，与张团练正是一丘之貉。那张都监又是孟州大狱监狱长的上司。于是张团练带蒋门神找到张都监，三人一合计，设下了一条毒计。

张都监首先差人去监狱长——施恩父亲手里调取武松，只说州里抬举重用打虎英雄；然后，将武松骗到家里，将他灌醉，却把一包金银塞进武松的卧室，半夜着人喊有贼，等武松起来捉贼时，却使家人把武松抓了，搜出钱物，诬他偷窃，告到知府。次后又行贿知府，催促严审武松，重刑伺候，却把武松屈打成招，认了罪，关进了大牢，只等量刑了。

武松中计，屈打成招，很快有人报知施恩。施恩大惊，连忙上下使钱，找到两个得力的人物从中周旋。原来武松盗窃，不是死罪，张都监、蒋门神只想在牢中折磨死武松。施恩首先找到自己好友，临时看押武松的牢房头目康节级，花钱让他买通看管和打手，减了武松皮肉之苦；其次，施恩又找到当时一个负责此案文书的叶孔目，那叶孔目为人甚为正直，托他给知府活动说明，轻量刑，早结案。武松本有心要越狱，因此也暂时放下心了。

蒋门神那边活动，施恩这边也活动。两边挨着。知府渐渐也知道武松冤屈，张都监得了蒋门神大量的钱，来让他害人，因此也懒得管了。武松押满六十天，被判了一个刺配流放的轻刑。

蒋门神见流放了武松，一面带人抢了快活林；一面一不做二不休，买通两个押送公差，要在半路上结果武松性命，并差自己的两个徒弟去帮忙。一共是四个人，商定了要在飞云浦动手。武松能躲过这次劫难吗？

其实事情的成败常在细节。武松流放，施恩赶来相送，却是店已被人抢了，身上四处缠着绷带，武松看在眼里，已是警觉了；施恩请那两个公差喝酒，两人不肯，言语不怀好意，武松已知此去不平；行到半路，那两人嘀嘀咕咕，武松听到“不见那两个来”一句话，心里已知此去不善了；离城七八里时，却见两个提刀的跟上来，一起走，又见两人挤眉弄眼，神色紧张，心里便像个明镜似的，却装做不知。直至到了一处渡口，那渡口旁有个牌匾，叫做“飞云浦”，武松才发作了。

来到飞云浦桥口，武松早看见了那个牌匾，却故意问：这是什么地方。等到转移了那几人的注意力，却又说自己要解手。那提刀的是蒋门神的徒弟，哪里知道武松

的想法，提着刀上前正要说话，却被武松冷不防一脚踢个筋斗，翻下水去。另一个正要转身，武松如法炮制，又一脚把第二个踢下了水。两个公差看见武松踢翻两人，慌了，转身要往桥下跑。好武松，一声暴喝，却生生地扭开了颈上的木枷，赶到水边，只一拳，打翻一个，拾起水中的刀戳死在水里；另一个要跑，又被武松赶上，一刀杀了，水中的两个还在挣扎，武松赶上去，一刀杀了一个，却留了一个活口。问清是蒋门神的徒弟，受张都监、张团练、蒋门神三人派遣来结果武松后，也一并一刀杀了。

若是换作别人在飞云浦，恐怕早丢掉了性命。武松大闹飞云浦，替自己挣得了活命的机会。如果说，林冲在野猪林能逃得性命，靠的是朋友的及时救助；武松在飞云浦脱身，则完全靠的是自己的力量。武松在飞云浦能顺利逃命，总结起来，有两点：第一，是有好武艺；第二，能认清形势，当机立断，避免了受制于人。这也是我们遇事的时候能从中学到的。

血溅鸳鸯楼

武松本不是一个滥杀无辜的人，不过人生的际遇，大约多在一念之间。武松为自救，一口气杀了四人，想那正主仍逍遥法外，把怒气强压心头，待在原地踌躇了一会，一个大胆的念头却跃上他的心头。

只见武松转身，拾起两把好刀，挎了一把，一把在手，直奔孟州城张都监家而来。来到城内，已是月上黄昏。武松摸到张都监家后花园，在马房边抓到一个正要睡觉的马夫，一问，才知道张都监等三人还在鸳鸯楼喝酒。武松不留活口，一刀结果那人性命，转身直奔鸳鸯楼而去。武松连月受辱，此时恨极，性情也变了。摸到鸳鸯楼下有灯火处，却是厨房，两个丫鬟服侍了张都监三人一天，此时正在埋怨，武松见了，不等她们喊叫，一刀一个结果了性命，却熄了灯火，借着月色，摸上楼来。一路并未见人，那些亲随陪了三人一天，早厌烦，远远地躲开了。楼上三人，正高谈阔论，只以为今天便可结果武松性命，自此无忧，都兴奋不已。武松听了，怒从心起，拔出刀来，大喝一声，如天兵跃上楼去。

那蒋门神正坐在交椅上，此时呆了，被武松一刀砍在脸上，连交椅砍翻在地；张都监刚要挪脚，武松却回过刀来，一刀齐耳根边砍断脖子，扑在地上；那张团练是武官出身，见砍翻两个，拿起一把椅子来抡武松，武松何等神力，就势接住，只一推，把团练推在地上，却赶上，一刀剁下头来。蒋门神此时刚挣扎起来，武松赶上一脚，踢翻了，也一刀割了头。又回过去，把张团练也割了头。武松杀了三人，回过头，拿

桌上的酒喝了三四盅，去死尸身上割下一片衣襟来，蘸着血，去白粉壁上大写下八字道："杀人者，打虎武松也。"

武松写了字，寻了桌上银器踏碎了揣在怀里，正准备离开，却听到楼下一片喊叫。原来几个亲随以为三人醉酒了，正赶上楼来。几个人上得楼来，见了尸体，呆了。那几人都曾捕拿过武松，武松自度难以脱身，手起刀落，将几人一并砍了。此时的武松，已是神志昏恶，却从楼上奔下来，见一个砍一个，连都监的夫人，先前唱曲儿、张都监骗武松许诺将其嫁给武松的养娘，还有其他几个亲随妇女，前后共杀了十四五人，方才罢手。此时，两把刀都卷了。

武松行凶，自料罪大恶极，不敢等天明开城，连夜翻墙越河出城，亡命江湖去了。

血溅鸳鸯楼，大概是水浒描写中最血腥的一幕。而这一幕居然发生在素来知明事理的武松身上，真让人觉得不可思议。现在的犯罪学家们，真应该好好把武松血溅鸳鸯楼这一案例研究一番，这对于制止重大恶性犯罪，一定有莫大的帮助。

折臂得终年

武松从亡命江湖到落草，又遇过几次险，不过每次都侥幸逃脱了。

一次是武松行凶鸳鸯楼之后，逃命的第二天。武松在一座小庙里休息，却被几个人用挠钩勾住捉了去，差点被做成了人肉包子。好在武松命大，刚好遇见的是张青夫妇的几个手下，因此被救下。武松遂在张青家住下，直到风声太紧，张青恐怕出事，推荐武松去二郎山落草，武松才离开。这次离开，为躲避官府追捕，张青将武松打扮成了行者的样子，自此，武松开始以行者的身份行走江湖。

武松一路向东，在蜈蚣岭上，又斗杀了强占民女的飞天蜈蚣王道人，救了那妇人，不过这是武松的拿手好戏，算不上遇险。另一次历险是在离开蜈蚣岭的十数日，来到白虎山孔家庄上。武松在酒店里因抢夺酒菜，痛打了独火星孔亮，却喝得大醉，赶一条黄狗，醉倒在村边大溪里，被赶来的毛头星孔明刚好抓住，绑回去一阵痛打。这回救他的却是他的义兄宋江。原来宋江因躲避官司，刚好从柴进家来到了孔太公家，闲时就指点二人一些枪棒，做了二人的师父。武松被打被宋江撞见，因此就侥幸被救了。

两次遇险后，就没再出什么事。武松在孔家庄住了一段时间，和宋江分手，一路投奔二龙山鲁智深处落草了。鲁智深是豁达义气之人，自然高兴收留。

武松与鲁智深都是义盖云天的英雄之人，两人武艺相当，性格相类，自是趣味相

投，很说得来。武松敬鲁智深年长，是师兄又是师父，此后一生追随，未曾悔改。从二龙山到水泊梁山，二人相随；反对招安，二人一前一后；在水泊梁山排座次，鲁智深称天孤星，武松称天伤星，前后相连；南征北战，建功立业，二人是步兵头领前两名；甚至是结局，两人也有瓜葛，鲁智深在杭州六合寺光荣圆寂，武松则是因斗方腊时失了一条胳膊，于是留在杭州六合寺，在六合寺安度了晚年。

武松的后半生，随宋江一起征辽、打田虎、打王庆、打方腊，南征北战，建立了不少功业。武松的结局也算光明，虽然斗方腊时失了一条胳膊，却因此而逃过了宋江般被害的结果。朝廷因武松对敌有功，伤残折臂，于六和寺出家，又封赠他为清忠祖师，赐钱十万贯，以终天年。此后，武松一直在杭州六合寺出家，活到了八十而终。直到如今，杭州六合塔还供奉着他的塑像。这对于一代打虎英雄，也算是最后的荣誉吧。

黑旋风李逵

李逵是水浒特力描写的人物，在水浒中只有宋江的描写笔墨比他多。

李逵是一个什么样的人？

乍一看去，这似乎是个很容易回答的问题，李逵不就是个粗鲁莽撞，心直口快，性格鲜明简单，莽张飞式的人物吗？不过仔细一想，李逵的性格又似乎没有这么简单。他通常说一不二，愿赌服输，是个直汉子，不过，他偶尔也赖赌赖账，毫不直爽；他凡事都听宋江的，似乎十分盲从，但是，当他听说宋江强抢民女，却拍案而起，砍倒杏黄旗，要杀宋江，看不出一点盲从的影子；他好杀人，无论官兵百姓，只是排头杀去，是梁山的第一个杀人的魔头，令人恐怖，但他也常露出天真的一面，调戏官兵，嬉笑自己，令人感觉亲近；他没有鲁智深的悟性，没有武松的原则性，似乎鲁莽有余，智力不足，但他一怒下山，却也能招回几个英雄上山，几次下山办事，都能马到功成；他不怕宋江、不怕晁盖、不怕高衙内、不怕鸟皇帝，不过却很忌惮戴宗、焦挺和燕青一类摔跤手，见了他们的面总是缩手缩脚；他滥杀无辜，却放过了求饶的李鬼；帮人家擒妖，又连同人家的女儿也一并杀掉；他似乎不配有梦想理想这样高尚的生活，但是作者却着力描绘了他的南柯一梦，并数次借饮酒让他吐真言，见出他并不是一个没有思想的人物；他鲁莽到了可爱的地步，而他的可爱又令人恐惧。作者似乎故意要把他描写成战场上的杀人魔头黑

旋风、生活中的憨直典型铁牛儿，这两重性格在李逵身上简直达到了水乳相融的地步，但是你仔细再想一想，这其实是两种特质完全不同的性格，风马牛不相及，甚至十分冲突，怎么可能在一个人身上同时出现呢？

所以李逵这个人物是一个奇迹。

李逵的故事很丰富，包括有李逵赖赌、张顺戏李逵、真假李逵、李逵杀虎、李逵打死殷天锡、李逵朱仝和解、戴宗戏李逵、罗真人戏李逵、结义汤隆、井中救柴进、李逵焦挺救宣赞、发难菊花会、闷气闹东京、李逵捉鬼、李逵负荆、李逵升堂、黑旋风扯诏骂钦差、李逵梦闹天池、李逵之死等。这些故事曾在民间广泛流传，其中还有一些此前此后都被写入戏剧与其他小说之中，这些故事从各个侧面向我们展示了一个丰富多彩的李逵形象——梁山中唯一一个具有喜剧风格的英雄人物形象，虽然他的结局是悲惨的。

李逵赖赌

李逵的出场是在宋江和戴宗在江州酒楼会面喝酒的时候。

宋江刺配江州后，拿吴用的书信结识了戴宗。两人来到酒楼上，喝酒谈话。各说起自己的遭遇，正说得高兴，才喝得两三杯酒，只听楼下有人闹事。跑堂的人走进阁子来，对戴宗说道："这个人只有院长你说服得了，没办法，还烦请院长去一趟。"戴宗问道："楼下闹事的是谁？"跑堂的回答说："就是时常同院长在一起的那个铁牛李大哥，正在楼底下要找主人借钱，主人不肯，在那里闹哩。"戴宗笑道："又是这家伙在下面闹事，我只道是什么人。兄长稍坐，我去叫这家伙上来。"戴宗便起身下去，不多时，引着一个黑凛凛的大汉上楼来。这大汉正是黑旋风李逵。原来李逵祖籍是沂州沂水县百丈村人，因性子急爽，得了个黑旋风的称呼，他乡中人都叫他做铁牛，因为打死了人，逃走出来，流落在江州，虽遇天下大赦被赦免了罪，却没有还乡，又因为善使两把板斧，又会拳棍，因此被戴宗留在牢里当差。李逵酒性不好，喝酒后就闹事，因此满江州的人都怕他。

李逵随戴宗上得楼来，见了宋江，并不认识。宋江也不认识李逵，见他长得如一个大熊，浑身黝黑，撼地摇天的，吃了一惊，先问了姓名。戴宗介绍过了，宋江心里叹赏。李逵见戴宗把自己介绍给了一个黑胖子，开口就问："哥哥，这黑汉子是谁？"戴宗知道李逵直性子，笑着对宋江说："押司，你看我这伙计粗鲁，不会说话，不太懂礼貌。"李逵就问："我问大哥这黑汉子来历，怎地就是粗鲁？"戴宗说："兄弟，你要问别人来历，应该说'请问这位官人是谁呀'，你却说'这黑汉

子是谁’，这不是粗鲁是什么？我跟你说，这位兄长，就是平常你总说要去投奔的人。”李逵说：“难道是山东及时雨黑宋江不成？”戴宗喝道：“咄！你怎么敢如此犯上，直叫人的名字，全不识些高低！还不快下拜！”李逵憨直，总怕别人骗他，说：“若真是宋公明，我就下拜；若是他人，我却拜个鸟！节级哥哥，不要骗我拜了，你来嘲笑我。”宋江见李逵说得诚恳可爱，便插话道：“我正是山东黑宋江。”李逵方才信了，拍手叫道：“我那爷，你怎么不早说呢，也教铁牛欢喜！”扑翻身便拜。宋江连忙答礼，说道：“壮士大哥请坐。”三人于是坐了，重新开宴。

李逵向来豪放，就是那戴宗，平时也有些受不了，不过宋江平素最喜结交豪爽之士，今天一见李逵，心里已经是十分高兴了，又见李逵说话耿直，心地醇厚，更是欣赏不已，他的不拘小节，在宋江眼里倒成了优点。这李逵毫无心机，平素总听人说起宋江仗义疏财，所以十分敬重。两人见了面，竟有了惺惺相惜之意。李逵要了大碗喝酒。宋江就问刚才楼下出了什么事。李逵刚输了赌，不好意思说，就搪塞说：“我有一锭大银，因没零钱化不开，当了十两小银用出去了。所以要问酒楼的主人家挪借十两银子去赎那大银，换出来便还他。还可多一些钱用。谁知这鸟主人小气，不肯借钱给我，刚刚要教训教训他，却被大哥叫了上来。”宋江不知是搪塞他的话，就问：“只用十两银子就可以去取了吗，不再多要些利息钱么？”李逵搪塞说：“利钱我已经有了，只差十两本钱。”宋江听罢，二话没说，从身边取出一个十两银子递给李逵，要他去赎回自己的银两来。李逵没想到宋江会这样大方，寻思自己也正缺钱用，当时就接了钱，让两人等他一等，自己转身下楼去了。戴宗要阻拦时，李逵已接了银子下去了。戴宗最了解李逵，哪里有什么大锭的银两，八成是说谎，这时得了十两银子，一定又是要去那赌场，想赢了钱再还回来，就把情况给宋江说了说。宋江要着意结交这一个忠直的兄弟，也不以为意，只说李逵既缺银两，就随他去，区区银两，不足挂齿。戴宗见宋江说得大方，也替李逵高兴。两人喝了会酒，就转去看江景了。

李逵得了宋江的银子，十分钦佩宋江的仗义疏财，名不虚传，就想去那赌房里赌一赌，赢几贯钱回来，也好请宋江一请。当时李逵跑到城外小张乙赌房里，去场上将这十两银子全押下了。那小张乙早知李逵前两天赌输了，不想让他再输，就叫他赌下一盘，谁知那李逵牛劲上来，一切不管，执意要赌。一连输了两盘，每盘五两银子，却把那十两银子全都输了。

李逵的赌品平日是不错的，愿赌服输，从来不赖账。今天本想来赚点钱回去请宋江的客，却不料输得一塌糊涂。李逵不愿这时候输了宋江的钱，让宋江笑话，见那小张乙拿他的钱，只好厚着脸皮说：“我这银子是别人的。”小张乙以为他还像平常

一样愿赌服输，就说：“是谁的，都不管用。你既输了，还说什么！”李逵央求道：“没办法，且借我一借，应个急，明天便送来还你。”那小张乙如何能肯。李逵却抓住他的衣服，就去抢钱。小张乙说：“李大哥，你平常最赌的直，今天怎么这么没出息？”李逵索性不答话，捡了自己的银子，又把别人面前赌的十来两银子也抢了，都搂在布衫兜里，睁起双眼说：“老爷平常赌直，今天权且不直一遍。”小张乙急待向前夺时，被李逵一指一跤。十二三个赌博的一齐上，要夺那银子，被李逵指东打西，指南打北。一会儿把众人打得没处躲，李逵却才出了门，扬长而去，众人只赶在门前叫喊，说李逵没出息，却没一个人敢追上前来讨。

李逵正要走之时，听得背后一人赶上来，扳住肩臂喝道：“你这厮怎么抢别人财物？”李逵随口应道：“干你鸟事！”回过脸来看时，却是戴宗，背后立着宋江。李逵见了，惶恐满面，只好照直说了。认错道：“哥哥休怪，铁牛闲常只是赌直，今日不想输了哥哥的银子，又没得些钱来相请哥哥。猴急了，做出这些不直的事情来。”宋江听了，大笑说：“贤弟要银子用，只管来问我讨。今日既是明明地输与他了，快把来还他。”李逵见宋江说得爽快，赶忙还了银两，那小张乙不敢拿，只说拿自己的那一份。宋江问清李逵伤了人，便把那十两银子打发了那些受伤的人。李逵见宋江做事讲理，也顾了他的脸面，好生感激。三人又重去喝了一回酒。

李逵赖赌，是李逵、宋江结交的开始。李逵的率直和天真，打动了宋江；宋江的仗义相助，不拘细节，也折服了李逵。自这一件事情起，李逵就和宋江走到了一起，两人的命运也交织在一起，直到生命的结束。

李逵买鱼

李逵在水浒的英雄中，是唯一一个常被人戏弄的。他一出场，就免不了要出事情，闹笑话。李逵因赖赌而结识宋江，又因打架而结识张顺。他和浪里白跳张顺的结交，就是这样一出笑剧。

宋江平息了李逵赖赌惹的祸，三人就到浔阳江琵琶亭上重开宴席。这琵琶亭一边靠着浔阳江，一边是店主人家房屋，琵琶亭上有十数副座位，最好看风景。戴宗拣一副干净的座位，宋江坐了头位，戴宗坐在对席，旁边坐着李逵。三人坐定，叫酒保铺下菜蔬、果品、海鲜之类，又叫了两樽江州有名的上等好酒玉壶春，李逵用大碗，余两人用小盏，三人开怀畅饮。酒保斟酒，一连喝了六七遍。宋江喝酒，有个嗜好，喜欢酒后喝些鱼辣汤。宋江初结识了这两个兄弟，心中欢喜，多喝了几

杯，忽然想要喝鱼辣汤，便叫店家做了一碗。鱼汤上来，宋江尝了几口，就知道不是鲜鱼，不再吃了。戴宗也试出来不是鲜鱼，倒是李逵口味重，哪管什么鲜鱼阉鱼，见两人不怎么吃，便不客气，一个人包圆，将那汤连汤带鱼吃了个干净，鱼骨头都嚼碎吃了。宋江见李逵吃得可爱，忍住不笑，又叫酒保切了两斤牛羊肉来，专一款待李逵。李逵也不谦让，一会儿又将那两斤肉吃了个干净。方才酒肉饭饱，回来感谢宋江的细心周到。宋江看了惊叹，直说："壮哉，真好汉也！"李逵心满意足了，宋江因没喝上鲜辣鱼汤，心里却有些未满足。那戴宗叫酒保来一问，酒保不敢隐瞒，就说了没有鲜鱼的原因。原来，今天打的活鱼还被养在船里，船主人一直没来开仓，大家等不到开仓，所以不曾买到鱼。那李逵正愁没办法感激宋江，听了跳了起来，自告奋勇去买两条鱼回来，也不管戴宗拦阻，自行去了。戴宗只怕李逵买不着鱼闹事，宋江却连连称赞李逵的性格真实不假。

李逵走到江边看时，只见那渔船一字排开，约有八九十只，都缆系在绿杨树下。船上的渔人，有斜枕着船梢睡觉的，有在船头上结网的，也有在水里洗浴的。此时正是五月半天气，一轮红日，渐渐西沉，不见主人来开舱卖鱼。李逵走到船边，喝一声说："你们船上有活鱼的，把两尾鱼来与我。"那渔人回答："我们等不见渔牙主人来，不敢擅自开舱买卖。你看，大家都在岸上坐着等哩。"李逵性急，说："等什么鸟主人！先把两尾与我。"那渔人又答说："合同还没签，怎么敢开舱？到哪里去拿鱼给你？"李逵见他众人不肯拿鱼，却应了戴宗的担心，跳上船去便抢。李逵跳上一只船去，渔人根本拦不住他。李逵不知道船上的事，直接去把船上养活鱼用的竹笆篾一拔，却不料将那一舱活鱼都放走到大江里去了。李逵见找不到鱼，又跳过另一艘船上去拔那竹篾。七八十个渔人都奔上船来，用竹篙打李逵。李逵大怒，焦躁起来，脱下布衫，见那乱竹篙打来，两只手一架，一手就抢了五六条在手里，一使劲，就像扭葱一般，把那竹竿都扭断了。渔人们看见，都害怕，解了缆绳，把船撑到江中去。李逵愤怒，赤条条地拿两截折竹篙，上岸来赶打那些指责的人。大家正乱纷纷地挑了担逃跑，只见一个人从小路里走出来，众人看见了都大声喊："主人来了，这黑大汉在此抢鱼，都赶散了渔船。"

那来的人正是浪里白跳张顺，浔阳江边的第一条好汉。只见他六尺五六身材，三十二三年纪，三柳掩口黑髯；头上裹顶青纱万字巾，掩映着穿心红一点儿；上穿一领白布衫，腰系一条绢搭膊；下面青白枭脚，多耳麻鞋；手里提条行秤。张顺平常就是负责这些渔行买卖的，认得李逵，见李逵来闹他的商行，直奔李逵而来。李逵却不认得张顺，见张顺奔来，也不管他的喝问，抢过竹篙，朝张顺便打。张顺一闪，躲开，顺势抢

过去，夺了竹篙。李逵一把揪住张顺的头发，张顺便沉腰使劲，要跌倒李逵。那张顺虽是水上的蛟龙，怎敌得过岸上的霸王，李逵使了水牛般气力，直将张顺推开去，不让张顺拢身。张顺虽在李逵肋下打得几拳，却不过像搔痒一般，张顺又飞起脚来踢，被李逵直把头按下去，提起铁锤般大小拳头，朝张顺脊梁上却像擂鼓似的一阵乱打。待要挣扎，却又挣扎不脱。

李逵正打哩，一个人在背后拦腰把他抱住，张顺寻了这个空挡，赶忙溜脱了。原来戴宗、宋江见李逵久去不回，怕他闹事，来寻找他，正好在江边碰上了。宋江怕出人命，从背后拖住了李逵，才劝得李逵回。李逵去那柳树根头捡起布衫，搭在胳膊上，跟了宋江、戴宗便走。且说那张顺溜脱了，也认识戴宗，只是李逵今天是欺人太甚，今天若不赢了，以后怎么服众，就装了不认识，寻思着岸上赢不了李逵，得把李逵诱到水中去，方才能制服了，帮众人出一口恶气。李逵走不了十数步，只听得背后张顺叫骂道：“黑杀才！再来和我见个输赢！”李逵回转头来看时，只见张顺，这时才显出英雄本色，脱得赤条条地，露出一身雪练似的白肉，头上除了头巾，穿心显出一点红。他在江边独自一个用竹篙撑着一只渔船，口里大骂，来引诱李逵：“千刀万剐的黑杀才！老爷怕你，不算好汉！走的不是男人！”李逵果然受不了激将法，听了大怒，吼了一声，撇了布衫，抢转身来。张顺见李逵上当，把船略划来凑在岸边，来接李逵。一手把竹篙点定了船，口里大骂着。李逵先不上船，张顺就用竹篙来撩拨李逵，去李逵腿上乱搠，引得李逵火起，托地跳在船上。说时迟，那时快，张顺诱得李逵上船，把竹篙望岸边一点，双脚一蹬，那只渔船一似狂风飘败叶，箭一样投江心里去了。李逵虽然也识水性，却不甚高，当时就慌了手脚。张顺也不叫骂了，撇了竹篙，叫声：“你

来！我们再见个输赢！”就把李逵胳膊拿住，口里说道：“且不和你厮打，先教你喝些水。”两只脚把船只一晃，船底朝天，两人落水，两个好汉扑通地都翻筋斗撞下江里去。宋江、戴宗急赶到岸边，那只船已翻在江里，两个只在岸上叫苦。江岸边早拥上三五百人，都在柳荫树下看热闹，都说：“这黑大汉今天上当了，就是不丢性命，也得饱喝一肚皮水。”宋江、戴宗在岸边看时，只见江面开阔处，张顺把李逵提将起来，又淹将下去。两个正在江心里面清波碧浪中间，一个显浑身黑肉，一个露遍体霜肤。两个打作一团，绞作一块，江岸上那三五百人没一个不喝彩。

那张顺，号称浪里白跳，在水里，莫说一个李逵，就是十个，也不是他的对手。李逵在水里，早被张顺揪住，憋得眼白，又提起来，又按下去，淹了数十回了。宋江见李逵吃亏，便叫戴宗赶快找人去救。戴宗就问众人这白大汉是谁，一问才知道，却是大名鼎鼎的浪里白跳。宋江听了大喜，他身上刚好有一封张顺哥哥张横托他带给弟弟的家信，当时便叫戴宗叫住了张顺。张顺只是想教训教训李逵，并无害人之意，当时就来岸上见了，问得明白。回头见李逵正在江里探头探脑地挣扎，眼看要沉了，便回江里去，拖住李逵一只手，自用两条腿踏着水浪，如行平地，那水浸不过他肚皮，淹着脐下，摆了一只手，直救李逵上岸来。江边看的人个个喝彩。宋江看得呆了。

四人来到岸上，李逵休息了半晌，穿了衣服，被戴宗都邀到琵琶亭上说话。四个人一一介绍了。张顺本来就是敬戴宗，识李逵，对宋江也是闻名既久，未曾见面而已。此时一一见了，又见宋江带来了兄长的家书，自然消解了误会。那宋江、戴宗已见识过张顺的手段，早就是英雄见英雄，惺惺相惜。这李逵是个憨直的汉子，虽被张顺捉弄得够戗，不过自己却是惹事在先，又在岸上打过张顺一回，宋江身上又有张顺的家书，自然也就不再计较。李逵只笑说：“你也淹得我够了。”张顺也笑说：“你也打得我好了。”李逵说：“你路上别撞着我。”张顺说：“我只在水里等你就是了。”四人都笑了起来。那张顺和李逵，一个是岸上的老虎，一个是水上的蛟龙，真是不打不相识，两人都是光明磊落的汉子，互相敬佩，当时就和解了。张顺见事出于李逵买鱼，却挽着李逵的手，一起去船上提了四五条大红鲤鱼回来。四人重新开宴，又喝了个痛快。

李逵结识宋江，见出了他的憨直；李逵结识张顺，见出了他的武艺。李逵鲁莽，却鲁莽得光明磊落，李逵光明磊落，却又光明磊落得鲁莽。李逵就是李逵，前两分钟还被人淹个半死，一会儿却和淹他的人谈笑风生，这正是李逵大丈夫的地方。

真假李逵

李逵为救宋江闹了江州，同上梁山，做出了许多惊天地的事情，这且不说。只说众英雄在梁山上大块吃肉，大碗喝酒，好不快活，许多兄弟都将父母接来同住。李逵是个孝子，见了，想起自己的母亲，虽有一个兄长在照顾，一生却不曾享福，就向宋江提出要求，回乡去接他老母来同住。李逵和宋江约法三章：一、不声张，独自一个人悄悄回去接他娘来住；二、路上不喝酒；三、不带板斧上路，早去早回。李逵就带上一把防身的朴刀，挎了一柄腰刀，独自一个人上路了。宋江仍怕李逵不安分出事，派李逵的同乡朱贵在后面暗地跟随。

李逵为接他娘，一路果然不喝酒，因此并没有事。这一天，来到家乡沂水县，见一帮人围着看县衙前贴的告示。李逵不识字，也围上去探看，眼看要被人认出，正好遇上先赶来等候的朱贵。朱贵奉宋江之命，来协助李逵。两人来到店里，饱吃了一顿。李逵酒瘾上来，朱贵拦不住，让他痛喝了一顿，直到早晨四点。李逵起来告别。朱贵叮嘱李逵走大路，顺利接他娘过来，自己在酒店里等。那李逵喝了一回酒，胆子也长了，却说，第一，小路近；第二，小路人少，好掩人耳目；第三，虽可能遇上抢劫的强盗或者什么野兽，他却不怕。执意从小路回去接他娘，朱贵也无可奈何。

李逵戴上毡笠，提了朴刀，跨了腰刀，别了朱贵，便出门投家乡百丈村来。约行了数十里，天色渐渐微明。山路崎岖，李逵正走得闷气，露草之中，忽然一阵刺响，李逵一看，却是一只白兔，李逵顺着那兔子赶去，又行了一程路，来

到一处五十来株大树丛杂的林子。时值新秋，叶儿正红。李逵来到树林边，忽然从林子里闪出一条大汉来，喝道：“识相的留下买路钱，免得夺了包裹！”李逵看那人，戴一顶红绢头巾，穿一领粗布袄，手里拿着两把板斧，把黑墨搽在脸上。李逵见了，大喝一声：“你这厮是什么鸟人？敢在这里剪径！”那汉回答道：“若问我名字，吓碎你心胆！老爷叫做黑旋风！你留下买路钱和包裹，饶你性命，放你过去。如若不然，留下性命。”原来却是一个冒充李逵名字行劫的小贼。李逵听了哈哈大笑，说：“真是有意思！你这小贼是什么人？哪里来的？居然敢冒充老子的名字，在这里抢劫！”挺起手中的朴刀就来砍那汉子，那汉子是个冒牌货，没啥真本事，哪里抵挡得住，转身要逃，被李逵往腿股上一朴刀，砍翻在地。李逵一脚踏住那汉子的胸脯，喝道：“认得老爷么？”那汉在地下直叫爷爷饶命。李逵说：“我就是江湖上的好汉黑旋风李逵！你这小贼敢辱没老子名声！”那汉子这才知道遇见了阎王爷，直叫倒霉，说：“小人虽然姓李，不是真的黑旋风，因为爷爷你江湖上有名，提起好汉大名，神鬼也怕，因此小人冒充爷爷的名字，在此路上讨要一些饭钱。那些孤单客人经过，听得说黑旋风三字，都撇了行李逃走，我便得些小钱，实不敢害人，小人的贱名叫李鬼，就在这前村住。”李逵听了说：“你这个抢劫犯太无礼，在这里抢劫反冒充坏我的名字，坏了我的名声。你既然学我使两把板斧，就先吃我一斧。”劈手夺过一把斧来要砍李鬼。那李鬼有些急智，慌忙叫道：“爷爷杀我一个，便是杀我两个！”李逵听得，住了手问道：“为什么杀你一个，就是杀你两个？”李鬼说：“小人本不敢抢劫，只因为家中有个九十岁的老母，无人赡养，只好在此冒充爷爷大名吓唬人，夺些单身的包裹，养活我老母。抢劫中，我并没有害半个人。如今爷爷杀了小人，家中老母必是饿杀。”李逵虽是个杀人不眨眼的魔君，听得说了这话，自肚里寻思道：“我特地回家来取娘，如果反倒杀了一个养娘的人，天地也不佑我。罢！罢！饶了你这厮性命吧。”却饶了李鬼起来。李鬼手提着斧，纳头便拜。李逵说：“我就是真黑旋风，你从今以后，不许冒充我的名字抢劫了。”李鬼连称悔改改业，不再抢劫了。李逵本是孝子，见他说得诚恳，又从口袋里掏出十两银子，叫那李鬼自去改业，好好养活他老母，打发了李鬼。李鬼千恩万谢地去了。

李逵放了李鬼，拿了朴刀，一步步沿山僻小路走去。一直走到正午时分，肚里又饥又渴，四下里都是山径小路，不见有一个酒店饭店。正走之间，只见远远在山坳里露出两间草屋。李逵见了，直奔到那人家里来，只见后面走出一个妇人来，髻鬓边插着一朵野花，搽着一脸胭脂铅粉。李逵放下朴刀说：“嫂子，我是过路客人，肚中饥饿，寻不着酒食店，我与你一贯钱，你帮我办些酒饭来吃。”那妇人见了李逵这般

模样，不敢说没，只得答道："这里没处买酒，饭我可做些与客人吃。"李逵就叫多做些，那妇人问："做一升米不少么？"李逵说："做三升米饭来吃。"那妇人向房中烧起火来，便去溪边淘了米，将来做饭，李逵却转过屋后山边来解手。只见一个汉子一拐一拐地从山后回来。李逵转过屋后听时，那妇人正要上山寻菜，开后门见了那人，便问道："大哥，哪里闪了腿？"只听得那汉子说："大嫂，我险些儿和你见不着了，你说我晦鸟不？指望出去等个单身的过路客，整整等了半个月，不曾见到。好不容易今天等到一个，你说是谁？原来正是那真的黑旋风。可恨撞着那驴鸟，我如何敌得他过？被他砍了一刀，掷翻在地，定要杀我，多亏我骗他说：'你杀我一个，却害了我两个。'他便问我缘故，我便说：'家中有个九十岁的老娘，无人养赡，定是饿死。'那驴鸟真的相信了我话，饶了我性命，反给了我一个银子做本钱，教我改业养娘。我恐怕他识出我撒谎赶过来，就去那林子里僻静处睡了一觉，从后山走回家来。"那妇人说："不要高声。刚才一个黑大汉来家中，教我做饭，莫不正是他？如今在门前坐着，你去偷看一下。若是他时，你去寻些麻药来，放在菜内，教那厮吃了，麻翻在地。我和你对付了他，谋得他一些金银，搬去县里住，去做些买卖，比在这里做强盗抢劫不强多了！"也是天理昭昭，那李鬼夫妇的一席话，被李逵听了个正着。李逵大怒，想："这个混蛋，我给了他一些银子，又饶了他性命，他反倒要来害我。这个正是天理难容！"一转身走到后门边。这李鬼刚要出门，被李逵一把揪住，那妇人七魂落了六魂，慌忙望前门逃跑。李逵捉住李鬼，按翻在地，身边掣出腰刀，一刀割下头来。拿着刀，再去前门寻那妇人时，那妇人已逃得无影无踪了。李逵入得屋来，寻了自己的包裹，把那三升米的熟饭都吃了，一把火烧了那草房，提了朴刀，转身又上路了。

李逵杀虎

李逵杀了李鬼，赶小路回到家中，已是黄昏。他娘已双目失明了。李逵骗他娘说自己在外做了官，来接娘同去享福，他娘自是高兴。正要走时，刚好遇见了他的哥哥李达，那李达是个怕事的人，当初就怪李逵杀人，连累他披枷带锁，后来又听说他和梁山泊贼人勾通，劫了法场，闹了江州，现在梁山泊做了强盗，如何不怕，此时见李逵骗他老娘，敢怒不敢言，李逵便叫他同去享福，那李达哪有那个胆量，一甩手出门走了。李逵怕他哥去乡里报告带人来捉他，留下一锭五十两的大银子，放在床上。自己背着老娘，赶紧先走。那李达带了人回来，要捉李逵，见了大银，知道李逵带娘去

享福了，便推说不知李逵去向，不去追赶。众人见李达无心追赶，也都散了。

当下李逵背娘到岭下，天色已晚了。他娘双眼不明，不知早晚。李逵自小就认得这条岭，唤做沂岭。过那边去，方才有人家。娘儿两个，趁着星明月朗，一步步上得岭来。李逵他娘因为走得急了，不曾喝水，直叫口渴。李逵本待要过岭去再讨水喝，被他娘说：“我日中吃了些干饭，口渴的当不得。”自己喉咙里也干得冒烟，又困倦得要命，便把他娘背到岭上，放在松树边一块大青石上歇息，插了朴刀在侧边，吩咐娘坐一坐，自己却去寻水去了。

李逵听得溪涧里水响，闻声寻过去，走过两三处山脚，在一处涧边看到一溪好水。李逵来到溪边，捧起水来喝了几口，寻思怎样才能把这水带去与他娘吃？于是立起身来东观西望，远远地山顶上见个庵儿。李逵攀藤揽葛，直上到庵前，推开门看时，是个泗州大圣祠堂。面前有个石香炉。李逵用手去掇，那香炉是和座子连在一起，整块石头凿成的。李逵拔了一回，拔不动。一时性起，连那座子掇出，摔在前面石阶上，才把那香炉磕将下来。李逵拿了香炉，来溪边洗净了，盛了半香炉水，回来找他娘。

李逵找水，找香炉，已离了他娘大半个时辰。回来松树边上找他娘时，只见朴刀插在原地，石头上已不见了他娘。李逵四下一看，杳无踪迹，叫了几声，没人回应。李逵心慌，丢了香炉，拿了朴刀，定眼四下寻找，并不见他娘。走不到三十余步，却只见草地上一团血迹。李逵见了，心里越是疑惑，顺着那血迹寻找。寻到一处大洞口，只见两个小虎在那里舐一条人腿。原来他娘却是被老虎衔来吃了。李逵见老虎吃了他娘，怒从心中来，心里想道：“我从梁山

泊归来，特地来寻老娘去享福，千辛万苦，背到这里，却让你给吃了。那鸟大虫拖着这条人腿，不是我娘的是谁的？”心头火起，赤黄须竖立起来，将手中朴刀挺起来，搠那两个小虎。这小老虎被搠得慌，也张牙舞爪钻向前来。被李逵手起刀落，先杀死了一个。那一个望洞里便钻了进去，李逵赶到洞里，也杀死了。李逵正钻在老虎洞内，伏在里面向外走时，却见一只母大虫张牙舞爪望窝里来。李逵道：“正是你这业畜吃了我娘！”放下朴刀，胯边掣出腰刀。那母大虫到洞口，先把尾去窝里一剪，便把后半截身躯坐将进去。李逵在窝内看得仔细，把刀朝母大虫尾底下尽平生气力舍命一戳，正中那母大虫粪门。李逵使得力重，和那刀把也直送入母老虎肚里。那母大虫吼了一声，就洞口带着刀，跳过涧边去了。李逵却拿了朴刀，从洞里赶将出来，那老虎负疼，直扑下山石岩下去了。李逵正待要追赶，只见就树边卷起一阵狂风，吹得败叶树木如雨后般打将下来。只听得那一阵风起处，星月光辉之下，大吼了一声，忽地跳出一只吊睛白额虎来。那大虫望李逵身上猛势一扑，李逵不慌不忙，趁着那大虫的势力，手起一刀，正中那大虫颔下，却一刀正好割破了那大虫的喉咙。那大虫没有再展再扑，一来护痛，二来被砍断气管，呼啦啦往后退了不到五七步，只听得震天一声响，就像倒了半壁山，歪倒在岩石下，当时就毕命，死在了岩下。那李逵一时间杀了子母四虎，又到虎窝边，提刀到处检查了一遍，只怕还有老虎，已无有踪迹。李逵也困乏了，走到泗州大圣庙里，睡到天明。

次日早晨，李逵却来收拾亲娘的两腿及剩的骨头，用布衫包裹了，到泗州大圣庵后掘土坑葬了。李逵肚里又饥又渴，收拾包裹，拿了朴刀，寻路慢慢地走过岭来，遇见五七个猎户都在那里收窝弓弩箭。李逵把情形都说了，众人不信，只说这条沂岭自从有了这窝虎在上面，整三五个月，没人敢行。李逵引他们看了四条大虫，抬下山来，方才信了。一时村坊道店，前村后村，山僻人家，大男幼女，成群曳队，都来看虎。李逵不敢自报姓名，只说自己叫张大胆。直到后来，世人才慢慢知道一夜杀死四虎的英雄就是黑旋风李逵，一时李逵的大名，传遍了乡里县城。

怒杀殷天锡

李逵奉宋江、吴用之命杀了朱仝的小主人小衙内后，因朱仝不肯和李逵同上梁山，就暂时留住在柴进家。李逵在柴进庄上住了一个来月，忽一天，一个人送一封加急的书信，柴大官人出来迎着，接书看了，大惊失色。李逵忙问是什么重要事，柴进说：“我有个叔叔柴皇城，现在高唐州居住，因为本州知府高廉老婆的兄弟殷天锡

那厮，来要占他的花园，怄了一口气，卧病在床，眼看性命不保了。他一定有遗嘱要吩咐，特来叫我去。我叔叔无儿无女，我必须亲自走一遭。”李逵听说，便要求一起去。柴进答应了。

柴进马上收拾行李，选了十数匹好马，带了几个庄客。次日五更起来，和李逵等都上了马，离了庄院望高唐州来。不一日，就来到高唐州，入城直到柴皇城宅前下马，留李逵和从人在外面厅房休息，柴进独自进卧房里来看他的叔叔。只见他叔叔面如金纸，体似枯柴，柴进忍不住放声恸哭。婶婶出来劝柴进节哀，却把他叔叔得病的缘故详细告诉了柴进。

原来此处的新任知府高廉，兼管本州兵马，是东京高太尉的叔伯兄弟，倚仗他哥哥的势力，在这里无所不为。他有一个妻舅殷天锡，人都管他叫殷直阁，年纪小，倚仗他姐夫高廉的权势，在此间横行霸道。听说柴皇叔家宅后有个花园水亭，盖造得好，便带二三十个奸诈不及的歹徒，来他家宅子后看了，便要皇叔将宅子让他来住。皇城对他说：“我家是金枝玉叶，有先朝丹书铁券在门，任何人不得欺侮。你怎么敢夺占我的住宅？赶我老小到哪里去住？”那殷天锡不听劝说，定要我们搬家。柴皇城去拦扯他，反被他推抢殴打。那柴皇叔从不曾受过这样的气，因此就得病在床，一卧不起，饮食不思，服药无效，眼见就要撒手人寰了。府上又无其他得力的人，所以就急招柴进来料理。

柴进一面请医士调治叔叔的病，一面差人回沧州家里去取丹书铁券来，准备和殷天锡打官司。安抚了叔叔一回，出来把详细情况都说给李逵他们听。李逵听了，当时就发怒，跳将起来说：“这厮好无道理！我有大斧在这里，教他先吃我几斧，再跟他讲理。”柴进忙劝道：“李大哥，你且息怒，不可这样粗鲁，他仗势欺人，我家有护持圣旨，却不怕他，就和他依着条例打官司，京师也不是他家的。”李逵却深知官场黑暗，说：“条例，条例！若还依得，天下不乱了！我只是先打后商量。那厮若还去告，和那鸟官一起都砍了。”柴进见李逵说得鲁莽，笑说：“这里是禁城之内，如何比得你在小寨里横行？”李逵说：“禁城又怎样？江州无为军不利害，我照样杀人。”柴进一心想着打官司，对李逵说：“等我看看形势，用得着大哥的时候，那时再相请，若没事大哥只在房里歇息吧。”方才暂时安定了李逵。

正说之间，里面侍妾慌忙来请柴进进去看皇叔。原来皇叔眼见自己不行了，叫柴进进来听他的遗言。皇叔含着眼泪嘱咐柴进说：“贤侄你志气轩昂，不辱祖宗。我今天被殷天锡怄死。你一定看骨肉的面上，帮我往京师拦驾告状，为我报仇。九泉之下，也感贤侄亲意。保重！保重！”说完，便撒手归西了。柴进痛哭了一场。依礼铺

设灵位，一门穿了重孝，大小举哀。李逵在外面听得堂里哭泣，牙根恨得痒痒的，摩拳擦掌，要为老皇叔出气，只愁没人理他。

挨到丧祭的第三天，也是那殷天锡活该要死，自己送上门来。那一天，殷天锡骑着一匹横行的马，引三二十个闲汉，手执弹弓、川弩、吹筒、气佪、拈竿、乐器，到城外游玩了一番，带着五七分酒，佯醉装颠，就来到柴皇城宅前，勒住马，叫里面管家的人出来说话。柴进听得说，慌忙挂着一身孝服，出来答应。那殷天锡在马上问道："你是他家什么人？"柴进答道："小可是柴皇城的亲侄柴进。"殷天锡说："前日我已吩咐，教他家搬出屋去，如何不依我言？"柴进不想此时多事，说："我叔叔卧病，不能移动，晚上已身故了，等断七了我们再搬出去。"殷天锡说："放屁！我只限你三日内就搬家！三日内不搬，先把你这厮铐押起来，吃我一百讯棍！"柴进争辩说："不要欺人太甚！我家也是龙子龙孙，有先朝丹书铁券，谁敢不敬？"殷天锡喝道："你拿出来我看看！"柴进说："现在沧州家里，已叫人去取了。"那殷天锡大怒说："这厮胡说！拿誓书铁券来吓唬我，就是有誓书铁券，我也不怕！左右与我打！"众人就要动手来打柴进。

众人要打柴进，劈天里一声吼，却跳出一个人来，拦到柴进前。那人正是黑旋风李逵。原来李逵在家窝了多时，正要等的就是殷天锡，在门缝里看见殷天锡的作为，如何不出面。只见李逵拽开房门，大吼一声，直抢到马边，一把把殷天锡揪下马来，一拳打翻在地。那二三十人要来帮殷天锡，被李逵手起拳落，一会儿打倒五六个，其他的都不敢近身，一哄都散了。李逵怒火在心，提殷天锡起来，拳头脚尖一起上，柴进劝不住。看那殷天锡时，却被李逵三拳两脚，打去见了阎王。

柴进见李逵打死了殷天锡，便着李逵先行离开，自己有丹书铁券在身，可保无事。李逵连日取程，回梁山去了。

像殷天锡这样依仗官僚、仗势欺人的人，自古及今，最得老百姓痛恨。在书中的旧时代，这样的人，法律又总是护着他们。可以说，在《水浒》的世界里，只有李逵这样的武力，干脆利落，才是对付这种人的最好办法。

力请公孙胜

有时候，武力是最好的解决问题的办法。李逵力请公孙胜，就是最典型的例子。

宋江为救柴进攻打高唐州，同高廉斗法相持不下，便请飞毛腿戴宗去蓟州名山寻找公孙胜。李逵自告奋勇与戴宗作伴而行。一路上李逵因破了戴宗的斋戒，被戴宗好好捉弄了一回。这一天，两人来到了蓟州城，在蓟州城外客店里歇了。第二天，两个人进城去，戴宗扮作主人，李逵扮作仆者，绕城到处打听公孙胜，寻了一整天，没遇上一个认得公孙胜的，两个人自回店里歇了。第二天，两人又去城中小街狭巷寻了一天，仍没有打听到任何消息。李逵心焦，骂道："这个乞丐道人，不知躲在哪里！到时找到，我揪着他的脑袋去见哥哥！"惹得戴宗连连训斥。李逵也不以为意。这一晚，两个人又回店里歇息了。第三天，两人早起，去那城外近村镇市寻找。只要见到有老人家，便施礼拜问公孙胜先生家在哪里居住，找了一上午，仍是没一个人认得。到了晌午时分，两个走得肚饿，去路旁一个素面店吃饭，才碰到一个去九宫县二仙山听公孙胜老师罗真人讲法的老人，正好是公孙胜的邻居，从老人那里终于打听到了公孙胜的消息。原来那公孙胜家住九宫县二仙山，家里只有一个老母，他本人是罗真人的大徒弟，一向云游在外，改名叫了公孙一清，大家只叫他作清道人，不叫做公孙胜。公孙胜是他的俗名，因此无人认得。

戴宗、李逵回到客店，取了行李包裹，绑了裹腿，离了客店，取路直奔九宫县二仙山去。走了四十五里路，来到九宫县前，问二仙山时，有人指道："离县投东，只有五里便是。"两个就离了县城，往东而行。果然行不到五里，早望见那座秀丽的仙山。两人无心欣赏美景，向一个樵夫问了清道人的家，直奔公孙胜家里而来。在小桥旁，又遇上一个清道人家出来的村姑，说那清道人正在屋后炼丹。两人心里高兴，戴宗怕李逵说话不懂分寸，吩咐李逵说："你先去树背后躲一躲。我先进去见他，再来叫你。"戴宗自进院去了。

戴宗进到院里看时，只见一带三间草房，门前挂着一张芦苇帘子。戴宗咳嗽了一

戴宗智取公孫勝

声，一个白发的婆婆从里面出来接他。戴宗当下施礼，求见清道人。”果不出他所料，那婆婆问完姓名来路，就说：“孩儿出外云游，不曾还家。”就打发他走。戴宗又求了一回，思量公孙胜不会出来见他，辞了婆婆，却来门外对李逵说：“现在得你上了。刚才他娘说他不在家里，如今你可去请他。她若再说不在，你就闹它一番，不得伤害他老母。等我来喝住你时你就停下。”李逵从包裹里取出双斧，插在两胯下，进门里大叫一声：“屋里的人出来！”慌得公孙胜他娘赶忙迎出来问：“是谁？”见了李逵睁着双眼，先有八分怕了，问道：“哥哥有什么话说？”李逵说：“我是梁山泊黑旋风。奉哥哥将令，来请公孙胜。你去叫他出来，佛眼相看；若还不肯出来，放一把火，把你家烧做白地，莫说没先跟你打招呼。早早出来！”公孙胜他娘央求说：“好汉不要这样。我这里不是公孙胜家，我儿名叫清道人。”李逵说：“你只叫他出来，我自认得他鸟脸！”婆婆再要拖辞，李逵拔出大斧，一斧砍翻一堵墙。婆婆向前拦时。李逵喊道：“你不叫你儿子出来，我就杀了你！”拿起斧来作势要砍，把那婆婆惊倒在地。公孙胜在屋内听得清楚，被李逵相逼，无可奈何，只得走出来相见了。戴宗此时进来，就地喝停了李逵，李逵也就势住手赔礼。公孙胜先扶娘入内去了，三人见了，戴宗说了相请的原因，那公孙胜也有他不愿出山的原因，原来他幼年闯荡江湖，多与好汉们相聚，自从梁山泊分别回乡后，也十分想念，只是他一来有老母亲在家无人照顾；二乃本师罗真人留在屋前不让他走，改名清道人，令他隐居在此，不许他出去。戴宗苦苦相求，只请公孙胜发慈悲，帮助梁山。公孙胜仍不松口。晚饭后，戴宗又费了一番口舌，直说到如他不去，宋江必被高廉活捉，山寨大义，从

此休矣，才说得公孙胜答应去求师傅让他下山。

第二天，三人来到罗真人的紫虚观。两个童子看见公孙胜领人入来，报知罗真人，领三人来到松鹤轩内。罗真人刚刚打坐完毕，坐在云床上，神气非凡。公孙胜向前行礼，戴宗慌忙下拜，李逵只在一边睁着眼看。公孙胜禀告了事由，那罗真人却说："我弟子既然脱了火坑，学炼长生，为何还羡慕那些事情？"戴宗忙说："只请公孙先生下山，破了高廉，便送还山。"那罗真人却说："两位有所不知，此非出家人闲管的事情。你们自己下山去想办法吧。"一口回绝了公孙胜。

李逵当时站在一旁，听不懂那三人说话。一路回来，才搞清楚罗真人不答应放人，当时就叫起来说："教我俩走了这么多路，千难万难见了他，却放出这个屁来！不要引得老爷发脾气，一只手捻碎你这老贼道道冠，一只手提住腰胯，把那老贼道倒扔下山去！"戴宗慌忙训斥李逵。李逵就闭口不说了。心里却老大不满。公孙胜叫暂住一宿，明天他再去恳告本师。当夜安排住了。

李逵睡到三更左侧，哪里睡得住，脑海里想："真是找气受？你原是山寨里人，自己下山得了，却还去问什么鸟师父！明朝那厮又不肯，却不误了哥哥的大事？何必要忍到明天，我悄悄杀了那个老贼道，教公孙胜没处问，只得和我们同去了。"李逵打定了主意，当时摸了两把板斧，悄悄地开了房门，乘着星月明朗，一步步摸上山来。到了紫虚观前，却见两扇大门关了。旁边篱墙不甚高，李逵腾地跳将过去，开了大门，一步步摸入里面，直至松鹤轩前，只听隔窗有诵经之声。李逵爬上来，舐破窗纸偷看，只见罗真人独自一个坐在云床上朗朗诵经。面前桌儿上烧着一炉好香，点着两支画烛。李逵想："这贼道却不是该死！"一点点挨到门边，用手一推，呀的两扇亮槅齐开。李逵抢将进去，提起斧头，便望罗真人脑门上劈将下来，砍倒在云床上，却流出一道白血来。李逵看了，寻思："这贼道是童男子身，养得元阳真气，不曾走泄，所以没半点红。"李逵再仔细看时，那道冠儿也被劈做两半，一颗头直砍到颈下。李逵想："今天除了一害，不怕公孙胜不去。"转身出了松鹤轩，从侧首廊下奔将出来。只见一个青衣童子拦住李逵，喝道："你杀了我本师，待走哪里去！"李逵手起斧落，把头砍下台基边去。李逵自以为杀了二人，出了观门，飞也似奔下山来，到公孙胜家，闪进来，闭上门，依原样睡了。

第二天，公孙胜起来安排早饭，两个吃了。戴宗道："再请先生同引我二人上山，恳求真人。"李逵听了，暗暗地冷笑。三个依原路，再上山来。到紫虚观里松鹤轩中，见了两个童子。公孙胜问道："真人在哪里？"童子回答道："真人坐在云床上养性。"李逵听了，吃了一惊，把舌头伸将出来，半日缩不回去。三人揭起帘子

进去看时，只见罗真人坐在云床上中间。李逵暗暗想道：“昨夜莫非是杀错了人？”只听得罗真人说道：“你等三人又来干什么？”戴宗说：“特来哀告我师慈悲，救众人免难。”罗真人问：“这黑大汉是谁？”戴宗回答道：“是小可义弟，姓李，名逵。”罗真人笑道：“本来不教公孙胜去，看他的面上，教他去走一遭。”

戴宗拜谢。李逵自暗暗寻思道：“那厮知道我要杀他，还这样说！”只见罗真人说：“我教你三人片时便到高唐州如何？”三个谢了。戴宗寻思：“这罗真人又强似我的神行法。”真人唤道童取三个手帕来。戴宗道：“上告我师，却是怎生教我们便能够到高唐州？”罗真人便起身道：“都跟我来。”三个人随出观门外石岩上来。先取一个红手帕，铺在石上说：“吾弟子可登。”公孙胜双脚踏在上面。罗真人把袖一拂，喝声说：“起！”那手帕化做一片红云，载了公孙胜，冉冉腾空便起。离山约有二十余丈，罗真人喝声：“住！”那片红云不动。又铺下一个青手帕，依样载了戴宗。待到李逵时，却是一个白手帕，李逵笑道：“你不要耍我，若跌下来，好个大疙瘩！”罗真人说：“那二人跌下来了么？”李逵上了手帕，罗真人说一声“起！”那手帕化做一片白云，飞将出去。李逵叫道：“啊呀！我的不稳，放我下来！”罗真人把右手一招，那青红二云平平坠将下来。却不放李逵下来，李逵叫道：“我也要拉尿撒屎，你不让我下来，我劈头便撒下来！”罗真人问道：“我是出家人，不曾沾惹你，你为何半夜越墙而来，用斧劈我？若是我无先见之明，已被杀了。还杀了我一个道童。”李逵抵赖不敢承认。罗真人笑道：“虽然只是砍了我两个葫芦，其心不善，教你受些磨难。”把手一招，喝声去，一阵恶风，把李逵吹入云端。

只见两个黄巾力士，押着李逵，逾山越岭，李逵耳边只听得风雨之声，吓得魂不着体，手脚摇战，不觉径到蓟州地界。忽听得刮剌剌地响一声，却从蓟州府厅屋上骨碌碌滚将下来。当时被府官公吏当妖人抓住。牢子节级将李逵捆翻，放在厅前草地里。又是淋狗血，又是淋尿粪。李逵叫道：“我不是妖人！我是罗真人的徒弟！”那府尹偏不信罗真人有如此徒弟，叫那些公差加力拷打。李逵只得招做“妖人李二”。来到死囚狱里，李逵吓唬那些人，说自己是值日神将，一时有失，冒犯了真人，教他在此受苦，三两日必来取我，说得那些人慌忙买酒买肉请他，又提热水来与他洗浴，换洗干净衣服。所以李逵虽受了些小小磨难，却也并未受苦。

罗真人把上项的事，一一说与戴宗。戴宗只是苦苦哀告，求救李逵。罗真人留戴宗在观里宿歇，动问山寨里的事务。戴宗诉说晁天王、宋公明仗义疏财，替天行道，不害忠臣烈士、孝子贤孙、义夫节妇。罗真人听罢甚喜。一住五日，戴宗每日磕头礼拜，求告真人，乞救李逵。罗真人说：“这等人只可驱除了，不要带回去。”戴宗

求情说：“真人有所不知，李逵虽是愚蠢，不懂理法，也有些小好处：第一，耿直，分毫不肯苟取于人；第二，不会阿谄于人，虽死，其忠不改；第三，并无淫欲邪心、贪财背义，敢勇当先。因此宋公明甚是爱他。要是没了这个人回去，小可难见兄长宋公明之面。”罗真人笑道：“贫道已知这人是上界天杀星之数。因为下土众生作业太重，故罚他下来杀戮。我也不会逆天行事，来害此人，只是磨他一会。”说罢就叫那一尊黄巾力士依样取了李逵回来。

李逵从空中落将下来，却似做了一场梦。戴宗连忙扶住。李逵看了罗真人，只管磕头拜道：“铁牛不敢了也！”罗真人说：“你从今以后，需戒杀性，竭力扶持宋公明，休生歹心。”李逵一一应允了。罗真人又叮嘱公孙胜八个字：“逢幽而止，遇汴而还。”却遣公孙胜下山去了。

李逵依仗武力，请得公孙胜回山，虽是吃了些苦，却叫公孙胜胜了高廉，救了柴进。这等使用武力，算来算去，还是值得的。

结义汤隆

李逵和戴宗请动公孙胜，三人同返梁山，行了三四十里路程，戴宗对二人说：“小可先去报告宋江哥哥，先生你和李逵走大路，等我到后再派人来相接。”公孙胜答应了。戴宗又嘱咐了李逵，叫他一路小心照顾公孙胜，不要再惹是生非。李逵也一一答应。戴宗拴上甲马，预先去了。

公孙胜和李逵两个人离开二仙山九宫县，朝梁山方向走去，白天走大路，晚上寻店安歇。李逵害怕罗真人的法术，不敢使性子，非常小心地服侍着公孙胜。两个走了三天，来到一个地方，地名叫做武冈镇，镇上街市人烟稠密，好不热闹。公孙胜说：“这两天路上走得累，买碗素酒素面吃了再走。”李逵说：“也好。”只见驿道旁边有一个小酒店，两个人来店里坐下。公孙胜坐了上席，李逵解了腰包，下席坐了。叫卖面打酒的，安排些素食来吃。公孙胜问：“你这里有什么素点心卖？’店家回说：“我店里只卖酒肉，没有素点心。集市口人家有枣糕卖。”李逵听说，便拿了铜钱，去那集市口买枣糕去。

李逵在集市口买了一包枣糕，正待要回，只听得路旁侧首有人高声喝彩：“好气力！”李逵最爱看热闹，忍不住跑过去看，只见一伙人围着一个大汉，那大汉拿着一把铁瓜锤在那里舞动，众人看了喝彩。李逵看那大汉时，七尺以上身材，脸上长些麻子，鼻子却扁平扁平的，好似一条大路。李逵看那铁锤时，约有三十来斤。那汉子使

得力满，一瓜锤正打在压街石上，把那石头打做粉碎，众人齐声喝彩。李逵忍不住，便把枣糕揣在怀中，来拿那铁锤。那汉喝道："你是什么鸟人？敢来拿我的锤！"李逵看了，手痒痒的，心想，这有什么了不得的，惹得你们如此叫唤，就走上前去，对那汉子说："你使得有什么好，教大家这样喝彩？看了倒污了老爷的眼！你看老爷使一回，教众人看。"那汉子心中狐疑，说："我借给你使，你要是使不动，莫怪我拳不长眼！"李逵二话没说，接过瓜锤，耍动起来，如拿着一颗弹丸一般，大锤舞毕，轻轻地放在地上，面不改色，心不跳，气都不喘一下。那汉子是个磊落之人，看了敬服，倒身下拜，说道："愿求哥哥的大名。"李逵也敬那大汉爽快，武艺也不低微，有心结识，便问："你家在哪里住？"那汉子回答说："只在前面就是。"李逵便叫那汉子引路，到了一个铁匠铺前，一把铁锁锁着门。那汉子用钥匙开了门，请李逵到里面坐。李逵看他屋里都是铁砧、铁锤、火炉、钳、凿等工具，心里寻思：这人一定是个打铁匠人，山寨里正用得着，何不拉他也去入伙？"李逵就问："汉子，你通个姓名，教我知道。"那汉子说："小人姓汤，名隆。父亲原是延安府军官，因为铁打得好，被老种经略相公相中，留在帐前叙用。近年父亲在任亡故，小人因为贪赌，把钱都输光了，流落在江湖上，因此暂时在这个地方打铁谋生。我平常爱好弄枪使棒。为是浑身长有麻点，人都叫我作'金钱豹子'。请问哥哥高姓大名？"李逵便说："我是梁山泊好汉黑旋风李逵。"汤隆听了，不胜佩服，再拜说："多闻哥哥威名，谁想今日偶然遇上了。"李逵要拉汤隆入伙，就怂恿说："你在这里几时才能发财！不如跟我上梁山泊入伙，也做个头领。"汤隆听了大喜，当即说："哥哥要是不嫌弃，肯提携兄弟，愿随你左右。"李逵见汤隆痛快答应，也是高兴。

汤隆、李逵两人都是爽快义气的人，气味相投，汤隆当时就拜李逵为兄，李逵认汤隆为弟，两人结拜了弟兄。汤隆要随李逵上山，就说："我又没个亲人家属，就同哥哥一起去市镇上吃三杯淡酒，聊表结拜之意。今晚歇一夜，明早再走如何？"李逵这才想起有公孙胜还在等他，便说，："我有个师父在前面酒店里，等我买枣糕去吃了就走，耽搁不得。只可现在就走。"汤隆就问："为什么走得这般紧急？"李逵把宋江在高唐州界厮杀，只等公孙胜去救应的事都说了。汤隆急急地收拾了包裹，带上银两，戴上毡笠儿，跨了口腰刀，提条朴刀，弃了家中破房旧屋、粗重家什，跟了李逵，直到酒店里来见公孙胜。公孙胜虽埋怨李逵久去不回，但听说他结义汤隆，汤隆是个打铁的出身，山寨上正用得上，心中也十分喜欢。

李逵结义汤隆，对于他个人而言，固然是得了一个要好的朋友，对于整个山寨，却是立了一大功。汤隆到了山寨，自此，山寨上再也不缺刀枪剑戟诸般兵器了。后

来，汤隆又造钩镰枪，并请得姑舅徐宁上山教授枪法，大破呼延灼连环马，挫败高俅的锐气，为山寨立了大功，这功劳中，自然也有李逵的一份。

负气成功

蔡京举荐凌州水火二将单廷圭和魏定国征剿梁山泊，关胜自告奋勇带宣赞、郝思文和五千人马前去迎敌，吴用又派林冲、杨志，孙立、黄信领五千人马，前去接应。李逵听说，便也要随军杀敌，宋江不许，说自有良将，用他不着。李逵恼宋江小瞧他，说："兄弟若闲，便要生病。你要是不许我去，我一个人独自去。"宋江喝道："你若不听我的军令，割了你头！"这一句话把李逵惹翻，当晚二更，李逵负气，拿了两把板斧，却独自一个人下山，一路上寻思："这两个鸟将军，何消得许多军马去征他！我且抢入城中，一斧一个都砍杀了，也教哥哥吃一惊！也和他们争这一口气！"便一个人投奔那凌州城去了。宋江第二天闻报，赶紧叫戴宗、时迁、李云、乐和、王定六等人分路去找不提。

李逵晚上提着两把板斧下山，抄小路直投凌州去。走到半路，才记起没带盘缠，顺手就去一个酒店里抢了一些盘缠，杀了拦阻的大盗韩伯龙。又走了一天。第三天，在大路上正走着，却看见官道旁边一个大汉，盯着他直上直下地看。李逵见那人看他，便喝道："你那厮看老爷干什么？"那汉子脾气也大，回问："你是谁的老爷？"李逵听了大怒，赶上前去，要打那汉子。那汉子见李逵奔过去，不慌不忙，手起一拳，却一拳便把李逵撩倒在地上。李逵敬服那汉子了得，寻思："这个汉子倒好武艺！"坐在地上，抬起脸就问那汉子："你这汉子，姓什么叫什么？"那汉也是个燥脾气，没头没脸地说："老爷没姓，你要打，便和你打！你起来！"李逵大怒，正待要跳起来再打，却被那汉子肋罗里只一脚，又踢了一跤。李逵叫道："赢他不得！"爬将起来要跑。那汉见李逵天真，叫住问他："你这黑汉子，你姓甚名谁？哪里人氏？"李逵停下脚步，报了自己的名号，那汉子起初不信。李逵拿出两把板斧，那汉子就问他："你既是梁山泊好汉，独自一个人到哪里去？"李逵道："我和哥哥斗气，要投凌州去杀那姓单姓魏的两个贼将。"那汉子说："我听得你梁山泊已有军马去了，你且说是谁？"李逵道："先是大刀关胜领兵，随后便是豹子头林冲、青面兽杨志领军策应。"那汉子听了，纳头便拜。李逵忙问姓名。那人说："小人原是中山府人氏，祖传三代相扑为生。刚才的武艺，父子相传，不教徒弟。平生最没脸面，到处投人，没人看重我，山东、河北都叫我做没面目焦挺。近日打听得寇州地面有座

山，叫做枯树山，山上有个强人，平生只好杀人，世人把他比做丧门神，姓鲍名旭。他在那山里打家劫舍，我现在正准备要去他那里投奔入伙。”原来那人正是摔跤名手没面目焦挺。

李逵和焦挺不打不相识。李逵便邀焦挺投奔梁山。焦挺正愁没人介绍，当下大喜。李逵和焦挺商量：“我和宋公明哥哥斗气，才下山来，不杀得一个人，空着双手，怎么好回去？你和我去枯树山，说动鲍旭，同去凌州杀了单、魏二将，一起再回山可好。”焦挺说：“凌州一府城池，军马众多，我和你只两个，便有天大的本事，也不济事，枉送了性命。不如先去枯树山说动鲍旭，一起先上梁山入伙，此为上计。”两人商量计停，背后时迁赶来，叫李逵回去，李逵叫时迁回去报信，自己却和焦挺上了枯树山。时迁惧怕李逵，自回山寨去了。焦挺却和李逵自投寇州来，望枯树山去了。来到枯树山，见了鲍旭。三人见了，十分投机。李逵、焦挺说明来意，那鲍旭早有此意，只恨无人引见，此时有李逵出头，便一口答应。鲍旭手下有五七百将兵，人众甚多，三人便商议先去攻打凌州，也算是入伙的见面礼。

三人正商议着，却听到喽啰兵报告，山下有一队官兵押着两副囚车经过。李逵又叫人去打听凌州方面的消息。原来那关胜引宣赞、郝思文和五千军马前去打凌州，阵上相见，宣赞追赶火将魏定国，郝思文追赶水将单廷圭，却被那水火二将各使埋伏，活捉了去，押上囚车，差三百步军连夜解上东京，恰好路过这枯树山。李逵三人听到报告，慌忙带领人马去救二人。一声锣响，李逵使两把板斧，当先撞出。李逵、焦挺两个好汉，引着小喽啰拦住去路，也不搭话，便抢囚车。那护送的偏将转身要逃跑，丧门神鲍旭从背后包抄过来，手起剑落，一剑砍翻了那个偏将。其余人等，撇下囚车，尽都逃命去了。李逵三人救了宣赞、郝思文，五人上得山寨，各说了经历。那郝思文建议说：“兄弟既然有心上梁山泊入伙，不如就引本部人马，同去凌州，协力攻打凌州，此为上策。”鲍旭三人先前商量正是此意。于是五人领了三二百匹好马，五七百小喽啰，一齐来打凌州。

五人来到凌州，正碰上关胜出战水火二将，关胜使回马刀诱捉并劝降了圣水大将单廷圭。李逵便引焦挺、鲍旭带领枯树山人马，去攻打凌州背后北门，打破北门，杀入城中，放起大火，又劫掳仓库钱粮。那圣火大将魏定国见失了圣水大将，正要收军回城，却看见城内烘烘火起，烈烈烟生，不敢入城，慌速回军，逃往中陵县。关胜引军把中陵县团团围住，一边令诸将调兵攻打，一边却叫圣水大将去城中劝降，后来关胜又亲自入城劝降，那圣火大将也只得降了。

李逵因斗气下山，却得以建立大功，既带得焦挺、鲍旭两位英雄上山，又救了

宣赞、郝思文两员大将的性命，同时还协力攻下了凌州，招降了水火二将。李逵回到山寨，众英雄刮目相看，宋江、吴用也是侧目相待，他私自下山之事，自然也是不追究了。

醉闹菊花会

梁山泊好汉自从排定座次，分派职务，同心盟誓之后，一直没有发生什么大事，大家一直不曾下山。不知不觉夏天已过，又到了秋凉季节，眼看重阳节就要到了，宋江便叫宋清安排大筵席，邀请众兄弟一同观赏菊花，并为这次聚会取了个名称，叫做菊花之会。凡是下山的兄弟们，不论远近，都招回山寨来赴筵。

这一天，肉山酒海，先行犒赏了马军、步军、水军三军所有的小头领等人，让他们各自去聚会喝酒。忠义堂上则遍插菊花，宴请一百零八好汉，各依次坐，分头把盏。堂前两边敲锣击鼓，大吹大擂，一片喧哗笑声，众头领都开怀痛饮，觥筹交错，风光无限。又有马麟吹箫，乐和唱曲，燕青弹筝，各展其才，和乐动天。众头领从上午一直喝到下午，不知不觉就到了傍晚。宋江喝得大醉，叫取纸张笔来，一时乘着酒兴，作了一首《满江红》的词。写完，便叫乐和拿去演唱。那词的内容是：

喜遇重阳，更佳酿今朝新熟。见碧水丹山，黄芦苦竹。头上尽教添白发，鬓边不可无黄菊。愿樽前长叙弟兄情，如金玉。统豺虎，御边幅。号令明，军威肃。中心愿，平虏保民安国。日月常悬忠烈胆，风尘障却奸邪目。望天王降诏早招安，心方足。

原来那宋江日日想着招安之事，心中所想，不知不觉都从那词中透露出来。谁知招安却是梁山英雄最不喜欢的话题，这首词惹恼了几个英雄好汉。

乐和唱这个词，正唱到“望天王降诏早招安”，众人心里不高兴。武松首先叫了起来：“今日也要招安，明日也要招安去，冷了弟兄们的心！”黑旋风平日最不喜欢听宋江讲什么招安，这时正高兴喝酒，听到那词，不由得怒从心起，见武松首先反对，自己也不甘落后，睁圆怪眼，大声叫道：“招安，招安！招甚鸟安！”飞起一脚，把桌子踢起，翻在地上，摔了个粉碎。宋江大喝说：“这黑厮怎敢如此无礼！左右给我推去，斩了他头！”众人见宋江发令，都跪下来替李逵求情说：“这人酒后发狂，请哥哥宽恕。”宋江也是一时生气，听得众人求情，便说：“众贤弟请起，看在众兄弟的分上，把这厮押下去先关起来。”众人听了方才松了口气。几个行刑的小兵，向前来请李逵就绑。李逵说：“你怕我会挣扎？哥哥杀我也不怨，剐我也不恨。除了他，天也不怕！”说完，便随着小校去监房里睡了。

宋江听了李逵的话，不觉酒醒，忽然心中悲伤，落下泪来。吴用劝道："兄长开设此会，你看大家都高兴喝酒。他是个粗鲁的人，一时醉后，说些胡话，何必在意。且陪众兄弟尽此一乐。"宋江说："我在江州，醉后误吟了反诗，靠他拼死相救，才拣了一条性命。今天因为满江红词，险些儿误杀了他的性命！得亏众兄弟力谏救了他。他对我情深义重，我却险些杀了他，因此潸然泪下。"回过头来，宋江对武松说："兄弟，你也是个晓事明理的人，我主张招安，要改邪归正，为国家出力，为什么会冷了众人的心？"武松不曾回答，鲁智深回答说："当今满朝文武，多是奸邪，蒙蔽皇帝天子，这就好比俺的外衣染做了黄色，要洗怎么洗得干净？招安不会成功的！要招安，明天大家就解散了，各自找自己的生活去！"宋江知道大家心中对招安有意见，于是当众宣布："众弟兄听了，当今皇上至圣至明，只是被奸臣闭塞了耳目消息，暂时昏昧。有一天云开见日，他知道我等替天行道，不扰良民，一定会赦罪招安，我们就同心为国出力，也得个青史留名，有什么不好？我只愿朝廷能早早招安，没有别的意思。"众人见宋江说得恳切，方才不计较了。只是经李逵这一闹，大家也喝得不尽兴。宴席完毕，各回本寨休息去了。

第二天清晨，众人都来看李逵，李逵还在呼呼大睡未醒。大家把他叫醒，开玩笑说："你昨天大醉，骂了宋江哥哥，今天要来杀你了。"李逵是个直性，说："我梦里也不敢骂他。他要杀我，便由他杀。"众弟兄引着李逵，来堂上见宋江，帮李逵请罪。宋江喝道："我手下这么多人马，大家要都像你这样无礼胡来，岂不乱了法度？看在众兄弟的面子上，记下你脖子上的一刀，饶你不死。下次再犯，必不轻饶！"李逵连忙称是，退下堂来，众人也都散了。

李逵闹东京

将到元宵佳节，梁山上捉得一伙入京献灯的灯匠，抢到一批极漂亮华贵的玉棚玲珑九华灯。宋江从小生长在山东，从没到过京城，见那灯如此华丽，想象元宵节之夜，京城大张灯火，万民同乐，万灯齐发的热闹壮观，便要去京城看一回灯。吴用等人苦劝无用，只好暗地派人护送。宋江带上柴进、史进、穆弘、鲁智深、武松、朱仝、刘唐等七人，分成四路，他与柴进一路，史进与穆弘一路，鲁智深与武松一路，朱仝与刘唐一路，一同进京。李逵听说了，也嚷着要上京城，宋江只好把他带上，又带上了燕青，专门和李逵做伴，看管李逵。为什么派上燕青呢？原来李逵最怕摔跤手，一摔他就是一跤，打不过，只能听话了，所以专派燕青看住他。

当天，史进、穆弘扮作过路客人先走，随后是扮作脚僧的鲁智深和武松，再后面是朱仝、刘唐，也扮作客商而行。各人跨腰刀，提朴刀，都藏了暗器。宋江与柴进扮作外出微服暗访的闲凉官，戴宗则打扮成低级禁军小头目承局，也跟在一起，出了什么事情，好有人回报。李逵、燕青扮作仆人，挑着行李担子下山。众头领都送到金沙滩饯行。所有人中，李逵最爱惹事，军师吴用再三嘱咐李逵说："你平常下山，总要惹事。这次和哥哥去东京看灯，非比平常。路上不要喝酒，要小心谨慎，不要像往常一样使性子。要是再和人打架，闹事，把弟兄们的性命都搭进去了，我们就再也见不着了。"李逵口上连连答应。一帮人取路登程，抹过济州，路经滕州，过单州，上曹州，到东京万寿门外，找一家客店安歇下了。此时还是正月十一，尚未到元宵。大家商议，先不进城，直到元宵前夜再进城。

大家来到东京，正月十二号，柴进和燕青先去城里探路，去那天子禁城内转了一天，把李逵一个人丢在城外店里看行李。十四日晚上，宋江、柴进扮作暗中寻访的闲凉官，戴宗扮作禁军将领，燕青扮为跟班说话的，又去那城内和探访了李师师，玩耍了一晚，直玩到天子驾到，方才回转，史进、穆弘也跟了去，又只留李逵一个人在家看房。李逵见大家都不带他玩，心里不高兴，只在家里睡觉。宋江回来敲门，李逵困眼睁开，开了门，埋怨宋江说："哥哥要是没带我来也就算了，既然带了我来，又不带我去玩，只让我在家看房，闷出鸟来！你们倒都去快活了！"宋江说："不是不带你进城，只是你性子不好爱惹事，长得又太吸引人注意，怕带你进城去，惹出祸来。"李逵便说："你不带我去就算了，还找这么多借口干什么！我只长得丑点，什么时候见过我吓死过别人家老小！"宋江说："明天十五元宵夜带你进去，看完正灯，连夜就回。"李逵听了，顿时怒气全消，呵呵大笑，只等来晚进城观灯了。

过了一夜，李逵随大家进城。庆贺元宵节的人不知其数，红男绿女，车水马龙，把李逵的眼都看花。这一夜虽无夜禁，但各守门军士都全副武装，戎装贯带，弓弩上弦，刀剑出鞘，排列得非常严整。高太尉亲自引铁骑马军五千人，在城上各处巡逻。宋江引柴进、戴宗、李逵、燕青，五个人穿过万寿门，在人丛里挨挨抢抢，混进城里。到了城中，宋江叫燕青先去约请名妓李师师，自己在茶楼等。燕青直奔李师师家扣门，妓院老鸨、带班的昨夜已知道燕青主人阔绰，都出来接见燕青，说道："烦请转达员外主人，叫他休怪，昨夜赵官家突然来此私行，我们不敢怠慢。"燕青说："主人要我再三请求妈妈，一定要见那花魁娘子一面。山东是海僻之地，没什么稀罕物产，就是有些出产之物，带来你们也看不上。因此主人教小人先送黄金一百两，权当作见面礼。今后再有珍稀礼物，再来相送。"老鸨问道："员外现在哪里？"燕青说："只在巷口等小人送了

礼物，邀请花魁娘子一起去看灯。”世上老鸨最爱的是钱财，那老鸨见燕青取出那木炭也似的金子两块，放在面前，如何不动心！就说：“今天上元佳节，我母子们待在家里准备酒菜，若是员外不弃，请到家里来喝上一杯……”燕青听了大喜，回去茶楼复命。宋江便带了众人，随即来到李师师家。李逵正看得高兴，见宋江又要去见李师师，心里不乐意。来到李师师家，宋江又叫戴宗和李逵只在门前等，帮着望风，自己三个人却到里面客厅和李师师见面，李逵老大不乐意。

李师师接待宋江，俯身拜谢说：“员外初次见面，何故以厚礼相赐？却之不恭，受之太过。”宋江答说：“山僻村野，没什么珍稀礼物。所以送些小礼物，略表心意，何劳花魁娘子致谢。”李师师邀请宋江、燕青到一个小阁楼里，分宾主坐下，吩咐奶妈、侍婢捧出珍异水果，时鲜蔬菜，安排珍稀酒菜，摆了一桌。便请众人喝酒。李师师执盏向前拜道：“前世有缘，今晚相遇二君，聊备一杯水酒，以敬长者。”宋江回说：“在下乡里虽有许多有钱人家，没看见过这样富贵的场面。花魁娘子的风流声价，正是传遍天下，求见一面，好比有登天之难，何况亲赐酒食！”李师师说：“员外奖誉太过，不敢当！”两人文绉绉、小意意，互相劝酒说笑，却把那李逵晾在了门外。

李师师口甜能说，说些街市俊俏的话，柴进便帮着回答，燕青立在边上赔笑取乐。酒行数巡，宋江性起，揎拳裸袖，指指点点，口无遮掩，说些梁山泊的故事。柴进帮助遮拦，笑道：“我表兄酒后就这样，娘子勿笑。”那李师师见多识广，也不以为意。这时，那李逵见里面笑笑闹闹，只少了自己和戴宗，忍不住在门外骂了起来。丫环们向里报告，宋江连忙叫人把两人请了进来。戴宗引着李逵到楼阁子里。李逵看见宋江、柴进与李师师对坐喝酒，肚里没好气，睁圆了眼，直瞅着宋江三人。李师师不知道梁山英雄好汉间的关系，哪里知道梁山好汉无论职位，没有主仆贵贱之分，皆称兄弟，此时见李逵的打扮和样子，还以为他是宋江等的仆人，便打趣问道：“这汉子是谁？就像个土地庙里侍候判官的小鬼。”众人都笑。李逵虽没听懂李师师说的话，也知必是取笑他了。宋江回答说：“这个是我家的孩儿小李。”李师师笑道：“我倒不打紧，辱没了太白学士。”宋江见她看轻李逵，忙说：“我这孩儿虽不比李白，不过有一身好武艺，挑得动三二百斤担子，对付得了三五十人敌手。”李师师叫取大银杯赏酒，各与三盅。李逵不说话，喝了那酒，戴宗也喝三盅。燕青怕李逵瞎说话，先打发他和戴宗到门边坐了。宋江正高兴，说：“大丈夫饮酒，何用小杯！”拿了李逵喝酒的大杯，连喝了数盅。李师师低唱苏东坡大江东去词。宋江乘着酒兴，索纸笔来，磨得墨浓，蘸得笔饱，拂开花笺，写了一首乐府词，那词写道：

“天南地北，问乾坤何处，可容狂客？借得山东烟水寨，来买凤城春色。翠袖围香，绛销笼雪，一笑千金值。神仙体态，薄幸如何消得！想芦叶滩头，蓼花汀畔，皓月空凝碧。六六雁行连八九，只等金鸡消息。义胆包天，忠肝盖地，四海无人识。离愁万种，醉乡一夜头白。”

写完，递与李师师。李师师反复看了，不晓其意。宋江正要等她看不懂来问，可以向她一诉衷肠。事不如人，只听到奶妈来报：“皇帝官家从地道中来到了后门。”李师师谢辞宋江，去后门接待皇帝。宋江、李逵并未马上离开，躲在暗处，见那李师师拜在地上迎接天子，那天子说：“寡人今天去上清宫刚回，教太子在宣德楼赏赐百姓御酒，令御弟在千步廊召集商贩开办市场，犒赏百姓。我约了杨太尉来你这里，久等他不到，我一个人来你这里了。”宋江在暗地里犹豫不下，是否要趁此机会出去见了皇帝，三个聚在黑影里商量。

李逵见了宋江、柴进和那美色妇人喝酒，却教他和戴宗看门，头上毛发倒竖起来，一肚子怒气正没处发。只见杨太尉揭起帘幕，推开扇门，走了进来。杨太尉见了李逵，喝问道：“你这厮是谁？敢在这里？”李逵也不回应，提起一把交椅，望杨太尉劈脸打去。杨太尉倒吃了一惊，措手不及，被两交椅打翻在地下。戴宗便来拦时，哪里拦得住。那李逵扯下一幅画来，就蜡烛上点着，东烧西点，到处放火。又把香桌上的椅凳，打得粉碎。宋江三人听得，连忙赶出来看时，只见黑旋风褪下半截衣裳，正在那里行凶。四个慌忙把李逵扯出门外去。一帮官兵来追打李逵，李逵怒火中烧，憋了几天的气，全撒了出来，就街上夺了一条棍棒，一

路直打出小御街来。宋江见他性起，只得和柴进、戴宗先赶出城，恐关了禁门，脱身不得，只留燕青回来看住李逵。

李师师家起火，惊得赵官家皇帝一道烟从后门走了。邻街人一面救火，一面救起杨太尉。城中喊起杀声，震天动地。高太尉在北门上巡逻，听得喊声，带领军马，便来追赶。燕青伴着李逵，正打之间，碰上穆弘、史进两个。四人各执枪棒，一齐助力，直打到城边。把门军士急待要关门，外面鲁智深抡着铁禅杖，武行者使起双戒刀，朱仝、刘唐手捻着朴刀，杀入城来，救出里面四个。方才出得城门，高太尉军马恰好赶到城外来。八个头领不见宋江、柴进、戴宗，正在那里心慌。军师吴用却早已知到此去必然有事，一定会大闹东京，算好时间，派遣五员虎将，引领带甲马军一千骑，这一夜刚好赶到东京城外接应，正遇上了宋江、柴进、戴宗三人，带来的空马，就教上马。随后大家也到。正都上马时，于内只不见了李逵。高太尉军马正要冲将出来，宋江手下的五虎将关胜、林冲、秦明、呼延灼、董平突到城边，立马于濠堑上，大喝道："梁山泊好汉全部在此！早早献城，免汝一死！"高太尉听得，哪里敢出城。慌忙教拉起吊桥，众军上城提防。宋江便唤燕青吩咐道："你和黑厮最好，你可等他一等，随后与他同来。我和军马众将先回，星夜还寨，恐怕路上别有枝节。"

燕青到处寻找，在城外一户人家房檐下看时，只见李逵从店里取了行李，拿着双斧，大吼一声，跳出店门，独自一个，要去打东京城池。正是：声吼巨雷离店肆，手提大斧劈城门。燕青慌忙上前拦腰抱住，李逵还要跑，燕青一使劲，只一跤，把李逵摔了一个脚朝天。燕青把李逵拖将起来，望小路便跑，李逵只得随他。为何李逵怕燕青？原来燕青相扑天下第一，因此宋江派燕青相守李逵。李逵若不随他，燕青一扑，一手便是一跤。李逵老是着他手脚，所以怕他，只得听他。燕青和李逵不敢从大路上走，怕有军马追来，难以抵敌，只得从陈留县小路走。李逵穿上衣裳，把大斧藏在衣襟底下。因没了头巾，把焦黄发分开，绾做两个丫髻。走到天明，燕青身边有钱，到村店中买了酒肉吃了。后面的追兵早没了。原来次日天晓，高太尉引军出城，追赶不上，自己回去了。李师师也推说自己不知道情况。杨太尉也回家去休息了。城中抄点被伤人数，计有四五百人，推倒跌损者，不计其数。

李逵大闹东京，最能看出李逵与宋江的同与不同处来。李逵只想如兄弟般无拘无束，受不得被人小看，宋江却熟读儒家书说，深知礼仪等级不得不守。表面上虽是李逵闹东京，骨子里却是两种观念的碰撞。各位读者朋友不可粗看了这段故事的含义。

李逵捉鬼

李逵和燕青两人闹了东京，往回赶路。路过一个叫做四柳村的地方，不觉天晚，两个便投村里一个大庄院来借宿。

敲开门，两人直进到草厅上。庄主狄太公出来迎接。狄太公看见李逵绾着两个丫髻，像是个道士，却又不见他穿道袍，面貌又生得丑，不像是道士，正不知道他是什么人，便随口问燕青道："这位是哪里来的师父？"燕青笑道："这师父是个古怪人，你们都不要管他。随便给一餐晚饭吃，借宿一夜，明天早晨就离开。"李逵装作不说话，一幅高深莫测的样子。太公看了这情形，以为李逵道法高深，不同常人，倒地便拜李逵，说道："师父，帮弟子一帮！"李逵也不说明，只问："你要我帮你什么事，实话对我说。"那太公这才说出一件奇怪的事情来。原来这太公家有一百多人，夫妻两个只有一个嫡亲的女儿，别无孩子，那女儿长到二十几岁，半年之前，却莫名其妙地中了邪：整天躲在房里不出来，连茶饭都不出来吃；若有人去叫她，房里面便飞出一顿砖石来，家中的人都被她砸伤了；多次请法师道士来捉鬼，又捉不着。所以要请李逵来帮他捉鬼。

李逵听完，计上心来。他哪里相信有什么鬼，多半是人在作怪。再说，就算是有鬼他李逵也不怕。李逵便说："太公，我是蓟州罗真人的徒弟，会腾云驾雾，专能捉鬼。你若舍得东西，我帮你今夜捉鬼。你现在先要宰一猪一羊，祭祀神将。"太公听了大喜，说："猪羊我家尽有，酒更不必说。"李逵说："你拣膘肥的宰了，煮得烂烂的，再来几瓶好酒，我来安排。今夜三更，帮你捉鬼。"太公见李逵只说要酒肉，心中迷惑，说："师父如果要书符纸札，老汉家中也有。"李逵却说："我的法只是一样，不要什么鸟符。只要往房里一走，就揪出鬼来。"燕青忍笑不住。老太公还以为他说的是实话，忙去安排，忙活了半夜，猪羊都煮得熟了，摆在厅上。李逵要了十个大碗，滚热酒十瓶，把酒一起倒满。点起明晃晃的两枝蜡烛，烧着一炉焰腾腾的好香。李逵掇条凳子，坐在当中，并不念甚言语。从腰间拔出大斧，砍开猪羊，大块扯将下来就吃。又叫燕青道："小乙哥，你也来吃些。"燕青好笑，不肯来吃。李逵吃得饱了，饮过五六碗好酒，看得太公呆了。李逵便对众庄客说："你们都来散福。"弹指间，便把那些没吃完的肉都分给了众人。李逵大叫："快舀桶热水来。我们要洗手洗脚。"不一会儿，洗完手脚，问太公要完茶喝。又问燕青："你吃饱了饭没有？"燕青说："吃饱了。"李逵回头对太公道："酒也喝了，肉也饱了，明天还要走路，老爷们要去睡了！"太公说："你害我好苦！像你这样，这鬼什么时候

能捉成？”李逵说：“你真要我捉鬼，引我到你女儿房里去。”太公说：“那鬼如今正在房中，只要一进去，砖石就乱打出来，谁人敢去？”李逵拿两把板斧在手，叫人将火把远远地照着。李逵大踏步直赶到房边，只见房内隐隐的有灯，李逵定眼看时，看见一个年轻后生搂着一个妇人在那里说话。李逵一脚踢开了房门，抡起大斧砍去，斧到处，只见砍得火光爆散，霹雳交加。定睛再一看时，原来把灯盏砍翻了。那年轻后生转身要逃，李逵大喝一声，斧起处，一斧把那后生砍翻。那个妇人便钻入床底下躲了。李逵把那汉子先一斧砍下头，提在床上。把斧敲着床边喝道：“婆娘，你快出来！若不钻出来时，和床都剁的粉碎！”那女人连声叫饶：“你饶我性命，我出来！”刚钻出头来。被李逵揪住头发，直拖到死尸边问道：“我杀的这人是谁？”那妇人回答说：“是我的奸夫王小二。”李逵又问：“那你们哪里来的砖头饭食？”那婆娘说：“这是我把金银给他，叫他三二更将从墙上运进来的。”李逵听了，大怒说：“这等混账女人，留着有什么用！”揪到床边，一斧砍下头来。把两个人头拴做一处。回头把那两人的尸体剁了个稀巴烂，寻思：“就是鬼也活不成了。”方才插起大斧，提着人头，走出厅来。

李逵走出厅来，把两个人头望地上一丢，说：“两个鬼我都捉来了！”满庄的人都吃了一惊。大家都围上来看时，认得一个是太公的女儿，另一个人头，开始没人认得。人群中有一个庄客上前仔细看了看，却认出来是东村头会粘雀儿的王小二。李逵说：“这个庄客倒眼尖，认得不差！”太公却问：“师父你怎么知道他说得不差？”李逵说：“你女儿躲在床底下，被我揪出来问时，说道：‘他是奸夫王小二，吃的饮食，都是他运来。’我先问清楚了，方才下的手。”太公大哭说：“师父下手也太狠了，为什么不留我女儿一条性命？”那李逵如何懂得人情心理，骂道：“好不晓事！女儿偷了汉子，还要留她！你只知道哭，倒要赖我，没半点谢我？明天再和你说！”燕青找了间房，和李逵自去歇息。太公却忍泪引人点灯收拾残局，叫人把尸体和首级扛到后面去火化了。李逵睡到天明，跳将起来，对太公道：“昨夜帮你捉了鬼，你如何不谢？”那太公只得酒食相待。李逵、燕青吃完就离开了四柳村。

李逵捉鬼，现在看来，简直是魔王行径，不过在特定的年代，特定的人文背景下，这样的惨剧比比皆是，并不是李逵一个人的过错。

大闹忠义堂

李逵捉鬼完毕，和燕青离开四柳村，依旧上路。一路草枯地阔，木落山空，没有什么事情。两人因为躲避官军，所以转路弯到了梁山泊的北面。到寨还有七八十里路的地方，因为当天到不了山寨，两人就前去借宿。两人来到一个庄园前。燕青说："我们还是寻客店中歇宿去。"李逵却说："这是个大户人家，不比那客店强许多！"于是就敲门。只见一个庄客出来，对他俩说："我主人正烦恼哩，你两个到别处去歇。"李逵哪里肯走，也不理睬，直接就走进门去，燕青拖扯不住，那人见李逵凶相，也不敢拦阻。李逵径直走到到外间客厅上，边走边口里喊："客人路过借宿一宿，有什么关系？别说太公烦恼。我正要找烦恼的人说话！"太公在里面张望，看见李逵生得凶恶，暗地教人出来接待。仆人将两人带到厅外侧面一间耳房里，安排他两个住下。又做些饭食，让两个人吃了，安排他两个在里面睡觉。两个人吃了，就去休息。李逵当夜没喝酒，正在土炕子上翻来覆去睡不着，忽然听到太公、太婆在里面哽哽咽咽地哭，李逵心烦，一夜没有合眼。好不容易等到天明，李逵从床上跳起来，就去厅前问："你家什么人哭这一夜，搅得老爷我睡不着？"太公听了，只得出来答话说："我家有个女儿，年方一十八岁，被人强夺了去。我们为这个哭泣。"李逵就问："尽是怪事！夺你女儿的人是谁？"那太公说："我向你说了他的姓名，你别吓得屁滚尿流！他是梁山泊头领宋江，有一百单八个好汉，来头大得很。"李逵听了大怒，也不细想，问："我且问你，他是几个人来的？"太公回答："两天前，他和一个小后生各骑着一匹马来。"李逵掐指一算，正是宋江回寨路过此地的时间，当时便认定是宋江做的事，回头对燕青说："小乙哥，你来听这老儿说的话，俺哥哥原来口是心非，不是好人。"燕青也听了，只怕是误会，便说："大哥莫要莽撞行事，一定没这事！"李逵便说："他在东京时就去找李师师，到这里来还怕做不出来！"李逵乃一直汉，当时认定是宋江干的事，就要去和宋江翻脸，就对那太公说："你庄里有饭，让我们吃些。实话对你说，我就是梁山泊黑旋风李逵。这位便是浪子燕青。既是宋江夺去了你的女儿，我去讨来还你。"太公拜谢了。

李逵、燕青吃饱饭，径朝梁山泊奔来，到了忠义堂上。宋江见了李逵、燕青回来，便问道："兄弟，你们两个哪里来？是不是走错了路，今天才到。"李逵正生气，不愿答应，睁圆怪眼，拔出大斧，一斧去砍倒了杏黄旗，把"替天行道"四个字扯得粉碎。众人见了，拦阻不及，都大吃一惊。宋江喝道："黑厮又做什么？"李逵拿了双斧，抢上堂来，直奔宋江。当时关胜、林冲、秦明、呼延灼、董平五虎将慌忙

拦住李逵，夺了李逵的大斧，把他揪下堂来。宋江大怒，喝道："你又来闹事！你且说我有什么过失！"李逵气做一团，一句话也说不出。燕青慌忙上前，把一路的经过都说了。燕青说："我们路过刘太公庄，去那庄上投宿。夜里只听得太公两口儿一夜啼哭，李逵睡不着，等到天亮，去问缘故。那刘太公说：两天前梁山泊宋江和一个年纪小的后生，骑着两匹马到庄上来，老儿听说是替天行道的人，因此叫这十八岁的女儿出来倒酒，吃到半夜，两个人却把他女儿抢夺去了。李逵大哥听了这话，便信以为真。我再三跟他解释说：'俺哥哥不是这样的人，多半是有依草附木，假名托姓的强盗在外头胡来，却用了哥哥的名字。'大哥道：'我见他在东京时，兀自恋着唱曲的李师师不肯放，不是他是谁？'因此回来就发疯做了这事。"宋江听罢，才知道原委，便说："这般冤枉的事情，我怎么不知道？你们为什么不先说出来？"李逵喊道："我平常把你当做好汉，你原来却是畜生！做得这等好事来？"宋江喝道："你且听我说！我是和两三千军马一同回来的，要是两匹马落了单，大家岂不知道。你要怀疑我抢了一个妇人，那妇人一定还在寨中。你就去我房里搜一搜，看看有没有！"李逵说："哥哥你说什么鸟闲话！山寨里都是你的手下，护你的人多得很，哪个地方藏不下一个女人！我当初敬你是个不贪色欲的好汉，你原来是酒色之徒。杀了阎婆惜，便是小证据，去东京养李师师，便是大证明。你不要赖，早早把女儿送还老刘，倒有个商量。你若不把女儿还他，我早做早杀了你，晚做晚杀了你，一定不放过你。"宋江见说不清，就建议道："你且不要闹腾。那刘太公没死，庄客都在，俺们一同去当面对质。若是对上了，我就在那里舒着脖子，受你两板斧。如若对不上，你这厮没上没下，该当何罪？"李逵说："我若对不上质，便输这颗人头给你！"当时宋江就叫众人都做见证，叫铁面孔目裴宣写了赌赛军令状二张，两个各签了名字，交换了军令状。李逵又说："这后生不是别人，就是柴进。"柴进便说："我也同去。"李逵说："不怕你不来。若到那里对上了质，任你是柴大官人，还是米大官人，都吃我几斧！"柴进道："这个不妨，你先去那里等。我们若先去，你待会又说我们做了手脚。"李逵说："说得是。"就叫了燕青："俺两个先去，他俩若不敢来，就是做贼心虚。回来饶不了他们。"燕青无奈，只得跟了李逵。

燕青与李逵来到刘太公庄上。太公接见了，问道："好汉，答应的事情怎么样了？"李逵说："那宋江今天要亲自来教你认他，你和太婆以及各位庄客都仔细辨认了。若认得就是他，只管实说，不要怕，我替你做主。"一会儿宋江等十数骑马来到庄上，大家屯住了人马，只教宋江、柴进进去。宋江、柴进来到客厅上坐下。李逵提着板斧站在侧边，只等那老儿叫声是，他就下手杀人。那刘太公近前来拜了宋江，

左认右认。李逵问老儿说："这个是不是夺你女儿的人？"那老儿细睁开老眼，打起精神，定睛看清了宋江，回头说："不是。"宋江对李逵说："怎么样？"李逵说："你两个先着眼瞪他，这老儿心中害怕，便不敢说是。"宋江说："那你叫满庄的人都来辨认。"李逵随即叫那些庄客都来认人，谁知大家仔细辨认了，都摇头说不是。宋江说："刘太公，我就是梁山泊宋江，这位兄弟便是柴进。你的女儿是被假名托姓的人骗去的。你若打听得消息，报上山寨，我帮你做主。"回头却对李逵道："这里不和你说话，你回寨来，自有讲理的地方。"宋江、柴进便和一行人马先回大寨里去。燕青对李逵说："李大哥，现在怎么办？"李逵说："全怪我性急，做错了事。既然输了这颗人头，我自己就一刀割下来，你帮我拿去献给哥哥就是了。"燕青说："你没事寻死做什么？我教你一个不割头的办法，叫负荆请罪。"李逵便问什么是负荆请罪。燕青说："你把衣服脱了，用麻绳将自己绑起来，脊梁上背着一把荆条，拜伏在忠义堂前，对宋江哥哥说：'由哥哥打多少。'他自然不忍下手，这个就叫负荆请罪。"李逵说："好是好，只是有些羞杀人，不如割头干脆。"燕青说："山寨里都是你的兄弟，哪个笑你？"李逵没法，只得同燕青回寨来，负荆请罪。

宋江、柴进先回到忠义堂上，正和众兄弟们说李逵的事。只见黑旋风脱得赤条条地，背上负着一把荆杖，跪在堂前，低着头，口里不做一声。宋江笑道："你那黑厮，怎么学会了负荆请罪？难道就这样轻饶了你不成？"李逵说："兄弟做错了，哥哥捡大棍打几十下罢。"宋江说："我和你赌砍头，你怎么却来负荆请罪？"李逵说："哥哥既是不肯饶我，就拿刀来割这颗头去，也是应该的。"众人都替李逵求情。宋江说："若要我饶他，也不难，只要他能捉得那两个假宋江，讨得刘太公女儿来还他，我便饶了你。"那李逵听了，跳将起来，说道："这还不易如反掌，我去瓮中捉鳖，手到擒来！"宋江说："他是两个好汉，又有两副鞍马，你独自一个人，如何对付得了？再叫燕青和你同去。"燕青说："哥哥差遣，小弟愿往。"便去房中取了弩子，提了齐眉棍，随着李逵，再到刘太公庄上。

燕青细问那强盗来时的情况，刘太公说道："日落时来的，三更时走的，不知他们去了哪里，当时也不敢跟踪。那领头的生得矮小，黑瘦面皮。第二个夹壮身材，短须大眼。"二人问得清楚，便说："太公放心，一定救你女儿还你！我哥哥宋公明下了命令，务要我两个找到你女儿，我们不敢违令。"便叫煮干肉，做蒸饼，把干粮带足，离开刘太公庄，先去正北方向寻找，只见到处荒僻无人烟，走了一两日，没有线索。又望正东路上，寻找了两天，直到凌州高唐界内，还是没有一丝消息。李逵心烦意乱，又回来往西边寻找，又找了两日，仍是消息全无。当晚两个人在山边一个古庙供床上宿歇。

李逵睡不着，爬起来坐着，只听到庙外有人走得响。李逵跳起来，开了庙门看时，只见一条汉子提着朴刀，转过庙后山脚下。李逵在背后跟去。燕青听得，拿了弩弓，提了杆棒，随后跟来，叫道："李大哥，不要赶，我有办法。"这一夜月色朦胧，燕青把杆棒递给李逵，远远看见那汉子低着头只顾走，燕青赶近，搭上箭，弩弦稳放，叫声："如意子不要耽误我事。"只一箭，正中那汉的右腿。那汉子中箭扑地倒地。李逵赶上，把衣领揪住，直提到古庙中，喝问说："你把刘太公的女儿抢到哪里去了？"那汉子只说他在这里抢劫，不知道什么刘太公女儿的事情。李逵把那汉子捆做一块，提起斧来吓唬说："你若不实说，砍你做二十段！"那汉子忙叫饶命。燕青帮他拔箭，放他起来，问道："刘太公女儿，到底是被什么人抢去的？你在这里抢劫，岂可不知道些风声？"那汉子说道："小人胡猜，不知道是不是。离此西北约十五里有一座山，叫做牛头山，山上旧有一个道院。近来新来两个强盗，一个姓王名江，一个姓董名海，这两个都是绿林中的草贼，把道士道童都杀了，带了五七个随从，占了道院，专门到处打劫。到处谎称自己是宋江，多半是这两个人抢了刘太公的女儿。"燕青说："这话有些道理，汉子，你不要怕我！我就是梁山泊浪子燕青，他是黑旋风李逵。我与你包裹了箭疮，你引我两个到那里去。"那人说："小人愿往。"

燕青去找朴刀还了他，又帮他包扎了伤口。趁着月色微明，燕青、李逵扶着他走过十五里来路，来到了牛头山。那山不高，三人上得山来，天还没亮。来到山头看时，只见团团一圈土墙，里面约有二十来间房子。李逵说："我与你先跳进墙去。"燕青要等天亮，李逵哪里忍耐得，腾地跳将过去了。只听得里面有人呼喝，门被打开，有人出来，拿兵器来与李逵相斗。燕青生怕李逵落了单，拄着杆棒，也跳过墙去。那中箭的汉子一道烟跑了。燕青见这出来的好汉正斗李逵，潜身暗行，偷偷来到那汉子身旁，一棒正打中那好汉脸颊骨，那汉子扑地倒入李逵怀里，被李逵后心一斧，砍死在地。燕青见里面没再出来一个人，就对李逵说："这帮人必从后门走了。我帮你去截住后门，你把住前门，不要走错了。"燕青来到后门墙外，伏在黑暗的地方。只见后门里，一条汉子拿着钥匙，来开后门。燕青转将过去。那汉子见了，绕房檐便走前门。燕青大叫："前门截住！"李逵跳将出来，只一斧头，劈胸把那人砍倒。李逵便把两颗头都割下来，拴做一处。又跑进屋里，把那几个闪躲在灶前的随从，一斧一个都杀了。来到房中看时，果然见一个面目清秀的女儿在床上呜呜啼哭。

燕青问道："你莫不是刘太公的女儿？"那女子答道："奴家在十数天之前，被这两个贼掳在这里，每夜将奴家奸宿。奴家昼夜泪雨成行，要寻死，被他们紧紧看住，求生不得，求死不能。今天被将军搭救，你就是我的重生父母，再养爹娘。"燕

青便问："他有两匹马，在哪里放着？"女子道："在东边房内。"燕青备上鞍子，牵出门外，去房间搜得黄金白银三五千两。燕青便叫那女子上马，将金银包了，和人头带了，拴在一匹马上，直到刘太公庄上。爹娘见了女子，十分欢喜，烦恼都没了，对两位英雄感恩不尽。燕青说："你不要谢我两个，你来寨里谢俺哥哥宋江吧，是他叫我俩来搭救你女儿的。"两个人酒食都不肯吃，一人骑了一匹快马，飞奔山寨来。回到寨中，已是日落西山。两个人牵了马，驮了金银，提了人头，来到忠义堂上拜见宋江。燕青将事情经过细细说了一遍。宋江大喜，叫把人头埋了。金银收入库中，马放去战马群内喂养。第二天，设筵宴庆贺燕青、李逵立此大功。刘太公也收拾金银上山，来忠义堂上拜谢宋江不提。

大闹忠义堂虽做得荒唐，却显示出李逵的正直不阿，即使是宋江大义有亏，他也毫不客气，直追到底；负荆请罪则显示出李逵心胸坦荡宽阔，大将风度的一面；夜上牛头山力救民女则是出自李逵的侠义本色。三个故事从三个不同侧面展现了李逵丰富而独特的性格魅力。

李逵坐堂

李逵陪燕青打擂，闹了山东泰安城，惊动官府出兵捉拿，幸得卢俊义等人前来接应，才安全离开泰安城。大家沿路回撤，走了半天，一路上又不见了李逵。卢俊义知道李逵爱惹事，留下穆弘赶去寻找，自己先带兵马回寨了。

李逵落了单，手持双斧，一个人来到了寿张县。正逢中午衙门休息，李逵来到县衙门口，走进去大声叫喊："梁山泊黑旋风爹爹在此！"吓得县衙门的小公务员们手足都麻木了，动弹不得。原来这寿张县贴着梁山泊最近，普通老百姓听说梁山都害怕，其中最害怕的又莫过于黑旋风李逵，传闻他是专杀人的魔王，据说哪家的孩子要是哭了，大人只需说一句，黑旋风李逵来了，小孩便立即不哭，可见大家怕他的程度。今天李逵亲身到来，大家怎么会不怕呢？

当时李逵直接到那知县椅子上坐了，口中叫道："叫两个人出来说话，不出来，一把火烧了衙门！"县衙里几个小官吏躲在房中商议："只好先派几个人出去应付应付，不然有什么办法能叫他离开？"于是派了两个吏员出来见李逵。那两人来到厅上，朝李逵拜了四拜，跪着说："头领到这里，不知有什么吩咐。"李逵说："我从不来打搅你们县里人，今天碰巧从这里路过，到这里来玩一玩。请你知县出来，我要和他见面。"两个出去了，一会儿空手回来回话说："知县相公刚才见头领来，开了

后门，不知逃到哪里去了。”李逵不信，亲自转到后堂房里来找，那知县早躲得远远的，哪里能见到影子。只看到一个装有知县老爷审案公服和鞋帽的大匣子。李逵扭开锁，取出帽子，插上展角，自己戴上；把绿袍审案公服也穿上，把袍带系了；再找到官靴，换了自己穿的麻鞋，拿上惊堂木，走出厅来，大叫道：“各级官员，都来参见！”众人没办法，只得都走出来。李逵说：“我这身打扮怎么样？”大家都说相称。李逵说：“我扮县官，你们大小官员都来跟我排列升堂。要不依我，把你县扫做平地。”大家怕他，只得聚集那些公吏人来，举着牙杖牙牌，打了三通鼓点，来堂前应酬。李逵呵呵大笑。又说：“你们中间也派两个人来告状，我来审案。官员说：“头领坐在此位，谁敢来告状？”李逵说：“谅你们也不敢来告状。你们出两个人装作来告状的。我不伤他，只是大家玩一会儿。”大家一起商量了一下，别无他法，只得着两个看牢房的牢子装成打架的前来告状。县门外老百姓一辈子都没见过这样好笑的事，都大着胆子围过来看热闹。只见两个小牢子跪在厅前，一个告状说：“相公可怜小人，他动手打了小人。”另一个申诉说：“他骂了小人，我才打他的。”李逵问：“哪个是被打的？”原告回答：“小人是被打的。”李逵又问：“哪个是打人的人？”被告说：“他先骂我，所以小人出来打了他。”李逵说：“这个被告打了人的是好汉，先放了他去。这个原告，没出息，怎么被人打了？替我锈上手镣脚镣，拉在衙门前示众去。”李逵起身，把绿袍官服扎起来，惊堂木别在腰里，取出大斧，直监督锈了那个原告，拉到县门前示了众，方才大踏步离开，也不脱那衣服靴子。县门前看的百姓，都在那里哄堂大笑。

李逵离开县衙，到寿张县里东走走，西瞧瞧，大家见了都躲。忽然听到一处学堂里传来读书的声音，李逵揭起帘子，走了进去，直吓得那先生跳窗逃走，学生们哭的哭，叫的叫，跑的跑，躲的躲，呜呼哀哉，一塌糊涂。李逵大笑，出门来，正碰上四处找他的穆弘。穆弘叫道："众人都担心得你苦，你却在这里抽疯！快随我上山！"把李逵拖着便走。李逵只得离了寿张县，回梁山泊来。

李逵坐堂，令人捧腹。现在看来，却也深令人忧。一是官吏们的无能怕事，可见勇义教育的缺乏；二是先生的狼狈逃跑，可比得上今天的一些人了。这件事情若发生在现在，又会有什么样的反应呢？这是我们可以深思的地方。

扯诏骂钦差

且说朝廷派陈太尉来招安宋江等人，奸臣蔡京和高俅不想招安，各派了一个张干办和一个李虞候来协助陈太尉，暗行阻挠之事。却惹得李逵又大闹了山寨。

先说水军阮小七等先在寨下接待陈太尉等人，那张干办和李虞候言辞中尽是侮辱，十分傲慢，毫无招安诚意，惹得阮小七等大怒，用乡村浊酒替换了御酒，又用漏船戏耍了他们一番，方才把他们送过水泊来。宋江哪知道这两贼子的意思，只以为朝廷诚心诚意招安，就在寨上鸣金擂鼓，燃花放炮，诚心诚意接待了。御酒被摆在桌上，每一桌四个人抬着。诏书也在一个桌子上抬着。陈太尉上岸来，宋江等接着，纳头就拜。言辞十分卑琐，说："文面小吏，罪恶迷天，曲辱贵人到此，接待不及，望乞恕罪。"李虞候兴师问罪，说："太尉是朝廷大贵人，大臣来招安你们，非同小可！为什么你们派那不晓事的村贼用漏船接待我们，险些儿害了大贵人的性命？"宋江不知道阮小七他们捣鬼，说："我这里有的是好船，怎敢用漏船来载贵人？"张干办说："太尉的衣服还是湿的，你如何抵赖！"宋江背后跟着五虎将，不离左右，又有八骠骑，前后簇拥。那些人平常都是什么样的人，见这李虞候、张干办毫无招安诚意，在宋江前面指手画脚，你来我往，都是怒从心中起，都想一刀剁了这两人。不是那宋江在前，早就下手了。

宋江请太尉上轿，开读诏书，请了四五次才请得上轿。牵过两匹马来让张干办，李虞候骑。这两个狗男女，不知道自己算个什么，在那里装大，宋江好耐心，低三下四劝了好久，两人才假模假样地上马走，直恨得大家手都痒痒的。宋江叫小头目们大吹大擂，把三人迎上三关来。宋江等一百余个头领都跟在后面，直迎到忠义堂上，一齐下马，请太尉上堂。正面放着御酒诏匣，陈太尉、张干办、李虞候站在左边，萧

让、裴宣站在右边。就等宣读诏书，宋江叫清点众头领时，一百七人，其中只不见了李逵。

原来那李逵不愿受此鸟气，也不爱这些烦琐接待，早就愤愤不平，自己找个地方先躲开了，只是因为要看看那鸟太尉玩什么花招，所以没有立即动手。却说那李逵跳到忠义堂的大梁上坐着，听陈太尉取出诏书让萧让展开高声念道：

“制曰：文能安邦，武能定国。五帝凭礼乐而有封疆，三皇用杀伐而定天下。事从顺逆，人有贤愚。朕承祖宗之大业，开日月之光辉，普天率土，罔不臣伏。近为宋江等辈啸聚山林，劫掳郡邑。本欲用彰天讨，诚恐劳我生民。今差太尉陈宗善前来招安，诏书到日，即将应有钱粮、军器、马匹、船只，目下纳官，拆毁巢穴，率领赴京，原免本罪。倘或仍昧良心，违戾诏制，天兵一至，龆龀不留。故兹诏示，想宜知悉。宣和三年孟夏四月　日诏示。”

这诏书写得也太无礼，完全不把梁山好汉放在眼里，萧让刚刚读完，宋江以下，皆有怒色。黑旋风只听懂“天兵一至，龆龀不留”等数句，再也忍不住，拖地从梁上跳下来，从萧让手里夺过诏书，一把扯得粉碎，上前揪住陈太尉，拽拳便打。此一打，方才把众英雄的火气都点燃了。宋江、卢俊义上前拦腰抱住李逵，不让他下手。刚刚把李逵拆开一点，那李虞候喝道：“这厮是什么人？敢如此大胆！”李逵正愁找不着人，此时正好遇见一个不知好歹的，李逵劈头揪住李虞候，挥拳便打，喝道：“写来的诏书，是谁说的话？”张干办说：“这是皇帝的圣旨。”李逵说：“你那皇帝定不知我这里有些什么人，来招安老爷们，却要装大！你的皇帝姓宋，我的哥哥也姓宋，你做得皇帝，偏我哥哥做不得皇帝！你莫要来恼犯你黑爹爹，惹怒我，我早晚把你这帮写诏的官员都杀了！”几个人上来劝解，把黑旋风推下堂去。宋江回来赔礼说：“太尉且放心，不会出大乱子的。快取那御酒来，教众人都知道皇帝的好意。”随即取过一副嵌宝金花盅，叫裴宣取御酒来到。倒出一杯来，是村醪白酒，倒出两杯来，又是乡里白酒，把九瓶倒空了，却是一般的淡薄村酒。大家见了，一片哗然，一个个都离开大堂。鲁智深提着铁禅杖，高声叫骂：“入娘撮鸟！太欺负人！把水酒做御酒来哄俺们吃！”赤发鬼刘唐也挺着朴刀要杀上来，行者武松抽出双戒刀，没遮拦穆弘、九纹龙史进等都一齐发作。六个水军头领边骂边下关去了。宋江见场面不对劲，横身在里面拦挡各位好汉，一边急传将令，叫轿马护送太尉下山去，免他被伤害。此时四下大小头领，一大半都闹了起来。宋江、卢俊义只得亲自上马，将太尉和开诏的数人护送下关，请求原谅：“不是宋江等无心归降，实是草诏的官员不知道我

梁山泊的情况，诏书写得太辱人。若以数句善言抚恤，我等一定会尽忠报国，万死无怨。太尉若回到朝廷，请帮忙多说些好话。”急急把这些人送过渡口。这一帮人吓得屁滚尿流，飞奔济州去了。

宋江回到忠义堂上，再招众头领聚会。宋江斥责众人太性急。吴用说：“哥哥，你休执迷不悟！招安没到时候，怎么能怪得众兄弟们发怒？朝廷完全不把我们放在眼里！现在闲话少讲，迟早必有大军前来征讨。我们齐心备战，杀得他人亡马倒，片甲不回，梦里也怕，到时候再谈招安的事不迟。”众人都说是，各忙去准备迎敌不提。

陈太尉回到济州，把梁山泊开诏一事添油加醋地说给地方官张叔夜太守听，又回去禀告朝廷梁山泊贼寇扯诏毁谤。朝廷听信谗言，果然派枢密使童贯领大军前来征讨梁山泊，却被梁山英雄们打得大败，此是后话不提。

毛泽东说，枪杆子里面出政权，又说，以斗争求团结，团结存，以团结求团结，团结亡；基督教教义说，自助者天助之；近代有谚语，弱国无外交。要想别人尊重自己，首先要自己强大起来，这大概是这个故事告诉我们的道理。我们固然看不上李逵的鲁莽，不过在书中的时代，他的方法，比起宋江的来，对于弱小者而言，却是实用得多。

李逵梦闹天池

李逵随宋江征田虎，打下盖州后，宋江大队人马入驻盖州城，传下将令，一边救灭火焰，安抚百姓，犒赏三军，一边写表申奏朝廷。此时腊月将终，宋江料理军务，不觉过了三四日，忽报张清病愈，同安道全来军报到。宋江大喜说：“太好了。明天是宣和五年的元旦，我们兄弟好好聚会一场。”

第二天黎明，大家脱下公服，都穿了红锦战袍。九十二个头领及新降将耿恭，齐齐整整，都来庆贺节日，参拜宋江。宋江大摆筵席庆贺，酒至数巡，宋江对众将道：“赖众兄弟之力，国家收复了三个城池。又值元旦，相聚欢乐，这样的时候真是太少了。只是公孙胜、呼延灼、关胜，水军头领李俊等八员，以及守陵川的柴进、李应，守高平的史进、穆弘，这十五个兄弟不在面前，甚是郁闷。”当下吩咐分头送酒菜去卫州、陵川、高平三处犒赏这些守城头领。吩咐未了，忽报那三处守城头领差人到此庆贺。宋江大喜说：“得此信息，就如见面一般。”赏劳来人，陪众兄弟一起开怀畅饮，尽醉方休。

第二天，宋江准备出东郊迎春，刚好前晚刮起东北风，浓云密布，纷纷扬扬，

降下一天大雪。大家都来看雪。地方星萧让对众头领说："这雪有不同的名字：一片的是蜂儿，二片的是鹅毛，三片的是攒三，四片的是聚四，五片叫做梅花，六片的叫做六出。这雪本是阴气凝结，所以六出，应着阴数。到立春以后，都是梅花朵片，更无六出了。今天虽已立春，尚在冬春之交，那雪片应该是或五或六。"乐和听了这几句议论，便走向檐前，用衣袖儿接下那落下来的雪片看时，真个雪花六出，内一出尚未全去，还有些圭角，内中也有五出的。乐和连声叫道："果然！果然！"众人都拥上来看，却被李逵鼻中冲出一阵热气，把那雪花儿冲灭了。众人都大笑，惊动了宋先锋，也出来一同观赏，对大家说："我已吩咐置酒宜春圃，和兄弟们一起赏雪。"原来这州东边有个宜春圃，圃中有一座雨香亭，亭前有几株桧柏松梅。当晚众头领来雨香亭语笑喧哗，觥筹交错，不觉日暮，点上灯烛。宋江酒酣，闲话中追论起昔日被难时，多亏了众兄弟："我本来是郓城小吏，身犯大罪，蒙众兄弟于千枪万刀之中，九死一生之内，屡次舍着性命，救出我来。当初在江州与戴宗兄弟被押赴行刑时，快要变成鬼了，到今天却成为国家臣子，与国家出力。回思往日之事，真如梦中！"宋江说到此处，不觉潸然泪下。戴宗、花荣及同难的几个弟兄听了这话，也都掉下泪来。

李逵这时多喝了几杯酒，酒性发作，一边与众人说着话，一边眼皮儿却渐渐合拢来，便用双臂衬着脸，已是睡去。忽然梦中想到外面雪还未止。心里想着，身子未动，却像已走出亭子外一般。看外面时，又是奇怪："原来无雪，我们还呆坐在里面！待我出去走一走。"离了宜春圃，一会儿出了州城，忽然想起："阿也！忘带了板斧！"把手向腰间摸时，原来板斧插在腰间。李逵向前不分南北，莽莽撞撞的，不知走了多少路，只见前面有一座高山。不一会儿，走到山前，只见山坳里走出一个人来，头带折角头巾，身穿淡黄道袍，迎上前来笑说："将军要到处走走，转过此山，有个好玩的地方。"李逵问："大哥，这个山名叫什么？"那秀才道："这山叫做天池岭，将军转完回来，我们仍到此处相会。"李逵依着他，真个转过那山。忽见路旁有一所庄院，只听见庄里大闹，李逵闯将进去，见到十几个人，都执棍棒器械，在那里打桌击凳，把家伙什物打得粉碎。其中一个大汉骂道："老牛子，快把女儿好好地送与我做浑家，万事干休；若说半个不字，教你们都死！"李逵从外面进来，听了这几句话，心如火炽，口似烟生，喝道："你这伙鸟汉，为什么强要人家的女儿？"那伙人嚷道："我们要他女儿，干你屁事！"李逵大怒，拔出板斧砍去。好生作怪，却是不禁砍，只一斧，砍翻了两三个。那几个要走，李逵赶上，一连六七斧，砍的七颠八倒，尸横满地。只走了一个，往外跑去了。李逵抢到里面，只见两扇门儿紧紧地闭着，李逵一脚踢开，里面有个白发老儿，和一个老婆子坐在那里啼哭。见李

逵抢入来，叫道："不好了，打进来了！"李逵大叫道："我是路见不平的。前面那伙鸟汉，被我都杀了，你随我来看。"那老儿战战兢兢的跟出来看了，反扯住李逵说："虽然你除了凶人，可是却连累我们吃官司。"李逵笑道："你那老儿，也不晓得黑爷爷。我是梁山泊黑旋风李逵，现今同宋公明哥哥奉诏征讨田虎。他们现在城中吃酒，我不耐烦，出来闲走。莫说那几个鸟汉，就是杀了几千，也没什么关系！"那老儿方才擦泪说："这样就好！"请将军到里面坐。"李逵走进去，那边已摆上一桌子酒菜。老儿扶李逵上席坐了，满满地倒了一碗酒，双手捧过来说："蒙将军救了女儿，请满饮此盅。"李逵接过来便喝。老头儿又来劝，一连喝了四五碗。只见先前啼哭的老婆子领了一个年少女子上前，叉手双双地行了个礼。婆子便说："将军在宋先锋部下，是有前途的人，如不弃丑陋，情愿把小女儿许配给将军。"李逵听了这话，跳起来说："你这可就想歪了！刚才难道是我要抢你的女儿，才杀的那几个人？快闭了鸟嘴，不要放那鸟屁！"只一脚，把桌子踢翻，跑出门来。

只见那边一个彪形大汉，仗着一条朴刀，大踏步赶上来，大喝一声道："兀那黑贼，不要走！刚才我这几个兄弟，全被你杀了，我们是抢他家的女儿，干你甚事。"挺朴刀直逼上来。李逵大怒，抡斧来迎，与那汉斗了二十余回合。那汉斗不过，隔开板斧，拖着朴刀，飞也似逃跑。李逵紧紧追赶，赶过一个林子，猛见得一片宫殿。那汉子奔到殿前，撇了朴刀，往人丛里一钻，不见了。只听得殿上喝道："李逵不得无礼！带李逵来朝见。"李逵猛然想起来："这不就是文德殿么，前日随宋哥哥来这地方朝见过皇帝，这是皇帝的所在。"又听到殿上说："李逵，快跪下！"李逵藏了板斧，上前观看，只见皇帝远远地坐在殿上，许多官员排列殿前。李逵端端正正朝上拜了三拜，心中想："阿也！少了一拜！"天子问："刚才你为何杀了那么多人？"李逵跪着说道："这些家伙强要占人家的女儿，臣一时气愤，所以杀了。"天子说："李逵路见不平，剿除奸党，义勇可嘉，赦你无罪，提拔你做个值殿将军吧。"李逵心中喜道："原来皇帝恁还明理！"一连磕了十几个头，便起身立在殿下。不一会儿，只见蔡京、童贯、杨戬、高俅四个奸贼，一排儿跪下，奏请皇帝说："今有宋江统领兵马，征讨田虎，逗留不进，终日喝酒，请皇上治罪。"李逵听了这句话，怒火中烧，按捺不住，两斧抢上前，一斧一个，把四个人都劈砍了脑袋，大叫道："皇帝你不要听那贼臣的说话。我宋哥哥连破了三个城池，现在屯兵盖州，就要出兵，他们怎么这样污蔑我宋哥哥？"众文武见杀了四个大臣，都要来捉李逵。李逵揝两斧叫道："敢来捉我，把你们都砍成那四个模样！"众人因此不敢动手。李逵大笑道："痛快！痛快！那四个贼臣今日才被结果，我去报给宋哥哥知道。"大踏步离

开宫殿。猛然又见一座山，看那山时，就是刚才遇见秀才的地方。那秀才还站在山坡前，迎着李逵上来笑道："将军这一游痛快吗？"李逵说："好教大哥得知，适才我杀了四个贼臣。"那秀才笑道："原来如此！我原在汾、沁之间，近日偶游到这里，知道将军等心存忠义，我还有些重要的话说给将军听。现在宋先锋征讨田虎，我有十字要诀，可帮助擒拿田虎。将军须牢牢记住，传话给宋先锋知道。"便对李逵念道："要夷田虎族，须谐琼夭镞。"一连念了五六遍。李逵听他说得有理，便依着他念这十个字。那秀才又向树林中指道："那边有一个年老的婆婆在林中坐地。"李逵转身看时，已不见了那个秀才。李逵说："怎么走得这么快！我且到林子里去看是什么人。"抢入林子来，果然看到有个婆子坐着。李逵走近前看时，却原来是他的老娘，呆呆地闭着眼睛，坐在青石上。李逵向前抱住说："娘呀！你过去都在哪里吃苦？铁牛还以为你被虎吃了，今天却在这里碰到了！"李逵老娘说："我儿，我不曾被虎吃。"李逵哭着说道："铁牛今日受了招安，真个做了官，宋哥哥大兵现屯扎在城中，铁牛背娘到城中去。"正在那里说，猛的一声响亮，林子里跳出一个斑斓猛虎，吼了一声，把尾一剪，向前直扑下来。慌的李逵拿板斧望虎砍去，用力太猛了，双斧劈个空，一跤扑去，却扑在宜春圃雨香亭酒桌上。

宋江与大家追忆往昔，正说到高兴。开始只见李逵伏在桌上打盹，也不在意；猛然听到一声响，却是李逵睡中双手把桌子一拍，把碗碟掀翻，溅了两袖羹汁，口里还不停地大嚷道："娘，大虫走了！"李逵睁开两眼看时，灯烛辉煌，众兄弟团团坐着，还在那里吃酒。李逵说："啐！原来是梦，好不痛快！"众人都上前问："什么梦？这般的痛快！"李逵先说："梦见我的老娘，原来没死，正好说话，却被大虫打断。"众人都叹息。李逵再说到杀却奸徒，踢翻桌子，那边鲁智深、武松、石秀听了。都拍手道："痛快！"李逵笑道："还有更痛快的哩！"又说到杀了蔡京、童贯、杨戬、高俅四个贼臣，众人拍着手，齐声大叫道："痛快！痛快！像这样才算得做梦！"宋江说："众兄弟声音低点，这都是梦中的事，没什么值得高兴的。"李逵正说得高兴，揎拳裹袖地说道："没什么要紧？真是一生不曾做过这样畅快的事！还有一桩奇异，梦一个秀才对我说什么'要夷田虎族，须谐琼矢镞'。他说这十个字，乃是破田虎的要诀，教我牢牢记着，传给宋先锋。"宋江、吴用都参解不出来是什么意思。只有安道全听得"琼矢镞"三字，正想开口说话，张清对他示以眼色，安道全便微笑，遂不开口说了。原来这说的是要破田虎，须靠善打飞石的人。后来张清果然在擒捉田虎的过程中起了至关重要的作用，这是后话。

李逵梦中闹天池，是作者细心撰写的一段故事。作者要借李逵的梦，表达众英雄

对奸臣的憎恨和英雄们平生的理想，可惜李逵最后还是被自己人宋江毒杀，那梦中痛杀奸臣的大快人心场景，终究也未能出现在小说后面的情节当中。

李逵之死

李逵是梁山中最不主张招安的少数人之一。其他几个人分别是鲁智深、武松、史进、刘唐。说来也怪，步兵头领比较其他头领似乎反抗性更强一些，他们对招安担心多多，大都反对招安。李逵的担心并非多余，后来，他到底死在了招安的那帮人身上。但是，李逵的死也有他的令人惊讶的地方，那就是，他竟是被宋江用药酒毒死的，他因为太信任宋江，反被宋江心安理得拉去做了忠义的陪葬品。

平方腊后，梁山英雄大半凋落，只有李逵等二三十人侥幸保得性命。大多数人都如燕青一般，深知狡兔尽、良弓藏、走狗烹的道理，先后辞官归隐了。李逵则没有自己的主张，只是随宋江行事，宋江到楚州上任做了安抚官，他就去润州上任做了都统制。李逵做官并不痛快，心中闷得慌，整天泡在酒桶里与大家喝酒取乐。这一天，李逵又在喝酒，却忽然听到宋江派人来请他去一趟。

原来宋江上任六个月后，被朝廷高俅、蔡京等奸臣暗算，赐了药酒喝了。宋江觉得自己不久就要离开人世，心中叹道："我自幼学儒，长而通吏，不幸失身成了罪人，但我对国家朝廷没有行半点异心。现在天子轻听谗佞，赐我药酒，何等冤枉！我死不打紧，只是李逵现任润州都统制，他要是听说朝廷害我，必然再去啸聚山林，那时就把我们一世忠义的清名都毁了。我须想个法子阻止他才行。"于是连夜叫人去润州招李逵星夜赶来楚州。

李逵听说宋江招他，想："哥哥找我，必有话说。"于是赶紧赶到楚州来拜见宋江。宋江见了李逵，对李逵说："兄弟，自从分散之后，我天天想念大家。吴用军师隔得又远；花知寨在应天府也没有消息。只有兄弟你润州镇江离这里较近，所以特请你来商量一件大事。"李逵问："哥哥，什么大事？"宋江说："我们先喝酒。"就把李逵请进后厅，就那御赐的现成药酒，叫李逵喝了。李逵喝了半晌酒食，喝得差不多了，宋江便说："贤弟不知，我听说朝廷派人赐药酒来给我吃。要是我死了，你怎么办？"李逵大叫一声，说："哥哥，反了吧！"宋江说："兄弟，我们的军马尽都没了，兄弟们又都分散了，怎么反得成？"李逵说："我在镇江有三千军马，哥哥这里楚州也有军马，尽数召集起来，连同这些百姓也都召集起来，再大力招军买马，不愁人数少，杀不出去！我们再上梁山泊快活！强似在这奸臣们手下受气！"宋江说：

“兄弟且慢来，我们再好好商量一下。”原来那接风酒内，已下了慢药，宋江怕李逵反，却要李逵陪他一起死。第二天早晨，宋江出来跟李逵送行。李逵问：“哥哥几时起兵？我在那里也好起兵来接应。”宋江说出了事情真相。宋江说：“兄弟，你不要怪我。前天朝廷钦差已经赐药酒我喝了，我现在死在旦夕。我为人一世，只主张‘忠义’二字，不肯半点违背。今天朝廷赐死无辜的人，朝廷不义，但宁可朝廷负我，我忠心不负朝廷。我死之后，恐怕你会造反，坏了我梁山泊替天行道的忠义名声。因此，我把你请来，相见一面。昨天你喝酒，我已把那御赐慢药也给你服了，你回至润州之后必死。你死之后，可来到这里楚州南门外，有个蓼儿洼的地方，风景尽与梁山泊相似，我和你在那里阴魂相聚吧。我死之后，尸首一定葬在此处，我已看定了！”说完，泪如雨下。李逵是个忠心的汉子，见宋江这样说，也落下眼泪说：“罢，罢，罢！生时服侍哥哥，死了也只做哥哥部下的一个小鬼。”说完，便觉得身体有些沉重。当时两人挥泪永别。

李逵回到润州，果然药发身死。宋江也亡故。李逵临死之时，嘱咐从人：“我死了，千万将我的灵柩扶去楚州南门外蓼儿洼和我哥哥一起埋葬。”嘱罢而死。从人准备棺椁盛贮，不负其言，扶柩而往。李逵生时敬服宋江，死了也和宋江埋在了一起。

综观李逵一生，救人不少，杀人更多，他的缺点和优点同样明显。用宋江的话来说，他是心口不二，诚实不欺，用公孙胜的师父罗真人的话来说，就是上天看人间作孽过多，便派他来下界行杀伐之机，他就是个杀人的魔头。这两个方面综合起来，大概就可看出一个独一无二的李逵来。

浪子燕青

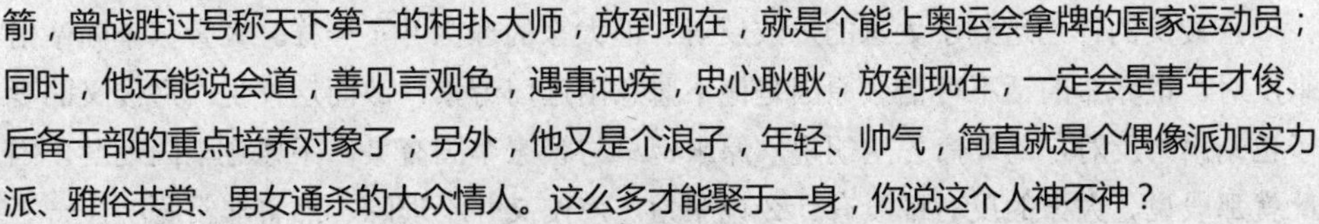

在水浒中，燕青就是一个谜一样的人物。他会吹、拉、弹、唱，让当朝皇帝也为之着迷，放到现在，就是个天才艺人；他有一身好武艺，会天下无双的相扑，神妙莫测的弩箭，曾战胜过号称天下第一的相扑大师，放到现在，就是个能上奥运会拿牌的国家运动员；同时，他还能说会道，善见言观色，遇事迅疾，忠心耿耿，放到现在，一定会是青年才俊、后备干部的重点培养对象了；另外，他又是个浪子，年轻、帅气，简直就是个偶像派加实力派、雅俗共赏、男女通杀的大众情人。这么多才能聚于一身，你说这个人神不神？

水浒中英雄们的故事，燕青的虽不是着墨最多，但却最富于传奇色彩。三劝玉麒麟、救主、打擂、朝天、射雁、辞官，如同颗颗美丽的珍珠，串起来，就构成了一条璀璨的项链，向我们展现出了一个潇洒俊逸、风流豪迈、神龙见首不见尾的神奇君子形象。

三劝玉麒麟

燕青多才多艺，这里先不说他如何夺锦标，赚粉丝，如何一石二鸟展才学，单说他的一样难学，就是见事深远，明微知著，常在人意料之外。这个故事是从卢俊义说起的。

有一天，燕青的主人卢俊义正在家中指挥仆人们做事，忽然听到街上吵闹，一打

听，原来是个要价奇高的算命先生和一个打扮得奇丑的道童惹得大家哄笑，卢俊义寻思要高价就必定有些本事，就将算命先生夜里请到家中，给自己算上一卦。算命先生自称姓张名用，山东人，能预知生死未来，不料算出的卦却令卢俊义大吃一惊。原来那一卦说卢俊义不出百日，必有血光之灾，家私不能保守，死于刀剑之下。卢俊义本不待信，那道人见他不信，把银子还了他，起身要走。卢俊义心下惶惑，只得信了，便央求一个消灾解祸的办法。那道人开始称无解，后来又算了一卦，才说，只要去那东南方向千里之外躲避一番，就可消过此灾，同时还向卢俊义吟了四句歌诀：

“芦花丛里一扁舟，俊杰俄从此地游。
义士若能知此理，反躬逃难可无忧。”

卢俊义是个主见不深的人，自听了算命先生的话，坐立不安，寸心如割，第二天便决定，按算命先生的话去做。这一天，他把家里所有的亲人仆从都召集到厅前，宣布了他的想法：他有百日血光之灾，须到东南千里之外方可躲过此灾；东南方有个去处是泰安州，那里有东岳泰山天齐仁圣帝金殿，管天下人民的生死灾厄，他要去那里走一遭，一来可以烧炷香，消灾灭罪；二来可以躲过这场灾晦；三来还可以借此机会做些买卖，并旅游一番。他吩咐大管家李固，帮他找十辆太平车子，装十车山东货物，收拾行李，跟他一起外出。同时吩咐浪子燕青在家看管库房钥匙，他三天之内就出发动身。

卢俊义的计划遭到了大家的一致反对。但大家的理由并不一样。大管家李固站出来反对，说算命的话不可信，原因是他不愿意出远门劳累，故而这样说；卢俊义的妻子也站出来反对，骂算命先生胡说，原来她早与管家李固有染，不愿意李固远游，因此就那般说。大家的反对都没有什么说服力，卢俊义并不理睬。燕青非常聪明，一下子就看出算命的事其中有鬼，多半是个骗局，但是由于他没有亲见那个算命先生，他不敢直下断言。此时见众人劝说，卢俊义不听，于是站出来对卢俊义说：“主人啊，你须听我燕青几句相劝的话：这一条路，去山东泰安州，正从梁山泊边经过。近年泊内，是宋江一伙强人在那里打家劫舍，官兵捕盗，近他不得。主人要去烧香，等太平了去，不要听夜来那个算命的说。他说不定就是梁山泊的坏人，假装做个算命先生，来欺骗主人前去。可惜我燕青当时不在家，要是我燕青当时在家，三言两语盘问，一定当面揭穿他的阴谋。”卢俊义执迷不悟，生气地说：“你不要胡说，谁人敢来骗我！梁山泊那伙贼男女打什么紧！我观他如同草芥，如果让我遇见了他们，就把他们一一捉回来，把日前学成的武艺显扬于天下，也算是个男子汉大丈夫！”

燕青见主人执意要出行，而李固又不愿意陪同，怕主人路上吃亏，又提议说：“小人靠主人帮带，学得些个棒法在身，如果真有草寇出来，也可以帮忙对付三五十个。主人不如带上小人出门走一遭，留下李都管来看家。”卢俊义会错意，以为燕青因不会管账才这样说，便对燕青讲：“你留在家里只把家看好就行了，管账的事自有别人帮你，不必担心。我在路上要做买卖，缺不得李固，所以要带李固去。”李固此时又再推脱，却遭到卢俊义的一顿大骂。燕青也不好再说什么了。

卢俊义上路去那泰山，路过梁山，果然遇上了梁山好汉，李固帮不上忙，卢俊义双拳难敌四手，终于失手被擒。原来，这是梁山好汉事先早已定好的计策。宋江、吴用看中了卢俊义的一身好武艺和江湖名声，决定骗他去那东南水泊梁山，好趁机掳他上山，逼他入伙。那道人是吴用，恶道童却是李逵所扮，假借算命先生，来行此计。卢俊义虽然武艺高强，却心高气傲，听不进燕青的良言，终于中计。

卢俊义不听燕青言，果然中计，路过梁山，失手被擒，拘不过梁山众英雄的软磨硬泡，待了数月。先遣回来的李固却不是君子，和卢俊义娘子有染，此时一发沟通，合将卢俊义告发到朝廷，定了卢俊义的谋反之罪。可怜燕青，虽欲维护主人，终是年龄尚小，敌不过二人之力，被那李固、卢俊义娘子赶出家门，流浪街头，只苦等卢俊义回来。

卢俊义在梁山待了数月，不肯落草，众英雄只得放他回京。他拽开脚步，星夜奔波。行了旬日，到得北京。日已薄暮，赶不入城，就在店中歇了一夜。次日早晨，卢俊义离了村店，飞奔入城。尚有一里多路，只见一人头巾破碎，衣衫褴褛，看着卢俊义纳头便拜。卢俊义抬眼看时，却是浪子燕青。原来燕青怕卢俊义回京吃亏，料他回家必经此处，因此留心了这条路，于是就遇上了。

卢俊义见燕青这般模样，便问：“小乙，你怎地这般模样？”燕青道：“这里不是说话的地方。”卢俊义转过土墙侧首，细问缘故，燕青才说：“自从主人你去后，不过半月，李固回来，对娘子说道：‘主人归顺了梁山泊宋江，坐了第二把交椅。’当时便去官府告状。他已和娘子做了夫妻，我看不惯，他们便将我赶出门，把我所有的衣服都夺走了，赶出城外，还吩咐所有的亲戚相识，不许收留。我在城中安不得身，只得来城外求乞度日，暂时住在庙里。本想要去梁山泊寻找主人，又不认识路不知道情况，所以只在这里等待。今天才等得主人回来。主人如果真的从梁山水泊来，千万相信小乙我的话，回梁山泊去再做计议。不要贸然进城，中了圈套。”卢俊义根本不信，呵斥燕青说：“我的娘子不是这样的人。”燕青劝道：“主人你脑后又没长眼，怎么能知道背后的情况？你平时只顾勤练武艺，不亲女色，娘子才和李固混在了

一起。现在两人合伙告了你的状，做了夫妻，主人你要是回去，一定会遭到毒手。”卢俊义已是气晕了头，哪里分辨得出燕青的好坏，大怒说：“我家五代在北京住，哪个人不认识我？谅李固有几颗头，敢做出这样的事？莫不是你做出什么丑事来，反而来诬陷李固和我的娘子！等我回到家中问个真实，再来和你算账！”燕青痛哭，拜倒地下，拖住主人衣服，不肯让他进城。卢俊义只是不听，一脚踢倒燕青，大踏步便入城去了。

各位读者，这事放在一般人，纵使不信燕青，也总要提防一下，只合遇着了卢俊义，一味心高，识人能力又差，袒护自己的妻子，燕青虽是他的心腹，他却只当燕青是个下人，是个小生，全然不肯相信，不辨忠奸，真是可叹。

卢俊义进得城去，赶回家中，果然被妻子和李固出卖，二三百个做公的抢将入来将他缚住，送往官府梁中书处，屈打成招，定了死罪，后来还是多亏燕青暗里照顾，逃得一死，又蒙送信梁山，众好汉大闹北京城鼎力相救，才得以脱险，最后归了梁山。

燕青同卢俊义上了梁山，打东昌，聚大义，败高逑，受招安，破大辽，征田虎、王庆、方腊，一时轰轰烈烈。然而否极泰来，乐极生悲。且说捉方腊后，梁山伤亡大半，一百零八将，只剩燕青等三十六人幸存，从帮源洞出发，经睦州，杭州，返回京城而来。这三十六人的命运，从此竟各不相同。

在睦州，朱富、穆春前往探望病在杭州的张横、穆弘等六人，八人先后得病死了六个，最后只有杨林、穆春活着回到睦州。在杭州，不愿为官的鲁智深在六和寺听潮圆寂，残疾的武松不愿赴京，将身边金银都捐给六和寺，出家做了和尚。当起程回京

的时候，林冲患上风瘫，留在六和寺由武松陪护，杨雄发背疮而死，时迁感搅肠痧而死，丹徒县又送达文书来，报告杨志也死了。一时间悲悲切切，好不凄凉。燕青随军而行，眼见得这般不幸，这时便生了退隐的念头。

这一天，大军离开杭州，向京师进发，燕青便私自来找卢俊义，透露自己的想法。燕青说："主人啊，我自幼便跟随你，蒙恩感德，一言难尽。现在大事已毕，我还想跟随你一起，我们不如一同辞官归隐去，你看怎么样？"原来燕青看出朝廷险恶，因此来劝卢俊义。但卢俊义哪里肯归隐，反对燕青说："自从梁山泊归顺朝廷以来，俺弟兄们保家卫国，死伤殆尽，我一家二人侥幸保得性命。正要衣锦还乡，图个封妻荫子，才是个好结果，你这一去，岂不就没了结果？"燕青见卢俊义不悟，点化他说："主人你这话说得不对。燕青我辞官一去，正是个好结果，主人你若去了朝廷，恐怕得不到好结果。"卢俊义听出弦外之音，便说："燕青，我对朝廷忠心耿耿，无一丝二心，有什么不好的结果？"燕青说："主人难道没听说过，韩信立下十大功劳，却只落得未央宫里被斩首？彭越最后被剁为肉酱，英布死于弓弦药酒。"卢俊义反驳说："我听说韩信被杀是因为在三齐擅自称王造反；彭越是因为据守大梁不朝高祖才惹来杀身之祸；英布在九江造反，要谋汉帝江山，才被汉高帝骗到云梦，令吕后斩之。我没有像他们那样的高位，对朝廷构不成威胁，又没有犯什么罪，我有什么祸事？"燕青说："主人你要仔细想一想，现在不走，祸到临头就难走了！到时后悔就迟了！我本想也要去辞别宋江的，但他是个重义气的人，知道了一定不肯放我走，因此现在就只向主人你辞别了。"卢俊义问燕青："你离开我后，到哪里去？"燕青推说："不会走远，就在你身前身后。"卢俊义笑说："原来这样。我还道你要去哪里。"

燕青知道劝不动卢俊义，纳头拜了八拜，当夜收拾了一担金珠宝贝挑着，自个走了。

次日早晨，宋江收到了燕青留下的字条，上面写着："辱弟燕青百拜恳告先锋主将麾下：自蒙收录，多感厚恩，效死干功，补报难尽。今自思命薄身微，不堪国家任用，情愿退居山野，为一闲人。本待拜辞，恐主将义气深重，不肯轻放，连夜潜去。今留口号四句拜辞，望乞主帅恕罪：情愿自将官诰纳，不求富贵不求荣。身边自有君王赦，淡饭黄齑过此生。"

燕青遁去后，混江龙李俊效法燕青，假装得病，留下童威、童猛看护，三人伙同费保等四人，在榆柳庄上商定，尽将家私打造船只，从太仓港乘驾出海，投奔国外去了，后来成为暹罗国的主人，童威、费保等都做了外国的官职。此后，又有神

行太保戴宗效法燕青，辞官去到泰安州岳庙里陪堂出家，数月后大笑而终。又有阮小七被夺了官职，复为庶民，依旧打鱼为生，奉养老母，后来活到六十岁才死。小旋风柴进亦效法，辞去官职，求闲为农，回沧州横海郡做了农民，自在过活，无疾而终。李应赴任半年后，也来效法，推称风瘫，还故乡独龙冈村中过活，后与杜兴一处作富豪，俱得善终。只有关胜、呼延灼、朱仝几人原本为官，后来仍然做官。其他曾朝京的偏将一十五员：除宋清还乡为农外，杜兴跟随李应还乡去了。黄信仍任青州。孙立带着兄弟孙新、顾大嫂并妻小，回登州做了小官。邹润不愿为官，回登云山去了。蔡庆跟随关胜，仍回北京做了小民。裴宣与杨林商议，回饮马川，也挂职求闲了，蒋敬思念故乡，回潭州做了小民。朱武教樊瑞道法，两个做了全真先生，云游江湖，去投公孙胜出家了。穆春自回揭阳镇乡中，重新做了良民。凌振仍在火药局做炮手。旧在京师的五员偏将：安道全回京在太医院做了金紫医官；皇甫端做了御马监大使；金大坚在内府御宝监做官；萧让在蔡太师府中受职，做了门馆先生；乐和在驸马王都尉府中供职，终生快乐。一群洒脱的英雄，除原本为官的还做官外，其他多效仿燕青，赋闲辞官，都得了好下场。

这卢俊义，不听从燕青的劝导，带了数个随行伴当，到庐州上任。宋江则前往楚州赴任。当时朝廷，正被蔡京、童贯、高俅、杨戬四个奸臣把持着。高俅、杨戬等见天子重礼厚赐宋江等人，心内很不高兴，便生奸计，要害宋江。两人商定，先收买庐州的官吏，叫他们状告卢俊义谋反，等皇帝宣卢俊义觐见时，便向御赐食物中投放水银，令卢俊义先死，然后再用同样方法毒杀宋江。两个奸臣计毒议定后，便依计行事，可怜河北玉麒麟，进御膳后不久便不得动弹，坠入水中做了屈死鬼！卢俊义死后，蔡京等四个便无忌惮，依计毒杀了宋江，宋江却讲忠义，临死前又毒死了李逵，花荣、吴用两人见死了宋江，便在宋江坟前自杀了。可怜这几个梁山好汉，都没有得到好下场。

梁山众英雄中，以卢俊义、宋江等五个不得善终。如果当初卢俊义听了燕青的劝告，就不会惨死，宋江等人又或者是另一个下场了。自古朝廷多险恶，更何况是对屡建大功的招安之人。卢俊义心高气傲，燕青三番劝良言，他终于没有听进一句，实在可惜！

燕青在梁山中，他的出场也不见得阔绰，他的为人也不见得犀利，他的言语也不见得张扬，他的诸般技艺，也不见得不能学得一二，但是他见事深远，明微知著，常在人意料之外；举止谐俗，言谈亲切，又自藏有一段风云，更加难能的是他的知进知退，能急流勇退，真不愧为一能识时务的奇男子。

燕青打擂

自从燕青陪李逵闹了忠义堂，负荆请罪，救人赎罪之后，一直闲来无事。不觉时光迅速，春天来临。渐渐鹅黄着柳，鸭绿生波。桃腮乱簇红英，杏脸微开绛蕊。山前花，山后树，俱发萌芽；洲上萍，水中芦，都回生意。谷雨初晴，可是丽人天气；禁烟才过，正当三月韶华。有一天，关下抓到一伙人和七八箱东西，一审问，才知道这伙彪形大汉都是从凤翔府赶来，上泰安州泰山去烧香献艺就着看擂台赛的。原来每年三月二十八日是泰山天齐仁圣帝的诞辰之日，为了庆贺，当地举行隆重的庙会活动，庙会上又设摔跤相扑的擂台赛，一连三天，凡天下往来的人都可去打擂，冠军有极丰厚的奖品。今年刚好有个相扑好手，是太原府人，姓任，名原，身长一丈，自称擎天柱，口出大言，说相扑世间无对手，争跤天下他为魁。前两年曾在庙上参赛，没有对手，冠军奖品都被他一个人拿走了。今年又招贴榜文，要单挑天下相扑的好手。所以这伙人因为这个要去那泰山，一来烧香；二来去看任原的本事；三来也想偷学他几招。梁山向来不抢往来烧香的人，赶紧把这伙人给放了。

梁山上善摔跤的只有两个人，一个是没面目焦挺，一个是浪子燕青。那没面目焦挺已是过来人，自然不去争这个名头。这燕青，摔跤正是好手，此前摔跤没遇见过对手，像李逵这样的莽大汉也被他摔得一愣一愣的，心里怕他，虽是三十六星之末，却机巧心灵，多见广识，了身达命，强似那三十五个，此时正方少年，年轻气盛，这时听了，如何不心动。只见燕青起身禀告宋江说："小乙自幼跟着卢员外学得这身相扑，江湖上不曾逢着对手。今日有幸遇此机会，三月二十八日又近了，小乙不需要带一人，就自己一人去打擂，好歹也要和那任原较量一番。若是输了被他打死，不怨别人；倘如果侥幸赢了，也为梁山增光添彩。只求哥哥一件事，打完擂后如果发生什么事，还请哥哥派人来救应。"宋江说："贤弟，听说那人身高一丈，貌若金刚，有千百斤气力。你这般瘦小身材，纵有本事，怎么近得了他的身？"燕青说："不怕他身材高大，只怕他不着圈套。常言说：'相扑的有力使力，无力斗智。'不是我燕青夸口，临机应变，处景生情，我不会输给那呆汉的。"卢俊义便说："我这小乙，自小苦练，学成一身好相扑。就随他心意，叫他去。到时候，卢某自去接他回来。"宋江问："什么时候动身？"燕青答说："今天是三月二十四号了，明天拜辞哥哥下山，路上歇一晚，二十六号赶到庙上，二十七号去那里先探探情况，二十八号就可以上台打擂了。"

当天无事。第二天，宋江摆酒给燕青送行。众人看燕青时，穿得像个村夫，将

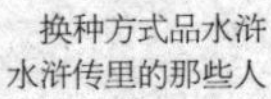

燕青智扑擎天柱

一身花绣文身包裹得不见，扮作一个山东货郎，腰里插着一把串鼓儿，挑着一条高肩的杂货担子。大家看了都笑。宋江说：“你既然装作货郎担儿，就唱个山东货郎转调歌给我们听听。”燕青一手捻串鼓，一手打板，唱起一出货郎太平歌，与山东人唱的不差分毫。众人又好笑又佩服。酒至半酣，燕青辞了大家下山，过金沙滩，往泰安州而去。当天晚上，燕青正要寻店住宿，只听到背后有人叫道：“燕小乙哥，等我一等！”燕青歇下担子看时，却是黑旋风李逵。燕青说：“你赶来干什么？”李逵说：“你伴我去荆门镇走过两趟，我见你独自一个人，放心不下，没对哥哥说，偷偷下山来，特来帮你。”燕青心里感激李逵好心，却又怕李逵爱闹事，说：“我这里用不上你帮忙，你赶快回去吧。”李逵听了，生起气来，说：“就你是个了不得的好汉！我好意来帮你，你却不领情！我偏要去！”燕青知道李逵脾气，也怕破坏了兄弟的情感，只好答应了李逵，和李逵约法三章说：“你去可以。那天是圣帝的生日，四山五岳的人聚会，认得你的人多。你须依我三件事，我就和你一同去。第一件，从今以后路上我和你一前一后各自走，一到客店里，进了店门，你就不要出来。第二件，到了庙上的客店里，你就装病，用被条包了头脸，假装睡觉，不要大吵大嚷。第三件，到时候我上台打擂，你挨在台下人多的地方看了，不要大惊小怪，不要惹事。大哥，依得么？”李逵要陪燕青，一一答应了。当晚两个人投客店安歇了。

第二天两人五更起来，付了房钱，同到前面吃了饭。燕青说：“李大哥，你先走半里，我随后来也。”把李逵支开，自己却按江湖规矩，去先揭榜劈匾，向任原挑战。燕青一路走，一路观察，那条路上，只见烧香的人来往不绝，纷纷讲说任原的本事，两年来泰岳无对手，今年又是第三年了。燕青听了，放在心里。来到庙前，一群人都站在那里围观。燕青歇下担子，分开人丛，也挨向前看，只见树着两条红标柱，就像街道口的牌额一样，上面立着一面粉牌，写着：“太原相扑擎天柱任原。”旁边两行小字说：“拳打南山猛虎，脚踢北海苍龙。”燕青看了，上前用扁担将牌打得粉碎，也不说什么，再挑了担儿望庙上去了。围观的众人，多有好事的，飞报任原说，今年有了劈牌放对的。

燕青按江湖规矩砸了匾，回头会合了李逵，便来找客店住宿。庙上实在太热闹，不算一百二十行经商买卖，光客店也有一千四五百家，延接天下的香官。许多客店都歇满了。燕青、李逵在集市尾找到一所客店住下。燕青取了一床夹被，教李逵先睡。店小二来问道：“大哥是山东货郎，来赶庙会，要住宿，房钱可不低？”燕青打着乡谈说道：“你好小瞧人！一间小房，要多少钱？顶多一间大房的钱吧！别处没处去了，别人出多少房钱，我也出多少付你。”店小二说：“大哥不要怪罪，正是住宿紧

张的时候，房价贵，先说明白最好。”燕青说：“我本来是做买卖，哪里住倒没什么关系，不想路上碰见了这个老家的亲戚，正患气喘病，所以来你店里歇。我先给你五贯铜钱，你帮我安排些茶饭，走的时候再一起酬谢你。”小二哥接了铜钱，去门前安排茶饭。

没过多久，只听得店门外热闹。二三十条大汉走进店来，问店小二道：“劈牌放对的好汉在哪房里安歇？”店小二说：“我这里没有。”那伙人说：“大家都说来你店里了。”店小二哥说：“我这里只有两间房，空着一间，一间是一个山东货郎，扶着一个病汉租住了。”那一伙人喊道：“就是那个货郎儿劈牌放对的。”店小二说：“不要开玩笑！那货郎儿是一个小小后生，有什么能耐！”那伙人都要店小二带他们去看一看。店小二指道：“那角落头的房里就是。”大家都上前围看，只见紧闭着房门；又都去窗子眼里张望，见里面床上两个人脚抵脚睡着。众人迷惑不解，其中一个说：“既然是敢来劈牌的人，都不一般。一定是怕人算计他们，所以在那里假装害病。”众人说：“一定是了。都不要猜，到时候自然就清楚了。”不到黄昏前后，店里就来了三二十伙打听围观的，说得店小二口唇都破了。当晚搬饭给两人吃，只见李逵从被窝里钻出头来，小二哥见了大吃一惊，叫道：“啊呀！这个才是争跤的爷爷了！”燕青说：“争跤的不是他，他病患在身。我就是径来争跤的。”小二哥不相信，说：“你不要瞒我，你这样瘦小，怎么打擂，我看任原能把你吞了。”燕青说：“不要笑我，我自有办法让你们大笑一场，赢了奖品回来再赏你。”小二哥安排完晚饭，自行去了，心里只是不信。

第二天，燕青叫李逵在家关门高睡，自己出去打探情况。燕青随众人，来到岱岳庙里，游玩了一遭，就问那烧香的：“这相扑任教师在哪里歇？”有好事的人告诉他：“在迎恩桥下那个大客店里。二三百个徒弟跟着他哩。”燕青听了，径来迎恩桥下探听虚实。只见桥边栏杆子上坐着二三十个相扑的子弟，面前插满铺金的旗牌，锦绣的帐额和齐身的靠背。燕青闪入客店里去探看，看见任原坐在亭心上，长得就像是一座金刚：袒开胸脯，有着打虎的威风；侧坐胡床，有霸王拔山的气势。正在那看徒弟相扑。其中有人认得燕青是劈牌的，暗暗报到任原那里。只见任原跳起来，扇着膀子，口里说道：“今年哪个找死的，来我手里纳命。”燕青连忙低了头，出店门，里面的人以为燕青胆小，哄堂大笑，遂不把他放在眼里。燕青回到自己的住处，和李逵一同吃了饭，李逵抱怨，整天睡觉，憋死他了，燕青说：“再住今天一晚，明天就见胜负。”都去歇息了。

两人睡到三更前后，只听得一片鼓乐响，庙上众香官开始给圣帝拜寿了。四更

前后，燕青、李逵起来，问店小二先要水洗了脸，梳了头。燕青脱去里面的袄子，下面绑牢绷腿护膝，扎起熟绢水裤，穿上多耳麻鞋，上穿汗衫，系了腰带。两个吃完早饭，吩咐小二说："房中的行李，帮我照管好。"店小二应道："不会丢失，早早得胜回来。"小客店里已聚集了三二十个烧香的，都劝燕青说："后生，你好好考虑一下，不要枉送了性命。"燕青说："谢了，到时候我赢了，你们多多喝彩，帮我去抬奖品。"一些人就先去了。李逵说："我带了这两把板斧去也好。"燕青连忙阻拦说："这个却使不得。让人看破，误了大事。"两个人怕被人认出，夹杂在人丛里，先去庙里擂台下等候。那天烧香的人，真是摩肩接踵，把偌大一个东岳庙，都挤得满满的。屋脊梁上到处都是看的人。擂台就摆在嘉宁殿对面，是一个大的山棚，棚子上堆满金银器皿，锦绣缎匹。门外拴着五头骏马，全副鞍辔。知州官在那里维持秩序。相扑之前，先要行礼拜圣，一个年老的法师拿着竹批，上献台，参拜天神。行礼完毕，就请今年相扑的对手出台。说未说完，只见人如潮涌，十数对汉子举着棍棒先行走来，前面列着四把绣旗。那任原坐在轿上，轿前轿后三二十对花胳膊的好汉，前呼后拥，来到台前。举持官请任原下轿来，问候了几句。任原道："我两年来岱岳，都夺了冠军，赢了奖品。今年还要再赢。"说罢，只见一个拿水桶的上来。任原的徒弟，都在台边四周密密地站着。任原先解了腰带，除了帽子，套着蜀锦袄子，喝了一声参神，便喷了两口神水，脱下棉袄，只见他头绾一窝穿心红角子，腰系一条绛罗翠袖。三串带儿拴十二个玉蝴蝶牙子扣儿，主腰上排数对金鸳鸯踅褶衬衣。护膝中有铜裆铜裤，缴臁内有铁片铁环。扎腕牢拴，踢鞋紧系。百十万人一齐喝彩，都惊叹他是世间架海擎天柱，岳下降魔斩将人。那举持官说："教师两年在庙上没有对手，今年是第三次了，教师有什么话，要对四海来的香客说？"任原说："四百座军州，七千余县治，列位香客都恭敬圣帝，献来这些奖品，任原前两年都赢了。今年再赢了这回，辞了圣帝还乡，再也不上山来和大家争了。东至日出，西至日没，两轮日月，一合乾坤，南及南蛮，北济幽燕，哪个有胆敢出来和我争这奖品？"

说未说完，燕青捺开两边人的肩臂，口中叫道："有，有！"从人背上直飞抢到擂台上来。众人齐发声喊。那举持官便过来问燕青："汉子，你姓什么叫什么？籍贯在哪里？你从哪里来？"燕青不敢说实话，说："我是山东张货郎，特地来和他争夺奖品。"那举持官见燕青短小，倒同情他，提醒他说："汉子，这可是人命关天的事，你明白不？你有保人没有？"燕青说："我就是保人，死了不要人偿命。"举持官说："你且脱下衣服来大家瞧瞧。"燕青除了头巾，头上光光的梳着两个角儿，脱下草鞋，赤了双脚，蹲在擂台一边，解下腿绷护膝，跳将起来，把布衫脱了

下来，吐个架子，只见庙里的看客如搅海翻江一样鼓掌喝彩，众人都看得呆了。任原看了燕青这身肌肉，劲健光彩，满身刺绣，艳丽非凡，心里才开始有些害怕。殿门外月台上，本州的太守坐在那里弹压秩序，七八十对公差环立四周。燕青先下擂台，来见太守。太守见了他这身花绣，就像玉亭柱上铺着软翠，心中大喜，问道："汉子，你是哪里人？到这里来干什么？"燕青说："小人姓张，排行第一，山东莱州人。听说任原小看天下相扑的人，特地来和他较量。"知州说："你别上台打擂了，前面那匹全副鞍马，是我出的奖品，送给任原。山棚上的其他奖品，我叫分一半给你。你们两个分了。你以后到我身边来做事吧。"燕青说："相公，这奖品倒不要紧，我来是要打败任原，图一个高兴，教天下人喝彩的。"知州说："他是一个金刚般的一条大汉，你怎么近得了他的身！"燕青说："死而无怨。"知州暗叫可惜，不再阻拦。燕青再上擂台来，要与任原较量。举持官问他先要了文书，从怀中取出相扑的规矩，读了一遍，对燕青道："你知道没？不许暗算。"燕青冷笑说："他身上早有准备，我身上单单只穿了这身衣服，怎么能暗算他？"知州又叫举持官来，吩咐说："这般一个好汉子，俊俏的年轻人，打伤了可惜！你去叫别人顶他参赛了吧。"举持官随即来擂台上，又对燕青说："汉子，你留了性命还乡去罢，我叫别人来顶你这场比赛。"燕青说："你好没道理！你怎么知道我是赢还是输？就叫我走?"众人听了，都起哄起来。只见数万香官，两边排得像鱼鳞一般，廊庑屋脊上也都坐得满满的，每个人都生怕别人遮着了自己。任原此时，恨不得一跤把燕青丢去九霄云外，跌死了他。举持官不再劝说。宣布说："既然你们两个要相扑，今年就你俩比赛，都要遵守比赛规矩，准备吧。"

一会儿，擂台上只剩三个人。两个选手和一个裁判。此时宿露尽收，旭日初起。举持官裁判拿着竹批，两边吩咐完毕，叫声："看扑！"较量便开始了。这个相扑，一来一往，最强调动作快速准确。说时迟，那时快，正如空中星移电掣一般，双方哪边的动作慢一点，就输了。只见燕青稳稳蹲在右边，任原先在左边立个门户，来缠燕青，燕青丝毫不动。刚开始是两人站在擂台两边，这时候两人都已来到中间。任原见燕青不动弹，又从右边逼过来，燕青双眼只盯着任原的下三面。任原暗想道："这人一定来算计我的下三面。你看我不消动手，一脚把他踢下台去。"任原向燕青逼过来，却虚将左脚卖个破绽。燕青叫一声："不要骗我！"任原正要踢他，燕青却早从任原左胁下穿将过去。任原性起，急转身又来拿燕青，燕青又虚跃一跃，又从他右胁下钻过去。任原个大，转身终是不便，三换换得脚步乱了。燕青却抢将进去，用右手扭住任原，探左手插入任原裤裆，用肩胛顶住他的胸脯，把任原直托将起来，头重

脚轻，借力就旋了四五个旋，旋到擂台边，叫一声：“下去！”把任原头朝下，脚朝上，直摔下擂台来。这一扑，叫做鹁鸽旋。数万的香官看了，齐声喝彩。

那任原的徒弟们见摔翻了师父，先把山棚拽倒，都来乱抢奖品，众人喝打时，那二三十徒弟奔上擂台来，知州哪里维持得住。不想旁边惹恼了这个太岁，原来黑旋风李逵在人群中看见了，睁圆怪眼，倒竖虎须，面前别无器械，便把一根杉树柱子，挽葱般拔断，拿两条杉木在手，直打开来。香客中有认得李逵的，叫出名姓来。外面做公的差人一齐进庙里大喊：“不要让梁山泊黑旋风跑了！”那知府听了这话，吓得三魂不见七魄，从后殿一溜烟逃跑了。四下里的人潮翻涌，庙里香官各处奔走。李逵看任原时，已跌得昏晕，倒在擂台边，口内只有些游气。李逵揭块石板，把任原的头打得粉碎。方才解气，和燕青并肩从庙里打将出来。门外来了弓箭手乱射，燕青、李逵只好爬上屋去，揭瓦乱打。

过不多时，只听到庙门前喊声大举，有人杀将进来。当头一个，正是北京玉麒麟卢俊义。后面带着史进、穆弘、鲁智深、武松、解珍、解宝七个好汉，引一千余人，杀开庙门，进来接应燕青、李逵二人。燕青、李逵见了，便从屋上跳下来，跟着大队便跑。李逵跑回客店里拿了双斧，赶来厮杀。等这府里点齐官军来追时，燕青等早逃得远了。官兵都知道梁山泊人众难敌，不敢来追赶。

燕青打擂，以小战大，一举赢了天下闻名的摔跤手任原，那一天正好有天下上万的香客亲眼目睹了这一壮观场面。燕青的英名，遂一日而传遍天下。也因此而带得梁山泊声威大振，任何人也不敢小视。你想，一个年纪轻轻的后生都能不费吹灰之力赢那天下闻名的相扑手，那梁山泊该是何等藏龙卧虎之地啊！

燕青朝天

梁山泊连续两次招安，都没有成功。最后招安成功，完全是燕青的功劳。

梁山泊好汉，水战三败高俅，把高俅等人都捉上山去。宋江不肯杀害，将高俅等人放还。勒令高俅回京转告天子梁山招安的诚意，并让萧让、乐和陪高俅前往京师，听候招安的消息，只留下参谋闻焕章在梁山泊里等候。那高俅是个口是心非的人，在梁山泊里，亲口说他回到朝廷，一定亲自引萧让面见天子，力奏保举，火速派人前来招安。回到京城之后，面见天子，哪去说招安之事，只说天气炎热，故而收兵，回来却把乐和、萧让两人软禁了起来。

高俅去后，吴用早看出高俅的心思。和宋江一合计，决定派两个头脑灵活的

人，拿钱去京师疏通关节，一边打探消息，一边争取能够接触皇帝，把招安之事报告给皇帝，揭穿高太尉的嘴脸。燕青去年就和宋江一起去京城见过李师师，事实上是梁山最得力的外交人才，便起身说："去年闹了东京，是小弟去活动李师师的。这一闹东京，她对我们的身份一定已猜中了个七八分。不过，她是天子心爱的人，官兵不敢怀疑她。如果天子问到，她一定会搪塞说：'梁山泊知道陛下私行到此，故来闹事。'现在小弟可以多带些金银去她那里活动，争取让她把实情告诉天子。枕头上的关节最快。小弟可长可短，见机行事。"宋江等听了大喜。就叫戴宗帮燕青作伴一起去。那神机军师朱武又上前建议说："兄长我昔日打华州时，曾经对宿太尉有恩，此人是个好心的人。你可去找他，在天子面前帮忙说些好话，也是一条路。"宋江想起九天玄女对他说的"遇宿重重喜"，于是让闻焕章写了一封言辞诚恳的求助书信，让燕青带上，好相机行事。那闻焕章乃宿太尉的同窗好友，说那太尉和圣上寸步不离，又极是仁慈宽厚，待人接物，一团和气，此事必然能成。戴宗、燕青收拾金银珠宝两大笼子，随身藏了书信。带了开封府的印作公文，扮作两个公人，辞别梁山，往东京而来。

两个人日夜赶路，这一天，来到东京城外。两人不敢走正门，弯路转到万寿门。把门军拦住他俩，要查明身份。燕青放下笼子，打着官腔说："你拦我干什么？"把门的军人说："殿帅府有命令，要防梁山泊的贼众蒙混进城，所以要严守各门，但见有外乡客人进出，要好好盘问。"燕青笑说："你是个敷衍了事的公人，拦着自家人只管盘问。我们两个从小在开封府办事，这城门不知进出了几万回，你还要来盘问，

梁山泊人，你却眼睁睁地把他们都放过去了。”便从身边取出假公文，劈面丢过去说：“你看，这是不是开封府公文？”那监门官听完，喝道：“既是开封府公文，还抓问不放干什么？放他进去！”燕青一把抓了公文，揣在怀里，挑起笼子就走。戴宗也冷笑了一声。两人轻松混进城来。

两个来到开封府旁，找了个客店安歇。第二天，燕青让戴宗待在家里，自己去李师师家。燕青系了腰带，歪戴了头巾，扮作一个时髦小青年的样子，带了一包金银，出了门。燕青直奔李师师家来。到了门前看时，曲槛雕栏，绿窗朱户，比先前修得更好了。燕青揭起斑竹帘子，从侧边转了进去。早闻得异香馥郁。来到客位前，只见四周悬挂着名贤书画，阶檐下放着二三十盆怪石苍松，坐榻尽是雕花香楠木做成，小床坐褥上则铺满锦绣。燕青微微咳嗽了一声，丫环出来见了，便报老鸨，老鸨出来，看见是燕青，吃了一惊，问道：“你怎么又到了这里？”燕青说：“请娘子出来，我有话要对她说。”李妈妈说：“你上次连累我家，还打坏了房子。这次又有什么要讲，跟我说。”燕青说：“我要亲自对娘子说。”李师师在窗后听了多时，走了出来。燕青看时，只见她容貌似海棠滋晓露，腰肢如杨柳袅东风。浑如阆苑琼姬，绝胜桂宫仙姊，比前次又别是一番风韵。

李师师轻移莲步，款款湘裙，走到客厅里来。燕青起身，把那包银子放在桌上，先拜了老鸨四拜，后拜了李师师两拜。李师师谦让说：“免礼！俺年纪小，难以受拜。”燕青拜完，起身说：“上次惊吓了你，小人一直不能安心。”李师师说：“你不要瞒我，你当初说是张闲，那两个是山东客人。不料却来闹事，不是我巧言骗过官家，换了别的人，你们岂不要满门遭祸！那位客官留下的词中有两句是：‘六六雁行连八九，只等金鸡消息。’我当时便有怀疑，正待要问，谁想天子驾到。后边又闹事了，没机会问。今天还好你来了，快说说是怎么回事。你不要隐瞒，实话对我说。若不实说，决不饶你！”燕青说：“小人实话说了，花魁娘子不要吃惊。上次来的那个黑矮身材，领头坐的，就是呼保义宋江；第二位坐的白俊面皮、三牙髭须那个人，他是柴世宗嫡派子孙小旋风柴进；那个公差打扮，站在面前的，就是神行太保戴宗；在门前和杨太尉厮打的那个，就是黑旋风李逵；小人是北京大名府人，人都叫我做浪子燕青。当初我哥哥来东京求见娘子，叫我小人改名张闲，来你这里联系。我哥哥要见尊颜，不是要买笑迎欢，只是听说当今天子最爱娘子，所以来向娘子求情，指望将我等替天行道、保国安民的心愿传达给天子听，国家早早招安了我们，免得天下生灵受苦。要是娘子答应，那么娘子就是梁山泊数万人的恩人！如今奸臣当道，谗佞专权闭塞贤路，下情不能上达。因此上来寻这条门路，没想到惊吓了娘子。今我哥哥没什么

相送的，只有这一点礼物，万望笑纳。”燕青说完，打开包裹，满桌上都是金珠宝贝器皿。那老鸨最爱的是财，一见便喜，忙叫奶妈收起来；便请燕青进里面小阁儿内坐，安排细食茶果，殷勤相待。原来这几天，皇帝常常来李师师家，因此上公子王孙，富豪子弟，都不敢来她家，所以家里颇为清闲。

李师师亲自款待燕青。燕青说：“我是个该死的人，怎么敢和花魁娘子对坐？”李师师说：“不要这样说！你这一班义士，我也久闻大名。你们只是没遇上好人帮忙说话，因此屈尊待在水泊里。”燕青说：“上次陈太尉来招安，诏书上毫无抚恤的话，又换了御酒，所以没成。第二次招安，招安官又故意歪曲诏书，把诏书改成：‘除宋江，卢俊义等大小人众所犯过恶，并与赦免。’因此又不曾归顺。童枢密引官军来，只两阵就杀得他片甲不归。后来高太尉征用天下民夫，造船来犯，只三阵，又杀得他人马折其大半。高太尉被俺哥哥活捉上山，哥哥不肯杀他，好心款待，送回京师，生擒人马，全都放还。他在梁山泊发誓说回朝廷，奏过天子，便来招安。因此带了梁山泊两个人来，一个是秀才萧让，一个是能唱乐和，却把这两人软禁在家里，不放他们出来。那损兵折将和招安的事，必然是瞒着天子不报的了。”李师师说：“这等破耗钱粮、损折兵将的事，他如何敢奏？你们的情况我都知道了。且喝几杯酒，再做商议。”燕青说：“小人天性不善喝酒。”李师师说：“路途遥远，好不容易才来一趟，喝几杯。”燕青挡不住，只好陪着李师师喝几杯。原来这李师师是个风尘妓女，水性的人，见了燕青一表人才，能言会道，口齿伶俐，心里爱慕。酒席之间，说些殷勤的话。数杯酒后，就拿话语来挑逗燕青。燕青是个百伶百俐的人，怎么会听不出她话里有话？只是他却是条好汉，怕误了梁山的大事，不敢过分应承。李师师说：“早听说哥哥吹拉弹唱无一不精，不知能否听得一曲。”燕青回答说：“小人倒学了些技艺，只是怎敢在娘子面前卖弄？”李师师说：“我先吹一曲，叫哥哥听！”就唤丫鬟从锦袋内取出箫来。李师师接着，口中轻轻吹动，却吹出一片穿云裂石之声。燕青听了，喝彩不已。李师师吹了一曲，递过箫来，对燕青说：“哥哥也吹一曲给我听听！”燕青要逗李师师高兴，只得使出本事来，接过箫，呜呜咽咽地吹了一曲。那李师师听了，不住声地喝彩说：“哥哥原来吹得这般好箫！”李师师取过阮来，拨个小小的曲儿，教燕青听。果然是玉凤齐鸣，黄莺对啭，余韵悠扬。燕青拜谢说：“我也唱个曲儿，附和娘子。”于是清清嗓子就唱了起来，真的是声清韵美，字正腔真。唱完，李师师又执盏举杯，对燕青回酒谢唱。口儿里悠悠地放出些妖娆声嗽，来逗燕青。燕青紧紧的低了头，不敢多话。数杯之后，李师师笑说：“听说哥哥有一身好文身，能不能让我看看？”燕青笑说：“小人身上虽有些文身，只是怎么敢在娘子面前

赤身裸体？”李师师说：“文身也可让人欣赏，怎么能说是赤身裸体呢！”那李师师执意要看。燕青只得脱下衣服来让他看。李师师看了，更是爱慕。把尖尖玉手，就来摸燕青的身体。燕青慌忙穿了衣裳。

李师师再来向燕青劝酒，又用言语来挑逗。燕青怕她动手动脚，到时难以拒绝，心生一计，便问：“娘子今年贵庚多少？”李师师回答说：“师师今年二十有七。”燕青说道：“小人今年二十有五，却小两年。娘子既然喜欢燕青，燕青愿拜娘子为姐姐！”说完便起身，伏身拜了八拜。好燕青，为怕坏了梁山的大事，心如铁石，才想了这么一个办法。若是换做第二个，早就陷在酒色之中了。这八拜拜住了那妇人的一点邪心，李师师见燕青十分坚定，也不好再强求，顺水推舟做了个姐姐。那燕青口甜，又请李妈妈来，认了干娘。燕青要告辞，那李师师说：“小哥就住在我家里吧，不要去店里歇了。”燕青说：“姐姐要是高兴，我这就回店去取了东西过来。”李师师说：“不要教我这里空等。”燕青说：“我就去就回。”暂别了李师师，回到客店中。

燕青回到客店，把情况都和戴宗说了。戴宗说：“好是好！只怕兄弟心猿意马，到时把持不住。”燕青说：“大丈夫处世，若为酒色而忘本，与禽兽何异？燕青但有此心，死于万剑之下！”戴宗笑说：“你我都是好汉，何必要发誓！”燕青说：“我不发誓！兄长不信我。”戴宗说：“你速去找机会早办了事，赶快回来，不要教我久等。给宿太尉的书信，还要你去送。”燕青收拾一包零碎金珠细软，再回李师师家，将一半送给老鸨李妈妈，一半散给全家大小，全妓院没一个不高兴的。李师师就去客房侧边，收拾了一间房子，安排燕青安歇。全家大小，都叫燕青叔叔。

也是机缘凑巧，当夜有人来报，天子今晚要来。燕青听了。便去央求李师师道：“姐姐行个方便，今夜教小弟见了天子，求一纸御笔赦书，赦了小弟的罪行，我今生感谢姐姐的恩德！”李师师说：“今晚一教你见天子一面。你要是能让天子高兴，何愁没有赦书。”

天色向晚，月色朦胧，花香馥郁，兰麝芬芳，只见道君皇帝引着一个小太监，扮作白衣秀士，从地道里来到李师师家后门。到阁子里坐下，便教关了前后门，明晃晃地点起灯烛。李师师冠梳插带，整肃衣裳，前来接驾。说了一些话，天子说：“脱了厚艳正服，来侍候寡人。”李师师承旨，将天子迎入房中。房中已准备诸般果品肴馔。李师师便举杯来劝天子，天子大喜，叫：“爱卿近前，一块坐了！”李师师见天子龙颜大喜，向前奏道：“贱人有个姑舅兄弟，从小流落外方，今天才回来，从来没有见过圣上威严，想见圣上一面，我不敢擅自决定，请圣上定夺。”天子说：“既然

是你兄弟，便宣来见寡人，有何妨？”奶妈遂将燕青唤到房内，来见天子。燕青见了天子，伏身便拜。皇帝看见燕青一表人才，非常喜欢。李师师便叫燕青吹箫，服侍圣上喝酒。过了一会儿，又拨了一回阮。然后叫燕青唱曲。燕青再拜奏说：“我所记无非是淫词艳曲，如何敢服侍圣上？”皇帝说：“寡人私行妓馆，正想要听听艳曲消闷，你只管唱。”燕青借过象板，拜完天子，对李师师说：“音韵差错，望姐姐指教。”燕青清开喉咽，手拿象板，唱了一曲《渔家傲》。那歌词是：

“一别家乡音信杳，百种相思，肠断何时了！燕子不来花又老，一春瘦的腰儿小。薄幸郎君何日到？想是当初，莫要相逢好！着我好梦欲成还又觉，绿窗但觉莺声晓。”

燕青唱完，真乃是新莺乍啭，清韵悠扬。天子听了高兴，命燕青再唱一曲。燕青拜倒在地，奏说：“臣有一支《减字木兰花》，愿唱给天子听。”天子说：“好，寡人愿听！”燕青拜完，遂唱了一曲《减字木兰花》。那歌词是：

“听哀告，听哀告，贱躯流落谁知道，谁知道！极天罔地，罪恶难分颠倒！有人提出火坑中，肝胆常存忠孝，常存忠孝！有朝须把大恩人报。”

燕青唱罢，天子失色。便问：“卿何故唱此曲？”燕青大哭，拜在地下。天子心中疑惑，便说：“卿且诉胸中之事，寡人与你做主。”燕青奏道：臣有弥天大罪，不敢上奏！”天子说：“赦卿无罪，但奏不妨！”燕青奏说：“臣自幼漂泊江湖，流落山东，跟随客商，路经梁山泊，却被劫掳上山，一住三年。今年方才脱身逃命，逃回京师。虽然见得姐姐，却不敢上街行走。只害怕有人认出，报告给官府，到时官府派人来抓，这件事怎么说得清楚？”李师师便奏说：“我兄弟心中，藏着这头苦，望陛下帮他做主！”天子笑说：“此事容易，你是师师兄弟，谁敢捉拿你！”燕青以目送情给李师师。李师师向皇帝撒娇说：“我只要陛下亲写一道赦书，赦免我兄弟，我才放心。”天子说：“又无御宝在此，怎么写？”李师师又奏说：“陛下亲书御笔，强似那玉宝天符。可给我兄弟做一道护身符，也算是天子对贱人的恩宠。”天子被逼不过，只得命取纸笔。奶妈捧过文房四宝，燕青磨得墨浓，李师师递过紫毫象管，天子拂开花笺黄纸，问燕青道：“寡人忘卿姓氏？”燕青说：“男女唤做燕青。”天子便横内大书一行：“神霄玉府真主宣和羽士虚靖道君皇帝，特赦燕青本身一应无罪，诸司不许拿问。”写罢，下面押个御书花字。燕青再拜，叩头受命。李师师执盏举杯谢恩。

天子见燕青来自梁山泊，就问：“你在梁山泊，必知那里的情况。”燕青奏说：“宋江这伙人，旗上大书‘替天行道’，堂设‘忠义’为名，不敢侵占州府，不肯扰

害良民，单杀赃官污吏谗佞之人，他们都早望招安，愿替国家出力。”天子说：“寡人前番两次降诏招安，为什么他们抗拒，不来归降？”燕青说：“头一次招安，诏书上没有写抚恤招谕的话，更兼有人从中把御酒换作了村醪，所以变了事情。第二次招安，有人故意把诏书读破句读，要除宋江，暗中阻挠招安，所以又变了事情。童枢密引军到来，只交战两阵，就被杀得片甲不回。高太尉提督军马，又役天下民夫，修造战船征进，没有损失梁山泊一支箭。只交战三阵，便被杀的手脚无措，军马折了三成，自己亦被活捉上山。许了招安，方才放回，又带了山上二人来京，留下了闻参谋在那里做人质。”天子听完，感叹说：“寡人全不知道这些事情！童贯回京时奏说：‘军士不伏暑热，暂且收兵罢战。’高俅回京时奏说：‘病患不能征进，权且罢战回京。’”李师师说：“陛下虽然圣明，但身居九重之中，被奸臣闭塞了贤路，又有什么办法？”天子嗟叹不已。约到了夜深，燕青拿了赦书，叩头完毕，自去歇息了。天子与李师师也上床歇息了。

第二天一早，燕青起来，推说清早办事，回到客店里，把说过的话对戴宗一一说了。戴宗大喜。两人吃完饭便一同去送书信与宿太尉。来到太尉府，恰好遇见太尉从外回来，燕青叫戴宗在衙门前等他，自己却去那太尉轿前当街跪下，说：“小人有书札上呈太尉。”宿太尉请入里面见了。燕青交出书信，那书信写的是：

“侍生闻焕章沐手百拜奉书太尉恩相钧座前：贱子自髫年时出入门墙，已三十载矣。昨蒙高殿帅唤至军前，参谋大事。奈缘劝谏不从，忠言不听，三番败绩，言之甚羞。高太尉与贱子一同被掳，陷于缧绁。义士宋公明，宽裕仁慈，不忍加害。今高殿帅带领梁山萧让、乐和赴京，欲请招安，留贱子在此质当。万望恩相不惜齿牙，早晚于天子前题奏。速降招安之典，俾令义士宋公明等早得释罪获恩，建功立业。非特国家之幸甚！实天下之幸甚也！立功名于万古，见义勇于千年。救取贱子，实领再生之赐。拂楮拳拳，幸垂照察，不胜感激之至！

宣和四年春正月日，焕章再拜奉上。”

宿太尉看了书信，问了燕青来历，燕青又把宋江的礼物呈上，宿太尉收了珠宝礼物，心里已有帮梁山之意了。燕青告别，回见戴宗，两人才放下心来。便商量怎样救萧让、乐和。

这事却不难办。戴宗和燕青依旧扮作公人，去高太尉府前等候。等他府里有人出来，燕青便用金银前去贿赂他，推说乐和是他亲戚，叫那人安排他俩见上一面。那人得了银子，便引燕青到耳房里来见乐和。乐和便说高俅把他们软禁在后花园里，墙太高，梯子都被藏了，无计可出。燕青问明白那后花园靠墙有一行大柳树，便以咳嗽为

号，晚上夜深时从外面扔过两条绳索进去，萧让、乐和把绳索套在大柳树上，顺着绳索就逃出了高府。四个人出得城来，一溜烟回梁山了。

燕青告了御状，天子回去之后狠狠训斥了高俅等人，几个奸臣不敢再行阻挠招安之事；宿太尉又适时站了出来，说自己愿去招安。天子当即答应。宿太尉带人来梁山，诸事顺利，梁山顺利受了招安。

梁山能顺利被招安，大概要归功于两个因素：第一，梁山两次大败朝廷军队，为招安定下了基础；第二，燕青杰出的外交才能，巧妙地面呈天子上告了实情并请动了宿太尉做梁山的说客。所以，我们得记住，好的外交顶得上一支军队；同时，我们还得记住，弱者无外交。

燕青在招安事务中作出的杰出贡献让他成为了梁山举足轻重的人物。同时，他也巧施计策，赚取了皇帝的亲笔赦罪书，很好地保护了自己。所以作者会说：燕青与其他三十五个人不同。

燕青射雁

梁山英雄有两次著名的射雁，一次是花荣射雁，一次是燕青射雁。两次射雁刚好形成鲜明对照，花荣那次正是梁山英雄初聚，意气风发的时候；燕青这次却是梁山事业已至顶峰，梁山英雄开始一一谢幕的时候。燕青这次射雁气氛凝重，景况判然不同。

收复王庆之后，燕青随众军回京。路上孙安忽然患病暴死，孙安的同乡乔道清和马灵执意辞官回乡去了。宋江为此两事几天心里不高兴。这一天，大军行军来到一个叫秋林渡的地方。那秋林渡在宛州属下内乡县秋林山的南面，山中泉石佳丽，风景极好。又是初春季节，北雁南飞，景色极清。燕青这几天正在军中学习射箭，众人见燕青年小，因此都来指点相帮，燕青天赋也高，不几天就学得个七八分纯熟。此时正碰见天上大雁飞过，燕青见猎心起，便弯弓搭箭，朝那大雁射去。只见那箭快如闪电，直奔长空，倏地就射中一只大雁，大雁连箭带身，坠了下来。燕青也是颇感意外，一连试了几箭，却是箭箭中的。众人都大笑喝彩。那群大雁见同伴纷纷中箭，都高低乱飞，在空中哀鸣。

宋江此时正在马上遥看山景；仰观天上，见那空中数行寒雁，不依次序，高低乱飞，都有惊鸣之意。宋江见了，心里疑惑。又听到前军喝彩，便派人前去问缘由，飞马回报，原来是浪子燕青，初学弓箭，向空中射雁，箭箭不空。刚刚须臾之间，射

下十几只鸿雁来，因此诸将都惊讶不已。宋江听了，教唤燕青前来。燕青听到宋江召见，不知道为什么，忙弯弓插箭，背后马上捎带着几只死雁，飞马奔来。燕青来见了宋江，下马离鞍，站在一边。宋江便问："刚才是你射雁吗？"燕青回答说："小弟初学弓箭，见空中一群雁过，偶然射之，不想箭箭皆中。"宋江说："带军的人，学射弓箭，是打仗的需要，射得好是本事。但我想那鸿雁为了避寒，离开天山，衔芦过关，趁江南地暖，求食稻粱，初春方回。这些鸿雁是仁义的飞禽，有十几只一群的，有三五十只一群的，结伴而飞，却互相谦让，尊者在前，卑者在后。按次序飞行，不轻离队伍，晚上宿歇，也有报更的分工。更何况这些鸟一旦雄失其雌，雌失其雄，都至死不配，实为感人。这些鸟仁义礼智信，五常俱全：在空中遥见死雁，尽有哀鸣之意，失伴的孤雁，别的雁并不去侵犯，这是仁也；一失雌雄，死而不配，这是义也；依次而飞，不越前后，这是礼也；预避鹰雕，衔芦过关，这是智也；秋南春北，依时而行，这是信也。这些鸟是五常足备的生灵，我们岂能忍心害它们呢？天上一群鸿雁相伴而过，正像我等弟兄一般。你射落了那几只，就好比我们兄弟失去了几个，大家心中难道高兴吗？兄弟今后不可害这些礼义之禽。"燕青听了，默默无语，悔恨不及。自此，对兄弟之义，更加深了一层珍惜之情。

燕青献图

征辽大胜，梁山众将随鲁智深上五台山参禅设誓之后，众将仍旧回兵向京城进发。这一天，来到了一个叫双林镇的地方。

当地镇上居民，以及近村的农夫，都来围观。燕青和众兄弟雁行般排着，一对对并马而行。正行之间，忽然看见左边人丛中有一个山林逸士，双目炯炯，眉分八字，七尺长短身材，三牙掩口胡须，戴一顶乌绉纱抹眉头巾，穿一领皂沿边褐布道服，系一条杂彩吕公绦，着一双方头青布履，真的是神采非凡，不同凡响，燕青定睛一看，正是他昔日在大名府最要好的朋友，姓许名贯中。慌得燕青赶忙从马鞍上跳下来打招呼。

两个人叙了礼，说着话。宋江的马渐渐走近，看见浪子燕青和许贯中说话，便勒马停在燕青旁边。燕青连忙拱手向许贯中介绍说："许兄，这位就是宋先锋。"。宋江见许贯中相貌古怪，丰神爽雅，不是泛泛之辈，忙下马来，躬身施礼说："敢问高士大名？"许贯中朝宋江施礼说："早听说你的大名！今天才有幸见面。"宋江连忙扶起说："小可宋江，何劳如此。"许贯中自报家门："小子姓许，名贯忠，祖贯大

名府人，现在移居这里。昔日与燕将军是好朋友，不想一别有十几年没见面。后来小子在江湖上闻得小乙哥在将军麾下，小子羡慕不已。听说将军破辽凯还，小子特来此处瞻望。见到各位英雄，平生有幸。我很久没和燕兄见面了，想邀燕兄到敝庐一聚，不知道将军肯不肯放行？”燕青也向宋江请求说：“小弟与许兄很久没见，没想到在此相遇。许兄盛情难却，请哥哥同众将先行，容许小弟随后赶来。”宋江这时才想起燕青平常提起过这人，说他是位英雄，因此就提出说：“兄弟燕青，常说先生英雄肝胆，只恨宋某命薄，无缘得遇。今天没想到在此遇上了，我也很想和燕青一同前往请教，不知可否？”许贯忠辞谢说：“将军慷慨忠义，许某早就想投靠将军。只是老母年已过七旬，我不敢远离。”宋江说：“既然这样，我就不强迫了；燕青兄弟，你早去早回，免得我这里放心不下。”燕青一一答应，又去辞别了卢俊义，便和许贯中一起离开，去许贯中家。

燕青换了便服，带了一名随从，骑了一匹骏马，把自己的马则让给许贯忠乘坐，两人一路闲聊，离开双林镇，望西北小路而行。过了些村舍林冈，前面都是山僻曲折的路。两个出了山僻小路，转过一条大溪，约行走了三十余里，许贯忠用手指着一座高山说：“那高峻的山中，就是小弟隐居的地方。”又走了十几里，才来到山前。燕青一路欣赏山景，峰峦秀拔，溪涧清澈，不知不觉已到了黄昏。这座山叫做大伾山，上古大禹圣人导河，曾到过这里，所以书经上留下了“至于大伾”的说法。现在则属于大名府浚县管辖的地方。这大伾山傍晚的山色，更是优美，只见：落日带烟生碧雾，断霞映水散红光。燕青流连不已。许贯忠带着燕青转过几个山嘴，来到一个山坳，那山坳里围着方圆三四里的一处平地，仿佛一个世外桃源。只见树木丛中，闪着两三处房屋。其中有几间向南傍着小溪。门外竹篱围绕，柴扉关掩，修竹苍松，丹枫翠柏，四周环绕。许贯忠指着说：“这里就是我的家。”这时，一个黄发的村童穿着一领布衲袄，刚刚收拾完晒干的松枝柮干，堆积在茅檐下，听得马蹄响，赶出来迎接了。原来临行备马时，许贯忠说不用銮铃，所以那童仆直到两人走近了方才发觉。

二人下了马，走进竹篱。军人把马拴了，二人进入草堂，分宾主坐下，喝完茶，许贯忠教随来的军人卸下鞍辔，把两匹马牵到后面马棚中，叫童子寻些草料喂养。安排军人在前面耳房内歇息。燕青又去拜见了贯忠的老母。贯忠携着燕青，同到靠东向西的草庐内。推开后窗，只见一溪清水依窗流过。两人就倚着窗槛坐下。许贯忠说：“我的住处狭小，兄长不要笑话！”燕青说：“山明水秀，令小弟大饱眼福，实在难得一见。”许贯忠又问了燕青一些征辽的事。

两人闲聊了一会儿，童子点上灯来，闭了窗格，掇张桌子，铺下五六碟菜蔬，

又搬出一盘鸡、一盘鱼及家中藏下的两样山果，烫了一壶热酒。两人依窗静坐，推杯换盏。数杯酒后，窗外已是静月初升，月光如昼。燕青推窗看时，那景物又是一般清致：云轻风静，月白溪清，水影山光，相映一室。燕青连声称赞说：“以前在大名府，与兄长关系最好。自从兄长应武举后，就没再见面。没想到你是找了这么一个好地方来隐居了。这个好地方，何等清闲幽雅！像小弟这样东征西逐，什么时候才能够得一日清闲呢？”许贯忠笑说：“宋公明和各位将军，英雄盖世，都是上天的罡星，现在又威服强虏。像许某蜗伏荒山，哪里有一点比得上兄弟你！我又不能与时俱进，每每看见奸党专权，蒙蔽朝廷，就不能随时附和，和他们共事，因此才无志进取，游荡江河。虽也留心一些山川地理，不过是些小事，无足挂齿。”说罢大笑，连连劝酒。酒过数巡，燕青从身边取出白金二十两，要送给许贯忠略表心意，那许贯忠坚辞不收。燕青又许劝贯忠说：“兄长这般才略，不如同小弟一起到京师干一番事业。”许贯忠叹口气说：“当今奸邪当道，妒贤嫉能。如鬼如蜮的，却都峨冠博带，当了大官；忠良正直的，尽被牢笼陷害，屈居下僚。小弟念头久灰，你是不必劝了。就是兄长你，到了功成名就的一天，也宜寻个后退的出路。古话都说过了：‘雕鸟尽，良弓藏。’不可不防。”燕青点头嗟叹。后来燕青功成名就后，果然听了许贯中的话，断然辞官，飘然而逝，得了个好结果，这是后话。这一夜，燕青和许贯中说到半夜，方才休息。第二天，许贯中邀燕青去山前山后游玩，燕青登高眺望，只见重峦叠嶂，四面皆山，唯有禽声上下，却无人迹往来。山中居住的人家，颠倒数过，只有二十余家。燕青说：“这里赛过桃源！”贪看山景，又耽留了一天。

第三天，燕青怕宋江挂念，便来辞别。许贯忠送到门口，忽然想起一件事情，叫燕青稍等，回屋去托出一轴手卷画儿来。许贯忠将那幅画递给燕青说：“这是小弟近来的几笔拙画。兄长到京师，可留心细细看看，日后说不上能够派上用场。”燕青谢了，教军人拴缚在行囊内。当时两人恋恋不舍地分手。那许贯中又送了一二十里，方才回转。

燕青望许贯忠回去得远了，方才上马。燕青在路上，打开那卷轴画儿看了，却是一幅三晋山川城池关隘的军事地图，燕青此时虽不知其意，却也隐隐觉得，此军事地图日后必然有用。想到那许贯中博学多才，文武兼备，琴弈丹青，件件皆通，又忠贞义气，为人诚实不虚，肝胆相照，这样的良才流落山林，心中不禁对许贯中又多了几分感慨。

燕青回到东京，这幅画很快就派上了用场。原来前方报道，河北田虎叛乱，已打下盖州，马上就要来攻打卫州。宋江见横竖无事，便上奏天子，请求征讨田虎，天子

准奏，宋江和诸将回来准备，第一件事就是那三晋山川险峻，要派两个头领前去打探山川形势。燕青此时方才惊醒，连忙回家取出卷轴细看，只见那三晋山川城池关隘，在地图上一目了然。地图上还有些细字，何处可以屯扎，何处可以埋伏，何处可以厮杀，都密密地写在上面。燕青此时方才叹服这一位好友的深谋远虑，深藏不露，连忙把这幅画献上去了。那宋江、吴用看完地图，也是连连惊叹，深为国家感到可惜。

燕青献图，不，准确地说，应该是许贯中献图，是作者精心安排的一个细节。许贯中这个人物大概是莫须有，不过，这并不重要，重要的是这段细节显示的作用，这段细节至少有三个作用：一、烘托出燕青的人格；二、为燕青辞官埋下伏笔；三、直接揭露当时的官场腐败、贤人沉沦下潦，表现对奸臣官僚的深恶和对贤人才士的赞颂，宣扬了功成身退的哲学。仔细研究这一段文字，对于认识水浒作者的基本思想和情感倾向，有至关重要的作用。

燕青救主

南征北战，作为外交人员，燕青在战场上直接露面的场面不是很多。平定王庆，随卢俊义攻打西京城时的料敌救主，就是书中少数直接描写燕青参战的故事之一。

攻打王庆宋江兵分两路。卢俊义领兵攻打西京，在西京城外三十里的伊阙山安营扎寨，头一天，刚刚迎战大破敌军的六花阵，却走失了追赶敌将的杨志、孙安、卞祥等一千兵马，直到第二天，才由解珍、解宝等领一支军马，攀藤附葛，爬山越岭，在伊阙山岭西的深谷里将杨志找到带回。第三天早晨，卢俊义正与朱武调遣兵马，攻取城池，忽有流星探马报告：“王庆派伪都督杜戆领十二员将领，两万兵马，前来救援，兵马已到三十里外了。”卢俊义听到信报，派朱武、杨志，孙立、单廷圭、魏定国同乔道清、马灵，管领兵马二万，列阵于大寨前，以防城中敌兵突出袭击；又派解珍、解宝、穆春、薛永管领军马五千，看守山寨。自己却要亲自统领三万五千军马，带其余将领，前去龙门关西十里外迎敌。

再回说燕青，这两天随卢俊义大军征战，卢俊义忙着正面迎敌，燕青却派人四处打听、察看周遭地形。燕青发现，伊阙山山高谷深，路途险峻，一路所到之处，都是奇山怪石，仅有小道通过，极不利于行军进退。其中，尤其是伊阙山向北一段路上，有一条大溪，溪旁原来有唐朝李德裕的旧庄，溪下怪石嶙峋，溪上却只有一条叫做平泉桥的桥梁可以通过，最是险峻。燕青查看了地形，心中着急，那天晚上，却做了一个梦，梦见卢俊义战败，从平泉桥经过，兵马行军不畅，被后面的追兵赶上，乱军战

死。一梦醒来，燕青惊出一身冷汗。正在苦思要不要告诉提醒卢俊义注意，却听到前方传来信报，敌人大队援军赶到，卢俊义没有弄清敌情，就要盲目出战，并且身为统帅却要涉险亲自带军前去迎敌。

燕青大急，赶忙过去拦阻卢俊义，禀告说："主人今天不宜亲自临阵。"卢俊义正要出征，说："为什么今天不行？"燕青说："小人昨夜，有不祥的梦兆。"却把昨晚的梦境叙说了一遍。那卢俊义一天之前刚打了胜仗，此时就想速战速决，哪里听得进燕青的劝告，对燕青说："梦寐之事，何足凭信。况且，既然已经以身许国，也就顾不上自己的个人性命了。"燕青见卢俊义主意已定，军令已下，无法挽回，何况自己也不知道此战是胜是负，没有说服卢俊义的充足理由，就说："如果主人决意要出战，乞求主人拨五百步兵给燕青，燕青自己有用。"卢俊义等都笑话燕青多事，说："小乙，你要部队有什么用？"燕青说："你们不要管那么多，只拨与我五百步兵就是了。"卢俊义说："便派五百兵士给你，看你做出什么事来！"随即拨五百步兵给燕青。燕青领兵自行离开，赶去最险要的平泉桥了。卢俊义心里暗笑燕青神经质，统领大军和众将，离开大寨，向龙门关西十里处进军。从平泉桥经过时，只见燕青引着众人，在那里砍伐树木。卢俊义心下虽是好笑，却因忙着要去厮杀，无暇细问燕青原因，自然更无心细想其理由了。

卢俊义率领兵马过龙门关西十里处，向西列阵等候。一个时辰后，敌军方到。两阵相对，擂鼓呐喊。西京阵里偏将卫鹤，舞着大杆刀，当先拍马出战叫阵。宋阵里大将山士奇跃马挺枪迎战，接住厮杀。两员大将在阵前斗了三十余回合，山士奇挺枪刺中卫鹤的战马后腿，那马负痛后腿跪下，把卫鹤闪下马来，山士奇赶上一枪，结果了卫鹤的性命。西京阵中酆泰看了大怒，舞两条铁简，拍马赶出来与山士奇缠斗。二将斗到十几个回合，卞祥见山士奇斗不过酆泰，拈枪拍马赶来助战，却迟了一步。酆泰大喝一声，只一简，把山士奇打下马来，再加上一简，结果了山士奇的性命，又回头拍马舞剑迎战卞祥。怎奈卞祥更是勇猛，酆泰马头才到，卞祥大喝一声，一枪刺中酆泰心窝，酆泰死于马下。两军都是擂鼓大喊。西京阵主帅杜辘，见连折了二将，心头火起，双眼冒烟，挺一条丈八蛇矛，驱马亲自出阵。宋阵主帅卢俊义也亲自出阵，与杜辘相斗。卢俊义这条枪，固然勇猛，杜辘那条蛇矛，也是神出鬼没，两人斗过五十余回合，不分胜败。这边孙安见卢俊义不能取胜，挥剑拍马助战。另一边大将卓茂，舞条狼牙棍，赶忙纵马来迎。与孙安斗不上四五合，孙安奋神威，将卓茂一剑斩于马下。拨转马，赶上前，挥剑来砍杜辘。杜辘见他杀了卓茂，措手不及，被孙安手起剑落，砍断右臂，翻身落马，卢俊义补上一枪，结果了杜辘的性命。那敌军失了主帅，

卢俊义趁机驱兵卷杀过去，贼兵大败。

卢俊义正杀得顺手，忽然西南方向小路上斜冲出一队骑兵来，当先马上一将，相貌粗黑丑恶，一头蓬松短发，戴一顶铁道冠，穿一领红战袍，坐一匹赤炭马，仗剑指挥军队，弯环踢跳，飞奔前来。卢俊义等一看穿衣知是敌人，正准备驱兵一拥上前冲杀。却见那将不来厮杀，却口中喃喃有词地念了两句，望正南离位上砍了一剑，转眼间，从口中喷出一团火来。一会儿，平空地上，腾腾火炽，烈烈烟生，大火随风，望宋军烧将来。卢俊义慌忙带兵逃跑，宋军一时大乱，丢下金鼓、马匹，狼藉奔窜，逃命不及。溃败之间，众士兵都被烧得焦头烂额，军士被烧死的，达五千余人。众将只得掩护着卢俊义回逃。来到到平泉桥，军士们争先上桥，那桥不堪重负，一下子被压垮了。此时，才体现了燕青的功劳。原来燕青伐树，正是要搭建浮桥，防患于未然。这时候，燕青砍伐树木刚搭建好浮桥，大军鱼贯过桥，两万人逃回性命，只损失了五千余士兵。卢俊义和卞祥两骑马落在后边，行至桥边，贼将赶上，喷火来烧卞祥。卞祥满身着火，落马被杀。卢俊义幸有浮桥接济，逃跑过去，侥幸拣了一条性命。

贼将领兵追杀，后来有宋将乔道清听到报告，仗剑领军赶到，方才用水法破了贼将的火攻。那贼将见乔道清破了他的妖术，拨马逃奔，战马踏着一块水石，马蹄后失，把贼将闪下马来，乔道清飞马赶上，挥剑将他砍死在石上。战后向俘虏们一询问，才知道这放火的妖将原名寇威，惯用妖火烧人，因为他貌相丑恶，人称毒焰鬼王，他昔年曾帮助王庆造反，后来隐居了一二年，近来又出山，被王庆派到这里来救援，并因此差点烧死梁山军的领袖卢俊义。

上帝把最好的武艺赐给了卢俊义，却没有赐予他一副相匹配的头脑。燕青作为卢俊义曾经的仆人，地位上总是低着一个等级，虽然上梁山后两人称兄道弟，但是卢俊义似乎并不十分尊重他这位小弟，说到底，还是没有意识到燕青的智慧，把他当小仆人看了。不过燕青对这些倒不十分计较，多次救助卢俊义而并不邀功。这次要不是燕青料敌在先，先搭建了浮桥，卢俊义可能就命丧平泉桥了，若是卢俊义死了，这场战争的胜负，就很难说了。卢俊义回去之后，自然说了许多感谢的话，不过，从以后一系列的事件来看，他还是没有真正去了解过燕青，燕青这个人物的内心世界，对于卢俊义这员梁山最好的武将的头脑而言，可能是太复杂了。

鼓上蚤时迁

时迁这个人物，因为其独特的出身，在梁山中连天罡星都排不上，只能算是个不入流的角色。作者对这个小人物似乎也没有太多的关注，连写到他的死，也只是一笔带过，没有多话。但是，令作者没有想到的是，这个着墨不多的小偷，却在老百姓中间获得了良好的口碑，竟然大名远播，被老百姓津津乐道，名声胜过了天罡星中的许多英雄豪杰。细细推理起来，这种似乎偶然性的名声其实并非毫无道理，从社会心理学的角度看，高大全的英雄很难长期获得读者青睐，而带有缺点的战士却常常因为其真实性而令老百姓信服，时迁这个人物大概就是这样被老百姓记住的。

分析时迁其人其事，大概有以下几点可述：一、真正的草根性：小偷出身，身份卑微，梁山中和他相比的，大概只有燕青，原来只是一个奴仆；二、有小恶而无大害：上梁山之前，时迁只是一个偷鸡摸狗的小贼，最常见的谋生手段就是盗盗墓，混点饭吃，没有杀过人，似乎连拦路抢劫这样的事也未曾做过；三、相貌平平，身材矮小——这个倒适合于他的职业，没有梁山英雄一般都拥有的令人羡慕的威猛身体和翻江倒海的本事；四、职业很不入流——小偷小摸，只为混口饭吃，没有大弄，没有杀人的勇气，也没有抢劫的胆量，自古至今，老百姓对这个职业似乎宽容多于指责，直到如今，如果从事这个职业的人再来一点

劫富济贫，老百姓就简直要把他们捧为行侠仗义的好汉，正义的化身，圣人，譬如侠盗罗宾逊、左罗、蜘蛛侠等，这都是当代大众的偶像；五、职业素养极高——飞檐走壁的本领出神入化，这点极富有传奇性，现在有跑酷这一运动，在年轻人中已逐渐流行开，他的创始人大概要追溯到时迁这里；六、入梁山后，成为梁山的第一侦察英雄兼攻城奇兵，屡建奇功，屡受嘉奖，历次难攻之城，他的消息往往是攻城的前奏、胜利的保证，他的神出鬼没、深入敌后、放火捣乱、配合正面部队作战，常常成为胜利的突破口，时迁远非庸庸碌碌、滥竽充数之辈。

这样看来，时迁这个小人物的流行几乎是必然的。人们可以仰望他，可以平视他，也可以俯视他，这个小人物不会使我们感到紧张，有点喜剧色彩，虽然他的真实生活全是在刀口上讨饭吃，但是他几乎能够应付自如，似乎过得还逍遥自在——我们也很为他高兴。当然，他的这种其实高度紧张的职业最后还是毁了他。时迁最后没有死于战场，而是死于搅肠痧病——就是现在我们所说的胃癌、肠癌什么的，这大概是他这种长期潜伏、食宿不定的生活所带来的几个较为显著的坏的影响之一吧。

时迁的故事很集中，我们就介绍几个：时迁盗墓、时迁偷鸡；时迁盗甲；火烧翠云楼；四进曾头市；火烧蓟州城；火烧盖州城；独闯昱岭关。

时迁盗墓

时迁的祖籍是高唐州，因为家道贫落，流浪江湖，流落到蓟州。在蓟州地面上，迫于生计，时迁常做些偷鸡摸狗、盗坟掘墓的事情，因此也练就了一身好轻功，飞檐走壁、跳篱骗马，如同儿戏，江湖上人送他一个外号，叫鼓上蚤时迁。有一首诗专门赞颂了他的这身本事，这首诗写道：

“骨软身躯健，眉浓眼目鲜。形容如怪族，行走似飞仙。

夜静穿墙过，更深绕屋悬。偷营高手客，鼓上蚤时迁。”

时迁手头紧张，吃饭都成了问题。为了解决生计，便去那蓟州郊外寻找一些古墓下手。这一天，来到蓟州东门外二十里的翠屏山，那半山都是人家葬的乱坟，时迁闪进墓地察看，正察看间，却听到远处有人行来，忙在坟后躲了看。时迁看时，只见一个带刀棒的大汉先行到来，等在坟地间，一会儿，又见本州府牢房的小狱长、自己的救命恩人杨雄带着他的老婆潘巧云和一个丫鬟来到坟地，四人却站在那里对质一件事情。原来，是那杨雄的老婆潘巧云偷人，被杨雄的好友、那个名叫石秀的汉子撞见，潘巧云怕石秀说出去，便收买丫鬟唆使她诬陷石秀调戏，却被石秀、杨雄二人拉

到这里来对质。那丫鬟是个胆小的人物，把实情都招了。时迁在后面看得清楚，却见杨雄问明真相之后，抽出刀来，把那两人都杀了。杀完人，杨雄和石秀却在那里商量今后的去向。只听见杨雄说："兄弟，你且来，我和你商量一个长远之计。如今一个奸夫，一个淫妇，都已杀了，现在我和你投到哪里去安身呢？"那石秀说："兄弟已想过了，有个好地方可去，事不宜迟，我们马上就走。"杨雄问："是什么地方？"石秀回答说："哥哥杀了人，兄弟又杀了人，不去投梁山泊入伙，还投哪里去？"杨雄说："梁山泊里的人，我和你一个都不认得，只怕他们不肯收留我们？"石秀说："哥哥差矣。如今天下江湖上都听说山东及时雨宋公明招贤纳士，结识天下好汉，谁不知道！我和你都有一身好武艺，还愁他不收留！"杨雄说："凡事先难后易，免得后患。我的身份不好，不该是个公差，只怕他疑心我的身份，不肯安顿我们。"石秀笑说："公差身份不碍事，宋江他本人也是个押司出身。我对哥哥说一件秘密的事，好叫哥哥一百个放心。我和哥哥结拜兄弟的那一天，在酒店里和我喝酒的那两个人，一个是梁山泊神行太保戴宗，一个是锦豹子杨林。他们和我十分投缘，他们给兄弟我十两一锭的银子，现在还在我的包里没用呢，我们前去就可以投靠他们。"杨雄说："既然有这条门路，我回家收拾些盘缠就走。"石秀说："哥哥，你做事也太拖泥带水。要是进城事发被人捉住，怎么脱得了身？你包裹里现有一些钗钏首饰，兄弟我又有些银两，再有三五个人也够用了，不要回家去拿。惹出麻烦来，不好收场。杀人的事瞒不了多久，我们不可迟疑，从山后赶快走。"两人商量完毕，要去投靠梁山泊，石秀背上包裹，拿了棍棒，杨雄插了腰刀，提了朴刀，就要动身。

那时迁在墓后听了多时，起先见那二人杀了人，心里叫好，却不敢露面，这时见二人说到梁山的好处，商量要去那梁山落草，心里羡慕不已，如何还忍得住躲在墓后。原来时迁早听说那梁山是个英雄好汉去的好地方，像自己这样偷鸡摸狗、饱一餐饿一餐、有一天没一天的日子，实在不是个出路，因此早就想去投靠梁山，只是碍于自己偷鸡摸狗的低微身份，怕人轻视，又一直没有遇上好机会，所以才没有去成。自己在蓟州府里吃官司时，杨雄救过他。这次自己的恩公因杀人要上梁山，正是自己的一个好机会。

时迁赶忙从坟墓旁的松树后跳了出来，高声叫道："清平世界，荡荡乾坤，把人杀了，还想去投奔梁山泊入伙。我听得多时了。"杨雄、石秀起先吓了一跳，定睛再一看，杨雄认出是时迁，方才放下心来。时迁说过笑话，便上前来施礼。当时杨雄便问时迁："你怎么在这里？"时迁把自己的情况都说了，并恳请说："小人现在在这里，尽做得些偷鸡盗狗的勾当，不是个长远之计。我想跟随二位哥哥一起上梁山去，

请二位哥哥带我一同去吧。"杨雄、石秀都是好汉中的人物，当时便同意了。三人结伴而行，取小路下后山，投梁山泊而去了。

时迁因盗墓而结识石秀，伙同先前已相识的杨雄，三人同上梁山，一条完全不同的人生路在时迁面前徐徐展开。

时迁偷鸡

时迁、杨雄、石秀三人离开蓟州地面，一路夜宿晓行，走了一天，来到郓州地面。过得香林洼，望见一座高山，不觉天色渐渐晚了。三人看见前面一所靠溪客店，便前去投宿。

那小店门前贴着一副对联，上联是"庭户朝迎三岛客"，下联是"门关暮接五湖宾。"看来此处虽然偏僻，但气魄不小。此时已是黄昏，店小二正要关门，三个人赶进店来。店小二问："客人是不是从远方来，所以晚了？"时迁说："我们今天走了一百多里路，所以晚了。"店小二安排了三个人的房间，便问："客人还没吃饭吧？"时迁说："我们待会出来吃。"小二说："今天店里没有客人，灶上有两只干净的铁锅，你们可以随便用，没有关系。"三人走了一天，很是疲乏，便想吃些荤菜，时迁便问："店里有酒肉卖么？"小二说："今天早上还有些肉，只是都被近村的人家买走了，只剩下一瓮酒在这里，下饭的菜也没有了。"时迁说："那就算了，先拿五升米来做饭吧，待会再说。"小二取出米来给时迁，时迁淘好米，做了一锅饭。

石秀去房里安顿好行李。杨雄取出一只钗儿，给店小二，算作酒钱，买了那瓮酒。小二哥收了钗儿，掇出那瓮酒来开了，将一碟儿熟菜放在桌子上。时迁先提一桶热水，三人洗了手脚。就来到厅里，请店小二一起坐了喝酒。四人四只大碗，正喝着酒，石秀看见店中檐下插着十几把好朴刀，便问小二哥说："你家店里为什么有这些兵器？"小二哥回答说："都是主人留在这里的。"石秀问："你家主人是谁呀？"店小二说："客人，你是跑江湖的人，怎么不知道我这里情况？前面那座高山，叫做独龙山。山前有一座大冈子，叫做独龙冈，我家主人就住在独龙冈上。这里方圆三十里，都叫做祝家庄。庄主太公叫祝朝奉，有三个儿子，人称祝氏三杰。庄前庄后，有五七百户人家，都是佃户。祝家庄每年要分两把朴刀给这里各家各户的佃户。我这里叫做祝家店。每天有几十个客人来店里借宿，所以也分了些朴刀在这里。"石秀听完便问："酒店要兵器有什么用？"小二说："这里离梁山泊不远，只怕梁山泊的强盗来抢粮，因此预备下。"三人听了，暗暗心惊。石秀就问："给你些银两，能不能

卖给我一把朴刀用？”小二哥慌忙说：“这可不行，兵器上都编着字号。我这个主人十分严厉，要是被他知道了，我可吃不消他的棍棒处罚。”石秀笑说：“我是开玩笑的，你不要慌。我们来喝酒。”那店小二吃喝得差不多，先去休息了。

三人又喝了一阵酒，只是没有肉吃，干喝没劲。时迁见杨雄、石秀喝酒没啥精神，就问：“哥哥是不是想肉吃了，我去弄点来？”杨雄说：“店小二说了没肉卖，你到哪里去弄？”时迁不说话，笑嘻嘻地进到厨房里去了。杨雄虽然知道时迁是个偷鸡摸狗的高手，但也没料到时迁早有准备，所以并不相信。谁知道不一会儿时迁从厨房里走出来，笑嘻嘻地，手里却提着一只热气腾腾的老大公鸡。原来那时迁进店来的时候就留心了，去厕所解手时，看见这只大公鸡被关在笼里，寻思两位哥哥喝酒的时候没什么下酒的菜，就悄悄弄到溪边去杀了，提桶热水到后面把毛弄得干干净净的，拿到锅里煮了，此时估计煮熟了，才拿出来献给两位哥哥。杨雄说：“你这厮还是这样贼手贼脚！”石秀笑说：“还不改本行。”三个都笑了，伸手把这鸡撕开，和着米饭来吃。

店小二回去睡了一会儿，心里始终放心不下，便爬起来，出房来查看。来到堂里，客人都不在，只见桌上有些鸡毛和鸡骨头，再去灶上看时，只见半锅鸡汤肥汁，还冒着热气。店小二慌忙到后面鸡笼里查看，果然不见了鸡。店小二大怒，跑出来找三人。见了面，店小二质问说：“客人，你们好不讲道理！怎么把我店里报晓的鸡都偷吃了呢？”时迁油滑惯了，抵赖说：“真是见鬼了！我自己从路上买了一只鸡炖着吃了，什么时候看见你的鸡来着！”小二说：“那我店里的鸡，到哪里去了？”时迁说：“说不定是被野猫拖去了？或者黄猩子吃了？要么是鹞鹰扑了去？我怎么知道！”小二说：“我的鸡刚才还在笼里，不是你偷了是谁？”石秀豁达，不愿在小事上计较，就说：“不要争了，一只鸡值几个钱，赔了你就是了。”那店小二若此时见好就收，说个合适的价钱，时迁等赔了也就没事。可是店小二平时骄纵惯了，此时占着道理，却说：“我的是报晓的鸡，店内少不得，你就是赔我十两银子也不济，我只要你还我的鸡！”这一句话惹怒了英雄石秀，石秀本来是要赔他鸡的，却不料他漫天要价，如此欺人，因此大怒说：“你诈哄谁！老爷不赔你，你又能怎么样？”那店小二笑说：“客人，你们不要在这里讨亏吃！只我店里不比别处客店，再撒野，把你们捉到庄上，当做梁山泊贼寇解了送官去。”石秀听了，大骂说：“我就是梁山泊好汉，看你怎么拿我去请赏！”杨雄听店小二说话张狂，对梁山泊十分不敬，也怒说：“好意还你些钱，你不要，现在不赔你，你来捉我们呀！”那店小二叫一声：“有贼！”只见店里赤条条地走出三五个大汉来，要来捉杨雄、石秀。石秀手起拳落，一

拳一个把那几个大汉都打翻在地。小二哥正要叫喊，被时迁一掌，打肿了脸，喊不出话来。那几个大汉都从后门跑了。三人估计这群人是去报信了，连忙把包裹系了，穿上麻鞋，跨了腰刀，又各去枪架上拣了一条好朴刀，离开此地。离开前，一不做，二不休，一把火把那个酒店烧起来，方才扬长而去。

后来由于这只鸡，三人被追杀导致时迁被捉，余两人上了梁山，请梁山英雄去救，又闹出三打祝家庄等一连串纷纷扬扬的大事来，时迁还因此差点被晁盖砍了脑袋，这是后话不提。不过，时迁一出场便偷鸡，算不得英雄行径，又因偷鸡被捉，更是丢人现眼，这大概后来是时迁在众英雄眼中地位始终不高的原因吧。

时迁盗甲

高俅大兴三路兵征讨梁山，呼延灼大摆连环甲马阵，宋江兵不能取胜。宋江和部将商量破阵之法，部下汤隆献上计来。原来那汤隆祖上以打造军器为生，汤隆的父亲曾因此技，被老种经略相公重用，做到延安知寨，他的父亲见过前朝使用连环甲马阵，所以知道破解此阵的方法。汤隆说，要破此阵，必须满足两个条件，一是须有钩镰枪；二是须有会使钩镰枪法的人。这钩镰枪的打造不难，他自己就会；那钩镰枪的使用，却要找他的一个姑舅哥哥，叫做金枪班教师徐宁的；这徐宁的钩镰枪法天下独步，目前在京任职。要让他来梁山帮忙，只有一个办法，就是偷走他的命根子：一副家传的雁翎砌就圈金甲，引诱他来梁山找甲，然后软硬兼施，迫他留下来教授枪法。

这计策的一个关键是，要能成功偷取那副雁翎砌就圈金甲。汤隆说，那一副甲，披在身上，又轻又稳，刀剑箭矢，急不能透，人都叫做赛唐猊，是徐宁先祖留下来的，举世无双，乃其镇家之宝，汤隆年少时随先父知寨往东京看望姑姑时，曾见到过，徐宁把这副甲当成了他的命，很多贵公子慕名要求一见，徐宁都不舍得给人看，却把那副甲用一个皮匣子装着，悬挂在卧室的房梁上。只要偷得了这副甲，就不愁徐宁不上梁山了。

偷甲的重任自然就落到了时迁头上。

时迁领命，离开梁山泊，身边藏了暗器和各种工具，一路迤逦来到东京，投个客店住下。第二天，时迁踅进城来，寻问金枪班教师徐宁家。有人指点说："进了班门里，靠东第五家黑角子门就是。"时迁转入班门里，先察看了前门；又踅来查看了后门，只见后门有一带高墙，墙里有两间小巧楼阁，侧面斜顶着一根大柱子。时迁查看清楚了，又去向左右街坊打探："徐教师在家里么？"邻居说："进殿里值班还没回

来吧。”时迁打探说：“不知什么时候回来？”有人答应说：“一般是早晨五更出去大内里值班，直到晚上才回来。”时迁打探清楚了，回客店里来，取了绳索工具，藏在身边，叫店小二帮他照看一夜东西，辞别客店再回城里来。

时迁进到城里，买了些晚饭吃了，等到天色黑了，才慢慢踅往金枪班徐宁家前。时迁闪入班门里面。这一夜，寒冬天色，刚好没有月光。时迁来到土地庙后一棵大柏树前，便用两只腿夹定树干，一节一节爬上树去，骑坐在枝柯上，探看徐宁家的情况。悄悄望时，只见徐宁归来，望家里走去。又见班里两个人提着灯笼出来关门，把门锁定，各自回家去了。时迁耐心等候，一直等到谯楼禁鼓声传来，已是初更，云寒月昏，星斗无光，露水渐浓，霜花渐白，班里四下都静悄悄的，时迁才从树上溜下来，踅到徐宁家的后门。时迁不费吹灰之力，翻过围墙，看里面时，却是个小小院子。靠近院子有一个厨房，时迁伏在厨房外张望，只见厨房里点着灯，两个丫鬟正在灯下忙着收拾东西。时迁却从撑墙的大柱子爬到房檐的挡风板边，伏着往里看。只见小楼上，那金枪手徐宁正和老婆对坐在炉边烤火，怀里抱着一个六七岁的孩儿。时迁看那卧房里时，见梁上果然有个大皮匣拴在上面。房门口挂着一副弓箭、一口腰刀。衣架上挂着各色衣服。徐宁口里叫道：“梅香，你来帮我折了衣服。”下面一个丫头上来，在侧面小桌上先折了一件紫绣圆领衣服，又折了一件官绿衬里袄子，接着又折了四五样东西，都叠好了。时迁都看在眼里。大概到了二更前后，徐宁收拾完上床，他老婆问道：“明天值班不？”徐宁说：“明天正赶上天子来龙符宫，早晨五更就要去准备。”他老婆听了，便吩咐丫鬟四更起来烧热水，准备点心。时迁暗想：“梁上那个皮匣子，金甲一定就装在里面。半夜下手，时机最好。但半夜下手要万一被人发现，闹了起来，又出不了城，岂不是误了大事？还是挨到五更再下手不迟。”于是便耐心伏着等候。徐宁夫妻俩上床睡了，两个丫鬟在房门外打铺也睡了，房里桌上，却点着一盏灯。等那五个人都睡着了，时迁才溜下来，从身边取个芦管儿，往窗棂眼里一吹，把那盏灯吹灭了，自己再伏着等候。一直熬到四更左右，徐宁起来，唤丫鬟起来烧水。那两个使女，从睡梦里醒来，看房里没了灯，叫道：“啊呀，今夜怎么没了灯！”徐宁说：“你不去后面点灯，还等什么！”那个丫鬟开楼门，下胡梯。时迁听了，却从柱边只一溜，来到后门边黑影里伏了。听得丫鬟开后门出来，要去开墙门。时迁乘机潜入厨房，贴身在厨桌下躲了。丫鬟点了灯火进来，又去关门，却来灶前烧火。另一个使女也起来生炭火上楼去。一会儿水烧热了，捧上去徐宁洗漱了，又烫些热酒上去，安排肉食炊饼早点，徐宁吃完，又让外面的小仆童也吃了，小仆从背着包袱，拿了金枪，两人一同出门。两个丫鬟点着灯，送徐宁出门。时迁乘机从厨桌下出

来，摸上楼去，从桌子边直攀到梁上，把身躯伏了。两个丫鬟回来闭了门户，吹灭了灯火，上楼来脱了衣裳，倒头便睡。时迁听那两个丫鬟睡着了，在梁上把那芦管儿指灯一吹，那灯又吹灭了。时迁却从梁上轻轻解了皮匣，正要下来，徐宁的娘子醒来，听得响，叫梅香说："梁上什么响？"时迁赶紧学做老鼠叫。丫头说："娘子没听出是老鼠叫吗？两只老鼠打架，所以叫得这样响。"时迁乘机一边学老鼠打架，一边悄悄从梁上溜下来。悄悄开了楼门，款款背着皮匣，静静下了楼梯，从里面直走到外门。来到巷子的班门口，因有值班的人早出门，四更就已开了门锁。时迁偷得皮匣，从人群里趁闹出了城门。一口气奔出城外，来到客店。天色未晓敲开店门，取出行李，算了房钱，一溜烟出了店肆，直奔梁山而去。

时迁施展手段，耗了一夜，偷得金甲，余下的事情就好办了。时迁先让戴宗将金甲带上梁山，单单留下那个皮匣作为诱饵，放在担子上明目张胆地挑着，等汤隆骗那徐宁来上当。

徐宁家里，天明两个丫鬟起来，只见楼门也开了，下面中门、大门都不关，慌忙在家里四处查看，所有东西都在，单单少了那副金甲。徐宁的老婆这才想起来昨晚梁上的老鼠叫，原来自己错把小偷当成了老鼠，真是追悔莫及。赶紧差人去找徐宁回家，那徐宁正在大殿里侍候皇帝，哪里找得到人。直到黄昏时候，徐宁才卸了衣袍服色，提了金枪，回到家里，听妻子向他哭诉了家中失盗的事，只有连声叫苦的分。他妻子说："这贼不知道是什么时候混到屋里来的？"徐宁说："别的都不打紧，这副雁翎砌就圈金甲乃是祖宗留传的四代之宝，从没丢过。花儿王太尉还曾要用三万贯钱买它，我没舍得卖，担心今后万一要上战场，阵前阵后要用。我平常生怕有些闪失，所以把它拴在梁上眼前。多少人来索要观看，我都推说早没了。现在要是声张起来，说被人盗去，岂不是自己打自己的嘴巴，惹人耻笑。"徐宁一夜睡不着，思量道："不知是什么人盗了去？——一定是知我有这副甲的人。"娘子分析说："大概是昨夜灯火灭了的时候，那贼乘机躲进家里来的？必然是有人爱这甲，用钱问你买你没给，因此叫这个高手贼来盗了去。你可叫人暗中慢慢查访出来，再做商议，先不要打草惊蛇。"两人忙着分析了半夜。

第二天，徐宁正在家中纳闷，汤隆却带了二十两黄金来拜见。两人本是亲戚，徐宁安排了酒席接待。那徐宁席间愁眉不展，汤隆起身故意问他何事不乐，徐宁便把丢甲的事前前后后都告诉了汤隆。那汤隆如何不知，却故意追问那甲是用什么样的皮匣子装着？徐宁说是一个红羊皮匣子，里面用香绵裹住。汤隆装作大惊失色地说，他晚上在离城四十里的一个村店里喝酒，看到一个黑瘦汉子担上挑着这皮匣

子，一拐一拐地路过。徐宁听了，急急换上麻鞋，带了腰刀，提条朴刀，和汤隆两个出门前去追赶。

那汤隆骗得徐宁一路追赶，那时迁故意走一走停一停，留一些记号给汤隆，诱得徐宁一连追了四五天。这一天，看看天色晚了，方才在一所古庙的树下，搁着担儿让徐宁追上了。徐宁见了，上前一把揪住时迁，就向他要甲，时迁这时又要赖说，他姓张，排行第一，泰安州人氏，本州有个财主，要结识老种经略相公，知道徐家有这副雁翎锁子甲，不肯货卖。特地让他同一个李三两人来徐宁家偷盗，答应事成后给两人一万贯钱。没想到他在偷甲时跌下来，闪了腿，因此走不动，就先教李三把甲拿了去，只留得空匣在此。徐宁要是硬逼他，和他打官司，他就拼着命打死也不招，休想叫他指出别人来。如果徐宁肯饶他，不和他打这场官司，他愿意和徐宁去讨这副甲回来还徐宁。那徐宁气得无法，又加上汤隆在一旁撮说，也只好答应，跟着时迁向梁山泊走去。

再走了两天，徐宁在路上心焦起来，怀疑那甲还有没有。正怀疑间，乐和却化名泰安州李荣，驾着一辆车佯装经过，和汤隆打了招呼，相伴而行。徐宁便问时迁：“张一，你说你那个财主叫什么姓名。”时迁被逼不过，胡乱说了一个名字：“他是有名的郭大官人。”徐宁却回过头来问李荣：“你那泰安州有个郭大官人么？”乐和胡说道：“我那本州的郭大官人是个上户财主，专好结识官宦来往，门下养着很多闲人。”徐宁哪里想到大家合伙骗他，听完乐和的话，就完全信了时迁的话，心安理得地陪着时迁走。

来到梁山泊前，三人用蒙汗药药倒了徐宁，却把徐宁挟持上山寨来。宋江听人报知，和众头领下山接着。徐宁此时麻药已醒，众人又用解药解了。徐宁睁开眼见了

众人，吃了一惊，便问汤隆说：“兄弟，你怎么把我带到这里来了？”汤隆说：“哥哥听我说，小弟听说宋公明招接四方豪杰，因此在武冈镇拜黑旋风李逵做哥哥，投托大寨入了伙。现在呼延灼用连环甲马冲阵，梁山无计可破，小弟便献上钩镰枪法；只是除了哥哥之外，无人会使这钩镰枪法。因此才定了这条计：让时迁先来盗了你的甲，却教小弟骗哥哥上路，后使乐和假做李荣，过山时，下了蒙汗药，请哥哥上山来坐把交椅。”徐宁说：“兄弟你断送了我！”宋江执杯向前赔礼说：“现今宋江暂居水泊，专等朝廷招安，竭力尽忠报国，非敢贪财好杀，行不仁不义的事。万望观察体贴真情，一同替天行道。”林冲和徐宁在京城是老相识，也过来把盏陪话。徐宁问：“汤隆兄弟，你把我骗到此，我家中的妻子怎么办？”宋江道：“这个不妨。我们很快就去京城把你家老小接来。戴宗和汤隆拿着金甲又去徐宁家，骗说徐宁在路上染病，死在客店里了，叫嫂嫂和孩儿前去看最后一眼，便把徐宁老婆和几个丫鬟都骗到山上来了。

徐宁没了后顾之忧，便在梁山安心教授众军钩镰枪法。梁山军依靠钩镰枪法，大破了呼延灼的连环甲马阵，解除了梁山的围困之险。

梁山泊大破呼延灼连环甲马阵，有一半的功劳要记在时迁盗甲的头上。

火烧翠云楼

吴用指挥攻打大名府，搭救卢俊义和石秀，是梁山泊事业发展中的一个重要环节。最后一战中，梁山英雄几乎倾巢出动，通力合作，内应外合，在吴用的高超指挥之下，一举攻破大名府，救回卢俊义和石秀，既抢出了卢俊义的万贯家财，又打出了梁山好汉的威名和气势，同时，最令大家刮目相看的是，这些平时看似散漫、各据一方的英雄，在战场上显示出了极为杰出的协同战斗潜力，而这几乎是梁山泊后来在历次战争中攻无不克、战无不胜的关键所在。在这次著名的攻城战斗中，时迁扮演了核心内应的作用。

宋江军为搭救卢俊义和石秀，攻打大名府。大名府的守城主帅是蔡京的女婿梁中书，那梁中书先是捉了卢俊义，后又活捉了前来搭救卢俊义的石秀。梁中书是个胆小之辈，既不敢杀这两人，也不能把这两人放了，只得把这两人下到大牢里，派人严密看守。时逢初冬，宋江一连攻打数日，梁中书死守城池，急切不能攻破，又忽然发了背疮病，只好退兵，准备来年再战。

过了年，宋江疮病初愈，吴用便和他来商量救人攻城的事。吴用对宋江说：“现

在幸喜兄长病好了，又有安太医在寨中照顾，这是梁山泊的大幸。兄长卧病的时候，我数次派人前去大名探听消息，据消息回报，那梁中书十分忌惮我们，害怕我们的大军前去攻城。我因此就故意派人在北京城里城外各处遍贴告示，安抚居民，只说不要害怕，冤有头，债有主，大军到郡，只要对付官兵。那梁中书见了告示，果然害怕，写信向东京蔡太师报告情况，诉说危险；蔡京见关胜也投降了，在天子面前，不敢提征讨的事，只是主张招安。所以蔡京几次寄信给梁中书，叫留着卢俊义、石秀二人的性命，以后好说话。二人因此到现在还保着性命。”宋江听说二人性命还在，便要立即带军再去攻城救人。吴用说：“今年冬尽春初，元宵节前后，北京按老惯例，要大张灯火。我们乘这个机会，先派人去城中埋伏，外面再大兵驱进，里应外合，不愁他城池不破。”宋江说：“此计大妙！便请军师安排人选。”吴用说：“这个计策最关键的地方，是在于要有人在城里放火为号。你众弟兄中，谁敢跟我先去城中放火？”时迁这时从阶下走出来说：“小弟愿往。”并说：“小弟小时候曾到过北京。城内有一座木楼，叫做翠云楼。楼上楼下，大小有一百多个阁子。元宵节的夜晚，必然喧哄混乱，我先乘乱潜行进城，去那翠云楼上躲起来，到了时刻就放起火来做联络的信号，你们见了信号，就一齐动手，攻城的攻城，劫牢的劫牢，这是上上之计。”吴用当即答应，安排下去，说：“你明天天亮，先下山去。等到元宵一更的时候，就在楼上放火为号，一更时楼上火起，就是你的功劳。”时迁应允，得令下山。

时迁是个飞檐走壁的人，不从正路入城，夜间越墙而过。城中客店内有令，不留宿单身的客人，时迁便白日在街上各处闲走，晚上来东岳庙内神座底下安身。正月十三，时迁来城中到处闲逛，观看居民百姓搭缚灯棚，悬挂灯火。正看的时候，只见解珍、解宝挑着野味，也来城中观看；又碰见杜迁、宋万两个从瓦子里走将出来。时迁当天先去翠云楼查看情况，只见孔明披着头发，身穿羊皮破衣，右手拄一条杖子，左手拿个碗，腌腌臜臜，在那里求乞。见了时迁，便拉着他转过去说话。时迁说：“哥哥，你这般一个汉子，红红白白的皮肤，不像是叫花子，北京做公的多，要是被看破了，岂不是误了大事。哥哥还是赶紧躲起来的好。”话未说完，又见一个丐者从墙边来，却是孔亮。时迁说：“哥哥，你又露出雪也似的皮肤来，全不像个忍饥受饿的人。这般模样，肯定会露出马脚的。”时迁话音刚落，背后两个人劈角儿揪住时迁喝道：“你们做得好事！”回头看时，却是杨雄、刘唐。时迁说：“吓我一跳！”杨雄说：“你们都跟我来。”杨雄把众人带到一个僻静的地方，埋怨说：“你们三个家伙不知好歹，怎么敢在那里交谈！这是被我两个看见，要是被他眼明手快的公差看破，报告上去，岂不是误了大事？我两个都已看见了，弟兄们不必再上街去扮什么乞

丐了。”孔明说：“邹渊、邹润已到街上卖灯。鲁智深、武松已在城外庵里。我们分头只等到时候行动了。”五个说了，都走出来。走到一个寺庙前，正撞见一个先生从寺里出来。众人抬头看时，却是入云龙公孙胜，背后凌振扮作道童跟着。七个人都点头会意，各自去了。

十五的夜晚，大家在各处埋伏了，只等时迁的信号。楼上鼓打二更，时迁挟着一个篮子，里面都是硫黄、焰硝，放火的药头，篮子上盖着几朵闹鹅儿，踅入翠云楼后，走上楼去。只见阁子内吹笙箫、动鼓板，掀云闹社，公子子弟们闹闹嚷嚷，都在楼上打哄赏灯。时迁上到楼上，只扮作卖闹鹅儿的，往各处阁子里去看。碰见解珍、解宝，拖着钢叉，叉上挂着兔儿，在阁子前踅。时迁便问：“更次到了，怎么还不见外面的动静？”解珍说：“我两个方才在楼前，见探马过去，多半大兵已到了。你只管去放火打信号。”话没说完，只见楼前都发起喊来：“梁山泊军马到了西门外。”解珍对时迁说：“快去放信号，我去留守司前接应。”奔到留守司前，只见败残军马一齐奔入城来，说道：“闻大刀吃劫了寨也！梁山泊贼寇引军都赶到城下。”守城将领李成正在城上巡逻，听见说了，飞马来到留守司前，教点军兵，吩咐闭上城门，守护本州。王太守正引随从百余人，长枷铁锁，沿街巡查。听得报说这话，慌忙回到留守司前。梁中书正在衙前闲坐，初听报说，尚自不甚慌。次后没半个更次，流星探马，接连报来，吓得魂不附体，慌忙快叫备马去准备了。

时迁见时机已到，走到翠云阁里面，但凡见到可以点燃处，到处放火，那些观灯的人只管自己逃命，哪里理会时迁干什么，不一会儿，便把翠云楼数十处都点着了。那火随着大风，一烧便旺，不一会儿，翠云楼便陷入一片火海之中，

从远处看，却如同半夜里点起一支冲天的火把。众英雄散在城里城外各处，专等时迁的信号，此时见翠云楼上烈焰冲天，火光夺月，十分浩大，便一齐发作，动手攻城。梁中书和城里城外官军见了，都心中惊骇，抱头鼠窜，哪里有心保城。众英雄里应外合，奋力拼杀，一举夺下了这座久攻不下的城池。

众人攻下城池，救了卢俊义、石秀二人，杀了忘恩负义的李固和卢俊义老婆，搬运了卢俊义的家产，安抚完百姓，才慢慢地整顿军旅，返回梁山。

时迁火烧翠云楼，是整个大名府战役的关键。这一把火，不仅仅只起了一个传递进攻信号的作用，它还烧旺了梁山英雄们的斗志，烧灭了守城官军们的决心，在那种攻城拔寨的战争中，它所发挥的作用，是怎么估计也不过分的。所以时迁回到梁山后，就被记了头功。这个头功，时迁是当之无愧。

四进曾头市

祝家庄是梁山的第一个考验；曾头市是梁山的第二个考验。

一打曾头市，晁盖在完全不知道敌情的情况下，一不事先侦察，二冒敌轻进，结果中了史文恭的诱敌之计，吃了败仗，自己也被史文恭一箭射中，丢了性命。二打曾头市，宋江吸取上次的教训，多带了两个人：一个是军师吴用，一个是侦察员时迁。有了这两个人，战局的结果果然大不一样。时迁在前方刺探军情，吴用在后方运筹帷幄，两人相辅相成，为整个战役的胜利打下了基调。其中，时迁四进曾头市，三探军情，一做内应，为战役的胜利作出了不可磨灭的贡献。

段景住被曾头市抢了梁山的骏马，回来对林冲等说："我和杨林、石勇前往北地买马，到那里选得壮窜有筋力好毛片的骏马，买了两百余匹。回至青州地面，被一伙强人，为头的一个叫险道神郁保四，带领两百余人，把马全部抢走，押送到曾头市去了。石勇、杨林不知去向。小弟连夜逃跑，回来报告这件事情。"关胜听说，叫先回山寨与宋江相见，商议此事。大家都走过来，到忠义堂上见了宋江。段景住把夺马一事详细说了一遍，宋江听了大怒说："上次夺我马匹，这次又如此无礼！晁天王的仇还没报，没一天高兴的时候。若不去报此仇，惹人耻笑！"吴用说："马上就春暖花开了，正好作战。上次进兵，失了地利，这一次一定要智取。"宋江说："此仇深入骨髓，不报誓不还山！"于是众人商量报仇出征之事。

宋江和众将忙着商量计策，吴用说："先不忙商量，且教时迁，他会飞檐走壁，前去探听消息，军情打探清楚了，回来再作商量。"时迁听命去了。这是时迁第一

次侦察曾头市，他使出了看家的本领，去那曾头市仔仔细细地周周密密地打探。没三二日，只见杨林、石勇逃回寨来，说那曾头市史文恭口出大言，要与梁山泊势不两立。宋江听说，便要起兵。吴用说："要等时迁回报，弄清情况再去不迟。"好歹拦住了宋江。宋江怒气填胸，要报此仇，片刻也忍耐不住，嫌时迁太慢，又叫戴宗飞去打听敌情，立即回报。不过数日，戴宗先回来，说："这曾头市要为凌州报仇，大起军马，现今他们在曾头市口扎下大寨，以法华寺为中军统帅大营，前后数百里遍插旌旗，实在不知道哪条路可以进军攻打。"宋江见戴宗语焉不详，只好耐心等待时迁。第二天，时迁才回来。果然带回了详细的敌军军情。时迁回报说："小弟直到曾头市里面侦察多天，敌军的基本情况已查清楚了。现在敌军扎下五个军寨：分别是东南西北寨和中寨。北寨是曾涂与副教师苏定，南寨是次子曾密，西寨是三子曾索，东寨是四子曾魁，中寨是第五子曾升与父亲曾弄把守。又有一个总寨，由教师史文恭执掌，另外，曾头市前面有二千余人把守村口。至于那个青州郁保四，他身长一丈，腰阔数围，绰号险道神，他将这次所夺的马匹都喂养在法华寺内。"

吴用听罢时迁报告的军情，甚为详细，这才召集诸将，一同商议对策。针对时迁的报告，吴用提出了作战的总原则："既然他设五个军寨，我这里就分调五支军将，分五路去攻打他五个军寨。"卢俊义便起身说："卢某得蒙大家救命上山，还没有报答大家，现在愿意随军出征，不知道是否可以？"宋江心中坦荡，大喜说："员外如肯下山，便可作前部先锋。"吴用谏说："员外初到山寨，未经战阵，山岭崎岖，乘马不便，不可为前部先锋。只可另引一支军马，前去平川埋伏，一旦听到中军炮响，便来接应。"原来吴用的想法，只怕卢俊义捉了史文恭时，宋江不负晁盖遗言，让位给他，因此不答应他做前部先锋。宋江的想法，只要卢俊义建功，乘此机会，教他做山寨之主。吴用知道只有宋江才能做好这支梁山军的头领，所以不肯，立主叫卢员外带同燕青，引领五百步军，到平川小路听号。次后，再分调五路军马：曾头市正南大寨，派马军头领霹雳火秦明、小李广花荣，副将马麟、邓飞，引军三千攻打；曾头市正东大寨，派步军头领花和尚鲁智深、行者武松，副将孔明、孔亮，引军三千攻打；曾头市正北大寨，派马军头领青面兽杨志，九纹龙史进，副将杨春、陈达，引军三千攻打；曾头市正西大寨，派步军头领美髯公朱仝、插翅虎雷横，副将邹渊、邹润，引军三千攻打；曾头市正中总寨，由总头领宋江，军师吴用、公孙胜，随行副将吕方、郭盛、解珍、解宝、戴宗、时迁，领军五千攻打；步军头领黑旋风李逵、混世魔王樊瑞，副将项充、李衮，引马步军兵五千后面接应。其余头领，各守山寨。

宋江率领五路大军挺进曾头市。曾头市也派人侦察了情况，把情况报到寨中。中

寨主帅曾弄便请教师史文恭、苏定来商议军情重事。史文恭献计说："梁山泊军马来时，不要和他硬斗，只需多挖陷坑、打埋伏，就可捉他的强兵猛将。这伙草寇，作战勇猛，须用这条计，才是上策。"曾弄便派庄客人等，扛了锄头铁锹，去村口掘下数十个大陷坑，上面虚盖着一些土，四面埋伏下军兵，只等宋江兵前来攻寨中计。又去曾头市北路，也掘下十数处陷坑。

军情瞬息万变，吴用深知此理，临到大军出发时，吴用又暗派时迁先去打听动静。这是时迁第二次侦察曾头市。时迁又去仔仔细细地打探了一回，恰遇那些士兵挖坑设计，这一次又是重大军情，时迁唯恐遗漏，花了几天时间，把前前后后的陷阱都探听清楚了。几天之后，时迁回来报告说："曾头市寨南寨北，尽都掘下陷坑，不计其数，只等俺军马到来。"便把那详细的陷阱地点和埋伏兵数都细细说清。吴用听了大喜，心中有数。大笑说："不足为奇！"引军前进，来到曾头市附近。此时正是中午，前队望见一骑马来，项带铜铃，尾拴雉尾，马上一人，青巾白袍，手执短枪。前队望见了，便要追赶，吴用赶紧止住。教军马就此建中军寨，四面掘下壕堑，下了铁蒺藜。又传下令去，教五军各自分头扎寨，同样掘下壕堑，下了蒺藜。不去攻打，要看看曾头市是否前来挑战。一住三日，曾头市不出来交战。

吴用见曾头市不出来交战，便派时迁第三次前去打探敌军动向，去时交代：一要弄清曾头市不出来交战的真正意图；二要顺便再去核实所有陷坑，总共的数目，离寨的准确路程，并在各处做下暗记。时迁冒着生命危险，又去打听了一天。回来详细汇报了最新情况：那曾头市只想引众人前去中计，故不出战，其他情况均无甚变化，各处陷坑的记号也都做好了。

吴用了解了敌军动向，第二天，便传令，教前队步军各执铁锄，分作两队，又把粮车一百有余，装载芦苇干柴，藏在中军。第三天，开始进攻曾头市。先派东西两路步军前去打寨，由鲁智深、武松领军攻打南寨，朱仝、雷横领军攻打西寨。再教攻打曾头市北寨的杨志、史进把马军一字儿摆开，在那里擂鼓摇旗，虚张声势，但不进攻。史文恭中军仍旧按兵不动，一心想引宋江军马打寨，着他陷坑，他好派伏兵捉拿。吴用却看出了他的心思，调派人马，从山背后分两路包抄到中军寨前，前面的守军，只顾看寨，不敢来救，吴用军马从背后掩来，史文恭安排的守军伏兵都摆在寨前，退避不了，全都被逼下自己挖的坑里去了。史文恭见势头不对，领军要冲出来，吴用鞭梢一指，军寨中锣响，一齐推出百余辆车子来，全都点着火。上面芦苇干柴，硫黄焰硝，一齐着起，烟火迷天，直挡住史文恭军马。敌军中军被冲得大乱。掩杀了一阵，吴用得胜，也不追赶，鸣金收兵。

此后，两军难于使诈，便阵前相见。各有胜负。先是阵前花荣射杀了曾涂，赢了一阵；接着曾升为兄报仇，射伤李逵；接着史文恭出马，杀败秦明；接着吴用设计，诱史文恭夜袭劫寨，伏杀了曾索。曾弄见连死了两个儿子，只好派人前来讲和。宋江一心要为晁盖报仇，哪里肯答应。吴用却将计就计，说服宋江同意了。

两边讲和，交换人质，那边派曾升和郁保四过来，吴用这边派时迁带李逵等四人前去。吴用一面派时迁五人前去，明为讲和，实做内应；一面暗地劝降了郁保四，却让郁保四诈逃回去使反间计。且说那时迁带李逵过去做了人质，这已是他第四次深入虎穴了。曾弄起先不满，直到时迁讲明李逵乃宋江最爱的兄弟之后，那曾弄才相信，把时迁等安排在法华寺里。这边郁保四诈逃回曾头市，便依吴用的话对曾弄讲。宋江实在只是想要回他那匹千里马，并无心讲和，就算你给了他那匹马，他最后也会翻脸。现在青州、凌州两处正派大军前来进剿宋江，宋江正惶惶不可终日，我们不如趁他惶恐之际连夜劫他大营，要是迟一些，那曾升在他营实在危险。等劫了他的大营，再回来杀那五个人质不迟。曾弄果然中计，五寨人马倾巢而出，想一举拿下宋江军。那郁保四又转到法华寺，向时迁通了信。史文恭发五路大军来到宋江阵前，发现大寨内空无一人，原来吴用使了一个调虎离山计，把曾弄大军骗离大寨，自己却好带领五路大军前去攻寨。史文恭知道中计，连忙回赶，却听到法华寺里钟声长鸣，东西寨里火炮齐响，喊声大举。原来时迁去那法华寺里撞钟为号，李逵等四人在里面杀将出来，外面吴用带军杀将进去，直杀得鬼哭狼嚎，那寨不一刻便被破了。史文恭东奔西窜，无奈阵式已乱，却被宋江军一阵追赶，活捉了去，祭了那晁盖的魂灵。曾家大小，也没有逃脱一个。

时迁冒着生命危险，四进曾头市，作为一个侦察员，他出色地完成了自己的任务。

火烧蓟州城

宋江征辽时攻打蓟州城，时迁做内应，又立了大功。

宋江攻下檀州后，杨雄来禀告说："前面便是蓟州。这里是个大郡，钱粮极广，米麦丰盈，乃是辽国的粮仓。若打下蓟州，其他地方都容易攻取。"宋江听罢，便请军师吴用来商议：分两路来打蓟州，宋江带一路杀至平峪县，卢俊义带一路杀至玉田县。

这蓟州，是辽国郎主的御弟耶律得重把守，这耶律得重手下有四个孩儿：长子宗云，次子宗电，三子宗雷，四子宗霖，都是良将，下面又有十几员战将，一个总兵

大将，叫做宝密圣，一个副总兵，叫做天山勇，牢牢守着蓟州城池。那洞仙侍郎与咬儿惟康以及楚明玉和曹明济，在檀州吃了败仗，也退入了蓟州城中，见了御弟大王耶律得重，诉说："宋江兵将浩大，内有一个使石子的蛮子，十分了得。那石子百发百中，不放一个空，最会打人。两位皇侄并小将阿里奇，尽是被他石子打死了。"耶律大王便把他们都留在城中帮着守城。不久，探子报说宋江兵分两路来打蓟州，一路杀至平峪县，一路杀至玉田县。御弟大王听了，便嘱咐宝密圣守城；教洞仙侍郎引本部军马，把住平峪县口，不和来军厮杀；自己亲自带四个孩儿和副总兵天山勇，飞奔来捉玉田县的宋军，得胜后再从背后包抄平峪县。一边关报霸州、幽州，教两路军马前来接应。

宋江引兵来到平峪县，见前面有兵把住关隘，不敢轻进，就平峪县西屯了兵马。卢俊义带一路兵杀至玉田县，遭遇了御弟大王的重兵围堵，双方各有胜负，最后卢俊义被辽兵围困在县城，险些出不来。所幸宋江得到信报，赶紧带大兵来解围。对阵辽兵。辽兵从辰时直围到未牌，正待困倦，被宋江军马杀来，抵挡不住，急忙撤退。朱武和卢俊义乘势下令追赶，辽兵大败，杀的星落云散，七断八续，耶律大王赶紧带兵撤回蓟州城内去了。

辽兵大败，纷纷退往蓟州城。时迁和石秀昔日都曾在蓟州城生活过，时迁便来献计说：大军迟早要攻打蓟州城，他和石秀熟悉蓟州，可以先扮作战败逃亡的辽兵混进城去，来日攻城时可以作为内应；蓟州城内有一座大寺，叫宝严寺，廊下有法轮宝藏，中间是大雄宝殿，前面有一座宝塔，直耸云霄，他先去宝塔顶上躲着，每日饭食，由石秀送给他吃了，等到城外宋江军马攻打得紧急时，就去那宝严寺塔上放起火。宋江听了觉得有理，当即答应。时迁是个惯于飞檐走壁的人，哪里不躲了身子？和石秀一起先混进城里不提。

宋江赶得辽兵去远，到天明鸣金收军，进玉田县，和卢先锋合兵一处，准备攻打蓟州。本来要分兵进击，那宋江见军士连日辛苦，且教暂歇一天，第二天，引兵撇了平峪县，与卢俊义合兵一处，催起军马，一同来攻打蓟州。

御弟大王折了两个孩儿，逃回蓟州，不胜懊恨，便同大将宝密圣、天山勇、洞仙侍郎等商议说："上次涿州、霸州两路救兵，已经各自分散回去了。如今宋江合兵在玉田县，迟早要进兵来打蓟州，似此如何是好？"大将宝密圣说："只怕宋江兵不来，若是那伙蛮子来了，小将前去应敌。若不活捉他几个，那厮们哪里会退兵？"洞仙侍郎说："那蛮子队有个穿绿袍的，惯使石子，好生利害。要好好提防他。"天山勇说："这个蛮子，已被我一弩箭射中咽喉，多半已死了也！"洞仙侍郎说："除了

这个蛮子，别的都不打紧。”正商议间，小校来报，宋江军马杀奔蓟州来。御弟大王连忙整点三军人马，教宝密圣、天山勇火速出城迎敌。

离城三十里外，与宋江对敌。各自摆开阵势，番将宝密圣横槊出马。宋江在阵前见了，便问道：“斩将夺旗，谁去见头功！”说犹未了，只见豹子头林冲便出阵前来，与番将宝密圣大战。两个斗了三十余合，不分胜败。林冲要见头功，持丈八蛇矛，斗到间深里，暴雷也似大叫一声，拨过长枪，用蛇矛去宝密圣脖颈上刺中一矛，搠下马去。宋江大喜。两军发喊。番将天山勇见刺了宝密圣，横枪便出。宋江阵里，徐宁挺钩镰枪直迎出来。二马相交，斗不到二十来合，徐宁手起一枪，把天山勇搠于马下。宋江见连赢了二将，心中大喜，催军混战。辽兵大败，望蓟州奔走。宋江军马赶了十数里，收兵回来。

当天宋江扎下营寨，赏劳三军。次日传令，拔寨都起，直抵蓟州。第三天，御弟大王见折了二员大将，十分惊慌，又见报道：“宋军到了！”忙与洞仙侍郎说：“你可引这支军马出城迎敌，替俺分忧也好。”洞仙侍郎不敢不依，只得引了咬儿惟康、楚明玉、曹明济，领起一千军马，就城下摆开阵式。宋江军马渐近城边，雁翅般排将来。门旗开处，索超横担大斧，出马阵前叫战。番兵队里，咬儿惟康便抢出阵来。两个并不打话，二将相交，斗到二十余合。番将终是胆怯，无心恋战，正要脱身逃走。索超纵马赶上，双手抡起大斧，觑着番将脑门上劈将下来，把这咬儿惟康脑袋劈做两半。洞仙侍郎见了，慌忙叫楚明玉、曹明济快去策应。这两个人心中八分胆怯，被逼无奈，只得挺手中枪，向前出阵。宋江军中九纹龙史进见番军中二将双出，便舞刀拍马，直取二将。史进逞起英雄，手起刀落，先将楚明玉砍于马下。这曹明济急待要走，史进赶上一刀，也砍于马下。史进纵马杀入辽军阵内。宋江见了，鞭梢一指，驱兵大进，直杀到吊桥边。耶律得重见了，越添愁闷，便教紧闭城门，各将上城紧守。一面申奏郎主，一面差人往霸州、幽州求救。

宋江与吴用计议说：“像这样城中紧守，有什么办法破城？”吴用说：“城中已有石秀、时迁在里面，不能耽搁太久。教四面竖起云梯炮架，立即攻城。再教凌振将火炮四下里施放，打将进去。攻击得紧，其城必破。”宋江即便传令，四面连夜攻城。再说御弟大王见宋兵四下里攻击得紧，尽驱蓟州在城百姓上城守护。

石秀在城中宝严寺内，守了多日，不见动静。只见时迁来报说：“城外哥哥军马，打得城子紧。我们不就这里放火，更待何时？”石秀见说了，便和时迁商议，决定先去宝塔上放起一把火来，然后去佛殿上放火。时迁说：“你快去州衙内放火。在南门要紧的地方，放起火来，外面见了，定然加力攻城，不愁城不破！”两个人商

量定，各自带了引火的药头、刀、火石、火筒、烟煤，都藏在身边。当天晚上，宋江军马打城甚紧。却说时迁，他是个飞檐走壁的人，跳墙越城，如履平地。当时先去宝严寺塔上点起一把火来。那宝塔最高，火起时，城里城外，到处都看得见。火光照的三十余里远近，似火钻一般。然后又去佛殿上放火。那两把火起，城中鼎沸起来。百姓人民，如惊弓之鸟，见了火起，家家老幼慌忙，户户儿啼女哭，大小逃生。石秀直爬去蓟州衙门庭屋上博风板里，点起火来。蓟州城中各处，见三处火起，便知道城内已有敌军进入，百姓见已阻挡不住，哪里有心守护城池，各自逃归看家。没多时，山门里又是一把火起，却是时迁跑出宝严寺来，又放了一把火。那御弟大王见了城中没半个小时，四五路火起，知道宋江有人在城里。慌慌急急，收拾军马，带了老小并两个孩儿；装载上车，开了北门便逃。主帅逃了，众将也都跟着奔命，士兵们更是无心恋战，宋江见城中军马慌乱，催促军兵卷杀攻城，顷刻间便杀进城来。城里城外，喊杀连天，已经夺了南门。洞仙侍郎见寡不敌众，只得跟随御弟大王投北门逃跑。固若金汤的蓟州城，就这样被破。

宋江引大队军马入蓟州城来，传下将令，先教救灭四边风火。天明出榜，安抚蓟州百姓。带三军人马，尽数进入蓟州屯住，犒赏三军诸将。功绩簿上，时迁、石秀又记了个头等功。

火烧盖州城

宋江统领军兵人马，分五队进发，来打盖州。盖州哨探飞报入城。城中守将钮文忠，原是绿林中出身，惯使一把三尖两刃刀，武艺出众，将江湖上打劫的金银财物，拿出来资助田虎，同谋造反，官封枢密使之职。他的部下有四员猛将，统领着三万北兵，据守盖州。钮文忠听到信报，准备檑木炮石，强弓硬弩，火箭火器，坚守城池，以待救兵。

第二天，宋江传令，修治器械，准备攻城。令林冲、索超、宣赞、郝思文领兵一万，攻打东门；徐宁、秦明、韩滔、彭玘领兵一万，攻打南门；董平、杨志、单廷圭、魏定国领兵一万，攻打西门。空着北方，恐有救兵到来，城内冲突，两路受敌。又令史进、朱仝、穆弘、马麟领兵五千，在城东北高冈下埋伏；黄信、孙立、欧鹏、邓飞领兵五千，在城西北密林里埋伏，准备两路夹击来犯的救兵。令花荣、王英、张青、孙新、李立领马兵一千为游骑，往来四门探听；李逵、鲍旭、项充、李衮、刘唐、雷横领步兵三百，与花荣等互相策应。分兵已定，众将遵令而行。东门攻城，林

冲等四将在东城建竖云梯飞楼，逼近城垣，令轻捷军士上飞楼，攀援欲上，下面呐喊助威。怎奈城内火箭如飞蝗般射出来，军士躲避不迭，不多久那飞楼便被烧毁，刮喇喇倾折下来，军士跌死五六名，受伤十几名，攻城失败。西南二处攻打，被火箭火炮打伤士兵，也告失败。一连六七日，攻城毫无进展。宋江见攻城不克，同卢俊义、吴用亲自到南门城下催督攻城。花荣等五将，领游骑从西哨探过东来。花荣取神箭连连射杀楼上的守军，名声大振，敌军惊恐，但对攻城没有太大帮助。花荣等拥护着宋江、卢俊义、吴用，绕城四周查看地形。

宋江、卢俊义、吴用回到寨中。吴用叫来陵川降将耿恭，问盖州城中路径。耿恭说："钮文忠用旧州府做帅府，正在城的中央。城北有几个庙宇，空处都是草场。"吴用听完，和宋江计议，便有了攻城的办法。吴用分派了五批人，第一批是时迁、石秀；第二批是凌振、解珍、解宝，领二百名军士，携带轰天子母大小号炮；第三批是鲁智深、武松，带领金鼓手三百名；第四批是刘唐、杨雄、郁保四、段景住，每人带领二百名军士，各备火把，往东南西北。五批人各分派任务，分头行动。又令戴宗往东西南三营，密传号令，只要看见城中火起，并力攻城。时迁的任务，最是关键，他和石秀须混进城内，乘乱放火，一则扰乱敌军，二则发出总攻信号，城外如见火起，就是总攻的时刻到了。

钮文忠日夜指望救兵，却毫无消息。只得添拨军士，搬运木石，上城坚守。一夜黄昏时分，猛听得北门外喊声震天，鼓角齐鸣。钮文忠驰往北门，上城眺望时，喊声金鼓却都一起停息了，却不知道敌军在哪里。正疑虑间，城南喊声又起，金鼓振天。钮文忠令于玉麟坚守北门，自己急驰到南城，赶到南城，喊声又突然停息，金鼓也不鸣了。钮文忠眺望多时，只听见宋军南营里隐隐更鼓之声，静悄悄的，火光儿也没半点。钮文忠徐徐下城，正想到帅府前查看，猛听到东门外连珠炮响，城西也是呐喊一片，擂鼓喧天。钮文忠东奔西逐，直闹到天明。白天，宋兵又来攻城，一直攻到晚上才退兵。这一夜二鼓时分，又听到鼓角喊声，钮文忠说："这又是疑兵之计，不要睬它，我这里只坚守城池，看他怎地。"忽报东门火光冲天，火把不计其数，飞楼云梯，逼近城来。钮文忠闻报，驰往东城，同褚亨、石敬、秦升督军士往外发射火箭炮石，正发射间，猛听得一声火炮，惊天动地，把城楼也振动，城内军民，都大惊失色。吴用派兵连续这样骚扰了两夜，天明又来攻城，搞得城内军士没有片刻休息，疲惫不堪，钮文忠也时刻在城上巡视，不敢休息。正巡视间，忽然望见西北上旌旗蔽遮天，望东南而来，宋兵中十数骑哨马，飞也似投大寨去了。钮文忠料是救兵，遣于玉麟准备出城接应。那支救军，是普宁守将田虎的兄弟三大王田彪，接了盖州求救信，

便派部下猛将凤翔王远，领兵二万，前来救援。刚过阳城，望盖州进发，离城尚有十余里，猛听的一声炮响，东西高冈下密林中，飞出两彪军来，原来是早已埋伏多日的两路伏兵。那史进、朱仝、穆弘、马麟、黄信、孙立、欧鹏、邓飞八员猛将和一万伏兵，卷杀过来。晋宁兵虽有二万，但远来劳困，抵挡不住两路夹攻。晋宁军大败，丢盔弃甲，领了败残头目士卒，仍回晋宁去了。再说钮文忠见两军截住厮杀，急遣于玉麟领兵开北门杀出接应，那北门却是无兵攻打。于玉麟领兵出城，才过吊桥，正遇上花荣游骑从西而来。北军大叫："神箭将军来了！"慌得急退不迭，一拥乱抢进城去。于玉麟已是在南城吓破了胆，不敢出来交战，也跑进城去。花荣等冲过来，杀死二十余人，不去赶杀，让他进城。城中急急闭门。石秀、时迁穿了北军号衣，乘机混进城去。

时迁、石秀进了城门，趁闹哄溜进小巷。转过那条巷子，只见一个神祠，牌额上写着："当境土地神祠"。时迁、石秀踅进祠来，见一个道士在东壁下烤火。那道士见两个军士进祠来，便说："长官，外面情况怎样了？"时迁说："刚才被于将军点去厮杀，却撞上了那个神箭将军，于将军也不敢与他交锋。我们乘乱逃回城里，俺趁闹逃到这里来了。"便从身边取出两块碎银。递给道士说："你有藏下的酒，随便弄两碗给我们喝，天冷得很。"那人笑着说："长官，你不知道这几天军情紧急，神道的香火都没有了，哪里来的酒？"便把银递还时迁。石秀推住他的手说："这点小意思你先收下，我们连日守城辛苦，片刻没合眼，今夜暂时在这里睡一晚，明早便走。"那道人摇着手说："二位长官莫怪！钮将军军令严明，一会儿又要来查看。我要是留二位在此，脱不了关系。"时迁说："要是这样，那再说。"石秀便挨到道士身边，也去烤火。张望前后无人，对石秀丢了个眼色，石秀暗地取出佩刀，从背后喀嚓一刀，把那道士杀了。走过去把祠门闩了。这时已是酉牌时分。时迁转过厨房，后面有一扇门，门外是一个小小的天井，屋檐下堆积两堆乱草。时迁、石秀搬过稻草遮盖了道士的尸体，开了祠门，从后面天井中爬上屋去。两个伏在屋脊下，抬头看天上，天边正明朗朗地闪烁着几十颗星。时迁、石秀等了一回，再溜下屋来，到祠外察看，没有一个人来往。两个再探几步，左右张望，邻近虽有几家居民，但都静悄悄地闭着门，门内隐隐有哭泣的声音。时迁踅向南去，连过一带土墙，只见一大块空地上，堆着数十堆柴草。时迁暗喜，想："这是草料场，怎么没有士卒看守？"原来城中的将领，只顾到城上督战，都无暇顾及这里。看护粮草的士兵听说宋军杀败救兵，料想城已保不住，自顾性命，都躲起来了。

时迁、石秀见此好机会，转身到神祠里，取了火种，把道人尸体上的乱草点着。

又溜回到草场内，两个分头点火，把那草料场一连六七处都烧着了。不一会儿，草场内烘烘火起，烈焰冲天，那神祠内也轰轰烈烈烧了起来。草场的西侧，一个居民听到火起，打着火把赶出来探听。时迁跑过去，劈手抢了火把。石秀故意说："是你放的火吧，等我们报告钮元帅去。"居民见是两个军士，哪敢与他们争辩，赶紧回屋去了。时迁执着火把，同石秀一起望南跑，口里嚷着要报告元帅，见居民房屋下能烧得着的地方，又添上两把火，才丢下火把，趄过一边，脱下北军号衣，找一个僻静的地方躲了起来。

时迁、石秀在盖州城里火烧草料场，连放了几处大火，城中军民见四五路火起，一时鼎沸起来。钮文忠见草场火起，急分军士前来救火。城外见城内火起，知道是时迁、石秀内应，加紧攻城。吴用令秦明等把飞楼逼近城南稍低的城垣，对解珍、解宝说："贼人丧胆，军士已疲，兄弟努力上城！"解珍、解宝一跃攻上城去。城内早无斗志，解珍、解宝二人当先，一齐抢杀下城，砍翻把门军士，夺了南门，放下吊桥，徐宁等众将领兵拥入。徐宁又同韩滔领兵杀奔东门，杀死守将安士荣，夺了东城门，放林冲等众将入城。秦明又同彭玘领兵抢夺西门，放董平等入城。不一会儿，四门夺了三门，梁山军大呼冲杀，攻下了盖州。钮文忠见城门已都被夺，弃城上马，同于玉麟领二百余人，逃出北门。未逃出一里，被李逵、鲁智深拦住去路，杀死在马上。留下于玉麟、盛本望死命逃出去，报信去了。

攻打盖州，吴用仍是使用了里应外合之计。时迁的作用，就是那个里应。不过，这次更幸运，是火烧了草料场，那盖州守军即使再强大一倍，没了草料，也一定坚持不了多久。从军事的角度看，时迁这次的任务，是超额完成了。

独闯昱岭关

副先锋卢俊义统领三万人马，二十八员战将，引兵取山路进军杭州，经过临安镇钱王故都，逼近通往杭州的最后一个重要关隘：昱岭关。据守昱岭关的，是方腊手下的一员大将，绰号叫小养由基庞万春，是江南方腊国中的第一神箭手。手下带着两员副将：一个叫做雷炯，一个叫做计稷。这两个副将，都蹬的七八百斤劲弩，各会使一枝蒺藜骨朵，手下各有五千人马。三个守将把守昱岭关隘，只等梁山兵前来攻打。

卢俊义军马来到昱岭关前，当天，先派史进、石秀、陈达、杨春、李忠、薛永六员将校，带领三千步军，前去探路。六将都骑战马，其余都是步军，迤逦来到关下，一路居然没碰见一个敌军。大家正在迷惑不解，只见关上竖起一面彩绣白旗，旗

下站出一员战将来，看着史进等大笑，骂道："你这伙草贼，不好好待在梁山泊，让宋朝招什么安，来我国这里装好汉！你们也听说过我小养由基的名字么？我听得你们一伙人里，有个什么小李广花荣，让他出来，和我比箭。先教你们看我的神箭！"话未说完，飕的一箭射来，把史进射下马去。五将一齐救了史进上马回撤。山顶上一声锣响，左右两边松树林里，一齐放箭。五员将领顾不得史进，各自逃命。转过山嘴，对面两边山坡上，一边是雷炯，一边是计稷，那弩箭如雨一般射来，可怜水浒六员将领，竟然都死在了乱箭之下。三千步卒，只剩得百余个小军，逃得回来。

卢俊义得知情况大惊，如痴似醉，呆了半晌。神机军师朱武也是伤心不已。朱武哭罢，谏道："先锋且勿烦恼，有误大事，我们商量一个计策，去夺关斩将，报此大仇。"卢俊义说："宋公明兄长特地分许多将校与我，今天不曾赢得一阵，倒先折了六将。三千军卒，只有百余人回来。我有何面目到歙州相见？"朱武说："古人有云：'天时不如地利，地利不如人和。'我等都是中原、山东、河北人，不习惯水战，因此失了地利。须找一个本处乡民指引，才能知道过山的道路。"卢先锋说："军师之言极当，派谁去探路比较好呢？"朱武说："论我愚意，可差鼓上蚤时迁。他是个飞檐走壁的人，好去山中寻路。"卢俊义便派时迁单独去探路。时迁刚失挚友，领命当即出发。

时迁捎带了干粮，挎口腰刀，离寨望深山而去。走了半日，天色已晚，远远地望见一点灯光明朗。时迁想："灯光处必有人家。"趁黑地里摸到灯明之处看时，却是个小小庵堂。时迁来到庵前，钻进庵去，见里面一个老和尚，坐在那里诵经。时迁便敲他房门，那老和尚叫一个小行者来开门。时迁进到里面，见了礼。那老僧便问："客官，这里是万马千军厮杀之地，你是如何走到这里的？"时迁应道："实不敢瞒师父，小人是梁山泊宋江部下的偏将时迁。今来奉旨剿收方腊，谁想夜里被昱岭关上守关的贼将，乱箭射死了我六员大将。因无计度关，特派时迁前来寻路，探听有何小路过关。今从深山旷野寻到这里，万望师父指点迷津，有何小径，私越过关，当以厚报。"那老僧说："这里的百姓，都被方腊残害，没一个不怨恨他。老僧原是靠这方百姓施舍，度日为生。如今村里的人都逃走了，老僧没有去处，只得在此等死。今天幸得天兵到此，万民有福。老僧本来不敢多口，恐防贼人知道。将军既是天兵处派来的头目，便多口也不妨。我这里没路过关，西山岭边，有一条小路，可以过关。只怕近日被贼人筑断，就过不去了。"时迁便问："师父，既然有这条小路通到关上。不知道能不能通到贼寨里？"老和尚说："这条私路，一直通到庞万春大寨的背后，下岭去便是过关的路了。要是贼人用大石块拦住了路，就难得过去。"时迁说："不

妨。既有路径，不怕他筑断了，我自有办法。既然如此，小人回去报知主将，再来酬谢。”老和尚说：“将军见外人时，休要多口。”时迁说：“小人是个精细的人，不敢说出老师父来。”当日辞了老和尚，径回寨中。

时迁回到寨中，向卢俊义报告此事。卢俊义听了大喜，便请军师来商议取关之策。朱武说：“若是有此路径，昱岭关便唾手而得。再派一个人和时迁同去，一起行事。”时迁便问：“军师要我做什么事？”朱武说：“最要紧的是放火放炮。你等身边，带上火炮、火刀、火石，直接去那寨背后，放起炮火来，就可以了。”时迁说：“既然只是要放火放炮，别无他事，不需再用别人同去，只兄弟一个人去就行了。多一个人去，又不能飞檐走壁，反耽误时间。我如去那里行事，你这里如何能接近关前？”朱武说：“这个却容易，那贼人的埋伏，也只好使一遍。我如今不管他埋伏不埋伏，凡路上遇着树木稠密之处，便放火烧林，那埋伏自然就失效。”时迁说：“军师高明。”当下收拾了火刀、火石并引火煤筒，脊梁上用包袱背着大炮，再上昱岭关。卢俊义叫时迁赍银二十两，粮米一石，让一个军校挑着，送给老和尚。当日午后，时迁引了这个军校挑米，再寻旧路来到庵里，见了老和尚，施了礼物。当晚，老和尚叫一个小行者引路，把时迁送去那关前。小行者领着时迁，离了草庵，便望深山径里寻路。穿林透岭，揽葛攀藤，行过数里山径野坡，月色微明到一处，山岭险峻，石壁嵯峨，远远地望见开了个小路口。巅岩上尽把大石堆叠砌断了，高高筑成墙壁。小行者说：“将军，关已望见，石叠墙壁那边便是。过得那石壁，就有大路。”小行者自回，时迁却把飞檐走壁、跳篱骗马的本事拿出来，这些石壁，拈指爬过去了。望东去时，只见林木之间，半天价都红满了。却是卢先锋和朱武等拔寨都起，一路上放火烧林，望关上来。三五百军人，沿山巴岭，放火开路，埋伏军兵，无处藏躲。昱岭关上小养由基庞万春闻知，也不介意，带了雷炯、计稷，都来关前守护，以为只要牢守此关，便无人能过。哪里知道时迁已单身匹马闯到了关上。

时迁一步步摸到关上，爬上一株大树顶头，伏在枝叶稠密处，看那庞万春、雷炯、计稷都将弓箭踏弩，伏在关前伺候。看见宋兵时，一派价在那里烧林。中间林冲、呼延灼立马在关下，大骂：“贼将安敢抗拒天兵！”庞万春正想要放箭射时，不提防时迁已在关上做起了手脚。那时迁悄悄地溜下树来，转到关后，见两堆柴草，便摸出火刀、火石，发出火种，把火炮搁在柴堆上，先把些硫黄焰硝去烧那边草堆，又来点着这边柴堆。点着火炮，把那火种拿了，又直爬到关上屋脊上去点着。那两边柴草堆里一齐火起，火炮震天价响。关上众将，不杀自乱，发起喊来，众军都只顾乱跑，哪里有心来迎敌。庞万春和两个副将急来关后救火时，时迁就在那屋脊上放起火

炮来。那火炮震得关屋也动，吓得南兵都弃了刀枪弓箭、衣袍铠甲，尽望关后奔逃。时迁在屋上大叫道："已有一万宋兵先过关了，你等及早投降，免你一死！"庞万春听了，惊得魂不附体，只管跺脚。雷炯、计稷也惊得麻木了，动弹不得。关下见关上乱了，自然攻得更紧，林冲、呼延灼首先上山，赶到关顶。众将都要争先，追赶逃兵，一齐赶过关去三十余里，追的南兵抱头鼠窜。孙立生擒了雷炯，魏定国活捉了计稷，单单只逃跑了庞万春。关上军兵，活捉了大半。

卢先锋攻破昱岭关，厚葬史进、石秀、陈达、杨春、李忠、薛永六人。以时迁功劳最大，厚赏了时迁。时迁虽然得赏，然而失了兄弟，殊然不乐。尤其是那石秀，和他同上梁山，出生入死，历次内应外和，潜伏火攻，都是石秀相伴，可以说是时迁在梁山最好的朋友。时迁受命独自穿山越岭，寻找过关的路，可以说是揣着巨大的悲伤去完成朋友未竟的事业。知音已逝，人生复有何乐？果然，似乎是老天爷有意的安排，过了不久，打下方腊，来到杭州，时迁便患肠病，不治身亡，追随他的朋友而去了。这个结局，也许对时迁倒是一种解脱。

张
顺

浪里白跳张顺

张顺是有特殊才能的人。

张顺还未出场，小说便借他哥哥的口描述这一才能：我有个兄弟，却又了得。浑身雪练也似一身白肉，没得四五十里水面，水底下伏得七日七夜，水里行一似一根白条。更兼一身好武艺。因此人起他一个诨名，唤做“浪里白跳”（有些版本也做“浪里白条”）张顺。人是陆生动物，但人是一种奇怪的动物，就是希望自己在水中也能够像陆地上一样自由自在，最好都变成鱼，所以每一个小男孩大概都做过这种梦，梦见自己中流击浪，浪遏飞舟，虽然成功者少，达到这种境界的人更是寥寥无几，多数人长大以后也就不了了之了。“水底下伏得七日七夜”，这的确是令人神往的境界，历史上大概也没几个人能够做到。大才如庄子，描写他理想中的水生人物：“县水三十仞，流沫四十里，鼋鼍鱼鳖之所不能游也。一丈夫游之，数百步而出，被发行歌而游於塘下”，也不过尔尔；我小时候看过一部科幻小说，其中有个两栖人，能住在海底，常随大海来往，那时候真令我看得如痴如醉，羡慕不已，不过后来知道，那人大概是个变种生物，长了腮，也就不以为奇了；至于北京奥运会上连拿八块金牌的菲尔普斯，虽号称飞鱼，诚然可以拿来和张顺比一比，不过考虑到竞技体育的单项性和条件限制，把菲尔普斯扔到大风大浪的江中，他或许连李逵都斗不过——虽然这点不能怪飞鱼本人，我们这个时代还少有有胆量教人在水底打架的教练，所以也只好

心中怏怏，自己遗憾，不去硬性比较了。总之，一句话，张顺这种才能，放之四海都可称得上是奇才。正是这种才能，才让他降伏了林冲三人都敌不过的玉麒麟，活捉了阴险狡诈的高俅；威服了讲礼讲节的宿太尉，戏耍了无法无天、人见人怕的黑旋风。

但是，张顺又是一个未尽其才的人。

以张顺的能力，在水寨上做个水军大头领，未为不可，但事实上这种事情压根就没有发生过，倒是有一段时间在混江龙李俊身上似乎能够见到一点点影子。事实上，张顺在梁山泊上的地位非常尴尬，这极大地限制了他的能力发挥。造成这一结果的原因主要有以下几条：第一，梁山英雄多北方人，宋江也是北方人，不习惯水战，古代战争又多陆战，水战自保有余，攻敌却不足，所以不重水战；第二，梁山水军头领数目太少，就李俊、童威、童猛、张横兄弟、阮家三兄弟等八九个人，比例不足，地位不高；第三，水军头领中，李俊有童威、童猛兄弟撑场，阮氏有三兄弟，张顺只有兄弟张横一人，只能形成一个三足鼎立的局面，不足以出头；第四，兄弟俩中，张顺又是弟弟，排名时又得屈排在哥哥后面了。这一系列的原因使得张顺似乎是游勇作战。梁山诸兵种中水军实力严重不足，这在以后打南方战役中看得最明显，大概与水军头目间的不统一有极大的关系。以张顺的能力，以张顺和领袖宋江的关系，做个水军头领，有何不可呢？可惜小说不能重写——顺便说一句，小说的另一水军头目混江龙李俊，后来漂洋过海，去泰国做了国王——不知道这是在讽刺还是在暗示。

尽管如此，作者对张顺这个人物仍然给予了相当的重视，作者给予他的笔墨差不多是阮氏三兄弟的总和。写到他的死，也格外隆重一些，既有宋江的号啕大哭——这是少见的，又有神秘的借尸还魂复仇，这也算是作者对自己的一个安慰吧。鉴于作者的重视，鉴于张顺带有神秘色彩的本领在民间所受到的崇高的崇拜，鉴于水军在梁山战争史上的教训，作者决定把浪里白跳放在一个显要的位置上来进行介绍。

在永远的传奇中，我们已经介绍过了步兵头领鲁智深、武松、李逵；马军头领林冲、卢俊义（在燕青的故事中）；外交家燕青；侦察员时迁。最后，我们再来介绍这位水军头领：浪里白跳，就把浪里白跳作为我们永远的传奇的最后一道闪亮光彩。

浪里白跳的故事主要有：智耍黑旋风；活捉黄文炳；威服宿太尉；降伏玉麒麟；力请安道全；活捉高俅；夜伏金山寺；就义涌金门。其中，智耍黑旋风的故事，我们在李逵的故事中已经说过了，此处从略。

活捉黄文炳

大家劫了法场，救了宋江和戴宗，宋江起身对众人说：“小人宋江，如果没有众

好汉相救，和戴院长都已死于非命。今日之恩，深于沧海，是没有办法报答了！只可恨罪魁祸首黄文炳，几番从中挑拨唆使，要害我们。这个冤仇一定要报！恳请众位好汉，再做个天大人情，和我一起去打了无为军。杀了黄文炳，为宋江报这大仇。报完仇后大家再一起回寨。”宋江当时就要大家帮他报仇。起先晁盖不肯，推说刚劫完法场，官军一定会加强防范，后来宋江说，须趁官军立足未稳，攻其不备，要是回去了就再也报不了这仇；花荣等将领也都赞成宋江。晁盖只好答应，再打江州，大家通力为宋江报仇。

宋江先派侯健去查清黄文炳家情况，便设计分派任务。首先派穆太公准备八九十个麻袋，百十捆芦柴，五只大船，两只小船，叫张顺、李俊驾两只小船，在江面上往来巡绰，等候策应，五只大船上，张横、三阮、童威和识水的人护船。其次派侯家兄弟引着薛永和白胜，先去江州城中藏身，来日三更二点为期，听到门外放起带铃鹁鸽，先去黄文炳家插一条白绢带做记号，再上城去策应。再派石勇、杜迁扮作丐者，去城门边左近埋伏，看火为号，下手杀把门军士夺取城门。李俊、张顺只在江面上。众头领分拨下船：晁盖、宋江、花荣在童威船上，燕顺、王矮虎、郑天寿在张横船上，戴宗、刘唐、黄信在阮小二船上，吕方、郭盛、李立在阮小五船上，穆弘、穆春、李逵在阮小七船上。只留下朱贵、宋万在穆太公庄，看理江州城里消息。先派童猛棹一只打渔快船，前去探路。小喽啰军健都伏在仓里，大众庄客水手撑驾船只，当夜便去江州城中擒捉黄文炳。

这一夜正是七月尽天气，夜凉风静，月白江清。初更前后，大小船只都到无为江岸边，藏在芦苇深处。童猛回船来报告：“城里并无动静。”宋江叫众人，把这沙土布袋和芦苇干柴都搬上岸，搬去城边。二更天时，约离北门有半里之路，宋江放了带铃信鸽。不多久，城内一处竖起一条竹竿，缚着白飘带。众将就在这里堆起沙土布袋登城，一面吩咐军汉，挑芦苇、油柴上城。白胜在里面接应了。进得城去，白胜引众将去那黄文炳的住处，薛永、侯健已先潜入黄文炳家策应。宋江叫薛永、侯健先去后面菜园子烧芦苇放火，再去前门敲门救火。里面听到火起，连忙出来开门。晁盖、宋江等齐声呐喊，冲进去，寻找黄文炳，当时两边动手，众好汉见一个，杀一个，见两个杀一双，把黄文炳一门内外大小四五十口，尽皆杀了，却没见到正主黄文炳。众好汉杀人殆尽，抢了黄家钱财，方才回撤。石勇、杜迁见火起，各掣出尖刀，杀把门军人。也有善良老百姓，见黄家火起，要来救火的，被石勇、杜迁大喊说：“你那百姓休得向前！我们是梁山伯好汉数千在此，来杀黄文炳一门良贱，与宋江、戴宗报仇，不干你百姓事。你们快回家躲避了，不要出来管闲事！”说得都躲避了。众邻居还

有不信的，立住脚看，被黑旋风李逵抡起两把板斧，着地卷将过去，再不敢出来。黄家房屋，顷刻间烧了个干净。石勇、杜迁杀倒把门军士，李逵砍断铁锁，大开城门，一半人从城上出去，一半人从城门下出去。张横、三阮、两童都来接应，合作一处，扛抬财物上船。城内无为军不敢出来追赶。众将烧了黄文炳房子，杀了黄文炳全家，抢了黄文炳钱财，只差黄文炳一颗人头，回到穆弘庄上。

江州城里见火起，报到知府。黄文炳正在府里议事，听得报说，慌忙来禀告知府说："敝乡失火，我得赶快回家看看！"蔡九知府听了，叫开城门，派一只官船相送。黄文炳谢了知府，随即出来，带了从人，慌速上船，摇动小船，往家里去。看见火势猛烈，映得江面上都红，艄公说："这是北门里起火。"黄文炳见说了，心里越慌。刚刚摇到江心，只见一只小船从江面上摇过去了。不多时，又是一只小船摇将过来，却不躲避，望着官船直撞过来。从人喝道："什么船，敢如此横冲直撞！"只见那小船上一个大汉跳起来，手里拿着挠钩，口里应说："去江州报失火的船。"黄文炳便钻出来问："哪里失火？"那大汉说："北门里黄通判家，被梁山泊好汉杀了一家人口，劫了家私，如今正烧着哩！"黄文炳失声叫苦，手足无措。那大汉听了，一挠钩搭住了船，便跳过来。黄文炳是个乖觉的人，已看出了不对劲，便朝船梢跑去，望江里跃身一跳，就要从水中逃走。

黄文炳跳水正要逃跑，忽见江面上一只船，水底下钻过一个人，这人游近黄文炳，把黄文炳拦腰抱住，扎在水里浸泡了半晌，黄文炳想要逃脱，却抵不过那人水底的力气，被泡得已是软了，那人才拦头揪起，把黄文炳扯上船来。船上那个大汉来接应，用麻索把黄文炳绑了。

这水底下活捉黄文炳的，正是浪里白跳张顺。那船上拿挠钩的，就是混江龙李俊。两个好汉活捉黄文炳，摇了小船，把他解送回穆弘庄上。宋江大摆酒席，犒劳众人，在宴席上，命李逵杀了黄文炳。宋江的大仇，至此才报得干干净净。

张顺活捉了黄文炳，为宋江报了大仇。宋江对此虽没有特别言谢，但从此后的情况看，宋江应该是感恩不已，一直铭记在心的。张顺死时，宋江放声大哭，大概是另一种特别的感谢方法吧。

威服宿太尉

当有一些特别的情况，宋江要借武力向来人示威时，水上威胁往往就成了宋江较理想的选择，而此时张顺自然就成为宋江的首选人物。因为这种水上的特别的技巧，往往能使来人感到不可思议的震慑和惊恐，而又不至于太伤来人的面子。威服宿太尉就是这样一个故事。

史进和鲁智深失陷华州，那华州地远城高，并不好攻打营救。宋江正和众将商量营救的计策，忽报朝廷派了一个殿司宿太尉，带领御赐金铃吊挂，从黄河入渭河来西岳华山降香。吴用听了，当即便想出一个轻松救出二人的计策：挟持宿太尉，利用他的御赐金铃吊挂，派人乔装成宿太尉去西岳庙烧香，到时宣城中知府出来陪接，趁机挟持了知府，去那大牢中暗暗换取鲁史二人。这个计策有一个不太好处理的地方是，既要让宿太尉合作，又不能太伤了他的面子——他可能是以后招安的关键人物。这个任务自然由水军头领承担了下来，而张顺又要施展其绝技了。

第二天，大家分头行动。宋江、李应、朱仝、呼延灼、花荣、秦明、徐宁等七个人，悄悄带五百余人下山，径到渭河渡口，李俊、张顺、杨春先夺下十数只大船在那里等待。花荣、秦明、徐宁、呼延灼四个埋伏在岸上；宋江、吴用、朱仝、李应下在船里；李俊、张顺、杨春把船划到滩头去藏了。大家等候一夜，第三天天明，便听得远远地锣鸣鼓响，三只官船到来。船上插着一面黄旗，上面写着“钦奉圣旨西岳降香太尉宿元景”。宋江看了，心中暗喜：“昔日玄女说，‘遇宿重重喜’，今天既见到此人，运气不错。”宿太尉官船将近河口，朱仝、李应各执长枪，立在宋江、吴用背后，太尉船到，便来拦截。船里走出一群紫衫银带虞候二十余人，喝道：“你等什么船只？敢拦截钦差大臣！”宋江执着躬身拜礼，吴用立在船头上说：“梁山泊义士宋江，参拜钦差。”船上的账房官出来问：“这是朝廷太尉，奉圣旨去西岳烧香。你等梁山泊乱寇，为什么要拦截？”吴用说：“我们只要见太尉一面，当面有事相求。”

账房官说："你等是何人，胆敢要见太尉！"两边虞候喝道："不要吵动太尉！"宋江说："暂请太尉到岸上，有事商量。"客账司说："胡说！太尉是朝廷命臣，与你有什么话说？"宋江见那些人还是没有搞清形势，便说："太尉不肯相见，只怕手下的人惊了太尉。"

宋江话未说完，朱仝把枪上小号旗一招动，岸上花荣、秦明、徐宁、呼延灼引出马军来一齐搭上弓箭，列在河口。那船上船夫，都惊得钻入舱里去了。账房官这才慌了，赶忙进去禀告。宿太尉才硬着头皮出来答话。宋江躬身说："宋江等打扰了。"宿太尉说："义士为什么拦截船只？"宋江说："我等怎敢拦截太尉？只求太尉上岸，有事要请帮忙。"宿太尉说："我今特奉圣旨，去西岳降香，能帮上义士们什么忙？况且我是朝廷大臣，怎么能轻易登岸？"宋江说："太尉要是不肯，只怕我的手下们不答应。"李应把号带枪又一挥。

李应挥动号枪，李俊、张顺、杨春一齐撑出船来，把那官船团团围住。宿太尉见了大惊，这才感到害怕。李俊、张顺两人掣出明晃晃的尖刀，噌地跳过船去，挥手便把两个虞候攧下水去。宋江假装喝道："不要胡来，惊了贵人！"李俊、张顺又扑地跳入水中，把两个虞候又送上船来，原来这只是威胁，所以并没有伤害两人。张顺、李俊在水面上使出本领，如登平地，托地又跳上船来，吓得那宿太尉魂不附体。宋江又假意喝道："兄弟们退下，不要惊着贵人。我们慢慢地请太尉登岸。"宿太尉方才问："义士有什么事？就在这里说不妨。"宋江说："这里不是说话的地方，谨请太尉到山寨小歇，我们没有伤害之心。谁怀此念，西岳神灵诛灭！"宋江软硬兼施展，张顺等在水里又虎视眈眈，宿太尉看张顺那些本领，简直就是鬼魅，估摸着就算开船逃跑，也一定逃不掉，这才不得不离船上岸。

宋江把宿太尉请上了梁山，依计行事，取了信物，乔装改扮，果然去那华州成功救出了鲁智深和史进两人。回过头来，宋江对宿太尉说："宋江原是郓城县小吏，为官司所逼，不得已啃聚山林，权借梁山水泊避难，专等朝廷招安，与国家出力。今有两个兄弟，无事被贺太守生事陷害，下在牢里。一定要借太尉御香、仪从和金铃吊挂，才能够救回。事毕拜还。对太尉没有侵犯。望太尉原谅；若事情泄露，太尉回到京城，把责任都推在宋江身上就是了。"

张顺等的出场，既完成了任务，又保全了宿太尉的面子，为以后招安留下了后路，可谓是高明的举动。

降伏玉麒麟

玉麒麟卢俊义是梁山陆上武艺最高的英雄，请他上山最后靠的是浪里白跳张顺，张顺在水里活捉了他。

吴用装成算命先生，骗卢俊义去那泰安，好在他经过梁山泊时逼他上梁山。这一天，卢俊义来到了梁山之前，远远望见一座大林，刚走到林子边，忽然听到一声口哨响。李固和两名随从吓得要往车下躲。卢俊义艺高人胆大，叫把车停在路边，对他们说："看我杀翻一个，你们便帮我缚一个！"

话未说完，只见林子边走出四五百小喽啰来。当先一个大汉，茜红头巾，金花斜袅，铁甲凤盔，锦衣绣袄。血染髭髯，虎威雄暴。持一双大斧，正是黑旋风李逵。李逵厉声高叫："卢员外！认得哑道童吗？"卢俊义猛然想起来他就是那个算命先生身边的道童，这才知道上当了。卢俊义自恃武艺高强，哪把李逵放在眼里，喝道："我平常就想来捉你这伙强盗，今天算是碰上了，快教宋江自己下山来！免得我动手把你们杀得片甲不留！"李逵呵呵大笑说："员外，你今天中了我军师的妙计，还是投降上梁山来和我们一起做了强盗吧。"卢俊义大怒，端手中朴刀来斗李逵。李逵抡起双斧接上，斗不到两三回合，却转身往林子里就跑。原来这正是吴用的计策，要用车轮战法消耗那卢俊义的体力，挫他的锐气，再来劝降。卢俊义哪里知道，挺着朴刀就追。

卢俊义追了一阵，不见了李逵的身影，正要回头走，却看到一个胖大和尚，身穿皂直裰，倒提铁禅杖。从林后转过来，大笑说："洒家花和尚鲁智深。奉军师将令，来迎接员外上山。"卢俊义焦躁，捻

刀来斗鲁智深。斗不到三回合，鲁智深拨杖便走。又转出行者武松来，抡两口戒刀，前来迎斗卢俊义。斗不到三回合，武松也拔步便走。

卢俊义哈哈大笑说："我不赶你，你这帮家伙全没本事！'说没说完，只见山坡下赶过来赤发鬼刘唐在那里叫道："卢员外！你岂不闻'人怕落荡，铁怕落炉'？哥哥早定下计策捉你，你还要往哪里去！"卢俊义便挺刀来取刘唐。刚刚斗上三个回合，斜刺里又冒出来没遮拦穆弘，上来夹攻卢俊义。斗不到三回合，又赶过来扑天雕李应，三个头领，围着卢俊义缠斗。卢俊义也的确了得，全然不慌，以一斗三，竟越斗越勇。正斗的时候，山顶上一声锣响，三个头领又全都撤走了。

卢俊义又斗得一身臭汗，不去赶他。再回林子边来看时，那十辆车子已被一伙小喽啰远远地赶上山了，李固等人全都被绑在了车的后面。卢俊义望见，心中冒火，提刀便追。刚刚快要追上，斜地里又杀出美髯公朱仝和插翅虎雷横两员好汉来。口里都是一样的话，只叫卢俊义投降上山做强盗。卢俊义听了大怒，挺刀来斗二人。两人持兵器迎斗了两三回合，又回身便走。卢俊义想要抓一个人质，舍命追赶。

一阵追赶，已来到山顶。只见山顶上鼓板吹箫，一面杏黄旗，上面绣着"替天行道"四字，迎风飘舞。一面金伞下，站着宋江，左有吴用，右有公孙胜。一行头领二百余人，一齐声喊话："员外别来无恙！"卢俊义见了越怒，指名叫骂。吴用又劝卢俊义归降，卢俊义仍还破口大骂，惹恼了神箭英雄花荣，叫声看箭，一箭正中卢俊义头上的红缨。卢俊义吃了一惊，回身便跑。山上鼓声震地。霹雳火秦明、豹子头林冲、双鞭将呼延灼、金枪手徐宁各领人马，摇旗呐喊，冲杀出来。吓得卢俊义落荒而逃。

天色将晚，卢俊义又累又饿，慌不择路，来到了鸭嘴滩头。看那满目芦花，茫茫烟水，这时才后悔没有听信浪子燕青的话。

正烦恼间，混江龙李俊摇着一只小船过来，把卢俊义接上船去。卢俊义哪里知道是梁山好汉，暗自庆幸。约行了三五里水面，只听得前面芦苇丛中橹声响，一只小船飞也似的划出来。船上有两个人，前面一个赤条条地拿着水篙，正是阮小五。行到面前，横定篙，口里唱着山歌：

"生来不会读诗书，且就梁山泊内居。准备窝弓射猛虎，安排香饵钓鳌鱼。"

吓得卢俊义不敢做声。一会儿，又听得右边芦苇丛中，也是两个人摇一只小船出来。后面的摇着橹，有咿哑之声；前面横定篙，正是阮小七，口里也唱道：

"乾坤生我泼皮身，赋性从来要杀人。万两黄金浑不爱，一心要捉玉麒麟。"

卢俊义听了，心中连连叫苦。又见到一只小船，飞也似摇将来，船头上立着一个人，正是阮小二，倒提铁锁木篙，口里唱道：

“芦花丛里一扁舟，俊杰俄从此地游。义士若能知此理，反躬逃难可无忧。”

唱完，三个头领驾三只小船，一齐冲将来。卢俊义见了，心中大惊，自想又不识水性，连声便叫船上的李俊：“快拢船靠岸！”李俊哈哈大笑，对卢俊义说：“上是青天，下是绿水，我生在浔阳江，来上梁山泊，三更不改名，四更不改姓，绰号混江龙李俊的便是！员外若还不肯投降，只怕枉送了性命！”卢俊义听了，面色铁青，喝一声说：“不是你死，就是我亡！”拿着朴刀，望李俊心窝里搠将来。李俊见了，一个背抛筋斗，扑通翻下水去，那只船滴溜溜在水面上转，卢俊义拿不住刀，朴刀掉下水去了。

这时候，浪里白跳才出来，解决最后的战斗。正是英雄不出手，出手不空回。张顺每每出来，都是最关键的时候，只见张顺从船尾的水底下钻出来，叫一声，把手挟住船艄，脚踏水浪，一使劲，把船只一侧，好一条大船，硬被他颠了个个儿，弄了个船底朝天。卢俊义手忙脚乱掉进水中。卢俊义虽是岸上的麒麟，可是却不会水，到了水里，变成了一只不会水的死麒麟，才挣扎了几下，就咕噜噜直喝水，一会儿便沉了下去。张顺估摸得卢俊义差不多了，才从水底下将卢俊义拦腰抱住，把卢俊义直送到岸边来。岸边早有人点起火把，五六十人在那里等着，把卢俊义接上岸，大家把他团团围住，解了腰刀，脱下湿衣服，也不绑了，派人送来一包袱锦衣绣袄，给卢俊义穿了。这才命八个小喽啰抬过一乘轿来，把卢俊义请上了梁山。卢俊义吃了张顺的亏，在路上再也不敢想逃跑的事。

让张顺施展绝技来擒捉卢俊义，这的确出自一种比较全面的考虑。一方面，他避免了卢俊义与马军和步兵头领的拼死冲突，最大程度上保护了卢俊义的尊严和面子；另一方面，也给了卢俊义一个小小的教训，让他看到了天外有天，人外有人，让他更好地认识了梁山好汉们的独特价值。这两方面对于以后卢俊义的归附，都有至关重要的意义。当然，就个人而言，张顺要冒着得罪未来首领的危险来干这件事情，虽然这件事是宋江吩咐干的，但毕竟最后活捉卢俊义的是他，他是第一责任人。所幸的是卢员外最后并没有坐第一把交椅，张顺的压力也就小很多了。

力请安道全

宋江是梁山的灵魂，如果宋江出问题，梁山就会出大问题。攻打北京大名府时，宋江得病，背上长肿瘤，就致使攻城之事耽搁。是张顺出面解决了这个问题。

宋江率众军攻打北京城救史进、鲁智深二人，忽然感觉神思疲倦，身体酸疼，头如斧劈，身似笼蒸，一卧不起。众头领都来看望，才知道原来宋江背上长了个大肿瘤。此后一段时间，大家四处问医，却不见好转。一日，大家正商量办法，张顺站出来说："小弟以前在浔阳江时，母亲患背疾，百药治不好，后请到建康府神医安道全，手到病除。后来，小弟便和安道全成了朋友。现在兄长得了此病，我可以星夜前去，将安道全请到山寨上来，帮哥哥治病。"吴用在一旁说："兄长曾梦见晁天王说：'百日之灾，则除江南地灵星可治。'莫非是正应了此人？"宋江听了，一面收军罢战回山，一面当即拜托张顺下山去请安道全。

张顺为救宋江，带一百两黄金做见面礼，三二十两碎银作为盘缠，背上包裹，连夜下山。时值冬末，一路又下雨又下雪，张顺冒着风雪，舍命而行，走了十多天，来到扬子江边。这一天，江边北风大作，冻云低垂，飞飞扬扬，下起了大雪。张顺要过大江，江上没见到一只渡船。张顺绕着江边行走，四下寻找，只见败苇折芦里面，有一些渔家炊烟。张顺顺着烟火找去，果然看见芦苇中有一个渔家。张顺大声叫唤，不一会儿，芦苇簌簌地响，走出一个人来，头戴箬笠，身披蓑衣，问张顺："客人要哪里去？"张顺说："我要渡江，去建康府办要紧的事，我多给你些船钱，渡我过江。"那艄公说："载你没问题，只是今天晚了，就是过江去，也找不到地方歇宿。不如在我船里歇了，到四更风静月明时，我渡你过江。你多出些船钱就是了。"张顺便与艄公钻入芦苇，来到滩边一只小船旁，小船篷底下坐着一个瘦后生，正在那里烤火。张顺上船，走进船舱里，把身上湿衣服脱下，叫那小后生在火上烤了，打开衣包，取出棉被，和身卷坐，问艄公说："这里有酒卖吗？有就卖些给我吃。"艄公说："酒却没处买，要饭便吃一碗。"张顺吃了一碗饭，倒头便睡。

张顺在小船上歇宿，一来连日辛苦，二来十分托大，到初更十分，不知不觉就睡着了。原来这是一条专门谋财害命的黑船。那瘦后生向着炭火，烘着衣服，看见张顺睡着了，便叫艄公说："大哥，你来看！"艄公轻轻走过去，在张顺头边衣包上一捏，捏出是金帛之物，摇着手说："你去把船划到江心，去江心下手不迟。"那后生推开船篷，跳上岸，解了缆索，上船把竹篙点开，搭上橹，咿咿呀呀地把船摇到江心。艄公在船舱里取出缆船索，轻轻地把张顺捆缚起来，便去船梢仓板下取出板刀来。张顺这时才醒来，一看不好，急忙挣扎，怎耐双手被缚，挣脱不了。艄公手拿大刀，按在他肩上。张顺讨饶说："好汉，饶我性命，金子你拿走。"艄公说："金子也要，你的性命也要。"张顺连声叫道："你就让我囫囵死了得个全尸，我做鬼了也不来缠你。"艄公听他这样说，放下板刀，扑通把张顺推下水去。艄公回头打开包

裹，看见一包金银，就不想和那瘦后生平分，叫声："五哥，我和你说话。"等那瘦后生钻入舱里，一刀砍死，推入水中，自己摇船离开了。

张顺被推下水去，他是个在水底下伏得三五夜的人，就江底咬断索子，赴水上了南岸。张顺爬上岸，浑身湿漉漉地，见树林中隐隐有灯光，是一个村酒店，便上前叫门。张顺上前叫开门，见一个老汉，倒头便拜。老汉见他的样子，便问："你莫不是江中被人劫了，跳水逃命的吗？"张顺说："实不相瞒老丈，小人来建康办事。晚了，隔江找船，不想撞着两个坏人，把所有的衣服金银都劫了，把我推入江中。小人会水，逃得性命，来到这里。公公救我一救。"老汉是个好心人，听张顺说完，便领张顺到后屋，换了一件破大衣，替下湿衣服来烤了，又去烫些热酒给张顺热身子。喝着酒，老汉就问："汉子，你姓什么？山东人来这里办什么事？"张顺说："小人姓张。建康府安太医是我兄弟，特来探望他。"老汉问："你从山东来，可曾经过梁山泊？"张顺说："正从那里经过。"老丈说："山上的宋头领，是个替天行道的人，不会打劫来往客人，也不杀害人性命。"张顺说："宋头领最忠义，不害良民，只杀贪官污吏。"老汉说："老汉听得说，宋江这伙人救贫济老，真的仁义，哪像我们这里的草贼？若得宋江来到这里，百姓一定高兴，不受这伙贪官污吏的气了！"张顺听完便说："公公，我告诉你我的身份，你听了不要吃惊，我就是梁山上的浪里白跳张顺。因为我哥哥宋公明害背疮病，所以带一百两黄金来请安道全。谁想托大在船中睡着，被这两个贼男女缚了双手，推下江里。我咬断绳索，才到得这里的。"老丈说："你既是那条好汉，我教儿子出来，和你相见。"不多时，后面走出一个后生来。看着张顺便拜，说："小人久闻哥哥大名，只是无缘，不曾拜识。小人姓王，排行第六。因为跑得快，人都叫小人活闪婆王定六。平生最喜欢赴水使棒，到处投师学艺，没碰上好师傅，现在暂时在江边酒店里卖酒度日。刚才打劫哥哥的两个人，小人都认得。一个是截江鬼张旺，那一个瘦后生，是华亭县人，叫做油里鳅孙五。这两个人，时常在这江里打劫来往客人。哥哥放心，在这里住几天，等这两个来喝酒的时候，我帮哥哥报仇。"张顺说："谢谢兄弟好意。我为兄长宋公明，恨不得一天就办完事回寨。我明天天明，就入城去请安太医，回来再相见。"王定六拿自己衣裳给张顺换了。连忙置酒相待。不在话下。

第二天，天晴雪消，张顺借了王定六十几两银子，进城去建康府找安道全。张顺进城，直到槐桥下，看见安道全正在门前货药。张顺进得门，看着安道全，纳头便拜。这安道全祖传内科外科，都能医治，因此驰名一方。当时看见张顺，便问："兄弟，多年不见，什么风把你吹到这里来了？"张顺随即走到里面，把闹江州，跟宋江

上山的事，一一告诉了安道全。又说到为治疗宋江背疮，特地来请神医；扬子江中，险些儿送了性命，因此才空手而来的事情。安道全听完，说："若论宋公明的义气，我应该去一趟；只是我老婆已经亡故，家中没人照料，实在走不开啊。"张顺苦苦求告："要是兄长你推却不去，张顺也难回去。"安道全只好说："再作商议。"张顺百般劝说，安道全方才答应去一趟。原来这安道全正和建康府一个烟花娼妓李巧奴往来，这李巧奴生的十分漂亮，所以安道全舍不得离开。但是安道全却不知道，漂亮的花儿却往往惹蜜蜂。

当晚，安道全把张顺带去他家，安排酒菜吃了，又一同去那妓院见李巧奴。李巧奴拜张顺为叔叔。三杯五盏，酒至半酣，安道全对巧奴说："我今晚就你这里宿歇，明早和这兄弟去山东地面走一趟，多则是一个月，少是二十余天，就回来看你。"那李巧奴说："我不要你走，你要是不依我，以后就不要再到我这里来了！"安道全说："我药囊都已收拾好了，明天就动身。你且宽心，我就去就回，不耽搁。"李巧奴撒娇卖痴，倒在安道全怀里，说："你要是还不依我，离开我，我只咒得你肉片片儿飞！"张顺听了这话，恨不得一口水吞吃了这婆娘。这一晚，安道全大醉，去巧奴房里睡了。巧奴出来对张顺说："你自己回去吧，我家又没地方睡。"张顺说："只等哥哥酒醒一同回去。"李巧奴见赶不走张顺，只得把他安排在门头小房里歇息。这一夜张顺心中担忧，根本睡不着。睡到初更时分，忽然听到有人敲门。张顺从墙缝里向外看时，只见一个人闪进屋来，和老鸨说话。那老鸨问："你这么久不来，到哪里去了？今晚太医醉倒在房里，怎么办？"那人说："我有十两金子送与姐姐打些钗环，老娘你行个方便，教姐姐出来和我见个面。"老鸨说："你到我房里，我叫女儿来。"张顺在灯影下看得清楚，那人却是截江鬼张旺。原来张旺但凡打劫完钱财，就来这里花。张顺见了，按住怒火。再细听时，只见老鸨安排酒食在房里，叫巧奴来陪伴张旺。张顺本想要站出来，却又怕坏了事，只好暂时按捺住怒火。大约到三更时候，估计张旺要离开了，厨下两个丫鬟也困了，老鸨东倒西歪醉在灯前，张顺悄悄开了房门，踅到厨下，拿了一把明晃晃的厨刀；看这虔婆，倒在侧边板凳上。张顺走进去，拿起厨刀，先杀了虔婆。要杀使唤的丫鬟时，厨刀不甚快，砍了一个人，刀口卷了。那两个正要叫，张顺顺手提起一把劈柴斧，一斧一个砍了。房中的李巧奴听到叫喊，慌忙开门，正碰上张顺，张顺手起斧落，劈胸膛砍翻在地。张旺在灯影下看见砍翻李巧奴，吓得推开后窗，一溜烟跳墙逃跑，张顺追赶不及，懊恼不已。杀了四人，张顺随即割下衣襟，蘸血去粉墙上写道："杀人者安道全也！"连写数十处。等到五更，天就要亮了，安道全在房中酒醒，便叫巧奴。张顺说："哥哥，不要做声，我

教你看两个人。”安道全起来，看见四个死尸，吓得浑身麻木，颤做一团。张顺道：“哥哥，你看墙壁上写的是什么？”安道全看完，说：“你害死我也！”张顺把情况说了一遍，对安道全说：“现在你只有两条路走：一是你声张起来，到时我先走了，哥哥你去偿命；再一条就是和我一起取了药囊，连夜投奔梁山泊，救我哥哥。这两条路随你选。”安道全没办法，只好答应同上梁山。

到天亮，张顺卷了盘缠，同安道全回家取了药囊，出城来到王定六酒店里。王定六接着两人，说：“昨天张旺从这里过，可惜哥哥不在。”张顺说：“我要办大事，这小仇只好留到以后再报了。”话未说完，王定六报道：“张旺来了。”张顺说：“先不要惊动他，看他到哪里去。”只见张旺去滩头摇船。王定六奔出来叫道：“张大哥，你留两个位子，载我两个亲戚过去。”张旺说：“要乘船快来。”王定六回来报告张顺。张顺说：“安兄，我和你两人换衣服穿了，再去乘船。”安道全问：“为什么？”张顺说：“一会儿就知道了。”安道全与张顺换穿了衣服，张顺戴上头巾斗笠，王定六背了药囊，走到船边。张旺拢船靠岸，三人上了船。张顺爬入船尾，揭起仓板，拿了板刀，再入船舱里。等张旺把船摇到江心，张顺脱去斗笠，叫一声：“艄公快来！你看船舱里漏进水来了！”张旺不知是计，把头钻入舱里，张顺一把揪住，喝道：“强贼，认得前天雪地乘船的客人吗？”张旺认出是张顺，做声不得。张顺说：“你谋了我一百两黄金，又要害我性命！那个瘦后生到哪里去了？”张旺只好交代自己谋了那个瘦后生。张顺问：“你知道我是谁吗？”张旺说：“小人有眼无珠，不认识好汉姓名，只求饶小人一命。”张顺喝道：“我生在浔阳江边，长在小孤山下，做过卖鱼牙子，哪个不认得我！我闹了江州，上了梁山泊，随从宋公明，纵横天下，哪个不惧怕我！你居然敢骗我上船，缚我双手，推我下江。要是我不会识水，岂不就送了性命！今天冤仇分明，饶你不得！”就势一拖，提在船舱中，却以其人之道，还治其人之身，把手脚捆做一块，看看那扬子大江，直推下江去。王定六看了，心里叹息了一回。张顺就船内搜出金子银两，收进包裹，三人棹船到岸。张顺对王定六道：“贤弟恩义，生死难忘。你若不弃，可同父亲收拾起酒店，一起上梁山泊来，归顺大义。不知你意下如何？”王定六说：“哥哥所言，正合小弟之心。”张顺和安道全先走一步，王定六回家去，收拾行李也上了梁山。

张顺接安道全回到梁山，宋江已是奄奄一息。安道全果然是神医，开了几方神药，药到病除，不出十天半月，宋江的病就好得差不多了。张顺这一去，虽然冒风历雪，受尽艰苦，又在江上遇险，险些丢了性命，但请来名医，救了宋江，为梁山立此大功，终是付出得到了回报，足够他一生骄傲的。所以后来宋江一生感念张顺，极力

称赞他的忠厚之心，张顺当得此誉。当然，顺便又将安道全、活闪婆王定六两人带上了梁山，入了伙，这又是另一件功劳了。

活捉高俅

水浒中一正一邪的两大人物，最后都是被张顺在水中活捉。正的是武艺高强的卢俊义，邪的是奸诈多端的高俅。

高俅兴兵攻打梁山泊，几次败在水上，于是劳民伤财，建造三百余只大海鳅船。这一天，大船建成，高俅为显军威，选了十几只船来湖中试水。只见锣鼓响处，两边水车，一齐踏动，大船在水上航行如风飞电走。高太尉心中大喜，想："像这等如飞的船只，梁山贼寇怎么拦截，这一战必胜了。"随即祭了水神，点齐大兵，准备进攻事宜。

高俅一连三日大开宴席，庆祝大船完工。梁山早就得知情报，便送来一首诗，贴在济州城里土地庙前，诗中写道：

"生擒杨戬与高俅，扫荡中原四百州。
便有海鳅船万只，俱来泊内一齐休。"

高俅看了诗大怒，就要起军征剿，手下的闻参谋忙劝谏说："太尉息怒。狂寇心中害怕，所以特写恶言唬吓，不是大事。现在正是深冬，我们再等几天，一来等水陆军马都准备齐了，二来等天气和暖一些，再进攻不迟。"高俅听完依言而行。

过了几天，高俅调兵遣将完毕。旱路上，调集周昂、王焕率领大军随行策应，调集项元镇、张开总领军马一万开往梁山泊山前大路正面迎敌（这梁山泊自古四面八方，茫茫荡荡，都是芦苇烟水，并没有道路，这条大路是宋江不久前带人新修筑的）。水路率领闻参谋、丘岳、徐京、梅展、王文德、杨温、李从吉、长史王瑾，造船人叶春，以及随行军校，跟随自己坐大海船亲自向梁山泊进军。闻参谋劝谏高俅不要亲登水路涉险，高俅自恃有大海鳅船坐镇，不听劝告。高俅拨三十只大海鳅船，派先锋丘岳、徐京、梅展掌管；拨五十只小海鳅船前面开路，令杨温同长史王瑾、船匠叶春掌管，船头上立两面大红旗，上书十四个金字："搅海翻江冲巨浪，安邦定国灭洪妖。"中军，自己和闻参谋亲自掌管，约有三五十只大海鳅船；后面船上，令王文德、李从吉压阵。十一月中时，各路军马浩浩荡荡开向梁山水泊。

宋江、吴用早已得知军情，预先布置已定，专等官军到来。

当下，三名官兵先锋催动船只，小海鳅分在两边当住小港，大海鳅船望中路进

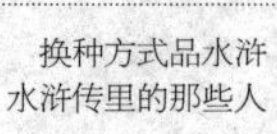

張順鑿漏海鰍船

发，气势汹汹奔向梁山泊深处。来到一处水面，只见远远地来了一簇小船，每只船上，十四五个人，身上都有衣甲，当中坐着一个头领。前面三只船上，插着三面白旗，旗上写着：“梁山泊阮氏三雄”。中间阮小二，左边阮小五，右边阮小七。远远地望见明晃晃都是戎装衣甲，却原来尽把金银箔纸糊成，用来引诱官军的。三个官军先锋见了，果然中计，命前船上火炮、火枪、火箭，一齐发射。三阮全然不惧，料着船近，枪箭射得着时，发一声喊，一齐跳下水里去了。官军等只夺到三只空船。

又行不过三里来水面，三只快船抢风摇来。头只船上，十几个人，身上涂着青黛黄丹土硃泥粉，头上披着发，口中打着呼哨，飞也似奔来。两边两只船上，五七个人，也都搽红画绿；中央是玉幡竿孟康，左边是出洞蛟童威，右边是翻江蜃童猛。官军先锋见了，又叫发射火器。梁山英雄发声喊，又都弃了船，一齐跳下水里。官军又只捉得三只空船。

再行不得三里多路，又见水面开来三只中等大小的船。每只船上四把橹，八个人摇动，十余个小喽啰。中间打着一面红旗，簇拥着一个头领坐在船头上，旗上写着“水军头领混江龙李俊”；左边这只船上坐着一个头领，手搭铁枪，打着一面绿旗，上写着：“水军头领船火儿张横”；右边船只上立着那个好汉，上面不穿衣服，下腿赤着双脚，腰间插着几个铁凿，手中挽着一柄铜锤，打着一面皂旗，银字，上书“头领浪里白跳张顺”。张顺等这才出场，好戏开场了。

张顺乘着船，高声叫喊：“谢谢送船到梁山泊。”官军火器此时都已用完，三个官军先锋听了，只得叫放箭。三只船上众好汉不等那箭到，都纷纷翻筋斗跳到水里去了。这是暮冬天气，官军船上招来的水手都不敢下水。官军正犹豫间，只听见梁山泊顶上，一连串号炮响起，四面八方的芦苇丛中，钻出千百只小船来，如同飞蝗一样围了上来。每只船上只有三五个人，船舱中不知道放了什么东西。官军慌忙催动大海鳅船来撞小船，可是根本不顶事。前面的水车正在踏动时，不一会儿便被水底下填塞住了，车辐板也踏不动。官军急忙放箭，那小船上的人都持着木盾牌，慢慢逼上来，一个用挠钩搭住舵，一个用板刀砍翻踏车的军士，五六十个人都爬上大海船。官军急要退兵时，后面又被塞住。一时间转不了头。

前船正混战间，后船又大叫起来，原来宋江早就在各处路上埋伏了伏兵。高太尉、闻参谋在中军船上听到大乱，正要上岸，忽然听得芦苇中金鼓大振，舱内军士一齐喊道：“船底漏了。”原来是张顺显英雄本色，引领一班儿水军高手，带锤凿偷偷潜到船底，把中军的前船后船船底都一一凿透。前船后船，尽皆漏水，渐渐往下沉，四下小船，如蚂蚁一样围拢来。慌得高太尉爬去舵楼上，叫人前来救应。此时，只见

一个人从水底下钻出来，跳上舵楼，口里说着："太尉，我救你性命。"高俅定睛细看，并不认识，正疑惑间，那人走近来，一手揪住高太尉头巾，一手提住腰间束带，喝一声："下去！"把高太尉扑通地丢下水里去。堪嗟赫赫中军将，翻作淹淹水底人！只见旁边两只小船飞来救应，将高俅拖上船去。那活捉高俅的，正是浪里白跳张顺，水里拿人，浑如瓮中捉鳖，手到拈来。

水路张顺活捉了中军高俅；接着，那边锦豹子杨林杀了前军丘岳；白面郎君郑天寿、病大虫薛永、打虎将李忠、操刀鬼曹正活捉了徐京，杀了梅展。几个官兵将领没一个逃脱，宋江执掌的水路至此大获全胜。另一边，卢俊义执掌旱路，从山前大路杀出，虽未曾活捉官军将领，不过也是大胜，打得官军落荒而逃。

张顺显神威，活捉了大海鳅上的高俅，大长了梁山的威风，为此后的招安打下了基础。以高俅的狡猾，三百大船的实力，此次居然失手被捉，不能不说是奇耻大辱，这等功劳，虽然首先都要归功于出奇制胜的军事策略，但如果没有张顺这样能力极强的水手，恐怕也是成不了事的。梁山的水军，善于游击埋伏作战，这次战斗，最能体现梁山的水军实力，后来梁山水军没有太大的发展，张顺似乎也没有太多建功的机会，这是很可惜的事情。

夜伏金山寺

宋江征讨方腊，兵马战船，水陆并进，来到怀安，取路扬州，约攻润州。当日宋江在帐中，与军师吴用等商议进军对策："此处距离大江不远，大江南岸就是贼兵把守，谁人先去探路一番，打听隔江消息？"帐下转过四员战将：小旋风柴进、浪里白跳张顺、拼命三郎石秀、活阎罗阮小七，都说愿意前往。宋江将四人分作两路：张顺和柴进一路，阮小七和石秀一路，命他们各去金山、焦山上，打听润州贼巢虚实，前去扬州汇报。四人辞了宋江，各带了两个随从，扮作客人，直奔扬州。四个人在扬州城里分别，各办了干粮，石秀自和阮小七带了两个随从，投焦山去了，柴进和张顺就奔瓜洲而来。

原来这九千三百里扬子大江，远接三江，分别是汉阳江、浔阳江、扬子江。从四川直至大海，中间通过数省，因此呼为万里长江。长江地分吴、楚，江心有两座山：一座唤做金山，一座唤做焦山。金山上有一座寺。绕山起盖，谓之寺里山。焦山上一座寺，藏在山坳里，不见形势，谓之山里寺。这两座山，生在江中，正占着楚尾吴头，一边是淮东扬州，一边是浙西润州，就是现在的镇江。润州城郭，就是方腊手下东厅枢密使

吕师囊把守江岸。这人原来是歙州富户，因献钱粮给方腊，被封为东厅枢密使。他幼年曾熟读兵书战策，惯使一条丈八蛇矛，武艺出众。部下管领着十二个统制官，名号江南十二神，协同把守润州江岸。话说枢密使吕师囊统领五万南兵，据守江岸。甘露亭下，摆列着战船三千余只。江北岸边就是瓜洲渡口，空荡荡地没什么险阻。

张顺、柴进来到瓜州，此时正是初春天气，日暖花香，到得扬子江边，凭高一望，滔滔雪浪，滚滚烟波，只见对面北固山下，一带都是青白二色旌旗，岸边一字儿摆着许多船只，江北岸上，却一根木头也没有。柴进说："瓜洲路上虽有屋宇，却没人居住，江上又没有渡船，怎能探听到隔江的消息？"张顺就说："我们先找一间屋歇下，等我赴水到对江金山脚下，打听虚实。"两人商量定，便沿江寻找歇息处。

四处的草房，都把门关得紧紧的。最后遇见一个白头老婆婆，从灶边走起来。张顺问："婆婆，你家为什么不开门？"那婆婆说："实不相瞒客人，朝廷大军要来和方腊打仗，我们这里正受其害，有些人家早就搬到别处去躲了，只留下老身一个人在这里看屋。"张顺便问："我有四个人，要渡江过去，哪里能找到船只？"婆婆说："近来吕枢密听说大军前来和他厮杀，都把船只征用到润州去了。"张顺四人当晚便在老婆婆家打地铺歇息。张顺来到江边观望，只见金山寺正在江心。张顺看了一回，便想："润州吕枢密，必然常到这山上来，我今夜去寺里走一遭，把些钱贿赂僧人，一定能探听一些消息。"回来就和柴进商量。柴进当即支持。

张顺带了两个大银，来到江边。这一夜星月交辉，风恬浪静，水天一色。黄昏时分，张顺脱光了，把头巾衣服和两个大银，都拴在头上，腰间带一把尖刀，从瓜洲下水，使出本领，直游向江心。张顺在水中如走旱路，那水淹不过他的胸脯，真是好本事，转眼来到金山岸边。只见石峰边系着一只小船。张顺爬到船边，除下头上衣包，解了湿衣，擦干身子，穿上衣服，坐在船中，听得润州更鼓，正好打在三更。张顺伏在船内向外望，只见沿岸一只小船，摇了过来。张顺看了想："这只船来得古怪，一定有问题！"就要放船离开，不想那只船被一条大索锁住，又没有橹篙。张顺只得又脱了衣服，拔出尖刀，再跳下江，直潜到那船边。船上两个人正摇着橹，张望北岸，没提防南边张顺。张顺从水底下一钻，钻到船边，扳住船舷，把尖刀一削，把两个摇橹的都吓得落进江里。张顺跳上船，船舱里钻出两个人来，张顺手起一刀，将一个砍下水去，回头来逼住另一个问话："你是什么人？哪里来的船只？实说，我便饶你！"那人说："好汉饶命：我是扬州城外定浦村陈将士家的仆人，陈将士派我到润州吕枢密那里献粮；献完粮，吕枢密派一个虞候和小人同回，索要白糖五万石、船三百只，作进奉之礼。"张顺问："那个虞候姓甚名谁？现在那里？"那人说："虞

候姓叶名贵，刚才被好汉砍下江里去了。”张顺又问：“你姓什么？叫什么名字？什么时候过江去的？船里装了什么东西？”那人说：“小人姓吴名成，今年正月初七渡江。吕枢密教小人去苏州，见了御弟三大王方貌，御弟三大王赐了号色旌旗三百面，将我的主人陈将士封做扬州府尹，授中明大夫名爵，还赐了我们号衣一千领，我这里还有他亲自写给吕枢密的一封信。”张顺又问：“你的主人叫什么名字？有多少人马？”吴成说：“人有数千，马有一百多匹。他有两个儿子，好生了得，长子陈益，次子陈泰。主人的名字叫做陈观。”张顺将来龙去脉都问清楚了，一刀结果了吴成性命。回船就来找柴进。

回船来到岸边，见了柴进，张顺把前事一一说了。柴进大喜，去船舱里取了文书、三百面红绢号旗，杂色号衣一千领，做两担挑了。张顺又把船再摇到金山脚下，取了衣裳、巾绩、银子，再摇到瓜洲岸边。把船凿沉。挑了担子，径回扬州，去向宋江汇报。

柴进、张顺在扬州城外见了宋江，细细汇报了陈观父子交结方腊，诱引贼兵渡江，来打扬州，不料在江心被张顺遇见，杀了信使，带回全部物品的前后情况。宋江听了大喜。为张顺、柴进记了一大功。因为这一重要消息，固若金汤的润州城后来被很轻松地拿下了。经过是这样的，吴用派浪子燕青扮作叶虞候，解珍、解宝扮作南军，前去结交陈观，里应外合，把陈观一门一网打尽，回头又派兵将扮成陈观父子，拿了三大王方貌给润州守将吕枢密的亲笔信，渡江前去拜见润州守将吕枢密，又来了个里应外合，一举破了润州天险。

张顺凭借出色的水上技巧，夜渡长江，暗伏金山寺，打听到了极重要的消息，为拿下润州打下了突破口。这次战役，张顺立了头功。

就义涌金门

张顺以水性闻名，最后死于水战，他的死虽然惨烈，但真正实现了“马革裹尸还”的战斗理想，不枉了英雄的一生。

李俊引兵直过桃源岭西山深处，屯驻灵隐寺，逼近杭州。张顺来对李俊说：“方腊兵都已收入杭州城里，我们在此屯兵，已有半月之久，不出战，只在山里，几时能够获功？小弟我想从湖中泅水过去，从水门摸进城，到时我在城内放火，哥哥趁机攻打水门，再送信给宋先锋，邀请他同时进攻。三路一齐打城，不愁他城池不破。”李俊劝道：“这个计策虽然好，但是只怕兄弟你一人难以成功。”张顺说：“不成

功，便成仁，假若这条命真的丢了，就算是我拿来报答了宋江哥哥这许多年对我的兄弟情分。”李俊说：“兄弟先不要动，等我先报信给哥哥，整点人马策应，你再去不迟。”张顺说：“我这里一面行事，你一面派人去报信，不就是了？”张顺建功心切，自己先去准备了。

当晚，张顺带了一把蓼叶尖刀，饱吃了一顿，来到西湖岸边，看见那三面青山，一湖绿水，远望城郭，四座禁门，临着湖岸。这西湖的风景之美，真是说之不尽。张顺来到西陵桥上，看了半晌。当时春暖，西湖水色拖蓝，四面山光叠翠。张顺看了自言自语说：“我生在浔阳江上，大风巨浪经历了万千，却还从来没有见过这样一湖好水，今天就是死在这里，也是个快活鬼！”说完，脱下布衫，放在桥下，头上挽着个发髻儿，下面扎了水裙，系一条搭袋，挂一口尖刀，赤着脚，钻下湖里去，却从水底下摸将过湖来。

此时已是初更天气，月色微明。张顺摸近其中一座禁门涌金门边，探起头来在水面上听时，城上更鼓，正好打在一更四点。城外静悄悄地，没一个人。城上女墙边，刚好有四五个人在那里探望。张顺赶紧再伏回水里。又等了一会，再探起头来看时，女墙边不见一个人。张顺这才摸向水口边，这一带都是铁窗棂隔着，摸里面，都是水帘护定，帘子上有绳索，索上缚着铜铃。张顺见窗棂牢固，不能够通过，就腾出一只手伸进去扯那水帘，不提防牵得索子上铃响，城上人发起喊来。张顺赶忙从水底再钻回湖里伏了。城上人马下来检查水帘时，又不见有人，以为是大鱼顺水游动撞动了水帘，又各自回去睡了。张顺再听时，城楼上已打三更，打了好一阵更点，想必军人已各自去睡熟了。张顺再钻向城边去，估计水里是进不了城，便想从岸上爬上城去。

张顺爬上岸来，只见城上没有一个人，刚要爬城，又寻思：“倘或城上有人，却不干折了性命，先试探一下为好。”就摸些土块，掷上城去。有没睡的军士，叫了起来，再下去查看水门，又没有动静。再上城来楼上看湖面上时，又没一只船只。众人连被扰了三回，一个人都没见到，连说：“真个古怪！”那些兵士也是狡猾，口里说着：“定是个鬼！我们各自睡去，不要管他！”口里虽说，却不去睡，都埋伏在矮墙边细听。张顺又听了一个更次，不见有些动静，便钻到城边来听，上面更鼓也不响。张顺不敢马上上去，又把些土石抛掷上城去，又没动静。可怜张顺英雄一世，糊涂一时，以为城上士兵都去睡了，寻思道：“已是四更，马上天亮，此时不上城，更待几时？”便放着胆子往城上爬。刚爬到半城，只听得上面一声梆子响，众军一齐喊叫。张顺急忙从半城跳下湖里，还没来得及潜下水去，城上踏弩、硬弓、苦竹箭、鹅卵石，一齐射打下来。可怜张顺英雄，就在涌金门外水池中英勇就义。

宋江日间接到李俊飞报，说张顺没水入城，放火为号，心中就隐隐担心张顺的安全。半夜宋江在帐中伏几而卧，做了一个噩梦，梦见一阵冷风吹来，一个似人非人，似鬼非鬼的魂灵，立于冷气之中，那魂灵浑身血污，低声说："小弟跟随哥哥许多年，恩爱至厚。今以杀身报答，死于涌金门下枪箭之中，今特来辞别哥哥。"宋江定睛看时，正是张顺，回过脸来再看这边，又见三四个，都是鲜血满身，看不仔细，宋江在梦中大哭醒来。

宋江醒来，惊魂未定，和吴用讨论梦中情形。正讨论间，外面报来消息，张顺去涌金门越城，被箭射死于水中，现今西湖城上把竹竿挑起头来，挂着号令。宋江见报了，这才知道梦中不虚，又哭得昏倒。吴用等众将也都伤感。原来张顺为人很好，深得弟兄喜欢。宋江说："我就是丧了父母，也没有这样伤悼过，失了兄弟，我真是连心透骨苦痛！"第二天，宋江亲自来到灵隐寺，又大哭一场，就请本寺僧人，就寺里诵经，追荐张顺。次日天晚，宋江执一张写着"亡弟正将张顺之魂"白幡，亲自前往湖边，为张顺吊孝。先是僧人摇铃诵咒，摄招呼名，祝赞张顺魂魄，降坠神幡。次后戴宗宣读祭文，宋江亲自把酒浇奠，仰天望东而哭，算是对英雄的追念。张顺在涌金门就义，死得其所，获得了应有的尊重。

梁山英雄死时，各有荣哀。张顺生时能得众兄弟的心，死时能让宋江以一头领身份亲自涉险前往吊孝，为之痛哭流涕。人生至此，夫复何求？

第二篇
千古英雄

千古英雄是本书的第二篇。本篇共讲述了八位英雄的传奇事迹，这八位英雄分别是：九纹龙史进、小旋风柴进、青面兽杨志、智多星吴用、托塔天王晁盖、小李广花荣、神行太保戴宗、活阎罗阮小七。

九纹龙史进

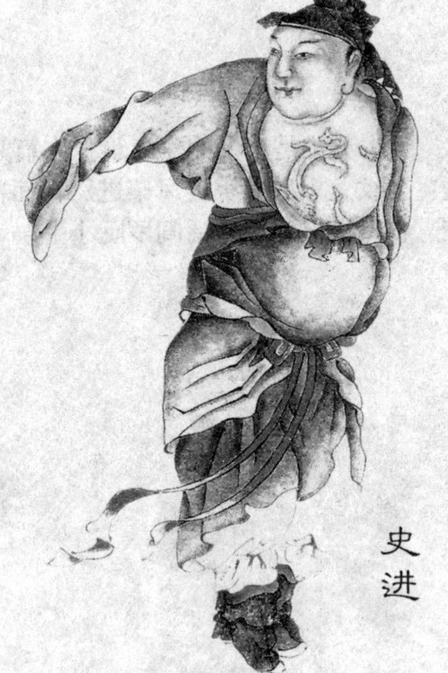

史进是一个悲剧人物。

史进有四个特点：第一，好武艺；第二，讲义气；第三，豪爽；第四，直性子，不善计谋。史进的武艺出场时颇一般，但他有个特点，就是酷好武艺，不放弃，所以最后武艺学成。史进的豪爽可比鲁智深，后者初次见面，出口便向史进借钱，史进也不含糊，出手就是白银十两，并指明不需还。至于讲义气，则更不在话下，史进第一次对少华山三英雄讲义气，弄得几乎家破人亡；第二次与鲁智深讲义气，被迫杀人落草；第三次为救无辜当刺客讲义气，又不幸落入虎口。可以说，史进一生为讲义气，无怨无悔，史进的义气备受作者推崇，也部分因为这个原因，他成了梁山一百零八好汉第一个出场的人物。可惜的是，史进还有第四个特点，就是为人太直爽，做事不善动脑筋，所以但凡史进独立做事，义勇有余，计谋不足，失败时多，成功时少。最后，因为鲁莽，在过昱岭关时把自己的性命搭进去了。

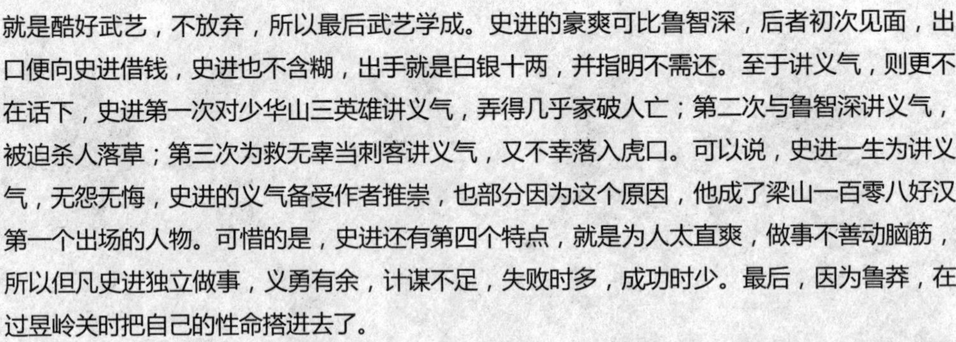

梁山中，史进和鲁智深关系最好。从某个角度来说，史进就是年轻时的鲁智深，可惜的是，史进没有太多的时间来完成自己。史进的辉煌是在少华山时期，他事实上成为了少华山的头领。后来并上梁山，一直作为步兵头领，排在天罡星二十三位，跟在鲁智深左右。

立志学艺 得遇名师

史进是华阴山下少华县史家庄人。史家庄是个大庄，有两三百户人家。史进家比较富裕，父亲在乡里当保安员，境况不错，史进生在这样一个小康家庭，自然备受宠爱，自小也养成了弄枪使棒的习惯，家里唯一能管束他的，只有他的母亲。史进从小起，就喜欢弄枪使棒，立志要练成一身好武艺。他母亲则一心想他读书成才，最不爱他打架斗殴，弄枪使棒，所以两人关系不好，总生别扭。后来，史进母亲过世，再也无人管束，史进更加放浪不羁。整日呼朋唤友，结交兄弟，练习武艺，一村人都服他的名声。父亲见他实在喜欢武艺，索性就请附近一些师父专门教授史进武艺，前后一连拜了七八位师傅，武艺也日见进步。长到十七八岁，史进已是一个一米八以上的大汉身材，为人豪爽仗义，好打抱不平，又去请了著名的文身师傅在身上文了九条花龙，整日与县城各处好汉交往，一县人都知道他的名声，因此又给他取了个绰号，叫九纹龙史进。

九纹龙史进虽然立志学武，前后也请了七八位师傅，自以为小有成就，但他的武功其实并没有到达最高境界。九纹龙真正学到绝顶武功，得力于他的最后一位师傅——八十万禁军教头王进。

有一天，史家庄来了一位叫王进的汉子，带着他的老母亲，自称东京人，前来借宿。史太公盛情留宿。第二天，那汉子母亲忽然心病发作，史太公便留他俩住下养病。住了六七天，老母亲的病好了。这一天，王进准备离开，过去看自己的马匹，来到后院。后院里，史进正在空地上演练武艺，手里拿着一条木棒，前劈后打，好不威风。史进舞到高兴处，自己也觉得十分得意，正得意处，忽然听到一个声音

在廊下说："棒法还不错，只是可惜还有待提高，真正上阵，赢不了人。"史进听了大怒，定睛一看，正是这几天借宿的王进。史进认为自己拜了七八位师傅，武艺差不多了，认为王进说大话，便要和王进比武。正理论间，史进父亲来到。史太公喝止了自己的儿子，便问王进是否会使枪棒。那王进问出这史进是太公的儿子，便说："我会些武艺，可以点拨你儿子一些。"太公就叫史进来拜师，史进不肯，执意要先和王进比武。那王进并不多说，拣了条棒，便叫史进前去进攻。史进持棒上前，王进拖棒后退，史进赶上前，王进从天劈下一棒，史进正要拦架，那棒却空中一停，直戳过来，史进的棒脱手掉在地上。史进一招未进，就输了个实在。史进这才知道遇上了真正的高手，连忙下拜，拜为师傅。

这个王进，原来就是京城八十万禁军的枪棒教头，因为得罪高俅而逃离京城，准备去边疆投奔经略相公军营谋生。王进父亲年轻时，曾打过高俅一棒，高俅发迹当上太尉后，便借机报复，称王进装病藐视朝廷，要把王进关进大牢，王进不愿束手就擒，只有带上母亲连夜逃跑，正好在史太公庄上遇见史进。也是史进有缘，王进欲报答借宿之恩，所以才收史进为徒。从这天起，史进开始拜王进为师，从头系统学习真正的武功。一来是史进本有功底；二来是王进为报恩倾力教授；三来也是史进的悟性高，不出半年，那史进把十八般武艺，尽得了师傅的真传，武艺学得精通。史进的武艺，也就进入了真正的高手行列。

初试锋芒 结交三英

王进将自己的本领倾囊传授给史进，思量已经没什么可教的，又怕高俅追杀，连累史家，于是辞别史进，离开了史家庄。史进尽得师傅真传后，并不肯放松自己，每日勤练武艺，精益求精。半年后，他的父亲又去世了，史进自此更加沉迷于武功，他的武功远近已无对手，此时的境界，已可以和他的师傅相提并论了。

一天，史进正无事可做，碰到猎户李吉。史进正奇怪怎么近来不见李吉到庄上来卖兔，便叫李吉过来问话。李吉说，近来少华山来了一伙强盗，领头的大王叫做神机军师朱武，第二个叫做跳涧虎陈达，第三个叫做白花蛇杨春，聚集了五六百人，专门打家劫舍，华阴县里都不敢捉拿，只出三千贯赏钱召人捉拿，他因此不敢上山打猎了。史进听了，心想史家庄离少华山最近，这伙强盗迟早会来抢劫，应该早作防患。于是在村里召集村民，由他做头，组织村民自卫队，一家有难，大家支援。不久，自卫队就组织起来了。

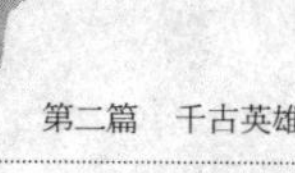

话说神机军师朱武、跳涧虎陈达和白花蛇杨春三人，也都是被官府所逼，反上少华山的。三人中，朱武最有计谋，陈达武艺最高。这一天，三人在大寨中商议，怎样出去劫些粮草，以防官府前来攻打。陈达提议去富裕的华阴县；杨春说，去华阴县要经过史家庄，九纹龙史进本领高强不好惹，不会让他们过去的，不如去穷一点的蒲城县。朱武也说史进了得，是位英雄，恐怕不会借路。陈达听了不以为然，笑两人懦弱，便带领人马要去先攻下史家庄，再直取华阴县。朱武两人劝不住，陈达带领一百五十兵马来攻打史家庄。

陈达人马未到，史家庄早得到消息。史进迅速召集起三四百民兵，在村北路口前后排开，等候陈达来犯。史进头戴一字巾，身披朱红甲，上穿青锦袄，下着抹绿靴，腰系皮腰带，前后铁掩心，一张弓，一壶箭，手里拿一把三尖两刃四窍八环刀，骑一匹火炭赤马。陈达头戴干红凹面巾，身披裹金生铁甲，上穿一领红衲袄，脚穿一对吊墩靴，腰系七尺攒线皮腰带，坐骑一匹高头白马，手执一杆丈八点钢矛。两人在路上见了，陈达上前借路，史进不肯，说遭连累，陈达大怒，挺矛来战史进。好史进，这时抖擞精神，把师傅王进教他的武艺全都使了出来。两人在马上战了几百回合，史进故意漏个破绽，引陈达挺矛来刺，腰身一闪，躲过长矛，轻舒猿臂，竟把陈达从马上生擒了过来。山寨小兵群龙无首，大败退兵。乡亲见史进大胜，且捉了贼首，都来贺喜，商议着将陈达押送去县城。

史进苦练武艺，今天才上阵建功，活捉陈达，保护了自己的家乡。

陈达被捉的消息传回山寨，朱武大惊。兄弟情深，杨春就要带人马下山去救陈达。朱武说："陈达尚且战不过史进，我们去了岂不是送命。如今只有一条计策，只有赌一赌史进的义气了。"于是兄弟两人独自下山，不带兵马，来见史进。史进正在奇怪，怎么兄弟俩主动送上门来，披甲出来见了两人。只见朱武、杨春两个双双跪下，擎着两行眼泪。史进下马来喝问："你两个为什么要跪下？"朱武哭道："我们三个，被官司逼迫，不得已上山落草。当初发愿说：'不求同日生，只愿同日死。'虽比不上关、张、刘备的义气，心愿是一样的。今天小弟陈达不听我们的劝告，误犯虎威，被英雄擒捉在贵庄，我们也不敢恳求英雄放人。干脆就来陪兄弟一起去死。望英雄将我三人，一同解官请赏，了我们的心愿。我们主动来请死，并无怨心。"史进是一条汉子，听了，大为感动，心想："他们如此义气！我要是拿他们去官府请赏，让天下好汉们耻笑，不是英雄之举。"便把两人带到庄上。史进叫放了陈达，请三人喝酒，三人脸无惧色。史进一是感动他们的义气，二是敬佩他们的勇气，酒席完毕，竟将三人全都放回少华山去了。

朱武舍了性命救兄弟，赌的就是史进的义气。也是史进义盖云天，放了三人，换了旁人，多半就把三人解送官府请赏了，三人哪里还有命在。三人因此感激史进，此后，时常送些金银礼物前来酬谢。一来二往，四人相互感佩，竟成了莫逆之交。

义盖云天 流亡江湖

时光匆匆，眼见就要到八月中秋了。史进想念朱武三兄弟，便写了封信，叫王四带上去山寨里，约请三人前来庄上赏月。王四不负使命，把书信送到。朱武三人看了来信，大为高兴，当即答应，写了回信，赠了金银礼物，叫王四带回。

王四多喝了几杯酒，不想在路上出事了。王四歪歪倒倒，路经一座林子，跌倒在林子里爬不起来。正碰上路过的猎户李吉。那李吉本想过来扶起王四，忽然看见王四身上的金银，又从醉倒的王四身上找到了朱武写给史进的书信，便起了歹心，把金银占为己有，又把那封信拿到县城里，密告了官府。官府秘密安排人马，只等八月十五来史家庄捉人。王四酒醒后害怕承担责任，回去谎称没有回信，只有口信，史进一时疏忽，居然相信了他的话。

八月十五，朱武三人带了一些小兵抬着礼物来到史家庄。夜里大家正在后院喝酒赏月，忽然听到外面兵马嘶叫，火把乱照，四人大惊。史进爬上梯子看时，只见县尉带领三四百人马已把史家庄团团围住，高叫捉拿强盗。史进下梯来，正没主意，只见朱武三人齐刷刷跪下说：这事与你无关，你把我们三人捆了，出去送官，就可以脱离关系。史进早已把他们当成兄弟，哪里肯做这样的事，说："不要叫天下英雄笑话，生，我与你们同生；死，我与你们同死。"一面叫大家准备，自己却爬上梯子去问话。问清原来是王四泄的密，李吉告的密。史进行了个缓兵之计，叫外面的人暂别攻打，等他亲自将三人捆绑送出。捕头害怕史进了得，便在外等候。史进却回身去庄中，招呼三人和庄客各收拾了贵重物品，备了马，放火烧起庄园，打开门，冲杀了出去。史进是一条大虫，县城官兵拦不住。史进和众人杀出重围，投奔少华山去了。

史进毅然放弃家园，力救朱武等人上少华山，完全是出于一片义气。他自己，则根本没有落草的打算。无论朱武兄弟怎么相劝，他都不肯落草。在少华山住了一段时间，史进便决定离开，去寻找师父王进，希望去边疆军营中为国效力。而这，正是史进为人最可贵的地方。

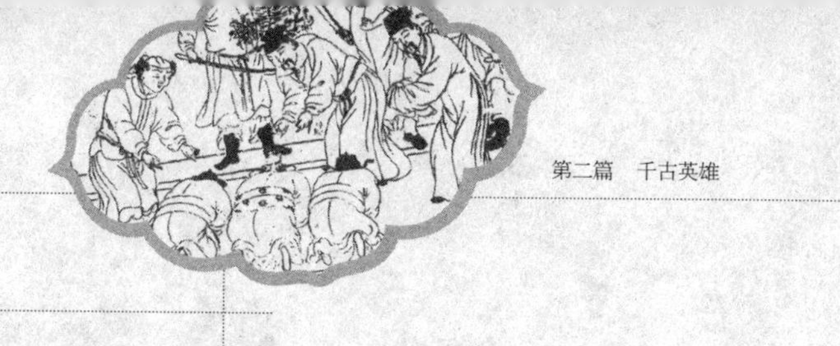

结交鲁达 剪径松林

史进这一离开去寻找师父王进，因此而结交上了一个英雄人物，这个英雄，就是梁山第一侠义之人：花和尚鲁智深。

说到史进寻找他师父王进，来到渭州经略府，到处打听王进的下落。一天，史进正在茶楼里询问王进下落，看见一条威武军汉走了进来，史进便上前问讯。那大汉也是十分爽快，见史进像条好汉，便过来相见。史进问那人姓名，那人自称鲁达。史进问鲁达可见过他师父八十万禁军教头王进，鲁达可能早听说了史进的事迹，赶忙问史进是否就是史家村的九纹龙史进，史进回答是的。鲁达非常高兴。鲁达告诉史进说，他找错地方了，王进去延安老种经略府那里了，此处是渭州小种经略府的军营。鲁达就邀请史进一同去喝酒。在路上史进又碰上他的启蒙师傅李忠，三人于是一起去喝酒。

来到酒楼，正喝酒间，碰见了被镇关西欺负的金翠莲父女。鲁达打抱不平，要救父女俩，身上只带了五两银子，当即便向二人借钱施舍父女。史进义气，掏出十两银子，说无需还，李忠只摸出了二两。鲁达见李忠吝啬，接了史进的银子，却把李忠的银子还了去。这十两银子，定了史进、鲁达二人一生的交情。此后，二人的命运就渐渐联系在了一起。

第二天鲁达三拳打死了镇关西，连累到官府追查，史进连忙离开渭州。史进继续寻找师父王进，来到延安，上下寻找，到处都找不到，又来到北京，住了一段时间。银子一部分已给鲁达，终于把剩下的一点儿银子也用完了，英雄穷途末路，别无他法，只好暂时去附近山林做强盗，抢劫度日。

斗杀恶僧 落脚少华

这一天，史进出来抢劫，碰见一个和尚。那和尚不通姓名，和史进大战了十几个回合，不分胜负，那和尚正是大闹了五台山，在瓦罐寺里吃了败仗的鲁智深。史进听鲁智深的声音十分熟悉，忙停手询问，鲁智深这时也听出是史进，连忙住手。两人相见，各说了自己的近况。

原来鲁智深路经瓦罐寺时，见一个恶和尚和一个恶道士欺负寺里的老和尚，强占了寺庙，便出来打抱不平。无奈鲁智深一天没吃饭，又走了一天的路，又累又饿，打不过二人联手，只好逃跑。刚刚逃到这个林子里，就碰上了史进。史进赶紧把自己带的干粮分给鲁智深吃饱。两人返回庙里，再找恶和尚道士。四人见了，大斗了一场。那两人刚才是欺负鲁智深肚饿，以二对一，所以赢了，现在鲁智深吃饱了，有了力

气，又有了史进帮忙，那两人哪里是对手，鲁智深结果了和尚，史进则结果了道人。这时寺庙里其他被欺负的老和尚都已上吊自杀，史进、鲁智深拣了些干柴，一把火烧了瓦罐寺。

史进帮鲁智深报了仇，两人相别，鲁智深投奔大相国寺去了。史进寻不到师父，报国无门，又没有其他的去处，再加上官府通缉得紧，只好重回少华山投奔朱武三人。史进最后还是落了草，在少华山做了强盗。英雄报国无门，流落草莽，这大概是宋代国力不振、屡遭外族入侵的主要原因吧。

三次失手 众人施救

从少华山的头领，到梁山泊的大将，史进一生南征北战，建立了不少功勋。不过，令人印象最深的还是他三次失手，这三次失手最后都引发出了轰轰烈烈的事迹。这三次失手分别是：义救无辜，庭刺太守，刺杀失手；请战降魔，不敌樊瑞，二次失手；东平密探，泄密被捉，三次失手。这三次失手充分展现了史进勇猛侠义有余而智谋不足的特点。

第一次失手发生在落草少华山之后。一天，史进在山下打劫一辆囚车，救下一个北京来的画匠王义。王义告诉史进，他带着女儿玉娇枝到西岳华山圣帝庙做义工，遇上前来上香的贺太守看中他的女儿，强行要娶做小妾，他不肯，贺太守便派人捏造罪名将他刺配充军，强行抢夺了他的女儿。史进本来侠义，一听大怒，便要带兵去打华州，救他女儿，因为华州城池坚固，不便攻打，于是改为单身去行刺。那贺太守本是高俅的门人，依靠着高俅为非作歹，虽没本事，却十分阴险，做坏事多了，每日害怕别人来报复，所以防范十分严密。史进自恃艺高胆大，却没想到自己人高马大，目标太大，就莽撞地去行刺，早被人盯上，报告到贺太守那里。贺太守便引史进去行刺，当场设下圈套，不费力气就活捉了史进。朱武等人苦于实力不济，不敢去攻打华州救人。

后来，鲁智深奔二龙山上梁山，下山来找史进，听说史进被捕入狱，便孤身去华州府救人，也被贺太守当场捉拿，此事轰动华州。梁山听说二人被捉，派宋江、吴用率七千兵马伙同少华山人马前去攻城救人，华州天险，急切攻打不下，吴用设计，截取了朝廷派来华山敬香的宿太尉，软禁宿太尉，用朝廷信物诱使贺太守出城前往华山圣帝庙迎接，因此杀了太守，杀回群龙无首的华州城，这才打破华州府，救了史进和鲁智深二人。这次失手，导致少华山三英和上千人马并入梁山，增强了梁山的实力。

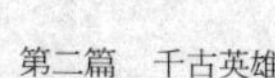

第二次失手发生在史进刚上梁山入伙时。史进刚上梁山，急切想为梁山建功。一天，探子来报，徐州沛县芒砀山中新来了一伙强盗，领头的是能呼风唤雨，用兵如神的混世魔王樊瑞，手下有两个副将：一个是使一面团牌，牌上插飞刀二十四把，手中仗一条铁标枪的八臂哪吒项充；一个是使一面团牌，牌上插标枪二十四根，手中仗一口宝剑的飞天大圣李衮，三人结义为兄弟，聚集着三千人马，听说梁山最近兴旺，要前来攻打梁山。史进便自告奋勇，带领少华山三英和一帮人马前去征讨。两军在阵前相见，八臂哪吒项充和飞天大圣李衮使盾牌飞刀滚入过来，史进虽然武艺高强，可是从来没有见过拿盾牌使飞刀的古怪武艺，一时被杀了个措手不及，那边杨春跑得迟了，吃了一飞刀，被飞刀杀伤，险些丢了性命。史进军因此大败。这是史进的第二次失手。

后来，小李广花荣、金枪徐宁带兵前来支援，仍然破不了盾牌阵，直到宋江带领公孙胜等前来，公孙胜摆诸葛亮的乱石阵，诱使盾牌军上当，才大破盾牌阵，用陷阱活捉了八臂哪吒项充和飞天大圣李衮。宋江以礼相待，义释二人，派二人回去劝降了混世魔王樊瑞。这次征讨以史进失手始，以芒砀山三英归顺终，芒砀山三千人马净数归并入梁山，梁山的实力大增。

第三次失手发生在宋江攻打东平府时。且说宋江和卢俊义抓阄决定攻打东平府和东昌府，谁先攻下就立谁为山寨王。宋江抓了东平府，于是带领史进等一帮兄弟来攻打东平府。东平府由程太守和河东上党郡双枪将董平把守。史进便自告奋勇进城去做内应。原来史进曾经在东平府一个娼妓李瑞兰家住过一段时间，这次便想用金银去哄住李瑞兰，在她家住下，等到宋江攻城董平出城迎战时，他便去城里放火，里应

外合，攻下城池。史进虽然想得清楚，可是他却做错了两件事。一是他太耿直，太自信，太相信了自己喜爱的女人，因此一到李瑞兰家，便向李瑞兰和盘托出了自己此行的目的，当然从另一个角度看，这正是史进的可爱之处；二是他忘了一个人，那就是妓院的老鸨，他没有估计到妓院老鸨靠官吃饭，最是多变。所以李瑞兰父女还在踌躇不定是否报官告密的时候，老鸨添油加醋，怂恿两人报告官府。女人禁不住诱惑，这边稳住史进，那边却去官府告密，史进还蒙在鼓里，就被一群官兵抓住了。史进的第三次失手是失手在女人手里。

宋江听说史进失手，大惊，赶忙派顾大嫂前去探监，一边加紧攻打城池。后来，仰仗吴用的诱敌深入之计，活捉了董平，并利用董平和程太守的恩怨，劝降了董平。董平带兵，轻易打开城门，放宋江兵进城，大破东平府。史进因此而被救了。史进第三次失手，以完破东平府，双枪将董平归降，史进被救而结局，梁山不仅得到了更多的粮草，而且获得了一员大将——董平。

战昱岭关 壮烈殉职

史进的死，像他的为人一样，来得干脆壮烈，直来直去。

副先锋卢俊义，自从杭州分兵之后，带领三万人马，二十八员大将，引兵从山路向杭州进发，前去攻打方腊。经过临安镇钱王故都，逼近昱岭关。昱岭关奇险无比，易守难攻，是兵家必争之地。守关把隘的是方腊手下的大将小养由基庞万春。庞万春是江南方腊国中第一神箭手。手下有两员副将，一个叫雷炯，一个叫计稷。两人善于使用劲弩和蒺藜骨朵，带领五千人马。三人听说卢俊义引军到来，已都做好准备，布下了机关，只等卢俊义等前去自投罗网。

卢俊义将军马驻扎在昱岭关前，见关隘险阻，便先派史进、石秀、陈达、杨春、李忠、薛永六员大将，带领三千步军，前去探路。史进这次却犯下了致命的错误。

史进引着五员干将，骑着战马，带领步军，沿路向关下进发。此时，史进作为统帅，犯下了第一个错误，没有派探哨先去打探虚实。史进一路走去，沿路没发现一个敌军。史进一边疑惑，和众将商议，一边带领大家前进。此时，史进犯了第二个错误，在明知可能有埋伏的情况下，没有派人左右侦探，而是仍然贸然向前。一路无碍，远远望见关上白旗下站着神箭手小养由基庞万春，在那里笑骂，此时，史进犯了第三个错误，就是眼见敌人在关上等候，胸有成竹，居然没有任何警觉，没有及时勒令军马停止前进，而是继续向前。史进和众将径直走到关下，史进一直向前，来到关

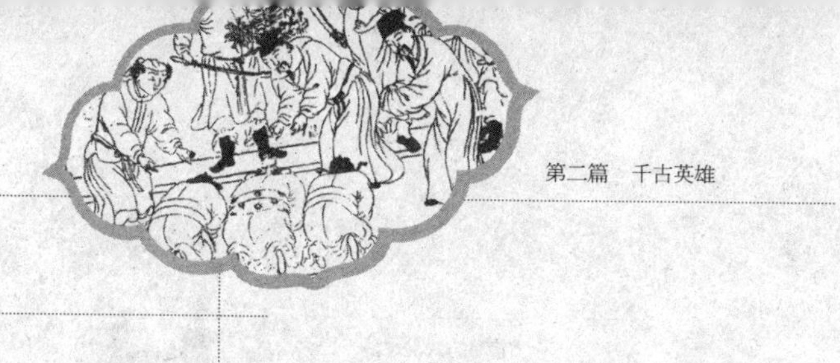

前，才立马站定，听到关上小养由基庞万春笑骂：“你这伙草贼，不在梁山泊里住，却受什么招安，来我这国里装好汉！你听说过我小养由基的名字吗？我听说你这伙里有个什么小李广花荣，叫他出来，我和他比箭。”此时，史进犯了第四个错误，在不知敌情的情况下，贸然靠敌关太近，没有回旋的余地。只见庞万春忽然取出一箭，飕的一箭，射向史进。史进应声中箭，颠下马去。五将一齐急急向前，救史进上马，就要向回撤军，此时已经迟了。只听到山顶上一声锣响，左右两边松树林里，一齐放出箭来。五员大将顾不得史进，各自回撤逃命。刚转过山嘴，对面两边山坡上，一边是雷炯，一边是计稷，带领众弩箭手一起射箭，那弩箭如雨一般射过来。纵你有上天的本事，也躲不过这样的箭矢。可怜水浒六员大将，史进、石秀等六人，不曾逃出一个来，一堆儿都被射死在关下。三千步卒，只逃回得百余个人，回来向卢俊义报信。卢俊义听了大惊，如痴似醉，呆了半晌。自进军以来，昱岭关这次是梁山最严重的一次失败，还未开战，梁山一次就损失掉了六员大将。

后来，卢俊义才意识到昱岭关不可强攻，于是就和神机军师朱武商量，先派时迁去打探道路，然后由时迁做内应，大军沿小路迂回杀上昱岭关，里应外合，方才大破此关，为史进六人报了大仇。

史进和石秀等人一起，莫名其妙地牺牲在昱岭关下。后来，征方腊胜利后，史进和其他阵亡的天罡星一样，同被封为忠武郎，史进没有后代，于是在他的家乡建庙雕像祭祀纪念。史进自小嗜武，以武成名，以武犯事，以武建功，又以武殒命，忠武郎这个称号，对史进来说是实至名归，再恰当不过的了。

小旋风柴进

柴进在水浒中是个孟尝君式的人物。柴进的特点又是其他英雄所不具备的。

第一，柴进出身高贵。因为这一点，柴进在梁山享有特殊的高贵地位。虽然俗话说，英雄不论出身，但是由出身带来的气质和影响是无法忽视的。这样的例子在水浒中有不少，例如，关胜能排在五虎将之首，论武功则未必，其原因就在于关胜是武圣关羽的后人，出身非凡，名声很大，气质不一样，别人都得让他三分。柴进也是如此，他是大周柴世宗嫡派子孙。柴家祖宗因陈桥兵变让位有功，将宋太祖赵匡胤推上了皇帝宝位，所以备受恩宠，赵匡胤赐给他誓书铁券在家里，凡柴家后代犯罪，皆可免罪，所以柴家地位极尊。柴进少受恩宠，身份不一样，气质自然也就高华。书中多次写到柴进雍容华贵，气质高雅，相貌非凡，一表人才，那种由家族影响带来的优越性，是别的梁山好汉很难具备的。所以在一些高雅场合，特别是在需要和社会名流上层人士打交道的时候，宋江多半会借助柴进。如去东京赏灯，会晤李师师，宋江带的就是柴进和燕青，柴进扮的是宋江的伙伴，而燕青只能扮随从。再如打方腊时需要派人去方腊身边做内应，去的人就是柴进和燕青，因为只有他能够驾驭这些大场面。

第二，柴进好结交天下的英雄。书中交代，柴进号小孟尝，家里常年住着三五十个门客，都是柴进养的士人和英雄好汉。因为这一点，江湖人皆敬重柴进，盛传他的名声。梁山

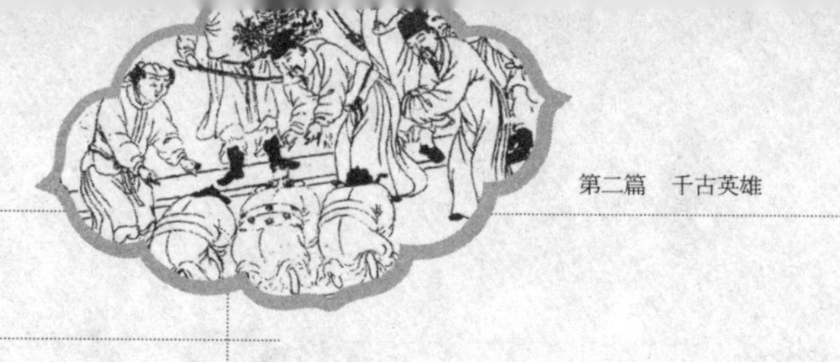

中，有记载的出名人物，第一代头领王伦和杜迁、宋万就曾受到他的接济；打虎英雄武松在打虎前曾在他家住过近一年；豹子头林冲刺配沧州路上曾受到他的热情招待和照顾；宋江在杀死阎婆惜后曾在他家避难，一住就是大半年。所以柴进不仅在整个江湖中都备受尊敬，在梁山上更是地位非凡。

第三，柴进善于理财。在上梁山前，柴进家十分豪富，不仅有东庄，而且有西庄，书中交代过柴进东庄的面貌，是一个极大的庄园，四周花树掩映，还有一条护城河环绕，可见其面积之大，其中一条大路直通庄门，庄门有三道，亭台楼阁，气势非凡。至于西庄，一作别墅，一作钱粮储存的仓库，可见其富庶程度。从柴进家的财产情况看，无疑柴进具有非凡的理财才能。上梁山后，梁山专门为他修了一座别墅，别墅的地址就选在宋江的住宅毗邻，柴进实际上成为了梁山的财政部长，驻扎在忠义堂左办公，带领李应、蒋敬、凌振三人掌管梁山的钱粮仓库，出纳情况，负责梁山的经济和后勤工作。

柴进的这些特点，使得他在梁山排名很靠前，仅排在宋江、卢俊义、吴用、公孙胜、关胜、林冲、呼延灼、花荣八人之后。前八人中，宋江是头领，卢俊义是元帅，自然不用说，吴用和公孙胜是军师，地位显要，林冲是三朝元老，又是武艺超群，理应排个好位，关胜是名门之后，呼延灼是开国名将之孙，出身既好，又能代表归降的大将，所以排名也靠前，花荣是梁山的神箭手，又是宋江的嫡系，故也能排个高位。柴进能排在这些人之后，排到第九位，说明他的地位很重要。其实作为梁山的后勤部长兼财政部长，柴进的排名还可以更高一些。

柴进主管经济，打仗时多负责后勤粮草，所以直接上阵杀敌的机会不多。柴进的故事就讲三个，一个是逼上梁山，一个是智走龙宫，一个是深入虎穴。

逼上梁山

杜迁、宋万上山前曾受到柴进的接济；武松因为闹事避难，在柴进家住了一年有余；林冲刺配沧州路经柴进家，被柴进热情款待，又赠送银两，极尽照顾之能事；宋江也在柴进家避难半年。五人对柴进都是感激不尽，后来五人都上了梁山，柴进自然成了梁山的大恩人。柴进自恃免死铁牌，也不怕通匪的嫌疑，和梁山泊好汉打得火热。

雷横因为失手打死县令的老相好白秀英，被县令派朱仝前去抓捕。朱仝义气为先，私放了重罪的雷横上了梁山，自己则因包庇罪被流放沧州。朱仝温厚敦厚，来到沧州，人缘很好，深受知府器重，知府的小儿子非常喜欢朱仝，朱仝便因此在知府家做了小衙内的陪伴。雷横上山后，说起朱仝的义气，宋江想起朱仝对他的恩情，便和吴用设毒计骗朱仝来梁山入伙。吴用、李逵、雷横三人来到柴进家住下，由雷横去将朱仝支开，李逵偷走小衙内，等朱仝来追赶时，李逵将小衙内摔死，叫朱仝无法回去向知府交差。朱仝大怒，要找李逵拼命，吴用这时赶出来打圆场，诉说了宋江的想念之情和良苦用心。朱仝进退两难，只好同意上梁山，但是有一个条件，从此以后别让他在梁山上见到李逵。于是吴用携朱仝上了梁山，同时安排李逵在柴进家暂时住下。

李逵住在柴进家里，不久就发生了一件大事。原来柴进家的一个叔父膝下无子，独自看管着一个祖传的大花园，高唐州的知府高廉是高俅的叔伯兄弟，他的妻舅殷天锡仰仗高俅的威势，要强占这座大花园，带领一帮无赖前来闹事，柴皇叔气成重病，卧床不起，眼看就要病死，临死前急叫柴进前去，交代后事，让柴进替他报仇。柴皇叔含冤而死，尚在发丧期间，那殷天锡就带着一群无赖前来催赶柴进搬家。柴进本以为依仗免死铁牌，别人不敢欺负柴家，没想到别人欺负上门，柴进没有办法，只在一旁说好话，希望能拖过丧期，再带上丹书铁牌上京告状去。李逵这时一直躲在屋里观望，见三五十个泼皮围着柴进，出言不逊，怒气难忍，托地从屋里跳出来，将殷天锡扯下马来，三拳两脚把殷天锡打死在柴皇叔庄前。三五十个泼皮被李逵打得抱头鼠窜，回去报信去了。

李逵打死了殷天锡，柴进拦阻不及，只得赶紧安排李逵逃命回梁山。自己则仰仗着免死铁牌，准备打官司。高廉派人捉拿了柴进，柴进分辩说，是他的庄客李大失手伤人，不关他的事，又说，他有免罪铁牌在家，不能定他的罪。高廉严刑拷打，不容他分说，把柴进定成主谋，打进大狱，家产全部没收充公。

吴用听李逵回报，知道柴进处境危险，连忙派戴宗前去打听消息。戴宗回报柴进被捉，家产充公，宋江大惊，率领吴用等二十二位头领，八千余人，前来营救柴进，

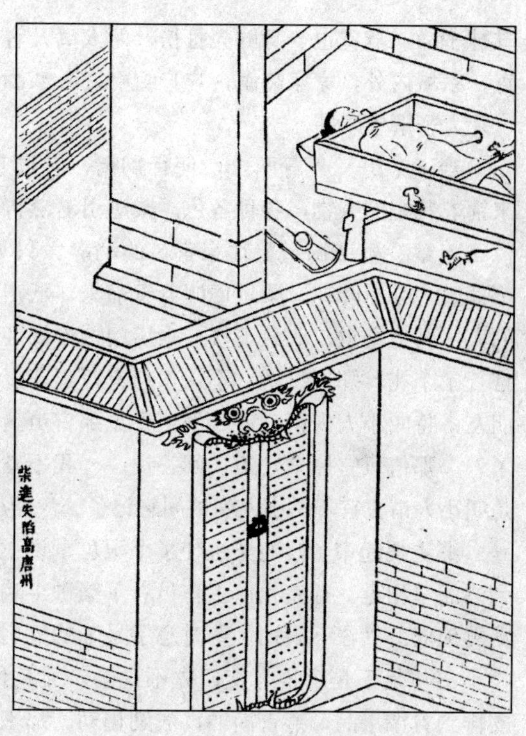

攻打高唐州。高廉列阵迎战。林冲、秦明首先出战，连斩高廉两将，首战以宋江胜；高廉见连失两将，摆了一个狂风子母阵，三百余敢死队在前为子，冲乱宋江军阵脚，大部队在后为母，一齐掩杀过来，宋江军兵抵挡不住，折损一千余步兵，大败后退，次战以高廉胜；次日，高廉摆怪兽毒虫阵，又大胜了宋江一场；晚上，高廉想趁夜突袭宋江部，活捉宋江，被吴用识破，高廉中箭，逃回城里。高廉被射伤，回城紧闭城门，罢战养伤。宋江破不了高廉的妖魔阵法，连输了两战，也只得暂时罢战，派戴宗、李逵火速去请公孙胜前来破阵。李逵、戴宗前去，文武并用，请来公孙胜。两军再战，公孙胜敌住高廉的阵法，宋江军攻破城池，擒杀了高廉。最后在一座枯井里，找到被人暗藏侥幸没有遇害的柴进。

柴进自以为必死，得梁山好汉大动干戈，拼死攻破高唐州，才勉强保住性命，自是对梁山宋江等感恩不尽。便携一家老小，二十余车家财，一起上了梁山。柴进上梁山，带来了两大改变：一是梁山自此有了自己的财政部长，经济工作开始有了专家的领导，后勤有了保障；二是柴进和高廉的家产是两笔极大的财富，极大地扩充了梁山的经济实力。

智走皇宫

元宵节将到，宋江在山上无事，便提议要到东京赏灯。柴进和燕青见多识广，就由两人做伴带路，再带上几员大将，一行七八个人来到京城卞京。

一行人正月十一到达卞京，大家待在卞京郊外客栈歇息。八月十二号，便由柴进和燕青先去城里探路。第二天，柴进穿上一身整整齐齐的衣服，头上巾帻光鲜，脚下

鞋袜干净，燕青也一身鲜亮打扮，两人离开客店，进城来到御街上。此时已是将近元宵，京城内外，家家热闹，户户喧哗，各家酒楼，也都客满，都在准备庆赏元宵，好一片太平繁华风景。

当下柴进、燕青两个，便行御街，转过东华门，只见酒肆茶坊，不计其数，往来锦衣花帽的人物，各种各色。柴进引着燕青，上到一个小小酒楼，占了一个临街的位子，察看皇城御街上往来官员的动静。只见不少官员出入于禁宫，官员的帽檐上都插着一朵翠叶花。柴进便叫燕青前来，低声在燕青耳边吩咐了几句。燕青是个机灵的人，马上会意，火急下楼，出店门，恰好迎上一个老成的值班官员。燕青向那值班官行了个礼。那人一愣，不认识燕青，正在疑惑。燕青说："小人的主人和官爷是老朋友，特叫小人来请官爷。"燕青见那官员猜疑，便试探问："足下一定就是张官爷了？"那值班官原来姓王，回答说："我不姓张，我姓王。"燕青随机改口说："正是叫小人请王官爷，小人匆忙间忘记了。"便引那王观察来楼上见柴进。

燕青揭起帘子，对柴进使了个眼色，说："请到王官爷来了。"柴进便邀王官员到酒阁里相见。行完礼，王官员看了柴进半晌，仍不认得，又怕是自己记错了，小心翼翼地问："在下眼拙，一时忘了足下的姓名，请问足下的大名。"柴进故意笑道："小弟与足下是童稚之交，先不说了。兄长你自己再想想。"一边便叫摆上酒席，安排到肴馔果品，燕青斟酒，殷勤相劝。那王官员想破脑袋，也没想出眼前这个儿时的伙伴到底是谁。见有酒喝，也不管了，只管喝酒。柴进见酒劝得差不多了，就问："观察为什么要头戴这朵翠花？"那王官员回答说："今年天子为庆贺元宵，增加了各类值班人员，我们这一班共有二十四人，全部值班人员加在一起共有五千七八百人，每人都发了一件衣袄，一朵小绿花，花上坠着一个小金牌，上面写着'与民同乐'四个字。每天点名，只有穿锦袄戴绿花的人才能进出禁宫。"柴进说："我还不知道呢。"又劝王官爷喝了几杯，便叫燕青去拿酒来再来劝。燕青去了一会，端来一大杯酒，对王官员说："足下饮过小弟的敬酒，就知道我家主人的姓名了。"王官员没有提防，说："在下实在想不起来，愿求大名。"拿起酒来，一饮而尽。一杯酒下肚，口角流涎，两脚腾空，扑通一声，倒在凳上。

柴进和燕青放倒王官员，赶紧去脱下王官员身上的锦袄花帽。柴进把衣服绿花穿戴在自己身上，吩咐燕青说："酒保来问时，就说这观察醉了，那官人还没回来。"便离开酒店，大踏步从东华门进，直闯入禁宫里去。

柴进直入禁宫，凡过禁门，因为有宫花衣帽，无人阻拦。禁宫内的景色，宛如天上人间。柴进一路直到紫宸殿，转过文德殿，几处大殿的殿门都有金锁锁着，不能

进去。柴进又转到凝晖殿，从殿边转过去，只见一个偏殿，殿门上写着“睿思殿”三字，原来是天子的书房。大殿侧边开着一扇朱红小门，柴进闪身走了进去。大殿正面放着椅子，两边排着书桌，书桌上放着文房四宝：象管笔，花笺，龙墨，端溪砚。两边书架摆满群书，各插着象牙标签，不计其数。正面竖着一面屏风，上面堆青叠绿，画着一幅山河社稷图。柴进转到屏风后面，只见背面屏风上，御书着四行大字：“山东宋江，淮西王庆，河北田虎，江南方腊。”柴进看了四大造反头领的姓名，心中想道：“国家被我们扰害，所以天子常记在心上，写在这里。”便去身边拔出暗器，把“山东宋江”那四个字刻将下来。柴进做完手脚，慌忙出殿。随后就有人进殿。柴进迅速离开内苑，出了东华门，回到酒楼上，看那王官员时，还没有醒来。便脱下锦衣帽花，放在王官员身边。柴进穿了自己的衣服。叫燕青算了酒钱。剩下十数贯钱，赏了酒保。临下楼时，吩咐付酒保说道：“我和王观察是弟兄。刚才他醉了，我替他到宫内去点了名回来。他还没醒。我在城外住，恐怕等会关了城门出不去，所以先走了。你帮王观察看会衣服，待会儿他醒了，记着把衣服还他。”酒保答应了。柴进、燕青离得酒店，直出万寿门，回到城外酒店。

柴进回到店中，对宋江详细说了内宫的事，取出刻下的御书大寇“山东宋江”四个字来，送给宋江看。宋江看完，叹息不已，心中招安的想法又加深了一层。

那王官员直睡到晚上才醒来，见了服色花帽搁在身旁，一头雾水。听了酒保对他说的柴进的话，更是摸不着头脑。回到家中，第二天听见有人说：“睿思殿上不见了‘山东宋江’四个字。今天各门，把守得像铁桶一样严密。出入的人，都要仔细盘查。”王官员这才明白是怎么回事。明白是明白了，但却是哑巴吃黄连，有苦说不出。因为这次事关重大，要是声张出来，弄不好有渎职杀头的罪名。所以只有打掉牙齿往自己肚里吞了。这也从反面反映了柴进的机智。

深入虎穴

间谍这项工作，两千多年前的春秋战国就已经有人在做了。但间谍这项工作实在风险太大，又对人的要求极高，一要胆大，二要心细，三要随机应变，四要见多识广，所以这项工作实在很难做，能够当好间谍的人是少之又少。当今各国都有自己的间谍，但这些都是从小长期秘密培养起来的，有一套严密的教学系统，对于古人而言，则没有这样好的便利条件，做间谍完全靠自己的天性，所以其难度可想而知。梁山有资格做间谍的，只有两个人，一个是燕青，一个是柴进。

燕青和柴进的合作有两次，一次是陪宋江东京看灯，一次就是这次深入方腊国做间谍。

行军打仗，柴进多做一些后勤工作，亲自参与战斗建功立业的机会不多。眼见宋江军与方腊作战，打得十分辛苦，许多兄弟一一战死，心里十分着急。这一天，宋江正准备攻打杭州方腊的太子，柴进站出来说："我自从被兄长从高唐州救出命来，一直坐享荣华，未曾建功立业。现在我想深入方腊贼巢，去做间谍，报效朝廷，死而无憾，请兄长批准。"宋江大喜，当即答应，并派机灵善变、能说会道的燕青陪他同去。燕青十分乐意。于是柴进扮成白衣秀才，燕青扮作仆人。一主一仆，背着琴剑书箱上路，从陆路到海盐县，从海上乘船过越州，来到诸暨县，从诸暨县穿山路，朝睦州方腊首都方向行来。

行至睦州边界，守关的将校将二人拦住。柴进说："我是中原文人，上通天文，下知地理，阴阳云气，九流三教，无所不通。近来我遥望江南，发现江南有天子云气缭绕，因此便前来投奔，为什么要拦阻我？"守将听得柴进言语不俗，便问姓名。柴进谎称姓柯名引，专门来投奔上国天子的。守将便将此事报告给睦州右丞相祖士远、参政沈寿、佥书桓逸和元帅谭高。四人听了大奇，派人前来接柴进到睦州相见。柴进到睦州与四人相见，凭三寸不烂之舌，一席话说得那四人佩服不已。更兼柴进长相清奇，气度非凡，那四人没一个怀疑的。右丞相祖士远大喜，便叫佥书桓逸，引柴进去清溪大内朝觐方腊。柴进、燕青跟随桓逸来到清溪帝都，先来参见左丞相娄敏中。那娄敏中原是清溪县教书的老师，虽有些学问，苦不甚高，听柴进高谈阔论，海阔天空，娄敏中大喜，视为知己。

第二天早朝，娄敏中出班启奏说："中原是孔夫子的故乡。今有一贤士，姓柯名引，文武兼资，智勇足备，善识天文地理，能辨六甲风云，贯通天地气色，三教九流，诸子百家，无不通达。望天子气象而来。现在朝门外，伺候我主传宣。"方腊便宣令柴进觐见。官员引柴进来到殿中见了。方腊看见柴进一表非凡，有龙子龙孙气象，心里先就有些喜欢，问柴进说："贤士你说，望天子云气而来，你说的天子云气在哪里啊？"柴进回答说："臣柯引贱居中原，父母双亡，只身学业。传先贤之秘诀，授祖师之玄文。近来夜观乾象，见帝星明朗，正照东吴。因此不辞千里之劳，望气而来。特至江南，又见一缕五色天子之气，起自睦州。今得瞻天子圣颜，抱龙凤之姿，挺天日之表，正应此气。臣不胜幸甚之至！"说完长拜。方腊心中疑惑，说："寡人我虽然占领了东南的土地，但近来被宋江攻打，失了不少城池，宋江都快打到这里来了，有什么对付的办法？"柴进说："我听古人说过：'得之易，失之易。得之难，失之难。’现在陛下东南的国土，都是轻易占领来的，现在又轻易被宋江占了一些过去，没有关系，不久气运就会重新回到圣上这一边，到时不仅江南的国土，就是中原社稷，也都要归属陛下统治。就算是炎汉盛唐，也比不上我国将来的兴旺。”所谓千穿万穿，马屁不穿，方腊听了这一番话，心中大喜，视柴进为天使，赐墩命坐，设宴款待，加封为中书侍郎。

从此，柴进每日伴随方腊左右，阿谀奉承，美言谄佞。未经半月之间，方腊及内外官僚，没一个人不喜欢柴进。后来，方腊见柴进办事公平，就叫左丞相娄敏中做媒，招柴进为驸马，封为都尉。燕青改名云壁，人称云奉尉。柴进自从与公主成亲之后，出入宫殿，将宫内情况，摸得清清楚楚。方腊但有重要军情，都宣柴进到内宫商议。柴进时常奏说：“陛下只是被罡星冲犯，尚有半年不安。等到罡星退却，陛下基业必然复兴。”方腊问：“寡人手下爱将，都被宋江杀死。该怎么办？”柴进回答说：“臣夜观天象，陛下将星数十位，不为正气，未久必亡。到时会有二十八宿星象，来辅助陛下，复兴基业。宋江伙内也会有几十员大将来降，将来这些都是陛下开疆扩土之臣。”方腊听了高兴，丝毫不疑。

不久，宋江军快要攻打到方腊首都，怕方腊兵败逃亡深山，不能活捉，便设里应外合之计，派遣水军头领李俊，带领阮小五、阮小七、童威、童猛和六十只粮船，前来方腊处献粮诈降。方腊因为先前有柴进的鼓吹，坦然不疑，加封李俊为水军都总管之职，阮小五、阮小七、童威、童猛皆封水寨副总管，掌管清溪水寨的船只。

宋江引军攻打清溪县界，正迎着南国皇侄方杰。方腊骑着一匹银鬃白马，亲自到阵前监战。方杰出战，与秦明相斗，杜微从一旁使出飞刀，暗杀了秦明。方腊见宋江亲在马上，正要派方杰再出战，擒拿宋江，忽然听到探子来报：“御林军总教师贺从龙带领军马去救歙州，被宋将卢俊义活捉。宋兵已杀到山后。”方腊听了大惊。急传圣旨收军回保皇宫。刚退到清溪州界，李俊、阮小五、阮小七、童威、童猛在清溪城里放起火，卢俊义军马开过山来，宋江部队也追赶而到。众军四面夹击，里应外合，大破御林军。

方腊只得由方杰引军保驾，逃回帮源洞老巢。

方腊逃回老巢，在帮源洞内屯驻人马，坚守洞口，不出来迎战。宋江、卢俊义领军四面围住帮源洞，却无计可施。双方僵持不下。

两边陷入僵持之际，柴进已经知道了情况，便故意请兵出战。方腊无人可用，欣然答应，派驸马引一万军马出洞，与宋江相持。宋江在阵中，因见手下弟兄，三停内折了二停，方腊又未曾拿得，南兵又不出战，正眉头不展，面带忧容。忽然听说柴进

出战，心中半喜半忧。喜的是又见柴进，忧的是不知道柴进是否变节。宋江令花荣出马迎战，战到胶合时，柴进低低地对花荣说：“兄长你暂时诈败，看我的计谋。”花荣领会，略战三合，诈败而回。吴用又叫关胜出战，许败不许胜，关胜也回马诈败。宋江再叫朱仝出阵，仍是诈败而回，让柴进又赢了一场。柴进连赢三场，宋江急令退兵十里下寨，柴进引军追赶了一程，收兵回洞。

且说柴进连赢三场，方腊信心大振，哪里知道这是柴进的诱蛇出洞之计。第二天，方腊犒赏三军，命大将各自披挂上马，随驸马到帮源洞口，列阵出战。自己则领引一帮近侍内臣，登到帮源洞山顶，看驸马杀敌。宋江这边已经领会柴进的意思，当下列阵以待，准备破敌，活捉方腊。

柴进立在旗下，正要出战，皇侄方杰自告奋勇先战一阵，此举正合柴进之意，便让他出战。方杰出战，果然了得，先是与关胜力战，后来花荣上前助战，方杰以一敌二，不落下风，宋江再派上李应、朱仝，方杰以一敌四，方才拨回马头，往本阵回撤。柴进此时才显出本来身份，半路截住方杰，挺枪便刺。方杰只顾躲避后面的四将追赶，没料到驸马从军中挺枪来刺，被杀了个措手不及，刺落马下，燕青从后面赶上一刀，杀了方杰。南军众将，见驸马杀死了方杰，惊得呆了，各自逃生。柴进此时在马上大叫：“我非柯引，我乃柴进，是宋江部下的正将，号称小旋风！随行云奉尉，就是浪子燕青。我已把洞里情况摸得清清楚楚，你等投降者免死，抗拒者斩首全家，有能活捉方腊的，晋官加爵。”众方腊兵听了，一时纷纷投降。柴进回身引领四员大将，招起大军，杀入洞中。方腊在帮源山顶上观战，看见柴进杀了方杰，三军溃乱，知道不妙，赶紧逃往深山躲藏。却不料在深山中与鲁智深碰了个正着，被鲁智深活捉了回来。宋江领军攻破帮源洞，公主听说，自缢而死，方腊军至此全军覆没。

宋江军大获全胜，又活捉了方腊，柴进立了大功。

柴进为人颇有奇志，他勇闯方腊国，潜伏做间谍，可谓智、勇、识、信俱全。征方腊胜利后，柴进被授以横海军沧州总统制的官职。柴进能识时务，见戴宗辞官求闲去了，又听说朝廷因为阮小七戴过方腊的平天冠、龙衣玉带，追夺了阮小七的官职，贬阮小七为庶民，心里想：“我曾在方腊处做驸马。将来要是有奸臣追究起来，岂不受辱！不如自识时务，免受玷辱。”因此推称身患风病，难以为官，便辞官回乡，再回沧州横海郡做了个自由自在的老百姓。后来活到年老，无疾而终。有一首诗这样形容柴进的明智之举：柴进为人志颇奇，伪为儒士入清溪。展开说地谈天口，谁识其中是祸梯。

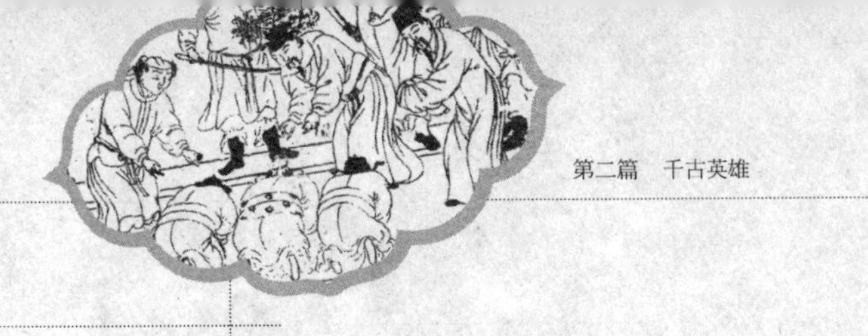

青面兽杨志

杨志

杨志：

绰号青面兽；

三代将门之后，名将杨令公之孙，关西延安府人，与鲁智深同乡；

性格表面温和，与林冲近；

武艺超群，年轻时应过武举，约与鲁智深、林冲相当。

平生理想：为朝廷出力，博个封妻荫子。

主要经历：应武举，官到殿帅府制使；失陷花石纲，流落江湖；路过梁山，力战林冲；赦罪回京，卖刀杀人；刺配北京大名府，比武得梁中书重用，官升管军提辖使；押送、失陷生辰纲，流落江湖；路遇鲁智深，化敌为友，一起攻打、落草二龙山；携二龙山人马归附梁山泊；随梁山泊宋江南征北战；打方腊在丹徒县患病，最后不治身亡。

杨志的事迹大多和比武打斗相关。他一出场就勇斗林冲，他落草前则勇斗鲁智深。他的主要故事集中在卖刀杀人、大名府比武和失陷生辰纲这三个片段中。其中大名府比武有两次打斗，一次和地位较低的周谨，赢了，一次和地位较高的索超，打了个平手。在南征北战前的四次打斗中，两次是对方主动挑战，两次是与人比武，都是不得不战的场合，但三次的结局是平局。一次卖刀杀人，是因为对方无赖，实在忍无可忍。一次失陷花石纲，是因为自

然灾害。一次失陷生辰纲，则是因为搭档不听忠告，刚愎自用，中人毒计。杨志一生运气不好，从这些简单的罗列中可以约略看出他的为人性格。下面介绍他的几个故事。

大战林冲

杨志是三代将门之后，宋初名将杨令公的孙子，自小饱学武艺，立志报国。少年时代就考中武举，在枢密院供职，被分配到殿帅府担任制使。杨志武艺高强，年纪轻轻就有功名在身，本来事业风顺，前途一片光明。不料天有不测风云，厄运很快就降临到他头上。

道君皇帝要盖万岁山，需要太湖边上好的花石，便派十个制使前去搬取花石，押送回京。杨志就是负责这次任务的制使之一。这本是一件很容易的差使，可叹杨志运气不好，黄河刮起狂风，把杨志押送的花石纲船打翻。十个制使九个完成任务，唯独杨志失陷了花石纲，不敢回京交差，只得畏罪潜逃，流落江湖。

几年后，朝廷大赦天下的罪犯，杨志得此机会，便挑着行李，准备回京去枢密院活动，希望恢复官职。这一天，刚好路过梁山泊，忽然碰到一个人拦住去路，这人恰是正在为投名状烦恼的林冲。原来林冲要上梁山，王伦气量狭小，害怕林冲武艺高强，将来抢走他的位置，便故意为难，要求林冲必须下山杀得一人，作为投名状，方才允许他入伙。林冲下山来等候，一连三天，没有碰见一个行人，正要放弃，刚好碰到杨志到来。林冲大喝一声，闪出林子，举刀便来砍杨志，也是杨志反应敏捷，连忙扔下肩上的行李担子，逃了开去。林冲没杀到人，便叫小兵将行李担子先挑上梁山交差，他再在山下等一等。杨志逃到林中，定了定神，就抽出腰刀，出林来寻行李。两人在林外碰到，各自大怒，一个要杀人交差，一个要寻回行李，就在山前大战起来。两人斗了三十回合，不分胜负，各自心中佩服对方武艺了得，又斗了十几回合，正在紧要关头，山上王伦带着杜迁、宋万下得山来，将两人劝住。几人各通了姓名，王伦将杨志、林冲都请上山，这才许林冲入伙。既许了林冲入伙，酒席间，王伦又来劝杨志入伙，好与林冲作个对手，互相牵制。王伦说："当今高俅掌管军权和人事，最是奸邪，你又是戴罪之人，他怎么可能复你原职，不如就在山上大碗喝酒，大秤称金，岂不快活？"杨志一心想回京复职，哪里肯信这话，坚决不愿。众人见不能勉强，只能归还了他的行李，放他离开。第二天，杨志便离开了梁山。

杨志卖刀

杨志满怀天真，离开梁山，来到汴京，到枢密院四处活动，上下打点，把一担金银财物都用完了，终于申请到一个恢复原职的名额。报到主管人事的高俅那里。杨志满心欢喜，由人带领着，去殿帅府参见高俅。那高俅把文书看了，大怒说：“你等十个制使去运花石纲，九个回到京师交差了，偏你把花石纲失陷了，又不出来主动请罪，反倒潜逃，许多年捉你不到。今天居然还想恢复官职！你罪名虽免，万万不能再用。”把文书一叉，将杨志赶出殿帅府，拒绝录用。可怜杨志，报国无门，忽然从天堂坠进了十八层地狱。

杨志报国无门，身上盘缠又用尽，生活没有着落。心里真后悔当初没听王伦的话，弄到现在穷愁潦倒。再要去梁山落草，又拉不下来面子。思来想去，没办法，只好把身边唯一值钱的一把祖传宝刀，拿到街上去卖。

杨志把宝刀插上草标，在街市上站了两个小时，没有一个人光顾。正烦恼间，忽然听见远方行人呼喊：“快快避让，大虫来了。”行人纷纷逃避。杨志正疑惑间，只见一个喝得半醉的黑大汉，摇摇晃晃地从远方歪近来。原来这人是京师有名的泼皮无赖，叫做没毛大虫牛二。专在街上撒泼行凶闹事。连闹了几回事，开封府也管不住他，所以满城人见他来都躲。话说牛二歪到杨志面前，劈手把那口宝刀扯过去，问：“汉子，你这刀要卖几多钱？”杨志说：“祖上留下的宝刀，要卖三千贯。”牛二喝道：“什么鸟刀，卖这么贵！我花三百文就能买一把，也切得肉，也切得豆腐。你的鸟刀有什么好处，敢称宝刀？”杨志说：“我这把刀可不是店上卖的白铁刀。这是一把宝刀。”牛二问：“宝刀有什么特别之处？”杨志说：“第一个特别处是砍铜剁铁，刀口不卷。第二个特别处是吹毛得过。第三个特别处是杀人刀上没血。”牛二便问：“你敢剁铜铁吗？”杨志说：“你拿铜铁来，剁给你看。”牛二便去州桥下香椒铺里，讨了二十文铜钱，拿来叠放在州桥栏杆上，叫杨志说：“汉子，你要是剁得开，我愿出三千贯。”这时四处都远远地站满了围观的人。杨志说：“这是小意思。”把衣袖卷起，拿刀在手，看得清楚，一刀下去，把铜钱都剁做两半。众人都喝彩。牛二说：“喝什么彩！你不是说还有第二个特别之处吗？”杨志说：“吹毛得过。就把几根头发往刀口上一吹，头发都齐齐断掉。”牛二说：“我不信。”从自己头上拔下一把头发，递给杨志说：“你吹给我看。”杨志左手接过头发，照着刀口上，尽力一吹，那头发都断做两截，纷纷飘下地来。众人大声喝彩。看的人越是多了。牛二又问：“第三个特别处是什么？”杨志说：“杀人刀上没血。就是说把人一

刀砍了，并无血痕，说明刀快。”牛二说：“我不信！你用刀来剁一个人给我看。”杨志哪里想到这人是一个泼皮，只是说：“禁城之中，怎么敢杀人？你不信，取一只狗来，我杀给你看。”牛二说：“你说杀人，不是说杀狗。”杨志此时才知道那是一个泼皮，可怜虎落平原被犬欺，只得耐着性子说：“你不买就算了，缠着我干什么！”牛二说：“你杀个人来给我看。”杨志说：“别欺人太甚！我可不和你说着玩。”牛二说：“你难道要杀我不成？”杨志说：“我和你往日无冤，近日无仇，买卖不成，仁义还在，没来由杀你做什么？”牛二紧揪住杨志说：“我偏要买你这口刀。”杨志说：“你要买，拿钱来。”牛二说：“我没钱。”杨志说：“你没钱，揪住我干什么？”牛二说：“我要这口刀。”杨志说：“我不给你。”牛二说：“你是个好汉，就剁我一刀。”杨志大怒，一使劲，把牛二推倒在地。牛二扒将起来，钻入杨志怀里。杨志大声说：“街坊邻居都做个证人。杨志没有盘缠，卖这口刀来糊口。这个泼皮要强抢我的刀，又来打我。”街坊都怕这牛二，没人敢上前劝。牛二喝道：“你说我打你，我打了又怎样！”口里说着，一面挥起右手，一拳打来。杨志霍地躲过，拿着刀来，连日来的屈辱都涌上心头，一时性起，望牛二脖子上只一刀，把牛二砍翻在地，又赶过去，在牛二胸脯上补上两刀，那牛二血流满地，当场死亡。

杨志杀了牛二，不想连累众人，也不逃走，只叫大家去官府帮他做过证人，就带上那把宝刀，去开封府自首了。一来众人作证；二来杀人有因；三来那牛二平素就是个泼皮恶霸，乡邻和官府都被他弄得头痛，杨志杀人倒像是为民除了一害；四来又没人替牛二说话，所以官司审下来，只断了杨志一个过失伤人的轻罪，关押六十天期满，

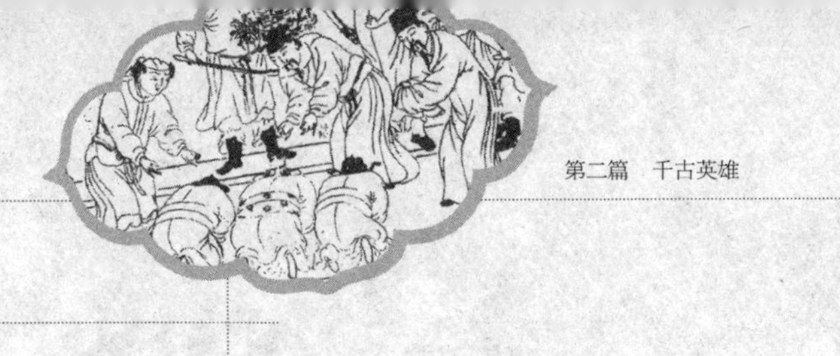

打了二十大杖，唤来文墨匠人，在杨志脸上刺了两行金印，把他刺配往北京大名府去充军。两个公差押送着杨志，往北京大名府而去。

大名府比武

杨志因杀牛二，被刺配到北京大名府充军。执掌北京大名府留守司的梁中书梁世杰，是当朝太师蔡京的女婿，上马管军，下马管民，颇能识人。当天杨志来到，梁中书见了大喜。原来他曾在东京认得杨志，知他本领了得，当厅就开了枷，留在厅前听用。梁中书见杨志勤谨，有心要提拔做军中副牌将，又怕众人不服，便传下号令，教军政司贴出告示，安排众将到东郭门教场比武。

第二天天早，杨志吃罢早饭，随梁中书上马，前呼后拥来到东郭门教场。梁中书上教场演武厅当中银交椅上坐定；左右两边齐刷刷排列着两行官员，有指挥使、团练使、正制使、统领使、牙将、校尉、副牌军等；前后周围，恶狠狠围列着百员将校；正将台上立着两个都监，一个名叫李天王李成，一个名叫闻大刀闻达，两人都有万夫不当之勇。众军呼号完毕，台上竖起一面黄旗，两边列出三五十对金鼓手，敲了三通战鼓，五百军人列成两队，各执器械在手，两阵马军齐齐立在面前，各把马勒住。

梁中书在台上传令，首先叫副牌军周谨出阵演武。右阵里周谨大声应答出阵，绰枪上马，在演武厅前左盘右旋，右盘左旋，将手上枪使了几路。众人喝彩。

周谨演武完毕，梁中书就传令东京来的军健杨志出列。杨志出列，梁中书说："杨志，我知你原是东京殿司府制使军官，因犯罪被刺配到这里。现在盗贼猖狂，正是国家用人之际。你可敢与周谨比试武艺？你若能赢周谨，便提拔你为军官，为国出力。"杨志大声应承。梁中书叫取战马、盔甲、兵器与杨志。先与周谨比枪。周谨心里暗怒："这个贼配军也配与我比枪！"原来那周谨是正牌军索超的徒弟，自恃武艺了得，不把杨志放在眼里。周谨、杨志两个，勒马在旗下，兵马都监闻达叫两人都将银枪去了枪头，用毡片包住，蘸上石灰，又叫两人穿上黑衣，方才允许两人交战。周谨跃马挺枪，直取杨志。这杨志也拍战马，捻手中枪来战周谨。两个人在阵前来来往往，反反复复，搅做一团，斗了四五十合。只见那周谨身上斑斑点点，恰似打翻了豆腐，约有三五十处。而杨志身上，只有左肩胛上一点儿白迹。杨志大胜。

梁中书大喜，叫停两人，叫周谨上厅，呵斥说："前官推荐你做军中副牌，你这般武艺，怎么能南征北讨，为国出力。"就要叫杨志顶替了周谨的职位。这时，管军兵马都监李成上厅禀告说："周谨枪法虽生疏，但弓马娴熟。只比枪就定胜

负，恐怕军心不服。不如再让周谨与杨志比箭，如再输了，自无话说。”梁中书也要看杨志的本领，于是传令两人再比箭。

杨志就弓袋内取出弓箭，立马禀告说：“恩相，弓箭发不容情，比箭恐怕会伤人。”梁中书说：“军中比武，射死勿论。”杨志得令，回阵准备。两人各拿了弓箭和挡箭牌。杨志对周谨说：“你先射我三箭，我再还你三箭。”周谨听了，恨不得把杨志一箭射个透明窟窿。杨志艺高人胆大，看在眼里，也不在意。

当时将台上青旗磨动。杨志拍马望南边走。周谨纵马赶来，将缰绳搭在马鞍上，左手拿弓，右手搭箭，拽得满满地，望杨志后心飕地一箭。杨志听得背后弓弦响，霍地一闪，去镫里藏身，周谨第一支箭落空。周谨见一箭射不着，有些着慌。再去壶中急取第二支箭来，搭上弓弦，瞄得杨志清楚，望后心再射一箭。杨志听到第二支箭来，却不镫里藏身，等那支箭风也似到来，只取弓在手，用那弓稍微一拨，那支箭滴溜溜拨下草地里去了。周谨见第二支箭又射不着，心里越发发慌。杨志打马跑到场尽头，霍地把马一兜，又转身望正厅上走回。周谨也把马只一勒，就势里赶回，再取第三支箭，搭在弓弦上，扣得满满地，使尽平生气力，看着杨志后心窝射去。杨志听得弓弦响，扭回身，就鞍上把那支箭只一抄，却抄在手里。纵马来到演武厅前，撇下周谨的箭。

梁中书见了大喜。传下号令，叫杨志也射周谨三箭。将台上又把青旗磨动。周谨撇了弓箭，拿了傍牌在手，拍马望南而走。杨志拍马轻赶。先把弓虚扯一扯。周谨在马上听得脑后弓弦响，扭转身来，便把傍牌来迎，却早接个空。周谨心里想：“原来他只会使枪，不会射箭。等我待他第三支箭再虚诈时，我便喝住了他，便算我赢了。”周谨来到教场南尽头，拍马回转，杨志也拍马回转，从壶中取出一支箭来，搭在弓弦上，心里想道：“射中他后心窝，必伤了他的性命。他和我又没冤仇。我只射他不致命的地方。”左手如托泰山，右手如抱婴孩，弓开如满月，箭去似流星，说时迟，那时快，一箭射去，正中周谨左肩。周谨措手不及，翻身落马。那匹空马直跑过演武厅背后。众军赶紧救那周谨去了。杨志比箭，也是大胜。

梁中书大喜，教杨志接替了周谨官职。杨志喜气洋洋，下了马，向厅前谢恩。只见阶下左边，转上一个人来，叫道：“先不要说谢！我来和你比试比试。”原来周谨的师父是正牌军索超，索超是个急性子，绰号急先锋，武艺却是极强，他见自己的徒弟输了，认为自己的徒弟患病未愈，所以才会输给杨志，心中不忿，便要亲自和杨志比试一番。李成也有心要看索超灭殿司制使杨志的意气，好长大名府军营的威风，便极力推荐。梁中书听了，心中想道：“我要抬举杨志，众将不服。索性让杨志与索超

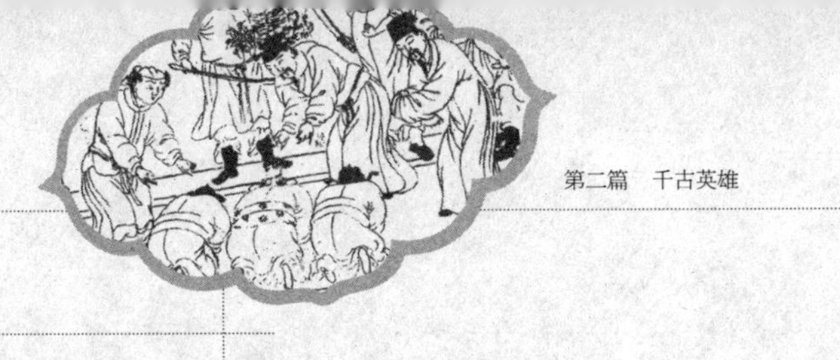

比武，让他赢了索超，众将就无话可说了。”便命令杨志与正牌军索超比试。

军营之中，已多时没有这样高级别的比武。大家暗呼过瘾，只等着要看这一场轰轰烈烈的大比武谁最后赢。杨志与索超两人各自去准备了。将台上传下将令，红旗招动，金鼓齐鸣，炮响处，索超跑马入阵，藏在门旗下。杨志也跑马入军中，直到门旗后。将台上黄旗招动，又发了一通鼓，两军齐呐一声喊。教场中静荡荡的。再一声锣响，摇动白旗。两边众官没一个敢动，静静地立着。将台上青旗招动，第三通战鼓响处，两将才策马出阵。左边阵内门旗下，鸾铃响处，正牌军索超骑一匹惯战能征雪白马，直到阵前兜住马，手里横着一柄金蘸斧。右边阵内门旗下，鸾铃响处，杨志骑一匹火块赤千里嘶风马，手提浑铁点钢枪，直至阵前，勒住马。两边军将暗暗喝彩。虽不知武艺如何，已先看出威风出众。

旗牌军策动将令，两人得令，纵马出阵，都到教场中心。两马相交，二般兵器并举。索超愤怒，轮手中大斧，拍马来战杨志。杨志逞威，拈手中神枪，来迎索超。两个在教场中间，将台前面，各赌平生本事。一来一往，一去一回，四条臂膊纵横，八只马蹄撩乱，大战起来。杨志和索超斗了五十余合，不分胜败。月台上梁中书看得呆了。两边众军官看了，喝彩不止。阵面上军士们递相传说：“我们参军这么多年，也曾出了几回征，什么时候见过这样一等一的好汉比武！”李成、闻达在将台上，不住声叫好。两人又战一阵，眼看快要分出胜负，闻达心里只怕两个中伤了一个，慌忙招呼将台上鸣锣停战。旗牌官拿着令字旗，来分开两人。杨志和索超斗得兴起，各自要争功，不肯回马。直到旗牌官飞来阻拦，杨志、索超方才收了手中军器，勒坐下马，各跑回本阵，立马旗下，等候将令。

李成、闻达下将台来禀告梁中书说：“两个武艺一般，皆可重用。”梁中书大喜，传下将令，叫军政司将两个都升做管军提辖使。梁中书和大小军官，都在演武厅上筵宴。红日沉西，筵席完毕，众官皆欢。梁中书上了马，众官员都来送他回府。马头前摆着这两个新提拔的提辖，都骑着马，头上都带着花红，迎着众人，走进东郭门来。两边街道扶老携幼，都看了欢喜。梁中书在马上问：“你们为什么这么欢喜？莫非嘲笑下官？”众老人都跪下禀告说：“老汉等生在北京，长在大名府，从来没见过像今天这样两个将军的一场好比试。今天在教场中看见这般身手，所以心中高兴！”梁中书在马上听了，也是大喜。自此，对杨志更是器重。那索超见了杨志手段高强，心底也佩服。两人遂成为朋友。

杨志大名府比武尽显威名，得到梁中书的器重，官升管军提辖使。似乎运气陡转，为国效力，到边庭建功立业的机会就在眼前了。

失陷生辰纲

杨志在北京大名府扬威，深得梁中书喜欢。梁中书搜刮民脂民膏，准备了十万贯庆贺生辰的礼物，要送给汴京的老丈人蔡京，便差杨志押送。

梁中书对杨志说："上次的生辰纲半路被劫，至今没查出下落，你要是帮我送得生辰纲去，我自会再升你职。"杨志拱手说："恩相派遣，不敢不依。只是不知道要怎样押送？什么时候起身？"梁中书说："让大名府派十辆车，十名车夫，车上黄旗都标明'献贺太师生辰纲'字样，车后十名军人押送。三天内便动身。"杨志听完，便推说不去。梁中书道："我有心要抬举你。这献生辰纲的书信里，另修一封向太师保荐你的书信，你为什么反倒推辞不去？"杨志说："今年强盗横行；去东京没有水路，旱路一路经过紫金山、二龙山、桃花山、伞盖山、黄泥冈、白沙坞、野云渡、赤松林，又都是强盗出没的地方。这么多金银宝物，如何不招抢劫？去了也是白白送命。"梁中书说："那就多派军人护送。"杨志说："就是派五百人去，也不济事。这些人一听说强盗来了，都是先逃命的。"梁中书便问："像你这样说，生辰纲就是送不成了。"杨志说："要是依我的办法，就可以送去。"梁中书说："既然委托你去，就依你的办法。"杨志便把礼物装成十条担子，打扮成客商的模样，点十位壮健的军人做挑夫。另带一个人跟着他，择日取行。临行前，梁中书说："夫人也有一担礼物，另送给府中的其他家属，也要你送。怕你不识路，特教奶公谢总管和两个虞候，与你一同去。"杨志听说，便又推辞不去。梁中书奇怪。杨志说："这十担礼物，都是我负责，所以要早行便早行，要晚行便晚行，要住便住，要歇便歇，大家都听我的。现在又叫老总管和虞候陪伴，老总管是夫人身边的人，又是太师府门下的奶公。一旦路上同小人意见不同，杨志不敢不听从！要是因此误了大事，杨志没处交代。"梁中书便答应，叫三人都听从杨志的指挥，老总管一一都答应了。杨志说："既然如此，我愿立军令状。如有疏失，甘当重罪。"这才带领众人启程。

第二天早晨，大家启程，一共是十五个人，离了梁府，向东京进发。此时正是五月半天气，天气干燥炎热。杨志一行人，要赶六月十五日的太师生辰，只得顶热而行。走了六七天，天气更热，早行中歇，人家渐少，行人渐稀，慢慢到了山路，杨志便要大家早九点动身，下午四点休息。十一名挑担的军人，又累又热，见着树林便去歇息。杨志一路催促赶打，轻则痛骂，重则藤条便打，大家都有怨气。两个虞候气喘跟不上，杨志也照样斥责："你两个好不晓事！责任都在我头上！你们不替我催促大家，反倒在后面磨磨蹭蹭。这路上不是玩的地方。"那虞候说："不是我俩故意慢，

实在是太热走不动。前几天还早行中歇趁凉走，怎么现在偏要顶着日中大太阳走？”杨志说：“你说话像放屁。前几天走好路，自然没问题，现在走的路都是强盗出没的地方，谁敢五更半夜上路。”两个虞候口里不说，心里不满杨志乱骂人。杨志提了朴刀，拿着藤条，去赶那担子。两个虞候去到老总管面前告状，说杨志故意摆威风，老总管便劝大家忍一忍，熬过这两天。当天下午，大家休息，都叹气吹嘘，对老总管发牢骚：“我们不幸做了军人，这般火似热的天气，又挑着重担，又不拣早凉行，动不动就用藤条打来。都是一般父母所生，怎么我们这么苦！”老总管安抚大家。大家说：“要是杨志像总管一样对待待我们，我们谁敢埋怨。”第二天，天色未明，大家跳起来要趁早凉起身。杨志一顿乱打，要大家睡觉。众人忍气吞声，直睡到九十点，才起身上路。杨志又一路上赶打，不许大家在阴凉处歇脚。大家都来投告老总管，老总管嘴上不说，心里也大为不满。这样连走了十四五天。那十四个人，没一个不埋怨杨志的。

不说大家和杨志的不和，只说到了六月初四这天，万里无云，毒日高照，天气酷热，山路崎岖。杨志催促众人，一路走了二十余里。军人们想要找个阴凉处歇凉，竟也找不到一处。大家苦行了两个时辰，才发现前面有一个土冈子，冈子下是一片黄沙，半山腰茅草丛生，乱石嶙峋，冈顶却有万株绿树掩映。十四人都顾不上杨志打骂，奔上冈子来歇息，十四人都在松树荫下睡倒。杨志打了这个起来，那个又躺下，杨志也无可奈何。老总管气喘吁吁爬上冈子，见杨志打得厉害，就说：“提辖，不要怪大家，真是天太热了走不动。”杨志说：“总管，你不知道，这地方叫黄泥冈，正是强盗出没的地方。往日太平时节，都有白天出来抢劫的，何况现在到处强盗丛生！”两个虞候都怪杨志老用强盗来吓他们，老总管便来替大家求情，杨志不肯，说：“你也像他们一样不懂事。这里七八里没一个人家，怎么歇得！”老总管说：“我先坐一坐，你去赶他们走吧。”杨志拿着藤条来赶：“一个不走的，吃我二十棍。”众军汉一齐哄叫起来。其中一个分辩说：“提辖，我们挑着百十斤担子，不比你空手走路。你不要把人不当人。就是中书相公亲自押送，也容我们说一句话。你好不知疼痒，只知道逞威风！”杨志骂道：“这畜生气死我也！”拿起藤条，劈脸便打。老总管发了脾气，喝道：“杨提辖不要打，你听我说。我在东京太师府里做奶公时，门下官军见了千千万万，都向着我喏喏连声。不是我刻薄，你不过是个遭死的军人，相公可怜，抬举你做个提辖，只是个草芥子大小的官职，你逞什么能。不要说我是相公家总管，就是村庄一个老汉，我也要劝你两句，你是要把他们打死了还是怎么的！”杨志说：“总管，你是城里人，生长在相府，不知道路途上的千难万险。”

老总管说："四川、两广我也曾去过，你不要卖弄。"杨志说："现在比不上太平时节。"总管说："你说这话，该剜口割舌。现在天下怎么不太平了？"杨志正要反驳，只见对面松林里一个人影，在那里伸头探脑。杨志说："我说什么，你看不是坏人来了？"撇下藤条，拿了朴刀，赶入松林。

杨志赶到松林里，大喝一声："谁这么大胆敢看我的商货！"只见松林里一字儿摆着七辆江州车儿，七个人脱得赤条条的，在那里乘凉。七个人齐叫一声："呵也！"都跳起来。杨志喝问："你等是什么人？"那七人反问："你是什么人？"杨志又问："你等莫不是强盗？"那七人说："你这强盗正话反说，我等是小本经纪，可没钱给你。"杨志说："你等小本经营人，偏有大本钱。"那七个人问："你到底是什么人？"杨志说："你们先说自己是哪里来的？"那七人说："我等弟兄七人，是濠州人，贩枣子上东京去，从这里经过，听说这黄泥冈上常有强盗，我七个只有些枣子，倒也不怕，上这冈子上来歇凉，听见有人上冈子来，便叫这个兄弟出去看了看。"杨志说："原来如此，我也是过路的客人。刚才见你们窥望，怕是强盗，因此赶来看一看。"那七个人说："客官请吃几个枣子再走。"杨志说："不必。"提了朴刀，再回到担边来。

老总管见杨志回来没事，讥笑说："既是有贼，我们是不是快完了。"杨志说："只是几个贩枣子的客人。"老总管说："要都像你刚才所说，那他们岂不也都没命了。"杨志说："不要计较，没事就好。你们先歇会，等凉些再走。"众军汉都笑杨志多事。杨志把朴刀插在地上，自去一边树下坐了歇凉。

杨志歇了一会儿，只见远远一个汉子，挑着一副担桶，唱着歌，走上冈子来，在树下坐了乘凉。那歌曲唱道："赤日炎炎似火烧，野田禾稻半枯焦。农夫心内如汤煮，楼上王孙把扇摇。"众军人便问那汉子桶里装的是什么，汉子回答说是挑到前村去卖的酒。大家问了价钱，五贯钱一桶，便商议凑钱买一桶来解渴。杨志见了，喝问："你们又做什么？"众军人说："买碗酒喝。"杨志调过朴刀杆便打，骂道："你们不听我说的话，随便就买酒喝！好大胆！"众军人说："我们凑钱买酒喝，干你什么事，也来打人。"杨志说："闭你的鸟嘴。只知道吃，全不晓得路上的艰险。有多少好汉，都曾被蒙汗药麻翻。"那挑酒的汉子，看着杨志冷笑说："你这客官好不讲理，无端说我的酒有药，早知道我就不卖给你。"正在松树边争说，只见对面松林里贩枣子的客人，提着朴刀走出来问："你们闹什么？"那挑酒的汉子说："我挑这酒到前村里去卖，在这里歇凉。他们要问我买酒，我还没卖，这个客官说什么酒里有蒙汗药。你说好笑不好笑？干吗说这样中伤的话。"那七个客人说："我只道有强

盗来了，原来是这样。说明白就好了。我们正要买些酒吃。既是他们疑心，就卖一桶给我们吧。”那挑酒的说：“不卖，不卖。”这七个客人说：“你这鸟汉子也不讲理。又不是我们得罪你。你挑到前村去卖，还不是一样价钱。卖些给我们，算是救了我们的渴。”那挑酒的汉子便说：“卖一桶给你们没关系，难道你们就不怕蒙汗药。我也没碗瓢舀给你们吃。”那七人说：“你这汉子忒认真，人家说一声就算了。我们自己有瓢。”只见两个客人去车上取出两个瓢来，一个捧出一大捧枣子来。七人立在桶边，开了桶盖，轮换着舀那酒喝。一边吃着枣子。不一会儿，一桶酒都喝完了。七个客人问：“还没问多少钱。”那汉子说：“一口价，五贯钱一桶，十贯钱一担。”七个客人说：“五贯就五贯，再多给我们一瓢吃。”那汉子说：“多给不得。说定的价钱。”一个客人付了钱，一个客人便去揭开桶盖，兜了一瓢，拿上便吃。那汉子连忙去夺，这客人手拿半瓢酒，跑回松林里，那汉子赶过去。只见这边一个客人又从松林里走出来，手里拿着一个瓢，又去桶里舀了一瓢酒。那汉子看见，回身来劈手夺过，望桶里一倒，盖上桶盖，将瓢望地下一丢，口里说：“你这些客人不是君子！都说好了，居然抢酒喝！”

那一伙人在那里拉拉扯扯，把这一帮军人看得心内直痒，都怪杨志多嘴，只想尝一口酒喝，便叫老总管来向杨志求情。老总管跟杨志说了，杨志寻思：“我在远处望到贩枣人都喝了他那桶酒，这桶里也喝了半瓢，看来没事。”方才答应。众军人赶紧凑足五贯钱去买酒。那卖酒的汉子说：“不卖了！不卖了！这酒里有蒙汗药！”众军人都说好话，那汉说：“不卖了！不要缠我！”那帮贩枣子的客人也都来帮忙劝说：“你这汉子太认真了，不关他们的事，随便卖些给他们喝吧。”那汉子说：“没来

由让别人怀疑干什么？”这贩枣子的客人帮忙把那卖酒的汉子推到一边，众军人抢了酒桶，开了桶盖，借了瓢，舀酒分喝。贩枣客人又拿来一些枣子分给大家，大家都谢了。大家先兜两瓢，叫老总管喝一瓢，杨志起先不肯喝，等两个虞候各喝了一瓢，众军汉一齐上去，把那桶酒喝了个干净。杨志见众人喝了无事，熬不住天热口渴，这才喝了半瓢。那卖酒的汉子说：“这桶酒被那客人多喝了一瓢，我少收你们半贯钱。”众军人付了钱。那汉子挑着空桶，唱着山歌，走下山冈去了。

这时，那七个贩枣子的客人，站在松树旁边，指着这十五个人说：“倒也！倒也！”只见这十五个人头重脚轻，一个个面面相觑，软倒在地。大家这才知道那酒里真的有药。那七个客人从松树林里推出这七辆江州车儿，把车上枣子丢在地上，将十一担金珠宝贝都装上车，遮盖好了，叫声：“打扰了！”一直望黄泥冈下推了去。杨志身体发软，站不起来，口里只是叫苦。十五个人眼睁睁看着那七个人把这金银财宝抢劫了去，只是起不来，挣不动，说不出。

这七个人不是别人，正是晁盖、吴用、公孙胜、刘唐、三阮等七个。那个挑酒的汉子，是白日鼠白胜。原来吴用定好了计策：白胜挑酒上冈，挑上冈时，两桶都是好酒，七个人先喝了一桶，刘唐揭起桶盖，又兜了半瓢喝，故意让杨志他们看到，消除大家的疑心，然后由吴用去松林里取出蒙汗药，抖在瓢里，装作上前兜酒喝，把药搅进酒里，又假装兜半瓢来要吃，让白胜劈手夺回，倒进桶里。这个计策，十分巧妙，叫做智取生辰纲。

落草梁山与结局

杨志失陷了生辰纲，无法回去交差。眼看报国的希望又要落空，万念俱灰，酒醒后，差一点儿跳了黄泥冈自杀。千思万想，觉得对不起列祖列宗，方才打消了自杀的念头。丢下众军人，自己再次流落江湖。

那十四个人醒来，一面后悔没听杨志的良言，一面又都为自己开脱，怪杨志待人太狠毒。如今杨志畏罪离开，大家商量，就把一切责任推到杨志身上，谎称他勾结强盗，打劫了生辰纲。大家首先去当地政府报了案，又回去向梁中书报告了，梁中书又报告到蔡京那里，于是杨志就变成了背信弃义、十恶不赦的强盗，遭到全国通缉。

失陷生辰纲，固然是因为吴用计策高明，众押送军人不听劝告，但是与杨志的为人方式，也有一定关系。如果杨志不那么急功近利，对手下稍微好一些，使大家能够对他再信任一些，那么也许大家就不会那么轻易上当，生辰纲也就不那么容易被劫

了。失陷了生辰纲，再加其他人的推卸责任，朝廷这扇门，终于对杨志彻底关闭。除了落草之外，杨志再也没有其他出路了。

后来，杨志在二龙山下碰上林冲的徒弟曹正，曹正建议他去二龙山落草，杨志来到二龙山，碰到不被二龙山接纳的鲁智深，二人不打不相识，于是结成伙伴，依曹正的计策，攻占了二龙山。杨志从此就和鲁智深一起在二龙山当上了大头目。二龙山后来先后又有武松、施恩、曹正、张青、孙二娘等人的加入，成为了梁山泊之前实力最雄厚的山头。

再后来，三山为救孔亮，约梁山一起攻打青州，胜利后，杨志随二龙山全部人马一起归附梁山泊。

上了梁山，杨志有了更大的用武之地，招安后，更是有了报国的机会，随鲁智深、宋江一起东征西讨、南征北战，立下了汗马功劳。最后，在打方腊时，因病留守丹徒县，病殁在丹徒县境内。杨志生时在梁山排名第十七，死后，同其他战死的正将一样，享受忠武郎的封号，并在家乡立庙纪念。

智多星吴用

吴用，天机星，梁山的军师，绰号智多星，梁山排名第三，实际排名则是第二，在梁山的地位仅次于宋江。吴用是山东济州郓城县人，和晁盖、宋江是同乡，年轻时是一个秀才，饱读经书兵略，人称吴学究，又称为教授。

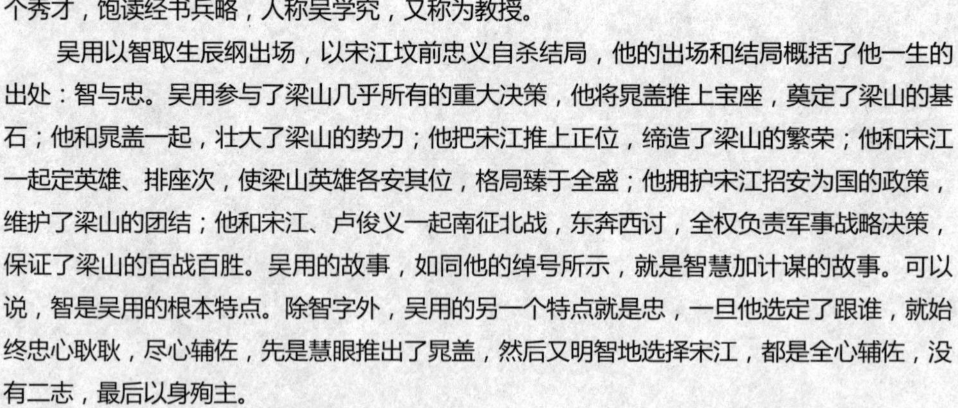

吴用以智取生辰纲出场，以宋江坟前忠义自杀结局，他的出场和结局概括了他一生的出处：智与忠。吴用参与了梁山几乎所有的重大决策，他将晁盖推上宝座，奠定了梁山的基石；他和晁盖一起，壮大了梁山的势力；他把宋江推上正位，缔造了梁山的繁荣；他和宋江一起定英雄、排座次，使梁山英雄各安其位，格局臻于全盛；他拥护宋江招安为国的政策，维护了梁山的团结；他和宋江、卢俊义一起南征北战，东奔西讨，全权负责军事战略决策，保证了梁山的百战百胜。吴用的故事，如同他的绰号所示，就是智慧加计谋的故事。可以说，智是吴用的根本特点。除智字外，吴用的另一个特点就是忠，一旦他选定了跟谁，就始终忠心耿耿，尽心辅佐，先是慧眼推出了晁盖，然后又明智地选择宋江，都是全心辅佐，没有二志，最后以身殉主。

吴用参与了梁山众多的决策事件，他的故事，贯穿全书。但是除智和忠外，他几乎没有显露太多的其他特点。宋江还有属于个人的故事，这些故事表现了宋江独特的个性，吴用

则除了智取生辰纲及自杀殉兄外，几乎所有的故事都与梁山的整体事业相关，这些故事多表现为梁山的整体成就，吴用本人的个性在其中简直忽略不计，这也许与吴用很早就进入了核心决策集团有关。所以吴用的故事，几乎就是梁山重点事件谋略决策的串联。吴用的智实在是令人惊讶，宋江在军事上还犯些错误，吴用则基本上不犯什么错误。即使偶尔犯错，他也能马上发现，及时弥补。吴用的故事，相当于一本军事教科书，我们在介绍的时候，以他的谋略为主，挑选一些精彩的片段来向大家介绍。

打劫生辰纲的智慧

打劫生辰纲，是吴用导演的第一出大戏。打劫生辰纲的时间、地点、人手、方法、逃跑策略都经过了吴用深思熟虑的策划和安排。

时间：烈日炎炎的正午。这是人们最容易疲劳的时候，也是行人比较少的时候。

地点：人迹罕至的黄泥冈。这里人烟稀少，乱石丛生，但又是生辰纲的必经之路。冈顶有一片茂密树林，既能诱惑过往行人歇脚乘凉，又便于自己人躲藏，实施打劫计划。

人手：人少了不合适，人多了也不合适，晁盖庄上的熟人不合适，普通不会武艺的人也不合适。这样，晁盖算一个，刘唐算一个，吴用自己算一个，吴用又去石碣村请来穷愁潦倒、一身武艺、胆大包天、十分义气又渴望发财的阮氏三兄弟，加上后来的公孙胜，再加上晁盖推荐的白胜，凑足了七八条好汉，刚好合适。

方法：准备软硬两套方案，先用智取，智取不成，就力取。事实证明，最后仅靠智取就解决了

问题，强夺的方案都没派上用场。智取的方法是：等杨志押送生辰纲到黄泥冈歇脚，白胜扮成卖酒的挑酒路过，其他七人扮成卖枣的客商去买酒喝，乘抢酒的机会下蒙汗药，骗得杨志等人不疑，去买酒喝，药倒杨志一行。

逃跑策略：扔掉枣子，用江州车运载生辰纲。到僻静处，七人分赃，白胜回村，三阮回石碣村，吴用、刘唐、公孙胜暂到晁盖庄避风头。

整个计划安排得天衣无缝。最后，一切按计划进行，成功取下了生辰纲。最后事情的败漏，一是有人认出了白胜，一是有人认出了晁盖，都是难以预料的偶然事件，与计划本身无关。

逃亡地点的选择

打劫生辰纲事情败露，晁盖惊慌失措，问吴用怎么办。吴用说不用慌，他早已考虑好了逃亡的地点，那就是投奔三阮的石碣村。

吴用解释说，投奔三阮的石碣村至少有三个好处。第一，三阮义盖云天，又亲身参与此事，没有后顾之忧；第二，三阮的石碣村湖面广阔，最好躲藏，官府来了还可以迂回抗敌；第三，如果官府派大兵来捉，也不用怕，石碣村背靠梁山泊，逼得急了，大家干脆一起上梁山入伙去，他们有的是钱财，不怕梁山不接纳。

果然，事情按照吴用预计的方向发展，官府派大军来围剿石碣村。吴用等依靠地利在石碣村大败官军，然后收拾钱物一起上了梁山。

对王伦的两种判断

众人来到梁山，王伦等摆宴接待。席上三阮等大肆吹嘘大败官军的经过，王伦闻之变色。

酒席散后，晁盖面有喜色。晁盖说，王伦等头领如此盛情款待，看来一定会留他们在梁山。众人都说是。只有吴用冷笑不说话。晁盖请教，吴用说，你们都没有注意到王伦的变化。我们初上山时，他看到我们有很多财物，十分欢喜，有接纳之意。后来酒席上听到三阮谈论大败官军的英雄手段时，就变了色了。素闻王伦气量狭小，一定是听说了三阮的手段，怕我们以后夺了他的寨子，所以我看他多半不会收留我们。倒是那林冲非常义气，对我们很好。

事实证明，吴用的观察极为准确，第二天，王伦果然婉言拒绝收留晁盖众人，要送众人下山别投他处。

当然，吴用没有让这一幕发生。他观察到林冲和王伦不和，很好地利用了这一点。晚上，林冲果然来拜访众人，说了王伦不肯收留众人的意思，并说，如果明天王伦还行此不义之事，他定然不饶。吴用一面假意劝林冲不可为他们而与王伦争执，坏了义气；一面却积极准备，暗藏凶器，要帮林冲火并王伦。

果然，第二天王伦拒绝收留众人，林冲大怒，两人火并。吴用一行人明地上前劝阻，暗地把其他几个头领都控制住不让动弹。林冲顺利杀掉王伦，众人也顺利被留在了山寨。当然，林冲后来主动让贤，将梁山寨主之位让给了晁盖，自己只坐了第四把交椅，这倒出乎吴用的意外。不过林冲既然识大局让贤，吴用也就却之不恭，将晁盖推上了王位。事实证明，林冲的决定和吴用的眼光都是正确的，晁盖为人宽厚义气，自从晁盖当上了梁山泊主，梁山的事业进入了大发展的阶段。

救宋江的两种办法

宋江江州吟反诗，被关进大牢。戴宗奉命去送蔡九知府写给蔡京的家信，路过梁山被拦阻。吴用等打开信件一看，方才知道宋江被抓，蔡九知府在信中向他老子请教处置宋江的办法。宋江是晁盖和吴用的大恩人，两人当然都想救他，不过两人的方法完全不一样。

晁盖当时大怒，就要带领人马下山去打江州，救出宋江。

吴用则反对武力。吴用分析说，江州离梁山泊太远，大军前去，如打草惊蛇，可能反倒送了宋江的命；此事可以智取。吴用当时就蔡九的家信上做文章，设了一个计策：伪造一封蔡京的回信，信中命蔡九将宋江解往东京处置，等宋江囚车经过梁山泊，众人去打劫囚车，救下宋江。至于伪造信件的人，吴用推荐了济州城内的两个奇才，一个是善于模仿各家字体的圣手书生萧让，一个是善于勒刻碑石印章的玉臂匠金大坚，只要让戴宗扮作太保，谎说重修泰安岳庙要树碑刻石，将两人骗到梁山下，着人劫上梁山来就成了。

后来，这个计策因为一点点失误而泡汤了。但这个计策设计的巧妙，的确令人赞叹。

三种打祝家庄的方式

打祝家庄，全面展示了宋江的指挥作战才能。但是说到计谋的高下，吴用还是要技高一筹。

攻打祝家庄一共有三次，前两次指挥者是宋江，后一次有吴用的参与。

第一次，宋江独立指挥。宋江带领大军气势汹汹地赶到，在打听消息的杨林被捉，石秀还没有回转的情况下，就贸然进兵攻打祝家庄，结果在庄内到处遭遇埋伏，不仅导致黄信被捉，而且还差点将自己和梁山军都搭在里面。所幸石秀及时赶到，带领大军突出重围，转出庄外。

第二次，还是宋江独立指挥。有了石秀的消息，弄清了庄内道路，又有了第一次冒进的教训，宋江再次进军攻打祝家庄。谁知，宋江遇到了两个新问题。第一，庄内已将标志道路方向的白杨树全部砍掉；第二，祝家庄人马打不过就跑，追还是不追？宋江选择了进军追击。最终结果是，庄内的埋伏之多远远出于众人的意料，众多部队虽然打进庄内，只要追击，便连吃埋伏，最后导致王英阵前被捉，秦明、邓飞中埋伏被捉，韩鹏被打伤。宋江不得不再次狼狈撤军。

第三次，吴用参与了攻打祝家庄的战役。吴用的方法总是不同。这次，吴用从梁山上带来新投奔来的一群人：孙立、孙新、顾大嫂、解珍、解宝、乐和。那孙立与祝家庄的枪棒教师栾廷玉是同门师兄弟关系。吴用依此设计：孙立扮成州府对调的军官，路经此地，就便拜访师兄弟；孙立拖家带口，消除祝家庄的怀疑，借此混进祝家庄去；又在战场上故意活捉石秀，取得祝家信任，得以在庄内自由活动，摸清庄内埋伏情况；然后约好时间，里面放出被捉好汉，众英雄好汉，一起起事，外面同时进攻，里应外合，一鼓打破祝家庄。大家依计行事，果然一鼓打破祝家庄，救出时迁，还获得大量钱财粮草。

怎样打华州救鲁智深

史进行刺华州贺太守被抓，鲁智深深入华州救史进又被抓。梁山得到消息大惊，派大队人马前去营救。

宋江没有好的营救办法，便问两个军师。

少华山军师朱武建议说，华州背靠华山，自古天险，城高沟深，只有行里应外合之计，方可破城。

吴用提议，先去看地形，回来再作商议。几名头领连夜去看华州城池，只见城池厚壮，形势坚固，沟深堑宽。吴用看完现场，得出结论，就算是里应外合，也难以破城，必然损失巨大。吴用建议先暂不攻打，而是派人去远近四处打探消息，俟机寻找破城良策。

果然不久，事情有了转机。前方有消息来报，朝廷派宿太尉到西岳华山进香，已经快到华州。吴用灵机一动，便依此定破城之计。

吴用派人去半路水上拦截宿太尉，取下朝廷的进香信物，扮成宿太尉的样子去华山进香，叫贺太守大小官员出城作陪，同时兵分两路，一路去西岳庙里埋伏掩杀贺太守一行人，一路趁城中空虚攻城救人。

吴用的计策最妙，西岳天险瞬间瓦解，宋江军队没费多大力气就打破华州天险，救出了史鲁二人。

两次骗人上梁山

吴用曾经两次设毒计逼骗两个人上梁山，一次是逼朱仝上梁山，一次是骗玉麒麟上梁山，都是对症下药的毒计。

朱仝先后救了晁盖和宋江，两人便派吴用下山，务必将朱仝请上梁山有福同享。吴用下山，打听到朱仝因为照护知府的孩子而备受礼遇，过得不错，便料想到朱仝可能不愿意上梁山，便用了威逼的办法。吴用先和雷横一起劝说朱仝上梁山去，朱仝果然不肯。吴用也不多说，就派李逵一不做，二不休，一刀杀了知府的儿子，逼得朱仝无法交差。朱仝无家可归，只得随顺上了梁山。

另一次是骗取玉麒麟卢俊义来梁山。宋江打曾头市不下，想起河北玉麒麟卢俊义武艺高超，便叫吴用去请卢俊义来梁山入伙。那卢俊义身为北京的大财主，日子过得好好的，怎么会上梁山来呢？吴用自有办法。吴用利用卢俊义迷信，扮成算命看

相的，去帮卢俊义算了一卦，说卢俊义有百日血光之灾，须得去往东方向千里之外方能避祸。卢俊义虽然武艺高强，但脑瓜子欠灵活，果然中计，不听燕青的劝告，带着管家李固出门往东避祸，顺便去泰安州岳庙进香。东方正是梁山泊的方向。卢俊义来到梁山泊地面，吴用派人去拦截，卢俊义虽然英雄，毕竟双拳难敌四手，最后在水中被张顺活捉，押上梁山去了。虽然后来卢俊义坚持不落草，离开了梁山，但是梁山故意放走李固，而将卢俊义多留了几天，造成卢俊义勾结梁山的既定事实，李固回去告发，断了卢俊义做良民的后路。卢俊义上梁山的结局，也就水到渠成了。当然，中间还经过了一些波折，但是，最后的结果已经是很明显的了。

乌龙岭下的迷惑

战争有时候需要等待时机，这时候需要耐心。攻打乌龙岭一役最能看出吴用的耐心。

宋江调兵，水陆并进，直到乌龙岭下，要先破乌龙岭，过岭再打睦州。乌龙岭十分险要。

宋江先派步军李逵、项充、李衮，引五百牌手出哨探路。三人带兵来到乌龙岭下，上面擂木炮石打将下来，不能前进。三人无计可施，回报宋江。

宋江又派水军阮小二、孟康、童猛、童威四个，乘战船上滩去探关。关上水军施火排计，大败水军，阮小二自杀，孟康被火炮打死。

宋江大怒，第二天，复整点军马，再要进兵。吴用上前劝谏说：“兄长不能太着急，我们商量好计策，再去度岭不迟。”这时，解珍、解宝两个上前说：“我弟兄原是猎户出身，我两个装作此间猎户，爬上山去，放起一把火来，教那贼兵大惊，弃了关去。”吴用阻拦说：“此计虽好，只是这山太过险峻，难以攀缘，要是一失脚，就性命难保。”兄弟俩不听，宁愿战死，也要请战，宋江答应了。兄弟俩爬到关下，被关上发觉，解珍从这百十丈高岩上跌下来摔死，解宝被乱箭射死。

关上将兄弟俩的尸体高高挂在半山。宋江既悲且怒，一意要前去抢夺尸体，吴用料定必有埋伏，苦谏不可。宋江不听，一意孤行，带领关胜、花荣、吕方、郭盛四将，连夜进兵。到乌龙岭下，正中石宝的计策。四下里伏兵齐起，宋江就要丧命。幸亏吴用火速派李逵、项充、李衮、鲁智深、武松、秦明、李应、朱仝、燕顺、马麟、樊瑞、一丈青、王矮虎等大军来救援，方才救回宋江性命。

不久，朝廷派童枢密前来劳军，童枢密听说接连失败，整点军马，又要前去打乌龙岭关隘。吴用经过多天的观察，终于想出过关的方法。吴用提议说：“恩相不可轻

动。待我先派燕顺、马麟去溪僻小径，寻觅当村土居百姓，问一条过关的小路，我们偷偷渡得关那边去，两面夹攻，再破此关。”燕顺领命上山，果然找到当地一个避难的老儿，指了一条过岭的小路。宋江带领军兵私越小路，渡过乌龙岭去，到达东管，直抵睦州。宋江这时才省悟放过乌龙岭不打，直接去打睦州。

霸州城下的忧虑

吴用不是宋江，但是他有比宋江更远的忧虑。吴用的忠不及宋江，吴用的智则超过宋江，出色的智慧让吴用看到，建功越多，受朝廷妒忌、迫害的可能性越大，而他又缺乏宋江那种忠顺朝廷的坚定信念，所以吴用有更多的焦虑。霸州城下，吴用向宋江表露了自己的焦虑和担心。

辽国欧阳侍郎向辽国君主禀奏：“宋江这伙都是梁山泊英雄好汉。如今宋朝童子皇帝被蔡京、童贯、高俅、杨戬四个贼臣弄权，嫉贤妒能，闭塞贤路，非亲不进，非财不用，久后如何容得宋江他们！郎主可加官爵，重赐金帛，多赏累裘肥马，臣愿为使臣，劝说宋江来降俺大辽国。郎主若得这伙军马来，占领中原如同反掌。请郎主定夺。”辽国郎主听了，便派欧阳侍郎为使臣，带上一百零八骑好马、一百零八匹好缎子、敕命一道，去劝降宋江，封宋江为镇国大将军，总领辽兵大元帅，赐金一提、银一秤为信物，其他头目尽都加官进爵。欧阳侍郎领了辽国敕旨，带了许多礼物马匹，上了马，径投蓟州来。

宋江和吴用正在蓟州休养军队，听到辽国有使臣至，不知吉凶，遂取玄女之课，卜了一卦，卜了个上上之卦。宋江与吴用商议说：“卦中是上上之兆，看来辽国是真的要招安我们，我们下一步怎么办？”吴用说：“要是真的这样，可以将计就计，接受招安。将蓟州交与卢先锋接管了，我们去骗取辽国霸州。若是得了霸州，不愁辽国不破。现在已取了辽国的檀州，先去了辽国一只左手。接受招安容易，只是先不要答应，拖他两天，令他们不疑就是了。”

欧阳侍郎到城中见了宋江。宋江便问：“侍郎到这里来干什么？”欧阳侍郎说：“有件小事，想和你单独商量。”宋江喝退左右，将欧阳侍郎请进后堂。欧阳侍郎欠身对宋江说：“俺大辽国久闻将军大名，怎奈山遥水远，无由拜见威颜。又闻将军在梁山大寨，替天行道，众弟兄同心协力。当今宋朝奸臣们闭塞贤路，有金帛投于门下的，便得高官重用；无贿赂投于门下的，纵使有大功于国，空被沉埋，不得升赏。因为奸党弄权，谗佞侥幸，嫉贤妒能，赏罚不明，以致天下大乱。江南、两浙、山东、

河北，盗贼并起，草寇猖狂，良民受其涂炭，不得聊生。今将军统十万精兵，赤心归顺，也只得到先锋之职，又无升受品爵。众弟兄劬劳报国，还都是白身之士。朝廷命令你们引兵直抵沙漠，受此劳苦，与国建功，又无恩赐。这都是因为有奸臣在。你要是沿途掳掠金珠宝贝，令人馈送浸润，与蔡京、童贯、高俅、杨戬四个贼臣，可保官爵，恩命立至。你要是还不肯如此行事，将军纵使赤心报国，建大功勋，回到朝廷，反坐罪犯。欧某现在奉大辽国主之命，送将军敕命一道，封将军为辽邦镇国大将军，总领兵马大元帅。赠金一提，银一秤，彩缎一百零八匹，名马一百零八骑。将一百零八位头领姓名抄录回国，照名钦授官爵。不是我来诱说将军，这是我国国主久闻将军威名，特遣欧某前来，请将军众将同意协心，辅助我国。”宋江听完，回答说：“侍郎言之极是。怎奈宋江出身微贱，郓城小吏，犯罪在逃，权居梁山水泊，避难逃灾。宋天子三番降诏，赦罪招安，虽然官小职微，也还是因为我未曾立功以报朝廷赦罪之恩。今蒙郎主赐我厚爵，赠以重赏，然虽如此，我还是不敢拜受，请侍郎先回。现在溽暑炎热，我令军马停战，暂借你国这两个城子屯兵，守待秋凉之后，再作商议。”欧阳侍郎说：“将军要是不嫌弃，请先收下辽主金帛、彩缎、鞍马。俺先回去，将军之事可以后再慢慢商议，未为晚矣。”宋江说：“侍郎你不知，我有一百零八人，耳目众多，要是走透消息，必然惹祸。”欧阳侍郎说：“兵权执掌，尽在将军手内，谁敢不从？”宋江说：“侍郎不知情况。我等弟兄中间，多有性直刚勇之士。等我慢慢把大家都说动了，众所同心，再来和你商议，亦未为迟。”。于是令备酒相待，送欧阳侍郎出离去。

宋江和辽国侍郎密谈时，叫吴用躲在后面倾听。送走欧阳侍郎后，宋江请吴用出来，问吴用：“刚才辽国侍郎这一席话如何？”吴用听了，长叹一声，低首不语，肚里沉吟。宋江便问：“军师为什么叹气？”吴用这才回答说：“我在仔细琢磨欧阳侍郎的话，只是兄长一心想要忠义，小弟不敢多言。我想欧阳侍郎所说这一席话，真的是有理。如果当今宋朝天子，至圣至明，也不会要我等三番招安；兄长是我们的首领，也只得了个先锋的虚职，何况我们呢？要是你问我的个人意见，我倒认为弃宋从辽对我们更有利，只是这样就辜负了兄长的忠义之心。”宋江听完吴用的这番肺腑之言，立即反驳说：“将军差矣！要我从辽国，此事切不可提。纵使宋朝负我，我忠心不负宋朝。以后纵无功赏，也能得个青史留名。要是背正顺逆，天不容恕！吾辈当尽忠报国，死而后已！”吴用说：“如果兄长存忠义于心，那就最好将计就计，诈降取他霸州。现在盛暑炎天，且当暂停，将养军马。”两人计议已定，先不跟众人说，同众将屯驻蓟州，等待暑热过去。

吴用见宋江心意已决，也就不再犹豫，积极帮宋江谋划。欧阳侍郎再来，宋江借口内部不和，向辽国借城屯聚他的心腹部队，先带兵过益津关，进据霸州，并借故已和吴用商量好同时归顺，却忘了带上吴用，让辽国守卫见吴用到来便放他过关进城。吴用过益津关，骗得开关，背后闪出鲁智深等人，一举夺了益津关，卢俊义带大军杀过关，打破文安县，直逼霸州城。吴用嗣后独自进了霸州城。吴用和宋江装成劝降卢俊义不成，派林冲、花荣、朱仝、穆弘四将齐出捉拿卢俊义，却故意装输，引卢俊义大军冲进城中，里应外合，一举攻破霸州。

打破城后，宋江对城中辽国定安国舅、欧阳侍郎、金福侍郎、叶清侍郎等以礼相待。宋江出来训话说："你辽国不知情况，太不了解我们这一群人了！我这伙好汉，不是平常的啸聚山林之辈。我们一个个都是列宿之臣，岂会背主降辽！只不过要趁此机会取你霸州罢了。现在我们已经得手，并没有杀害你们的想法。你等部下之人，并各家老小，赶快都回本国去。霸州城子，已属天朝，你们不要再来争夺了。今后刀兵相见，不再宽容。"宋江号令完毕，将城中所有番官，尽数驱遣回国去了。宋江的这一番话，大概也是说给吴用等人听的吧。

托塔天王晁盖

晁盖是梁山的第二代领袖。相对于梁山第一代领袖王伦，晁盖多了宽和、仁厚；相对于梁山第三代领袖宋江，晁盖则少了远见和谋略。晁盖最大的特点是“宽”：对兄弟宽厚、对人宽厚，甚至对敌人也过于宽厚轻信——这最后要了他的命。

晁盖的故事主要有：托塔传名；智救刘唐；聚义七星；智取生辰纲；虎口脱险；梁山夺位；领袖群伦；曾头市中箭。

托塔传名

郓城县县内东门外有两个村坊，一个叫东溪村，一个叫西溪村。两村只隔着一条大溪。大溪水虽不深，但溪水湍急。

有一段时间，西溪村忽然发生怪事，常常有人大白天从溪边经过，莫名其妙掉进溪里被淹死，一连淹死了几个人。大家纷纷猜测，是不是有鬼白日迷人，故意诱人掉进水里。一时间人心惶惶，西溪村的人都不敢再到这溪边来。有一天，一个僧人从西溪村路过，大家把这件怪事告诉了这个僧人。这个僧人是个神僧，识得阴阳的事，便告诉西溪村人一个驱邪的方法：只要用青石凿一个人高的宝塔，放在人们常落水的地

方，镇住溪边，就可辟邪驱鬼。西溪村的人听了，按照他的方法，造了个千百斤重的一人高石塔，镇在水边。此举果然十分灵验，自此以后，西溪村再也没有淹死过人。

西溪村没事了，西溪村的人自然高兴。可是不久，东溪村却出事了：一连有几个人从溪边经过，掉进溪里莫名其妙溺死。大家都说，是西溪村的鬼，被赶到东溪村来了。东溪村的人，因此而十分愤怒，便都怪罪西溪村边的石塔。可是西溪村民早把石塔视为生命，每日派人保护，东溪村的村民一时无可奈何。

且说东溪村的保正——就是现在的保安队长——是一个著名的好汉，就是晁盖。晁盖祖上是本地的富户，家财万贯。这晁盖有两个爱好：一是仗义疏财，专爱结识天下好汉，只要有人来投奔他，不论好坏，都留在庄上住，如果客人要离开，就送钱送物，十分豪爽；二是最爱弄枪使棒，他本人身强力壮，又不娶老婆，没有家室，所以整天专注于锻炼武艺，打熬筋骨，练就一身好本事。那晁盖听了这件事情，大怒。

那一天，正是严冬天气，晁盖带了一帮村民，赶到溪边。叫那些村民在这边等候，自己却和衣趟过溪去，直奔那石塔。西溪村的人早知道了，一二十人围住石塔，不让晁盖去动。那晁盖从溪里走上岸，三五个人便来阻拦，却被晁盖一拉一扯，都摔到溪里。晁盖直来到石塔边，西溪村的人欺他人少，把他团团围住。晁盖大喝一声，使出本事，指东打西，一时间六七人都被他打倒在地，爬不起来。其他人见了，发一声喊，都远远地逃开，不敢上前。只见晁盖卷起袖子，双手合抱那座石塔，摇了摇，一声大喝，却把那千斤石塔推倒溪中，晁盖就身跳进溪中，蹲下身子，从水里托起那石塔，托在胸前，一步一步走过溪来。来到东岸边，低喝一声，呼地从水里托起石塔，放在东岸上，那石塔恰似安了一个座儿，立在东溪岸边。两边的人都惊得呆了，东溪村村民都欢呼

雀跃，喊声震天。西溪村的村人都吓得呆了，哪里还敢再来争执。自此，这座塔就归了东溪村，东溪村再也没有人出事了。

晁盖独身过溪，抢了石塔，远近的人都敬服他的神力，因此送他一个绰号：托塔天王。又加上他仗义疏财，广交朋友，自此，托塔天王的名号便在江湖上传闻开了。

智救刘唐

托塔天王在江湖上享有盛誉，许多英雄便慕名前来拜访。这一天，东溪村又有一位英雄慕名而来，引出了一连串的故事。

郓城县新到知县时文彬新听说本地靠近梁山泊，强盗猖獗，便分派步兵都头插翅虎雷横和马兵都头美髯公朱仝出东、西门去巡察。雷横晚上带着二十人前往东溪村，巡视了一番，一切太平，正要返回，却见离村二三里的灵官庙庙门大开。雷横带人闯进庙里，只见一个大汉用破衣裳做枕头，光着上身在供桌上酣睡，形迹十分可疑。雷横带人一拥而上，把那大汉捆了起来，要带回县里盘问。当时天已五更，众人忙了一夜，十分疲乏，雷横想到东溪村保安队长晁盖和自己要好，便押着那大汉，带大家到晁盖家略作休息。

晁盖晚上做了一个好梦，梦见北斗七星坠在他家屋脊上，是个好兆头。雷横来到晁盖家，晁盖还在睡梦中。听到有人来报，赶紧起来热情接待。雷横把那大汉关进晁盖家的门房，就来和晁盖说话。晁盖一面安排酒席款待，一面心里琢磨，不知道本村被抓了什么人。趁雷横喝酒之际，抽空打着火把偷偷到门房来看。只见一个陌生的大汉被高吊在里面，不是本村人。晁盖匆匆问了情况，那人说，他不是小偷，是远方来的客人，到这里来投奔托塔天王晁盖，有一套致富的门路要敬献。晁盖说自己便是，心里想到晚上的梦，莫非要灵验了，不及细问那致富的门路是什么，就叫那人装成自己的外甥，待会儿他出来送雷横时见了面，喊他舅舅，他自然就会出面来救他。

晁盖回转，陪雷横喝了酒，略作休息，那雷横起来辞别。晁盖送到门口，士兵门也把那大汉押出门口。晁盖见了，说："好一个大汉！"雷横说："这就是灵官庙里捉的贼。"话没说完，只见那汉子叫一声："阿舅，救我！"晁盖假装上前看了一看，喝问："这不是王小三吗？"那汉子说："我就是小三。阿舅救我！"众人都吃了一惊。雷横便问晁盖说："这人是谁？怎么认得保正？"晁盖说："他是我的外甥王小三。不知怎么会睡到庙里去？他是我姐的孩子，小时候在这里住过，四五岁时，随我姐夫和姐上南京去了，一去就是十几年。他十四五岁时，还回来过一次，跟着个

北京的客人来这里贩枣子。后来就没再见面。常听姐那边传来消息说，这家伙不成器。不知道怎么到了这里？我也差点认不出来了。只因为他鬓边有这一块朱砂记，所以还隐隐能够认得。”晁盖回头来假装喝问：“小三！你怎么不直接来找我，却到村里去做贼。”夺过士兵手里的棍棒，劈头劈脸便打。这一举动却骗过了所有的人。那雷横和众人反而都上前来劝晁盖停手，说：“先不要打，听他说。”那汉子说：“阿舅息怒，且听我说。自从十四五岁时来过一次，到现在不是十年了？昨夜路上多喝了一杯酒，不敢来见阿舅。暂时到庙里去睡了一晚，是要等酒醒了，再来找阿舅。不想被他们不问青红皂白，把我当贼捉住，我真的没做过贼。”晁盖拿起棍子来又要打，口里骂道：“畜生！你不直接来见我，在路上贪杯酗酒。我家中难道没你酒喝，让人羞耻！”雷横见了，反倒不好意思，上前说：“保正息怒。你令甥的确没做过贼。是我们见一条大汉在庙里睡得古怪，又加上不认识，所以怀疑，把他抓了。要是知道他是保正你的外甥，说什么也不会抓他的。”忙叫士兵帮那汉子松了绑，放了那汉子。晁盖赶紧回屋里拿出十两银子，感谢了雷横。雷横带着士兵离开了。

晁盖救出那汉子，再仔细盘问，果然应验了梦中的吉兆。原来那个大汉也是一个英雄，姓刘名唐，祖籍东潞人，因为鬓边有个朱砂记，人称赤发鬼。刘唐自幼飘荡江湖，见多识广，爱结交好汉，又学得一身好武艺，一二千军马的队伍中，也能拿条枪杀进杀出。最近他打听到梁中书收买了十万贯金珠宝贝，要送上东京给他的老丈人蔡京祝寿，便想劫取这伙不义之财。因人单力薄，想起晁盖在江湖上的鼎鼎大名，是一个真英雄、男子汉，便前来投奔，向晁盖献计一起打劫生辰纲。那晁盖听了，心里大喜，就把刘唐留了下来，引为知己，共谋大事。

聚义七星

晁盖留下了刘唐，欲共谋大事。首先要考虑的，就是人员问题。

晁盖正在家琢磨人员问题，有庄客前来报告，刘唐拿了大刀出庄去了。晁盖怕刘唐惹事，赶忙带人出来追赶。追到半路，却见刘唐、雷横正在那里吵闹，本村的私塾先生吴用也在那里。晁盖见了吴用，不禁心里一亮。吴用见晁盖去了，忙迎上来报告情况。原来刘唐见自己害晁盖赠了十两银子给雷横，便追上雷横讨要，雷横不给，两人大打了起来，雷横敌不过，眼看就要性命不保，吴用来找晁盖刚好路过，怕晁盖这个外甥惹出大祸，连忙上前劝住了。晁盖听了，假意把刘唐臭骂了一顿，回头又向雷横赔礼。送走雷横，晁盖忙把吴用迎回书斋。原来吴用号称智多星，最是足智多谋，

自小就和晁盖要好，但凡晁盖有事，都会找他商量。晁盖要打劫生辰纲，正想去找吴用，不想他自己就找上门来了。晁盖把吴用迎进书斋，把情况一五一十都告诉了吴用，那吴用和晁盖心意相同，自然赞成。这样晁盖就找到了第三个帮手。

晁盖说："这人姓刘名唐，是东潞州人。自称有一套致富的办法，特来投奔我。他昨夜喝醉了睡在灵官庙里，被雷横捉了，押到我的庄上。我就假装认他做外甥，方救他脱身。他说北京大名府梁中书，收买十万贯金珠宝贝，送上东京，给他的丈人蔡太师庆生辰，早晚会从这里经过，这是不义之财，取了无妨。他来此处的意图，正应了我的一梦。我昨夜梦见北斗七星，直坠到我的屋脊上。斗柄上另有一颗小星，化成一道白光消失在远方。我想星照本家，怎么会不利？今早正要请教授来商议，不想就遇上了这事。教授你说，这件事到底能不能做？"吴用笑说："我见刘兄这时候来，来得蹊跷，就猜一定有事，果然不错。这个买卖值得做。只是有个条件，人多也不能做，人少也不能做。你家里的庄客，一个也用不得。现在这里只有保正、刘兄和小生三个人，就是保正与刘兄本领再好，也做不了这件事。必须有七八个好汉一起，才能成事。"晁盖说："莫非要应梦中的七星之数？"吴用说："兄长这一梦不凡，非同小可！莫非北面还能找到人手？"吴用想了半天，忽然说："有了，有了！"晁盖说："先生既有了心腹好汉，就去请来，共成大事。"于是吴用便去梁山泊边的石碣村，请了三条好汉过来。那三条好汉就是阮氏三雄，等这样的机会已经等很久了，一听说晁盖牵头，自然满口答应。这样，一共就有了六位好汉了。

晁盖聚合了六人，就在他庄里后堂上摆酒设誓。正立誓的时候，庄前来了一个道士化缘，只说要见晁盖一面，给了三五升米他不走，给了三五斗米他也不走，晁盖不想出去见他，那道士一发怒，把十几个庄客都打倒在地。晁盖慌忙出去见了。原来那人就是一清道人公孙胜，也是看中那十万贯生辰纲，听说晁盖英雄了得，要来撮合晁盖一起去打劫的。那公孙胜把来意说了，晁盖大喜，引他和众人相见了。公孙胜的到来，正好应了晁盖梦里的七星之数。

公孙胜带来消息说，生辰纲必从黄泥冈经过，那里地荒人稀，正好下手。晁盖便说，黄泥冈东十里安乐村里有一个闲人叫白日鼠白胜，曾来投靠他，受他的资助，到时也可帮忙。这样，又添了一个帮手。

众星仰慕晁盖的为人，纷纷来到他的身边聚事。晁盖依靠他的个人魅力，聚合了七星，商定了计谋，只等生辰纲的到来。一场轰轰烈烈的大戏就要拉开大幕了。

智取生辰纲

晁盖带领大家，要劫取生辰纲，一一分派任务。

首先，他让刘唐去打探生辰纲的押送情况。这点公孙胜已帮刘唐做了。公孙胜向大家介绍说，押送生辰纲的是大名府武官青面兽杨志，带着十三个脚夫，一个老总管和两个跟班的，都扮成客商，挑着十一担宝贝，从黄泥冈而来。这杨志武艺了得。

其次，晁盖向吴用问计。吴用定了一套计策，说能智取就智取，不能智取再力取。晁盖接受了。

最后，是具体分配任务，每个人都有自己的任务。

到了这一天，艳阳高照，众人正好实施计策。晁盖、吴用、公孙胜、刘唐、阮氏三雄等七人扮成卖枣的客人，推了七辆卖枣车子，藏了兵器，先来黄泥冈树林躲了。等杨志一行到来，在冈上乘凉，晁盖便派刘唐故意去探头探脑，引杨志来察看，杨志察看是一群卖枣客人，放松了警惕。这时，白胜打扮成卖酒小贩，挑着一担酒上冈来歇息，诱使杨志。杨志不轻易放手下去买酒，为了打消杨志的疑心，七人便先出来买了一桶酒喝，又让刘唐去剩下的酒桶抢了一瓢喝了，以示酒无事。杨志看了，不再疑心。吴用便拿着一柄装了蒙汗药的瓢过去舀酒，把药搅在桶里，佯装是要从桶里再抢一瓢出来，却由白胜上去劈手把那瓢酒抢了，倒回桶里。于是，一桶没毒的酒瞬间就变成有毒的了。整个计策实施得天衣无缝。杨志果然中计，认定那酒无药，遂不再阻拦手下去买。杨志一行喝了药酒，纷纷倒下，眼睁睁看着晁盖等人把生辰纲搬上枣车推走。

晁盖率众人不费一刀一枪，就智取了生辰纲。智取生辰纲，自然以吴用的计策为最关键，但晁盖的成功领导，也是事业成功的关键之一。

虎口脱险

晁盖很多事情能办成功，是因为广有朋友；很多时候能逢凶化吉，也是靠的朋友。

晁盖抢劫了生辰纲，白胜最近，先回了安乐村；三阮次之，也回了石碣村；路程较远的蓟州公孙胜和东潞州刘唐，还有本地的吴用，则暂时留在晁盖家里。晁盖等人以为做得滴水不漏，却不料还是出了问题。

梁中书失陷了生辰纲，报到蔡京那里，蔡京大怒，限济州府十天内捉拿凶犯，否则将捕盗官革职查办。捕盗官何涛正在烦恼之际，他的兄弟何清却提供了线索。原来何清去安乐村一个赌场赌博，寄住在一个客店里帮小二替客人登记，却刚好碰到装成

贩枣子的晁盖七人入住，何清早年投奔过晁盖，所以认识，却不料临登记时七人都说是北京来的贩枣客商，何清奇怪，第二天去赌博时又在赌场边遇见了七人中的一个，街坊说他是本地的赌客白日鼠白胜，后来又听到人们沸沸扬扬传闻一伙卖枣客商劫了生辰纲。何清便把情况都对何涛讲了。何涛大喜，便派人先去逮捕了白胜，从他家里床底搜出赃物。又严刑拷打，要白胜招供，白胜起先不肯招供，后来见何清已认出他和晁盖，只得招供，但说自己并不认识其他五人。何涛便来到郓城县，要到县里下文书抓人。

那么，晁盖又是怎么走脱的呢？

晁盖这次能走脱，全靠他交的三个朋友。一个是他的结义兄弟，郓城县做押司的宋江；一个是他的好朋友，郓城县做捕头的朱仝；一个是和他也有交情的捕头雷横。且说何涛来郓城县下文书抓人，郓城县管文书的刚好是宋江，何涛把情况先跟宋江说了，宋江一边稳住何涛，一边打马急到晁盖庄送信，叫晁盖快逃。送完信，宋江回去，帮何涛办了文书手续，县令派捕头连夜下来抓人。那捕头正好是朱仝和雷横。朱仝和雷横交情极好，来到晁盖庄时晁盖还没走，正在那里烧庄，朱仝知道晁盖庄后门有逃跑处，害怕雷横堵了后门，便叫雷横围前门，他围后门。朱仝来到后门，已看到晁盖，却不抓他，放晁盖从后门逃跑。那雷横来到后门，一来晁盖对他也不错，二来知道朱仝和晁盖最好，一定是有意放了晁盖，自己便也不去真追赶，做了个样子，让晁盖跑掉了。

晁盖就这样和刘唐、吴用、公孙胜虎口走脱，投奔石碣村三阮而去。

梁山夺位

晁盖等人来到石碣村，立足未稳，官兵从白胜口里审问出三阮，五百兵马一齐奔石碣村而来。一场大战在所难免。晁盖一面派吴用、刘唐将财物和阮小二的家属运送到离梁山较近的路口李家道口等候，先去投奔梁山报信，一面和剩下的人积极迎敌。

阮氏三雄介绍水面地形，公孙胜就地形设计，晁盖统领。何涛带官军抢了民船，先到阮小二家，扑了个空，然后沿水路到阮小五家。阮小五驾船在半路接住，引官军来追他，引了一阵，便逃进芦苇里去了。阮小七又驾船出来引诱了一阵，把官军引诱到一个水面狭窄、四面是芦苇、地形十分复杂的水港里，也逃开了。何涛见水路狭窄，连忙停止前进。先派三五个探子驾船前去探路。阮氏兄弟在芦苇丛里看得清楚，从水里潜过去将那群人都结果在芦苇荡里。何涛等了一个时辰，见无人回返，又派一

条探路的船出去。阮氏兄弟如法炮制，又结果了那群人的性命。何涛在船上又等了一个时辰，见音讯全无，只得叫领军的将领在原地等待，自己亲自前去探路。何涛亲自前去，阮氏三兄弟又在芦苇丛中把何涛活捉了。这边官军头领直等到天黑，仍不见何涛回返，心里正纳闷，忽然芦苇荡里刮起大风来。众军见风大，只得割断帆索。公孙胜看到傍晚起风，就命人点燃准备好的四五十条装满柴禾的小船，从芦苇荡里放了出去。大风吹着小船，一直撞入官军阵中。官军的船只拥挤，又割断了帆索，一时开不动，可怜被那场大火烧了近半。大半的官军都在船上被烧死，小半跳进水里的，被四面围剿的晁盖、公孙胜和阮氏三雄，带领几十个渔户，都杀死在水里。官军全军覆没，晁盖军大获全胜。

晁盖石碣村大胜官兵，命割了何涛的耳朵，放回济州府去报信。自己则带领众人，来李家道口和吴用、刘唐汇合，投奔梁山。梁山泊朱贵引领众人，上梁山见了王伦、林冲。林冲见众人来，大为高兴，设宴款待。王伦起先见财物众多，也有接纳之意，后来酒席上听到阮氏三雄高谈阔论，说起大胜官军，便害怕众人英雄了得，将来抢夺他的位子，于是改变态度，吞吞吐吐，拒绝接纳。王伦心胸狭窄，林冲早已怀恨在心，便连夜来找晁盖，商量对策，声称如王伦再不改口，便废了王伦。吴用会意，暗地支持林冲。于是林冲在吴用、晁盖的帮助下，当场废了王伦，抢了山寨。林冲见晁盖宽厚，便着力推举他做寨主。晁盖推卸不掉，只得应承。

自此，晁盖反上梁山为王，领导十一位英雄，共同管理梁山的事业。

领袖群伦

晁盖以宽厚为德，故能得人心。

天下英雄听说晁盖做了梁山寨主，纷沓复至，梁山的事业走上了大发展的道路。

晁盖上梁山前，梁山只有王伦、杜迁、宋万、林冲、朱贵五位头领。王伦做事狭隘，并不称职，鲁智深、杨志等因此而没有投奔梁山，而去投奔了二龙山。王伦本人又兼任军师，分工也不明确。

晁盖做了寨主，头领增加到十一位：晁盖为领袖；吴用、公孙胜为军师；刘唐为步兵将领，林冲为马军将领，三阮为水军将领；朱贵是刺探；杜迁、宋万共管粮草。十一位头领各司其职，梁山格局初步形成。

刚做寨主，晁盖做了两件大事，稳定了梁山的局势：一是迎战前来围剿的一千官军，活捉官军将领黄安，叫官军不敢轻易来犯，初步巩固了梁山的地位；二是又派手下下山打劫，兵不血刃抢了一大批货物，极大地充实了梁山的后勤补给。

当然，最重要的还是人事问题。

首先，由吴用买通官吏，帮助白日鼠白胜越狱成功。白胜加入到梁山的队伍，梁山头领增加到十二位。

接着，晁盖的结义兄弟宋江犯法，带领清风山三英燕顺、王英、郑天寿，对影山豪强吕方、郭盛，清风寨小李广花荣，官兵降将秦明、黄信，以及石将军石勇，共计九位英雄，前来投奔晁盖。宋江有事中途退出。晁盖手下就增加了九位头领。其中花荣是神箭手，梁山的弓箭手有了自己的头领。秦明、黄信是马上名将，梁山马军实力因此大增。

接着，晁盖带人下山营救宋江，宋江二上梁山，又纠集了一批英雄来投奔。这次晁盖身边增添的头领有：薛永、李立、李俊、张横、张顺、童威、童猛、穆弘、穆春、戴宗、李逵、萧让、金大坚、欧鹏、蒋敬、马麟、陶宗旺，共计十七位英雄。

接着，宋江回乡省亲，带来宋清投奔。李逵回乡，带来朱富、李云投奔。戴宗下山请公孙胜，说动杨林、邓飞、孟康、裴宣、石秀、杨雄六位英雄前来投奔。时迁投奔，在祝家庄被捉，晁盖派宋江带兵三打祝家庄，又带动解珍、解宝、顾大嫂、乐和、孙新、孙立、邹渊、邹润、杜兴、李应、扈三娘、时迁等十二人上了梁山。

后来，雷横打死白玉秀前来投奔。宋江设计将晁盖的好朋友朱仝逼来梁山投奔。晁盖打北京救柴进上山来投奔。官军降将彭玘、凌振上山投奔。李逵带汤隆、时迁骗徐宁上山投奔。接着官军降将韩滔、呼延灼来投奔。

再后来，为救孔亮，晁盖派宋江联合三山共打青州，胜利后以二龙山为首的三山头领都来投奔了晁盖。这些头领包括：鲁智深、杨志、武松、张青、孙二娘、曹正、施恩、孔明、孔亮、李忠、周通等，共计十一位英雄。鲁智深、武松等的加入让梁山步兵将领的实力达到鼎盛。

再后来，鲁智深下山费尽周折，带史进、朱武、陈达、杨春来投奔。晁盖又派史进、宋江攻打邙砀山，降伏项充、李衮、樊瑞来梁山投奔。金毛犬段景住也来投奔。

至此，梁山已经聚集了近九十位将领。梁山泊的主要将领，除卢俊义、燕青、关胜等人外，都已聚齐。梁山一百零八将已经到来了五分之四。这时的梁山，可谓猛将如云，频频大胜，虽没有到达全盛地步，其兴旺的程度和蒸蒸日上的势头也足以令人吃惊。

晁盖这时作为领袖，可谓威风八面，人才广袤。外有宋江掌管军事，吴用作为军师；内有柴进掌管财政，公孙胜辅佐政事。手下文武兼备，猛将如云，奇能异秀之士众多。马军大将有关、林、秦、呼、花、徐、杨、史；步兵大将有鲁、武、李、刘、雷、杨、石、解；水军头领有二李、二张、三阮、两童。通信联络由戴宗负总责；刺探情报则可问时迁、白胜；文书工作由乐和执掌，迎宾送往则有三大女将、孙新、朱贵。梁山的事业，在晁盖的领导下，达到了一个前所未有的高度。

曾头市中箭

涿州有一个贩马的英雄，姓段，名景住，因为红发黄须，人称金毛犬。这段景住想投奔梁山，便去北方枪竿岭偷了大金王子的坐骑“照夜玉狮子马”，要来献给梁山做进身的礼物。谁知路经凌州西南曾头市，却被曾家五虎把马抢了去。段景住只好空手来投奔梁山。

梁山接纳了段景住，因段景住不停夸赞那匹马好，宋江便叫戴宗去曾头市探听马的消息。戴宗去了四五天，回来汇报说：“这个曾头市共有三千余户人家，其中有一户姓曾。这曾家原是个大金国人，生有五个儿子，号称曾家五虎：大儿子曾涂，老二曾密，老三曾索，老四曾魁，老五曾升。还有一个武术师傅史文恭，一个副师傅苏定。那匹马现在成了史文恭的坐骑。曾家在曾头市聚集五七千人马，安营扎寨，造下五十余辆囚车，发誓要活捉梁山泊头领。还编了支儿歌：‘摇动铁环铃，神鬼尽皆惊。铁车并铁锁，上下有尖钉。扫荡梁山清水泊，剿除晁盖上东京。生擒及时雨，活捉智多星。曾家生五虎，天下尽闻名。’”

晁盖听了，心中大怒，便要亲征曾头市。宋江苦苦劝说，作为梁山之主，不可轻易出动。晁盖不听，说每次都是宋江代劳，这次他要亲自征讨。临出征的那一天，众将在山下金沙滩为晁盖饯行，饮酒之间，忽然刮起一阵狂风，吹断晁盖新制的军旗。吴用和宋江见了大惊，又来劝告。晁盖不听，带领五千人马，点起二十个头领：林冲、呼延灼、徐宁、穆弘、刘唐、张横、阮小二、阮小五、阮小七、杨雄、石秀、孙立、黄信、杜迁、宋万、燕顺、邓飞、欧鹏、杨林、白胜，浩浩荡荡开往曾头市。

晁盖领着三军人马，二十个头领，来到曾头市附近扎营。第二天，引军前去察看曾头市。曾头市三面环山，一面临水，河道曲折，大树林立，十分险要。晁盖和大家正在察看，柳林中飞出一彪人马，约有七八百人，当先一个好汉，戴熟铜盔，披连环甲，拿一条点钢枪，骑着匹战马，乃是曾家第四子曾魁，来擒晁盖。晁盖大怒，命林冲出战。两马相交，斗了二十余回合，曾魁估计自己斗不过，打马跑回柳林。林冲不敢追赶。晁盖领众回寨，商议打曾头市的办法。林冲建议说："明天先去市口挑战，看看虚实，再作商议。"晁盖应允。

第二天黎明，晁盖领五千人马，在曾头市市口列阵。曾头市里炮声响处，曾家五子和两个武术师傅也出来列阵相见。曾涂推出数辆囚车，放在阵前，指着晁盖叫骂："反国草贼，见到囚车了吗？我曾家府若杀死你，不算好汉！我要一个个活捉你们，装上囚车，解往东京，碎尸万段！识时务的趁早投降，还有商量。"晁盖听了大怒，挺枪出马，直奔曾涂。众将怕晁盖有失，一齐掩杀过去。两军一片混战。曾家军一步步退进树林，林冲、呼延灼护着晁盖追杀了一阵，见路途不好，不敢深追，收兵回营。晁盖没有得胜，心中闷闷不乐。

此后一连三天，晁盖带兵前去挑战，曾头市都不出来交战。晁盖心里急躁非凡。

第四天，忽然有两个和尚到晁盖寨里来投拜。两个和尚到中军帐前，跪下说："小僧是曾头市东边法华寺里管寺的僧人，曾家五虎常来本寺勒索金银。小僧熟知曾头市的道路，特前来投靠头领，愿意带路前去剿贼。"晁盖听了大喜，也不怀疑，便要出兵。林冲劝告说："哥哥不要轻信，谨防中人圈套。"和尚说："小僧是出家人，怎敢妄语？听说梁山泊行仁义之道，所过之处，并不扰民，才特地来投靠，为什么要陷害你们？何况曾家未必能赢你们的大军，我哪有胆量欺骗你们？"晁盖听他俩这样说，更不怀疑。便决定晚上前去突袭。林冲又建议说："哥哥不要去，我带人马前去劫寨，哥哥在外面接应。"晁盖说："我不亲自去，谁肯向前？"反叫林冲带兵马在外接应。

晁盖建功心切，当晚足点十个头领，带二千五百人马，随和尚前去劫寨。那十个

头领分别是：刘唐、阮小二、呼延灼、阮小五、欧鹏、阮小七、燕顺、杜迁、宋万、白胜。一行人马来到法华寺。寺里没见一个和尚，晁盖问那两个和尚，那两个说大家受不了曾家的骚扰都还俗去了。晁盖并不疑心，问："曾家的寨在哪里？"和尚说："他有四个寨，北寨是曾家弟兄屯军之处。只要打下那个寨子，其余三个就不攻自破。"晁盖问："那何时去？"和尚说："现在是二更，等到三更夜深，他没有防备再去。"过了一个时辰，听不到更点之声了，和尚说："军人想是已睡了，现在可去。"和尚当先引路，晁盖领兵离了法华寺，跟着和尚。走不到五里路，黑影处便不见了那两个和尚。前军不敢动，看四边路杂，又不见有人家，慌忙报告给晁盖。呼延灼急呼上当，领兵回撤，走不到一百步，四下里金鼓齐鸣，喊声震地，一望都是火把。晁盖和众将引军夺路而逃，才转得两个弯，前面跑出一队军马，当头乱箭射来，一箭正好射中晁盖的脸，晁盖落下战马。刘唐、白胜慌忙救晁盖上马，前面呼延灼、燕顺马上拼死力杀，冲出一条血路。杀出村口，林冲等引军接应，方才挡住追兵。两军混战，直杀到天明，各自归寨。林冲回来点军，三阮、宋万、杜迁从水里逃得性命，带去的二千五百人马，只剩下一千二三百人。

大家回到帐中，来看晁盖时，那支箭正射在面颊上。众人帮忙把箭拔出，晁盖大出血，陷入昏迷，林冲叫取金枪药贴上了。那箭是一支药箭，上面刻着"史文恭"三个字。晁盖中了箭毒，已说不出话。林冲赶紧叫人把晁盖扶上车子，派三阮、杜迁、宋万把晁盖先送回山寨。

这边剩下十五个头领，林冲主张退兵，呼延灼说要等将令，正犹豫不决之际，曾

头市带领四五路兵追杀出来。林冲领了众头领且战且走，过了五六十里，方才脱险。众人被迫退兵，半路正迎着戴宗的撤军令，大家引军先回山寨，别作良策。

晁盖中了毒箭，被送回梁山，水米不进，浑身虚肿。宋江守在床前啼哭，亲手敷贴药饵，灌下汤散。但都已无济于事。众头领都守在帐前探望。当夜三更，晁盖身体沉重，转头看着宋江，嘱咐说："贤弟保重。要是哪个捉得射死我的，就立他做梁山泊主！"说完，瞑目而死。

晁盖死后，宋江暂代寨主之位，发了丧事，做了功德。后来，宋江和卢俊义合打曾头市，活捉史文恭，替晁盖报了杀身之仇。吴用、卢俊义等一力推举，宋江遂继承晁盖衣钵，做了梁山泊主。

如果晁盖没有过早死去，以晁盖的宽厚，辅以宋江的军事指挥才能和事必躬亲的优点，则梁山的事业可能还会另有一片天地。可惜的是，晁盖急于建功，过于宽厚轻信，又凡事当先，最后为自己的轻率和宽厚付出了代价。但不管怎么说，晁盖这个人同宋江相比，还是要天真可爱得多。宋江对朋友固然爱护，可是他的心狠手辣，想起来也真的是令人不寒而栗。同晁盖做朋友，还是要令人放心得多！

小李广花荣

少年英雄花荣有三个身份：清风寨的知寨；宋江的知己；梁山泊的神箭手。第一个身份是上梁山之前的；第三个身份是上梁山之后的；第二个身份则贯穿花荣的一生。

因为箭在古代是远兵器，上阵作战作用十分巨大，所以花荣在梁山的地位也非常高，排名排到第九位，居然还在花和尚鲁智深、打虎英雄武松和梁山的财政部长小旋风柴进之前。花荣的故事大都与箭相关。他清风寨两箭救宋江，梁山泊射雁定排名，盖州射箭扬威名；睦州射箭建功勋，皆借箭成事。

当然，花荣不只是会射箭，他足智多谋，指挥战斗的才能也非常突出，可以说是智勇双全，清风山摆疑阵活捉秦明、盖州打伏击活捉山士奇就是他的代表作。

下面介绍花荣的几个故事。

力救宋江——清风寨两箭退追兵

宋江在清风山救了清风寨文官刘高的老婆后，离开清风山，来到结义兄弟清风寨花荣处。不料在清风镇上看灯时，被刘高的老婆认出，抓了去。宋江谎称自己是郓城县张三，与花知寨是故友。陪伴宋江的军人见宋江被抓，慌忙回去报告花荣。

花荣听了大惊，连忙写了一封书信，派两个能干的亲随去刘高府上要人。亲随带了书信，来到刘高寨前，报给刘高。刘高叫到厅上，拆开那书信看，只见书信写道："花荣拜上僚兄相公座前：我的薄亲刘丈，近日从济州来，因看灯火，误犯尊威，万乞请恕放免，自当造谢。草字不恭，烦乞照察。不宣。"刘高看完，大怒，把书信撕得粉碎，大骂说："花荣这家伙无礼！你是朝廷命官，怎么和强贼勾结，前来骗我。这贼已招是郓城县张三，你却写道是刘丈，我不是好糊弄的！你就算写他姓刘，和我同姓，难道我就能放了他？"喝令左右把送信的人赶出大寨。

那亲随被赶出寨门，急忙回来禀告花荣。花荣听了，怕伤了宋江，赶紧披挂上马，背了弓箭，提了长枪，带了三五十名军汉，拖枪拽棒，直奔刘高大寨而来。花荣是武官，守门军人见了，不敢阻挡，四散逃开。花荣长驱直入，直到刘高的府上，三五十人，摆在厅前，叫刘高出来答话。刘高听了，惊得魂飞魄散，不敢出来相见。花荣见刘高不出来，等了一会儿，便叫左右去两边耳房里搜人。三五十军汉从廊下耳房里找到宋江，宋江被麻索高吊起在梁上，又被铁索锁着双脚，两腿被打得皮开肉绽。几个军汉把绳索割断，铁锁打开，救出宋江。花荣派军士送宋江回寨。口里高声喊给刘高听："刘知寨，你就算是个正知寨，我花荣难道怕你！谁家没个亲戚！你是什么意思？把我的一个表兄，抓在家里，诬陷成贼。好欺负人！明天再来和你算账！"说完，带众人回到寨里看宋江。

刘高见花荣救了人去，急忙点起一二百人，也要来花荣寨里夺人。那两百人内，有两个新来的教头，还不知道花荣的厉害。领头的教头虽然有些武艺，还是比不上花荣武艺高强，但是又不敢违抗刘高，只得硬着头皮带众人来到花荣寨前。守门军人报告进去，花荣

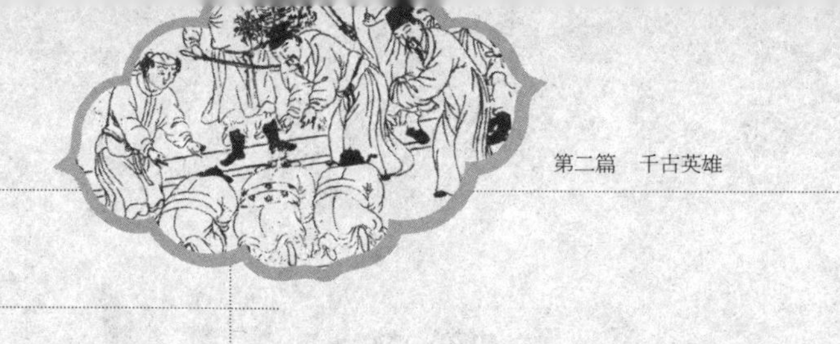

也不着急。此时天色还不太明亮，二百来人拥在门口，都怕花荣了得，不敢先进去。大家磨蹭了一会，天色已大明了。众人往前走，却见两扇大门没关，花荣在正厅上坐着，左手拿着弓，右手挽着箭。众人都拥到门前，花荣竖起弓，大喝说："你这些军士！难道不知道冤各有头，债各有主？刘高派你来，不要替他出头。你那两个新来的教头，还没见识过花荣的武艺，今天先教你们见识花荣的弓箭，然后你等要替刘高出头，不怕死的就前来。看我先射大门上左边门神的骨朵头！"搭上箭，拽满弓，只一箭，喝声："着！"正射中门神的骨朵头。众人见了，都倒吸冷气。花荣又取出第二支箭，大叫说："我这第二支箭，要射右边门神头盔上的朱缨。"飕的又一箭，不偏不斜，正中缨头。众人见那两支箭射中在两扇门上，都慌了神。花荣从身后又取出第三支箭，喝道："你们看我的第三支箭，要射你那队里穿白衣的教头的心窝。"那白衣人大叫，吓得转身就跑。众人都吓得跟着白衣人，一哄而散。花荣两箭吓退官军，叫人关上了寨门，宋江暂时得救了。

活捉秦明——清风山摆疑阵

花荣救出宋江，派人送宋江上清风山避难。刘高派人连夜拦截，把宋江捉了回去，又伙同青州都监武官黄信，设计捉拿了花荣。黄信押送宋江、花荣回青州，路过清风山时，被清风山三英燕顺、王英、郑天寿劫了囚车。花荣、宋江因此反上了清风山。黄信赶忙向青州官府报信。话说总管青州兵马的是开州人秦明，性格急躁，声若雷霆，人称霹雳火，使一条狼牙棒，有万夫不当之勇。秦明听说清风寨知寨花荣，勾结清风山强盗，反了朝廷，大怒，带领一百马军，四百步兵，前来讨伐清风山。

清风山里，宋江等正在商量怎样前去攻打清风寨，听到消息，大惊失色。花荣站出来说："大家不要慌。我有一计，先须力敌，后用智取，可以赢他。"花荣于是说出一套计策，宋江听了连称："好计！"当天宋江、花荣定了计策，便叫小喽啰各自去准备。花荣也选了一骑好马，一副衣甲，弓箭铁枪，都准备齐全。

秦明领兵来到清风山下，离山十里扎了寨。第二天五更造饭，军士吃完，放起一个信号炮，直奔清风山，拣空阔去处摆开人马，敲响战鼓。只听见山上锣声震天，一彪人马飞奔下来。秦明勒住马，横着狼牙棒，睁着眼看时，只见众小喽啰簇拥着小李广花荣下山来。到得山坡前，一声锣响，列成阵势。花荣在马上擎着铁枪，朝秦明行了礼。秦明大喝说："花荣，你祖代是将门之子，朝廷命官。朝廷教你做个知寨，掌管一方土地，吃国家的俸禄，有什么地方亏待了你，你要去勾结贼寇，反背朝廷！

我现在特来捉你，晓事的下马受缚，免得污了我的手脚！”花荣赔着笑说：“总管容我申辩：我花荣怎么敢反叛朝廷？实在是被刘高这家伙无中生有，公报私仇，逼迫得我有家难奔，有国难投，所以暂且在此躲难。望总管明察，救我出水火。”秦明说：“你还不下马受缚，更待何时？花言巧语，煽惑军心。”喝叫左右两边擂鼓。秦明抡动狼牙棒，直奔花荣。花荣大笑说：“秦明，你原来是不识好人。我念你是个上司官，你还以为我真个怕你！”便纵马挺枪，来战秦明。两个就清风山下厮杀。两个是棋逢对手，将遇良材，斗到四五十合，不分胜败。

花荣要实施计谋，卖个破绽，拨马往山下小路便跑。秦明大怒，上前追赶。花荣把枪放在套环上带住，把马勒定，左手拈起弓，右手拔出箭，拽满弓，扭过身，望秦明盔顶上只一箭，一箭射落头盔顶上的那颗红缨。秦明吃了一惊，不敢追赶，霍地拨回马，去追赶其他小喽啰。小喽啰们一哄地都跑回山去了。花荣也从别的路转上山寨去了。秦明见对手纷纷逃跑，捉不到一人，心里焦躁，鸣锣擂鼓，带兵上山追赶。步军先上山来，转过三两个山头，正碰见檑木、炮石、灰瓶、金汁，从山上险峻处打将下来，一连被打倒了三五十个。秦明只得再退下山来。

秦明是个急性子，心头火起，按捺不住，带领军马，绕到山下来再寻路上山。寻到中午时分，只见西边山上锣响，树林中闪出一队红旗军来。秦明引领人马赶将过去。等秦明人马赶过去，锣也不响了，红旗也不见了。秦明看那树林，又没正路，只有几条砍柴的小路，还被乱树折木挡住路口，不能上去。秦明正要派士兵开路，只听见军汉来报：“东边山上锣响，一队红旗军出来。”秦明又引了人马，飞也似奔往东边。等秦明来到东边，锣又不鸣了，红旗又不见了。秦明纵马四下里找路，只见还是些被乱树折木阻塞了的砍柴小路。一会儿探子又来报：“西边山上锣又响，红旗军又出来了。”秦明又拍马再往西边赶。赶到西边，又不见一个人，不见红旗的影子。秦明性急，把牙齿都咬碎了。正在西边山上怒火中烧，又听到东边山上锣声震地价地响。秦明急带了人马，又赶过东边来，仍然是不见一个贼兵，不见一面红旗。秦明怒气填膺，又要赶军汉上山找路，只听到西边山上又发起喊来。秦明气得发疯，大驱兵马赶到西边山上，山上山下，鬼影也不见一个。

秦明喝叫士兵，两边寻路上山。其中一个士兵禀告说：“这里都不是正路，山下东南有一条大路，可以上去。”秦明听了，便说：“既有那条大路，我们连夜上山。”便驱军马奔山下而来。此时天色已晚，人困马乏；大家来到山下，便下寨造饭。正要生火时，只见山上火把乱起，锣鼓乱鸣。秦明转怒，引领四五十马军跑上山来。山上树林内乱箭射出，又射伤了些士兵。秦明只得回马下山，教士兵赶紧造饭。

刚刚把火生起，只见山上八九十个火把，呼啸冲下山来。秦明急要引军追赶时，火把又一齐都灭了。当夜月色朦胧。秦明怒不可当，便叫军士点起火把，烧那树木。只听得山嘴上鼓笛响起。秦明纵马上山来看，只见山顶上点着十余个火把，照见花荣陪着宋江在上面喝酒。秦明看了，心中没处出气，勒着马，在山下大骂。花荣回答："秦统制，你不必焦躁，先回去休息休息，我明天再和你拼个你死我活。"秦明大叫说："反贼，你快下来！我现在就和你拼个三百回合！"花荣笑说："秦总管，你今天忙了一天，我就是赢得你，也不光彩。你先回去，明日再来吧。"秦明更加恼怒，只管在山下叫骂，想要寻路上山，又怕花荣的弓箭，因此只在山坡下骂。

正在叫骂的时候，只听得本部军马发起喊来。秦明急回到山下看，只见山上火炮、火箭一齐射下来。二三十个小喽啰挤做一群，躲在黑影里用弓弩射人。秦明的军马一齐都拥到山侧深坑里去躲。此时已到三更，众士兵正在忙着躲避弩箭，山上忽然滚下凶猛的洪水来，士兵们躲避不及，淹死大半，爬上岸，尽被小喽啰挠钩搭住，活捉了去。

秦明此时怒气冲天，脑门粉碎，看见一条小路在侧边，把马一拨，抢上山来。走不到三五十步，连人带马跌进陷坑里去。两边埋伏着五十个挠钩手，把秦明活捉了。

整个计策，都是花荣和宋江定的。先让小喽啰或在东，或在西，引诱秦明人困马乏。预先把这土布袋填住两溪的水，等候夜深，把秦明的人马赶到溪里，上面放下急流的水来，秦明带来的五百人马，一大半淹死在水中；余下的一百五七十个人都被活捉了。又用陷马坑活捉了秦明。

清风山摆疑阵活捉秦明，虽然是花荣和宋江共同指挥的，但整体来讲，是花荣定的计策，充分显示了花荣的不俗军事智谋。

梁山射雁——射雁定排名

花荣一行人初上梁山，在宴席上说起清风山报冤相杀的事情，众头领听了都觉畅快。后来说到吕方、郭盛两个比试戟法，花荣一箭射断绒绦，分开画戟。晁盖听完，有些不相信，口里含糊地说："射得这么准，改天我们来看比箭。"花荣见晁盖似乎不信，记在心头。

当天酒至半酣，众头领都说："先到山前闲玩一会，回来再喝。"当下众头领互相谦让，出厅到山前来观赏山景。走到寨前第三关时，只听见空中数行宾鸿鸣叫。花荣心里寻思："晁盖刚才说话，言外之意是不信我能射断绒绦，何不就现在显些本

事，教他们看，让他们日后敬服我？”把眼一扫，随行的人有带弓箭的，花荣便问他讨过一张弓来，拿在手中一看，是一张泥金鹊画细弓，正中花荣的心意。花荣急取过一支好箭，对晁盖说：“刚才兄弟们说到花荣射断绒绦，众头领似有不信之意。现在远远有一行雁飞来，花荣不敢夸口，这支箭要射那雁行第三只雁的雁头。射不中时，众头领不要笑话。”花荣搭上箭，曳满弓，瞄得准确，望空中一箭射去。但见那箭去如流星，正中那雁行的第三只雁。

花荣一箭，果然射中第三只雁，那只雁直坠落到山坡前。急叫士兵取来看时，那支箭正穿在雁头上。晁盖和众头领看了，尽皆骇然，都称花荣做神臂将军。吴学究称赞说：“不必说了，将军就是梁山的小李广，就是养由基也比不上将军你，将军来山寨，真是山寨有幸！”自此梁山泊无一个不敬佩花荣。

第二天，山寨中再开筵席，议定座次。众人就推让花荣在林冲肩下坐了第五位。以下是秦明、刘唐、黄信、三阮、燕顺、王矮虎、吕方、郭盛、郑天寿、石勇、杜迁、宋万、朱贵、白胜。花荣在梁山上的地位如此靠前，甚至排在刘唐、三阮等老头领之前，可以说是一箭定排名。

盖州扬威——箭射三将

宋江讨伐田虎，带花荣等攻打盖州。盖州城由绿林出身的钮文忠带领四员猛将镇守。四员猛将分别是猊威将方琼、貔威将安士荣、彪威将褚亨、熊威将于玉麟。这四将手下，又有副将一十六员，分别是：杨端、郭信、苏吉、张翔、方顺、沈安、卢元、王吉、石敬、秦升、莫真、盛本、赫仁、曹洪、石逊、桑英。

宋江打到，敌阵正将方琼、副将杨端、郭信、苏吉、张翔五个便领兵迎敌。临出城前，方琼说：“从前吃了败仗，不是因为力不能敌，而是中了他的诡计。方某今天不杀他几个，誓不回城。”十分嚣张。

方琼气焰嚣张，领兵到阵前，高叫：“水洼草寇，怎敢用诡计骗我的城池！”宋阵中孙立喝道：“助逆反贼，天兵到来，还不知死！”拍马直抢方琼。两将杀气冲冲，斗了三十余合，方琼渐渐抵挡不住。北军阵中，张翔见方琼斗不过，便拈弓搭箭，打马出阵，向孙立飕的一箭。孙立把马头一提，那箭正射中马眼，孙立跌下马来。敌军营中见了，大声欢呼。孙立跳了起来，没有马，只得拣起枪和方琼周旋。张翔见射不倒孙立，飞马提刀，又来助战，秦明上前接住厮杀。

孙立想回阵换马，被方琼一条枪缠住，不能脱身，十分危险。这边早恼犯了神

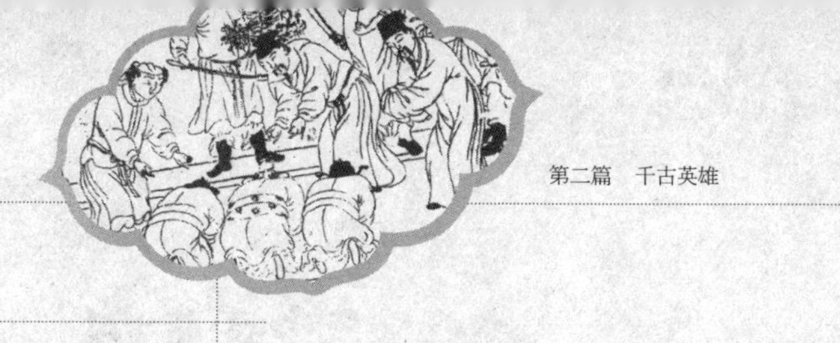

臂英雄花荣。花荣大骂："贼将怎敢放暗箭，教他也中我一箭！"口里说着，手里把弓拉得满满地，瞄定方琼，飕的一箭射过去。那箭像长了眼一样，直奔方琼面门，一箭正中方琼面门，把方琼射下马来。敌军营中大声惊呼，宋军营中大声喝彩。孙立赶上，一枪结果了方琼的性命。敌军见折了统帅，阵中大慌。

张翔与秦明厮杀，秦明那条棍不离张翔的脑门上下，张翔只有招架之功，无还手之力，见方琼落马，更是心惊，渐渐输将下来。北阵里郭信拍马赶到，来助张翔。秦明力战二将。花荣在阵前看敌将两人来斗一人，再取出一支箭来，搭上弦，望张翔后心瞄得准确，弓开满月，箭发流星，飕的又一箭，喝声道："中！"那箭正中张翔后心，射个透明，直透前胸而出。张翔头盔倒挂，落下马去。宋军营中都欢欣鼓舞。

敌军见花荣又射死一员大将，阵中大乱。花荣带众兵将掩杀过去，杀得敌军丢盔弃甲。后来，敌军虽然来了救兵，但我军援兵也及时赶到，宋军大获全胜，直赶到城下，方才收兵。

花荣建功。吴用晚上又设埋伏破了敌人的偷袭。宋江派林冲等攻城，一连六七天攻打不下。这一天，宋江同卢俊义、吴用带花荣五将亲到南城下督战。一行数人，来到南城门下。城楼上于玉麟同副将杨端、郭信守御。杨端望见花荣渐渐走近城楼，心想："前天被他一连射死二将，今天跟他报仇！"急拈起弓，搭上箭，望花荣前心飕的一箭射来。花荣在马上听得弓弦响，把身往后一倒，那支箭刚好射到花荣的身前。花荣顺手一抄，把那支箭抄上手来，咬在口上，起身把枪带在事环上，左手拈弓，右手就取那支箭，搭上弦，瞄准杨端，一箭射去。那箭真似长了眼，正中杨端的咽喉，把杨端射死在城楼上。一楼敌军都是大惊失色。花荣大叫："鼠辈怎敢放冷箭。教你一个个都死！"腾右手去取箭，作势要再射。城楼上发一声喊，几个士兵吓得一齐都滚下楼去。敌将于玉麟、郭信吓得面如土色，躲避不迭。花荣冷笑说："今天认识神箭将军了！"宋江、卢俊义等喝彩不已，宋兵士气大振。

花荣三箭射死三员大将，神威大振。自此敌军营中都知道宋江军中有一个神箭将军，但凡见花荣出来，都吓得落荒而逃，不敢接战。打下盖州后，花荣便留在盖州，据守城池。

活捉山士奇——盖州打伏击

花荣镇守盖州，宋江、卢俊义稍事休整，带兵继续南征。临行前，花荣等置酒相送，宋江执杯叮嘱花荣说："贤弟威镇贼军，正好据守此城。现在此城三面坚固，唯

一的不利是北面地形复杂，容易受敌，如果有敌人来攻，可设奇计破敌。”花荣记在心上。

北军大将山士奇在壶关战败，领了败残军士，逃往盖州。沿途又纠集浮山县的军马，士气大振，看到盖州只有花荣镇守，兵力薄弱，便来侵略盖州。山士奇原来是沁州的富家子弟，膂力过人，好使枪棒；因杀人畏罪，投奔到田虎的手下；因屡次抗击官军建功，被田虎授以兵马都监的官职。他因为善使一条四十斤重的浑铁棍，武艺精熟，成为田虎手下的八大猛将之一。山士奇纠合部队，见盖州北面易攻，便朝北面而来。花荣镇守盖州，终日派人出城四处打探消息，打探到山士奇从北面而来，计上心头，便在北面山路两边埋伏两路奇兵，城内埋伏一路奇兵。自己则上城楼南面去饮酒，专等山士奇到来。那山士奇派人打听到花荣终日只在南城楼上饮酒，北面空虚，不见有守军，大喜，领军潮水般拥向北城。花荣所派军马等敌人进入包围圈，伏兵齐出，先是一阵乱箭，山士奇兵马大乱，四散逃窜。花荣又带城内军马杀将出来，三路合兵，将山士奇围困在小路上厮杀。山士奇兵败，要逃走时，却被林中陷坑陷住，活捉了去。所带两千兵马，尽被杀死在阵前。

睦州城箭射邓元觉

花荣活捉山士奇，见山士奇是一条好汉，便以礼相待，好言劝降，山士奇敬佩花荣，于是归降了。花荣降伏了山士奇，便引他去见宋江，宋江大喜，宋军营自此又多了一位骁勇善战的猛将。

睦州建功

宋江围剿方腊，从小路绕过乌龙岭，直逼睦州。乌龙岭守将，方腊的国师邓元觉点了五千人马，拿了禅杖，带领人将夏侯成，下岭来

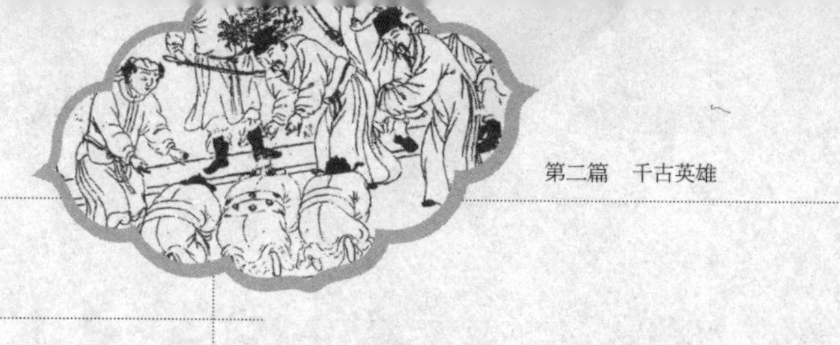

阻拦宋江。宋江引兵迎战。花荣便向宋江献计，说此人只需如此，便可除去。宋江点头称是。

花荣回头嘱咐秦明。秦明会意了，首先出马。秦明来战邓元觉，斗到五六个回合，便佯装败走。众军也各自东西四散。秦明向宋江处跑回，宋江却故意站在一个显要的地方，让邓元觉看见。邓元觉看见宋江，就撇了秦明，直奔过来捉宋江。花荣早已准备好了，握弓躲在宋江身后。等到邓元觉来得较近，花荣从宋江身后闪出，满满地攀着弓，瞄准了邓元觉，照他面门上飕地一箭。弓开满月，箭发流星，那箭正中邓元觉面门。邓元觉坠下马去，被众军抢出杀死。敌军见死了统帅，一时大乱，花荣等领了众兵，一齐卷杀过去，南兵大败。大将夏侯成抵敌不住，也只得逃向睦州而去。

花荣在阵前略施小计，便射死了方腊国的国师邓元觉，立了大功。

自缢殉忠

梁山英雄征讨方腊，牺牲大半，未死的英雄各有封赏。宋江被封为楚州安抚使、兼兵马都总管，加授武德大夫。卢俊义被封为庐州安抚使、兼兵马副总管，加授武功大夫。军师吴用被封为武胜军承宣使。花荣侥幸幸存，也被授以应天府兵马总统制的官职。花荣便带领妻子儿女，赴应天府任职。花荣在应天府差事不多，整天思念着旧日的兄弟宋江等。

朝廷高俅等忌惮宋江，先派人设毒计骗卢俊义进京，用御酒害死卢俊义，再赐毒酒害死宋江。宋江忠于朝廷，怕李逵谋反，害死李逵，两人都被安葬在楚州南门外蓼儿洼。

武胜军承宣使军师吴用，自到任之后，常常心中不乐，每每思念宋江的兄弟情谊。忽然有一天，心情恍惚，寝寐不安。半夜里做了一个梦，梦见宋江、李逵二人，扯住他的衣服说："军师，我等以忠义为主，替天行道，心里从没背叛国家。现在朝廷赐我喝了药酒，将我毒死，我死得实在是无辜。我死之后，已被葬在楚州南门外蓼儿洼深处。军师要是想念旧日的交情，可到坟茔来见一面。"吴用正要仔细问个清楚，忽然醒了，乃是南柯一梦。吴用泪如雨下，坐到天亮，寝食不安，第二天，便收拾行李，不带随从，径往楚州奔来。一路无话，来到楚州，果然宋江已死。听到楚州人民，无不嗟叹。吴用带了祭品，直到南门外蓼儿洼，寻到坟茔，哭祭宋公明、李逵。吴用以手拍坟，大声哭说："仁兄走得好苦！吴用不过是一村中学究，蒙兄救得一命，始随晁盖，后随仁兄，坐享荣华，到今数十余载。一切都赖兄长的提携。今天

你为国家而死，托梦显灵给我。兄弟我无以报答，愿意兑现此梦，和仁兄相会在九泉之下。”说完，放声痛哭，就要自缢。

吴用正要自缢。只见花荣从船上飞奔到墓前。两人见了，各吃一惊。吴用便问：“贤弟在应天府为官，怎么也得知宋兄长已丧？”花荣说：“兄弟自从和众哥哥们分别，到任之后，没一天心安，常想念哥哥们的情谊。一天夜里做了一个怪梦，梦见宋公明哥哥和李逵，前来扯住小弟，诉说：‘我们被朝廷赐饮药酒毒死，葬在楚州南门外蓼儿洼高原之上。兄弟如不弃旧，可到坟前来看望。’因此小弟撇了家小，不避长途，星夜到此。”吴用说：“我也是和贤弟一样，因哥哥托梦，前来相会。现在贤弟到来正好。吴某心中想念宋公明恩义难舍，交情难报，正要在此处自缢一死，前与哥哥相会，以表忠义之心。你可帮我了却心愿，把我和哥哥葬在一处。”花荣听了，和吴用一样心思，便说：“军师既有此心，小弟便当随之，也与仁兄一起同尽忠义。”

吴用说：“我指望贤弟在我死之后，葬我在这里。你怎么也要和我一起死？”花荣说：“小弟寻思，舍不得宋江哥哥和你，我等在梁山泊时，都已是大罪之人，幸免不死。累累相战，做了好汉。感得天子赦罪招安，北讨南征，建立功勋。现在已经扬名显姓，天下尽知。朝廷既已生疑，必然前来找碴儿。到时被朝廷谋害，误受刑戮，那时悔之莫及。现在随仁兄同死于黄泉，也在世上留得个清名。”吴用劝说：“贤弟，你听我说。我一单身，又无家人，死又何妨。你今有幼子娇妻，你死了，他们怎么办？”花荣主意已定，说：“此事不妨，家有薄产，足以糊口，妻子儿女，自会有人照顾。”两个在坟前大哭一场，双双悬于树上，自缢而死。

花荣带来的随从，久等不见花荣回转，进去一看，方才知道花荣、吴用殉了兄弟，感喟不已。后来吴用、花荣就被葬在蓼儿洼宋江墓侧，和宋江永在一起。楚州百姓感念宋江的仁德，又感叹花荣、吴用的忠义两全，遂在蓼儿洼建立祠堂，四时祭祀。那庙也十分灵验，有人来祈祷求助，无不感应。

花荣和吴用，最后以身殉义，令我们看水浒的人，都是感喟人生，如痴如醉，不能自已。

神行太保戴宗

古代铁人

戴宗是梁山里的铁人，不是参加马拉松比赛的那种铁人，而是参加铁人三项赛甚至五项赛的那种铁人。

戴宗天生能跑，天生耐力，传说他一日能行八百里。因为太能跑，谁也赶不上他，谁也不知道他到底有什么诀窍，但是大家的确知道他很能跑，所以都叫他神行太保。人们纷纷传说他有道术，要不然跑不了那么快，连他拿来做绑腿用的马甲也被盛传施了道术，而其实那不过是长途行军用的绑腿。戴宗在中国古代注定是一个很寂寞的人，因为根本就没有人能理解他的长跑技术。古代既没有铁人三项赛，中国古代更是向来就有反对好动乱跑的文化习惯，在单项体育活动里，因为实际上的原因，有崇尚武术的，有崇拜举重的，有崇尚射击的，甚至有崇拜飞檐走壁的，但是从来就没有人喜欢别人跑得快。一个人在大街上乱跑，这等场景，在中国古代想起来也蛮可怪。所以从来就不会有人专门钻研这个，所以也就没有人能够真正欣赏戴宗这门绝学。

大家只能带着看稀奇的眼光来看待戴宗。即使是梁山英雄们，看戴宗也是古古怪怪的，把他当成了近似魔鬼的东西。李逵千不怕万不怕，见了戴宗的马甲就变得乖乖的，其实不是怕戴宗，而是怕藏在戴宗身后的古怪；戴宗每每要给别的英雄穿上马甲，大家都是心存疑惑，说到底只是因为他们认为那不是一项可以理解的本领，而是

一种古怪的东西。戴宗享受这种莫名其妙的敬畏直到终生。他后来出家当了和尚，大概与这种氛围有很大的关系。

因为有这种神奇的本领，戴宗成了战马的替代物。但是他比马更灵活，第一，他隐蔽；第二，他可登山涉水，不怕险阻。所以在许多场合，他非常适合于梁山的行事方式。他的故事，多半与他这种神奇的本领相关。

初会宋江

戴宗自己身怀绝技，也喜欢结交身怀绝技的人才。早年，他遇到其貌不扬的教书先生吴用，十分倾心，看出吴用是一个胸怀韬略、深藏不露的英雄，和吴用结为知己。后来，戴宗因为跑得快，被朝廷选中，任命为江州监狱的监狱长，在江州牢房工作。李逵在老家沂州沂水县杀了人，流落到江州，喝酒闹事，戴宗看出李逵为人真率，勇猛可用，就结交李逵，收留李逵在手下做了监狱的看守。

这一天，戴宗来到江州牢房查看新到的囚犯。新到犯人来在厅上，站在厅中。戴宗见这犯人生得黑黑矮矮的，气势不凡，只是不知道是什么来头，没有给他送孝敬钱来，便责问来犯。谁知那囚犯和他顶嘴，口气强硬，戴宗命其他囚犯上来教训这个囚犯，不知道什么缘故，其他人都十分忌惮这人，不来帮忙，呼地一下走散了。厅中只剩下他和那囚犯。戴宗抄起棍子，要教训那囚犯，那囚犯忽然说："我没送孝敬钱就该打；那有人勾结梁山土匪吴用又该当何罪。"戴宗听了大惊，忙停手细问来人。原来那人就是江湖上大名鼎鼎的宋江。戴宗早听说宋江仗义疏财，号称及时雨，没想到此时见面，十分高兴。宋江从身上掏出一封吴用写来的推荐信，戴宗看了，信中说宋江因杀阎婆惜流放到此，请戴宗多加照顾。戴宗便与宋江去酒楼喝酒。

在酒席上，两人推心置腹，互相佩服，十分投机。自此，戴宗就交了宋江这个朋友。

戴宗传信

宋江在江州浔阳楼题反诗，被黄文炳告到知府蔡九那里，蔡九便派戴宗前去抓人。

戴宗接到命令，大惊，先稳住众捕快，自己快马赶回宋江处报信，叫宋江赶快装疯。宋江依言而行，等戴宗带领众捕快来抓他时，身穿乱衣，头抹大粪，胡言乱语，自号玉皇大帝，要杀尽人间众人。众捕快看了，都说宋江原来是个疯子，回去禀告。蔡九也被骗过。

蔡九正要放过宋江，黄文炳识破骗局，站出来对蔡九说："从反诗的情况看，写

诗的人思路清晰，不可能是疯子，宋江定是装疯！要知宋江真疯还是假疯，只要去牢房问一问他以前的情况就知道了。”蔡京听他的话，派人去一问，牢房看守不敢隐瞒，说他以前不疯。宋江装疯露馅，蔡九派人把宋江抓回，关进大牢。戴宗每日送饭，探望宋江。

蔡九抓了宋江，写了一封家书向蔡京请示处置宋江的办法，命戴宗前去送信。

戴宗送信路经梁山泊，被吴用请上梁山。吴用看了书信，便设了一个计策来救宋江：伪造蔡京的笔迹和印章，写一封回信，命蔡九将宋江押往东京处置，到时梁山泊好汉就半路上劫囚车救人。大家都赞成这个计策，于是分头准备。

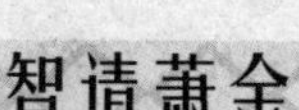

智请萧金

宋江吟反诗被捉进江州大牢，吴用定了个假信劫车的计策来救宋江。计策的关键是要伪造蔡京的笔迹和印章。吴用推荐了两个人：一个是济州城里的一个秀才，叫圣手书生萧让，会使枪弄棒、舞剑抡刀，最会模仿诸家字体；另一个是济州城玉臂匠金大坚，刻碑刿印是中原一绝，也会弄枪使棒。戴宗便去请这两人。

戴宗来到济州城，在州衙东口文庙前找到萧让的住所。戴宗走到门首，咳嗽一声，问：“萧先生在吗？”只见一个青衫乌帽秀才，从里面出来说：“我就是，客官有什么事可以效劳？”戴宗施礼说：“我是泰安州狱庙里的太保。本庙重修五岳楼，本州富户捐钱要刻一道碑文，特教我拿白银五十两，来请先生前去帮忙。日期定得很紧，请先生立刻动身。”萧让说：“小生会作文，会写字，却不会刻碑，如果要立碑，还要另请人手。”戴宗说：“我还带有五十两白银，稍后便去请玉臂匠金大坚刻

石。请先生先挪步。”萧让收了五十两银子，便和戴宗一起去请金大坚。行过文庙，正好见到金大坚。金大坚眉目不凡，姿质秀丽。戴宗见了，说明来意，金大坚见了银子，心中欢喜，满口答应。三个人在酒楼里喝了一顿酒，戴宗催促得紧，三人便约定第二天动身。

第二天五更，三人同行，离了济州城，行了十里多路，戴宗说：“二位先生慢行，小可先去报告富户，派人来接二位。”便拽开大步，先去梁山报信。吴用接到信息，便派王英、郑天寿、杜迁和宋万四人前去拦截。萧让和金大坚两人背着包裹，慢慢而行，大约走过七八十里路，到了下午四五点，才来到梁山的路面。王英、郑天寿、杜迁和宋万四人带领四五十个喽啰兵，呼拥而上，把萧让和金大坚软拖硬拽，强拉上梁山。

戴宗把萧让和金大坚请上梁山，说明来意，两人这才明白。两人都是英雄，倒也不十分在意，只是担心家里受到牵连。吴用便派人连夜将两人老小搬上梁山。两人又惊又喜，便安心在梁山入伙，帮助伪造书信。

不久，信件和印章就伪造好了。戴宗连忙带着书信回江州蔡九处复命。

误陷州府

戴宗带着伪造书信，来见蔡九。蔡九见了，非常高兴，便要依信中之言，将宋江打上囚车，押送入京。

戴宗以为这次骗过了蔡九，十分高兴。可是不久，书信又被黄文炳看出了破绽。原来，是这封书信的印章出了问题。这个印章上刻着“翰林蔡京”四个字，有两个破绽：第一，父写给子的书信不应该直道父名；第二，蔡京其时已官升太师丞相，不会再用翰林的图章。黄文炳将破绽告诉蔡九，蔡九生疑，将戴宗喊到大厅上盘问去太师府办事的细节，戴宗没上过东京，自然回答得牛头不对马嘴。蔡九大怒，严刑审问戴宗。戴宗只得交代，他半路被梁山泊贼寇扣押，传了这封伪造的书信。

蔡九认定戴宗和梁山泊贼寇勾结，营救宋江，将戴宗和宋江一起打入了死牢。

落草梁山

戴宗和宋江被打入死牢，行刑日期已定，自以为必死。

不料行刑的这天，各路英雄纷纷前来劫江州法场，营救两人。原来，吴用发出书信后不久，就意识到书信出了破绽，但戴宗走得太快，众人追赶不及，无法弥补。吴

用预料戴宗此去必然会受牵连，于是天天派人打听消息。打听到两人行刑的日期，便和众人乔装打扮，混进江州，来劫法场。晁盖、花荣、黄信、吕方、郭盛扮成客商，燕顺、刘唐、杜迁、宋万扮成江湖卖艺使枪棒的，朱贵、王矮虎、郑天寿、石勇扮成挑担的，阮小二、阮小五、阮小七、白胜扮成乞丐。午时三刻一声锣响，一行共十七个头领，带领小喽啰一百余人，四下里杀起来。黑旋风李逵也来到法场，奋力拼杀。黑旋风杀出一条血路，晁盖等救出戴宗和宋江，跟着李逵，突出重围。大家退到郊外白龙庙里，揭阳三霸八条好汉也派船在江边接应。众人合力，打退官兵，将戴宗和宋江护送到穆家庄休养。

休养了四五天，戴宗和宋江都伤愈了。宋江便设计攻打无为军黄文炳家，杀了黄文炳满门，纵火烧了黄文炳的府第，回头活捉了黄文炳，拿到穆家叫李逵杀了，替戴宗报了打入天牢之仇。

戴宗得梁山英雄相救，又报了仇，便和众英雄一起上了梁山。

访友招贤

戴宗在梁山也有自己的嫡系兄弟，除李逵外，裴宣、杨林、邓飞、孟康、杨雄、石秀都是被戴宗介绍上山的。

公孙胜回蓟州探母参师，约好百日便回，满一百天后，杳无音讯。吴用派戴宗下山去寻找。戴宗得令，打扮成一个小武官，收拾好行李向蓟州出发了。

走了三四天，戴宗来到李逵的老家沂水县。沂水县的老百姓都在传闻黑旋风李逵杀人逃跑的事。戴宗听了，心里冷笑，一直往前走。正走着，听见一个人从后面叫："前面莫不是神行太保？"戴宗回头，只见山坡下走来一条大汉。戴宗答应了，那大汉倒头便拜。原来，那大汉姓杨名林，祖籍彰德府，是一位著名的绿林英雄，人称锦豹子杨林，想投靠梁山，曾经遇见公孙胜，写过一封推荐信，也听说戴宗是梁山的招贤飞报头领，这时在路上见戴宗飞跑，猜测他就是，所以前来相认。两人相见了，一见倾心，戴宗告诉杨林，自己正奉命前去访寻公孙胜，杨林最熟悉蓟州，便愿结伴而行，帮助寻找。于是两人结义为兄弟，结伴而行。

戴宗和杨林结伴而行，戴宗帮杨林也裹上马甲，一路都是戴宗照顾。第二天十一二点时分，来到一个叫饮马川的险峻地方，四面都是高山，只有一条官路通过。两人正走到山边，忽然听到一声锣响。锣响过去，两个好汉带领一二百人从山林里出来要打劫二人。杨林拿起笔管枪跳过去，正要抢斗，忽然听见其中一人喊他的名字，

定睛一看，那人正是他五年前认识的兄弟，襄阳善使铁链的火眼狻猊邓飞。另一个他不认识的，是真定州善造大船的玉幡竿孟康。杨林慌忙引两人来与戴宗相见了。

原来那孟康，祖籍是真定州人，善于造大小船只，多年前因建造押送花石纲的大船，被官府催促并责罚，一时气愤，把督管的官员杀了，弃家逃走在江湖上。因他长得高大白净，人见他一副好身体，给他起了一个绰号，叫玉幡竿孟康。一年之前，他行走江湖遇见邓飞，两人气味相投，就联手强占了这个好山好水的饮马川，做了强盗。半年之前，两人在往西的官衙里结识了一个性子直爽的好汉，这好汉姓裴名宣，祖籍京兆府人，原来是本府六案孔目出身，文书娴熟，为人忠直聪明，一丝不苟，本地人都称他铁面孔目，又会拈枪使棒，舞剑抡刀，智勇足备。这裴宣因为一个贪污知府的诬陷，被刺配沙门岛，从饮马川经过。邓飞和孟康于是下山杀了押送公差，劫了囚车，将裴宣救上饮马川。二人让裴宣年长，尊裴宣为山寨之主，这裴宣使得一双好剑，为人又和气，他上山后，山寨队伍发展到二三百人。

邓飞、孟康引着戴宗、杨林上山见了裴宣。酒席上，一团和气，戴宗便说起晁、宋二头领招贤纳士，结识天下四方豪杰，待人接物，一团和气，众头领同心协力，八百里梁山泊，雄伟壮观，中间宛子城、蓼儿洼，四下里都是茫茫烟水，军马众多，不惧官军，劝说裴宣三人投奔梁山入伙。裴宣说："小弟寨中也有三百来人马，财物也有十几车，粮食草料也不少。要是仁兄不嫌弃，引荐大家入伙，愿听号效命。不知兄弟肯不肯引见？"戴宗大喜，于是约定，待他和杨林去蓟州找到公孙胜后，回头带大家扮作官兵，上梁山入伙。

戴宗和杨林告别饮马川，不几天来到蓟州城。两人夜宿晓出，在城里城外寻找公孙胜的下落，仍是一无消息。第三天，戴宗、杨林正走在大街上，看见一个威风凛凛的行刑官带着两个小兵从大街上走过，小兵手捧肩扛着大家送的礼物。这个行刑官刚走到大街中心，却被七八个流氓无赖纠缠着抢了包裹礼物，正腾不出手之际，一个挑柴路过的大汉路见不平，拔刀相助，拳打脚踢，赶跑了那群流氓。戴宗十分佩服那条大汉，上前相见了，便请那个大汉前去喝酒。原来，那个大汉姓石名秀，祖籍金陵建康府，和叔父贩羊卖马，半路死了叔父，亏了买卖，流落到蓟州，自小学得一身好本事，最爱路见不平、拔刀相助，为人出力，不遗余力，多次吃亏，矢志不改，人称拼命三郎石秀。戴宗和石秀极为相投，便劝石秀来梁山入伙，又送了石秀十两银子。石秀正有此意，正说间，刚才的行刑官赶到，那行刑官叫杨雄，戴宗和杨林慌忙回避告辞了。

戴宗和杨林又四处寻找了几天，不见公孙胜的踪影，只好先回梁山复命。戴宗

带着杨林，经过饮马川时又带上裴宣、邓飞、孟康，一起上了梁山。后来，石秀和杨雄交往，因杨雄杀人，便带着杨雄和路上认识的时迁一起来投奔了戴宗。戴宗下山一次，为梁山招进了杨林、裴宣、邓飞、孟康、石秀、杨雄和时迁七位英雄，可谓立了大功。

神行救危

戴宗因为行动迅疾，往往出现在最紧急的关头，送信传闻，报捷报危。下面三个事件充分体现了戴宗的这种价值。

第一件是救鲁智深。话说鲁智深为救史进，被华州贺太守抓住，拷打了一回，教取一面大枷锁枷住，打下死囚牢里，只等上级下令处斩。此时，时间就是生命。武松在少华山上听到小喽啰报来消息，心急如焚。有心要去梁山报信，奈何来去几百里，等到信到了，恐怕鲁智深已命丧黄泉了。正在为难之际，忽然听到山下小喽啰报道："有个梁山泊差来的头领，叫做神行太保戴宗，在山下求见。"武松听了大喜，忙叫人接上山寨。原来宋江怕鲁智深和武松下山出事，便叫戴宗来打听消息。武松慌忙将消息报给戴宗。戴宗听了大惊说："我马上回梁山泊请哥哥出兵前来营救。事不宜迟，我马上就走。"戴宗草草吃了些素食，使出神行的本领，直奔梁山泊而回。三天之间，就赶到梁山泊，向宋江报告了消息，为营救鲁智深赢得了宝贵的时间。

第二件是救宋江。话说宋江攻打北京大名府突然背疮发作，收兵回到梁山泊休养，病情加重，张顺便自告奋勇去请建康府名医安道全。建康就是今天的南京，离梁山泊几千里路程。张顺下山近十天，仍不见消息。此时宋江忽然病情加重，神思昏迷，水米不吃，看看不久就要死了，梁山赶紧派戴宗前去寻找张顺和安道全。戴宗连忙下山，直奔建康，来到建康，碰到刚刚起程的张顺和安道全。安道全是个文人，不善走远路，一天走不到百里路。安道全问："宋江皮肉血色怎么样？"戴宗说："肌肤憔悴，终夜叫唤，疼痛不止，好像马上就要死的样子。"安道全说："要是皮肉身体还能感到疼痛，便可医治。只是我走得慢，恐怕会误了日期。"戴宗说："这个容易。"便取两个甲马，拴在安道全腿上。戴宗自背了药囊。吩咐张顺："你慢慢来，我同太医先去。"作起神行法来，带安道全先走了。戴宗引着安道全，作起神行法，没多久就赶回梁山泊，引到宋江床边看时，宋江口内还有一两丝气息。安道全摸了脉搏，说还好赶得及时，尚可医救。把医用药，果然，宋江的病渐渐好转，最后痊愈了。

第三件是替梁山报捷，及时消除了朝廷的误会。话说宋江讨伐田虎打昭德，先在壶关败给山士奇，后来才破了壶关；又在昭德敌不过足智多谋的乔道清，屡屡吃败仗，后来还是请来公孙胜，方才降伏乔道清，攻下昭德。宋江先输后赢，赶紧派萧让写表申奏朝廷，收复了晋宁、昭德二府，又写书申呈宿太尉报捷：卫州、晋宁、昭德、盖州、陵川、高平六府州县缺乏负责官员，也请太尉速速挑选贤能堪任的，奏请补缺。萧让写好书表，戴宗便上京报捷。戴宗遵令，带了包裹文书，作起神行法，以最快的速度来到东京。这报捷来得正是时候，宿太尉看完书信，对戴宗说："正在紧要的时节，来的真是凑巧！前天蔡京、童贯、高俅还在天子面前，劾奏你的哥哥宋江，覆军杀将，丧师辱国，大肆诽谤。叫皇上治罪。天子正犹豫不决。陈谏官站出来帮你家哥哥说话，疏劾蔡京、童贯、高俅诬陷忠良，排挤善类，说你等兵马已渡过壶关险隘，请治蔡京等欺妄之罪，因此得罪了蔡太师。蔡太师正要找他的麻烦，昨日奏过天子说：'陈谏官撰写尊尧录，尊神宗为尧，就是暗地讥讽陛下的意思，请求治陈谏官讪上之罪。'幸而天子没加理睬。今天你及时来报捷，不但陈谏官脸上有光，就是我也不用再担心了。明日早朝，我就将你的捷表递给天子。"这封报捷信因为送得及时，可以说是救了一个忠诚贤良的谏官的官位，也及时为梁山正了名。

计脱乐和

高俅答应释放回京后奏请天子招安梁山，不料回京后反悔，将乐和、萧让软禁在府中。宋江派戴宗和燕青上京打探消息。两人来京打探明白。先由燕青大显身手，将梁山招安的愿望当面传达给了天子，后又由燕青去宿太尉处送达了梁山的书信，请求他出面奏请天子，招安梁山。两件大事完成，就剩下营救乐和、萧让这一件事情了。

燕青前来问戴宗说："这两件事都有些眉目。只是萧让、乐和被软禁在高太尉府中，怎么想个办法把他们弄出来？"戴宗说："我和你依旧扮作公差，去高太尉府前等候。等他府里有人出来，用金银贿赂了，叫他让我们进去见两人一面，见了面，问清楚了情况，就有营救的办法了。"于是两个换了衣裳，带了银两，来到太尉府前等候。只见府里摇摆着走出一个年轻的虞候，燕青便上前施礼。那虞候问："你是什么人？"燕青说："请干办到茶楼说话。"两个人到茶楼内，与戴宗相见了。三人边喝茶边聊。燕青说："实不相瞒干办。前两天太尉从梁山泊带回来那两个人，其中一个叫乐和的，与我这个哥哥是亲戚。我这哥哥想见他一面。所以来请干办帮忙。"虞候说："你两个不要说了！太尉带回的人，我们不知道！"戴宗便从袖内取出一锭大

银，放在桌子上，对虞候说：“我只要足下引我进去见乐和一面，不需要出衙门，这锭银子就送给足下做礼物。”那人见了大银，便动了心，说：“是有这两个人在里面。太尉命令，只教养在后花园里宿歇。我帮你叫他出来，说完话，你不要失信，把银子给我。”戴宗说：“这个自然。”那人便起身吩咐说：“你两个在这里等我。”那人急急地进府去了。

戴宗、燕青两个在茶坊中等，等不到半个时辰，只见那小虞候慌慌张张跑出来说：“先把银子给我。乐和已叫出来在耳房里了。”戴宗便对燕青附耳交代了几句，燕青明白了，便随那虞候来耳房里见乐和。那虞候说：“你两个快说了话就离开。”燕青便对乐和说：“我同戴宗在这里，正想办法救你们出去。”乐和说：“我们被软禁在后花园中，墙很高，无计可出。折花的梯子，全都被藏起来了。”燕青便问：“靠墙有树吗？”乐和说：“靠墙一圈，都是大柳树。”燕青说：“今天夜晚，听咳嗽为号，我在墙外，甩过两条绳索过去。你把绳索绑在靠近的柳树上，我们在墙外拉紧了，你俩顺着绳索爬出来。四更为期，不要误过了。”燕青交代完，匆匆离开。乐和进去暗暗通报萧让，两人做好准备。

燕青急急地回去向戴宗汇报了情况。两人来到街上买了两条粗索，藏在身边。先去高太尉府后面查看。府后是一条河，河边有两只废船，离岸不远。两个人便在废船里潜伏。听到更鼓打到四点，两个人爬上岸来，绕着墙后咳嗽。只听得墙里应声咳嗽，乐和、萧让已准备好。燕青便把绳索抛过去。等到里面拴牢了，两个在外面对绞定，让两人慢慢顺索爬出来。只见乐和先爬出来，随后萧让也出来了。

戴宗定计救了乐和、萧让，把索子丢入墙内。四人再到空船内，伏到天色将明，

再去敲开客店门，取了行李，吃了早饭，算了房钱。四个来到城门内，等门开时，一涌出来，直奔梁山泊而回。

辞官出家

梁山英雄打方腊，十去六七。战争胜利后，戴宗被授予兖州府都统制的职位。

戴宗虽被封官，心中不乐。一是旧时兄弟，死伤大半；二是朝廷暗潮汹涌，是非不定，前途难测。一天晚上，正在犹豫不决之际，戴宗做了一个梦，梦见泰安东岳庙的阎王秘书崔府君前来，点名要他去岳庙。一觉醒来，戴宗大悟，便决定去东岳庙出家，了此残生。

宋江衣锦还乡，拜扫回京，来和大家见面，催促大家收拾行装，前往任所。戴宗主意已定，便来辞别宋江。二人说了些闲话，戴宗起身说："小弟已蒙圣恩，封了兖州都统制的官职。现在情愿辞官离职，去泰安州岳庙里，陪堂求闲，过了此生，现来辞别兄长。"宋江问："贤弟何出此念？"戴宗回答说："我晚上做梦遇见崔府君前来叫我去，所以做了这个决定。"宋江见戴宗主意已定，说："贤弟以前是神行太保，以后一定成为岳府灵聪。"戴宗于是辞别宋江，辞了官职，到泰安州岳庙里出了家。

戴宗在岳庙出家，每日殷勤奉祀圣帝香火，心地虔诚，忠于职守。几个月后的一天，无病无痛，忽然来和众道伴相辞作别，大笑而终。据说后来有人在岳庙里屡次见到戴宗显灵，州人重修庙宇，遂将戴宗的神像也塑在庙中，供后人瞻仰。

孔子说，未知生，焉知死。像戴宗、鲁智深这样看清生死的人，真是能自知之明，有大智慧的人。

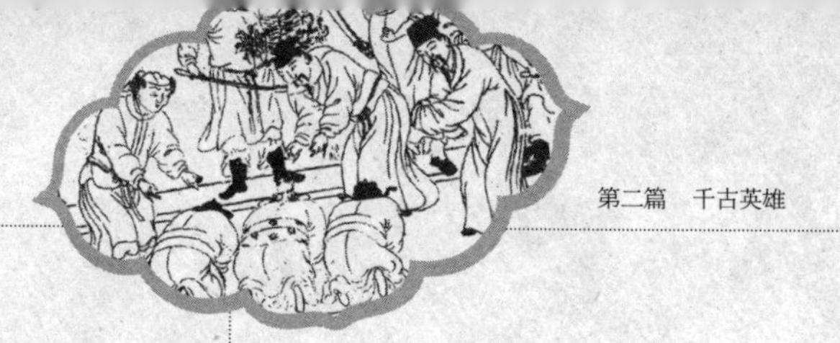

阮氏三雄

阮小二，阮家老大，已婚，有家室，眍兜脸，吊叶眉，天生神力，绰号立地太岁；

阮小五，阮家老二，未婚，好赌，爱惹事，笑里藏刀，人称短命二郎；

阮小七，阮家老小，未婚，疙瘩脸，生铁身，为人爽快，刚直好义，敢作敢为，人称活阎罗。

阮氏三兄弟自被吴用说动入伙，智取生辰纲，到同上梁山，名列天罡星之列，到南征北战，多在一起。三兄弟性格不一，大抵阮小二比较暴躁，阮小五相对阴柔，阮小七则豪爽洒脱。结局也不相同，阮小五在乌龙岭水滩战败，不做俘虏，自刎而死；阮小二在清溪城做内应，陷入敌阵，乱战身亡；阮小七活到战后，因为戏穿龙袍，革职还乡，又做了自由农。

阮氏三兄弟，各有特色，但以阮小七最性格直爽，敢作敢当，最为人所喜欢。阮小七的事迹，也略多于其他两个兄弟。三阮加入梁山较早，基本上参加了梁山几乎所有的重大战争，这里不能讲述三阮参加战斗的很多情况，只选早期几个有特色的片段来给大家介绍。

撞筹入伙

晁盖要打劫生辰纲，只有三人成不了事。吴用便对晁盖说：“我想起来，有三

个人，义胆包天，武艺出众，敢赴汤蹈火，同死同生。邀来这三个人，就可完成这件事。”晁盖问：“是哪三个人？”吴用说：“这三个人是弟兄三个，在济州梁山泊边石碣村住，平常以打鱼为生，兼做些私商买卖。本身姓阮，一个叫做立地太岁阮小二，一个叫做短命二郎阮小五，一个叫做活阎罗阮小七。这三人是亲弟兄，最有义气。我以前在那里住过几年，他们虽不通文墨，但都是大丈夫，为人讲义气，因此和他们相交。现在已有两三年没见面了。要是邀来这三个人，大事必成。”晁盖说：“我也曾听说这阮家三弟兄的大名，只是没见过面。石碣村离这里只有百来里路，何不派人请他们来商议？”吴用说：“派人去请，他们如何肯来。我亲自去请。”晁盖大喜问：“先生高见。几时启程？”吴用说：“事不宜迟，今夜三更就去。明天中午到达。”

当夜三更，吴用洗漱吃喝完毕，讨了些银两，直奔石碣村而来。中午时分，便来到石碣村口。只见青山叠翠，古木依依，流水环绕，渔船闲缆。吴用一面欣赏景色，一面直奔阮小二家。阮小二家门前枯桩上系着几只小渔船，疏篱外晒着一张破渔网，依山傍水，约有十几间草房。吴用叫一声：“二哥在家吗？”只见一个人从里面走出来，生得：眍兜脸两眉竖起，略绰口四面连拳。胸前一带盖胆黄毛，背上两枝横生板肋。臂膊有千百斤气力，眼睛射几万道寒光。休言村里一渔人，便是人间真太岁。这人就是阮小二。阮小二走出来，头戴一顶破头巾，身穿一领旧衣服，赤着双脚，见了是吴用，慌忙招呼问：“教授从哪里来？什么风把你吹到这里来了？”吴用回答说：“有些小事，特来请二郎帮忙。”阮小二说：“有什么事，但说无妨。”吴用说：“我离开了这里后，又混了两年。现在在一个大财主家做老师，他要办筵席，需要十数几重十四五斤的金色鲤鱼，所以特地来找你。”阮小二笑了一声，说道：“我和教授先喝三杯再说。”吴用说：“我也正想和二哥喝几杯。”阮小二说：“隔湖有几家酒店，我们就划船过去。”吴用说：“好。我还有几句话要和五郎说，不知在家不在？”阮小二说：“我们去找他就是了。”两人来到岸边，阮小二解了一只小船，扶吴用上船，就把船划向湖中。

正行之间，只见阮小二把手一招，叫道：“七哥，见过五郎吗？”吴用定睛看时，只见芦苇丛中摇出一只船来。船上一个汉子摇着桨，只见生得：疙疸脸横生怪肉，玲珑眼突出双睛。腮边长短淡黄须，身上交加乌黑点。浑如生铁打成，疑是顽铜铸就。休言岳庙恶司神，果是人间刚直汉。村中唤作活阎罗，世上降生真五道。那人就是阮小七。阮小七头戴一顶遮日黑箬笠，身穿一件棋子布背心，腰系一条生布裙，划着船问：“二哥，找五哥有什么事？”吴用叫一声：“七郎，小生特来请你们帮

忙。”阮小七见是吴用，说：“原来是教授来了，好久不见了。”吴用说：“一同和二哥去喝杯酒。”阮小七说：“我也正想和教授喝杯酒，只是见不上面。”两只船便一起去找阮小五。

不多时，划到一个水丘，团团都是水，高丘上有七八间草房。阮小二叫道：“老娘，五哥在吗？”那婆婆说：“不争气的家伙，打不成鱼，连日去赌钱，输得没有分文。刚才讨了我头上钗儿，又出镇上赌去了。”阮小二笑了一声，便把船划开。阮小七便在背后船上说：“哥哥正不知怎地，赌钱老是输，真是晦气！莫说哥哥不赢，我也输得精光。”吴用暗想：“正中我意。”两只船并排着，朝石碣村镇上划来。划了半个时辰，只见独木桥边一个汉子，拿着两串铜钱，下来解船。阮小二说：“五郎来了。”吴用看时，只见那来人生得：一双手浑如铁棒，两只眼有似铜铃。面皮上常有些笑容，心窝里深藏着鸩毒。能生横祸，善降非灾。拳打来狮子心寒，脚踢处蚖蛇丧胆。何处觅行瘟使者，只此是短命二郎。来人正是阮小五。阮小五斜戴着一顶破头巾，鬓边插朵石榴花，披着一件旧布衫，露出胸前刺着的青郁郁的一个豹子。吴用叫一声：“五郎得采了吗？”阮小五说：“原来是教授，好两年不曾见面了。我在桥上望了你们半天了。”阮小二说：“我和教授到你家找你，老娘说道出镇上赌钱去了，因此一起到这里来找。来和教授去水阁上喝三杯。”阮小五慌忙去桥边解了小船，跳进舱里，捉了划桨。三只船连成一串，划到一间水阁酒店。

三人把船停到水亭下荷花荡中，扶吴用上了岸，一同进了酒店。三人到水阁内拣了一副红油桌凳，阮小二便说：“先生不要怪我弟兄三个粗俗，请上坐。”吴用

推辞不坐。阮小七便说："那哥哥去坐主位，请教授坐客席，我两个随便。"吴用说："七郎好快性。"四个人坐定，叫了一桶酒来，四只大杯子，放了四盘菜蔬。阮小二问："有什么下口的菜？"小二哥说："刚宰了一头黄牛，花糕也似的好肥肉。"阮小二说："大块切十斤来。"阮小五说："教授休笑话，没什么招待。"吴用说："我来打扰了。"阮小二说："别这样说。"催促小二哥倒酒，牛肉端上两盘来，吴用吃了几块，便吃不下。那三个狼吞虎咽，大吃了一顿。

吃得差不多了，阮小五便问："教授到此贵干？"阮小二说："教授现在在一个大财主家做老师，他要十几尾金色鲤鱼，要重十四五斤的，特来找我们。"阮小七说："要是往常，要三五十尾也有，莫说是十几条，只是现在就是要重十斤的也难办。"阮小五说："教授远来，我们一定想办法弄十来个重五六斤的相送。"吴用说："我这里有银两，随价算钱。只是不要小的，必须要十四五斤重的。"阮小七说："教授，我们没地方打那么大的鱼，就是五哥说的五六斤的，也不好打，你要多等几天才办得到。我船里有一桶小活鱼，先拿来做下酒菜。"阮小七便去船内取出一桶小鱼来，约有五七斤，自去灶上做成三盘，端来放在桌上。阮小七说："教授随便吃些。"四人又吃了一回。看看天色渐晚，吴用寻思："这酒店里难说话。今夜先去他家住了，再慢慢说那件事。"阮小二说："今夜天晚了，请教授暂在我家歇一晚，明天再想办法。"吴用说："我来这里走一趟，千难万难，幸而有你们弟兄在这里，眼见这席酒一定不肯要我付钱。今晚借二郎家歇一夜，小生这里有些银子，相烦就店中买一瓮酒，买些肉，村中买一对鸡，夜间再大喝一场？"阮小二说："哪里要教授出钱，我们弟兄办一餐酒，自有办法。"吴用说："还要麻烦请你们三位。要是不依我这个，那我只好告退了。"阮小七说："既是教授这样说，那我们恭敬不如从命，以后再还教授。"吴用说："还是七郎性直爽快。"取出一两银子，付与阮小七，就问主人家买了一瓮酒，二十斤生熟牛肉，一对大鸡。阮小二见有剩钱，说："我的酒钱，一起付了。"店主人说："最好！最好！"四人离了酒店，再下船，一齐投阮小二家而来。

阮家弟兄三个，只有阮小二有老小，阮小五、阮小七都还没结婚。四人来到阮小二家后面水亭子里。阮小七宰了鸡，叫阿嫂到厨房安排。大约过了一个小时，酒席安排好了。吴用一边劝大家喝酒，又提起买鱼的事："你这里湖面这么大，为什么打不到大鱼？"阮小二说："实不相瞒，这样的大鱼，只有梁山泊里有。我这石碣湖中狭小，长不了这样的大鱼。"吴用说："这里和梁山泊一望不远，水面相通，为什么不到那里去打鱼？"阮小二叹了一口气。吴用问："二哥为什么叹气？"阮小五接了说："教授有所不知，以前这梁山泊是我弟兄们的饭碗，现在却绝不敢去。"吴用问："这么大的湖面，难道是官府禁止打鱼？"阮小五说："官府哪敢来禁止打鱼！就是活阎王也禁不了！"吴用问："既没官府禁止，怎么绝不敢去？"阮小五说："原来教授不知道情况。"吴用说："我实在不知道。"阮小七接着便说："这个梁山泊如今被新来的一伙强盗霸占了，不许人去打鱼。"吴用说："这个我倒没听说过。原来来了强盗。"阮小二说："那伙强盗，领头的是个落第举子，叫白衣秀士王伦，第二个叫摸着天杜迁，第三个叫云里金刚宋万。下面还有个旱地忽律朱贵，现在李家道口开酒店，专门打探来往情况。这几个人倒都不打紧，只是新来的一个好汉，是东京禁军教头，叫什么豹子头林冲，武艺实在了得。这几个贼男女聚集了五七百人，打家劫舍，抢掳来往客商。我们有一年多没去那里打鱼了。他们把泊子霸占住了，绝了我们的衣饭，真是一言难尽！"吴用说："我实在不知有这段事，为什么官府不来抓他们？"阮小五说："现在的官府，只知道到处欺压百姓，下乡村来，就吃老百姓的，喝老百姓的，把猪羊鸡鹅都吃尽了，临走时还要老百姓花钱打发。如今来了这群人，也好叫他们头痛一番！官府捕盗的人，都不敢下乡村来！有时上头派一些人来，都只做做样子，听说强盗就吓得尿屎齐流，怎敢前去抓捕！"阮小二说："虽然打不了大鱼，也有好处，省了很多苛捐杂税。"吴用说："这么说，他们过得倒快活！"阮小五说："他们不怕天，不怕地，不怕官府，大秤分金，大块吃肉，穿好的，喝好的，你说快不快活！我们弟兄三个空有一身本事，不知道什么时候能像他们！"吴用听了，暗暗欢喜，心想："正好用计了。"阮小七说："人生一世，草生一秋，我们打鱼营生，什么时候出头，能像他们一样过一天也好。"吴用说："学他们做什么？他们犯下的，可不是笞杖五七十的罪刑，要是被官府抓住了，都是死罪。"阮小二说："现在的官府黑暗得很，一片糊涂，犯了弥天大罪的，倒都没事。我弟兄们浑身本事，却过不快活。要是有人推荐，我们也上他们那儿去算了！"阮小五说："我也常常这般想，我弟兄三个的本事，又不是不如别人。只是没人知道我们的本事罢了？"吴用说："假如便有赏识你们的，你们肯不肯跟他去？"阮小七说："若是有赏识我们的，水里水里去，火里火里去。只要能够过上一天开心日子，死了也乐意。"吴用暗想："这三个都有意了，我再慢慢地诱他。"吴用劝三个喝酒，又说："你们三个敢上梁山泊捉这伙贼吗？"阮小七说："就算捉住他们，到哪里去请赏？再说，也叫江湖上好汉们笑话。"吴用说："以我之见，你们既然打不了鱼，不如也去那里入伙了？"阮小二说："先生你有所不知，我弟兄也商量过要去入伙，但听白衣秀士王伦手下人都说道他心地狭窄，安不得人，上次那个东京林冲上山，就受

尽了他的气。因此就一直没有去。”阮小七说：“他要是像老兄你这样慷慨对待我弟兄们就好了！”阮小五说：“那王伦要是有教授的一半，我们也早去了，等不到今天！我弟兄三个，就是替他死也甘心！”吴用说：“我有什么能耐！现在山东、河北有多少英雄豪杰！”阮小二说：“好汉们尽有，只是我弟兄们没福遇上。”吴用说：“就说那郓城县东溪村的晁保正，你们认得他吗？”阮小五问：“是不是绰号托塔天王的晁盖？”吴用说：“正是此人。”阮小七说：“虽然只隔百十里路程，但没缘分，只听说没见过面。”吴用说：“他就是一个仗义疏财的好汉，为什么不去交结？”阮小二说：“我弟兄们又没事找他，所以没有交往过。”吴用说：“我这几年就在晁保正庄上附近教些私塾；刚打听到他有一些贵重的东西要来，特地来和你们商量，我们就在半路里拦住打劫了，怎么样？”阮小五说：“这个却使不得。他既是仗义疏财的好汉，我们去打劫他，让江湖上好汉们耻笑。”吴用说：“我原以为你们弟兄心地不纯，现在看来真是心地光明的大丈夫。你们既有真心，我对你们说实话吧。我现在就在晁保正庄上住。保正听说你们三个的大名，特教我来请你们前去帮忙。”阮小二说：“我弟兄三个，真真实实，没半点儿假意！晁保正要是有什么私商买卖，有心要提携我们，一定烦老兄帮我们多说说好话。要是我们三个不舍命帮忙，残酒为誓，教我们都遭飞来横祸，恶病临身，死于非命！”阮小五和阮小七用手拍着脖项说：“这腔热血，就是要卖与识货的！”

吴用说：“你们三位弟兄在这里，不是我坏心术来诱你们，这件事非同小可。当今朝内蔡太师是六月十五生日，他的女婿是北京大名府梁中书，让人押送十万贯金珠宝贝给他丈人庆生日。现在有一个好汉刘唐前来报告了这条消息。如今想要请你们去商议，聚几个好汉，在山凹僻静处，夺取了这批不义之财，大家图个一世快活。因此特教小生装作买鱼，来请你们三个前去共商大事，不知你们意下如何？”阮小五听了说：“罢！罢！”叫道：“七哥，我和你说什么来！”阮小七跳起来说：“一世的愿望，今天达成了！正是搔到我的痒处！我们几时去？”吴用说：“请三位马上就去。”三阮大喜，这一夜一醉方休。

第二天早晨，阮家三兄弟起了个大早，和吴用一起赶往晁盖家。

大战石碣村

智取生辰纲走漏消息，晁盖、公孙胜火烧庄院，带十几个庄客，逃到石碣村，半路上撞见三阮弟兄。七个人都到阮小五庄上，那时阮小二已将全家老小搬进湖泊里

去。七人商议投奔梁山泊，吴用说："现今李家道口有那旱地忽律朱贵在那里开酒店，招接四方好汉。入伙须先投奔他。我们现在安排船只把财物都装了，送些人情给他，请他帮我们引荐。"大家正在商议，只见几个打鱼的来报："官军人马，飞奔村里来了！"晁盖起身叫大家先不要走！阮小二说："不妨！我们对付他。叫他们大半下水里去死，小半被杀死。"公孙胜也说不慌，且看他的本事！晁盖于是分派任务，叫刘唐、吴用带着船货先去投奔报信，在李家道口等候，三阮和公孙胜及其他人留下来迎敌。三阮和公孙胜各设了计策。

何涛带领捕盗巡检和官兵，来到石碣村，夺了岸边的船，水陆并进，先来捕捉阮小二。到阮小二家，扑了一空。一打听，阮小二早跑了，他的两个兄弟阮小五、阮小七都在湖泊里住。何涛与巡检商议，这湖泊水路众多，岔路复杂，要是分兵去抓捕，可能会中计。于是把马匹留在村里，教人看守，征集了四五十条船，一齐朝阮小五的打鱼庄进发。

行不到五六里水面，只听见芦苇中间有人唱歌。众人停了船听时，那歌唱道：

"打鱼一世蓼儿洼，不种青苗不种麻。
酷吏赃官都杀尽，忠心报答赵官家。"

何观察和众人听了，都吃了一惊。只见远远一个人，划着一只小船靠近来。有认得的说："这个就是阮小五。"何涛把手一招，众人并力向前，各执器械来捉阮小五。只见阮小五大笑，骂道："你这等虐害百姓的贼官，好大胆！敢来捕捉老爷！岂不是来捋虎须！"何涛背后有会射弓箭的，搭上箭，曳满弓，一齐放箭。阮小五见箭射来，拿着划桨，翻筋斗钻到水里去了。众人赶到跟前，捉了条空船。

又行不到两条港汊，只听见芦花荡里打唿哨。众人把船摆开，见前面两个人划着一条船。船头上立着一个人，头戴青箬笠，身披绿蓑衣，手里拈一条笔管枪，口里也唱道：

"老爷生长石碣村，禀性生来要杀人。
先斩何涛巡检首，京师献与赵王君。"

何观察和众人听了，又吃了一惊。一齐看时，前面那个人拈枪，唱着歌，背后这个人摇着橹。有认得的说："这个正是阮小七。"何涛喝道："众人并力向前，先捉住这个贼！不要让他跑了！"阮小七听了大笑，把桨一点，那船便掉转头，望小港里就走。众人大喊追赶。这阮小七和那摇船的，飞也似摇着橹，口里打着唿哨，穿港走

汉。众官兵赶来赶去，看见那水港渐渐窄狭了，何涛说：“且住！把船靠岸。”上岸看时，只见茫茫荡荡，都是芦苇，不见一条旱路。

何涛心内疑惑，便问那当村住的人，大家都说不知道这里的情况。何涛便教两只小船去前面探路。去了两个时辰有余，不见回报。何涛说：“这厮们好不会办事！”再派两只船去探路。这两只船去了一个多时辰，又不见些回报。何涛说：“这几个都是坐办公室坐惯了，干不了累活，怎么这么不晓事，不见一个回报？”天色又看看晚了，何涛想：“在这里不着边际，不是办法？我得亲自去走一遭。”挑了一只走得快的小船，选了几个老练公差，各拿了器械，划着楫，何涛坐在船头上，望芦苇港里荡进去。

那时已是日没沉西。何涛约行了五六里，看见侧边岸上一个人，提着把锄头走过来。何涛便问：“你那汉子，是什么人？这里是什么地方？”那人答应说：“我是这村里的庄家。这里叫做断头沟，没路了。”何涛问：“你有没有看见两只船过来？”那人说：“是不是来捉阮小五的？”何涛说：“你怎么知道是来捉阮小五的？”那人说：“他们就在前面乌林里厮打。”何涛问：“离这里还有多少路？”那人说：“前面望见的便是。”何涛听了，便叫拢船前去接应。两个公差，拿了器械上岸，只见那大汉提起锄头来，一锄头一个，把这两个公差都打翻下水。何涛见了大吃一惊，急跳起身，正要跑上岸，只见那只船忽地荡将开去，水底下钻起一个人来，将何涛两腿一扯，扑通扯下水去。那几个船里的正要逃跑，被这提锄头的赶将上船，一锄头一个，都打死在水边。这何涛被水底下这人倒拖上岸来，拿腰带捆了。

这活捉何涛的，正是阮小七。岸上提锄头的，就是阮小二。弟兄两个看着何涛骂道：“老爷弟兄三个，从来只爱杀人放火。你好大胆，竟敢引官兵来捉我们！”何涛叫饶说：“好汉！小人奉命，身不由己。小人怎敢大胆，要来捉好汉？望好汉可怜家中有个八十岁的老娘，无人养赡，饶我性命！”阮家弟兄哪里听他的鬼话。

三阮活捉了何涛，又前去帮助公孙胜实施火攻之计，将官军烧死大半，剩下的也都杀死在水里。

石碣村一战，三阮巧妙利用地形，活捉了何涛，大胜了官军，取得了首战官军的开门红，为以后抵抗官军的围剿积累了宝贵的经验。

活捉凌振

高俅大兴三路兵马围剿梁山，呼延灼摆连环马，大胜梁山军，箭伤梁山六将：

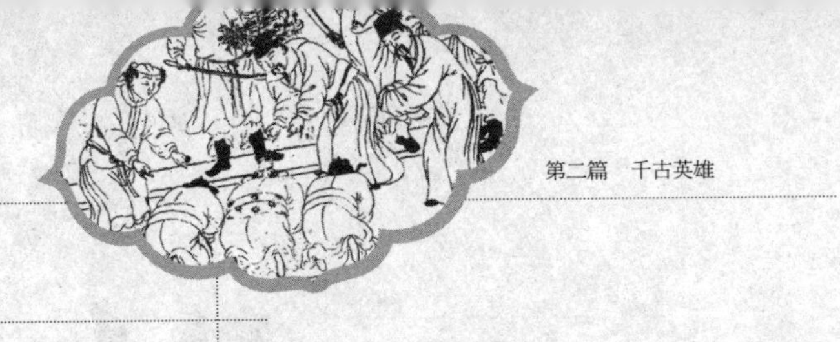

林冲、雷横、李逵、石秀、孙新、黄信，活捉梁山五百余人，宋江十分郁闷。正在此时，前方来报：东京派来火炮手轰天雷凌振，此人祖籍燕陵，武艺精熟，善造火炮，能在十四五里远的地方发炮轰山攻城，是宋朝盛世的第一个炮手，在水边竖起架子，安排火炮，要来攻打山寨。宋江大惊，不知如何是好。

吴学说："这个不妨。山寨四面都是水泊，港湾又多，宛子城离水又远，飞天火炮都打不到。我们先舍了鸭嘴滩，看看他火炮的情况，再来商议。"当天梁山弃了鸭嘴滩小寨，回身都上关上来。众人正在商议，听到山下炮响。探子来报，一连放了三个火炮，两个打在水里，一个直打到鸭嘴滩边小寨上。吴用听了，也是失色，说："真是厉害，必须设计诱引凌振到水边，先捉了此人，方才能胜。"晁盖最先想到计策，将任务分派给水军头领。

六个水军头领，得了将令，分作两队。李俊和张横，先带了四五十个会水的，划两只船，从芦苇深处，探路过去。背后张顺、三阮，划四十余只小船接应。李俊、张横上到对岸，便去炮架子边呐声喊，把炮架推翻。军士慌忙向凌振报告。凌振便带了风火二炮，上马拿枪，引了一千人上来追赶。李俊、张横领人便走。凌振追到芦苇滩边，看见一字儿摆着四十余只小船。船上共有百十余个水军。李俊、张横早跳在船上，故意不把船开走。凌振人马赶到水边，看见李俊、张横并众水军，呐声喊，都逃下水里去了。凌振人马赶到，便来抢船。朱仝、雷横，忙在对岸呐喊擂鼓。凌振夺了许多船只，便叫军健尽数上船，追杀过去。船刚行到波心，只见岸上朱仝、雷横，鸣起锣来。水底下突然钻起三四百水军，从水底把各船船尾塞子都拔了去。水直滚入船里，外边就势扳翻船，船上士兵都被翻进水里。凌振正要驾船回行，船尾舵橹，被人拽下水底去。两边钻上两个头领，把船只一扳，凌振却被翻下水里。水底下阮小二早已等着，一把抱住，将凌振直拖到对岸来。凌振的士兵，水中死了一半，生擒二百余人，只有少数人逃了回去。

众头领通力协作，最后由阮小二在水里，活捉了东京炮手凌振。后来宋江又劝降了凌振。梁山不仅去了心头大患，而且还新增了一名炮手，实力大增。阮小二水底活捉凌振，记了头功。

合擒卢俊义

水军合作生擒卢俊义虽然以张顺功劳最大，但三阮也功不可没。

吴用设计骗卢俊义来梁山，要活捉卢俊义，卢俊义被陆上众将逼得慌不择路，来

到水边。约莫黄昏时分，烟迷远水，雾锁深山，星月微明，不分丛莽，看看走到鸭嘴滩头。卢俊义抬头一望，但见满目芦花，茫茫烟水，仰天长叹说："我不听好人言，才有今天的遭难。"

正烦恼间，只见芦苇里一个渔人摇着一只小船出来。那渔人倚定小船叫道："客官好大胆！这是梁山泊强盗出没的地方，半夜三更，怎么跑到这里来了？"卢俊义说："我迷了路，寻不着地方歇宿，你救我一救！"渔人说："这里大转弯处有一个市井，旱路要走三十余里，路也不好认。要是走水路去，只有三五里远近。你出十贯钱给我，我便载你过去。"卢俊义说："你要是渡得我过去，寻到市井客店，我多给你银两。"那渔人摇船靠岸，扶卢俊义下船，把船撑起来。

约行了三五里，忽然听到前面芦苇丛中橹声响，一只小船飞也似划来。船上有两个人，前面一个赤条条地撑着篙，后面那个摇着橹。前面的人横定篙，口里唱着山歌说：

"生来不会读诗书，且就梁山泊里居。
准备窝弓射猛虎，安排香饵钓鳌鱼。"

卢俊义听见那山歌话里有话，吃了一惊，不敢做声。忽然又听得右边芦苇丛中，也是两个人，摇一只小船出来。后面的人摇着橹，有咿哑之声；前面的人横着篙，口里也唱着山歌说：

"乾坤生我泼皮身，禀性从来要杀人。
万两黄金浑不爱，一心要捉玉麒麟。"

卢俊义听了，心里连连叫苦。一会儿，又见当中一只小船，飞也似的摇过来，船头立着一个人，倒提着铁钻木篙，口里也唱着山歌说：

"芦花丛里一扁舟，俊杰俄从此地游。
义士若能知此理，反躬逃难可无忧。"

唱完，三只船互相答礼。原来这三个就是阮氏三兄弟，要来活捉卢俊义的，中间的是阮小二，左边的是阮小五，右边的是阮小七。三阮驾着三只小船，一齐行过来。

卢俊义听了，心内转惊，自想又不识水性，连声便叫渔人："快帮我拢船近岸！"那渔人哈哈大笑，对卢俊义说："上是青天，下是绿水，我生在浔阳江，来上梁山泊，三更不改名，四更不改姓，绰号混江龙李俊的便是！员外若还不肯投降，只怕枉送了性命！"卢俊义大惊，喝一声说："不是你，就是我！"拿着朴刀，来杀李俊。李俊见朴刀杀来，一个背翻筋斗，扑通翻下水去。

那只船滴溜溜在水面上转，朴刀也掉下水去。只见船尾一个人从水底下钻出来，叫一声，乃是浪里白跳张顺，把手挟住船艄，脚踏水浪，把船只一侧，船底朝天，卢俊义落进水里。卢俊义在水里喝了些水，被张顺从水里活捉了。

偷喝御酒戏官差

朝廷派陈太尉上梁山招安，高俅派张干办、李虞候随行协助。萧让引着三个随行，带领五六个人，托着酒果，去二十里外迎接。陈太尉骑着马，张干办、李虞候在马前步行，背后跟着二三百随从，以及济州府的十几个军官。前面摆列开路人马，龙凤担内挑着御酒，骑马的背着装诏书的匣子。萧让、裴宣、吕方、郭盛在半路上接着，都俯伏在路旁。那张干办便问："你那宋江是谁，皇帝诏书来了，不亲自来接？简直是欺君！你这伙本是该死的人，怎么受得起朝廷的招安！我请太尉回去。"萧让、裴宣、吕方、郭盛俯伏在地，请罪说："山寨从来没到过朝廷的诏书，不知道真假。宋江与大小头领都在金沙滩迎接，望太尉息怒，为了国家成全我们，恕免我们。"李虞候便说："就是不成全你们，也不愁你这伙贼飞上天去了。"吕方、郭盛心想："太瞧不起人了！"敢怒不敢言。萧让、裴宣连说好话，又捧出果酒，那些人都不动一口，态度十分傲慢。众人来到水边，梁山泊已摆着三只战船在那里，一只装载马匹，一只装裴宣等人，一只请太尉坐了。诏书御酒放在船头上，那只船正是活阎罗阮小七监督。

阮小七坐在船艄上，分拨二十余个军人划船，一人带一口腰刀。陈太尉初下船时，昂昂然，旁若

无人，坐在中间。阮小七招呼众人，把船划动，两边水手齐唱起歌来。李虞候便骂说："村驴！贵人在此，全无忌惮！"那水手不理睬他，只顾唱歌，李虞候便拿起藤条来打两边水手，众人毫无惧色。有几个领头的回嘴说："我们自行唱歌，干你什么事！"李虞候说："杀不尽的反贼，怎敢顶我的话！"便用藤条去打，两边水手都跳到水里去了。阮小七在艄上说："你把我的水手都打下水了，这船怎么走？"只见上流两只快船下来接。阮小七预先积下了两舱水，见后头来船相近，便去拔了塞子，叫一声："船漏了！"水都滚上舱来。急叫救时，船里已进了一尺多水。那两只船靠拢来，众人忙把陈太尉救过船去，哪里来顾御酒诏书。

等两只快船先走了，阮小七叫上水手来，舀了舱里水，把搌布都拭抹了，却叫水手说："你且掇瓶御酒过来，我先尝一尝滋味。"一个水手便去担中取一瓶酒出来，除了封头，递与阮小七。阮小七接过来，闻得喷鼻馨香。阮小七道："只怕有毒，我且先尝些。"也无碗瓢，和瓶便喝，一饮而尽。阮小七吃了一瓶说："有些滋味。"一瓶哪里济事，再取一瓶来，一饮而尽。喝得过瘾，一连喝了四瓶。眼见瓶都喝空了，阮小七说："怎么办？"水手说："船头有一桶白酒在那里。"阮小七说："取舀水的瓢来，我让你们都试试御酒的滋味。"将那余下的六瓶御酒，都分给众水手吃了。再装上十瓶村醪水白酒，把原封头缚了，放在龙凤担内，飞也似的摇起船，赶到金沙滩，正好赶到大家刚上岸。

朝廷官员态度傲慢，丑态百出，萧让、裴宣只能赔着笑脸，吕方、郭盛敢怒不敢言，宋江、卢俊义等也只得以大局为重。倒是阮小七，一介平民，敢作敢当，凿漏船只，让这伙官员出丑，出了大家的一口恶气，又偷喝了御酒，无情嘲弄了这批官员，真是痛快。后来果然因为御酒的事，大家都闹了起来，第一次招安遂以朝廷的失败收场。

钱塘江死里逃生

人得有真本领，才可能在残酷的战场上生存下来，阮小七钱塘江死里逃生，正说明了这一点。

宋江、卢俊义分两路攻打杭州方腊军。军师吴用对大家说："杭州南半边有钱塘大江，直通各海岛。要是能有几个人驾小船从海边出发，进赭山门，沿钱塘大江，到杭州南门外江边，放起号炮，竖起号旗，城中听见了一定惊慌失措。你们水军头领谁人能去走一回？"话未说完，张横、三阮都站出来说愿意去。宋江说："杭州西路也靠着湖泊，也要用到水军。你等不可都去。"吴用遂命令张横和阮小七两人驾船，引

侯健和段景住，四人共同前去完成这项任务。

当时四个人引了三十余个水手，带了十几个火炮号旗，来海边找到一些船，望钱塘江进发。开始一段时间行船，一切都还正常。谁知行到海盐，眼看就要驶入钱塘江时，海上突然刮起大风，风水不顺，海潮汹涌，众人把不了舵，被那大风把小船直打出到大海里去。众人在海里挣扎，好不容易风小点，可是那船又被风打破，众人都落进水里。侯健、段景住不识水性，落下水只顾挣扎，终于淹死在海中。众多水手，各自逃生，四散去了，也不知生死。阮小七水性好，此时使出平生本事和大风大浪搏斗，终于赴水来到入海口，进了赭山门，被潮水直送到江里来，晚上望见城中火起，又听得连珠炮响，想必是宋江在攻打杭州城，才从江里爬上岸来。

阮小七在水里时，曾看见张横也游回到五云山江里，本来看他也要上岸，后来又不知道他到哪里去了。这次行动，阮小七和张横凭着好水性，逃脱了性命，而侯健、段景住则英勇牺牲了。

阮小二之死

宋江打方腊，水陆并进，直逼乌龙岭，过岭就是睦州。宝光国师遂引大军上岭把守。那乌龙关隘，正靠长江，山峻水急，上立关防，下排战舰，十分险要。宋江在岭下扎寨，派李逵、项充、李衮，引五百牌手到乌龙岭探路，被岭上的檑木炮石打将回来。宋江见陆上无计，便派水军阮小二、孟康、童猛、童威四个，再上滩去探访水路。

当下阮小二带了两员副将，引了一千水军，分乘一百只船，摇旗擂鼓，唱着山歌，沿水路向乌龙岭进发。原来乌龙岭下一面靠山的地方，就是方腊的水寨。那寨里屯着五百只战船，船上有五千来水军。领头的是四个水军总管，名号浙江四龙，分别是玉爪龙都总管成贵、锦鳞龙副总管翟源、冲波龙左副管乔正、戏珠龙右副管谢福。这四个总管原来是钱塘江艄公，投奔方腊，受三品职事。当天阮小二等乘驾船只，从急流下水，逆水摇上滩去。南军水寨里四个总管探到消息，准备下五十连火排。这火排是用大松杉木穿成，排上堆满草把，草内暗藏硫黄焰硝等引火之物，拿竹索编住了，排在滩头。这里阮小二和孟康、童威、童猛四个蒙在鼓里，把船摇上滩去。那四个水军总管在上面看见了，各打一面干红号旗，驾四只快船，顺水划下来。阮小二看见，喝令水手放箭，那四只快船打了一头便回，其实是诱兵之计。阮小二不知道情况，便叫乘势追赶。四只快船迅速靠岸，四个总管都跳上岸，带水手们都躲了进去。

阮小二望见滩上水寨里船多，不敢上去。正迟疑间，忽然看见乌龙岭上把旗一招，金鼓齐鸣，火排一齐点着，望下滩顺风冲将下来。背后大船上载满敌兵，一齐呐喊，都带着长枪挠钩，随火排冲下来。

童威、童猛见敌人势大难近，便把船靠岸，弃船逃跑，爬过山边，上了山，寻路逃回本寨。阮小二和孟康还在船上迎敌。火排烧起来，阮小二急忙跳下水，后船赶上，一挠钩把阮小二搭住。阮小二眼见要被捉去，不愿做俘虏，心下一横，扯出腰刀，自刎而亡。孟康见大事不妙，正要跳下水时，被火排上火炮齐发，一炮打死在船上。方腊四个水军总管，尾随火船，杀将下来。李俊和阮小五、阮小七都在后船上，见前船失利，急忙掉转船头，顺流逃回桐庐岸边。

乌龙岭水寨一役，孟康力战而亡，阮小二力战不逃，自杀殉国，二人可谓死得壮烈，死得光荣。

阮小五之死

宋江大队军马起程，水陆并进，离了睦州，望清溪县进发，要活捉方腊。吴用与宋江商量说："此行去打清溪帮源，方腊要是逃窜到深山旷野，就难以抓获了。要生擒方腊，解赴京师，面见天子，还必须里应外合，有人认识他本人，才好擒获。就算方腊逃跑了，也能找得到他。"宋江说："须用诈降，将计就计，方可里应外合。上次派柴进与燕青去做间谍，至今不见消息。这次派谁去好？必须是会诈投降的。"吴用说："若论愚意，就教水军头领李俊等，带船内粮米，前去诈献投降。方腊那厮是山僻小人，见了这么多粮米船只，一定会收留。"宋江说："军师高见。"便叫戴宗传令李俊。

阮小五

李俊领了计策，便叫阮小五、阮小七扮作艄公，童威、童猛扮作随行水手，乘驾六十只粮船，船上都插着新换的献粮旗号，前去诈降。水军报与娄丞相，娄丞相便引李俊来大内朝见方腊。方腊坦然不疑，教李俊、阮小五、阮小七、童威、童猛在

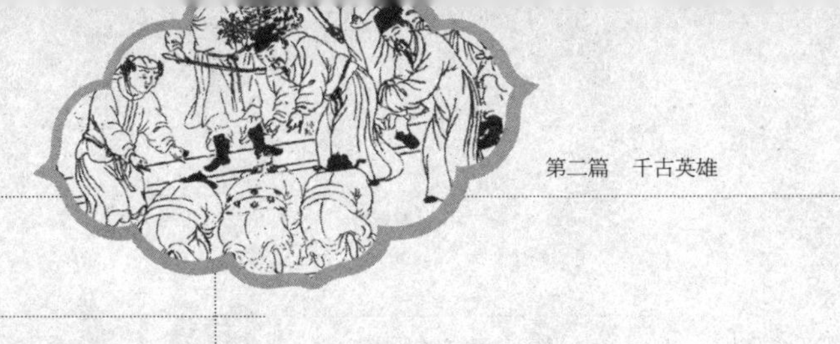

清溪管领水寨守船。

宋江与吴用引军直进清溪县界。太子出兵拦截，方腊亲自监战。正相斗间，卢先锋大军从山后杀到。方腊听了大惊，急传圣旨，收军回保大内。方腊御驾刚回到清溪州界，只听得大内城中喊杀连天，火光遍地，兵马交加，原来是李俊、阮小五、阮小七、童威、童猛在清溪城里放起火来。方腊见了，大驱御林军马来救城池。那阮小五正去那大殿里放火，却不料碰上从里面带兵杀出的娄丞相。娄丞相大怒，命众军捉拿阮小五，可怜阮小五，势单力薄，拼死力战，被娄丞相杀死在大殿上。

多亏城内放火，城外宋江、卢俊义两路军马夹攻，打破城池，两路军马夹攻清溪大内，攻下大内。方腊引军逃往帮源洞老巢。娄丞相因为杀了阮小五，见大兵打破清溪县，在松林自缢而死。

阮小五一生沉稳，最后不幸失手，战死疆场。死后被封为忠武郎，由家乡立庙祭祀。

戏穿龙袍得余生

阮小七的结局富有戏剧性。先是因福惹祸，后却因祸得福。

阮小七杀入方腊内苑深宫里面，搜出一箱方腊伪造的平天冠、衮龙袍、碧玉带、白玉珪、无忧履。阮小七看见上面都是珍珠异宝，龙凤锦文，心里想道："这是方腊穿的，我便着一着，也不打紧。"便把衮龙袍穿上，系上碧玉带，着了无忧履，戴起平天冠，又把白玉珪插放在怀里，跳上马，手执鞭，跑出宫来。三军众将，都以为是方腊，一齐哄闹，围拢过来。拢过来一看时，却是阮小七，众人都捧腹大笑。这阮小七也只当好玩，骑着马东走西逛，看那些军将们四处抢掳。正在那里闹动，童枢密带来的大将王禀、赵谭进洞来助战，听得三军闹嚷，都说捉了方腊，就来争功。进来一看，却是阮小七穿了御衣服，戴着平天冠，在那里嬉笑。王禀、赵谭骂道："你这厮莫非要学方腊，穿成这个样子！"阮小七大怒，指着王禀、赵谭说："你这两个鸟人算什么！要不是俺哥哥宋公明，你这两个驴马头，早被方腊砍下了！今天我等众

将弟兄立了功劳，你们颠倒来抢功！朝廷不知详情，还以为是两员大将前来协助才成功的。”王禀、赵谭大怒，便要和阮小七火并。阮小七夺了小校枪，便要奔上来戳王禀。呼延灼看见，急飞马来将两人隔开。军校飞报宋江，宋江飞马到来，喝令阮小七下马，脱下违禁衣服，丢在一边。宋江又来向王禀、赵谭赔礼说好话。王禀、赵谭二人虽被宋江和众将劝和了，但是仍然怀恨于心。

打方腊胜利后，阮小七成为为数不多的幸存者，被朝廷封赏，授予盖天军都统制的官职。阮小七辞别宋江，到盖天军接受了都统制的职事。阮小七上任不久，大将王禀、赵谭因为对阮小七帮源洞的辱骂怀恨在心，便在童枢密面前告状说："阮小七曾穿着方腊的赭黄袍、龙衣玉带，虽是一时戏耍，终久居心不良；盖天军地僻人蛮，他以后一定会造反。”童贯便把这件事告诉蔡京，蔡京便奏过天子，请了圣旨，追夺了阮小七的官职，把阮小七重新贬为庶民。阮小七性子刚直，不喜欢官场的那一套，这时见去了官职，心中竟十分欢喜，带了老母，返回梁山泊石碣村，依旧打鱼为生，奉养老母，以终天年，后来寿至六十而终。

阮氏三兄弟，一人自刎在战场，一人力战而死，只有阮小七从战场上幸存下来，封了官职又丢了官职，竟得以善终。三阮的命运，真令人嗟叹欷歔。

第三篇
百年英豪

百年英豪是本书的第三篇。本篇主要讲述下列英雄人物的传奇人生：赤发鬼刘唐、霹雳火秦明、拼命三郎石秀、插翅虎雷横、双鞭呼延灼、美髯公朱仝、大刀关胜、双枪将董平、没羽箭张清、金枪手徐宁、急先锋索超。

赤发鬼刘唐

刘唐，东潞人，因为鬓边毛发发红，人称赤发鬼。刘唐自幼学到一身好本事，一二千军马中能进能出，只是为人鲁莽，四处惹事，不甚招人喜欢，一直郁郁不得志。

有一年，北京大名府梁中书，收买十万贯金珠宝贝玩器等物，送上东京，给他的丈人蔡太师庆贺生日，谁知半路给人打劫了去。刘唐听说了这件事，心想这件事虽然冒险，倒也干得痛快，于是暗暗记在心里。第二年，梁中书又收买十万贯生辰纲，要送上东京献给他的老丈人。刘唐打听得清楚，心想，此时不出手，更待何时，决定去打劫这批生辰纲。刘唐一合计，这件事自己一个人干不成，必须找一个智勇双全的好汉主事才行。他所知道的英雄中，只有郓城县东溪村的托塔天王晁盖有这个胆量，又有这个魄力。于是刘唐便动身前去投奔晁盖。

刘唐投奔晁盖来到郓城县内。眼见马上就到，心中高兴，一时酒瘾发作，在小店里喝得大醉，挺着醉意，打听了道路，歪歪倒倒、跌跌撞撞奔东溪村而来。行不多久，看看天色晚了，只见前面有一座破庙。刘唐酒劲上来，迈不开步，心想，不如在此睡上一夜，明天酒醒，好去见晁盖。于是闯进庙里，爬上神桌，倒头便睡。且说刘唐呼呼大睡，这一觉睡得好香，正不知道睡了多长时间。忽然梦里听见人声吵吵嚷嚷，要挣扎起来看时，一群人七手八脚上来把他按在供桌上，拿绳索捆了。刘唐被

捉，酒也醒了，心里连连叫苦。定睛再看时，原来是一个雷捕快，带了一群士兵，把他当成盗贼抓了。刘唐大声喊冤，那雷捕快哪里理睬。只说：“半夜三更，赤条条躺在这里，又不是本乡人，不是贼是什么。要分辨，天明到县衙里说去。”刘唐被抓，正在那里大喊大叫，忽然听那雷捕头说：“闹了一夜，兄弟们都很辛苦，我们去晁保正庄上讨口茶喝去。”刘唐听了便不叫唤，心想，晁保正不就是晁盖吗。刘唐被雷捕头带到晁保正庄，高高吊了起来，关在一间耳房里。过了不久，忽然听到门开了，一支火把照进来。来人便问：“你是谁？到我这里来做什么？为什么半夜睡在灵官庙里？”刘唐说：“我是刘唐，来找晁盖。”那人说他就是晁盖。刘唐大喜，说：“我有一套致富的门路，要献给保正，不料半夜被捕头当贼抓了。”那晁盖想是极聪明的人，听出话里有话，来不及细说，就告诉刘唐，到时候见面了，认他做舅舅，他出面相救。刘唐大喜，一一答应，晁盖出去了。不一会儿，雷捕头叫人前来提刘唐。刘唐被押送到门口，见晁盖正在那里相送，便大声喊叫：“舅舅救我。”晁盖装作吃惊的样子，来认他做了多年不见的外甥，又装成长辈来教训他，刘唐装成外甥哭诉，他不曾做贼，只是多喝了几杯酒，不敢来见舅舅，所以在庙里睡等酒醒。两人配合得天衣无缝，那雷横便相信了，赶紧向晁盖赔礼，释放了刘唐。晁盖精明，便去屋里拿出十两银子来相送，把雷横送出大门。晁盖救了刘唐，让刘唐换了干净衣服，把刘唐请到后亭，细细询问。刘唐对晁盖拜了四拜，谢了救命之恩，便把生辰纲之事和盘告诉晁盖。那晁盖当时并未答应，把刘唐留在庄中，说此事重大，要从长计议。但刘唐看出他已经心动，于是留在庄中等待。

果然，过了不久，庄中来了一个教书先生叫吴用，晁盖引他和刘唐见了面，三

人便商议打劫生辰纲的事。那吴用号称智多星，极为足智多谋，说此事必须要六七个人，就去梁山泊石碣村请来了阮氏三雄，后来又来了一清道人公孙胜。七人趣味相投，歃酒为誓，结为兄弟，合伙打劫生辰纲。吴用设蒙汗药计，让大家扮成北京卖枣商人，推七辆枣车去黄泥冈丛林等候，黄泥冈当地人白日鼠白胜也参与进来，扮成卖酒贩子，挑两桶好酒来到冈顶，杨志押送十一担生辰纲到，刘唐便和众人先买一桶酒喝完，又由吴用去舀另一桶酒喝时将蒙汗药偷偷倒入，骗杨志手下士兵都去买酒喝了，全部药倒在黄泥冈上，七人扔了枣子，用枣车装了生辰纲，扬长而去。刘唐首倡，吴用设计，七人不费吹灰之力，劫取了十万贯生辰纲。回晁盖家分了赃，阮氏兄弟和白胜路近，得赃先回。刘唐和吴用、公孙胜等暂时住在晁盖家里。

三人正住着，忽然一天，晁盖急急地领他们出来见一个人，那人就是江湖上鼎鼎大名的及时雨宋江。宋江来报信说，事情败露，白胜被抓，官兵要来抓人，他冒死前来相报，叫众人快逃。宋江匆匆说了几句，大家来不及感谢，即刻离开。刘唐和众人大惊。吴用提议大家先去三阮那里避风，官军来捉，就反上梁山。商议定，大家急着收拾，直忙到半夜，前脚未走，官军后脚来抓。多亏晁盖和那捕快头目交好，被那捕快暗地从后门放出逃跑。四人带领庄客，刘唐一马当先，奋力逃出重围，来到梁山泊边石碣村。

七人见面了，此时，州里大队官军已经杀到。众人商量，由刘唐、吴用先护送阮小二家人和财物去李家道口等候，晁盖则带剩下人前去破敌。刘唐领命，先划船将众人安全送到李家道口。晁盖率三阮和公孙胜迎敌，充分利用地形设计，活捉官军头领何涛，火烧官军船只，大赢官军，俘获几十条船和上百匹马。晚上，晁盖等人来李家道口与刘唐会合了。众人大喜，一起前去酒店拜见梁山朱贵，说了投奔之意，赠送了礼物，请求朱贵引见。朱贵见这许多人带这许多财物来投奔，十分高兴，连夜派人报上梁山。当晚留大家在酒店住了一夜，第二天，派一艘大船，把大家送到金沙滩。梁山闻报，早已派人来金沙滩等候，把众人迎上大寨。刘唐随众人上了大寨，是夜，王伦摆酒接风，席上听说三阮等英雄了得，怕众人抢他位置，便有打发众人下山之意。所幸吴用察觉，与林冲达成默契，在第二天让林冲与王伦火并。林冲杀死王伦，留众人在梁山，并推荐晁盖坐了第一把交椅，吴用坐了第二把交椅，公孙胜坐了第三把交椅，他自己坐了第四位。刘唐则坐了第五把交椅，以下是三阮，杜迁、宋万和朱贵。自此，刘唐便在梁山泊落草做了头目。

晁盖落草，不久就带领刘唐等人做了两件大事，一是带领大家迎战官军，活捉官军头领黄安，使官军再不敢轻易来犯；二是去山下打劫了一大批财物，充实了梁山

的军库。梁山上下一时欢欣鼓舞。晁盖几人见梁山事业发达，想起宋江、朱仝的救命之恩，便要报答。刘唐也对宋江感激不尽，便自告奋勇带金银前去感谢。刘唐来到郓城县，半路遇见宋江，两人在酒楼相见了。刘唐一面感谢不尽，一面去包袱里取出书信和百两黄金，相送宋江。宋江早听说晁盖反上梁山，与官军为敌，已是心惊，此时见了刘唐和书信，更是大惊，不敢久留刘唐，匆匆写了回信，只取了一根金条，让刘唐不必去找朱仝和雷横，由他代了，叫刘唐赶快离开，连夜赶回梁山。这是刘唐第二次与宋江相交，宋江的轻财重义让他深深敬佩。后来，宋江杀了阎婆惜，吃了官司，被刺配江州，晁盖听了，便和吴用下山来救宋江上梁山。刘唐再次打先锋。宋江和两个公差到来，刘唐带人来救宋江，就去杀官差。宋江大惊，不让刘唐下手。刘唐不敢违抗，只得引宋江来见吴用和晁盖。宋江此时始终不肯落草梁山，刘唐和众人只得留他在山寨上多住了几天。刘唐冒着生命危险，一次前来送宋江礼物，一次前来救宋江上梁山，给宋江留下了深刻的印象。后来，刘唐又参与了营救宋江的行动。宋江做了梁山之主之后，对这个兄弟也是青眼有加。刘唐在梁山排名排到第二十一位，虽不算高，但是对于这个平民出身的英雄而言，也已不低。

晁盖死后，刘唐跟随宋江南征北战，出生入死，一生经历了大大小小不计其数的战争。他建立过功勋，也曾被活捉过，可谓饱尝战争的荣与辱。最后，他还是没能逃脱战争的魔掌，在攻打杭州一役中壮烈牺牲。这是刘唐的最后一战。卢俊义、林冲引众将攻打候潮门，刘唐率军马来到城下，只见城门未关，下着吊桥。那杭州城池，乃是钱王建都时所建，立三重门关，外面是一重闸板，中间是两扇铁叶大门，里面是一层排栅门。刘唐要建头功，一骑马，一把刀，直闯进城去。城上看见刘唐飞奔进来，一板斧砍断绳索，闸板坠下，可怜悍勇刘唐，连马带人，被砸死在候潮门门下。

赤发鬼刘唐死后，宋江痛哭，说："屈死了这个兄弟！自郓城县结义，跟着晁天王上梁山泊，受了许多年的辛苦，不曾快活过。大小百十战，出战交锋，出百死得一生，未尝折了锐气。谁想今天死在这里！"有感于刘唐的殉国，宋江作诗一首来哀悼，诗说：

"百战英雄士，生平志未降。
忠心扶社稷，义气助家邦。
此日枭鸣纛，何时马渡江！
不堪哀痛意，清泪逐流淙。"

这首诗对刘唐的义勇作了高度评价，可以作为刘唐一生品格的光辉写照。

霹雳火秦明

霹雳火秦明，梁山五虎将之三，在梁山排第七位，紧跟在林冲之后。秦明是开州人，武艺高强，使两把狼牙棒，在上梁山前是青州兵马总指挥，人称秦统制。秦明最令人注意的特点是性格急躁，声如雷霆，因为性子像火一样，一点就着，人称霹雳火。别小看这个特点，这个特点固然使他容易急躁，显得头脑过于简单，但是两军对敌，讲一个勇字，一声巨吼，绝对具有先声夺人的气势，所以秦明带兵，士兵最容易受他感染，士气高昂，奋勇当先，往往有意想不到的结果。秦明是人人敬畏的武将。

出战

花荣和宋江联合清风山好汉，大败官军都监黄信。黄信匹马逃回清风寨，紧闭寨门，差人来向青州知府报信。那黄信是秦明的徒弟，秦明见花荣反叛朝廷，自己的徒弟被人欺负，得信大怒，连夜点起五百军马，喝酒宣誓，刀枪严整，气势汹汹奔向清风寨而来。那秦明极是自负，不先去见黄信，却直接来攻打清风寨，想一举抓获花荣等人。

中计

可惜秦明的算盘落了空。花荣是极聪明的人，宋江也是文韬武略，两人充分利用秦明的两个致命弱点，一是秦明急躁，二是秦明不熟悉地形，不和秦明正面交战，大摆疑阵。秦明来到阵前，一味叫战，花荣只和他稍微战了一场，打个平手，一箭暂时阻挡住他的锐气，就溜之大吉。花荣充分利用地形，做了三件事情：一是将所有上山的小路全部用树木堵死；二是留下一条上山的大路，将那大路上头的一条大溪偷偷先堵了溪水；三是在大路两边高处埋伏士兵火器。秦明急于上山厮杀，见花荣败走，四处找路上山。花荣利用秦明的急躁心理，在东西两山上轮流击鼓，引诱秦明带兵两边奔窜，秦明不熟悉地形，盲目出击，被鼓声诱惑，在丛林的两边疲于奔命，闹腾了一天，连个敌人的影子也没有摸到。忙到傍晚，等秦明士兵刚要烧火做饭，花荣就派兵前来捣乱，惹动秦明追赶，又闹了半夜。到夜半，花荣看看秦明的士兵累得差不多了，就在寨上喝酒，引诱秦明去走那条大路。秦明不知是计，带兵踏上那条大路，上面花荣命令决开溪水，洪水猛冲下来，把秦明的士兵淹死大半。花荣又催动伏兵，赶杀秦明其余的士兵。可怜秦明全军覆没。秦明自己也被绊马索绊倒，落进陷坑，被活捉上山去。

落草

秦明被擒上山，宋江等并没有难为他，而是礼遇有加。宋江等晓之以理，动之以情，诉说自己落草实属诬陷，被逼无奈，并大力挽留秦明入伙。秦明性子刚烈，只是

不肯。宋江设毒计，叫人穿了秦明的铠甲，扮作秦明，连夜引军前去攻打州府，大肆抢掠，杀人放火，故意让知府等看见。知府看见，将秦明满门抄斩，秦明蒙在鼓里。过了几天，宋江等放秦明回州府。秦明来到城前，发现城门紧闭，城上士兵挑出他妻子的尸首，知府站在城墙上破口大骂，把他当成勾结强盗打劫城池的反贼。秦明被逼无奈，这时，宋江等又及时来劝请，秦明只好又回清风山了。来到清风山，宋江等软硬兼施，告之真相，齐齐前来跪在秦明面前，向他请罪赔礼，再邀他入伙。秦明有心翻脸，又怕打不过，见事已至此又无法挽回，而宋江等人又是以礼相待，义气深重，只得软下口气说："你们弟兄虽是好意要留秦明，只是害得我太毒些！断送了我妻小一家人的性命！"宋江便说："不这样，怎么能让兄长死心塌地！现在没了嫂嫂夫人，宋江知道花知寨有一妹，非常贤惠，宋江愿意主婚，将她嫁给你为妻。"秦明见大家这样待他，方才放心归顺。后来三山同打青州，秦明亲手打死慕容知府，为自己的家人报了仇。

劝降

秦明归顺之后，大家商议打清风寨，救花荣一家的事。秦明自告奋勇，前去劝降徒弟黄信。秦明单枪匹马来到清风寨，把宋江等被诬陷的情况都告诉了徒弟，并极力称赞宋江等人的义气，帮黄信分析了形势，劝黄信归顺。黄信是聪明之人，见自己被围救兵无望，师傅也已归顺，又早听说过呼保义宋江的大名，权衡之下就答应了。随后宋江来到，和黄信并力打下刘高的南寨，杀了刘高全家，报了诬陷之仇。

成婚

秦明劝降黄信，救出花荣的妻小和妹妹，一齐来到清风山。宋江和黄信主婚，燕顺、王矮虎、郑天寿等做媒说合，要花荣把妹子嫁给秦明，所有彩礼，都是宋江和燕顺出办。花荣爽快答应。于是秦明就在清风山上和花荣的妹妹成了亲。

上梁山

秦明娶亲几天后，朝廷听说反了秦明和花荣，大为震动，要派大军前来围剿清风山。宋江便提议大家投奔梁山泊。秦明担心梁山泊不收留，宋江说，他是梁山泊头领晁盖的救命恩人，晁盖曾多次来信邀他上梁山。秦明大喜，便和花荣及清风山

人马，随宋江一齐上了梁山。

救急

秦明来到梁山，极受重用。大小战争，他往往成为先锋，在关胜之前，和林冲一起成为梁山战将的中坚力量。

宋江带兵攻打祝家庄。一共有三路人马，宋江为第一路；秦明等为第二路。宋江带领王英、马麟、欧鹏、邓飞四将打先锋，却陷入困境。一丈青先活捉了王英，马麟斗祝龙不过，欧鹏斗一丈青不下，宋江大慌。正在此危急关头，霹雳火秦明领一彪军马从斜刺里杀到。原来秦明在庄前听到庄后厮杀，便赶过来救应。宋江大叫："秦统制，你替下马麟！"秦明是个急性人，加上祝家庄刚捉了他徒弟黄信，正没好气，拍马飞起狼牙棍，就来直取祝龙。祝龙也挺枪来敌秦明。两人斗到十合之上，祝龙敌不过秦明。庄门里教师栾廷玉，刚一飞锤打翻欧鹏，见祝龙抵挡不住秦明，拍马便来战秦明。秦明战败一将，再战一将，两个斗了一二十回合，势均力敌，不分胜败。栾廷玉卖个破绽，落荒逃走。秦明救了宋江，看那边援兵已到，不再顾虑，舞棍追赶。栾廷玉望荒草之中跑去，秦明不知是计，也追进去。祝家庄到处都有人埋伏，见秦明马到，拽起绊马索来。秦明连人和马都绊翻，被活捉了。秦明虽解了宋江的围，却因为性急，又失手被捉。后来，宋江、吴用利用孙立、顾大嫂一行人行反间计，才将秦明救出，一起打破了祝家庄。

挑战

秦明在梁山的地位，只曾受到过一个人的挑战，那就是大刀关胜。话说关胜来征讨梁山，两军阵前相见。宋江当着秦明和林冲的面极力夸赞关胜，惹得两人都不高兴。林冲首先要出战，被宋江喝止。宋江亲自上前陪关胜说话，对关胜低声下气，却被关胜奚落一顿。霹雳火秦明听了，大怒，手舞狼牙棍，纵马来擒关胜。林冲怕他夺了头功，也飞抢出来斗关胜。关胜武艺其实未见得能胜林冲、秦明，两人联手，自然不敌。眼看秦明和林冲就要抓住关胜，宋江看了，怕伤了关胜，慌忙鸣金收兵。林冲和秦明都对宋江的这一行为大为不满。后来证明，两人的不满是完全有道理的。关胜后来加入梁山，果然挑战了两人的地位，由于宋江的力挺，在梁山大排名中，关胜果然排在两人之前，坐了五虎将的第一把交椅。

合作

花荣和秦明是郎舅关系，很多时候，两人被派遣并肩作战。两人在战场上一刚一柔，相得益彰，配合十分默契。阵前射杀方腊国师邓元觉就是其中一个极典型的例子。话说花荣、秦明带军绕过乌龙岭，攻打睦州，方腊大军元帅邓元觉带领五千军马从乌龙岭下山追截，花荣、秦明便回头迎战。那邓元觉原是一位和尚，后为方腊国的国师，曾和鲁智深大战一场，不分胜负，武艺不下于鲁智深。邓元觉当先出马挑战，花荣见了，便向宋江耳边低说了几句，宋江便又向秦明耳边低说了几句。两将都会意了。秦明首先出马，持狼牙棒来和邓元觉交战，斗到五六个回合，秦明回马便逃，宋江众军也东西逃散。邓元觉以为秦明输了害怕，所以逃跑，撇了秦明，来捉宋江，花荣早已准备好，保护着宋江，等邓元觉来得较近，弯弓搭箭，一箭射向邓元觉面门。邓元觉不曾防备，躲闪不及，坠落下马，被众军砍死。花荣、秦明合计杀了邓元觉，大败追兵。

战死

秦明在阵上和花荣合作偷袭别人，最后，他自己也死于别人的偷袭之下。宋江打方腊，与吴用分调军马，派关胜、花荣、秦明、朱仝四员正将为前队，引军直进清溪县界，正迎着方腊的皇侄方杰。两军列阵。方腊军方杰横戟出马，杜微步行在后。那杜微浑身挂甲，背藏飞刀五把，手中仗口七星宝剑，最会使飞刀，跟在后面。两将来到阵前，秦明见了，首先出马，手舞狼牙大棒，直取方杰。方杰也不说话，两人交斗。那方杰年轻力壮，精神抖擞，将那支戟使得精熟，和秦明连斗了三十余回合，不曾分出胜败。方杰见秦明武艺高强，拿出平生本事来斗秦明，秦明也使出浑身本事来，不放方杰些空处。两个人正斗到紧要处，眼看就要分出胜负，不提防那杜微在马后，见方杰战秦明不下，从马后闪将出来，掣出飞刀，望秦明脸上猛飞将来。秦明急躲飞刀时，却被方杰一方天戟杀下马来，死于非命。可怜霹雳火，也丧命在暗算之下！宋兵小将见秦明丧命，急用挠钩抢了秦明的尸首，抬回营里。宋江备棺厚敛了。后来，宋江打破清溪城，活捉了杜微，叫蔡庆将杜微剖腹剜心，滴血享祭秦明等人。方杰则被柴进和燕青在阵前杀死。

秦明阵亡后，被朝廷封为忠武郎，他的子孙后来承袭了他的官爵。

石秀与杨雄

坎坷人生

梁山英雄中有许多出身于军官，如关胜、呼延灼、林冲、杨志、鲁智深等，有许多出身于官吏，如宋江、朱仝、戴宗、武松等，也有不少是出身富户，如柴进、李应、卢俊义等，真正出身贫寒的不是很多，像三阮、时迁这样的赤贫少之又少，石秀算是其中一个。出身贫寒而善于交际，做上小官的也有，如雷横原来是屠夫出身，后来混到做了县衙的捕盗都头。但是这些与石秀似乎不相干。石秀做人太拼命了，他像鲁智深一样侠义，但是没有鲁智深那样恢弘的境界，所以他注定生平坎坷。

石秀，祖籍是金陵建康府，南方人。石秀从小学得一身好武艺，三打祝家庄时，作者介绍，他的武艺不下于孙立孙提辖，从后来的经历看，他家很穷，不太可能出钱请师傅教他，他的武艺，可能多半来自于街头上的实际打斗。石秀为人一生固执，但凡路见不平，一定要去相助，因此人们都称他做拼命三郎。从他的绰号看，他小时候与人的打斗一定不少，一定也吃了不少亏，从这些打斗中吸取经验，应该是他学成武艺的基本原因。出身贫寒，而又喜欢打抱不平，矢志不改，其命运的坎坷几乎就是注定的了。

稍长大后，石秀便随叔父一起去外乡贩羊卖马。在古代，这是一个被人看不起的职业，只有那些没有正式工作、不肯务农的闲汉和二流子才去干这样的工作。常年流浪在外乡，风餐露宿，受人冷眼，这大概是石秀的生活模式。当然，他还有一个叔父可以依靠。老天爷有时候真会给穷人开玩笑，不久，叔父半途得病，滞留在他乡，石秀守着他的叔父，可以想见，生意没了，住旅店和请医生对于他们来讲只能是一个梦想。条件的艰苦，没有好的照料，又请不上医生，他的叔父终于亡故了。叔父亡故了，安葬完叔父，本钱也用完了，人生地不熟，还乡又不能，石秀只好在外流浪。

流落到蓟州，最后一点钱都用光了，石秀只得去城外砍些柴火，挑进城里来，靠卖柴度日。虽然如此，生活的煎熬并没有磨灭石秀的锐气。他依然是那个拼命三郎，他依然是那个到处逢人搭救路见不平一声吼的热血男儿。

路见不平

一天，石秀照例穿着一套破衣服，挑着一担柴火到蓟州城里街上来卖。正吆喝间，忽然听见前面一片喧哗。石秀停下来看，只见两个小士兵走过来，一个驮着许多礼物花红，一个捧着一些缎子采缯等丝织品，后面青罗伞下，罩着一个押狱的行刑刽子手。那人生得十分彪悍，露出一身蓝色花绣文身，两眉入鬓，凤眼朝天，淡黄面皮，细细有几根髭髯，正是本地的两院监狱长，人称病关索杨雄。那杨雄刚从法场行刑回来，得了老百姓送的不少礼物，正好不威风。

忽然，一伙地痞流氓冲出来，旁边小路上又走出七八个士兵来，一起拦住杨雄的去路。这群士兵领头的，叫踢杀羊张保，是蓟州城的守卫军，后面跟的几个全是当地的无业游民，这群人常常聚众在蓟州城内抢劫，是当地的地头蛇，官府也拿他们没办法。他们因为见杨雄原是外乡人，在蓟州城里这么威风，所以不服气。这天又看见老百姓给了杨雄这么多礼物，所以就故意来找碴儿。那张保拨开众人，钻过来对杨雄说：“节级你好。”杨雄说：“大哥来喝酒。”张保说：“我不要酒喝，我特来问你借钱用。”杨雄说：“我虽认得大哥，但和你又没有钱财来往，怎么问我借钱？”张保说：“你今天诈了老百姓的许多财物，怎么不借我些！”杨雄说：“这都是老百姓看我的面给的礼物，怎么是诈？你来放刁！我与你部门不同，又不属你管辖。”张保不肯放过杨雄，便指使那群人向前一哄，蜂拥去抢那些礼物。几个人先把花红缎子抢了去。杨雄叫喊：“你们无礼！”正要向前打那抢东西的人，那张保劈胸把杨雄拖住，背后又上来两个拖住杨雄的手。其他人都去抢拿东西。两个小兵怕事，躲开了。

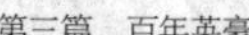

杨雄被几个人拉拉扯扯逼住，动弹不得。

石秀看见一群流氓军人，光天化日之下打一个人，还去抢他的东西，哪里还忍得住。石秀放下柴担，分开众人，上前来说："你们凭什么打这节级？"那张保睁起眼来喝道："你这饿不死、冻不杀的乞丐，敢来多管闲事！"石秀听了大怒，不和他们多讲道理，将张保劈头只一提，一交摔翻在地上。那几个帮闲的看见了，都围上来，石秀不等他们近身，一拳一个，把一群人打得东倒西歪。杨雄这时方才脱身，腾出手来使出本事，一对拳头，指东打西，把那几个流氓军人，都打翻在地上。张保见不是对手，爬起来跟着抢包袱的就跑，杨雄在后面大踏步赶他的包袱去了。石秀气愤那伙流氓太猖狂，追着还要打斗，那伙流氓见石秀勇猛，一个个吓得屁滚尿流，东躲西藏，逃之夭夭。

两条道路

石秀的这一次路见不平，给他的人生带来了转机。

首先，石秀的这番行为被旁边两个好汉看在了眼里。这两个好汉正是奉命来蓟州寻找公孙胜的神行太保戴宗，以及戴宗刚刚结识的朋友杨林。戴宗见石秀如此见义勇为，十分佩服，当下从人群中劝住还要厮打的石秀，将他邀到酒楼里去喝酒。石秀做了自我介绍。戴宗说，你如此英雄，怎么会流落到这里卖柴，还不如落草为寇来得快活。石秀说，他除了一身拳脚外，没有其他的本事。戴宗便说，这年头，不能太认真，朝廷奸臣当道，到处是贪官污吏，还不如宋江等人替天行道的清白。戴宗便趁机诚恳邀请石秀上梁山去入伙。石秀说，他也想过入伙梁山，只是没有介绍人。戴宗这

才做了自我介绍，说明自己在梁山的身份，并承诺他可以做介绍人。戴宗去包袱里取出十两银子，赠给石秀做本钱。正说得投机，忽然杨雄带着几个公差前来，戴宗怕遇见官府会又麻烦，不及多说，连忙告辞了。虽然戴宗没有多说，但十两银子和一番推心置腹的话，给石秀指明了一条他以前想走但没有走的道路。

其次，石秀救了病关索杨雄，那杨雄给石秀带来了另一条道路。杨雄追回自己的东西，十分感激衣衫褴褛的卖柴汉石秀，当即带人来找石秀。两人在酒店里结义为兄弟。杨雄将石秀带回老丈人潘公的家。潘公也十分感激石秀救了自己的女婿。潘公自己曾经开办过屠宰铺，便问石秀会不会杀猪屠宰工作。原来潘公见石秀十分贫困，想将石秀留下来帮自己重新开办屠宰场。

现在，石秀面临着两条道路的选择。两条路完全不同，一条是安居乐业，做好屠夫工作，重新做一个良民；一条是落草为寇，与官府为敌，过着酒肉痛快的生活。前一条路安稳，但会埋没石秀的一身武艺；后一条路则能发挥石秀的特长，但充满变数和危险。这两条路，对于贫困潦倒的石秀来说无疑是天上掉馅饼。那么，石秀会选择走哪一条路呢？

最后，石秀选择了第一条路。毕竟，对于杨雄来讲，现在首要解决的是温饱问题，后一条路虽然更能发挥才能，但是不妨留到以后再考虑。石秀于是高兴地答应了潘公的建议，留在潘公家帮助潘公开办肉铺。

百口莫辩

石秀和杨雄结义为兄弟，又帮潘公开起了肉铺，看样子石秀的人生好像要一帆风顺了。但是人生多磨难，不久石秀就陷入了麻烦之中。

第一次是小麻烦。话说石秀将屠宰铺热热闹闹地开了起来，生意十分兴隆，转眼过了两个月有余。时值秋残冬到，石秀里里外外身上，都换了新衣穿着。石秀一天早起，五更出外县买猪。三天了，方才回家来。回到家中，只见铺店不开。到里看时，肉案砧头也都收过了，刀杖家火都被藏起来了。石秀是个精细的人，看在眼里，便明白了，心中忖道：“常言说‘人无千日好，花无百日红。’哥哥自出外去当官，不管家事。必然是嫂嫂见我做了这些衣裳，背后说闲话。又见我两天不回，必有人搬口弄舌，疑心我不是去做买卖。我不要等人家来说，赶快先辞了，回乡去就是了。”石秀把猪赶进圈里，去房中换了脚手，收拾了包裹行李，细细写了一本清账，从后面进来。潘公已安排酒食，请石秀坐下喝酒。潘公说：“叔叔远出劳累，赶猪是个辛苦

活。”石秀说：“我该做的。丈丈请收了这本明白账目。若上面有半点私心，天地诛灭。”潘公说：“叔叔何故出此言？又没发生什么事。”石秀说：“小人离乡五七年了，想现在回家去一趟，特地交还账目。今晚辞了哥哥，明早便行。”潘公听了，大笑起来说：“叔叔差矣！你先别忙着要走，听老汉我说。”当时潘公说道：“叔叔，老汉已知你的意思了。叔叔两夜没回家，今天回来，见收拾过了家伙什物，叔叔一定心里认为是不开店了，因此要走。不要说是好买卖，就算是不开店，把叔叔养在家里，又怕什么。不瞒叔叔说，我这小女，以前嫁得本府一个王押司，不幸没了。今天是二周年，想做些法事。所以歇了这两天的买卖。今天请报恩寺的僧人来做功德，还要请叔叔帮忙。老汉年纪大了，熬不得夜。现在就都和叔叔说了。”石秀这才答应留下来。

第二次则是大麻烦。原来杨雄入赘潘公为女婿，因为监狱工作繁忙，在家的时间不多。杨雄的妻子潘巧云孤身在家，难守寂寞，利用做法事的机会，和一个寺里的小和尚勾搭。潘巧云特地花钱买了一个使女，专门帮她望门；那和尚也买通一个头陀来帮他们报晓。来的时候，夜深人静，走的时候，就听那头陀敲木鱼为号。石秀是个机灵的人，就住在潘公家后面空房里，和潘家只隔着一条巷子，做法事时见那和尚和潘巧云眉来眼去，神情暧昧，就已生疑，后来又每见那和尚上门来找，现在更是老在晚上听到巷子里敲木鱼，心中如何能安稳。一天晚上，石秀被木鱼敲得睡不着，便爬起身来到巷子里察看，果然看见一个小和尚偷偷从潘家离开。石秀大怒，便把这件事对杨雄讲了，叫杨雄赶快休掉潘巧云。杨雄当时就要发作，被衙门里的事耽搁了。晚上回来，多喝了酒，趁着醉意大骂潘巧云。潘巧云也是个乖巧的人，听出石秀告密，当时不做声。第二天早晨，当杨雄提起石秀时，潘巧云反咬一口说，石秀曾几次想调戏她，被她拒绝，所以心生忌恨，说出这样的谎话来骗杨雄，叫杨雄赶快赶走石秀。杨雄信以为真，第二天就关了肉铺。石秀第二天去肉铺上班，一看肉铺关了，杨雄对他冷眼相看，心里马上明白，一定是那女人反咬一口。石秀知道百口难辩，又怕张扬出去反会伤了杨雄的面子，于是向潘公还了账单，辞了工作，离开潘家，到附近找了个客店安歇。

真相大白

但是石秀就是石秀，他既然叫拼命三郎，就决不会对不平之事坐视不管，何况这次还事关他结义兄弟的名誉。

杨雄

石秀接下来做了两件事情。

第一件事情，他去查明了情况，却留下线索让杨雄知道，前来找他。这天晚上，石秀带刀早早来到巷子里藏好，五更时分，果然等到一个头陀走进巷子里来。石秀上前逼问，那头陀怕死，将真相都说了。杨雄听了大怒，一刀杀死了头陀，扒下他的衣服穿在自己身上，敲起木鱼引那和尚出来。等那和尚从潘家出来，石秀上前逼问清楚了，也一刀结果了他的性命。杨雄将两人的尸体挪到一块，将两人扒光衣服，将那把刀放到头陀手里，做了一个互相残杀的现场。第二天，官府果然断了个互相斗殴杀死的结果。杨雄听到这个情况，当时心里就明白是石秀干的。杨雄知道自己错怪了石秀，果然带着酒肉前去找石秀，向石秀赔礼。

石秀见杨雄前来找他，接着就做了第二件事情：去找潘巧云当面对质，帮自己洗刷清白。杨雄告诉石秀，他要杀潘巧云出气。石秀对杨雄说，你是政府官员，怎么能轻易杀人，你又没捉奸在场。石秀出主意，先把潘巧云和使女邀到郊外的翠屏山，四人当面对质，录了口供，再一纸休掉潘巧云。杨雄当即答应。过了两天，杨雄借口要去翠屏山庙里还愿，将潘巧云和使女骗到翠屏山人烟稀少的乱坟堆处。石秀从石坟背后转出来，四人便来对质。杨雄问潘巧云，你上次说石秀调戏你，现在你当面把话说清楚，潘巧云支支吾吾说不出。石秀扔出和尚和头陀的衣服，叫潘巧云辨认，潘巧云吓得说不出话。石秀转过身来，就去拿刀逼问使女。那使女害怕，将事情经过细细说了一遍。杨雄听了大怒，将潘巧云绑了，再去逼问。潘巧云只得一一招说，并说自己害怕杨雄信了石秀，所以诬陷石秀调戏他，实在没有此事。

事情真相经过对质，到此才水落石出。

杨雄听了事情的真相，再也忍不住，一刀杀了潘巧云和使女。

上山风云

石秀见杨雄杀了人，便建议一起上梁山去，并将和戴宗相识一事说了一遍，杨雄同意了。

两人正商量着，坟后闪出贫困无路，前来盗坟的时迁。时迁曾因偷盗坐牢，在牢里受到杨雄的照顾。三人意气相投，于是决定同去投奔梁山。

路经祝家庄，三人到一个酒店歇息。石迁一时手痒，去偷了主人打鸣的鸡来炖吃。主人前来大声责骂。石秀和杨雄要赔钱了事，那主人仗着祝家庄的势，漫天要价。双方争执不下，大打出手，石秀和杨雄大闹了酒店，扬长而去。走到半路，祝家庄派大队人马前来追赶。三人不熟悉道路，乱走乱撞，遂中了埋伏。时迁本事小些，被活捉了去，石秀和杨雄则杀出重围，狼狈而逃。

求助风波

石秀和杨雄狼狈逃出，慌不择路，逃到了扑天雕李应的庄前。两人见时迁被捉，正彷徨无计，忽然碰到了下山办事的李应的管家鬼脸儿杜兴。原来那杜兴本是中山府人，因到蓟州做买卖一怒打死同行客商，被关进大牢，杨雄见他拳脚了得，是条好汉，便四方救助，帮他逃脱牢狱。杜兴来到李家庄上，李应看他有才，便提拔他做总管，全权负责庄上的事务。

杜兴将两人邀到庄上，见了李应。杜兴要报恩，便求助李应。那李应也是一条好汉，当即答应。李应写了一封书信，信中说时迁是他的朋友，恳请祝家庄看他的面放时迁一条生路，叫副总管带信前去救人。副总管回来禀告，祝家老庄主本要放人，祝家三兄弟说时迁勾结梁山强盗，不肯放人。李应再修书一封，叫总管亲自去送。谁知这次更惨，祝家三兄弟将李应骂得狗血淋头，把杜兴打出府来，扬言李应再要出头，就连他也一起抓了当梁山强盗解送到官府去。杜兴气得吐血而回。

李应两次修书救人，都被拒绝，还遭侮辱，当时大怒，带上军马前去要人。祝彪出战，敌不过李应，暗放冷箭，射伤李应的胳膊。李应只得回寨养伤。

石秀见时迁没救出，反伤了李应，只得告别李应，投奔梁山去请救兵。

三打祝家庄

石秀和杨雄投奔梁山，禀告了情况。晁盖大怒，要杀两人。宋江劝住，起兵攻打祝家庄，派石秀和杨林去探路。

石秀扮作卖柴的，杨林扮作法师，两人一前一后来到祝家庄探路。那杨林不知底细，扮作法师，只拣大路去走，在庄上转来转去，被庄上怀疑，派人活捉了去。石秀机灵，挑了一担柴，不往庄里深走，先去一个老人家门前歇息了，故意问那老人家，怎么这里到处门口都拿着刀枪。那老人见是一个外来卖柴的，便叫石秀快走。石秀忙问缘

故，那老人说梁山马上要打来了，这里是人人备战，庄上路不好走，弄不好要被人当梁山强盗抓了去。石秀装作害怕的样子，大哭，说自己是个外乡人，路也不熟，因为做生意赊了本，所以来卖柴，现在要是被人抓了去，岂不是送命，情愿柴也不要了，送给那老人家，请他指一条出路。那老人见石秀可怜，不好意思白拿他的柴，便请石秀进店，告诉石秀路的情况。原来这庄上道路复杂，到处都有埋伏，庄上遍种白杨树，见了杨树转弯才是活路，其他都是死路。正说着，前面传来杨林被捉的消息，到处是官军巡逻。那老人就留石秀在他家歇息，天明再走。石秀要多探情况，便答应了。

当晚，宋江见杨林被捉，不等石秀探路回来，便冒进前去偷袭祝家庄。宋江领军深入，不熟悉道路，到处中埋伏。有心退兵，又找不到路。正在彷徨无措的时候，石秀及时赶到。石秀带领大家，杀出重围，冲出庄外。回来点名，黄信被活捉了，一打祝家庄以失败告终。

宋江既得到石秀的消息，知道庄里的道路，就带人再打祝家庄。谁知道，庄里的埋伏实在太多，这一次虽然打进庄中去，但被一丈青活捉了王英，栾廷玉锤打伤了欧鹏，绊马索拖翻捉了秦明、邓飞，要不是林冲活捉了一丈青，宋江真是要一败涂地，颜面尽失了。

还好，宋江三打祝家庄有吴用前来帮忙。吴用行反间计，派顾大嫂、孙立等打入祝家庄内部，里应外合，一举打破祝家庄。至此，才救出时迁。石秀在战场上为救兄弟，拼死力战，不惜性命，自然是不必多说了。

北京跳楼

卢俊义回北京后，宋江派石秀和杨雄来北京打听消息。两人在路上遇见燕青。燕青说，李固告发，卢俊义回北京被捉，被刺配流放沙门岛，李固买通押送公差，半路谋害卢俊义，被他射死公差，将卢俊义救出，不料两人在林中歇息，他去寻找食物时，又被官府一百多人将卢俊义捉去，他一人不敢妄动，正准备去梁山请兵来救人。石秀便叫杨雄陪燕青回梁山报信，自己先去北京城打听情况。

石秀只带随身衣服，来到北京城外。天色已晚，进不了城，就在城外歇了一宿。第二天吃完早饭进到城里，但见人人嗟叹，个个伤情。石秀心疑，来到市中心。只见家家闭户关门。石秀问市户中人家时，只见一个老头回言说："客人，你不知我这北京有个卢员外，这等一个好财主。因被梁山泊贼人掳掠前去，逃得回来，倒吃了一场屈官司。迭配去沙门岛，又不知怎地路上杀了两个公差。昨夜被捉回来，今天午时三

刻，解来这里市曹上处斩。客人你可去看一看。”石秀听完，走到市曹上，见十字路口是个酒楼，便来酒楼上，临街占个座位坐了。酒保前来问：“客官，你是请人，还是独自酌杯？”石秀睁着怪眼说：“大碗酒，大块肉，都端上来，问什么鸟！”酒保吃了一惊，打两角酒，切一大盘牛肉端上来。石秀大碗大块，吃了一顿。坐不多时，只听得楼下街上热闹，石秀便去楼窗外看时，只见家家闭户，铺铺关门。酒保上楼来道：“客官醉了！楼下出公事，快算了酒钱，回避！”石秀说：“我怕什么鸟！你快走下去，莫要讨老爷打！”酒保不敢做声，下楼去了。

不多时，只见街上锣鼓喧天。石秀往楼窗外看时，十字路口，周回围住法场，十数对刀棒刽子，前排后拥，把卢俊义绑押到楼前跪下。铁臂膊蔡福拿着法刀，一枝花蔡庆扶着枷梢，说：“卢员外，你自仔细看，不是我弟兄两个不救你，你把事做坏了！前面五圣堂里，我已安排下你的坐位。你可一魂去那里领受。”说完，人丛里一声叫：“午时三刻到了！”一边开枷，蔡庆按住头，蔡福掣出法刀在手。当案孔目高声宣读完罪状，众人齐和一声，就要开斩。楼上石秀，只就那一声和里抽腰刀在手，应声大叫：“梁山泊好汉全都在此！”蔡福、蔡庆听了，吓得撇了卢员外，扯了绳索就逃。石秀从楼上跳将下来，手举钢刀，砍瓜切菜似地杀死十几个公差。一只手拖住卢俊义，向南就走。

这石秀不认得北京的路，越走人越多，卢俊义早惊得呆了，更走不动。梁中书听到消息，大惊，把城四门关上，点起人马来捉两人。石秀纵然好汉英雄，也飞不出高城峻垒。石秀和卢俊义两个在城内走投无路，杀伤七八十人，被四下里人马团团围住，用挠钩搭住，套索绊翻，活捉了过去。

两人被押到梁中书面前，石秀睁圆怪眼，高声大骂：“你这败坏国家害百姓的贼，我哥哥已有将

令，早晚便引军来，打你城子，将北京踏为平地，把你砍做三截！先叫老爷来跟你通个信。”石秀在厅前千贼万贼地叫骂，厅上众人都吓呆了。梁中书听了，沉吟半晌，不敢马上杀两人，叫取大枷来，把二人枷了，先监放死囚牢里。吩咐蔡福在意看管，休教有失。那蔡福有意要结识梁山泊好汉，便把他两个关在一间牢里，每天好酒好肉伺候。两人在牢里因此不仅没受什么苦，反倒是养得好了。

石秀北京跳楼救卢俊义，是明知不可能而为之，是完全置生死于度外，最能见出石秀拼命三郎的侠义本色。不是石秀拼此一命，卢俊义已是命归黄泉。所幸天佑吉人，两人虽然被捉，但石秀拿话来吓住了梁中书，梁中书有所顾忌，不敢杀两人，两人侥幸暂时保住了性命。后来两人得梁山援手，打破北京城，救出了性命。

火烧蓟州城

宋江征辽打蓟州城久攻不下，便派石秀、时迁两人去做内应。两人随乱兵混进城内，随机应变，火烧蓟州城，帮助宋江打破蓟州建了大功。

盖州建功

宋江讨伐田虎，统领军兵人马，分五队来打盖州。盖州守将钮文忠统领三万北兵，坚守城池，以待救兵。宋江一连攻打六七天，久攻不下，便派石秀和时迁再度潜入城中做内应。两人混进城中，俟机放火，盖州大乱，宋江趁机攻打，盖州遂破。

殒命昱岭关

副先锋卢俊义，带领三万人马，二十八员大将，引兵从山路向杭州进发，前去攻打方腊。经过临安镇钱王故都，逼近昱岭关。昱岭关奇险无比，易守难攻，是兵家必争之地。守关把隘的是方腊手下的大将小养由基庞万春。庞万春是江南方腊国中第一神箭手。手下有两员副将，一个叫雷炯，一个叫计稷，善于使用劲弩和蒺藜骨朵。三人听说卢俊义引军到来，已都做好准备，布下了机关，只等卢俊义等前去自投罗网。

卢俊义将军马驻扎在昱岭关前，见关隘险阻，便派史进、石秀、陈达、杨春、李忠、薛永六员大将，带领三千步军，前去探路。

石秀随史进骑着战马，带领步军，沿路向关下进发。大家一路走去，沿路没发现一个敌军。石秀心中疑惑，一边随史进继续前进。一路无碍，远远望见关上白旗下

站着神箭手小养由基庞万春，在那里笑骂，石秀随史进走到关下，来到关前，立马站定，听到关上小养由基庞万春笑骂："你这伙草贼，不在梁山泊里住，却受什么招安，来我这国里装好汉！你听说过我小养由基的名字吗？我听说你这伙里有个什么小李广花荣，叫他出来，我和他比箭。"庞万春忽然取出一箭，飕的一箭，射向史进。史进应声中箭，颠下马去。石秀急忙带众将上前，救史进上马，下令向回撤军。但此时已经迟了，只听到山顶上一声锣响，左右两边松树林里，一齐放出箭来。慌急之中，石秀左隔右挡，带众将拼死逃到山嘴，回头一看，已不见了史进。石秀正想回头去找，对面两边山坡上，雷炯和计稷带领众弩箭手奔出来，一起射箭。那弩箭如雨一般射过来，石秀和众将纵有上天的本事，也躲不过这样的箭矢，都被乱箭射死。可怜史进、石秀等水浒六员大将，一堆儿都死在昱岭关下。三千步卒，止逃回百余人来向卢俊义报信。卢俊义听了大惊，如痴似醉。宋江听了，也是黯然垂泪。

这是梁山最严重的一次失败，六员大将一起战死在昱岭关下。石秀坎坷多难的人生，到此戛然而止。江湖上从此就再也没有那个义胆忠心，为朋友真正不惜生命的拼命三郎了。

石秀在梁山上地位并不显赫，只排在天罡星倒数第四位。在山寨上，石秀的任务是和杨雄一起，把守西山关卡。出征时，石秀多以步兵头领的身份带兵出战。不过，石秀有杰出的侦察和间谍才能，他屡次和时迁连手，深入敌后做间谍工作，有力地配合了宋江的正面战场。石秀和时迁两个人也在惊险的敌后工作中建立了深厚的友谊。后来，时迁见石秀惨死昱岭关，便跋山涉水，深入昱岭关后，找到一条上关的小路，混进关中，放火烧关，卢俊义趁机攻关，打破昱岭关，杀死守将，帮石秀报了杀身之仇。

石秀死后，被朝廷追封为忠武郎，在家乡建庙纪念。不过，拼命三郎的义气自有民间的口碑纪念，对于石秀而言，这比官方的庙宇是要强得多的。

和石秀同上梁山的杨雄虽然躲过了战场的灾难，却没有躲过战场下的灾难。打方腊胜利后不久，杨雄在杭州发了背疮，不等大军起程回朝，就不治身亡，病殁于杭州。杨雄死后朝廷给予的待遇与石秀同。

插翅虎雷横

两种出身、两种人生、两种结局

雷横和朱仝两人同在郓城县做过都头，同在梁山共过事，两人的故事有同，有不同。两人的故事可以对比起来看。

两人出身不一样，雷横是铁匠出身，朱仝是富户出身，雷横穷，朱仝富；两人性格不一样，朱仝富，所以宽厚，显得大方，雷横穷，所以急狭，略显小气；两人都学得一身好武艺，但朱仝以马上本领取胜，雷横以步兵武艺擅长。两人上梁山前，都因为一身好武艺而被推举在郓城县衙当差，但朱仝做的是马军都头，雷横做的是步军都头。两人上梁山原因不同，雷横是因为个人原因，出于孝道打死人而逃亡梁山，朱仝则是被梁山暗算，出于兄弟义气而上了梁山。两人上梁山后，都因为曾救助梁山两代领导人而被重用，名列天罡星之列，但朱仝显然更受重视，排到第十二位，而雷横则排在第二十五位。两人在梁山上，仍然合作共事，一同把守梁山南路第三关；但两人出征时则任务不一样，朱仝是作为梁山马军八彪将之一兼先锋出战，雷横则是作为梁山十大步兵头领出战。两人在梁山上都建功立业，但结局完全不同，雷横英勇战死，而朱仝则光荣幸存。雷横从一个铁匠奋斗成为一县都头，他的前半生显然要比朱仝复杂；但朱仝的后半生则非雷横能比，梁山解散后，朱仝在保定府任都统制，后来还随刘光世出战金国，大破大金，直做到了太平军节度使的高职。

跳远健将

雷横身长七尺五寸，紫棠色面皮，有一部扇圈胡须，膂力过人，从小学得一身好武艺。雷横最厉害的本领是跳远，据说有一次和人打赌，一纵跳过了一条三二丈宽的溪涧，换算成现在的量度，就是七八米远，的确惊人，所以满县人传开，都叫他做插翅虎。从雷横的绰号来看，雷横的弹跳能力非常惊人。雷横原来是本县打铁匠人出身，后来开屠宰场，又兼开赌场，杀牛放赌，渐渐就出了名。他性子有些褊狭，可能跟出身有关，但为人很仗义，又学得一身好武艺，所以就被县衙选拔做了步兵都头，和马军都头朱仝一起，专管擒拿贼盗的事情。

捉放刘唐

捉放刘唐使雷横第一次跟梁山泊拉上了关系。

林冲等在梁山为盗，附近州县都十分害怕，加强巡逻。一天，雷横奉命半夜来晁盖的东溪村巡逻暗访。巡查全村，没发现什么可疑之处。雷横正准备返回，路经村外灵官庙，发现庙门未关，外乡人刘唐赤身裸体睡在香案上。雷横见此人可疑，就将刘唐抓了起来。此时天已快亮，雷横便将刘唐带到晁盖庄上歇脚。晁盖是东溪村的保正，就是现在的民兵连长，赶紧起来酒菜接待。吃完早点，雷横正要带刘唐离开，谁知刘唐喊晁盖为舅舅，晁盖认刘唐为多年不见的外甥。其实那刘唐是来向晁盖献计，怂恿晁盖打劫生辰纲的大盗，两人串通了，就演戏欺骗雷横。雷横不知道，要卖晁盖的人情，就将刘唐放了，收了晁盖赠送的礼金，带兵回城了。晁盖上梁山是梁山真正大发展的开端，打劫生辰纲是迫使晁盖上梁山的原因，而刘唐则是打劫生辰纲的首倡者。如果雷横没有适时放刘唐，当时把刘唐抓了，那么也许轰轰烈烈的水浒大戏就根本不会发生了。

义放晁盖

放晁盖是雷横一个非常重要的人生选择。

雷横释放刘唐后，刘唐倡议晁盖打劫生辰纲，打劫生辰纲非常成功，不料保密工作做得不好，事情泄露，官方派朱仝和雷横到晁盖庄上来抓人。雷横上次放走了刘唐，他明白自己已做错了一件事情，但那时毕竟刘唐还未作案，他还属于无心被骗；此时，晁盖重罪已确凿无疑，雷横面临着一个重要抉择，是抓人还是放人。最后，雷

横经过权衡，他还是选择了放人。只是这个功劳最后被朱仝抢走了。对于雷横而言，做出这个抉择无疑要比朱仝更难。首先，他毕竟不像朱仝，和晁盖关系密切，亲如兄弟，他和晁盖只是泛泛之交；其次，他还得顾及自己的处境，如果他放人，而朱仝相反要抓人，那怎么办？所幸朱仝也选择了放人。两人来到晁盖庄，晁盖还没走，朱仝要求自己去打后门，让雷横打前门，雷横马上明白他的意思，很爽快地答应了。在打前门的时候，他只是大喊大叫，做个样子。后来他来到后门，朱仝告诉他有几个人朝另一条小路跑去了，叫他去追，他很识趣地去追，放这边晁盖好逃。再后来，他看见朱仝装作崴脚不追，自然也不去做恶人，不再追赶，只敷衍了一阵，就回去了。放走晁盖，虽然直接功劳在朱仝，但如果雷横不配合他，和他唱对台戏执意去抓人请赏，那么晁盖能不能逃上梁山，还真是个问题。

雷横做出了正确的决定，后来也获得了回报，晁盖不仅送钱给报信的宋江、直接放他逃跑的朱仝，而且也送了一份给他，可见晁盖是记着他的仗义的。

义放宋江

放宋江是雷横人生的另一个重要选择。

宋江犯案后，县衙派雷横和朱仝来宋家庄抓人。朱仝把住前门，叫雷横先进去搜人，搜的结果是，前前后后搜了个遍，没搜着人。其实，虽然雷横并不熟悉宋江家的地下室，但是如果他真的要抓人，未必就搜不到，实际上是他主动放弃了抓人。后来，朱仝把雷横支开，自己一个人进去再搜，那朱仝是宋江的结义兄弟，关系何等

密切，雷横岂能不知道其中的猫腻，但是雷横老老实实地在门外等，可以说也是故意这样做的。所以朱仝出来后，口口声声要抓宋太公回县衙去抵数，雷横就适时站出来反对，叫朱仝看他的面子，放了无辜的老太公，朱仝见好就收，放弃了抓人抵数的主意，可以说两人是玩了一出双簧。但两人演这出戏时的心态却是不一样的，朱仝是作为局中人，处处提防着雷横，而雷横则是作为局外人，处处替朱仝着想，配合着朱仝的行动的。

一上梁山

雷横和朱仝仗义放了晁盖和宋江，晁盖和宋江并没有忘记。两人逢人就说雷横的仗义，所以雷横还没上梁山，在梁山上就已享有盛名。

有一次，雷横被派往东昌府公干，回来时经过梁山泊路口，一伙小喽啰前来拦住讨要买路钱。雷横无意中说出自己的名字，那伙小喽啰其中有一个头目听说过他的名字，知道他曾救过他们的大王晁盖和宋江，连忙跑去向朱贵报告。朱贵慌忙赶来，向雷横道歉，坚决要留雷横多住几天，并把雷横到来的消息通知给山寨。晁盖、宋江听了大喜，随即与军师吴用，三个人下山迎接雷横。三人把雷横请上梁山，置酒款待，请大小头领都来和雷横见面，一连留雷横住了五天。晁盖向雷横探问朱仝的消息，雷横一一回答了。这五天中，宋江每天都来陪雷横说话，多次委婉地劝说雷横上山入伙。雷横都以老母年高，不便相从，待送母终年之后，再来相投，坚决推辞了。雷横下山的那天，宋江等再三苦留不住，各以金帛相送，其他大小头领也都赠送了礼物，将雷横一直送到山下路口。雷横收获一大包金银，回了郓城县。

逼上梁山

雷横回到郓城县，连日无事，忽然有一天，本县一个闲汉李小二来邀他去看戏。那李小二说，雷横出差这些天，东京来了一个戏子，叫白秀英，色艺双绝，每天看戏的都是人山人海，那戏子曾来拜访过雷横，雷横不在。雷横听了，便和那李小二一起去看戏。雷横在戏台第一排第一位坐了。那李小二在人群里撇了雷横，到外面去吃小吃。戏台上，只见一个老儿上来说：“老汉是东京人白玉乔，如今年迈，只靠女儿秀英，歌舞吹弹，服侍天下看客。”锣响处，那白秀英上戏台来，参拜四方，拈起锣棒，说唱了一段“豫章城双渐赶苏卿”。台下众人喝彩不绝。雷横坐在台下，看那妇人，高低紧慢按宫商，轻重疾徐依格范，的确是色艺双绝。那白秀英唱到紧要关头，

就拿起托盘来讨赏。也是合该出事，雷横出门时竟忘了带钱。那白秀英托着盘子，先到雷横面前请赏，雷横便去身边摸钱袋，这才发现钱袋是空的。雷横便说："今天忘带钱了，明天带来了一起赏你。"白秀英以为雷横想逃钱，笑说："官人既然坐了首位，还请赏几个。"雷横涨红了脸说："我一时忘了没带钱，不是我舍不得。"白秀英说："官人既是来听唱，怎么会不记得带钱出来？"雷横说："我赏你三五两银子都可以。只是今天忘记带了。"白秀英说："官人今天都没出一文，提什么三五两银子，教我望梅止渴，画饼充饥。"这时，那白玉乔叫道："我儿，你没长眼，也不看清是城里人还是村里人，问他讨什么，去向那些晓事的客官讨去。"雷横恼怒说："我怎么不是晓事的？"白玉乔说："你要是也晓事，狗头上生角。"台下的人听了都跟着起哄。雷横大怒，便骂道："这奴才怎敢骂我！"白玉乔回说："就算骂了你这村夫，又怎么样。"这时，台下有认得的嚷道："别骂了！这个是本县的雷都头。"白玉乔接口说："只怕是个驴筋头。"雷横再也忍耐不住，从坐椅直跳上台，揪住白玉乔，一拳一脚，将白玉乔狠揍了一顿。众人慌忙拆开了。雷横这一打，可惹了事。原来那白秀英和新任知县，在东京时是老相好。白秀英一纸诉状，把雷横告到县衙。知县大怒，派人将雷横捉到官衙，要将他押出去号令示众。那婆娘又从中拨弄，定要将雷横押到戏台门口扒了衣服示众。第二天，公差们将雷横押到戏台门口示众，都不愿上前扒雷横的衣服。那婆娘出言威胁，要告到知县那里去，小公差们只好顺从，去扒了雷横的衣服。看的人闹哄哄的，正好赶上雷横的母亲前来送饭。看见儿子被凌辱，雷横的母亲便哭起来，大骂那些公差同事们没有良心。那些公差们都上来诉苦，说是白秀英有权有势，受她威胁，为保饭碗，他们不得不从。雷横的母亲听了这话，便去帮儿子解开捆绑的绳子，一边解一边骂："这个贼贱人，倚势欺人！我解了这索子，看她能怎么样？"白秀英听了，赶出来说："你那老婢子说什么？"那婆婆正没好气，指着骂："你这千人骑、万人压的贱母狗，做什么来骂我！"白秀英听了，柳眉倒竖，星眼圆睁，大骂说："老咬虫，叫化婆，贱人！你敢骂我！"婆婆说："我骂你又怎的？你又不是郓城县知县。"白秀英大怒，抢上前，一掌把婆婆打了个踉跄，婆婆还要挣扎，白秀英赶过去，提起巴掌就抽婆婆耳光。这雷横是个大孝的人，见了母亲被打，再也忍不住，扯起枷来，往白秀英脑盖上就打。只一枷，把白秀英打得脑浆迸流，当场死去。雷横打死了白秀英，就去自首。知县大怒，要雷横偿命，把雷横断了个死罪，押下大牢。虽然有朱仝在外帮助活动，但知县最后还是没有改判。六十天关押期限满，知县让朱仝押送雷横到州里去行刑。朱仝十分义气，在半路上放了雷横。雷横连夜带着母亲，逃上梁山去了。

建功立业

雷横在梁山上，担任步兵头领，是十大步兵头领之四，位列天罡星第二十五位，被安排和朱仝一起把守山前南路第三关。

梁山的南征北战，都有雷横的功劳。

雷横的最后一战，是随呼延灼保卫德清县。打方腊破宣州之后，卢俊义分兵两路，一路打下湖州，再去打独松关，一路则由呼延灼带领，保卫湖州。雷横随呼延灼保卫湖州，在德清县南门外，与司行方交锋，与司行方斗到二十回合，雷横气力不如，被司行方砍死在马前。雷横死之前，宋江曾梦见张顺和三四个血污衣襟的人，那三四个人中有一个正是雷横。宋江打破杭州后，请僧人设斋做好事，好好追荐超度了雷横等人。

雷横死后，被朝廷封为忠武郎，在家乡立庙纪念。

双鞭呼延灼

呼延灼是开国功臣、河东名将呼延赞的嫡派子孙，家传鞭法，举世无双，因为使两条铜鞭，有万夫不当之勇，人称双鞭将。上梁山前任汝宁郡都统制一职，手下兵精将广，威震四方。

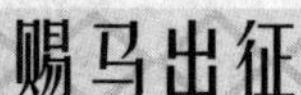

赐马出征

梁山泊先闹了江州无为军，又打破高唐州杀了高廉，将高唐州官府洗劫一空，朝廷震怒。高太尉向天子保奏呼延灼为讨贼兵马指挥使，前往讨伐梁山，天子准奏，并亲自召见呼延灼。天子见呼延灼一表人才，十分喜欢，亲赐一匹踏雪乌雕马鼓励其为国建功。呼延灼谢赏，回来向高俅提出两个出战要求：一是保举陈州团练使韩滔和颍州团练使彭玘为军马正副先锋，二是请后勤部配发马匹两千匹，铁甲三千副、熟皮马甲五千副、铜铁头盔三千顶、长枪二千根、衮刀千把以及弓箭火炮。高俅一一满足。那韩滔原来是东京人，曾应过武举，使一条枣木槊，人呼为百胜将军，为正先锋。彭玘也是东京人，乃将门之子，使一口三尖两刃刀，武艺出众，人呼为天目将军，为副先锋。呼延灼带领两员先锋，五千马军，五千步兵，浩浩荡荡杀向梁山。

首战失利

梁山泊远探报马，径到大寨，报知此事。聚义厅上，当中晁盖、宋江，上首军师吴用，下首军师公孙胜，并众头领，各与柴进贺喜，终日筵宴。听知报道汝宁州双鞭呼延灼引着军马到来征讨，众皆商议迎敌之策。吴用便道："我闻此人，祖乃开国功臣，河东名将呼延赞之后，嫡派子孙。此人武艺精熟，使两条铜鞭，人不可近。必用能征敢战之将，先以力敌，后用智擒。"说言未了，黑旋风李逵便道："我与你去捉这厮。"宋江道："你如何去得？我自有调度。可请霹雳火秦明打头阵，豹子头林冲打第二阵，小李广花荣打第三阵，一丈青扈三娘打第四阵，病尉迟孙立打第五阵。将前面五阵，一队队战罢，如纺车般，转作后军。我亲自带引十个弟兄，引大队人马押后。左军五将：朱仝、雷横、穆弘、黄信、吕方；右军五将：杨雄、石秀、欧鹏、马麟、郭盛。水路中可请李俊、张横、阮家三弟兄驾船接应。却叫李逵与杨林，引步军分作两路，埋伏救应。"宋江调拨已定，前军秦明早引人马下山，向平川旷野之处，列成阵势。此时虽是冬天，却喜和暖。等候了一日，早望见官军到来。

来到梁山，梁山泊已严阵以待。先锋百胜将韩滔，领兵扎寨，当晚不战。次日天晓，两军对阵。先锋将韩滔出阵，宋江军中霹雳火秦明出战。韩滔勒马，大骂秦明，秦明不答话，持狼牙棒上前挑战。两人战到十余回合，韩滔自思斗不过，往后便走。呼延灼见韩滔斗不过秦明，上前接斗。秦明不斗反撤，由豹子头林冲接战。呼延灼和林冲两个正是对手，两人在阵前枪来鞭去，大斗了五十回合，不分胜败。对方阵中小李广花荣到来替下林冲，林冲拨马便走，呼延灼见林冲退回，也回本阵，由天目将彭玘出马迎战花荣。彭玘横着三尖两刃四窍八环刀，来斗花荣。两人战了二十余合，彭玘不敌。呼延灼见彭玘力怯，纵马舞鞭，上来替下彭玘。斗不到三个回合，宋江阵中又闪出一员女将一丈青扈三娘，来斗彭玘。彭玘和一丈青纠战，一个使大杆刀，一个使双刀，两人斗到二十余回合，一丈青把双刀分开，回马便走。彭玘以为一丈青要逃跑，纵马追赶，被一丈青撒出二十四个金钩的红绵套索，呼地套住拖下马去，呼延灼抢救不及，彭玘被活捉。呼延灼看见大怒，来斗一丈青，斗到十个回合以上，居然赢不了一丈青。呼延灼暗暗心惊，卖个破绽，放一丈青扑过来，要一丈青上当，不料一丈青双刀刚好隔住他的双鞭，拍马撤走，并未上当。对方阵营中又飞出病尉迟孙立来，孙立把枪带住，手腕上绰起那条竹节钢鞭，来迎呼延灼。两个在阵前左盘右旋，斗到三十回合，不分胜败。韩滔听说折了彭玘，便发起后军，向前厮杀。宋江军十个头领引了大小军士，也掩杀过来，背后四路军兵，分作两路，前来夹攻。呼延灼见

了，急忙收军抵抗。呼延灼军都是盔甲裹身，两军混战了一阵，都不能胜，各自收兵回营。首战呼延灼虽然损失了前锋大将，但士气未损。

大摆连环马

第二天，两军列阵再战。呼延灼传下将令：“三千匹马军一排摆齐，每三十匹马一连，用铁环连锁；遇上敌军，远用箭射，近则使枪，直冲进去；三千连环马军，分作一百队锁定。五千步军，在后策应。大将押后掠阵，但若交锋，分作三面冲杀。”却说宋江摆好阵式，前军五队，后军十将，两路伏兵。秦明当先出马叫战。呼延灼叫一千步军，只是擂鼓发喊，不要出马交锋。宋江看了，心中疑惑，一面叫后军且退，一面纵马到花荣队里窥望。呼延灼命发出连珠号炮，一千步军，忽然撤开，放出三面连环马军，直冲过去；两边射着如雨的弓箭，中间尽是长枪。每一队三十匹马一齐跑发，连环马军漫山遍野，向着宋江军阵横冲直撞。宋江军马抵挡不住，杀伤无数，大败逃窜。呼延灼大获全胜，杀死者不计其数，生擒的有五百余人，夺得战马三百余匹，只是拘于水寨地形，不敢深追。梁山兵马，此役损失大半，大将中箭者就有六人：林冲、雷横、李逵、石秀、孙新、黄信。宋江及众将赖水军船只，方才狼狈逃回性命。

轰天雷中计

梁山好汉占据水寨地利，死守梁山泊。呼延灼虽然大败梁山军，但水寨四面是水，呼延灼也毫无办法。呼延灼派人到京师报捷，天子大喜，派来使者赐赏，呼延灼便向使者提出要求，要朝廷派遣炮手轰天雷凌振前来协助破寨。轰天雷凌振的到来，

引起梁山泊的注意。梁山泊设诱敌之计，派一千人偷偷驾船过来破坏凌振的炮架，引凌振追赶到水边，一千余人都跳进水中，留下空船在岸边，凌振中计，抢了船前去追赶，被早已埋伏的梁山水军在水中活捉了过去。呼延灼阻挡不及，只得连呼上当。

连环阵破

呼延灼围困水寨一月有余，无法破敌。一天，探子来报，宋江军马出动。呼延灼大喜，又摆连环甲马阵，前去迎战。呼延灼却不知道，此时宋江已有破阵之法。原来宋军阵中金钱豹子汤隆献计，要破连环甲马阵，须用钩镰枪，只要去请到善使钩镰枪的金枪班教师徐宁，前来教授枪法，就可破阵。宋江便设计，派时迁盗走徐宁祖传金甲，诱徐宁来到梁山，将徐宁劫上山，请他教授枪法。徐宁来到山上，选拣精锐壮健之人，教授枪法，不到半月，已教会五七百人。宋江和众头领看了大喜，于是带领钩镰军下山来破敌。呼延灼催动连环甲马阵，不料宋江分兵十路，漫山遍野埋伏了钩镰军，那钩镰军先用钩镰枪戳翻马匹，再用挠钩捉人，大破连环甲马阵。连环甲马军全军覆没，正先锋韩滔被活捉，呼延灼单骑连战穆弘穆春、解珍解宝、王矮虎一丈青，杀出重围，逃往东北方向。

夺马之路

呼延灼一路逃难，损失了军马，不敢回京，便去投奔青州慕容知府。路经桃花山，在山下酒店歇宿，不料被桃花山李忠看中他的御赐踏雪乌雕马，半夜偷了去。呼延灼大惊，独自去赶了一阵，不见踪影。呼延灼来到青州，向慕容知府借兵两千，要去剿除桃花山匪徒，夺回宝马。呼延灼领兵来到，周通、李忠下山迎战，两人不是对手，退回山寨。呼延灼怕有埋伏，不敢追赶，只得引兵围困山寨。周通派信使去二龙山求救。二龙山鲁智深、杨志、武松出于江湖道义，领兵前来帮忙。两军相遇，呼延灼出战。呼延灼本以为一战即可擒敌，不料一战鲁智深，只打了个平手，再战杨志，又只打了个平手，呼延灼连呼运气不好。正在此时，慕容知府来信急唤回兵，原来慕容知府抓捕了白虎山孔明、孔亮的叔叔孔实，惹动兄弟俩来攻打青州城池。呼延灼借机退兵回青州。孔明、孔亮带五七百人马来攻城，正遇上呼延灼兵到。孔明挺枪来斗呼延灼，怎奈武艺不敌，斗上二十回合，被呼延灼从马上活捉了过去。孔亮军心涣散，呼延灼催动大军掩杀过去，活捉一百多人。孔亮引残余人马逃走。

独力斗梁山

呼延灼活捉孔明，慕容知府大喜，将孔明打下大牢，摆酒与呼延灼接风。呼延灼在酒席上详细询问慕容知府情况，才知道自己白天所遇乃是鲁智深和杨志。呼延灼发誓要一个个将他们活捉。呼延灼知道鲁智深等不会善罢甘休，一定回再来攻城救人，便加紧防备。几天之后，鲁智深来到。这一次，贼兵兵势浩大，不仅有杨志、武松带来的二龙山人马，孔亮带来的白虎山人马，周通、李忠的桃花山人马，还请来了梁山宋江的人马。三山联合梁山攻打青州，将青州团团围住，慕容知府十分惊恐。呼延灼毫不畏惧，信心十足，对慕容知府说："梁山如果据守水泊，自然十分厉害，一旦他们离开水泊，失去地形屏障，就不足畏惧。"第二天，呼延灼出战秦明，秦明手持狼牙棒，呼延灼手持双鞭，两个在阵前大战。两人大战了五十回合，未分出胜负，慕容知府害怕呼延灼有闪失，慌忙鸣金收兵。

中计降顺

晚上，呼延灼与慕容知府商议，天明须杀出一条通路，送三个人出去报信，叫邻州和东京出兵救围。正商量间，探子来报，宋江孤军三人到州前山坡窥望军情。呼延灼上城楼去看，看见宋江、花荣、吴用闲骑着马，在山坡上溜达，观望军情。呼延灼不知是计，心中大喜，便带一百人马，偷偷出城来捉宋江。呼延灼骑马偷偷赶近山坡，宋江等人似无防备，回马慢慢转下山坡去。呼延灼偷偷纵马上到山坡，看见宋江等刚刚转过一片枯树林。呼延灼奋力追赶到树林边，眼看就要抓到宋江，忽然脚下一软，连人带马，沉下地去，掉进了一个大陷坑。两边一声喊叫，走出五六十个挠钩手，把呼延灼搭住，活捉捆了。原来这是吴用设的诱敌之计，吴用白天看见呼延灼双鞭勇猛，就设了这个计策来捉呼延灼，呼延灼立功心切，就上当了。

呼延灼被捉，宋江并未杀他，而是待之以礼，动之以情。宋江亲自松绑谢罪，对呼延灼说："将军大军尽失，高俅肚量狭窄，如将军回京，高俅一定不会放过你；梁山虽名为寇盗，实则替天行道，心存忠义，终有一天会被招安，将军如留梁山，此刻可替天行道，来日招安后仍可报效国家。"呼延灼本不欲降，见宋江义气深重，说得有礼，于是顺降了梁山。呼延灼归降梁山，便带领花荣、秦明等梁山军马，半夜骗开青州城门，帮助梁山轻易攻破青州。

诱捉关胜

呼延灼归降梁山后，随军打曾头市、打北京城未果，关胜领大军来讨，于是随宋江起兵回梁山抗敌。关胜素有计谋，先后用埋伏阵活捉张横和阮小七，挫败梁山突袭的水军。宋江爱惜人才，不想在阵前杀死关胜，便和吴用设计，活捉关胜，劝他投奔梁山。这个任务落在了呼延灼身上。呼延灼连夜孤身逃往关胜军营，投奔关胜。呼延灼说，他迫于无奈，诈降梁山；梁山上宋江也素有忠心，要归降朝廷，可惜被林冲等大将要挟，不能动弹；宋江见关胜来，非常高兴，暗暗派他来联合关胜，可晚上去突袭他营，他和关胜里应外合，将梁山林冲等顽匪一网打尽；宋江白天喝止林冲和秦明活捉关胜，就是给他的一个信号。关胜听了这一番天衣无缝的话，哪里辨得它的真假，当时大喜。第二天，两军军前作战，呼延灼出战，梁山唾骂他忘恩负义，派黄信来战，呼延灼一鞭将黄信打下马去，关胜更不相疑。这一晚，关胜便叫呼延灼带路，前往梁山偷袭梁山中军大营。呼延灼将关胜带到梁山的包围圈里，轻易活捉了关胜。后来关胜也降顺了梁山。

不辱祖宗

呼延灼屡建大功，梁山排名，他身列五虎将之四，被排在第九位。

梁山打童贯，打十节度使，呼延灼又立下了汗马功劳。后来梁山东攻西讨，南征北战，征辽，打田虎，打王庆，打方腊，呼延灼更是为国出力，屡建功勋。

打方腊胜利后，梁山解散，呼延灼因得天子喜欢，被授封为御营兵马指挥使，每日随驾操备。

后来大金入侵，呼延灼临危受命，领大军出战，曾大破大金四太子金兀术，最后随军杀至淮西时，不幸阵亡，壮烈殉国。

呼延灼作为赫赫有名的呼家将后人，其一生事迹可谓曲折传奇，但最后壮烈牺牲，为国捐躯，观其忠义为国，不畏牺牲之心，始终没有改变，他没有辱没呼家先祖的光荣名声。

美髯公朱仝

一救晁盖

梁山中有不少好汉因为长相英俊而人见人爱，美髯公朱仝就是其中之一。

朱仝是郓城县人，身长八尺四五，有一部虎须髯，长一尺五寸，面如重枣，目如朗星，长相与传说中的关云长相似，满县人都叫他美髯公。朱仝家原是郓城县的富户，只因他仗义疏财，结识江湖上好汉，学得一身好武艺，被县里人推举为郓城县的马兵都头，与步兵都头插翅虎雷横一起共管本县的捕盗治安工作。

晁盖智取生辰纲事件泄密，知县派朱仝、雷横两人前去晁盖庄抓人。两人带领一百余公差，赶往东溪村晁盖家。那朱仝和晁盖是好兄弟，关系最为要好，一路上尽想着怎样帮助晁盖逃脱。来到东溪村，已是一更天气。朱仝就对雷横说："前面便是晁家庄。晁盖家有前后两条路。要是一起去打他前门，他肯定从后门逃跑。不如我和雷都头分做两路，我去他后门埋伏了，雷都头就去打前门，见一个，捉一个，见两个，捉一双。"雷横说："说的是。朱都头，还是你打前门，我去截住后路。"朱仝说："贤弟，你有所不知，晁盖庄上有三条密路，我去过，都认得，你不认得，到时候晁盖跑了你赶不上。"县尉也同意，说："朱都头说得是。你带一半人去。"朱仝说："只消三十个人就够了。"朱仝领了十个弓手，二十个士兵，先去了。原来朱

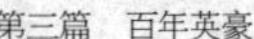

仝有心要放晁盖，故意骗雷横去打前门。这雷横也有心要救晁盖，所以争先要来打后门，却被朱仝说开了，只得去打他前门。朱仝来到晁家庄，只见庄上一片火海，到庄后看时，晁盖还在收拾。晁盖见官军到了，和公孙胜引了十几个庄客，呐着喊，挺起朴刀，从后门杀出来，大喝说："当吾者死，避吾者生。"朱仝在黑影里低声说："保正休走，朱仝在这里等你多时了。"晁盖顾不上和他说话，同公孙胜舍命杀出来。朱仝往旁边闪一闪，放开一条路，让晁盖逃出。晁盖叫公孙胜引了庄客先走，他独自押后。朱仝派步兵和弓手从后门扑进去，叫道："往前面去赶捉贼人。"雷横听了，转身便出庄门外，叫马步弓手分头去赶。雷横自在火光之下，东观西望，假装在找人。朱仝撇了士兵，挺着刀去赶晁盖。晁盖一面走，一面口里说："朱都头，你追我做什么？我对你也不坏。"朱仝见后面没人，方才敢说道："保正，你还没看出来我不是来抓你。我怕雷横糊涂，不会做人情，便骗他打你前门，我打后门，好放你逃走。你不必逃往别处，就去投靠梁山泊就是了。"晁盖连忙说："救命之恩，来日必报。"朱仝正赶间，听见背后雷横大叫道："不要让贼人逃了！"朱仝吩咐晁盖说："保正，你不要慌，只管放心逃，我去想办法拦住雷横。"朱仝回头叫道："有三个贼向东边小路逃走了。雷都头，你快去追赶。"雷横便领了人向东追赶。朱仝一面和晁盖说着话，一面赶他，其实是一路护送，直到晁盖逃远了，黑暗里渐渐不见了人影，这才停脚。朱仝假装崴了脚，倒在地上，众士兵赶来把他扶起，回到县尉这里。县尉问起情况，朱仝回答说："我在黑暗中看不见路，失脚滑到野田里，闪了左腿。贼人想是早就逃跑了。"县尉问："主贼逃跑了，怎么办？"朱仝说："不是小人不赶，是天太黑了。"县尉叫士兵再去赶，士兵都心里想："两个都头都赶不上，近他不得，我们有什么用。"都去假装赶了一会儿，纷纷回转来了。雷横赶了一阵，心内寻思："朱仝和晁盖最好，多半是他放了人，我没来由做什么恶人。况且我也有心要放他，只是他现在已逃了，没了我一个人情。晁盖那人也不是好惹的。"也回转不追了。

朱仝放晁盖逃跑，上了梁山。晁盖上梁山称王后，梁山便欠了朱仝的第一个大人情。

二救宋江

宋江杀了阎婆惜，宋太公把他窝藏在家，却拿出早已准备好的告宋江忤逆、与宋江断绝关系的文书证明，来搪塞官府。知县本来喜欢宋江，有心要帮宋江开脱，不料阎婆声言要告到州府，县衙文秘张文远也帮助告状，知县无奈，只得派朱仝、雷横二都头到宋家村宋大户庄上，搜捉宋江。

朱、雷二都头领了公文，点起四十余士兵，直奔宋家庄。朱仝与宋江是至交，一路上考虑着救宋江的办法。朱仝、雷横二人对宋太公说："太公不要怪罪，我们受上司派遣，身不由己。你的儿子押司，现在何处？"宋太公说："我这逆子宋江，我已和他断绝了关系，他不住在这里，我这里有断绝关系的文书证明。"朱仝说："让我们搜一下，回去好交差。"便叫士兵围了庄院。朱仝对雷横说："我把守前门。雷都头，你进去搜人。"雷横进庄，前前后后都搜了一遍，出来对朱仝说："真的不在庄里。"朱仝说："我放心不下，雷都头，你和众兄弟把了门，我亲自细细地去搜一遍。"宋太公说："老汉是识法度的人，怎么敢把他藏在庄里？"朱仝说："这个是程序，你不要嗔怪我们。"朱仝进庄，把朴刀倚在墙边，把门闩了，走进佛堂内，把供床拖在一边，揭起一片地板来，地板下露出一条索子。朱仝将索子一拽，只听得铜铃一声响，宋江从地窖子里钻了出来。宋江见了朱仝，大吃一惊。朱仝说："公明哥哥，不要怪小弟今天能找到这里，你平常和我最好，有一次喝酒的时候曾告诉我这个地方。今天知县派我和雷横两个到庄上来捉人，也是迫不得已，那张三和婆子在厅上声言本县如不做主，就要告到州里去。我只怕雷横迂腐，不会通人情，所以命他待在庄前，我到这里来和兄长说话。此处虽好，不是久待之地。要是被人知道，到这里来搜，怎么办？"宋江说："我也这样想过。要不是贤兄照顾，宋江已经被捉了。"朱仝说："不要再说这些客气话了！兄长现在有什么地方可以投靠的吗？"宋江说："我寻思，有三个安身之处：一是沧州横海郡小旋风柴进庄上；二是青州清风寨小李广花荣处；三是白虎山孔太公庄上。到底到哪里去，我还踌躇未定。"朱仝说："兄长赶快想好，马上就离开。今晚便走，不要耽搁。"宋江

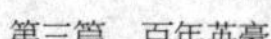

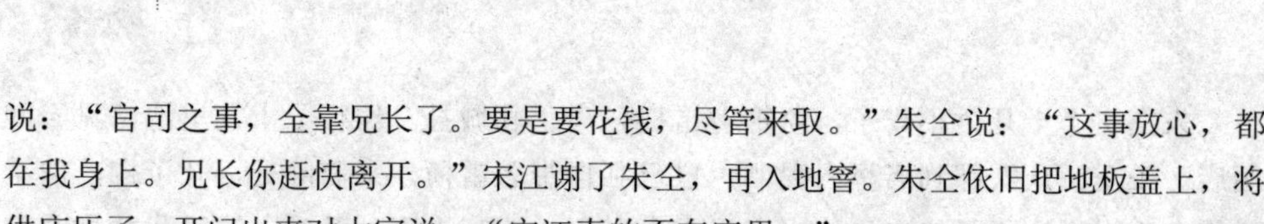

说：“官司之事，全靠兄长了。要是要花钱，尽管来取。”朱仝说：“这事放心，都在我身上。兄长你赶快离开。”宋江谢了朱仝，再入地窖。朱仝依旧把地板盖上，将供床压了，开门出来对大家说：“宋江真的不在庄里。”

朱仝要众人相信，故意说：“雷都头，我们捉了宋太公去怎么样？”雷横见说要捉宋太公，心里想：“朱仝那人和宋江最好，他怎么会捉宋太公？这话明明说给人听的。他要是再提起，我落得做个人情。”两人叫拢士兵，前来见宋太公。朱仝说：“我两个奉知县命令，来捉拿你父子二人，你又和你儿子有断绝关系的文书，这事怎么办？”雷横便站出来说：“朱都头，你听我说。宋押司他犯罪过，其中一定有原因。杀了这个婆娘，也未必就是死罪。既然太公已有公文凭证，都是官印文书，又不是假的。我们就看在和宋押司同事一场的面上，帮老太公担了这个责任。我们就抄了执凭回去回话就是了。”朱仝顺水推舟就说：“既然兄弟这么说了，我没来由做什么恶人。”宋太公连连感谢。二人抄了执凭公文，回去回话说：“庄前庄后，四围村坊，搜了两遍，没见到人。宋太公卧病在床，不能动弹，看样子已不行了。宋清从前月出外，一直未回。我们把执凭抄带回来了。”知县见事已至此，便发布了一张捕人布告，了结此事。朱仝又拿些钱财，去劝告阎婆不要告状。这婆子见抓不着人，又得了些钱物，没奈何只得答应了。

朱仝仗义放了宋江，宋江后来上到梁山，梁山又欠了朱仝一个大人情。

三救雷横

朱仝义放宋江后不久，新任知县来临，朱仝因为做事灵活，深得新任知县喜欢，被提拔为县监狱当牢节级，就是现在的监狱长。

不久，雷横出事被关进了大牢。原来，雷横因为看戏没带钱，被卖唱的戏子白秀英和她的父亲白玉乔嘲笑，雷横气愤之下打了白玉乔，被白秀英告到知县处。那白秀英是知县的情人，知县便叫人将雷横扒光衣服当街示众，恰遇雷横的母亲前来送饭，看到儿子受辱，气愤不已，大骂白秀英，前去帮雷横松绑。白秀英远远听了大怒，上来推搡雷横的母亲，抽打雷横母亲的耳光。雷横是个大孝子，愤怒之下，一枷打死白秀英，然后到县衙自首了，被关押进大牢。朱仝是当牢节级，见雷横被打下大狱，便想办法帮忙。朱仝请人去知县处打通关节，又上下用钱，谁料那知县虽然爱朱仝，但是恨雷横打死他的情人，不肯开脱，帮白玉乔把雷横断成杀人偿命的死罪，只等牢里六十日关押限满后，解上济州处决。文书先已送到济州府。又叫朱仝负责押送雷横。

朱仝引了十几个小牢子，监押着雷横，离了郓城县。约行了十几里地，见一间酒店。朱仝叫众人都到店里去喝酒，自己独自带着雷横，来僻静处，开了枷，放了雷横，吩咐说：“贤弟自己快去家里带上老母，连夜去别处逃难。这里我替你吃官司。”雷横说：“小弟走了岂不连累了哥哥。”朱仝说：“兄弟，你不知道，知县恨你打死了他的女人，把文案做死了，把你解到州里，要你偿命。我就算放了你，也到不了死罪。况且我又没有父母牵挂，家私尽可以赔偿。你赶快奔自己的前程吧。”雷横拜谢，便从后门小路，逃回家里，收拾细软包裹，引了老母，星夜投奔梁山泊入伙去了。

朱仝拿着空枷，丢在草里，出来对众小牢子说：“雷横不见了，怎么办？”众人说：“我们快赶去他家里捉。”朱仝故意延迟了半晌，料到雷横逃得远了，才引众人来县里报告。朱仝说：“小人不小心，路上被雷横逃走了，去抓又没抓着，情愿受罚。”知县喜欢朱仝，本来要帮他开脱，白玉乔来告朱仝故意放走雷横，知县只得把朱仝的情况，报告到济州府。朱仝家中，便派人去州里上下花钱。最后，州里判了个断杖刺配的罪，将朱仝打了二十杖，刺配到沧州牢城去了。

朱仝放走了雷横，雷横上到梁山，梁山又欠了朱仝的一个人情。

沧州得宠

朱仝来到沧州，进城投州衙里来，正值知府坐厅。两个公人将朱仝押到厅阶下，呈上公文。知府看了公文，见朱仝一表人才，貌如重枣，美髯过腹，心中很是喜欢，便不把朱仝发下牢城营里，而是留在府前听候使唤。

朱仝在州府中，每天只在厅前伺候呼唤。朱仝家有钱，向那沧州府里押番、虞候、门子、承局、节级、牢子等大小官员，都送了人情。大家收了好处，又见朱仝一团和气，因此都喜欢他。

有一天，知府在厅上坐堂，朱仝在阶侍立。知府唤朱仝上厅问：“你为什么放了雷横，被流配在这里？”朱仝禀告说：“小人怎敢故意放了雷横？只是一时不小心，被他逃了。”知府问：“你为什么被判得这样重？”朱仝说：“原告定要小人招做故意放逃，所以定罪定得重了。”知府问：“雷横为什么事打死了那娼妓？”朱仝便把雷横的事，都说了一遍。知府说：“你莫不是见他孝道，仗义放了他？”朱仝说：“小人怎敢欺公罔上！”正问之间，只见屏风背后转出知府的儿子小衙内来。那小衙内年方四岁，生得十分漂亮，知府爱如明珠。那小衙内见了朱仝，直走过来，便要他

抱。朱仝只得抱起小衙内放在怀里。那小衙内双手扯住朱仝的长髯，撒娇说："我要这胡子抱。"知府说："孩儿快放了手，不要淘气。"小衙内又说："我只要这胡子抱，胡子和我去玩。"朱仝禀告说："小人抱衙内去府前玩一会就回。"知府说："孩儿既要你抱，你就和他去玩一会吧。"朱仝抱了小衙内，出府衙前来，买些细糖果子给他吃。转了一圈，再抱进府里。知府看见，问衙内说："孩儿你哪里去来？"小衙内说："这胡子带我到街上玩，又买糖果我吃。"知府说："哪里能要你花钱买东西给孩儿吃？"朱仝说："微表小人孝顺之心，何足挂齿。"知府便赏了朱仝三大盅酒，对朱仝说："以后孩儿要你玩时，你可自己抱他玩去。"朱仝领命。

自此，朱仝每天来带小衙内上街玩耍。知府对朱仝也是器重有加。

逼上梁山

朱仝的上梁山，完全是被逼无奈。

七月十五日盂兰盆节，朱仝抱着小衙内去河边看灯。朱仝背着小衙内，看了一遭，将小衙内放在栏杆上自己玩耍，忽然背后有人拉他的袖子说："哥哥，借一步说话。"朱仝回头看时，却是雷横，大吃一惊，回头叫小衙内不要乱跑，他去买糖给他吃，便转身与雷横说话。朱仝问："贤弟怎么到这里？"雷横扯着朱仝到静处说："我和宋公明哥哥和晁天王都感激兄长的救命之恩，因此特和吴军师前来探望兄长。"朱仝问："吴先生在何处？"背后转过吴用来。吴用说大家想念朱仝很久了，便请一起上梁山，同聚大义。朱仝死活不肯去，说自己救三人是出于义气，至于说到落草为寇，他是无论如何也不会干的。吴用等也不用强。朱仝回来，发现小衙内不见了，雷横告诉他，可能是一起来的伙伴带走了，我们一起去找找。朱仝问那伙伴是谁，雷横说他也不认得，只听说叫黑旋风李逵。朱仝听了大惊，连忙追赶。一直追到城外二十里远，方才见到李逵。朱仝急忙问李逵小衙内放在哪里，李逵便引朱仝去林子看，可怜小衙内，已被李逵劈死在林下。

当时朱仝心里大怒，奔出林子来找三人算账。两人已不见了，只见黑旋风远远地拍着双斧叫道："来，来，来！和你大斗二三十合。"朱仝性起，奋不顾身，去追李逵。李逵拔腿便跑。一个追，一个跑，来到一座大庄院前，李逵钻了进去。朱仝直赶进去，原来是小旋风柴进的庄院。两人见了，朱仝便问："黑旋风那厮，怎么敢跑到贵庄躲避？"柴进这才告诉朱仝，这都是宋江们想念朱仝，要邀他同上梁山，怕他不肯，才设的计。这时，吴用、雷横都出来向朱仝道歉，再邀朱仝上山。朱仝说："是

则是你们弟兄的好意，只是太毒了些！”柴进也一力相劝。朱仝见事已至此，无法挽回，只得说：“我去可以，让我见黑旋风的面。”李逵便出来行礼。朱仝见了李逵，恨李逵太狠毒，上前就和李逵拼命。柴进、雷横、吴用几个，苦死劝住。朱仝说：“要我上山，得依我一件事，杀了黑旋风，与我出了这口气，我就去。”李逵听了大怒说：“是晁宋二位哥哥的命令，干我屁事！”朱仝又要和李逵厮拼。三个又来劝。朱仝说：“只要黑旋风在，我死也不上山去。”柴进等一合计，便先把李逵留在柴进庄上。朱仝又问他落草了，他的家人怎么办，吴用笑说，已派人去把他的家人都请到梁山上了。朱仝这才放心，和众人一起上了梁山。

后来，李逵在柴进处打死人，连夜逃回梁山泊。朱仝一见李逵，又来和他拼命。众人慌忙劝住了。宋江上前向朱仝道歉说：“上次杀了小衙内，不干李逵的事。是军师吴学究因请兄长不肯上山，一时定的计策。现在兄长既到了山寨，就不要记在心上了。我们要同心协助，共兴大义。不要叫外人看笑话。”又叫李逵前来赔礼，李逵本不想赔礼，睁着怪眼，叫说：“他有什么了不起！我也多曾为山寨出气力，他又没有半点功劳。怎么倒教我赔话？”宋江说：“兄弟，毕竟是你杀的小衙内。再说，就是论齿序他也是你哥哥。看我的面，给他赔个礼，我到时赔还你就是了。”李逵被宋江央求不过，只得向朱仝赔了个礼，拜了朱仝两拜。朱仝方才消了这口气。宋江又安排酒席给他们俩讲了和。

朱仝从此就在梁山安心落草了。

建功立业

朱仝因为好义气，先后救过两代寨主，所以在梁山排位很靠前，排到第十二位。梁山分配任务，朱仝负责山前南路第三关，和雷横一起把守关卡。打仗时，便以马军八骠骑兼先锋使的身份出战。

朱仝在梁山的历次战争中，都建有战功。打方腊胜利后，朱仝被授予保定府都统制的职位，负责保定府的军队的管理。朱仝因为在保定府管军有功，屡受嘉奖。

后来，金国入侵，朱仝还曾为国出战，随刘光世大破大金，因军功卓著，直做到了太平军节度使一职。

大刀关胜

大刀关胜有四个优势：一，得祖先荫庇；二，相貌堂堂；三，一身好武艺；四，有谋略。凭借这四点优势，他由一个小小的地方警察局局长被郡马宣赞直接推荐给蔡京做了征剿梁山的大元帅；又由一介阶下囚被宋江直接捧为梁山众将之首，武将中排名仅次于卢俊义，梁山排名第四，做了战场上的大将军；战争胜利后则被直接提拔为北京大名府的总兵司令，成为人皆钦服的名将。关胜一生人见人爱，有惊无险，可谓风光，他的死也不算太惨，最后酒醉坠马，得病而死。

关胜的故事主要有：围魏救赵、首战告捷、失手被擒、降伏水火二将、智破壶关。

围魏救赵救北京

宋江调兵打北京城，大刀闻达、天王李成、急先锋索超出城迎战，不敌宋江，退回城中死守，北京城告急。蔡京在汴京接到战报大惊。属下丑驸马宣赞便出来向蔡京推荐关胜："小将当初在乡中有个相识，姓关名胜，是关云长嫡亲子孙，长相与祖上云长相似，使一口青龙偃月刀，人称为大刀关胜。现在在蒲东做巡检小官，屈在下僚。关胜幼读兵书，深通武艺，有万夫不当之勇。要是以礼相请，拜为上将，小则可以扫清水寨，消灭强盗，大则能够保国安民，开疆拓土。请太师定夺。"蔡京听了大

喜，就派宣赞去礼请关胜。宣赞领了文书，来到蒲东巡检司礼请关胜，关胜携带结义兄弟郝思文一起来京见蔡京。

宣赞引关胜、郝思文见了蔡京，立在阶下。蔡京看见关胜相貌堂堂，一表人才，八尺五六身躯，细细三柳髭髯，两眉入鬓，凤眼朝天，面如重枣，唇若涂丹，心中大喜，就问："将军今年多大？"关胜回答："小将三旬有二。"蔡太师便问："梁山泊草寇围困北京城，你有何妙计解围？"关胜回答说："我们直接去救北京，是虚劳神力，效果不好。草寇一直占据水洼，侵害百姓，劫掳城池，现在他们擅离巢穴，是自取其祸，梁山必然空虚，太师只要派兵数万，前去攻陷梁山，北京自然解救。此是围魏救赵之法。攻下梁山，再来合围贼寇，教他首尾不能相顾，贼寇必败。"太师听完大喜，便叫枢密院调拨山东、河北精锐军兵一万五千，教郝思文为先锋，宣赞为断后，关胜为领兵指挥使，大军压向梁山。

吴用攻城多天，眼见快要攻下城池，不见来救兵，正在怀疑中计，戴宗前来报告关胜消息，宋江只得放弃攻城，设计抵挡了一阵，连夜撤兵回去保卫梁山。北京城自然解围。

首战告捷捉张阮

关胜大兵压向梁山水泊，水寨内头领张横对张顺说："我们弟兄两个，自从来到寨中，还没有建功。别人夸能说会，我们到处受气。现在蒲东大刀关胜前来攻打梁山，我俩不如先去劫了他的寨，活捉了关胜，立一大功，也好在众兄弟们面前出口气。"张顺说："哥哥，我和你只管些水军，要是救应不及，事情不成，到时岂不是空惹人耻笑。"张横说："你要是这样小胆，什么时候能建功？你不去算了。我今夜一个人去。"张顺苦谏不住，当夜张横点了五十余只小船，每只船上三五人，都穿软战，手执竹枪，各带蓼叶刀，趁着月夜来袭击关胜大营。关胜当时正在中军帐里点灯看书，探子来报："约有小船四五十只，人人各执长枪，埋伏在芦苇两边，不知何意，特来报知。"关胜听了，心中笑说："盗贼之徒，不足与我对敌。"便暗传号令。张横引着二三百人，从芦苇中间，蹑手蹑脚，摸到寨边，拔开寨门，直奔中军而来。远远望见帐中灯烛通明，关胜手捋髭髯，坐着正看兵书。张横暗喜，手执长枪，扑进帐房里。眼看就要得手，忽然听到一声锣响，众军喊动，如天崩地塌，山倒江翻。张横吓得倒拖长枪，转身便走。四下里伏兵乱起，可怜张横和那前来偷袭的二三百人，尽皆被捉。

水寨内三阮头领，正在寨中商议怎样迎敌。张顺前来报信说：“我哥哥因不听小弟劝说，去劫关胜营寨；不料被捉。”阮小七听了，大叫起来说：“兄弟们同死同生，吉凶相救。你是他嫡亲兄弟，怎么他被人捉了，你不去救？你有什么脸面去见宋公明哥哥？你不去救，我弟兄三个前去救他。”张顺说：“没有哥哥的将令，我不敢妄动。”阮小七说：“等到将令来时，你哥哥已被人剁做八段了！”阮小二、阮小五都说：“说的是。”张顺见说不过三人，只得依顺，一起前去救人。当夜四更，四人点起大小水寨头领，各驾船一百余只，一齐杀向关胜的大寨。岸上小军望见水面上战船如蚂蚁，慌忙来向关胜报告。关胜笑说：“没见识的贼奴，不足为虑！看我的计策。”于是设计等候。三阮在前，张顺在后，大喊着扑进寨来。只见寨内枪刀竖立，旌旗不倒，但没有一人。三阮大惊，转身便走。帐前一声锣响，左右两边马军步军，分作八路，重重叠叠，将四将和众人围裹将来。张顺见机得早，夺路逃跑，跳下水里逃脱了。三阮夺路逃跑，来到水边，后军赶上，挠钩齐下，套索飞来，把活阎罗阮小七搭住活捉了去。阮小二、阮小五得到混江龙李俊、童威、童猛的死救，方才逃脱性命。

失手被擒上梁山

关胜围魏救赵，宋江带领大军及时赶回，两军在梁山前狭路相逢。两军对垒，花荣三箭吓退宣赞，关胜得知拍马出战。

关胜围魏救赵，已引起宋江的注意；设计活捉张横和阮小七，更是引得宋江暗暗称奇。关胜拍马出阵，骑一匹丈长赤炭马，握一把青龙偃月刀，威风凛凛，立于阵前。宋江顿生怜才惜将之心，回头对众多良将说：“将军英雄，名不虚传！”话未说完，林冲发怒说：“我等弟兄，自上梁山泊，大小五七十阵，未尝挫了锐气。主帅何故灭自己威风！”说完，挺枪出马，来战关胜。关胜见了，大喝说：“水泊草寇，你等怎敢背叛朝廷！叫宋江单独来同我决战。”宋江在门旗下喝住林冲，纵马亲自出阵，欠身向关胜施礼说：“郓城小吏宋江，到此参拜将军。”关胜问：“你是朝廷官吏，怎么敢背叛朝廷？”宋江回答说：“朝廷不明，纵容奸臣当道，谗臣专权，滥官污吏，陷害天下百姓。宋江我替天行道，并无背叛之心。”关胜大喝说：“天兵到了，还敢抗拒！巧言令色，怎么骗得过我！若不下马投降，叫你粉骨碎身。”霹雳火秦明听了，大怒，手舞狼牙棍，来战关胜。林冲怕秦明夺了头功，猛地飞奔过来，也来战关胜。两员大将围着关胜厮斗。宋江看了，怕伤了关胜，便叫鸣金收军。林

關勝議取梁山泊

冲、秦明回阵质问。宋江不理，说："贤弟，我等忠义为本，以强欺弱，不是我们的风格。纵使在阵上捉了他，他不服气，也是惹人耻笑。我看关胜是英勇之将，他的祖先是将中之神。要是能叫此人上梁山，宋江情愿让位给他。"林冲、秦明听了宋江的话，都不高兴。

当天收兵回去，关胜坐在寨中纳闷："我力斗二将不过，看看要输了。宋江倒收了军马，不知道他打的是什么主意？"便叫小军推出张横、阮小七来问："宋江是个郓城小吏，你这伙人怎么会服他？"阮小七应说："我哥哥山东、河北驰名，大家都称他做及时雨呼保义。你这不知礼义之人，哪里知道！"关胜被说得低头不语。当晚关胜正在立观月色，呼延灼前来拜访。呼延灼说，他摆连环马失手被擒，不得已依附梁山，日夜盼望朝廷官军到来；宋江此人也素有归顺之意，只是众贼不从，白天在阵上火急收军，便是怕伤了将军；宋江派他来商议带众归顺之事；请呼延灼第二天晚上前来劫寨，生擒了林冲等寇，一齐解赴京师立功。关胜听了，大喜，请呼延灼入帐，置酒相待。席上，呼延灼又大说宋江的忠义，关胜毫无疑心。第二天，两军再对垒。宋江大骂呼延灼背恩潜逃。呼延灼大怒，出场索战，与黄信大战，一鞭把黄信打落马下。关胜对呼延灼更是相信。

这一夜，关胜传令二更偷袭梁山军营，与宋江里应外合。叫呼延灼引路，宣赞、郝思文接应。关胜引五百马军，轻弓短箭，上到梁山，转过山径，约行了半个更次，前面碰见三五十个埋伏的小兵，低声问："来的是不是呼将军？宋公明派我等在此迎接。"呼延灼喝道："不要说话，随我跟在马后走。"呼延灼纵马先行，关胜乘马在后，又转过一层山嘴。呼延灼把枪尖一指远远地一碗红灯，说："那里就是宋公明中军。"关胜连忙带领人马，前去劫营。将近红灯，听到一声炮响，关胜带军杀进去，却发现红灯之下一个人也没有，回头再看呼延灼，也不见了。关胜大惊，知道中计，慌忙回马，却已经来不及。四面如潮的军马围过来。关胜刚逃到山嘴，树林边脑后一声炮响，四下里挠钩齐出，把关胜拖下雕鞍，活捉了去。

这边活捉了关胜；那边林冲、花荣、一丈青三人截住郝思文轮战，由一丈青撒起红绵套索活捉了郝思文；秦明和孙立合战宣赞，秦明一棍将宣赞搠下马来，也活捉了。

第二天天亮，大家把关胜、宣赞、郝思文押送到大厅上。宋江见了，慌忙下堂，喝退军卒，亲自为众将解缚。宋江将关胜扶在正中交椅上，倒头便拜，道歉说："亡命狂徒，冒犯虎威，请恕罪。"关胜连忙答礼，闭口无言，手足无措。呼延灼也向前道歉说："小可既受将令，不敢不依，万望将军恕罪。"关胜看这一班头领，义气深重，回头对宣赞、郝思文说："我们被擒在此，怎么办？"二人回答说："愿听将令。”关胜便说：“没有面目还京，我三人请赐一死。”宋江说：“将军不要说这话。如果将军不嫌弃我们，就与我们一同替天行道。要是将军不肯，我们也不敢苦留，现在就送将军回京。”关胜说：“人称忠义宋公明，名不虚传。今天我等已经有家难奔，有国难投，愿意在你帐下做一员小卒。”宋江大喜，设宴欢迎，派人去把关胜三将的家人都接到山寨。关胜从此就投靠了梁山。

降伏二将建功勋

梁山军打破北京城，梁中书上报朝廷，朝廷派人持虎符前往凌州，要调团练使单廷圭和魏定国，带凌州兵马往梁山剿匪。那单廷圭和魏定国一个善于水战，一个善于火攻，号称水火二将，都与关胜是相识。关胜便请带五千兵马，前去降伏二人。吴用又派林冲、杨志、黄信、孙立带五千人马随后接应。

关胜首战不利，被水火二将设诱敌之计，将两员副将郝思文、宣赞都活捉了过去。关胜得林冲接应，方才逃脱。稳住阵脚，收拾残兵，关胜列阵再战。单廷圭出马，大骂关胜。关胜舞刀拍马来战，两个斗不到二十回合，关胜勒转马头，慌忙便逃。单廷圭不知是计，随即追赶。约赶了十余里路，关胜回头喝道：“你这厮还不下马受降，更待何时！”单廷圭挺枪直刺关胜后心。关胜使出神威，拖起刀背，只一拍，喝一声：“下去！”将单廷圭打落下马。关胜下马，向前扶起，说：“将军恕罪。”单廷圭战败，惶恐伏礼，请求投降。关胜说：“我在宋公明哥哥面前，曾多次夸说你。所以他特叫我来招二位将军，同聚大义。”单廷圭回答说：“愿施犬马之力，一同替天行道。”两个说完，并马行回。林冲见二人并马回来，便问其故。关胜不说输赢，回答说：“我们诉旧论新，将军愿意归降。”林冲等众皆大喜。单廷圭回到阵前，大叫一声，五百玄甲军兵，都一哄跟着他过来。其余人马，奔进城中去了。

城中魏定国见单廷圭归顺了关胜，大骂：“忘恩负义的匹夫！”前来叫阵。关胜大怒，拍马向前迎敌。两将斗不到十个回合，魏定国故意往本阵逃走。关胜正要追赶，单廷圭大叫：“将军不可去赶！”关胜连忙勒住战马。说没说完，凌州阵内，飞出五百火兵，身穿绛衣，手执火器，前后涌出有五十辆火车，车上都满装芦苇等引火之物。军人背上，各拴铁葫芦一个，内藏硫黄焰硝五色烟药。军人们把火车一齐点着，直推到关胜阵中。关胜大败，退四十余里扎营。魏定国得胜回城，不料本州轰轰火起，烈烈烟生。原来是那黑旋风李逵与同焦挺、鲍旭，带领枯树山人马，去凌州背后，打破北门，杀入城中，放起火来。魏定国知了，不敢进城，只得退走，奔中陵

县屯驻。关胜引军，把县城四下围住。便令诸将调兵攻打。魏定国闭门不出。单廷圭便对关胜、林冲等众将说："这人是一介勇夫。攻击得紧了，他宁死不辱。小弟愿往县中劝降，免动干戈。"关胜听了，大喜，随即叫单廷圭单人匹马去劝降。单廷圭见了魏定国，劝告说："现在朝廷不明，天下大乱。天子昏昧，奸臣弄权。我们归顺宋公明，先归水泊。以后奸臣退位，我们再投奔朝廷，不晚。"魏定国听罢，沉吟半晌，说："若是要我归顺，须是关胜亲自来请，我便投降。他若是不来，我宁死而不辱。"单廷圭上马回来，把情况报告给关胜。关胜听了，便说："大丈夫做事，心心相印。"便与单廷圭匹马单刀赴会。林冲劝谏说："兄长，三思而行。"关胜说："好汉做事无妨。"直到县衙。魏定国见了关胜大喜，愿意投降，同叙旧情，设筵款待。当天带领五百火兵，降伏了梁山泊。

义降三将破壶关

田虎听说朝廷派宋江兵马前来，特派大将山士奇到昭德，挑选精兵一万，协同陆辉镇守壶关。山士奇到壶关，听到盖州失守，料定宋江一定会来打关，就密约抱犊山守将唐斌等，领精兵出抱犊之东，抄宋兵后路，约定日期，两路夹攻，共破宋江军。宋江来打壶关，山士奇计议已定，只等唐斌消息，坚守关隘不出。壶关险阻，双方僵持半月有余，宋江急切不能破关。

事也凑巧，关胜此时正镇守卫州，那抱犊山寨主唐斌，竟然与关胜是结义兄弟。原来唐斌本是蒲东的军官，为人勇敢刚直，因为被豪势陷害，一怒杀人，被官府追捕，从蒲东南下逃亡。他本来要投奔梁山，路经抱犊山时被抱犊山头目文仲容、崔成打劫，文、崔二人都不能赢他，请他上山，因此便做了抱犊山的寨主。去年田虎侵夺壶关，要他降顺，唐斌见势力孤单，勉强降顺。降顺后仍然在抱犊山驻扎，与壶关形成犄角，共同抵抗南兵。那唐斌听说宋江大军打到，关胜镇守卫州，便单骑潜至卫州来见关胜，诉说归降宋江之心。关胜听了，大喜，并不怀疑，单骑同唐斌到抱犊山，与文仲容、崔成二人见面。那二人也都是爽亮之人，毫无猥琐之态，见关胜豪爽，也都佩服。关胜说起宋江的义气，便劝说两人归降。两人感佩关胜的义气，愿意归降。唐斌说起与山士奇的密约，关胜便提议他们将计就计，共破壶关。三人答应。关胜连夜写信，叫人报告给宋江。

宋江得到来信，与吴用计议，按兵不动，先看关内动静，然后策应。再说山士奇派人密约唐斌出兵，军人回报须等月晦进兵。一连过了十几天，宋军也不去攻打。

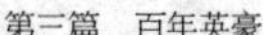

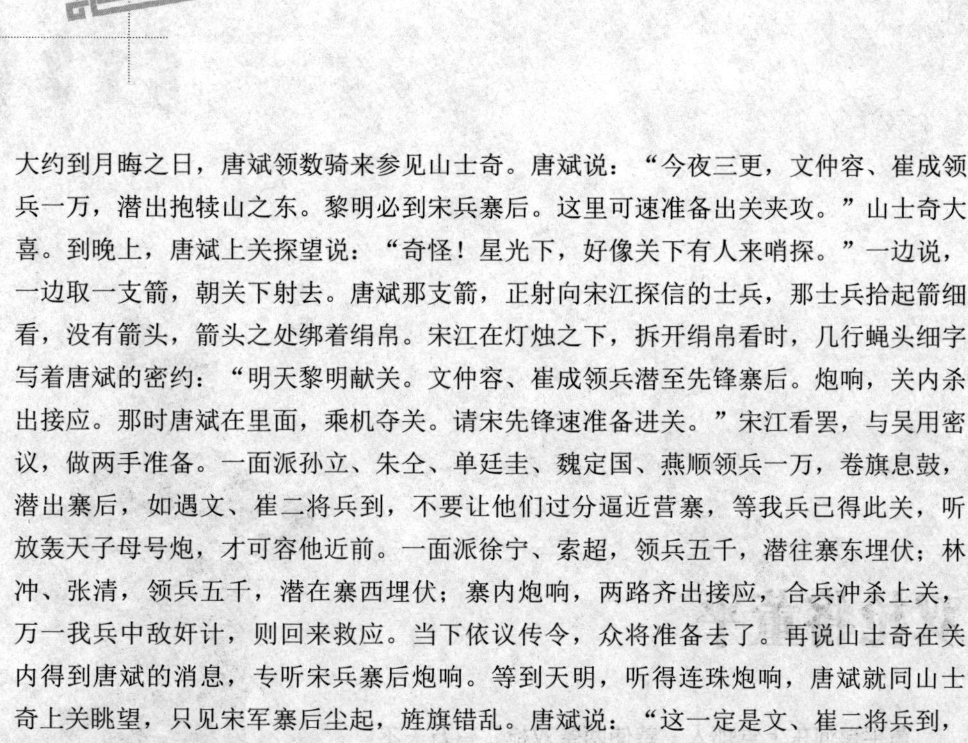

大约到月晦之日，唐斌领数骑来参见山士奇。唐斌说：“今夜三更，文仲容、崔成领兵一万，潜出抱犊山之东。黎明必到宋兵寨后。这里可速准备出关夹攻。”山士奇大喜。到晚上，唐斌上关探望说：“奇怪！星光下，好像关下有人来哨探。”一边说，一边取一支箭，朝关下射去。唐斌那支箭，正射向宋江探信的士兵，那士兵拾起箭细看，没有箭头，箭头之处绑着绢帛。宋江在灯烛之下，拆开绢帛看时，几行蝇头细字写着唐斌的密约：“明天黎明献关。文仲容、崔成领兵潜至先锋寨后。炮响，关内杀出接应。那时唐斌在里面，乘机夺关。请宋先锋速准备进关。”宋江看罢，与吴用密议，做两手准备。一面派孙立、朱仝、单廷圭、魏定国、燕顺领兵一万，卷旗息鼓，潜出寨后，如遇文、崔二将兵到，不要让他们过分逼近营寨，等我兵已得此关，听放轰天子母号炮，才可容他近前。一面派徐宁、索超，领兵五千，潜往寨东埋伏；林冲、张清，领兵五千，潜在寨西埋伏；寨内炮响，两路齐出接应，合兵冲杀上关，万一我兵中敌奸计，则回来救应。当下依议传令，众将准备去了。再说山士奇在关内得到唐斌的消息，专听宋兵寨后炮响。等到天明，听得连珠炮响，唐斌就同山士奇上关眺望，只见宋军寨后尘起，旌旗错乱。唐斌说：“这一定是文、崔二将兵到，可速出关接应。”山士奇同史定领精兵一万出关冲杀，令唐斌、陆辉领兵一万，随后策应。却令竺敬、仲良驻扎关上。宋兵见关上冲出兵来，望后急退。山士奇当先驱兵卷杀过来，猛听得一声炮响，宋兵左右撞出两彪军马，杀奔前来。唐斌见宋兵两队杀出，急回马领兵厮杀，正厮杀间，宋寨中又是一声炮声，李逵、鲍旭、项充、李衮等领着标枪牌手，滚杀过来。山士奇知道宋江军有准备，急招兵回马上关。关前一将立马，大叫道：“唐斌在此！壶关已属宋朝。山士奇速下马投降。”手起一矛，把竺敬戳死。山士奇大惊，不知所措。领数十骑，望西拼死冲了出去。林冲、张清要夺关隘，也不来追赶，领兵杀上关来。那时，李逵等步兵轻捷，也已抢上关。大家便放号炮，同唐斌赶杀守关军士，夺了壶关。

关胜举荐三将，轻易破了壶关。

双枪将董平

董平是河东上党郡人，善使两条双枪，有万夫不当之勇；为人心灵机巧，三教九流，无所不通，品竹调弦，无有不会，因此山东、河北都称他为风流双枪将。他每一出战，箭壶中都插一面小旗，旗上写着“英雄双枪将，风流万户侯”的字样，风流倜傥，十分潇洒。

力斗梁山军

董平在东平府做兵马都监，和当地太守程万里，一文一武，镇守东平。那程太守有一个女儿，十分漂亮，董平相中了，只是程太守总不答应，所以两人关系并不和睦。

这一天，忽然接到战报，梁山草寇宋江带领大军前来打城，现在四十里外安山镇扎寨。董平闻言，便到东平府程太守处商量御敌之策。正商量间，宋江派人前来下战书。董平叫人把来使宣入，看了战书，那战书上说，梁山不日将来东平借粮，董平等若肯归降，免致杀戮，若不听从，到时大肆杀戮，不要怨恨。董平性气向来高昂，当时大怒，就要斩杀来使，被程太守劝住，将来使青州险道神郁保四和活闪婆王定六杖打二十军棍，赶出府去。第二天，城中的妓女李瑞兰家前来告密，梁山强盗史进来他家做奸细，程太守派人活捉史进，严刑拷打，关进大牢。又过了一天，宋江军攻打汶上县，大量乱民从汶上县涌进城来，当夜，却传来史进带领五六十监狱囚犯发动监狱

暴动，公然抵抗官府的消息。董平大惊，预料城内一定混进了奸细，就让程太守据守城池，自己出城杀敌。董平带上双抢，穿上披挂，来到阵前。董平那对铁枪，神出鬼没，人不可当，宋江先遣韩滔出马迎敌，两人斗了十几回合，韩滔不敌。董平正要施展手段，活捉韩滔，宋江阵中冲出金枪手徐宁，仗钩镰枪前来接战，韩滔撤回本营。董平年轻气盛，再战徐宁，两人在征尘影里，杀气丛中，斗到五十余回合，不分胜败。董平愈战愈勇，宋江营中见徐宁渐渐气力不敌，便叫鸣金收军，徐宁勒马回撤。董平哪里肯放过，手举双枪，前来追赶，徐宁撤回大营，董平毫不畏惧，直追杀进宋江大阵中。宋江见董平杀进大阵，便鞭梢一展，叫四下军兵一齐将董平围住。宋江驰马上到高地指挥大军，董平若投东，宋江便把号旗望东指，军马向东来围他。他若投西，号旗便望西指，军马便向西来围他。好个董平，在阵中施展本领，左冲右突，横冲直撞，两支枪直杀到黄昏前后，冲开一条血路，杀出重围，回阵去了。

中计降顺

董平见交战不胜，当晚收军回城去了。此一交战，董平虽未捉到宋江，但在阵前威风尽展。当晚，董平借着余兴，便请一个熟人，前去向程太守提亲。董平本以为此次危机，程太守仰仗他守城，必然答应，谁知那程太守回应说：“我是文官，你是武官，相赘为婿，自然成理。只是现在贼寇临城，情势危急，如果我们现在议亲，会被人耻笑。等到退了贼兵，保住城池，那时我们再议亲不为晚。”董平听了，十分不满。这时，宋江连夜来攻城，军情紧急，程太守慌忙前来催促董平出战。董平大怒，带着愤懑披挂上马，出城交战。宋江亲自督战，董平前来擒拿宋江，林冲、

花荣两将抵挡一阵，佯装战败，护着宋江逃跑，董平要逞功劳，拍马追赶。宋江前面逃，董平后面追，离城走了十几里，刚好退到寿张县界，前面有一个小村镇。两边都是草屋，中间一条驿道。董平不知是计，只顾纵马追赶，不料两边伏兵齐出，用绊马索绊倒董平，出来几名女将，带人将董平活捉了去。原来宋江见董平武艺高强，隔夜已派王矮虎、一丈青、张青、孙二娘四个人，带领一百余人，先在草屋两边埋伏，在路上拴住数条绊马索，用薄土遮盖了，只等来时，鸣锣为号，绊马索齐起，准备捉人。宋江捉了董平，并不加害，以礼相待，劝他降顺。董平无家无业，又恼那程太守对他太刻薄，便归顺了宋江。董平归顺宋江，便带领宋江军队骗开东平府城门，打破了城池。董平一不做，二不休，来州衙杀了程太守，抢了他的女儿。

大战张清

打下东平府后，董平正要同宋江回梁山，忽然传来战报，东昌府卢俊义被打石将连败两场。宋江只得领军前往救应，董平随军前往。董平来到阵前，见那打石将张清好生了得，一连使飞石打败金枪手徐宁、锦毛虎燕顺、百胜将韩滔、天目将彭玘、丑郡马宣赞、双鞭将呼延灼、赤发鬼刘唐、青面兽杨志、美髯公朱仝、插翅虎雷横，十员大将，竟没有一人躲过他的飞石。大刀关胜侥幸，石子打着刀口，迸出火光，也无心恋战，败阵而回。双枪将心里暗想："我刚刚降顺宋江，须显些武艺，上山去才有光彩。"便手提双枪，飞马出阵。张清看见，大骂董平背叛。董平不答话，直取张清。两马相交，两条枪阵上交加，约斗了五七个回合，张清拨马便走。董平说："别人中你石子，怎近得我！"张清挂住枪杆，去锦袋中摸出一个石子，飞也似的流星掣电般打向董平，董平眼明手快，拨过了石子。张清见一打不着，再取出第二颗石子，又飞打过来。董平腰身一闪，又闪过了。两个石子打不着董平，张清心里发了慌，马也走得慢了。董平赶到近前，望张清后心便刺，张清慌忙一闪，镫里藏身躲过。董平搠了空，两匹马就并到了一起。董平撇了枪，双手就去擒捉张清。张清拼命挣扎，两人搅做一块，分拆不开。后来，林冲、花荣、吕方、郭盛四将，一齐尽出，两条枪、两支戟，来捉张清。张清见形势不妙，弃了董平，跑马回阵。董平刚有机会抓住张清，见他逃脱，心里不舍，直赶过去，这一下赶得急了，忘了提防石子。张清见董平追来，暗藏石子在手。待他马近，喝声道："着！"董平急躲，勉强躲过，那石子抹着耳根擦过去。董平不敢再追赶，也回阵来。此一战，张清一连打中宋江十三员大将，只有董平未输锐气。董平虽没捉得张清，却令梁山英雄对他另眼相看了。后来，张清归顺梁山后，也佩服董平能躲过他的石

子，两人交为好友。此后上阵，两人常常在一起。

梁山大排名，董平凭借其高超武艺，跻身五虎将行列，排到梁山第十五位。在五虎将中，董平是最晚加入梁山的，他刚加入不久，梁山就开始了大排名，可以说他还没来得及建立什么功业。以如此晚的加入时间，还能博得如此高的排名，说明他的武艺的确非凡。

威震节度使

董平心高气傲，武艺高强，上梁山后，多被重用，历次战争，往往他是第一阵，人称梁山董一撞。例如他大战节度使王文德。

高俅一战梁山不胜，便请十节度使带领十路军马前来再战。那十节度使都是功名煊赫的大将，各个功高名重，武艺不凡，气势汹汹带兵杀奔梁山，根本不把梁山好汉放在眼里。宋江便问吴用："我们这里谁先半路去杀一杀他的威风？"吴用便推荐张清和董平同往。两人领命。节度使王文德，领着京兆等处的一路军马，来到济州城外四十里凤尾坡，被董平、张清当路截住。董平勒定战马，截住大路，大喝说："来的是哪里兵马？不赶快下马受绑，更待何时！"那王文德兜住马，呵呵大笑说："瓶儿罐儿，也有两个耳朵。你应该听说过十节度使累建大功名扬天下的大名，我是上将王文德。"董平大笑，喝说："你就是想杀爷们的大顽！"王文德听了，大怒，拍马挺枪，来战董平。董平挺双枪来迎，斗到三十合，那王文德已经只能遮掩躲闪。王文德料想赢不过董平，不去恋战，回头领大军直冲过去。王文德转过林子，又碰上没羽箭张清，一个石子打中他的盔顶。王文德伏鞍奔逃。两将追赶，看看就要赶上，只见侧面冲过节度使杨温的军马，齐来救应。董平、张清已完成任务，不再追赶，收兵回梁山。

为国捐躯

此后的历次战争，董平凭借其高超武艺，都屡屡建功。董平号称董一撞，他的脾气十分火暴，最后也是因为火暴莽撞而丧了性命。话说卢俊义攻打独松关，那关的两边，都是高山，关下尽是丛杂松树，中间只有一条路通过。山上盖着关所，关边有一株大树，高数十丈，从树上可以清清楚楚看到关下情况。关上三员战将把守，领头的叫做吴升，第二个叫做蒋印，第三个叫做卫亨。开始几天还有蒋印下关厮杀，自从蒋印被林冲蛇矛戳伤后，关上将领便不再下关，只在关上死守；后来吕方又杀死救兵

将领厉天佑，关上更是闭关不战。卢先锋见山岭险峻，派欧鹏、邓飞、李忠、周通四个上山探路，关上厉天闰要替兄弟复仇，便引贼兵冲下关来，杀死周通，杀伤李忠，又回关上死守。双枪将董平见折了周通，心里焦躁，要去复仇，勒马在关下大骂。正骂间，关上一火炮打下来，正好打中董平左臂。董平回到寨里，左手使不动枪，就用夹板绑了臂膊。第二天，董平自恃还有一条胳膊，逞勇要去报仇，被卢俊义死死挡住了。过了一夜，臂膊还没好全，董平偷偷背了卢俊义，和张清两人不骑马，步行到关前挑战。关上厉天闰、张韬下来交战。董平步行使枪来捉厉天闰，厉天闰也拿长枪来迎。董平斗了十余回合，左手使枪不灵，只得后退。张清挺枪去搠厉天闰，厉天闰闪到松树后。张清一枪搠在松树上，急拔不出，被厉天闰回头一枪，刺中小腹，戳死在地。董平见搠倒张清，急使双枪去战时，张韬从背后夹攻，拦腰一刀，把董平剁做两段。可怜两员勇将，惨死在独松关下。后来，卢俊义破独松关，杀死厉天闰；张韬被二解活捉，就寨前剖腹剜心，享祭了董平、张清二人。

董平死后，身为梁山军正将，被朝廷封为忠武郎，配庙享祭。

没羽箭张清

张清原是彰德府人，虎骑出身，以打石闻名，飞石打人，百发百中，人呼为没羽箭。水浒中无数次写到英雄的婚姻，如宋江、杨雄、卢俊义，也写到不少好汉的婚配，如秦明娶花荣的妹妹，王矮虎娶一丈青，董平抢了程太守的女儿，都与爱情无关，只有张清的婚姻例外，不仅充满甜蜜的爱情，而且富有浪漫色彩。

小试牛刀

张清在梁山天罡星中出场最晚，但一出场就先声夺人。

卢俊义带兵攻打东昌府。张清是东昌府猛将，领两员副将镇守东昌：一个叫做花项虎龚旺，浑身刺着虎斑，脖颈上画着虎头，善使马上飞枪；一个叫做中箭虎丁得孙，面颊连项都有疤痕，善使马上飞叉。张清一连十天，不出战厮杀。第十一天，张清出战，与郝思文交手，没战几个回合，拖枪就走，引郝思文追赶，回身一石子打中郝思文额角，把郝思文打下马。宋江阵中燕青还射一弩箭，射中张清战马，把郝思文救了回去。张清赢了首战。第十二天，卢俊义军中混世魔王樊瑞引项充、李衮舞牌去战，张清派出丁得孙迎战，丁得孙从肋窝飞出标叉，打中项充，又赢了第二阵。

石打十三将

宋江见张清如此英雄，引大军前来合攻东昌。城外大军围攻，张清毫不畏惧，三通鼓罢，张清出城迎战，左边跟着花项虎龚旺，右边跟着中箭虎丁得孙。三骑马来到阵前，张清手指宋江叫骂。宋江问："谁可去战张清？"旁边恼犯一位英雄，手舞钩镰枪，愤怒出马。宋江一看，乃是金枪手徐宁，宋江暗喜："此人正是对手。"徐宁飞马，直取张清。两马相交，双枪并举。斗不到五个回合，张清转身便走。徐宁去赶。张清左手虚提长枪，右手向锦袋中摸出石子，扭回身，瞄准徐宁面门，一石子打来，可怜徐宁悍勇英雄，被一石子打中眉心，翻身落马。龚旺、丁得孙便来捉人。宋江阵上人多，出来吕方、郭盛两骑马，两支戟，将徐宁救回本阵。宋江大惊失色。再问："那个头领接着厮杀？"话犹未了，马后一将飞出，看时，却是锦毛虎燕顺。宋江正要阻挡，那骑马已跑出去了。燕顺接住张清，斗没几个回合，遮拦不住，拨马回逃。张清向前赶来，手取石子，看准燕顺后心一掷，打在燕顺镗甲护镜上，铮然有声，燕顺吓得伏鞍逃回。宋江阵上一人大叫："匹夫何足惧！"拍马提槊，飞出阵去。宋江看时，乃是百胜将韩滔。韩滔不打话，便战张清。两马方交，喊声大举。韩滔要在宋江面前显能，抖擞精神，大战张清。战不到十个回合，张清便走。韩滔疑心他又要打飞石，不去追赶。张清回头，不见赶来，勒马又回来。韩滔正要挺槊迎战，被张清暗藏石子，手起石来，一石子打在鼻凹里，鲜血迸流。韩滔逃回本阵。彭玘见了大怒，不等宋公明将令，手舞三尖两刃刀，飞马直取张清。两个还没交战，张清暗藏石子在手，手起石飞，正中彭玘面额。彭玘丢了三尖两刃刀，奔马回阵。宋江见输了数将，心内惊慌，正要收兵，只见卢俊义背后一人大叫："今天将威风折了，明天还怎么厮杀！我倒要看看石子打得着我不？"宋江看时，乃是丑郡马宣赞。宣赞拍马舞刀，直奔张清。张清便说："一个来，一个逃！两个来，两个逃！你知我飞石的厉害么？"宣赞说："你打得中别人，怎打得中我！"话未说了，张清手起，一石子正打中宣赞嘴角。宣赞翻身落马。龚旺、丁得孙正要来捉人，无奈宋江阵上人多，又救了回去。宋江见了，怒气冲天，拿剑在手，割袍发誓："我要是不捉拿此人，誓不回军！"呼延灼见宋江发誓，便说："兄长这么说，我们弟兄拼了！"就拍踢雪乌骓，来到阵前，大骂张清："小儿得宠，不过是一力一勇，你认得大将呼延灼么？"张清便说："辱国败将，也来叫阵！"话音未绝，一石子飞来。呼延灼见石子飞来，急举鞭去隔，那石子正打在他的手腕上。那只手受伤连钢鞭都拿不动，呼延灼只好撤回本阵。宋江说："马军头领都被打伤，步军头领谁敢去捉这张清？"只见部下刘唐，手

捻朴刀，挺身出战。张清见了大笑，骂道："你那败将，马军尚且输了，何况步兵！"刘唐大怒，向张清扑来。张清不战，跑马回阵。刘唐赶去，举手一朴刀砍下去，正砍着张清的战马。那马吃痛，后蹄直踢起来，刘唐面门上扫着马尾，双眼生花。张清飞出一石子，把刘唐打倒在地，叫人活捉捆了。宋江大叫："哪个去救刘唐？"只见青面兽杨志拍马舞刀，直取张清。张清虚把枪来迎，杨志一刀砍去，张清来一个镫里藏身，杨志砍了个空。张清手拿石子，喝声道："着！"石子从肋窝里飞将出来，杨志伏身躲过，张清又一石子，铮的一声打在杨志头盔上，唬得杨志胆丧心寒，伏鞍归阵。宋江看了，大怒说："要是今天输了锐气，怎么回梁山泊！谁与我出得这口气？"朱仝听了，目视雷横，说："一个不济事，我两个同去夹攻。"朱仝在左，雷横在右，两个人持朴刀，杀出阵前。张清笑说："一个不济，又添一个！就算你来十个，我一样对付！"全无惧色，在马上藏两个石子在手。雷横先到，张清手起，势如招宝七郎，一石子打中雷横额角，雷横扑地倒地。朱仝急来救时，张清又是手起，一石子打着朱仝的脖子。关胜在阵上看见两人受伤，大挺神威，抡起青龙刀，纵开赤兔马，来救朱仝、雷横。刚救得两个逃还回阵，张清又一石子打来。关胜急把刀一隔，正中着刀口，火光迸溅。关胜无心恋战，勒马就回。双枪将董平刚刚归顺宋江，见了，心中想："我刚降宋江，若不显些武艺，上山去必无光彩。"手提双枪，飞马出阵，来战张清。两人本是相识，张清看见，大骂董平："我和你邻近州府，唇齿之邦，本应共同灭贼！你为何反背朝廷，岂不知羞！"董平大怒，提枪便斗。张清知他双枪厉害，不同他缠斗，约斗了五七个回合，拨马便走。董平来追，张清挂住枪杆，

去锦袋中摸出一颗石子，打向董平，董平眼明手快，拨过石子。张清见一打不着，再取一颗石子，又打过去，董平又闪过了。两个石子都打不着，张清才有些心慌。董平追近，持枪望张清后心便刺，张清一闪，镫里藏身，董平刺了个空。两匹马已经绞到一起了。张清便撇了枪，要来捉董平，董平也是一样心思，两个人搅做一块。宋江阵上索超望见，抡动大斧，便来解救。对阵龚旺、丁得孙两骑马齐出，截住索超厮杀。张清、董平分拆不开。索超、龚旺、丁得孙三匹马搅做一团。林冲、花荣、吕方、郭盛四将一齐尽出，两条枪、两支戟来助董平、索超。张清见宋江人多，不敢恋战，弃了董平，跑马回阵。董平还要追赶，张清见董平追来，暗藏石子在手，待他马近，喝声道："着！"董平急躲，那石子抹耳根上擦过去。索超撇了龚旺、丁得孙，也赶过来要捉张清，张清停住枪，轻取石子，往索超打来。索超急躲不迭，石子打在脸上，鲜血迸流，只得提斧回阵。那边林冲、花荣把龚旺截住在一边，吕方、郭盛把丁得孙截住一边。龚旺心慌，用飞枪来射，又射不着花荣、林冲。龚旺没了军器，被林冲、花荣活捉了去。这边丁得孙舞动飞叉，死命抵敌吕方、郭盛，不提防浪子燕青放一弩箭，正中马蹄，随马扑倒，也被活捉过去。张清要来救时，寡不敌众，只得捉了刘唐，先回东昌府。张清此战前后一气打败梁山泊一十三员大将，活捉了刘唐，威名震动整个梁山。

中计归顺

张清大胜，在城内与太守商议，贼势根本未除，于是暗暗派人去探听军情。只听见探子回报说："寨后西北上，不知哪里将来了许多粮米，有百十辆车子，河内又有粮草船，大小有五百余只。水陆并进，船马同来，沿路有几个头领监管。"太守说："这贼们莫非有计？再差人去打听，看是粮草也不是。"第二天，小军回报说："车上都是粮，还撒下米来。水中船只虽然遮盖着，但有米布袋露出来。"张清说："今晚出城，先截岸上车子，后去取他水中船只。太守助战，一鼓而得。"太守说："此计甚妙，我们相机行事。"晚上，月色微明，星光满天。张清手执长枪，引一千军兵，悄悄出城。行不到十里，望见一簇车子，旗上写明"水浒寨忠义粮"，鲁智深扛着禅杖，当头先走。张清想："这秃驴脑袋上着我一下石子！"鲁智深大踏步只顾走，张清马上喝声："着！"一石子正打在鲁智深头上，打得鲜血迸流，望后便倒。张清军马一齐呐喊，都抢过去。武松急挺两口戒刀，死命救回鲁智深，撇下粮车逃走。张清夺了粮车，见果是粮米，心中欢喜。不去追赶鲁智深，先押送粮车回城来。

太守见了大喜。张清说："我再去抢河中米船。"太守说："将军相机行事。"张清上马，转过南门，望见河港内粮船不计其数，便叫开城门，一齐呐喊，抢到河边。忽然阴云满布，黑雾遮天。张清看见，心慌眼暗，正要回撤，忽听到四下里喊声乱起，林冲引铁骑军兵，将张清连人和马，都赶下水去。河内却早有李俊、张横、张顺、三阮、两童八个水军头领等着。张清挣扎不脱，被阮氏三雄活捉了。原来这是吴用设的欲擒故纵计。张清被捉，众将都要来杀张清，宋江一力拦阻。宋江对张清以礼相待，善言相劝，张清只好归降了梁山，和众大将的恩怨也一笑了之。张清见宋江相爱甚厚，又向梁山举荐了兽医皇甫端。随后，张清协助梁山打破了东昌府。

张清进入梁山不久，梁山就大排名，张清虽建功不多，但由于飞石本领，仍然被排在了第十六位，紧挨在董平之后。

征辽建头功

大排名后，张清开始建功，如打童贯时用飞石打翻大将周信；打十节度使时飞石打杀节度使王文德的威风；打高俅时飞石打破高俅爱将丘岳的面门。其中最出名的一次是飞石打死辽国大将阿里奇，威震辽军，为征辽建立头功。

宋江征辽，第一站去打檀州。檀州城内有四员猛将，一个叫做阿里奇，一个叫做咬儿惟康，一个叫做楚明玉，一个叫做曹明济，皆有万夫不当之勇。阿里奇、楚明玉两个，引兵三万出战。大刀关胜做前部先锋，引军杀近檀州密云县。阿里奇听说来人是梁山泊招安草寇，满是不屑。次日两军见阵，金枪手徐宁横钩镰枪出战。番将阿里奇见了，大骂说："宋朝合败，命草寇为将！敢来侵犯大国，尚不知死！"徐宁喝说："辱国小将，敢出秽言！"两军呐喊，徐宁与阿里奇抢到垓心交战。两马相逢，两人相斗，斗不过三十回合，徐宁不敌，望本阵逃走。花荣急取弓箭在手。番将阿里奇只顾追赶，没见张清提马出阵。张清探手从锦袋内取出一颗石子，看着番将跑得近了，照面门上一石子打去。那石子如同流星飞坠，弩箭离弦，正中阿里奇左眼，将阿里奇打翻落在马下。花荣、林冲、秦明、索超四将齐出，活捉了阿里奇回来。张清夺了征辽的第一功。后来，辽军凡见到张清，心里都怕。辽军弩箭手天山勇还曾因这个回射了张清一箭，险些要了张清的命。

奇异因缘

打田虎前，李逵做了一个梦，梦中一个秀才告诉他一个破田虎的歌诀："要夷田

虎族，须谐琼矢镞。”李逵把这个梦告诉了众人，宋江、吴用都参不透这十个字是什么意思。只有张清和安道全听出“琼矢镞”三个字的意思。安道全当时正要开口，张清以目示意，遂闭口微笑不说。

宋江打田虎，势如破竹，打破晋宁城池，派兵围困昭德，昭德危在旦夕。消息报到田虎处，田虎大惊，忙聚集文武百官商议对策。国舅邬梨出班请战，并说：“臣幼女琼英，近梦神人教授武艺，觉来便是膂力过人。不但武艺精熟，更有一件神异的手段，手飞石子，打击禽鸟，百发百中，近来人都称她做琼矢镞。臣保奏幼女为先锋，必获成功。”那邬梨国舅，原是威胜富户，好使枪棒，两臂有千斤力气，惯使一柄五十斤大刀，田虎知他幼妹大有姿色，便娶来为妻，遂将邬梨封为枢密，称作国舅。田虎准奏，拨兵三万，让邬梨国舅前去救围。

那琼英年方一十六岁，容貌如花，还未定亲。琼英非邬梨亲生，本姓仇，父名申，祖居汾阳府介休县绵上，仇申颇有家资，五旬无子，丧偶，续娶邻县平遥县宋有烈女儿为继室，生下琼英。琼英十岁时，宋有烈身亡，宋氏随丈夫往奔父丧，留琼英在家，吩咐管家叶清夫妇照顾。行至半路，一伙强盗杀死仇申，掳走宋氏。叶清一面报官，一面继续留在仇家照顾琼英。一年之后，田虎作乱，邬梨到介休绵上抢劫资财，杀死仇氏嗣子，掳走叶清夫妇和琼英。邬梨无子，见琼英眉清目秀，引来见老婆倪氏，两人十分喜爱，收为养女。琼英从小聪明，料想不能脱身，又举目无亲，便要倪氏放叶清妻子安氏进府来照顾。叶清被掳，为报主人的恩情，不愿逃走离开琼英，便随顺邬梨。后来征战有功，邬梨将安氏给还叶清，封叶清做了总管。一天，叶清被邬梨派往石室山采石，忽然在石室山下见到琼英母亲宋氏的尸首。叶清一打听，才打听出琼英母亲的真正死因。原来田虎初起兵时，在介休县碰见琼英母亲，要掳她去做压寨夫人，行到此处，琼英母亲跳下高冈自杀。田虎便叫一个小兵下冈剥了她的衣服首饰，所以这个小兵至今记得。叶清听了，忍泪吞声，将真相告诉琼英。琼英听了，便日夜思念报仇雪恨。

后来奇事发生，有一夜，琼英梦见一个神人对她说：“你想报仇，我来教你武艺。”自此每夜一合眼，就梦见这个神人前来教她武艺，她醒来偷偷练习，不觉武艺精熟。后来又有一晚，琼英伏几假寐，忽见一个秀才引一个绿袍年少将军前来，教她飞石子打人。那秀才对琼英说：“我特往高平，请得天捷星到此，教你异术，救你离虎窟，报亲仇。此位将军，又是你的宿世姻缘。”琼英听了“宿世姻缘”四字，十分害羞，忙将袖儿遮脸，才动手，触动桌上的剪刀，铿然有声。猛然惊觉，寒月残灯，依然在目，似梦非梦。琼英呆坐，想了半晌，方才歇息。第二天，琼英还记得飞石子

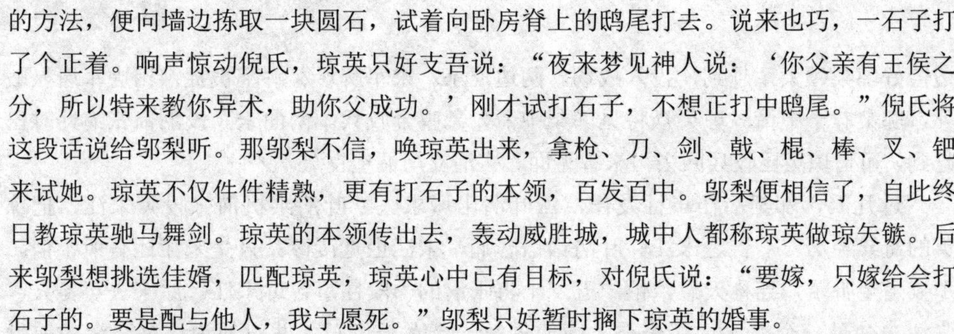

的方法，便向墙边拣取一块圆石，试着向卧房脊上的鸱尾打去。说来也巧，一石子打了个正着。响声惊动倪氏，琼英只好支吾说："夜来梦见神人说：'你父亲有王侯之分，所以特来教你异术，助你父成功。'刚才试打石子，不想正打中鸱尾。"倪氏将这段话说给邬梨听。那邬梨不信，唤琼英出来，拿枪、刀、剑、戟、棍、棒、叉、钯来试她。琼英不仅件件精熟，更有打石子的本领，百发百中。邬梨便相信了，自此终日教琼英驰马舞剑。琼英的本领传出去，轰动威胜城，城中人都称琼英做琼矢镞。后来邬梨想挑选佳婿，匹配琼英，琼英心中已有目标，对倪氏说："要嫁，只嫁给会打石子的。要是配与他人，我宁愿死。"邬梨只好暂时搁下琼英的婚事。

邬梨想到神人所说的王侯二字，萌了异心，因此，保奏琼英做先锋，欲乘两家争斗，他从中成事。

叶清半年前被田虎调派镇守襄垣，协助主将徐威。听说琼英领兵为先锋，叶清便禀过徐威，带偏将盛本领本部军马前去哨探，俟机与琼英见面。大军在襄垣县界，五阴山北正遇上王英。两军相遇，盛本当先与王英相战，斗到十几个回合，扈三娘赶上来助战，盛本敌不过二将，被扈三娘一刀杀死。王英驱兵掩杀，叶清大败，领得百余骑，逃往襄垣城南二十里外。正遇上琼英军马在那里扎寨。叶清入寨，参见琼英。两人正在商议如何报仇，宋江军前来挑战。琼英出战。矮脚虎王英见是个美貌女子，出阵交战，斗到十几个回合，被琼英一戟刺中左腿。王英落马，扈三娘飞马来救。两员女将接住厮杀。顾大嫂见扈三娘斗不过琼英，使双刀拍马上前助战。琼英力敌二女将，六条臂膊，四把钢刀，一支画戟，如风飘玉屑，雪撒琼花，两阵军士，看得眼都花了。斗到二十余回合，琼英拨马便走，引扈三娘、顾大嫂追赶，回头右手一石子打中扈三娘右手腕。扈三娘使不动刀，琼英回马来抓，顾大嫂来救，那边孙新也舞双鞭出阵来救。琼英飞起一石子，打中孙新的熟铜狮子盔。孙新不敢恋战，保护王英、扈三娘，领兵退去。琼英正想驱兵追赶，山坡后冲出林冲、孙安及步军头领李逵的军队来。林冲挺丈八蛇矛要来活捉琼英，斗了几个回合，琼英遮拦不住，卖个破绽，拨马便逃。林冲纵马追赶。孙安喊林冲小心暗算不要追赶，林冲自恃武艺高强，紧紧追赶。琼英回身飞出石子，第一颗石子被林冲用矛柄拨落，第二颗石子正打中林冲的脸。林冲脸上鲜血迸流，回马逃跑。琼英勒马追赶。孙安正要上前，李逵、鲁智深、武松、解珍、解宝五员步战猛将冲出。李逵手提板斧，直冲过去，琼英见他来得凶猛，手拈石子，一石子打中李逵额角。李逵没有见血，护着疼痛，猛冲猛撞。琼英见打不倒李逵，跑马回阵。李逵追进阵来，鲁智深、武松、解珍、解宝怕李逵有失，一齐冲杀过来。琼英见众人赶来，先是一石子把解珍打翻在地；后是一石子打破李逵额角，鲜血直流。李逵是个铁汉，带血战斗。那边孙安见琼英回阵，招兵冲杀过来，这

边恰好邬梨领大军赶到，投入战场。两边混杀。宋军解珍、解宝被捉，田虎军唐显战死，邬梨脖子中箭。琼英众将见邬梨中箭，急鸣金收兵。南面宋军没羽箭张清此时已赶到，可惜琼英已收兵回去，未曾见面。张清立马惆望良久。

过几天，邬梨箭伤毒性发作，派叶清出城求医。叶清乘机前来投奔宋江，把琼英的奇异经历一一告之宋江。叶清话语悲痛，宋江也觉凄惨。只是宋江还有所不信。那安道全听了，连称天意，忙一五一十将张清的一段往事告诉宋江。原来去年冬天，张清曾梦见一个秀才，那个秀才请他去教一个女子飞石，并对他说这是张清的前世姻缘，张清醒来以后，便痴想成疾；安道全因为前来帮张清治病，所以才问出了这段故事。宋江听了，再盘问降将孙安，孙安也证实琼英不是邬梨嫡女。宋江等这才相信叶清所说不虚。叶清又说："主女琼英，素有报仇雪耻之志，愿意充当打田虎的内应。"吴用此时又想起李逵的梦，于是便派张清和安道全去邬梨营中做内应。

安道全化名名医全灵、张清化名其弟全羽，两人随叶清来见邬梨。安道全药到病除，不几天就医好邬梨的箭伤，大得邬梨信任。全灵便向邬梨推荐其弟。邬梨传令全羽入府参见，见全羽一表人才，心下也颇喜欢，留下全羽听用。过了四天，宋江领兵攻城，叶清入府请琼英前去退敌，琼英来到教武场，整顿兵马。全羽乘机上前请战，叶清假装大怒，叫全羽和他比试武艺，让琼英看见。两人在演武厅斗了四五十回合，琼英在一旁侍立，看见全羽的面貌武艺，似曾相识，暗暗心惊，仔细一想，才想起全羽正是梦中教她飞石的少年将军。琼英此时心中已起涟漪，一来怕叶清伤了全羽，二来要看看眼前这英俊将军会不会打飞石，便上前架开叶清，挺画戟来战全羽。斗过五十回合，琼英霍地回马，望演武厅上便走，全羽就势赶追。琼英拈取石子，回身瞄准全羽肋下空处，一石子飞来。全羽早已瞧见，将右手一抄，轻轻地把石子接在手中。琼英见了心下十分惊异，再取第二颗石子飞来。全羽见琼英手起，也将手中接的石子应手打去。只听得一声响亮，正打中琼英飞来的石子。两个石子在空中撞得粉碎。琼英大喜。当时教场小将，也有猜疑全羽是奸细的，但是见到郡主琼英是金枝玉叶，也和他比试，又是邬梨心腹叶清引进来的，都不敢说。大家眼见城池要破，各人也都随风转舵，睁一只眼闭一只眼了。邬梨见了全羽本领，赐甲赐马，令他领兵二千出城迎敌。全羽拜谢，遵令出城，杀退宋兵，进城报捷。邬梨大喜。第二天，全羽又领兵三千，出城迎敌，从上午战到下午，用石子将宋将打得落花流水，将宋江兵赶退回昭德去了。全羽得胜回兵，进城报捷，邬梨十分欢喜。

此时张清和琼英，两人已是互相爱慕。叶清乘机前来在邬梨面前撮合说："现在恩主有了此人和郡主，何患宋兵将猛，何患大事不成！郡主曾经许愿，一定要嫁给

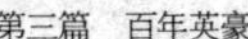

会飞石的。今天全将军如此英雄，又会飞石，岂不是天降良缘？”邬梨见说有理，自然答应，择了吉日，备办筵宴，招赘张清做女婿。当日笙歌燕舞，张清与琼英披红挂锦，双双儿交拜神祇，后拜邬梨假岳丈，成了良缘。

打田虎是张清人生一个大的收获，因为在建功立业的同时，他还收获了爱情。这段故事很富有传奇色彩。

夫妻双建功

统军大将马灵已被擒拿，关胜、呼延灼已兵围榆社县，卢俊义兵马已破介休县城池，田虎见此状况，本想降金。但是襄垣县邬国舅处，屡屡传来胜利的消息，弄得田虎踌躇不定。此时，右丞相太师卞祥主张力战；叶清适时前来报捷并请求增兵；都督范权受了叶清贿赂，也力主出兵抗战。田虎便打消降金念头，分兵出战。当下，田虎派卞祥领兵三万，迎战卢俊义、花荣；派太尉房学度领兵三万，往榆社迎战关胜；自己亲自引兵十万出征战宋江；兄弟田豹、田彪和太子田定坐守朝廷。

叶清得信，报知襄垣张清、琼英。张清令解珍、解宝往报宋江。

田虎统领十万大军，因雨在铜鞮山南屯扎。探马来报，邬国舅病亡，田虎便派琼英守城，令全羽到跟前听用。雨过之后，田虎正要出战宋江，听到前方传来战报：关胜已连破榆社、大谷两个城池；西路卢俊义已打破平遥、介休两县，引水淹没太原城；卞祥在绵山遭花荣、卢俊义夹攻，被活捉；卢俊义已与关胜合兵一处，将沁源县围困。田虎听到战报，慌忙命令收军退保威胜。吴用派三路大军追杀，鲁智深、刘唐、鲍旭、项充、李衮抄铜鞮山北分两路追杀，马灵、孙安从东铲斜里追杀。三路军把田虎军冲做两截，杀得星落云散，狼狈大败。尚书李天锡保护田虎，望东冲杀逃跑，被鲁智深等追杀，最后只剩下都督胡英、唐昌、总管叶清等将和五千败残军马。

正在危急之际，忽然有一彪军马前来救驾，正是平南先锋郡马全羽。全羽奏说：“情况危急，请大王先到襄垣城中避敌。待臣同郡主杀退宋兵，再请大王回威胜大内。”田虎大喜，带军向襄垣退却。退至襄垣，城上守将开门，放吊桥，引胡英兵马进城。胡英刚进得城门，猛听得一声梆子响，两边伏兵齐发，将胡英及三千余人，都赶进陷坑，可怜三千余人，不留半个，都被杀死在陷坑里。城中大叫：“田虎要捉活的！”田虎见城中变起，才知道中计，勒马北逃。张清、叶清拍马追赶。田虎马快，看看就要逃脱，忽起一阵旋风，风中现出一个女子，大叫说：“奸贼田虎，我仇家夫妇都被你害了，今天你逃到哪里去？”女子身旁又起一阵阴风，朝田虎劈面刮来，

田虎坐骑惊嘶，把田虎抖落马下。张清、叶清赶上，活捉了田虎。唐昌来救，被张清一石子打下马去。张清大叫道："我不是什么全羽，乃是天朝宋先锋部下没羽箭张清。"李逵、武松领五百步兵，从城内杀出，把田虎殿帅将军、金吾校尉等二千余人杀得星落云散。张清绑了田虎，簇拥进城。

这边张清活捉田虎。那边琼英奉吴用密令，同解珍、解宝、乐和、段景住、王定六、郁保四、蔡福、蔡庆带领五千军马，打着北军旗号，星夜疾驰到威胜城。琼英在城下莺声娇啭叫道："我是郡主，保护大王到此，快开城门！"守城军卒飞报到王宫。田豹、田彪疾驰来到南城城楼上察看，果然看见赭黄伞下，银鬃白马上，坐着一个大王，马前一个女将，旗上大书"郡主琼英"，后面有尚书都督等官远远跟随。琼英高声叫道："胡都督与宋兵战败，我特保护大王来到这里。快叫官员速出城接驾！"田豹、田彪等慌忙开城门出城迎接。二人才到马前，马上的大王大喝说："武士与寡人拿下二贼。"军士一拥上前，将二人擒住。田豹、田彪大叫："我二人无罪！"已被绑缚了。原来这个田虎乃是士兵假冒，后面的尚书都督是解珍、解宝假扮的。当下，王定六、郁保四、蔡福、蔡庆领五百余人，将田豹、田彪连夜解往襄垣。其他人抽出兵器，冲进城厮杀。琼英飞起石子，一连打伤六七个守将，解珍、解宝、乐和、段景住一齐抢进城来，夺了南门，领军上城，杀散军士，在南城上树起宋军旗号。城中一时沸腾起来，许多文武官员和王亲国戚急引兵来厮杀。琼英等四千余人深入巢穴，抵挡不住。幸得先有张清领八千余人赶到，后来又有卢俊义打破沁源城池，统领大兵到来。众人合力，打破城池。

张清驱兵进城，帮琼英、解珍、解宝杀退北军。张清怪琼英不该深入重地，琼英说她报仇心切，张清便告诉琼英："田虎已在襄垣被捉了。"琼英大喜。此时邬梨老婆倪氏已死，琼英找到叶清妻子安氏，辞别卢俊义，同张清到襄垣，将田虎、田豹、田彪等押解到宋江处。琼英和张清双双拜见伯伯宋先锋。琼英又向昔日被自己冒犯的王英等人道了歉。宋江活捉田虎，大军班师回朝，便派张清夫妇同叶清押送往东京献俘。

张清同琼英、叶清，将囚车押送到东京。先将宋江书信和礼物呈达宿太尉。宿太尉上报天子。天子嘉奖琼英母子的贞孝，特别降旨，封赠琼英的母亲为介休贞节县君，着令当地造坊表扬，封琼英为贞孝宜人；封叶清为正排军，赏赐白银五十两表扬其义；张清则复归原职。仍派三人协助宋江，征讨淮西。天子降下圣旨，将反贼田虎、田豹、田彪，押赴市曹，凌迟碎剐。当天琼英带着父母小像，禀过监斩官，将仇申、宋氏小像，悬挂在法场中，像前摆一张桌子。午时三刻，田虎被开刀碎剐后，琼

英将田虎首级摆在桌上，滴血祭奠父母，放声大哭。此时琼英的事迹，已传遍了东京，当天观者如垛，大家见琼英哭得悲恸，无不感泣。琼英祭奠已毕，同张清、叶清，望阙谢恩。三人离开东京，再回宋江身边。

结局

张清夫妇活捉田虎之后，又协助宋江打王庆。两人又各建立功勋。

打王庆胜利后，琼英因怀孕染病留在东京，叶清夫妇留下服侍，帮忙医治调养。张清则随宋江出征征讨方腊。后来琼英病痊，给张清生下一个方面大耳的儿子，取名叫张节。

张清在同卢俊义攻打独松关时，被守将厉天闰杀死在独松关上。琼英听说，哀恸欲绝，随即同叶清夫妇，亲自到独松关，扶柩到张清故乡彰德府安葬。打方腊胜利后，朝廷封张清为忠义郎，建庙纪念。

后来叶清因病亡故，琼英和安氏两人，苦守孤儿，将张清的儿子养大成人。张节长大，和父亲一样，学得一身好本领。后来张节随军讨伐金人，在和尚原大败金兀术，杀得金兀术狼狈而逃，因为国建功而得以封官晋爵。张节得官后，不贪恋富贵，回家养母，终其天年。

金枪手徐宁

金枪爱甲

徐宁在梁山众将中，要算是比较矮的，书中描写他个头不高，六尺五六身材，团团的一张白脸上长着几缕细黑的髭髯，长得腰细膀阔，十分健美。徐宁的父亲是延安老种经略相公手下的军官，徐宁自小得到父亲真传，学得一手好枪法，立志为国建功。

徐宁最令人称道的有三点，一个是他的祖传金枪，一个是他的钩镰枪法，一个是他的祖传宝甲。

徐宁的祖先使得一手好枪法，将这套枪法倾囊传授给了徐宁。徐宁凭借这套枪法，来到京城，遍赢天子身边的枪法高手，因此被天子选拔为御林军教头，他所带的御林军，号称金枪班，他本人则得了一个大名，号称金枪。他在京城时，曾遍访枪法名家，切磋武艺。他曾去拜访过八十万禁军教头林冲，两人较量枪法，谈论武艺，相互佩服，遂结为好友。

徐宁还有一套祖上密传的枪法，号称钩镰枪法。原来徐宁的祖上曾上阵杀敌，碰见敌军使用连环马阵，于是回来细细琢磨，遂自创一套钩镰枪法，大破了敌军的连环马阵。这钩镰枪法用一把钩镰枪，马上和步战都适用，马上使钩镰枪，主要是腰胯发

力，上中七路，三钩四拨，一搠一分，共使九个变法；步行使这钩镰枪，先是向前四拨，荡开门户，十二步一变，十六步一个大转身，分钩、镰、搠、缴四种基本姿势，使到二十四步，上钩下镰，钩东拨西，使到三十六步，则浑身盖护，夺强杀敌。徐家钩镰枪法传男不传女，传内不传外，又主要用于阵战，专门对付连环马阵法，所以知道的人并不很多。徐宁自学得这个阵法，因为做金枪班教头，从没有上阵用过。

徐宁的第三个闻名是他的家传宝甲。徐宁先祖留下一件宝贝，是一副雁翎砌就圈金甲，世上无双，乃是徐家镇家之宝。这副甲披在身上，又轻又隐，刀剑箭矢，急不能透，人称赛唐猊。这个宝贝传到徐宁，已经是第五代，不曾有失。徐宁对这副甲爱如性命。初到京城，还常借给别人看一看。后来许多贵公子都要来看，徐宁怕被弄坏，以后上阵时不能用，便轻易不给人看。花儿王太尉看中这宝贝，要出三万贯钱来买，徐宁硬是没舍得卖。以后徐宁见来看的人多，干脆就推说甲没了。这副甲是徐宁的性命，他用一个皮匣子装着，挂在卧房的梁上，那里每天一抬头就可以看到。

宝甲被盗

一天晚上，徐宁睡得正香，忽然被梁上一阵窸窸窣窣的声音吵醒。徐宁正要点灯起来查看，他的妻子说是老鼠叫，徐宁仔细一听，果然听到梁上老鼠打架的声音。一来那天徐宁值班太累了，二来第二天皇帝要来龙符宫视察，五更徐宁就得到皇宫里去点名，所以徐宁就没去查看，倒头又睡了。

第二天五更，徐宁早早就去皇宫了。在皇宫接驾忙了一天，到了黄昏，却听到家里传来消息，家里失盗了。徐宁大惊，连忙赶回家看，家里慌成一片。他最不希望的事情发生了，家里什么也没少，单单就少了那件祖传宝甲。原来家里人早晨起来就已发现失盗，忙派人去叫徐宁，可是徐宁一天都忙着接驾，那些人都不敢去打扰，所以直等到晚上徐宁才得到消息。徐宁失了爱甲，六神无主，手足无措。本想要去报官，但想到一来盗甲的人一定是熟人，这样会打草惊蛇；二来自己以前曾对人推说甲已没了，现在再去报官，岂不是自抽自的耳光，让人笑话？于是只得打碎牙齿往肚里吞，不去报案。徐宁在家里和妻子商量，怎样明察暗访，找回宝甲。

故人来访

徐宁宝甲被盗，正在苦无头绪的时候，忽然自己多年不见的表弟汤隆来访。汤隆是徐宁母亲的哥哥的儿子，小时候两人常见面。汤隆父亲原来做延安府的知寨，现已亡

故，亡故前，留下二十两蒜金作为礼物给外甥徐宁，汤隆此次就是奉亡父之命来交送礼物的。那汤隆小时候曾随母亲多次见到过徐家宝甲，谈话之间，徐宁就把宝甲失盗的事告诉了汤隆。汤隆大惊，就问那装甲的袋子的样子。徐宁告诉他说，是一个红羊皮匣子，上面有白线刺着绿云头如意和狮子滚绣球图案。汤隆忙告诉徐宁，他昨晚在离城四十里一个村店里喝酒，看见一个亮眼睛的黑瘦汉子担上挑着这幅皮匣，一瘸一拐地走，他还奇怪，上去问那人这皮匣是干什么用的，那人告诉他原来装的是甲，现在装些破衣服。汤隆便叫徐宁赶紧去追。徐宁不知是计，见有了线索，那人又是个瘸腿，料想走不快，便邀汤隆一起前去追赶。

千里追踪

两人赶到酒店，酒店老板告诉挑皮匣子的客人昨天已经离开了。两人问了方向，连忙追赶。直追赶到天黑，又见了一个酒店，两人前去一打听，那店主人说，挑皮匣子的客人昨晚在此歇了一宿，今天上午才离开，往山东方向去了。徐宁踌躇，他明天还有值班，是追还是不追。汤隆说，值班的事嫂子自会去请假，他俩今晚在此歇了，明天起早，一定能追上。徐宁想想也对，当晚就在酒店歇息了。第二天，两个人四更出发，一路追赶，一直追到下午。看看天又黑了。徐宁忽然远远望见前面破庙前，一个人挑着担在那里歇脚，担上正挂着他那副装甲的皮匣子。

徐宁大喜，赶上去，扭住那个瘦汉子，就去拿皮匣子，那皮匣子果然是空的。徐宁大骂，追问那个瘦汉子是什么人，为什么要偷他的祖传宝甲，把甲藏到哪里去了。那个汉子交代说，他姓张，排行第一，泰安州人，本州有个财主，要结识老种经略相公，听说徐宁家有这副雁翎砌就圈金甲，又不肯卖，便出价一万贯，叫他同一个叫李三的两个人前来偷了甲，因为他在偷甲时不小心从徐宁家柱子上跌下来，闪了腿走不动，所以先叫李三把甲送回去了。那个汉子说，现在只有空匣在这里，徐宁要是逼他，把他告到官府，他就是拼了命，打死也不招，也别想他招出别人来，要是徐宁肯饶他，不告到官府，他愿意和徐宁一起去讨回这副甲来还给徐宁。徐宁正犹豫不决，汤隆说，只要人在，不怕他甲飞了，怂恿徐宁去追讨。徐宁只得押着那个张一，前去讨甲。开始徐宁还怕张一逃跑，后来看见张一一拐一拐的，便放下心来。三人当晚歇息了，第二天追了一天，没有追上李三。第三天，又追了半天，还是没看到李三的影子。徐宁不禁焦躁起来，又害怕张一是骗他。正走之间，遇上一群汤隆的朋友，刚从郑州做买卖要回泰安，空着马车，汤隆介绍说那人叫李荣，三人于是就搭上便车。

一路上，徐宁缠着张一问，那泰安州出钱雇他来偷甲的大财主是谁，张一起先支支吾吾，后来才说是当地的郭大官人，徐宁再去问那李荣，那李荣回答说，郭大官人是本地著名的财主，门下养着许多闲人。徐宁哪里知道这些人串通好来骗他，见这样说，就放下心来。和众人又走了一天。

骗上梁山

走到半路，快要到梁山泊，那李荣叫人去买些酒肉，大家都喝了一点。徐宁喝完酒，忽然觉得脑袋一沉，摔倒在车下，人事不知。等徐宁醒来，发现很多人都围着他，其中有一个竟然就是落草上梁山的东京好友林冲，原来他已经来到了梁山。汤隆这才上来告诉徐宁真相说，他听说梁山宋公明招接四方豪杰，就在武冈镇拜黑旋风李逵做哥哥，来大寨入了伙，大寨被呼延灼用连环甲马阵攻击，无计可破，只有徐宁的钩镰枪法可以破阵，因此他特地安排了这条计策，让时迁先去盗甲，汤隆再去骗徐宁追赶，半路上让乐和扮作李荣，过山时下蒙汗药，药倒徐宁，就把徐宁请上山来了。徐宁听了说："兄弟你害了我也！"宋江这时执杯向前赔礼说："宋江现在暂居水泊，专门等待朝廷招安，尽忠报国，不敢贪财好杀，行不义之事。请兄弟体谅我的苦心，一起上梁山来，一同替天行道。"林冲也上前来打招呼说："小弟来这里多时了，常跟大家说起你的本事，你不要推却。"徐宁便问："汤隆兄弟，你把我骗到这里，我家中的妻子儿女，必会被官府擒捉，怎么办？"宋江说："这个没关系。我们已经去请嫂子家人来这里了。"过了几天，徐宁的家人就被请到山上。徐宁见到妻子到来，吃了一惊。问："你是怎么到这里的？"他妻子回答说："你走后，官府点名你不到，我用些金银首饰买通官府的人，说你患病在床，因此暂时遮掩过了。汤叔叔带着雁翎砌就圈金甲来说，甲是夺回来了，只是你路上染病，住在客店里，快要不行了，请我带孩儿赶快来看一眼，我就跟着上了车子，我又不晓得路，就到这里来了。"汤隆把那甲拿出来还给了徐宁。徐宁大喜，从此就在梁山上待了下来，安心教授军士们钩镰枪法。

钩镰枪法

徐宁从当日为始，挑选精锐壮健的士兵，开始教授钩镰枪法。先教授四拨三钩、七路九变、一十六翻二十四步的基本枪法，后又教士兵们藏林伏草、钩蹄拽腿的一些特别枪法。不到半月之间，就在山寨训练成了五七百个钩镰枪手。

临战之日，宋江布阵。在芦苇荆棘林中埋伏钩镰枪军士，每十个会使钩镰枪的，间着十个挠钩手，钩镰枪勾马，挠钩手捉人。徐宁、汤隆任钩镰枪军士总指挥。将步军分作十队诱敌——但见敌军军马冲来，都望芦苇荆棘林中乱走。这十队人马分别是：刘唐、杜迁，穆弘、穆春，杨雄、陶宗旺，朱仝、雷横，解珍、解宝，邹渊、邹润，一丈青、王矮虎，薛永、马麟，燕顺、郑天寿，杨林、李云。再派李俊、张横、张顺、三阮、童威、童猛、孟康九个水军头领，驾船接应。再派花荣、秦明、李应、柴进、欧鹏六个头领，引军在山边协助。凌振、杜兴，专放号炮。中军宋江、吴用、公孙胜、戴宗、吕方、郭盛担任总指挥。

这一夜三更，钩镰枪军士先去渡水埋伏。四更，十队步军渡水过去，凌振、杜兴过湖架好火炮。天亮时分，宋江带中军人马，隔水擂鼓摇旗呐喊。呼延灼在中军帐内，听到探子报告，便派先锋韩滔先去探哨，随即锁上连环甲马。呼延灼全身披挂，骑了踢雪乌骓马，仗着双鞭，大驱军马，杀奔梁山泊来。隔水望见宋江人马，呼延灼便教摆开马军。韩滔前来说：“正南上一队步军，不知是从哪里来的？”呼延灼说：“不管他哪里来的兵马，我们都用连环甲马阵去对付。”不一会儿，东南方向，西南方向上都来了宋江的军马。呼延灼说：“梁山泊好久不出战，这一出战，必有计策。”说没说完，北边响起了火炮。呼延灼骂道：“这炮一定是凌振投降了敌人，前来放的。”众人向南一望，只见北边又打起了三队旗号。呼延灼说：“这一定是贼人奸计。我和你兵分两路：我去杀北边，你去杀南边。”正在分兵之际，西边又有四路人马过来。呼延灼心慌。这时，正北边连珠炮响，一带连到土坡上，响处风威声大作，呼延灼

军兵不战自乱。呼延灼急和韩滔各引兵马四下追赶，那十队步军，东赶东走，西赶西走，摸不着影。呼延灼看了大怒，引连环甲马阵望北直冲过去。宋江军兵，都往芦苇丛中乱走。呼延灼大驱连环马，卷地追进芦苇丛中，枯草荒林之内。徐宁一声令下，早已埋伏好的钩镰枪手一时发作，先钩倒两边马脚，中间的甲马自己咆哮乱了，挠钩手军士一齐搭住，芦苇林中只顾缚人。呼延灼的连环甲马阵被杀得大败。

宋江军大胜，收兵回山，计点军功。呼延灼三千连环甲马，有一半被钩镰枪杀伤，只能剥皮去甲，做成菜马食；还剩二停多的好马，则牵上山去喂养作战马；带甲的军士，全都被生擒上山；五千步军，或被钩镰枪拖翻捉了，或被水军头领捉了，没一个能逃掉。先锋使韩滔被宋江军活捉。只有呼延灼仗着御赐良马，杀出重围，往东北方向逃命去了。

沙场殒命

梁山大排名，徐宁排到第十八位，紧随杨志之后。平常，徐宁在山寨上的职责是与关胜、宣赞、郝思文一起，镇守梁山正东旱寨；战时，则以梁山马军八骠骑兼先锋使的身份奔赴战场。徐宁为梁山的南征北战立下了汗马功劳，最后，他也在打方腊的战争中殒命沙场。

话说宋江兵指杭州，南兵石宝引军出城拦截。花荣、秦明两个先去探路，和石宝手下大将王仁、凤仪小战一回，退回报告。宋江便引朱仝、徐宁、黄信、孙立四将，前去交阵。南军王仁、凤仪再出阵，秦明舞狼牙棍敌住凤仪，徐宁一骑轻马抢在花荣之前，出战王仁。花荣和徐宁是一副一正金枪手，素有配合。花荣尾随徐宁背后，拈弓取箭在手，等徐宁、王仁刚交手，一箭把王仁射下马去；秦明乘机当头一棍打翻凤仪。宋军一路冲杀。石宝抵挡不住，退回皋亭山东新桥。宋江兵抵东新桥，传令分三路夹攻杭州，中路马步水三军又分作三队攻取北关门和艮山门。徐宁随中军前队关胜进军。

关胜进军到东新桥，不见一个南军，心中疑惑，退回桥外。关胜不敢盲目进军，便每天派人轮流前去探听消息。头一天是花荣、秦明，第二天徐宁、郝思文。一连探了几天，不见一点动静。这一天，又轮到徐宁、郝思文探哨。两人带了几十个马兵，前去打探，沿路不见一个敌兵。一直探到北关门外，只见城门大开。两人十分迷惑，来到吊桥边探看，忽然听到城头上一声鼓响，一彪马军从城里杀出来。徐宁、郝思文急忙掉转马头就跑。没跑几步，城西偏路喊声又起，一百余骑马军冲了出来。两路马

军合围徐宁和郝思文。徐宁拼死力战，杀出重围，回头不见了郝思文。再回来看时，只见数员将校，把郝思文活捉进城去了。徐宁急忙回身，不料一阵乱箭飞来，一支箭正中他的脖子。徐宁顾不上许多，带着箭飞奔，后面六员敌将追赶。徐宁跑到半路，已是体力不支，幸好关胜带兵赶到，把他救了回转。徐宁因失血过多，半路晕倒在马上，回到营中，已是七窍流血。宋江赶来，叫随军医生治疗，拔去箭矢，用金枪药敷贴。当夜徐宁连昏过去三四次，众人才知道是中了毒箭。此时，神医安道全已被京师天子录用，已别无良医可救，宋江只得派人将徐宁送到秀州诊治。徐宁在秀州调治多天，不见好转，半月之后，毒性发作，一代金枪手撒手归西了。

打方腊胜利后，徐宁作为阵亡正将，被朝廷追封为忠武郎，其子孙进京继承了他的爵位。

急先锋索超

索超身长七尺以上，面圆耳大，唇阔口方，腮边长着一部络腮胡须，威风凛凛，相貌堂堂。他原来是大名府留守司正牌军，因为性急，撮盐入火，为国家面上，只要争气，当先厮杀，所以大家都叫他做急先锋。索超一身好武艺，他的兵器是两把金蘸斧，与他火暴脾气倒很是相称。

索超的故事主要有：大名府比武，北京保卫战，降顺梁山，战死疆场。

大名府比武

梁中书有心提拔东京来的囚犯杨志，便叫杨志与大名府众军官比武。杨志先是在比枪中赢了副牌军周谨，又在比射箭中赢了周谨。杨志连赢两场，梁中书便叫撤掉周谨职务，由杨志接替了。周谨连输两场，弄得大名府众军官威风尽失，而周谨正是索超的徒弟。正排军索超坐不住了，便站出来，提出要和杨志比试。梁中书一意要杨志胜，便答应了。梁中书这边叫杨志坐他的战马出战，叮嘱杨志多加小心；大名府将军李成则叫索超骑了他的战马，务必要为大名府争口气。两边都想要赢。

将台上传下将令，两边红旗招动，金鼓齐鸣，炮响处，两人跑马进场，都藏在门旗背后。第二通鼓响过后，教场中都静悄悄的，没人敢出一声。第三通战鼓响处，两人这才各骑战马入场。左边阵内旗下，鸾铃响处，正牌军索超出马，头戴一顶熟铜狮

子盔，脑后斗大一颗红缨，身披一副铁叶铠甲，腰系一条镀金兽面束带，前后两面青铜护心镜，上笼着一领绯红团花袍，上面垂两条绿绒缕颔带，下穿一双斜皮气跨靴，左带一张弓，右悬一壶箭，手里横着一柄金蘸斧，坐下骑着李都监那匹惯战能征雪白马，直到阵前兜住马，提着金蘸斧，立马在阵前。右边阵内旗下，鸾铃响处，杨志提手中枪出马，头戴一顶铺霜耀日镔铁盔，上撒着一把青缨；身穿一副钩嵌梅花榆叶甲，系一条红绒打就勒甲绦，前后兽面掩心，上笼着一领白罗生色花袍，垂着条紫绒飞带，脚蹬一双黄皮衬底靴。一张皮靶弓，数根凿子箭，手中挺着浑铁点钢枪，骑着梁中书那匹火块赤千里嘶风马，直至阵前，勒住马，横着枪在手，立于阵前。两人出场，虽不知武艺如何，先见出威风出众，两边军将都暗暗地喝彩。

旗牌官拿着销金令字旗，骤马而来，喝说："奉相公命令，教你两个都要用心。要是有人懈怠，定行责罚。谁要赢了，多有重赏。"一声令下，二人纵马出战，来到教场中心。两马相交，二般兵器并举。索超愤怒，抡手中大斧，拍马来战杨志。杨志逞威，拈手中神枪，来迎索超。两个在教场中间，将台前面，一来一往，一去一回，四条臂膊纵横，八只马蹄撩乱，各赌平生本事相战。但见征旗蔽日，杀气遮天。一个金蘸斧直奔顶门，一个浑铁枪不离心坎。这个是扶持社稷，毗沙门托塔李天王，那个是整顿江山，掌金阙天蓬大元帅。一个枪尖上吐一条火焰，一个斧刃中迸几道寒光。那个是七国中袁达重生，这个是三分内张飞出世。一个似巨灵神愤怒，挥大斧劈碎西华山；一个如华光藏生嗔，仗金枪搠透锁魔关。这个圆彪彪睁开双眼，胳查查斜砍斧头来；那个刺剥剥咬碎牙关，火焰焰摇得枪杆断。这个弄精神，不放些儿空，那个觑破绽，安容半点闲。

当下杨志和索超两个斗到五十余回合，不分胜败。月台上梁中书都看呆了。两边众军官都喝彩不断。阵面上军士们都面面相觑，争相传闻："我们做了许多年士兵，也曾出了几回征，什么时候见过这样一等一的一对好汉厮杀！"李成、闻达在将台上，不住声叫着："好斗！"闻达心里只怕两个内伤了一个，慌忙招呼旗牌官鸣锣，将他们分开。将台上一声锣响，杨志和索超斗到是处，各自要争功，哪里听得见。直到旗牌官拿着令字旗飞来阻拦，才将两人分开。杨志、索超互相佩服，各自收兵回马，跑回本阵，立马旗下，等梁中书将令评判。李成、闻达下将台来，禀覆梁中书说："相公，这两个，都是武艺高强，都可重用。"梁中书大喜，叫取两锭白银，两副表里来赏赐二人，传下将令，从这一天起，升两人都做管军提辖使。

众军回府，北京老百姓已多年没见过这样精彩的对决，都奔走相告，前来观看将军神采。杨志固然一日成名，急先锋索超的名声也是传遍北京城。

北京保卫战

宋江为救卢俊义，兵临北京城。梁中书派兵马都监大刀闻达和天王李成前去迎战。索超是军中急先锋，自然冲锋在前。李成传令索超说："宋江草寇，马上临城，要来打俺北京。你可点本部军兵，离城三十五里扎寨。我随后领军就到。"索超得了将令，于第二天点起本部军马，到三十五里外飞虎峪，靠山扎了营寨。第三天，李成也到离城二十五里的槐树坡，扎了寨栅。周围密布枪刀，四下深藏鹿角，三面掘下陷坑，众军摩拳擦掌，诸将协力同心，只等梁山泊军马到来，便要建功。

索超正在飞虎峪寨中等候，听见探哨来报说，宋江军马已到离寨二三十里地。索超飞报给槐树坡李成寨内。李成一面报马入城，一面自备战马，飞奔来前寨督战。第二天早晨，五更造饭，天亮拔寨到庾家疃，摆开一万五千人马，列成阵势。李成、索超全副披挂待战。宋江部下李逵带五百余人先到，在庾家疃一字儿摆开。李逵手持双斧，睁圆怪眼，咬碎钢牙，高声大叫："认得梁山泊好汉黑旋风么？"当先出战。李成在马上看了，大笑对索超说："每日只说梁山泊好汉，原来只是这等草寇，何足为道！先锋，你看么？何不先捉了此贼？"索超笑说："割鸡焉用牛刀。不必主将挂念。"话未说完，索超军中冲出一员战将，姓王名定，手持长枪，引领一百马军，飞奔冲将过来。李逵虽然胆勇过人，又是带甲掩护，但也挡不住马军的冲击，当时四下逃散。索超引军，直追过庾家疃。只见山坡背后，锣鼓喧天，冲出两彪军马，左边是解珍、孔亮，右边是孔明、解宝，各领五百小喽啰，冲杀过来。索超见李逵有接应军马，方才吃惊，不去追赶，勒马便回。

索超回来，李成问："怎么没捉到贼将？"索超说："赶过山去，这厮们有接应人马到。怕他有伏兵，不敢下手。"李成说："这等草寇，怕他什么！"便引前部军兵，杀过庾家疃去。只见前面又冲出一彪军马来，却是一丈青引着顾大嫂、孙二娘，带领一千余七长八短汉、四山五岳人赶到。李成看了十分不屑，便派索超向前迎敌，他分兵去捉其他草寇。索超领了将令，手搭金蘸斧，拍坐下马，来捉一丈青。一丈青勒马回头，望山坳里便逃。李成分派人马，四下里赶杀。正赶之间，忽然听到喊声震地，见到尘土遮天，一彪人马，飞奔杀出来。李成急忙带兵回撤，连撤了十四五里地，军兵首尾不能兼顾。刚退到庾家疃时，左边冲出解珍、孔亮的军马，右边冲出孔明、解宝的军马，一齐冲杀过来。三员女将，这时也拨转马头杀回。李成的军马被杀得四分五落，急待回寨，又被黑旋风李逵拦住大杀了一通，方才冲开重围，夺路逃回。李成不听索超的话，轻敌冒进，大败了一场。宋江军马也不追赶。一面收兵暂

歇，扎下营寨。

李成进城将战败消息报告给梁中书，梁中书连夜派闻达引军前来助战。闻达来到槐树坡寨内，也是十分轻敌，说："小败一场，何足挂意！闻某不才，明天出战，定要赢他。"第二天，两军摆开大阵。宋江阵中，霹雳火秦明当先出马，应声高叫："北京贪官污吏听着！多时要打你这城子，只怕害了良民百姓。好好将卢俊义、石秀送出来，淫妇奸夫一同解出，我便退兵罢战，决不侵犯。要是执迷不悟，便教昆仑火起，玉石俱焚。"话未说完，闻达大怒，便问："谁帮我力擒这个贼将？"说没说完，索超当先出到阵前。索超高声骂道："你这叛徒是朝廷官员，国家怎么对你不好，你好人不做，要去落草做贼！我今天定要捉住你，将你碎尸万段！"两个急性子各骂了一通，各挺兵器上前交战。两般兵器交锋，众军呐喊，两人斗到二十余回合，不分胜败。宋江军中，先锋队里，闪出韩滔，拈弓搭箭，瞄准索超，飕的一箭，正中索超左臂。索超大喊一声，扔了大斧，回马望本阵便逃。宋江鞭梢一指，大小三军，一齐冲杀过来。杀的闻达军尸横遍野，流血成河，溃败撤退。宋江军直追过庾家疃，夺了槐树坡小寨。当晚闻达退回飞虎峪，计点军兵，死伤了三分之一。

当晚，索超等立足未稳，宋江军乘胜追赶，闻达带兵边战边撤，梁中书在城内听到消息，连忙派兵出城接应。闻达带领败残人马，返回城中，紧闭城门，坚守不出。宋江引兵围城。猛将索超中箭养伤，一时不能出战，李成、闻达连日提兵出城交战，都不能取胜，遂不敢再出阵。宋江与同众将，每日攻打城池不下。两边一时僵持。后来，城中派人去东京求援，东京派出大刀关胜，关胜行围魏救赵之计，提兵去打梁山泊。宋江只得回兵救梁山。北京城之围方才解去。

降顺梁山

宋江班师回梁山后，和关胜大战，不久就打败关胜，降顺了关胜、宣赞、郝思文。宋江军带领原班人马，再加上新降伏的关胜、宣赞、郝思文等，再来攻打北京。

梁中书在城里，正与索超饮酒，听到消息，吓得目瞪痴呆，手脚无措。索超站起来说："上次中了冷箭，这次我要报此仇。"随即领军出城迎敌。李成、闻达随后调军接应。这时正是仲冬天气，气候正冷。连日彤云密布，朔风乱吼。宋江兵到，索超直到飞虎峪迎战。

三通战鼓完，宋江军中关胜出阵。索超出马，迎战关胜。索超见了关胜不认得。随征军卒说："这个来的就是新背反的大刀关胜。"索超听了，也不答话，直抢过去

战关胜。两人斗了十几个回合，索超大病初愈，气力不济，战关胜不下。李成在中军看见，便舞双刀出阵，夹攻关胜。这边宣赞、郝思文见了，也持兵器前来助战。五骑马搅做一块。宋江在高处看见，鞭梢一指，大军冲杀过去。李成军马被杀得七断八绝，连夜退进城去，坚闭不出。宋江催兵直抵城下。第二天，索超又引一支军马，出城交战。吴用见索超勇猛，也自佩服，便要计取。吴用叫军校迎敌戏战，他若追来，乘势便退。索超因此又打了这一场胜仗，欢喜入城。当晚彤云四合，纷纷雪下。吴用暗派步军去北京城外，靠山边河路狭处，掘成陷坑，上用土盖。是夜雪急风严，早晨看时，约有二尺深雪。城上望见宋江军马，各有难色。索超看了，便点三百军马，就时追出城来。宋江军马，四散逃走。水军头领李俊、张顺，身披软战，勒马横枪，前来迎敌，才与索超打一照面，弃枪便走，特引索超奔陷坑这边来。这里一边是路，一边是涧。李俊弃马跳入涧中去，口里叫道：“前面走的是宋江。”索超听了，不顾身体，飞马去赶。山背后一声炮响，索超连人和马，落进陷坑。后面伏兵齐起，将索超活捉了去。宋江在寨中军帐上坐下，见伏兵解索超到，大喜，喝退军健，亲解其缚，请入帐中，致酒相待。宋江用好言抚慰说：“你看我众兄弟们，一大半都是朝廷军官。这都是因为朝廷不明，纵容滥官当道，污吏专权，酷害良民。所以大家都情愿协助宋江，替天行道。要是将军不弃，就请加入我们，一起替天行道。”索超见宋江说得诚恳，只得降顺了梁山。

战死疆场

索超人如其名，上梁山后，就成为了梁山的急先锋。

梁山大排名，索超排在第十九位，身在天罡星之列。索超是梁山的马军八彪骑将军兼先锋使，历次战争，索超都是身先士卒，不顾牺牲，为梁山立下了许多功劳。最后，为梁山事业，在攻打方腊军时，索超献出了自己的生命。这是索超的最后一战，对手是狡猾多端的敌军元帅石宝。石宝惯使流星锤，回马诈输，以流星锤打人。大刀关胜曾经出马与石宝交战过，斗到二十回合，那石宝拨回马便走，关胜勒住马没去追赶，回了本阵，当时宋江问："为什么不去追赶？"关胜说："石宝刀法不在关胜之下。未败就逃，必定有计。"所以关胜没有被暗算。但是索超是急先锋，所以他的命运就有所不同。话说宋江调拨将佐，攻取杭州四面城门。城上鼓响锣鸣，大开北关城门，放下吊桥，石宝首先出马来战。索超平生性急，见石宝出战，挥起大斧，也不搭话，飞奔出来，便斗石宝。两马相交，二将猛战，还没斗到十个回合，石宝卖个破绽，回马便逃。索超好不容易逢到石宝，哪会让他跑掉，也不多想，拍马就追赶。关胜大叫不要去追赶时，但是已经迟了，只见那石宝回身飞出一流星锤来，一锤正砸在索超脸上。可怜一生勇猛的急先锋，最终战死在疆场上。

索超战死后，被朝廷追封为忠武郎。其家乡建庙祭祀，纪念其为国捐躯，不遗余力之功。

第四篇
一时英杰

卢俊义

玉麒麟卢俊义

卢俊义是个悲剧人物。论武艺，梁山第一，五虎将之首，就是林冲也隐有不及；论威望带兵，梁山第二，仅次于宋江，先为河北三绝，后为梁山副统帅；论智慧，则是下下等。何以见得？梁山那么多人，最后功成身退的不在少数，就是宋江、李逵、花荣、吴用几个没得好死的，也多半出自殉忠或殉义，死得明白，独有他死得糊涂，至死还蒙在鼓里。

卢俊义的一生，大概分为几个阶段：在北京，被骗上梁山，回京被捉，逃跑再被捉，救上梁山，活捉史文恭当上梁山副统帅，南征北战，京城遇害。

在上梁山前，卢俊义就名满天下，号称河北三绝，棍棒天下无敌。从后来的经历看，整个水浒出场人物中，论武艺，的确要算他第一。吴用骗他上梁山，用车轮大战消耗他的体力，卢俊义先斗李逵，次斗鲁智深，接着独斗刘唐、穆弘、李应三人，反而越斗越勇，接着又斗朱仝、雷横二人，仍是全无惧色，直到霹雳火秦明、豹子头林冲、双鞭将呼延灼、金枪手徐宁四员大将领军一齐杀出，他才抵挡不住，夺路回退，可见他的武艺的确了得。后来他斗曾头市教师史文恭，只用了一枪，便把史文恭刺落马下，要知道此前五虎将之三的秦明与史文恭斗，却是斗不过二十回合就被史文恭一枪杀落马下。卢俊义上阵往往以一敌众而不落下风，如征辽大战玉田

县，卢俊义被乱军冲散落单，被四个辽国小将军围住缠斗，卢俊义以一敌四，无半点惧怯，力斗一个多时辰，将其中一人斩落马下，其他三个小将军吓得拍马逃走。

除了武艺高强之外，他的理财功夫和统帅能力都不错。他是北京人，上梁山前就是北京的大财主，将一个家庭治理得顺风顺水的。就连他的家童燕青也从他那里学得一手好拳脚功夫，后来竟然摔跤天下第一。可见他的综合能力很强。

那么，宋江为什么会看中卢俊义，要拉他下水呢？

书中说，晁盖打曾头市中箭，宋江叹梁山无人，忽然想起卢俊义武艺了得，便想请卢俊义上山，甚至宁愿让出寨主的位子。后来，吴用便执行宋江的指示，扮作算命先生去骗卢俊义上梁山。事实上恐怕没有这样简单，宋江恐怕还有其他的考虑。首先，晁盖死去，宋江虽然代理寨主，但他本领低微，恐别人不服；其次，晁盖有遗嘱在先，谁活捉史文恭为他报仇，寨主之位就传给谁，以宋江的本领，是无法完成这个任务的，而梁山中能够完成这个任务的，不过林冲等几人，但都非帅才，宋江不情愿将位置传给这几个人。所以，最好的办法就是找一个武艺高强的人来，替梁山杀了史文恭，这个人能力强固然好，宋江让位也不冤，这人如果能力不够强，梁山其他英雄是断然不会将首领之位拱手相让的，最后，这个位子还是会落到宋江身上。而有这个武艺高强的人镇守那里，梁山其他善武之人自视敌不过，也就不会再觑视这个宝座了。更何况卢俊义还是北京富甲一方的大员外，他的财产对梁山来说也富有吸引力。所以，宋江毫不犹豫地想拉卢俊义上山。吴用心领神会，自然去办理。

吴用扮成算命先生，帮卢俊义算了一卦，说卢俊义有血光之灾，须往东南方向避难，骗卢俊义去梁山。这个骗局连不在场的燕青都看出有问题，可是卢俊义居然相信了。又不听燕青的劝告，不带燕青而带上不会武的管家李固。结果来到梁山，双拳难敌众，被众梁山好汉车轮大战，最后在水中被张顺活捉了去。

卢俊义来到梁山，誓死不肯落草。吴用早料到这招，只是多留卢俊义住了几天，而对李固说，他的主人已投靠梁山，不会再回去了，便将李固先放了回京。李固一回京，便勾结卢俊义的老婆告发了卢俊义，并把燕青赶出家门。等卢俊义回去，等待他的自然是官府的牢狱。卢俊义回到北京，燕青半路拦住，告诉他情况，他不相信，执意回家一看，回到家里，就被官府抓住。李固买通官府，断了卢俊义的刺配之罪，要在半路上谋害。燕青赶到，杀了官差，救出卢俊义。两人走到半路，燕青出去找水，官府又追到，将卢俊义抓回北京城打入大牢。

宋江派戴宗、石秀到北京探听情况，遇上燕青。燕青便和戴宗齐上梁山去报告，而石秀则留在北京城打探消息。不久，官府便定了卢俊义的死罪，正要行刑，拼命三

郎置自己性命于不顾，单人去劫法场，虽然最后因为寡不敌众，两人还是没能逃脱，但石秀以言威胁，说梁山大队人马随后就到，要踏平北京城，梁中书遂不敢轻易杀两人，将两人打入大牢，卢俊义侥幸逃得一命。

后来，梁山发大队人马，行里应外合计，两次来打北京城，方才打破城池，救下卢俊义。卢俊义遂杀了李固和背叛自己的老婆，卷起北京的家产，投奔了梁山。

来到梁山，宋江作势要让位，众人不肯，卢俊义也不敢接受。宋江要众人死心，带人再打曾头市，派卢俊义做先锋，吴用不肯，怕卢俊义真杀了史文恭夺了功劳，便派卢俊义做埋伏。谁知，卢俊义运气太好，最后曾头市兵败，史文恭逃跑，被卢俊义拦住去路一枪刺落马下，活捉了去。卢俊义活捉史文恭虽有运气成分，但若是换作别的武艺稍低的人，恐怕不会这么轻易将史文恭抓获。宋江要兑现晁盖的遗言，宋江的理由是——他有三处不如卢俊义：第一处，他身材黑矮，貌拙才疏；卢俊义堂堂一表，凛凛一躯，有贵人之相。第二处，他出身小吏，犯罪在逃。感蒙众弟兄不弃，暂居尊位；卢俊义出身豪杰之子，又无至恶之名，虽然有些凶险，累蒙天幸，免了祸殃。第三处，他文不能安邦，武又不能服众，手无缚鸡之力，身无寸箭之功；卢俊义力敌万人，通今博古，天下都望风而降！卢俊义有如此才德，正当为山寨之主。以后归顺朝廷，建功立业，官爵升迁，能使弟兄们尽生光彩——这些理由自然都是虚诿之词，众人都不肯。卢俊义此时已看出宋江的地位，更是力主推辞。宋江遂行一箭双雕之计，与卢俊义约定，分头攻打东平、东昌府，谁先打下，为梁山筹得粮草，谁为寨主。宋江将精锐尽拨给卢俊义，同时叫军师吴用去帮卢俊义。最后的结果是，宋江顺利降伏双枪将董平，拿下东平府。卢俊义却遇上飞

盧俊義活捉史文恭

石将张清，连战连败，一筹莫展。直到宋江赶到，设计水上活捉了前来偷粮的张清，才打破东昌。宋江遂顺利坐上第一把交椅，卢俊义屈尊第二。其实卢俊义很清楚，这对他来讲已经是很好的结果。

此后，卢俊义协助宋江招安，打田虎，打王庆，打方腊，将自己能征善战的一面发挥得淋漓尽致。作为梁山军的副统帅，为梁山事业可以说是立下了汗马功劳。梁山的成就，第一功劳是宋江，第二要算吴用，第三就是卢俊义了。

但是卢俊义的死却令人惋惜。

打方腊胜利后，燕青看明白“鸟兽尽走狗烹”的道理，劝卢俊义急流勇退，卢俊义不听，燕青只好自行逃隐。卢俊义来到京城，作为梁山军副先锋，被加授为武功大夫、庐州安抚使兼兵马副总管的职务。卢俊义不听从燕青的劝导，带了数个随行伴当，到庐州上任。宋江则前往楚州赴任。当时朝廷，正被蔡京、童贯、高俅、杨戬四个奸臣把持着。高俅、杨戬等见天子重礼厚赐宋江等人，心内很不高兴，便生奸计，要害宋江。害宋江前，因忌惮卢俊义了得，先对卢俊义下手。两人先收买庐州的官吏，叫他们状告卢俊义谋反，等皇帝宣卢俊义觐见时，便向御赐食物中投放水银，将卢俊义毒死。可怜河北玉麒麟，进御膳后不久便不得动弹，坠入水中作了屈死鬼！卢俊义死后，蔡京等四个便无忌惮，依同样计策毒杀了宋江，宋江却讲忠义，临死前又毒死了李逵，花荣、吴用两人见死了宋江，便在宋江坟前自杀了。可怜这几个梁山好汉，都没有得到好下场。

梁山众英雄中，以卢俊义、宋江等五个不得善终。而其中尤以卢俊义死得最糊涂，最不值。宋江殉忠，吴用、花荣、李逵殉义，都有着落，而卢俊义只是一个活活的冤死，至死都没明白怎么回事。如果他当初听了燕青的劝告，就不会这样冤死，宋江等人又或者是另一个下场了。自古朝廷多险恶，更何况是对于屡建大功的招安之人。卢俊义心高气傲，燕青几次三番相劝良言，他终于没有听进一句，实在可惜！

虽然如此，卢俊义作为一代良将，在战场上冲锋陷阵，攻城拔寨，的确是没一个人能比得上他，不愧他河北玉麒麟的称号。

入云龙公孙胜

公孙胜，梁山四内阁成员之一，梁山上最神秘的人物，梁山上最独立的人物，与梁山若即若离的人物……一个奇人！

公孙胜是蓟州管下九宫县二仙山人，自小学得一身武艺，后来又拜在山上罗真人名下学习道法，道号一清。年轻时云游四方，居无定所，号称入云龙，可见他的操守性情。年长后便随师讲法，一边照顾老母。

公孙胜刚出场，就十分神秘。晁盖、吴用、三阮、刘唐六人正商量打劫生辰纲，公孙胜飘然而至，自报家门，也来劝说晁盖打劫生辰纲。七人一拍即合，定下药酒之计，扮成枣商，轻而易举打劫了十万贯生辰纲。公孙胜来不及从晁盖家离开，白胜泄露机密，官府派人来晁盖家抓人。多亏宋江传信，前来捉人的朱仝、雷横高抬贵手，公孙胜、吴用、刘唐和晁盖得以逃往梁山泊脚下三阮的石碣村。何涛带五百官军追到石碣村，三阮设诱敌之计，活捉何涛，公孙胜则设火攻计，将官军一网烧死在水泊芦苇丛中。大赢官军后，公孙胜便随晁盖投奔梁山。在梁山，王伦不愿接纳众人，公孙胜、吴用挑动林冲和王伦火并，杀死王伦，推举晁盖做了山寨之主。吴用排名第二，公孙胜排名第三，林冲愿意屈居第四位。公孙胜和吴用共掌军权。

公孙胜自上梁山后，就一直牢牢把握内阁的一个席位。

宋江上梁山后，大家都要宋江坐第一位，宋江最后坐了第二位，公孙胜便坐到第

四位。吴用看出宋江比晁盖更有能力，转而积极拥护宋江。公孙胜也看出这一点，宋江一来，自己身份有些尴尬，又想梁山泊既已上正轨，不如借机引退，以看形势，便推说老母在家，要回家看老母，翩然身退。公孙胜一退，实际上解决了两个问题，第一，他将兵权移交给了宋江；第二，他实际上支持了宋江，但不必明白地反对晁盖。

公孙胜临走之时，众人苦留，最后只好约定百日之期。其实百日之期到，根本就见不到公孙胜的影子，从后来的情况看，他是安心在蓟州神仙山上陪罗真人讲法，根本就没有回梁山的意思。百日期满，宋江便叫戴宗下山去找公孙胜，象征性找了一回，没找到，便作罢了。公孙胜也乐得逍遥自在。

公孙胜再回梁山，是在梁山遇到棘手的情况，非得请他回来解决不可的时候。梁山为救小旋风柴进，攻打高唐州，遇上妖法高明的高廉，损兵折将，吴用无法，宋江也无法，梁山之中，除公孙胜能对付外，其他人都没这个能力，眼看拖的时间越长，柴进就越危险，吴用遂叫戴宗和李逵再下山去找公孙胜。

从宋江派去找公孙胜的人员，可以看出一些端倪。李逵是什么人，杀人不眨眼，找公孙胜要李逵干什么？奇怪吧。那只能说明，光戴宗不行，戴宗太文雅了，戴宗只能见到公孙胜，却不一定能请回公孙胜——万一公孙胜不愿意回梁山怎么办——这一点才是宋江和吴用真正担心的。所以，他们派上李逵，关键时刻还是要靠不讲理的李逵来点蛮的。果然不出所料，戴宗找到公孙胜的家，公孙胜根本就不愿见戴宗，李逵三板斧砍倒房子，才逼他出来。公孙胜又推说老母年老，不肯答应。戴宗求了一夜，公孙胜又说要他师傅罗真人同意才行。去见罗真人，这个罗真人也真配合，居然

不肯放公孙胜下山。这时，又是李逵出面，半夜去砍杀罗真人。罗真人把李逵好好戏弄了一番，这才准许公孙胜回梁山。回去之前，还教了一套胜过高廉的道法“五雷天心正法”——原来高廉那厮也是从他这里学习的道法。并告诫公孙胜，要保国安民，替天行道，不要被人欲所缚，误了大事。并约定公孙胜的归期：“逢幽而止，遇汴而还。”公孙胜这才重新出山，帮宋江破高廉，救下柴进。

这时，梁山才形成较稳定的四人内阁。晁盖、公孙胜主内，宋江、吴用主外。如果遇见比较棘手的情况，则公孙胜也出面。如芒砀山摆阵破樊瑞阵法，降伏混世魔王樊瑞。

后来，晁盖中箭身亡，卢俊义补充进内阁里，公孙胜的地位没有变更。

梁山大排名，公孙胜不仅是幕后主使，而且是公布大排名的实际操作者。由他作法主持大道场，在作法中故弄玄虚，从地底掘出事先准备好的天书写成的大排名石碑来。于是，梁山英雄大排名就变成了天意神授。这的确是一个利用宗教从事政治的好例子，梁山大排名使梁山空前团结，梁山势力达到顶点。而公孙胜自己就赫然位列天罡星第四位，号称天闲星，与他的作风倒颇一致。至于这个大排名的想法是出自吴用、宋江还是公孙胜，则无从考证，不过，执行者是公孙胜，说明他至少参与策划了这件事情，那是一定的。

梁山招安后，征辽经过蓟州，宋江让公孙胜带他去参拜罗真人。罗真人讲完法后，便代公孙胜向宋江说，公孙胜一来还要修道，二来还要照顾老母，希望战争打完后，宋江能够放他回家。这自然是公孙胜托罗真人说的。宋江不好推辞，只得答应了。

此后，公孙胜打田虎在昭德破乔道清的法术，收服乔道清做了自己的徒弟。后来又感化降将马灵投奔到罗真人门下。

帮助宋江打完王庆后，公孙胜不再留恋，向宋江辞行。宋江因有言在先，挽留不得，摆宴送行。众兄弟都是不舍，送了许多东西，公孙胜并不想要，大家都帮他装进包裹。筵罢，公孙胜一袭麻鞋，辞别兄弟，飘然而去，徜徉山林云海去了。

摸着天杜迁
云里金刚宋万
旱地忽律朱贵

杜迁、宋万和朱贵是梁山的元老，但是，在梁山大排名中，地魔星云里金刚宋万排到倒数第二十七位，地妖星摸着天杜迁排到倒数第二十六位，地囚星旱地忽律朱贵排到倒数第十七位，排名十分靠后。这固然与三人本领低微有关，也与三人不善拉关系有相当大的关联。

三人最主要的事情都与林冲和晁盖上梁山相关。

摸着天杜迁因为犯事，流落江湖，投奔柴进，碰上同去投奔的落第秀才王伦。两人一文一武，受了柴进的馈赠，遂结义为兄弟，拉起一队人马上梁山落草，以打劫为生。后来，云里金刚宋万也来到梁山。旱地忽律朱贵本是王伦手下的一个小兵，因为手脚机灵，王伦便派他在山下开店，打探来往客商情况。由于梁山地形非凡，不断有人来入伙，梁山渐渐发展到有几百人马。王伦做了大头领，杜迁做了二头领，宋万为三头领。虽然四人本领不大，但初来投奔者也都是一些武艺低微之辈，四人倒也管束得了。

但是当林冲要来投奔梁山时，情况就发生了变化。林冲杀了陆虞候，烧了大军草料场，得柴进的书信推荐，便来投奔梁山。朱贵心胸较宽阔，闻说是八十万禁军教

宋万

头，自然着意推荐，引林冲上山来拜见三个头领。王伦却是个心胸狭小之辈，见林冲武艺高强，怕林冲将来夺了他的位子，拒绝林冲入伙，托出一盘银子就要赶林冲走人。林冲无处可去，只得低声请求。朱贵首先出面求情。杜迁、宋万遂也出来替林冲求情。王伦碍于面子，不好立即拒绝，便要林冲交付“投名状”。所谓“投名状”，就是杀一人献给山寨表示投靠忠心。林冲只得忍气吞声下山措办“投名状”。一连三日，不是过往人多，就是无人，林冲一无所获。直到第三天下午，林冲才等到上京复职的杨志。林冲先抢了杨志的行李，叫小喽啰挑上山去，自己来斗杨志。两人大斗了一场。这时，王伦才从山上赶下来。王伦见杨志身手不凡，便喝停两人，将两人都请上山去。林冲这才得以落草梁山，坐了第四把交椅。朱贵也由一个小喽啰升迁到头领位置，坐了第五把交椅。杜迁、宋万和朱贵三人虽然力主收留林冲，但对王伦却不敢违抗。重排座次时，杜迁和宋万也没有让贤的意思。他们失去了一个更好的结交林冲的机会。

许多好汉见林冲在梁山受气，自然将责任都归结到二人身上，这是二人后来不受众好汉喜欢的原因之一。梁山因此得了个不容人的坏名声。鲁智深和杨志本来要投奔梁山林冲，就是因为这个而转投了二龙山的。

晁盖上山是对三人的第二次考验。结果是，王伦仍然百般阻拦，而被林冲火并杀死在宴席前。杜迁、宋万和朱贵虽然没有十分拒绝接纳晁盖等人，但也没有挽留晁盖等人的意思。林冲火并王伦时，三人还下意识起来要劝林冲。所幸被刘唐、三阮等人半拉半拖住，没有实际动作。否则，他们也是死路一条。不过，自他们从位子上站起来准备帮忙的那一刻起，三人在梁山上的政治生涯就被判了死刑。林冲

朱贵

手刃了王伦，推举晁盖坐第一把交椅，吴用坐第二把交椅，公孙胜坐第三把交椅，自己只坐了第四把，杜迁、宋万和朱贵这时才明白情况，赶紧顺水推舟，把前面的位子让出来，三人坐了最末三个位子。

自这一次之后，三人才慢慢学会主动让贤。随着梁山的兴旺，梁山英雄好汉越来越多，三人也知趣地主动让位，地位渐渐地靠后挪。到梁山大排名时，三人的座次基本上排到了很靠后的位置。不过，如果不考虑三人作为元老的资格，而只考虑武艺，这个排名对于他们还是公正的。

排名之后，杜迁、宋万身列步兵将校之列；朱贵则仍然负责管理山下南山酒店，招呼过往客商，打探来往消息。

三人的结局各有不同。

宋万在征方腊打润州的一战中被乱箭射死。杜迁在征方腊的最后一战中乱战身亡。朱贵则在征方腊打完杭州后染上瘟疫，不治身亡。三人作为偏将，皆被朝廷赐予义节郎的称号，在家乡立庙纪念。

扑天雕李应

李应是个值得研究的人物。

天富星李应外号扑天雕，梁山排名第十一位，他是少有的敢对梁山说不而仍然被宋江尊敬的人物。他先是拒绝见宋江，后来被宋江骗上梁山，尊为上宾，最后又能从梁山全身而退，他的故事主要围绕怎样保存自己，怎样与祝家庄、梁山处理好关系展开的。

离梁山不远的独龙冈上有三个大庄，从东到西依次摆开，分别是扈家庄、祝家庄和李家庄。祝家庄势力最大，有祝氏三雄和教师栾廷玉镇守；扈家庄为保存自己，将女儿一丈青嫁给祝家庄三子祝彪，与祝家庄结成亲家。唯独剩下李应在李家庄孤家寡人，势力单薄。李应不想被其他两家压制，他去江湖上寻找了一个得力的助手——鬼脸儿杜兴。杜兴心计很好，善于理财。李应在杜兴刚从牢房出来时收留了杜兴，并且完全信任他，逐渐将自己的生意和家财交给他管理，杜兴很快当上李应的全权管家。为感激李应的知遇之恩，杜兴全力经营李家庄，李家庄越来越兴旺，遂与其他两庄并驾齐驱。

因为靠近梁山，李应不得不考虑梁山可能会来滋扰，怎样处理与梁山的关系，是李应面临的一个大问题。

他首先的想法是与梁山对抗，所以，他积极响应三家联合方针，与祝家庄、扈

家庄结盟。但是不久这个想法就面临考验。事情出在杜兴的朋友时迁身上。时迁投奔梁山路过祝家庄，因偷鸡放火被祝家庄捉住，同路的杨雄和石秀遇上了李应的管家杜兴。杨雄对杜兴曾有救命之恩，在杜兴犯事打入大牢的时候，是牢狱长杨雄大力帮忙把他救出牢房的。杜兴为感激杨雄的救命之恩，带杨雄前来见李应，求李应救助时迁。李应现在面临着一个大矛盾，救时迁不救？救时迁，可以交好梁山，但要冒犯祝家庄；不救时迁，不仅得罪梁山，而且也会使管家杜兴陷入尴尬。

权衡之后，李应选择了试探救人。这样做，一举多得：第一，给足了杜兴面子，杜兴以后会对自己更加忠心；第二，可以借此机会试试三家联盟的牢固程度；第三，还可以交好梁山，给自己留一条后路，毕竟梁山是惹不起的。

后面就发生了李应三次救人之事。第一次，李应派主管带上他的书信前去要人。主管回来报告，祝老庄主看了书信，主张放人，但被祝氏三杰拒绝，说要把人解送官府。李应以为可能是主管不会说话，导致祝家庄拒绝放人，遂派总管杜兴带书信再前去要人。过了很久，杜兴气愤愤地独马赶回，大骂祝家庄。原来祝氏三杰是真不想放人，见杜兴再去，连信也不看，撕了书信，并口出狂言，李应再敢去要人，连李应也一起当贼抓了押送官府。李应听了大怒，心想原来盟约这么不牢固，便亲自带上兵马前去要人。来到祝家庄前，李应大骂祝家兄弟背信弃盟，将自己的朋友当贼人抓去请赏。祝彪出阵迎斗，斗不过李应，李应正要追赶，却被祝彪回身一箭射中胳膊。李应只得撤兵回庄，紧闭庄门。

李应虽中了一箭，却避免了一个大麻烦——梁山和祝家庄迟早有一战，他可以借养病在家，不必再过问两家的恩怨。对梁山，他身中一箭，算是尽力了，梁山就算来打，顾及江湖道义，也不会来动他李家庄；而与祝家庄同进退的盟约，也就因此而完全解除，不必让人说闲话了。

不久，石秀、杨雄领宋江来打祝家庄，李应干脆就闭门不出。宋江不熟悉地形，一战失利，导致杨林、黄信被捉，便亲自带三百人马前往李家庄求见李应。李应既不愿与匪寇交往，以免以后被朝廷抓住把柄，也不愿得罪宋江，于是以中箭养伤为由，拒见宋江，派杜兴出来，将祝家庄上的机密一一告知，并承诺决不出兵帮助祝家庄夹攻梁山。宋江是个聪明人，也就不再勉强，遂带兵回转。李应的这一招可谓有理有节。

祝梁交战，李应以中箭为名，袖手旁观，既以自保，又不给人留下把柄，可见高明。后来，梁山三打祝家庄，打破祝家庄、扈家庄，唯独李家庄得以保存。

破祝家庄后，宋江没有放过李应。一来，他看中李应是绝顶聪明之人，梁山正

需要这样的人才；二来，李家庄钱粮富裕，不拿白不拿。宋江玩了一个小小的计策，叫萧让扮成知府，带领戴宗、杨林、裴宣、金大坚、侯健、李俊、张横、马麟、白胜扮成官军，拜访李应，以通匪为名，将李应和杜兴捉拿出庄，半路上宋江又让林冲、花荣、杨雄、石秀打劫囚车，将李应和杜兴救上梁山，并将李应一家老小和所有财产全都运上梁山。等李应明白过来，生米已经煮成熟饭，宋江再好言相劝，李应是明白人，只好将错就错，落草梁山了。

由于李应的财力雄厚，晁盖、宋江对他十分优厚，安排他、杜兴和蒋敬总管山寨钱粮金帛。这样的安排对将钱粮金帛充公的李应自然是莫大的安慰。梁山大排名，李应排到第十一位，担任梁山的财政副部长，仅挨着有钱有权出身也好对两代头领又有救命之恩的财政部长柴进，可见梁山对他的器重。如果不考虑经济原因，他是排不到这个位置的。

李应在梁山主要负责后勤工作，在战争中幸存下来。打方腊胜利后，李应作为正将被授以官职，到中山府任都统制。赴任半年后，李应听说柴进辞官归隐，知道风向不对，也推称风瘫，不能为官，向省院辞了官职，回了故乡独龙冈村。不久，杜兴也辞官回来。李应在独龙冈又做起了自己的大财主。

鬼脸儿杜兴

鬼脸儿杜兴在梁山排名第八十九，称地全星，以讲义气和善理财著称。

杜兴的主要经历是：杀人、坐牢、结交杨雄、投奔李应、上梁山。

杜兴本是中山府人，因为长相难看，所以诨名鬼脸儿。杜兴有一手拳脚功夫，做买卖来到蓟州，因争一口气打死同伙客人，吃官司监在蓟州府里。牢狱长杨雄见杜兴能说会道，又有一身功夫，遂上下帮忙，将杜兴救出大牢。杜兴出牢后，来到独龙冈，结识了李家庄大财主扑天雕李应。李应爱惜杜兴的才华，将他收留庄上做了自己的管家。杜兴不负李应信任，将李家庄财务经济管理得井井有条。不久，李应就升他做了总管，将庄上全部事务都交他一手打理。

杨雄、石秀因为杀人，逃亡梁山。半路上同伙时迁偷鸡，火烧酒店，被祝家庄抓去。杨雄正逃亡之际，碰上了杜兴。杜兴为感谢杨雄救命之恩，遂带杨雄去见李应，请求李应出面救人。李应和祝家庄是盟约之交，李应以为救时迁是举手之劳，也想借此机会感谢杜兴对李家庄的忠诚，便一口答应救人。谁知事情并不顺利，第一次派主管去，祝家庄拒绝放人，再派杜兴带亲笔书信去，仍然被拒绝，还遭祝家庄唾骂。李应大怒，亲自带兵马前去要人，被祝彪射伤，只得回家养伤。杜兴只得叫杨雄等去梁山求救兵。

梁山来打祝家庄，前来求见李应。李应避而不见。杜兴知道李应的难处，出面帮李应应付，一面将祝家庄的情况告诉宋江，一面答应不派兵帮助祝家庄，但婉言拒绝

了宋江的求见。杜兴处理得当，宋江碍于江湖场面，遂不再强求李应参战。

宋江打败祝家庄后，设计将李应和杜兴骗上梁山，软硬兼施，把李应全家及财产都接上梁山，要李应和杜兴落草。李应只得答应。杜兴遂和李应一起归顺了梁山。归顺后，李应做了财政副部长，杜兴则被派去管理山下的酒店。

杜兴在归顺梁山后，一面受宋江管辖，一面仍然保持了对李应的忠诚关系。

梁山打方腊胜利后，杜兴以偏将身份接受朝廷的赏赐，得武奕郎爵位和都统领的官职，在省院听调。被授以中山府郓州都统制官职的李应赴任半年后，学柴进辞官不做，杜兴一直忠于李应，于是也同时辞官，陪李应一起回到独龙冈。李应重新做回了独龙冈的大财主，而杜兴仍然做回了李应的大总管。不过，经由梁山这一遍，两人真正成了亲密无间的兄弟。

操刀鬼曹正

曹正号称操刀鬼，是林冲的徒弟，在梁山排名第八十一位，专门负责屠宰牛马猪羊牲口的工作。

曹正原来是开封府人，祖代屠户出身，杀的一手好牲口，挑筋剐骨，开剥推斩，因此被人唤做操刀鬼。他借了本处的一个财主五千贯钱，出来山东做生意，不想折本，回乡不得，便在本地入赘一个庄农人家，在路边开酒店为生。

曹正的主要故事是设计帮助杨志和鲁智深攻破二龙山。从中可以看出他是一个文武兼备的人物。

曹正的出场富有戏剧性。杨志失陷了生辰纲，浑浑噩噩来到他的酒店，身无分文，也不在乎，吃霸王餐。曹正追上前来，与杨志交手，斗了二十回合，只有招架之功。曹正看出来人武艺和他师傅林冲差不多，吃霸王餐一定是别有原因，于是住手不斗询问。杨志通了姓名，曹正是识人的人，纳头便拜。并通报了自己的身份。曹正将杨志请回酒店，重新招待。席间，曹正见杨志无处可去，梁山上又不容人，便推荐杨志去附近的二龙山落草。

杨志告别曹正，来到二龙山下，遇上欲上二龙山落草的鲁智深。两人不打不相识。鲁智深告诉杨志，二龙山头领邓龙不接纳他落草，下山与他交战，又斗不过，于是回山将三座关门紧紧关闭。他在此已咒骂多天，山上就是不开门。杨志听说，遂带

鲁智深回曹正家商量对策。

曹正献上一条妙计。叫杨志将鲁志深捆绑了，上二龙山去献给邓龙，骗邓龙打开关门，到时松了绳索扣子，众人一齐发力，擒了邓龙，不愁山寨不破。大家依计行事。曹正带上妻舅和几个下人，驮了鲁智深的兵器行李，和杨志一起将鲁志深押到二龙山关前，向里喊话说，一个和尚喝醉酒不给钱，还声称要领官府来攻打二龙山寨，本店乘他醉了将他抓获，特来献给山寨。邓龙在山寨上看得清楚，信以为真，叫开了关门，将人送往山上大厅。来到大厅，杨志、鲁智深、曹正和众伙计一齐发作，杀了邓龙，遂轻而易举夺了山寨。自此，杨志和鲁智深便在二龙山落脚，做了山寨之主。后来，武松、施恩、张青、孙二娘先后来投奔。二龙山成为了江湖上势力仅次于梁山的帮派山头。

曹正因为与杨志和鲁志深勾连，不久就受到官府的追查，遂带着一家老小，也投奔上了二龙山。

后来，鲁智深带领二龙山人马归顺梁山，曹正也随之上了梁山，在梁山负责后勤屠宰工作。

曹正没能活到战争结束。在随卢俊义打方腊、攻占宣州城池一役中，不幸身中毒箭，回寨毒发，死在军营之中。

从曹正设计占领二龙山看，他是一个不简单的人，可惜由于林冲的低调，他在梁山始终位居下层，似乎表现的机会不多。

混江龙李俊

李俊

梁山上有四条龙，入云龙公孙胜，混江龙李俊，出林龙邹润，九纹龙史进。真正最后成龙的，其实只有李俊一个，他最后做了泰国国王。李俊的人生，梁山只是其中一个阶段，天罡星排名他作为水军头领，号称天寿星，只排到第二十六位，地位不高。但李俊最后还是成功了，他的成功半由天命，半由人事。

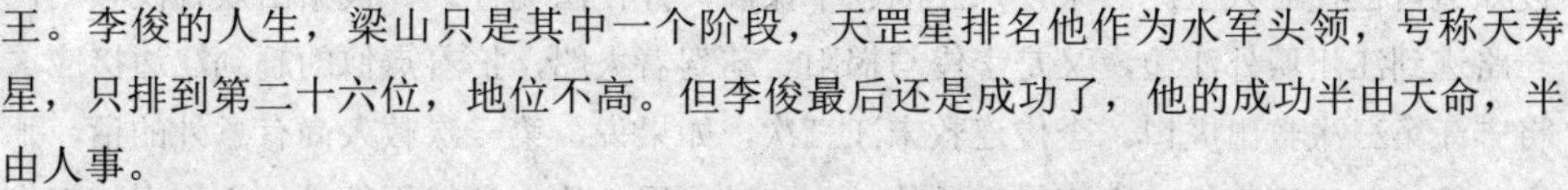

李俊的人生可以划分为三个阶段：扬子江上做私商运输生意；梁山上协助宋江管理水军；浮舟海外去泰国打拼。三个阶段一步一个脚印，李俊经过周密策划和主动出击走向了人生的辉煌。

李俊号称混江龙，自然有一身好水性，他的第一桶金是从水上得来的。但是他决不会满足单干，他很注意拉拢人才，很快便在水上结识童威、童猛兄弟，使这两人成为自己的死党，这样便取得了与揭阳岭穆弘穆春、张横张顺抗衡的地位。同时，李俊也深知形势，注意和其他帮派搞好关系，这从他第二次见到宋江时，如数家珍地道出揭阳镇的江湖关系网——从他把它概括为揭阳三霸，并且清楚地说出其他两霸的经济来源和人员情况可以看出。在其他两霸中，张顺名声最大，可以说是水上的天才，后来连太湖上的四位英雄都闻知其名，想要去投靠，见李俊第一面首先提到的不是混江龙李俊而是浪里白跳张顺。但是，张顺似乎始终没有很好地认识自己的天赋，而满足

于宋江分派给他的地位。虽然李俊水上功夫和名声都比不上张顺——事实上，在整个梁山的军力体系中，水军头领实际上一直处于分散状态，宋江自始至终都没有完全相信李俊，而李俊也小心翼翼地维持了这种状态，没有过度争权——但李俊远比张顺有心计。

在收服童氏兄弟后，李俊将势力从水上发展到岸上，从书中描写看，张横不买穆弘兄弟的账，对李俊却非常恭敬，可见李俊已经事实上成为揭阳岭上下的霸主。但李俊并不满足，他着力寻找更大的发展平台，很快他就盯上了一个人——江湖上大名鼎鼎的及时雨宋江。这个人黑白两道通吃——李俊凭直觉意识到，如果结识了宋江，对自己有百利而无一害。不久，机会就到了，宋江刺配江州，要从揭阳岭路过。书中说，李俊为了结识宋江，在揭阳岭上下足足等了四五天，可见其用心之深。最后，果然被他等到了，而且一见面就是救了宋江的命。催命判官不知深浅，下药将过路的宋江药倒，李俊带二童兄弟适时赶到，连忙询问，李立知道自己药倒的是黑道老大时，当时就吓得赶紧放人，道歉。李俊救了宋江第一命，顺利结交上了这个老大。不仅如此，后来宋江被穆弘兄弟追捉，慌忙跳上张横的贼船，差点被张横谋财害命，正在这节骨眼上，又是李俊恰好带二童赶到，说出宋江的身份，又救了宋江一命，而且令穆春、穆弘兄弟与宋江和好，揭阳三霸第一次齐聚穆弘家。通过大家对宋江的反映，李俊知道自己找对人了。后来，宋江因题字谋反，押往法场行刑，被梁山众好汉救出，一路逃到江州城外江边，又是李俊与揭阳三霸驾着大船，掐着点似的赶到江边接应，将宋江第三次救出虎口。李俊连救宋江三次，如果说，第一次救人尚有意外的话，那么，第二、三次李俊在宋江最需要的时刻准时出现，让人觉得更像是处心积虑。李俊这个人的心思，由此可见一斑。

李俊通过三次救助宋江，顺利搭上了宋江这艘大船，帮宋江报完仇后，就随宋江一起上了梁山。

李俊一意结交宋江，以宋江的聪明，他自然看得出。但问题在于李俊不仅是将才，而且似乎还是帅才，这对宋江可并不太有利。宋江对李俊似乎一直并不太放心，这个人太深不可测了，为了结交我一个，居然花费这么弯曲的心思，一旦大权在握，我还能不能管得住他呢？宋江不得不考虑这个问题。所以，宋江自始至终都没有独用李俊的意思，整个梁山中，李俊作为水军第一头领的身份时隐时显，关键时刻，还得靠他的计谋和统帅，但是多数时候，各首领似乎又是单独对宋江负责。当然，具体情况也有一些，那就是水军头领中，三阮都是晁盖的旧将，不好让李俊凌驾于上，而张顺又是天赋奇才，其他人简直比不了，宋江也就将计就计，让众人互相制衡了。而李

俊聪明就聪明在这个地方，他并不急于表现，很耐心地等待机会，而且服从宋江等人的安排。

当然，只要一有机会，他决不放过。水淹太原城就是他的大作，梁山中没第二个人能像他这样敢想敢做，就是连宋江，恐怕也不一定下得了手。打田虎，卢俊义兵围太原城，可是一连七八天天降大雨，不能攻城，卢俊义进退两难。正没办法，李俊前来献计——扒开黄河堤坝，水淹太原城，不愁城不破。卢俊义从其计，李俊带水军前去决堤淹城，黄河决堤，水满太原，太原不攻自破，可怜一城军民尽都遭殃。书中没说此次共死了多少人，只说洪水退去，卢俊义带军进入，城中鸡犬不闻，尸积如山，全城军民只剩下一千多人哆哆嗦嗦跪在水中求命，检点其中人员，只有十几个士兵。可以想见，太原城差不多是全城覆没了，就连说书人都忍不住站出来说：李俊这条计策也忒惨毒了。水淹太原城是典型的为达目的不择手段的做法，这种作风，大概也预示着李俊是做大事的人。

李俊在梁山建功不少，以活捉王庆功劳最大，最能看出他的智慧来。李俊奉命统驾水军对阵王庆的水军，大战于瞿塘峡，杀其主帅水军都督闻世崇，擒其副将胡俊。李俊见胡俊相貌不凡，义释胡俊，胡俊感恩，带李俊骗开云安水门，夺了城池。李俊料定王庆与大兵厮杀，如果败溃下来，必要经过这里投奔老巢。因此就教张横、张顺镇守城池，又叫阮氏三雄也扮作渔家，分投滟滪堆、岷江、鱼复浦各路，埋伏哨探。自己则与童威、童猛带领水军，扮作渔船，到处巡探。王庆兵败，带领三十余人，果然逃到云安属下开州地方的清江边。李俊望见王庆一骑当先，后面又许多人簇拥着，料是贼中头目，于是和二童驾船接住，就船上将王庆抓住，一审问，才知道竟抓住了敌军首要。

李俊随宋江打田虎，捉王庆，他事实上已经是宋江的副将，水军的元帅了。但是，这绝不是他的最终理想。他似乎早就看透了中原的局势，以宋江不肯造反的心态，以及朝廷的情况，是不可能有更大的发展前途的，搞不好还会惹来杀身之祸。打方腊时众将接连战死疆场，也使他认识到梁山的前途并不美妙。他在等待其他机会。当他与太湖四杰见面时，他就知道自己的机会来了。

打方腊江阴大捷，李俊作为水军主帅，回太湖向宋江告捷。宋江因要打苏州，见太湖水面宽阔，便留下李俊相机从事。李俊出去探听水路情况，两天后回来向宋江报告说，苏州南接太湖水港，他可驾小船进港去探听消息，然后行内外夹攻之计，相机破城。宋江答应，调二童过来协助李俊。李俊和二童驾一艘小船，漂进太湖，扮作买鱼的，前去渔家买鱼。却遭太湖四杰的暗算，将他们骗到榆柳庄上活捉了去。太湖四

杰以打鱼为名，暗中行打劫之事，四人都是绿林人物，江湖上人称赤须龙费保、卷毛虎倪云、太湖蛟卜青、瘦脸熊狄成。李俊见被捉，只是感叹自己抱负未展，却闭口不说自己的来历。老大费保见李俊气魄非凡，不敢下手杀害，最后追问，原来是宋江手下的水军副将。费保四人很有眼光，看出李俊是人中之杰，便释放李俊，着意接纳。李俊当时便和四人在太湖上结义为兄弟。李俊要保奏四人做官，四人却不愿意，只愿帮忙。在费保等人的帮助下，李俊协助宋江迅速攻下了苏州。打下苏州，七人又在太湖上聚集庆贺，费保看出梁山气数已尽，近来打方腊连连折将，席间便劝李俊赶快离开宋江，和他们一起去海外打拼。一席话说到李俊的心坎上。李俊随订下盟誓，待他帮助宋江打完方腊这一仗后，就来和四人相会，共同去海外发展。

打完方腊后，燕青首先归隐。回兵至苏州，李俊果然不负太湖之约，诈病中风不能回京。宋江听说李俊生病，亲自领医生前来探望，其实心里未必相信。李俊叫宋江不必等候自己，误了回军日期，又恳请宋江留下二童照料自己；宋江虽不尽相信，但毕竟兄弟一场，便留下二童陪伴李俊。

宋江走后，李俊便带二童去太湖赴约。七人在榆柳庄上商议定了，尽将家私打造船只，从太仓港乘驾出海，去海外寻求发展机会。后来经过一番打拼，李俊做了泰国的国主。童威、费保兄弟，做了化外官职，自取其乐，另霸有海滨。

从梁山全身而退，走得最潇洒的三个人是公孙胜、燕青和李俊。而离开梁山还取得如此大的成功，梁山上就要数李俊第一了。

出洞蛟童威
翻江蜃童猛

童威、童猛是兄弟，一生跟着李俊，最后在泰国做官封爵，独霸海滨，他们的成功源于独特的眼光。

兄弟两个一出场，就由李俊帮他们道明了身份："这两个兄弟是此间浔阳江边人，专贩私盐来这里货卖。却是投奔李俊家安身。大江中伏得水，驾得船，是弟兄两个，一个唤做出洞蛟童威，一个叫做翻江蜃童猛。"可见二童是甘愿投拜到李俊的手下做事的。从整部水浒来看，二童似乎很少站出来说话，说明他们一直是把自己当成李俊的手下。浔阳江边同时还有张横、张顺、穆春、穆弘和李立，二童单单选择跟随势力几乎是最小的李俊，可以看出二人的眼光。

二童协助李俊结交宋江后，自然就随李俊上了梁山。二人面临着人生的重大抉择，就是到底跟谁，是李俊还是宋江？二童选择了稳妥的方法，听从宋江，但忠于原主人李俊。李俊上梁山后，一直是作为水军头领身份出现。而二童的职位则经过了一番变化。宋江先是安排兄弟二人去梁山西山下开办酒店，并没有和李俊在一起。当孙新、顾大嫂上山后，宋江便叫孙新、顾大嫂顶替了二童的位置，而将二童安排到山

下看守金沙滩小寨。梁山排定座次，二童位置靠后，并且两人也被彻底分开，童威跟着阮小五看管东北水寨，童猛跟着阮小七看管西北水寨；李俊领着阮小二看管东南水寨，张横、张顺兄弟看管西南水寨。从分派任务可以看出，宋江真正信任的只有张氏兄弟，而对李俊原来人马和阮氏兄弟都心存防备，故将两班人马错综搭配。但是，二童对李俊的忠心似乎一直没有改变。

最后一次的人生选择，二童仍然选择了李俊而放弃了宋江。攻打苏州，因为宋江手边缺水军将领，便调派李俊到身边，李俊要去探访太湖敌情，宋江便又调配二童来协助李俊，这一调派却成全了二童和李俊。李俊和二童来到太湖，被太湖四杰捉住，作者安排了一段话让三人透漏胸襟抱负。书中说："李俊听得这话，寻思道：我在浔阳江上做了许多年私商，梁山泊内又装了几年的好汉，却不想今日结果性命在这里！罢，罢，罢！——叹了口气，看着童威、童猛道：今日是我连累了兄弟两个，做鬼也只是一处去！——童威、童猛道：哥哥休说这话！我们便死也够了。只是死在这里，埋没了兄长大名！"从这段话看出，李俊是个有远大抱负的人，他的抱负绝不会只是在梁山做一个水军头领这么简单；同时，还可以看出，二童绝对是最理解他的人，所以才有这样推心置腹的感叹"埋没了兄长大名"。果然，后来李俊和太湖四杰约定打完仗后齐去海外谋求发展，二童也参加了盟约。打完方腊后，二童本有随宋江上京接受功名官爵的机会，但二人却选择放弃，而留下来辅佐李俊——以他二人的眼光，是不可能没看出李俊装病骗宋江，但是，他们不仅没有委婉告发，反而在李俊向宋江请求留下二人照顾自己时，一口答应了李俊——可以看出，他们实际上站到了李俊一边。

后来，二人果然随李俊去约齐太湖四杰，乘船离开中国去海外发展，取得了巨大的成功。书中虽没有交代李俊是怎样当上泰国国王的，但二童的功劳，想来一定也是很大的。后来二童霸占海滨，逍遥自乐，大概就是李俊对他们的封赏吧。

船火儿张横

观看水浒的排名，是很有意思的事情。天罡星从第二十六位到第三十一位，一顺溜排着六大水军头领：天寿星混江龙李俊、天剑星立地太岁阮小二、天平星船火儿张横、天罪星短命二郎阮小五、天损星浪里白跳张顺、天败星活阎罗阮小七。李俊隐然有头领之智，自然排在首位。其他人的排法却是尊卑所定。张横排在他弟弟张顺之前，完全因为他是哥哥。论武艺功劳，他实在比不上他的弟弟浪里白跳张顺。在梁山上，他远没有他弟弟的戏份多，关键时候出来倒是反面人物。如果没有他弟弟，他可能就是一个无足轻重的人物。

张横原是浔阳江上做私商兼打劫买卖的。他一出场，就不做好事，差点要了黑帮老大宋江的命。宋江路过揭阳镇，因救助卖艺的薛永而触犯当地恶霸穆春，被兄弟俩追赶，来到江边，上了张横的贼船。张横一连几天赌博输钱，正想干一把，自然不会放过身上有大把银子的宋江，就是穆氏兄弟追到江边要人，他也并不理睬，是一意要在江上谋了宋江，夺他的财物。如果不是李俊及时赶到，说出宋江的名字，这黑帮老大就算栽在张横手里了。事后张横后悔不已，连连道歉，宋江倒真是表现出来了超人的宽容，从后来的发展看，他是一点也不计较的——其内在原因，大概是他知道了张横有个天才的弟弟浪里白跳张顺——这人是真有本事，属于宋江最崇拜的一类人。

张横带兵也很莽撞。他的另一次出场就显示了这种莽撞。关胜实行围魏救赵之计，带大兵前来围剿梁山，屯兵梁山水泊前。此时吴用、宋江还在从北京返回的途

中。张横见大兵前来，便要抢头功，准备渡水夜袭关胜大寨。张顺苦劝不听，张横带五十条小船，二三百人，夜里渡过水泊，前去劫寨。关胜早有准备，将计就计，设下埋伏，引张横前去中军大寨，一举将张横两三百人尽数捉拿。后来连累阮小七等去救人，也一起被捉。从这件事情看，张横不仅水上功夫比不上他弟弟，就是智谋方面也有不及。但是他的排名仍在弟弟之前。

张横做得最英勇的事情就是替弟弟报仇。不过这件事情自始至终都充满了诡秘，让人都不知道是该将功劳算在他身上，还是算在他弟弟身上。张顺在涌金门英勇牺牲。张横、阮小七、侯健、段景住四人，奉命驾小船从大海顺潮水沿钱塘江进入杭州，却被潮风反吹向大海，侯健、段景住等都淹死在大海里。张横水性好，凫水漂到五云江里，正碰上杭州城已被打破，太子方天定沿江逃跑，张横从水里径跳起来，方天定马不能走，被张横割下头来。张横提着方天定的头，过往的众将打招呼他都不应，径去大营找宋江，见了宋江纳头便拜，号啕大哭，却如疯了一般说自己不是张横，乃是屈死的张顺，一点冤魂未散，借哥哥的身子杀了仇人前来拜别宋江，又说自己已被西湖震泽龙君收作金华太保，留于水府龙宫为神。说完倒头就晕了过去。一觉醒来，也不知是真是梦。宋江感慨不已，后来便隆重去西湖边祭奠张顺。张顺借兄还魂的场面，是梁山中少见的感人场面。

张顺死后不久，杭州城爆发瘟疫，张横不幸染上，滞留在杭州。后来终于还是没有逃脱瘟疫的魔掌，死在了杭州城里，陪了他的弟弟。

张横死后，被朝廷封为忠武郎。

小遮拦穆春没遮拦穆弘

穆春、穆弘兄弟，原是揭阳镇上的富户霸王，他们上梁山，也是因为宋江。

宋江刺配江州，路经揭阳岭，喝了李立的药酒，幸好被李俊赶到救下。告别李俊，宋江来到揭阳镇，看见当街卖艺的病大虫薛永。那薛永一身好武艺，流落至此卖艺，因为没有先去拜访穆春，穆春便吩咐当地人不许打发他钱。宋江不知情况，欣赏薛永的武艺，自个拿出五两银子打发薛永。穆春大怒，上前就要教训宋江，却被薛永打翻在地。穆春一面回去请人看住薛永，一面差人来捉宋江。

宋江投酒店歇息，众酒店都怕穆春，不敢留宿。宋江误打误撞，竟然借宿到了穆春家。穆太公留他吃了饭，正要睡觉，宋江却从门缝里发现穆春从外面进来，要邀兄弟穆弘一起去抓薛永和自己。宋江吓得连忙逃跑。穆春兄弟赶到江边，那宋江已被张横骗上船去了。穆氏兄弟知道这人一旦掉到张横手里，就算是死定了，只好回头来抓薛永。不久，兄弟俩却看见混江龙李俊和张横陪着宋江来找他，这才知道自己先前追赶的人竟然是江湖黑帮老大宋江，两人均是吓出一身冷汗，赶紧向宋江道歉，把宋江接到庄上歇息。宋江离开时，两人又连忙送盘缠。

后来，梁山大闹江州救宋江，李俊来找揭阳弟兄前去帮忙，这是穆氏兄弟将功补过的好机会，兄弟俩一口答应。大家救出宋江，穆弘、穆春便将宋江留在家中养伤，大队梁山好汉也停驻在他家。几天后，宋江叫众人替他报仇，穆春、穆弘欣然参与，

出钱出力，帮宋江大闹无为军，活捉黄文炳，报了陷害大仇。至此，穆氏兄弟已是骑虎难下。宋江请大家一起上梁山，穆氏兄弟遂带领全家，收拾财物，一起投靠宋江上了梁山。

梁山正缺钱缺粮，穆家的财富自然是最好的礼物。宋江和晁盖也没有亏待兄弟俩，对这兄弟俩很是照顾。梁山大排名，穆弘位列天罡星第二十四位，排在揭阳三霸之首，就连水军总首领李俊也排在他的后面，就是宋江的意见。从这个方面看，穆春、穆弘投靠宋江是很值得的。要知道，在以前，揭阳三霸中，李俊才是头头，就是张横也不买他兄弟俩的账。

梁山分派职务，哥哥穆弘是马军八骠骑兼先锋使之一，弟弟穆春是步军将校。穆弘和李逵一起把守山前第一关，穆弘甚至排在李逵之前，可见二人所受的器重。

兄弟二人随梁山南征北战，立功无数。最后，哥哥穆弘在杭州瘟疫中丧命，弟弟穆春则从战场上幸存下来，得以加官受赏。穆春领了封赏，却辞了官职，仍旧回揭阳镇上做了一方霸主。他家在揭阳镇上的地位，与以前相比，自然不可同日而语。

朱武

神机军师朱武

梁山有两个半军师，两个分别是吴用和公孙胜，半个则是朱武。

朱武是地煞星之首，号称神机军师，实际是梁山的参谋。

朱武最主要的故事是行苦肉计救陈达。其他的行军打仗，参谋出计很多，不能备说。

朱武是少华山的大当家。和跳涧虎陈达、白花蛇杨春一起，聚集五七百人马，在少华山占山为王。华阴县张榜捉拿三人，朱武预计官军迟早会来扫荡，便提议储备足够的钱粮。杨春提议去附近的蒲田县，这样可以避开路过史进把守的史家庄。朱武也同意。陈达在三人中武艺最高，也最鲁莽，执意要去打较富裕的华阴县。朱武劝不住，陈达带人前去，路经史家庄，果然被史进拦住厮杀，活捉了去。朱武和杨春现在面临一个棘手的问题：三人中武艺最高的陈达都不是史进的对手，他和杨春怎样救陈达？

朱武这时候显示了超人的勇气和智慧，他决定行苦肉计。朱武和杨春单枪匹马来到史家庄求见史进。史进带领乡兵准备出来厮杀，见二人单枪匹马，大吃一惊。朱武和杨春见了史进，上前纳头便拜。史进问其故。朱武流泪说，陈达不听劝告，冒犯了史进，他兄弟三人曾发过誓，不求同年同月同日生，但求同年同月同日死，现在史进抓了陈达，一定要送官去，他兄弟二人无力营救，所以前来请史进将他二人也绑了，

与陈达一同送官去，好成全他兄弟的一番情谊。这话换做第二个人听了，那就真的把二人都抓了去。可是史进平素最是英雄，最讲江湖义气，此时一听，大为感动，心想这兄弟三人如此义气，他要是把二人都抓了去送官，一定遭天下英雄耻笑。史进遂请朱武二人进庄说话。朱武二人毫不畏惧，视死如生，径随史进进庄。史进大为佩服，遂放陈达与二人相见。史进请三人喝酒，三人意气自若，史进英雄惜英雄，遂将三人全部放回。朱武以义气和勇气服了史进，成功救出陈达。这个计，虽然巧妙，但实则十分惊险。一要算准史进英雄，赌的就是史进的侠义，倘若史进缺一点义气，那二人也就是自己往死路上走了；二要十分的豪气，若无视死如归的勇气，恐怕也很难施行。

朱武感到史进义气非凡，此后，便频繁交往，四人随成为莫逆之交。

中秋节到，史进请朱武三人前来史家庄喝酒赏月，中途泄露消息，官府派人来史家庄抓人。史进不愿交出三人，放走三人，自己则走上了逃亡的道路。史进去找师父王进不成，无处可去，遂上少华山落草。朱武感激他的义气，就将山寨第一交椅让与史进，他自己则坐上第二把交椅，兼少华山军师。

后来，史进贸然行刺贺太守，被女人告发，抓进大牢。史进的朋友鲁智深从梁山上来寻史进，得知消息贸然去华州救人，也被贺太守抓获。梁山便和少华山朱武连手攻打华州救人。吴用巧妙用计，骗出贺太守，乘城内空虚一举攻破城池，救出史进和鲁智深。朱武便和史进一起，带领少华山人马投奔了梁山。

投奔梁山后，朱武受到重用，成为梁山唯一的军事参谋。打完王庆后，公孙胜回山，他更是成为了梁山的军师，与吴用二人分头辅佐宋江和卢俊义。

平定方腊后，朱武辞去了封赏，和混世魔王樊瑞结伴而行，云游江湖，后来都去投靠公孙胜出家当了道士。

跳涧虎陈达
白花蛇杨春

陈达、杨春是少华山三杰之一，梁山的马军小彪将。陈达号称地周星跳涧虎，梁山排名第七十五位，杨春号称地隐星白花蛇，梁山排名第七十六位。

二人的主要事迹是结交朱武，与朱武占据少华山山头，与史进交往，因救史进归顺梁山。

陈达、杨春与朱武结义，占领少华山，推举朱武为山寨头领。三人共同经营少华山，将少华山发展成为一个有五七百人的大山头。陈达因为不听杨春和朱武的劝告，前去攻打华阴县，被史进抓住。朱武和杨春行苦肉计，才将陈达救回，并因此而结交史进。三人中秋赴宴，被人告密，官府派人来史家庄抓人。史进放走三人，抛家弃庄，流落江湖。史进无处可去，遂前去投奔少华山。朱武放弃大头领一位，请史进当了寨主。史进上山后，山寨更为兴旺。

后来史进因为行刺被官府捉住，前去救人的鲁智深亦被捉。梁山联合少华山攻破华州，救出二人。陈达、杨春和朱武于是就和史进一起率领人马，投奔了梁山。

上了梁山，朱武被提拔为军事参谋，陈达和杨春则是马军小彪将。二人随梁山军南征北战，出生入死，建功无数。

征方腊，卢俊义打昱岭关，派史进带领石秀、陈达、杨春、李忠、薛永五员将校，带领三千步军，前去探哨。六人冒险深入，不幸中埋伏，一同被射死在在昱岭关下。

陈达、杨春作为阵亡副将，战后被追授义节郎名爵，赐家乡立庙纪念。

打虎将李忠
小霸王周通

李忠，地僻星，梁山排名第八十六位。周通，地空星，梁山排名第八十七位。两人在上梁山前就是一方强盗，占领桃花山山头，打家劫舍，称霸一方。

李忠，江湖人见他身强力壮，称他打虎将，是史进的启蒙师父。李忠为人谨慎，功夫乃是祖传，不是很高。离开史家庄后，便在江湖上卖药为生。改变李忠流浪命运的，是小霸王周通和花和尚鲁智深。

周通，号称小霸王，本事不大，但为人无法无天，因为犯事逃亡，便拉着一伙弟兄上了桃花山做了匪徒，靠打劫为生。改变他命运的，则是李忠。

李忠在渭州小种经略府地面卖药，遇上发蒙徒弟史进。史进因为义交少华山强盗被官府追捕，寻找师父王进来到渭州，刚好碰到师傅的相识、当地的提辖鲁智深，两人一见如故，相约去酒楼喝酒。史进便拉上李忠一起去。鲁智深是个豪爽之人，又是个军官，不缺钱花，视钱财如粪土，李忠则是过惯苦日子，看得钱比较重，行事也谨慎，两人性格并不相投。喝酒期间，鲁智深为救助被镇关西欺负而落难的女子，伸手向史进和李忠要钱。李忠拿出二两银子，鲁智深嫌钱少没要，很看不起李忠。不过，李忠倒是非常佩服鲁智深的侠义心肠。鲁智深喝着酒，当场就要去找镇关西算账，史进和李忠怕他吃亏，死死劝住。三人喝完酒，各自话别。第二天，就传来消息，鲁智深三拳打死镇关西。李忠连忙去找史进商量对策，谁知史进早已不知去向。半路上，

李忠遇见官军到处盘查，知道鲁智深和史进都已逃走，心里才放下。李忠害怕自己也受牵连，连夜逃出渭州。

李忠来到华州桃花山路面，遇见了前来打劫的周通。他的命运发生了改变。

周通带领一群人下来打劫，正遇上李忠。两人相遇，一场恶战，周通不是对手。周通见李忠手段高明，十分佩服，邀请李忠上山喝酒。酒席间，两人趣味相投，结为兄弟。周通看出李忠武功计谋都比自己强，年龄又比自己大，遂留李忠在山上做了寨主。李忠当山大王，周通退居老二。山寨发展到几百号人马。

周通看中山下桃花庄刘太公的女儿长得漂亮，要强娶为压寨夫人。派人送去了聘礼，择日便要去迎娶。刘太公只有一个女儿，想留着招女婿养老，不肯答应，但又毫无办法。刘太公运气好，当晚遇上了前来投宿的鲁智深。鲁智深此时刚刚大闹了五台山，带着师父书信转投东京大相国寺，天晚前来借宿。鲁智深侠义心肠，见满庄愁眉苦脸，问清情况，便要打抱不平。因怕老太公担心，鲁智深只说自己会说因缘。小霸王周通带领四五十人吹吹打打来到庄上，前去闺房看望小姐，被乔装躲在里面的鲁智深一顿暴打。鲁智深大发虎威，将周通和随行小喽啰一起打出庄外。周通逃得性命回到桃花山寨，李忠见了大怒，带上大队人马要来报仇。李忠来到庄上，正碰上鲁智深，连忙下拜。鲁智深拉住李忠喝酒，要周通马上退亲。李忠一来敬服鲁智深，二来自思也不是鲁智深对手，三来也是周通理亏，便答应了。李忠邀请鲁智深上了桃花山。周通早听李忠讲过鲁智深的事迹，此时虽然自己吃亏，但心服口服，便听从鲁智深劝说，将前事一笔勾销。两人极力挽留鲁智深一起落草。鲁智深见两人比较吝啬，一直没同意。

鲁智深见两人看得钱太重，便和两人开了一个玩笑，乘两人下山之际，卷起山寨金银，从后山滚下山离开了。两人回来，见没了金银，果然十分生气。李忠要追，周通说算了，就算追上，也不是人家的对手，两人只得作罢。

两人上梁山是因为周通偷了呼延灼的御赐白马。

呼延灼摆连环马被宋江破去，落荒而逃，一人一骑马来到桃花山脚下，在一个小店里借宿，正好被周通看见。周通夜里将白马偷走。呼延灼追赶不及，遂投奔青州知府，向慕容知府借兵，前去攻打桃花山，要荡平山寨，抢回御马。周通带兵下山应敌，哪里是呼延灼的对手。呼延灼带兵围住桃花山，情况危急，李忠便派人前去向附近的二龙山山头鲁智深求救。鲁智深顾及江湖义气，也怕呼延灼占了桃花山对本山构成威胁，带领杨志、武松下山援救。在桃花山山下，两军相遇，鲁智深先出战呼延灼，打了个平手。呼延灼再出战，杨志迎战，又打了个平手。呼延灼大惊，没想到贼寇之中也有如此厉害的人物。当天晚上，白虎山孔明、孔亮前去攻打青州救叔叔，青州告急，呼延灼只得回兵保城。桃花山脱险。

桃花山虽然脱险，但孔明在打青州时却被呼延灼捉拿。孔亮与武松和宋江有交情，遂向二龙山求援。二龙山决定一面联合桃花山、白虎山，聚集三山人马，一面联合宋江的梁山军，一齐攻打青州救人。李忠、周通参与救人行动。破青州后，三山见梁山兴旺强大，遂一齐归顺梁山。

李忠和周通本领都不是很大，所以在梁山中地位一般。李忠是步兵的将校，周通则被编入马军小彪将的行列。

李忠、周通二人最后都为梁山战死疆场。周通在打方腊过独松关的战役中，被方腊将领厉天闰杀死马上。李忠则在随史进侦察昱岭关时，中埋伏被乱箭射死在昱岭关前。两人战死后，均被授以义节郎的爵位，赐家乡立庙纪念。从名副其实的强盗到为国捐躯被国家表彰，二人的梁山经历也算是功德圆满。

锦毛虎燕顺
矮脚虎王英
白面郎君郑天寿

地强星锦毛虎燕顺，马军小彪将，梁山排名第五十位。地微星矮脚虎王英，三军探事马军头领，梁山排名第五十八位。地异星白面郎君郑天寿，步兵将校，梁山排名第七十四位。

三人在上梁山前，共占清风山，打劫为生，有自己的山头。

燕顺，山东莱州人，赤发黄须，臂长腰阔，原来是贩羊马客人出身。因为亏输了本钱，流落在绿林丛中打劫。王英，两淮人，形貌峥嵘，贪财好色，因为五短身材，江湖上叫他做矮脚虎。原来是赶车的出身，因为半路上见财起意，就势劫了客人。事发捉到官府，他越狱逃走，上清风山，和燕顺同占住了山头，打家劫舍。郑天寿，浙西苏州人，因为生得白净俊俏，人都叫他白面郎君。原来是打银为生。因为自小好习枪棒，流落在江湖上。路过清风山时，撞着王矮虎，和他们斗了五六十回合，不分胜败。燕顺见他好本领，就留他在山上，坐了第三把交椅。三人在上梁山前，杀人放火，无所不为，是彻头彻尾的强盗。

三人上梁山是因为误抓了路过的宋江，最后随宋江投奔梁山。此事在宋江的故事中，这里不多讲。

三人中，以燕顺最深明大义，最讲义气。王矮虎贪财好色，最是不堪。但王英也有一个长处，就是从不忌讳，好色而无耻。宋江为树立威信，示义于人，将一丈青嫁给王英，王英的人生显得比其他两人更幸运。

三人也都为梁山战死在疆场。燕顺在打方腊过乌龙岭时，被方腊国师石宝一流星锤打死在马上。王英在打睦州时被方腊清溪军将领郑魔军一枪刺死。郑天寿在随卢俊义打方腊宣州时，不幸被城上飞下的磨扇打中，殒命城下。

三人皆为偏将，死后都被授以义节郎的名号，赐立庙纪念。

小温侯吕方
赛仁贵郭盛

地佐星小温侯吕方，梁山排名第五十四位。地佑星赛仁贵郭盛，梁山排名第五十五位。两人是梁山的中军守护马军骁将，深得宋江喜欢。两人是因为比武撞见宋江被宋江拉上梁山的。

吕方，潭州人。平生爱学吕布为人，因此习学一支方天画戟，人称小温侯吕方。因为贩生药到山东，消折了本钱，不能够还乡，便暂时占住对影山山头，打家劫舍。

郭盛，西川嘉陵人。向本处兵马张提辖学习方天戟，使得精熟，人称赛仁贵郭盛。因为贩卖水银，黄河里遭风翻了船，回乡不得。

郭盛在江湖上听说，对影山上有个使戟的吕方占住了山头，打家劫舍。便来到对影山挑战吕方，一意要比拼戟法，夺他山头。吕方下山来和郭盛交战，一连几天，不分胜负。吕方见郭盛武艺不下自己，恐有伤亡，便提出和郭盛分占山头。谁知郭盛是个牛脾气，竟然不肯，一定要和他分个胜负。吕方又好气又好笑，却也不仗人多欺负郭胜，每日下山来与郭胜单挑。两人一连战了十几天，竟然棋逢对手。这一天，两人

又约好交战，战到紧要时，两支方天画戟搅做一团，上面的绒绦缠结住了，怎么都分拆不开。两人正在纠缠，远远一支箭飞来，正好把绒绦射断，把两支方天画戟分做两下。两人见有人箭法如此精准，大吃一惊，停戟不斗，来见射箭之人。原来，宋江和花荣一群人投奔梁山，经过这里，小李广花荣在马上看见两人纠缠，便射了这一箭。吕方、郭盛都是好汉，敬佩花荣神箭，上前询问姓名。花荣报了名号，并向二人引见宋江。二人久闻宋江姓名，十分敬重。吕方便邀大家一起上对影山小歇。宋江乘机劝吕方和郭盛投奔梁山。众人趣味相投，吕方和郭盛遂一口答应，和宋江一起上了梁山。

来到梁山，宋江喜欢二人的倔强脾气，遂安排二人做中军守护，每日负责中军帅府的安全。

吕方和郭胜最后均在打方腊的乌龙岭战役中战死。两人都是偏将，战死后被朝廷授以义节郎的爵号，赐家乡立庙纪念。

镇三山黄信
丑郡马宣赞
井木犴郝思文
百胜将韩滔
天目将彭玘
圣水将军单廷圭
神火将军魏定国
轰天雷凌振

地煞星镇三山黄信，地煞星第二，梁山排名第三十八位。梁山的马军小彪将。

地杰星丑郡马宣赞，地煞星第四，梁山排名第四十位。梁山的马军小彪将。

地雄星井木犴郝思文，地煞星第五，梁山排名第四十一位。梁山的马军小彪将。

地威星百胜将韩滔，地煞星第六，梁山排名第四十二位。梁山的马军小彪将。

地英星天目将彭玘，地煞星第七，梁山排名第四十三位。梁山的马军小彪将。

地奇星圣水将军单廷圭，地煞星第八，梁山排名第四十四位。梁山的马军小彪将。

地猛星神火将军魏定国，地煞星第九，梁山排名第四十五位。梁山的马军小彪将。

地轴星轰天雷凌振，地煞星第十六，梁山排名第五十二位。梁山的火炮手。

这八个人都是归降梁山的军官。

黄信原来是青州兵马都监，带兵来打清风寨花荣，最后被秦明劝降（事见秦明故事）。梁山解散后，黄信以偏将身份，被授以武奕郎名位，回青州担任都统领一职。

宣赞原来是衙门防御保义使，掌管兵马。生得面如锅底，鼻孔朝天，卷发赤须，彪形八尺，使口钢刀，武艺出众，先前在王府曾做郡马，人呼为丑郡马。他因为连珠箭赢了番将，王府招做女婿。谁想郡主嫌他丑陋，怀恨而亡。因此不得重用，只做得个兵马保义使。宣赞在天子面前推荐关胜出战梁山，得到许可。他自己也随关胜出征。来到梁山，却被秦明刺于马下，活捉上山。宋江一力劝降，他遂归顺（事见关胜故事）。宣赞没有活到战后。在打方腊夺苏州城一战中，与方腊飞豹大将军郭世广拼斗，互伤死于饮马桥下。死后被授以义节郎称号，赐庙纪念。

郝思文与关胜为拜义弟兄。当初他母亲梦井木犴投胎，因而有孕生下他，因此人唤他做井木犴。郝思文十八般武艺，无有不能。被关胜推荐，作为征讨先锋随关胜出征梁山。郝思文来到梁山，关胜被捉，林冲与花荣夹斗郝思文，郝思文不敌回逃，被一丈青赶上，撒出红绵套索，措手不及，活捉了去。宋江一力劝降，遂归顺。郝思文也战死在疆场。宋江带兵攻打杭州，来到东新桥，不见敌军，遂每日派人前去侦察。临到徐宁和郝思文出哨，两人见北关门大开，前去侦察，中了埋伏（事见徐宁故事），郝思文被活捉进城，斩首示众，壮烈捐躯。郝思文牺牲后，被授以义节郎称号，赐家乡立庙纪念。

韩滔为陈州团练使，原是东京人，曾应过武举出身，使一条枣木槊，人呼为百胜将军。呼延灼出战梁山，保奏他为正先锋。呼延灼连环马阵被徐宁钩镰枪阵破去，韩滔被刘唐、杜迁在阵上捉拿。宋江诚恳劝降，韩滔遂归顺。韩滔虽名百胜将军，也没活到战后。韩滔随关胜打方腊常州，阵上被敌将高可立冷箭射倒，敌将张近仁补上一枪，正中喉咙，当场殒命。韩滔以偏将身份战死，被授以义节郎称号，赐庙纪念。

彭玘原来是颍州团练使，东京人，乃累代将门之子，使一口三尖两刃刀，武艺出众，人呼为天目将军。呼延灼出征梁山，保奏他为副先锋。彭玘阵上先战花荣，次战一丈青，想活捉一丈青建功，没提防一丈青撒出红绵套索，措手不及，被活捉了过去。宋江好言劝降，遂降顺梁山。彭玘也没有活到战后。彭玘、韩滔随关胜打方腊常州，韩滔阵上被敌将高可立冷箭射倒，敌将张近仁补上一枪，正中喉咙，当场殒命。彭玘和韩滔情同手足，遂上前找高可立，却不防敌将张近仁从旁刺出一枪，也当场捐躯。彭玘死后，亦被授以义节郎称号，赐庙纪念。

单廷圭、魏定国两个原来是凌州团练使，是关胜部下，和关胜要好。单廷圭善

用水浸兵法，人皆称为圣水将军；魏定国熟精火攻兵法，上阵专用火器取人，因此呼为神火将军。关胜降顺梁山，凌州起本州军马，派二人前来征讨。关胜行诱兵之际，伏击活捉了单廷圭，将单廷圭劝降。魏定国孤军逃走。关胜和单廷圭两人一同前去劝降。魏定国只得顺降了梁山（事见关胜故事）。单廷圭、魏定国也未能逃脱战死的命运。二人随卢俊义打方腊取歙州，两人当先冲进城内，要建头功，不料城中挖有陷坑埋伏，二人一同掉进陷坑之中，被乱枪戳死。二人死后，被追封义节郎称号，赐庙纪念。

凌振，燕陵人，是宋朝盛世的第一炮手，人都呼他是轰天雷，武艺也十分精熟。凌振善造火炮，能在距离十四五里外发炮伤人。呼延灼摆连环马大败宋江，宋江不敢出战，死守梁山水泊。呼延灼遂向东京高俅要来当今第一炮手凌振，要炮轰梁山。吴用设偷袭佯败诱敌之计，派水军去偷袭凌振大营，并装败回逃，在水泊边丢了战船，诱使凌振等上船来追，将凌振引入包围圈，一举在水边将其抓获。宋江极力劝降，凌振不得已归降（事见吴用故事）。凌振在梁山历次战争中侥幸保得性命。梁山解散后，凌振也得授武奕郎爵位，因为他技术非凡，仍被留在火药局御营听候使用。

圣手书生萧让
玉臂匠金大坚
神医安道全
紫髯伯皇甫端

这四个人都是文职，分别是梁山的文书、碑手、大夫、马医。

地文星圣手书生萧让，梁山排名第四十六位。负责梁山的纸面文书工作。

地巧星玉臂匠金大坚，梁山排名第六十六位。负责梁山的碑刻文书工作。

地灵星神医安道全，梁山排名第五十六位。负责梁山的医疗卫生工作。

地兽星紫髯伯皇甫端，梁山排名第五十七位。著名的兽医，专门负责梁山的马匹保健工作。

萧让是济州城里的一个秀才，因为会写诸家字体，人称圣手书生。萧让除了会写字外，还会使枪弄棒，舞剑抡刀。吴用和萧让是相识，因为要伪造蔡京的书信救宋江，派戴宗去请他上梁山。戴宗装成是帮泰州庙里立碑写文书的，以五十两银子请萧让上路，将其骗到梁山脚下，硬劫上梁山，吴用又连夜派人将其家人接上梁山。萧让只好落草梁山了（事见吴用、戴宗故事）。萧让在梁山负责起草各种文书工作。最危

险的一次就是与乐和一起随高俅上京处理招安的事，被高俅软禁在府中，不过高俅并没有加害的意思，后来被燕青和戴宗设计安全救出。由于是文官，萧让得以从梁山全身而退。梁山解散后，蔡京赏识萧让的书法，便留他在府里供职，做了门馆先生。

金大坚是中原一绝，在济州城居住，善于勒刻石碑，雕得一手好图书玉石印章，又会枪棒厮打，人称玉臂匠。吴用因为要伪造蔡京的书信救宋江，派戴宗去请他和萧让上梁山。戴宗用同样的方法，装成帮泰州庙立碑写文书的，以五十两银子请萧让和他上路，将两人骗到梁山脚下，硬劫上梁山。吴用又连夜派人将他俩的家人接上梁山。他只好落草梁山，专门负责制造兵符印信。梁山解散后，金大坚因为一手好碑刻雕篆，便被留在内府御宝监做官。

安道全是建康府名医，名声远播。宋江攻打北京，背上生疽，眼看百药无效。张顺为救宋江，千里而行去请安道全。安道全本不想去，张顺苦苦求告，又杀死安道全恋恋不舍的妓女巧奴，在墙壁上血书“杀人者安道全”，逼得安道全不得不前往。安道全来到梁山，药到病除，遂被梁山留下来做了山寨大夫。安道全在梁山救死扶伤，一直服役到梁山解散。梁山解散后，安道全因为医道高明，被皇帝招在太医院做了金紫医官。

皇甫端是天下良医，专工医兽，与张清交好。张清归顺梁山后，便向宋江推荐皇甫端。宋江遂请皇甫端来梁山供职，专职医治马病。梁山解散后，皇甫端被授以御马监大使官职，留在了京城。

第五篇
巾帼女杰

梁山泊有三位女将，按出场顺序分别为母夜叉孙二娘、一长青扈三娘和母大虫顾大嫂。

三人都是女中豪杰，都有一身好武艺。但三人身份不一样，性格大不相同。孙二娘是强盗的女儿，是深谙江湖风云的黑社会人物，天生带有一股邪气；扈三娘是大家闺秀，是喜欢舞枪弄棒但其实涉世未深的女杰，强悍中透着英气；顾大嫂是军官的妻子，是胸怀坦荡义勇超人的女性，豪放中带着正气。

三人的命运都跌宕起伏。孙二娘出身在最底层，最苦，但她嫁了个不错的丈夫，丈夫给她带来了好运，使她最终能够精忠报国，青史留名；扈三娘是战争的受害者，祝家庄之战使她家破人亡，后来虽然嫁了个丈夫，但实出无奈，并非本人十分乐意，很难说得上幸福，唯一值得安慰的是，她获得了为国出力的机会，最后夫妻双双战死疆场；顾大嫂则颇类似于鲁智深，她为了救人，义无反顾选择了反抗，上梁山后，则幸运地遇上了招安，得以报效国家，她的结局也比较好，夫妻和兄弟都幸存了下来，最后封官加爵，得以善终。

母夜叉孙二娘

孙二娘娶亲

孙二娘自小就没了母亲，是父亲一手把她带大的。孙二娘的父亲老孙头是江湖上有名的强盗，自小就把孙二娘当男孩子养，把自己打劫杀人的十八般武艺都传授给了孙二娘。孙二娘从小跟父亲一起在江湖上摸爬滚打，对杀人放火的生活本就习以为常，不以为怪，再加上父亲的精心培养，长到十八岁的时候，其杀人越货，心狠手辣胜过她父亲。又因她长得一副男子体魄，腰圆体健，面目不善，寻常男子几个又都不是她的对手，江湖上人送她一个外号，母夜叉。老孙头看孙二娘慢慢大了，便带她到孟州城里，借了人家的屋子开了个小店，做起了生意，一面仍还打劫来往行人。

一天，孙二娘的父亲从外面带了一个人回来。这人姓张，名青，原来在光明寺种菜园子，因为一时间争些小事性起，把这光明寺的僧人杀了，放火烧了寺庙，只好流落江湖，后来虽然风声松了，官府也不再来追问了，但也没其他地方可去，于是便在孟州大树坡下做起打劫剪径的事来。这一天，正好碰上孙二娘的父亲挑着担子经过，张青欺负老孙头老了，抢出来要打劫老孙头，谁知斗了二十余合，斗不过老孙头，被老孙头一扁担打倒。老孙头见张青手脚灵活，倒喜欢上了这个年轻人，便把张青带

进城里来。那张青自从来到城里，老孙头一面教他开店，一面把自己年轻时的打劫本领都传给张青。张青也是学什么会什么，泼辣虽然不如孙二娘，也是十分厉害的了。不多久，小老儿就招张青做了女婿。张青本领虽不如孙二娘，但一来对孙二娘十分爱护，二来毕竟是个男子，见多识广，在社会上撑得开场面。孙二娘自从嫁了张青之后，生活也慢慢有了依靠。后来，老孙头不幸染病去世，夫妻两人见城里不好住，便带些银两，依旧回到张青剪径惯的十字坡，在十字坡盖了几间草屋，卖酒为名，开起了黑店。孙二娘本事比张青好，便在家管店，只等客商过往，有那看得上眼的，便用蒙汗药药死，夺了钱财，将大块好肉，切做黄牛肉卖，零碎小肉，做人肉包子卖；张青在外打探消息，顺便每天也挑些酒去村里卖。

孙二娘开店

孙二娘开店，也不知道药死了多少人。大家都以为伤天害理的事情，孙二娘看惯行惯，也不以为意。

一次，孙二娘坐在家里看店，一个胖大的和尚手持一条禅杖前来投宿。孙二娘见这和尚生得肉多，便下蒙汗药将这和尚药倒，扛入后面作坊里。孙二娘正要动手开剥，张青刚好从外面卖酒回来。孙二娘引张青看了，张青一看那条水磨禅杖，精光逼人，不同凡响，再去看那胖大和尚，脊梁上一条花绣，威风非凡。张青看了大惊，说莫不是江湖好汉花和尚鲁智深，慌忙叫孙二娘用解药救了，一问，果然是花和尚鲁智深。原来鲁智深原是延安府老种经略相公帐前提辖，姓鲁，名达，因为三拳打死了一个镇关西，逃走上五台山落发为僧，也从这里经过。那鲁智深最好打抱不平，极有义气，在江湖上享有盛名，张青如何不救。孙二娘慌忙上前赔礼。鲁达本就豪爽，又加上已被张青相救，便也不怪罪。鲁智深见张青仗义，救了他性命，便和张青结拜为兄弟。后来，鲁智深攻占了二龙山宝珠寺，和青面兽杨志，霸占在那里落草，几次写信来邀张青和孙二娘前去入伙。

又有一次，大树岭下来了一个头陀，是一条长七八尺长的大汉，脖子上挂着一串一百单八颗人顶骨做成的数珠，身上挂着两把雪花镔铁打成的戒刀。孙二娘那几天正没有生意，便用药将那条大汉麻翻了，夺了他的佛珠戒刀，取了他的箍头铁界尺、皂直裰和随身度牒。张青回去迟一步，孙二娘已将头陀大卸了八块。那个头陀平生也杀人不少，每到半夜，那刀便要在风里啸响。张青懊悔没有救得这个人，心里常常忆念。

张青见孙二娘杀人不讲江湖规矩，毫无原则可言，大发了一通脾气。于是和孙二娘约法三章：三种人不可谋害——第一种，是云游僧道，因为云游僧道不曾过分享用，又是出家的人；第二种，是江湖上卖艺妓女等人，他们冲州撞府，逢场作戏，陪了多少小心才换来一点钱物，要是杀害了他们，他们你我相传，去戏台上说江湖上的好汉不英雄，辱没了江湖名声；第三种，是各处犯罪流配的人，他们中间有许多是被冤枉的，又有许多是英雄好汉，切不可谋害。孙二娘见丈夫说得有理，应承了。此后，不讲规矩的作风便收敛了不少。

一遇武松

一天，孙二娘坐在门前看店，只见远方又来了行人。定睛一看，是两个官差押着一个带枷的大汉。那带枷的大汉真是一条好汉，相貌威武，气势非凡。孙二娘见是流配犯，收起杀害之心，倚在门口迎接说："客官，歇脚了去。本家有好酒好肉，要点心时，有好大馒头！"两个公差和那条大汉走到店里面，找了一副柏木桌凳坐下。两个公人倚了棍棒，解下缠袋。那条大汉解下脊背上的包裹和装钱腰包，脱下布衫，都放在桌上。那两个公人说："这里没人看见，我们帮你除了这枷，快活喝两碗酒。"便替那大汉揭开了封皮，除了枷来，放在桌子底下。孙二娘虽然见那大汉腰包鼓鼓，只是和丈夫有约在先，不许谋害流放犯，所以并未起心。孙二娘笑容可掬地问："客官要打多少酒？"那大汉说："不要问多少，赶紧烫来；肉要三五斤，待会一起算钱。"孙二娘说："还有大馒头。"那大汉说："上三二十个来做点心。"孙二娘笑嘻嘻地进去办理了，托出一大桶酒，切出两盘肉，便来帮三人倒酒。喝了四五碗酒，孙二娘便去灶上取一笼馒头来，放在桌子上。两个公差拿起来就吃。那大汉机灵，取一个拍开看了，大叫："酒家，这馒头是人肉的？是狗肉的？"孙二娘心里一惊，装着笑说："客官不要取笑。清平世界，荡荡乾坤，哪里来的人肉馒头，狗肉滋味？我家馒头，是老黄牛肉馅。"那大汉说："我行走江湖，老听人说：'大树十字坡，客人谁敢那里过？肥的切做馒头馅，瘦的却把去填河。'"孙二娘更是心惊，说："客官，哪有这话？是你自己捏造出来的吧。"那大汉说："我见这馒头馅肉有几根毛，像是人的小便处的毛一样，所以怀疑。"孙二娘见那大汉说话招风，心中大怒。一会儿，那大汉又问道："娘子，你家丈夫怎么不见？"孙二娘回答说："我的丈夫出外做客没回。"那大汉说："这么说，你独自一个岂不是寂寞得很。"孙二娘见那大汉有意戏弄，不怒反笑，心里说："这贼配军来戏弄老娘！不是找死。正是'灯

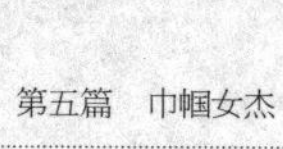

蛾扑火，惹焰烧身’。我本不想弄死你，是你自己招惹的！”孙二娘恼那大汉说话轻佻，便起了谋害之心。孙二娘说：“客官，不要取笑。再喝几碗，去后面树下乘凉。要歇，便在我家安歇就是了。”那大汉忽然又说：“大娘子，你家这酒，好生淡薄。别有甚好的，请我们喝几碗。”此说正中孙二娘心意。孙二娘说：“有些十分香美的好酒，只是浑些。”那汉子说：“最好，越浑越好吃。”孙二娘心里暗喜，便去里面托出一盘浑色酒来。那大汉看了说：“这个正是好生酒，温热了喝最好。”孙二娘哪里知道是计，心里想：“这个贼配军正是该死，要热酒喝。这热酒药发作得更快，他跑不了了。”孙二娘回去把酒烫热了，倒做三碗端出来，说：“客官，你们试尝尝这酒。”那两个公差耐不住，先拿起来喝了。那个大汉却说：“大娘子，我从来喝不得寡酒。你再切些肉来给我下酒。”孙二娘不知是计，假装回厨房里去切肉。那大汉等孙二娘进去，把那酒泼在墙角，却装作口里在品尝，说：“好酒！还是这酒冲得人动！”孙二娘假装切肉，去里面等了一会儿，听到那大汉把酒喝了，便出来连连拍手，说：“倒也！倒也！”只见那两个公差，天旋地转，往后扑地便倒。那条大汉假装把眼闭了，仰倒在凳边。孙二娘见了，大笑说：“着了！由你奸似鬼，也要吃老娘的洗脚水。”便回头叫两个伙计来搬人。里面跳出两个蠢汉来，先把两个公差扛了进去。孙二娘到桌上提了那大汉和公差的包裹，捏一捏看，里面有不少金银。孙二娘很高兴，一来得了银子，二来又有了新鲜人肉。便把包裹提了入去。

孙二娘放完包裹，出来看时，只见那两个伙计还在那里扛抬那条大汉，那大汉直挺挺躺在地下，好像有千百斤重似的，那两个蠢汉拖扯不动。孙二娘把两人喝在一边说：“你这鸟男女，只会吃饭喝酒，全没些用，要老娘亲自动手！这个鸟大汉，敢来戏弄老娘。这等肥胖，好做黄牛肉卖。那两个瘦蛮子，只好做水牛肉卖。扛进去先开剥这厮。”孙二娘一头说，一面脱去绿纱衫子，解下红绢裙子，赤膊着就来搬扛那大汉。孙二娘把那汉轻轻提起来，就要迈步，那大汉忽然动了起来，就势抱住孙二娘，两只手一使劲，当胸前搂住孙二娘，又用两只腿望孙二娘下半截只一挟，扑地把孙二娘压倒在地上。孙二娘正要挣扎，无奈那条大汉天生神力，压在孙二娘身上，就像有千斤重似的。孙二娘动弹不得，又被他压得疼痛难忍，杀猪也似地大叫起来。那两个伙计本想来救，被那大汉大喝一声，就像平地起了一个炸雷，惊得呆了，不敢上前。孙二娘被按压在地上，这才知道那条大汉的威风，只得连声叫饶。

正在这时，张青刚好挑一担柴回来，看见孙二娘被一条大汉按在地上，慌忙大踏步跑进来叫道：“好汉息怒！先饶恕了，小人自有话说。”那大汉跳起来，左脚踏住孙二娘，提着双拳，来看张青。张青拱手向那大汉行礼，说：“愿闻好汉的大名。”

那大汉说："我行不更名，坐不改姓，我就是都头武松！"张青听了大惊，说："莫不是景阳冈打虎的武都头？"那人回答说："就是。"张青见对方就是大名鼎鼎的打虎英雄武松，倒头便拜说："闻名久矣，今日幸得相识。"武松问："你莫非就是这妇人的丈夫？"张青说："是。小人的浑家有眼不识泰山，不知怎么触犯了都头。请看小人薄面，饶了她的性命。"俗话说，出手不打笑脸人，何况武松是出名的打硬不打软，武松见这人十分有礼，便放了孙二娘起来，问："我看你夫妻两个，也不是等闲的人，请教姓名。"张青便叫孙二娘穿了衣裳，前来向武松赔礼拜了武松。武松说："刚才冲撞，阿嫂休怪。"孙二娘也是豪爽的人，说："有眼不识好人。一时不对，望伯伯恕罪。请到里面去坐了。"武松又问："你夫妻二位高姓大名，怎么知道我的姓名？"张青这才报了姓名，连连埋怨孙二娘又违犯规定，孙二娘说："我本来是不肯下手的，一来见伯伯包裹沉重，二乃怪伯伯说起风凉话，所以就下手了。"武松说："我是斩头沥血的人，哪肯戏弄良人！我看见阿嫂瞧得我包裹紧，所以起疑，因此特地说些风浪话，诱你下手。那碗酒我先泼了，假做中毒。你果然来提我，我便出手了。多有冒犯，嫂子休怪！"张青大笑起来。

武松要张青先放了两个公差。张青叫伙计从剥人凳上搀起两个公人，孙二娘调一碗解药来，张青扯住耳朵，灌将下去，没半个时辰，两个公差如方大梦初醒爬起来，两人不知道已去鬼门关走了一回，还连说酒好。张青和孙二娘救了公差，便问武松因何犯罪。武松便把杀西门庆和潘金莲的事，一一说了一遍。张青夫妻两个称赞不已，便劝武松杀了两个公差，就在他家住下，若武松愿意落草，他俩可以推荐去二龙山宝珠寺投靠鲁智深。武松仗义，不肯害那两个一路上对他很好的公差，当即拒绝。孙二娘和张青见武松如此仗义，更是佩服。武松要走，夫妻二人哪里肯放，一连留住款待了三天。武松因此感激张青夫妻两个的厚意。论年齿张青长武松五年，因此武松结拜张青为兄。武松再辞了要行，张青摆酒送行；取出行李、包裹、缠袋，交还了；又送十来两银子给武松做盘缠，又拿二三两零碎银子打发两个公差。这才依依惜别，送走了武松。

再遇武松

张青见孙二娘不守规矩，差点又害死了武松，不是武松了得，恐怕已然丧命，便立下规矩，以后只要捉活的，不许药死人，凡药倒的，需得等他回来查明后才能开剥。

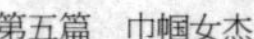

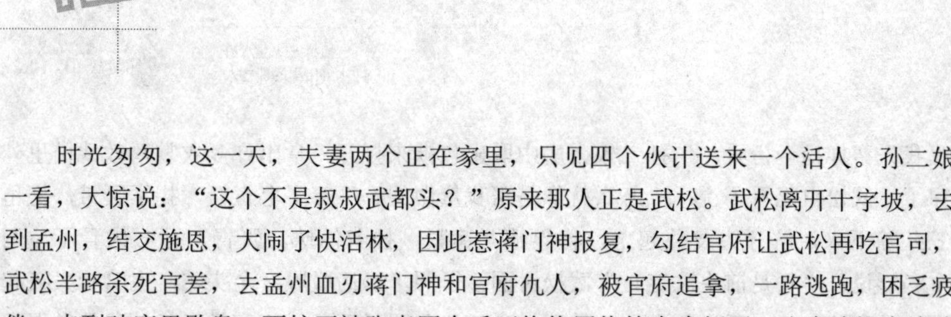

时光匆匆，这一天，夫妻两个正在家里，只见四个伙计送来一个活人。孙二娘一看，大惊说："这个不是叔叔武都头？"原来那人正是武松。武松离开十字坡，去到孟州，结交施恩，大闹了快活林，因此惹蒋门神报复，勾结官府让武松再吃官司，武松半路杀死官差，去孟州血刃蒋门神和官府仇人，被官府追拿，一路逃跑，困乏疲倦，来到破庙里歇息，不妨正被张青四个手下偷偷用挠钩套索抓了。张青连忙来给武松松绑，留武松暂时住下。

张青和孙二娘本要留武松多住，只是武松一连杀了四十几人，震动官府，官府排门挨户，紧急搜捕，张青夫妻怕武松被官府搜捕了去，便来对武松说："官府排门挨户，紧急搜捕，如果有些疏失，你一定会怪我夫妻两个。我帮你找到一个好安身的地方，先前也曾对你说过，只不知你心中肯不肯去？"武松说："我这几天也想过了，早晚总会有人来抓我，哥哥你要是有什么安全的地方叫武松去，我如何不肯去？只不知是哪里？"张青说："就是青州管下的二龙山宝珠寺，花和尚鲁智深和一个青面兽好汉杨志，在那里打家劫舍，霸着一方落草。青州官军捕盗，不敢正眼看他。贤弟只有到那里去安身立命，方才能避开这场灾祸。要是投别的地方，早晚还是会被抓。他那里曾来书信，叫我去入伙。我只因为恋土难移，没有去。我写一封书，备说二哥的本事。他们看在我的面上，一定同意你入伙。你在那里去做个头领，谁敢来捉你！"武松说："大哥说得是。我也有心，恨时辰未到，缘法不能凑巧。现在杀了人，也没别处躲藏，到那里去最好。大哥，你快写封推荐信。我今天就去。"张青写了书信，安排酒食送路。

孙二娘对张青说："你怎么就这样叫叔叔上路？到前面一定被人捉了。"武松问："阿嫂，你说我怎么去不得？怎么会被人捉了？"孙二娘说："阿叔，如今官府遍处都有文书，出三千贯赏钱捉你，到处贴着你的画像，写着年龄籍贯。阿叔脸上又清清楚楚刺着两行金印。走到关口，骗不过去。"张青说："脸上贴两个膏药就行了。"孙二娘笑说："天下就你聪明！说这傻话！膏药怎么瞒得过捕快。我有个主意，能叫别人不疑心叔叔，只怕叔叔不依。"武松说："只要能逃灾避难，我有什么不依的？"孙二娘大笑说："我说出来，阿叔不要见怪。"武松说："但说便依。"孙二娘说："两年前，有个头陀打从这里过，被我放翻了，留得他一个铁界箍，一身衣服，一领皂布直裰，一条杂色短穗绦，一本度牒，一串一百单八颗人顶骨数珠，一个鲨鱼皮鞘子，插着两把雪花镔铁打成的戒刀。这刀平常半夜里呜啸地响。叔叔既要逃难，扮个头陀，谁会来盘问。这个主意好么？"张青拍手叫好。对武松说："二哥，你心里如何？"武松说："这个也使得。只怕我不像出家人模样。"张青说：

“我先帮你扮一扮看。”孙二娘去房中取出包袱来打开，拿出许多衣裳，教武松里外穿了。武松自己看了说：“怎么就像是帮我量做的。”穿了皂直裰，扎了腰带，把毡笠儿除下来，解开头发叠起来，将界箍儿箍紧，挂着佛珠。张青、孙二娘看了，两个喝彩说：“真是前生注定！”武松讨面镜子照了，活脱脱一个头陀，也哈哈大笑起来。张青问：“二哥为何大笑？”武松说：“我照了看了，简直像极了，我就做得个行者。”孙二娘取出那本度牒，帮武松缝个锦袋盛了，教武松挂在贴肉胸前。武松拜谢了他夫妻两个。临行前，张青又吩咐说：“二哥，一路小心！凡事不可马虎！酒要少喝，不要与人争闹。也要像个出家人的样子，凡事都不要急躁，省得被人看破了。要是到了二龙山，就写封回信寄来。我夫妻两个在这里，也不是长久之计。日后收拾家私，也来山上入伙。二哥，保重，保重！帮我问候鲁、杨二头领。”千叮万嘱，方才把武松送出门去。

孙二娘帮武松易容后，武松经过蜈蚣岭，孔家庄，一路虽有些波折，但没有遭到官府的稽查，最后来到二龙山，凭借张青、孙二娘的介绍，顺利落了草。

梁山建功

不久，官府追查到十字坡，张青、孙二娘看看待不下去，就上二龙山投奔鲁智深、武松落了草。

梁山泊联合三山共打青州胜利后，鲁智深派施恩、曹正回二龙山，叫张青、孙二娘收拾人马钱粮，烧了宝珠寺大寨，一起投奔梁山泊。孙二娘自此便上了梁山。

加入梁山后，孙二娘和张青的生活发生了巨大的改变。梁山泊重造西路、南路两处酒店，招接往来上山好汉，兼打探军情，张青、孙二娘夫妻二人，原来就是酒家，于是被委派看守梁山南路酒店。晁盖死后，宋江重新安排职位，孙二娘和张青职位没有变化，依旧管理梁山南路酒店。一旦遇上战争，两人则并肩同上战场。孙二娘作为梁山三大女将之一，为梁山的事业立下了许多功劳，如打北京城救卢俊义，孙二娘和张青扮作看灯夫妻深入卢家做内应放火；打东平府救史进，孙二娘和张青打埋伏活捉守城主将董平。梁山大排名，孙二娘和张青携手上榜。打高俅，孙二娘和顾大嫂去火烧高俅的船厂，大长了梁山的威风。招安后，孙二娘则更是为国作战，找到了人生的价值。征辽最后一战，宋江摆混天阵大胜辽国国主，逼迫辽国请降，孙二娘等女兵奉命大破大辽太阴右军阵，协助一丈青活捉了天寿公主。无数战役，孙二娘都立有战功。

孙二娘自和张青同上梁山后，一直出入成双。两人最后也在征方腊一役中双双殉国。

首先殉国的是张青。话说卢俊义渡过昱岭关之后，催兵直赶到歙州城下，当天就同众将一起攻打歙州。两军各列成阵势，城门开处，敌军大将庞万春引军出来交战。宋军队里欧鹏出马，使根铁枪，便和庞万春交战。两个斗不过五回合，庞万春败走。欧鹏要显头功，纵马赶去。庞万春扭过身躯，背射一箭。宋将欧鹏手段高强，抄箭在手。但是欧鹏却没有预料庞万春能放连珠箭，欧鹏抄了一箭，只顾大胆去赶。弓弦响处，庞万春又射来第二支箭，一箭把欧鹏射下马来。城上王尚书、高侍郎见欧鹏落马，庞万春得胜，引领城中军马，赶杀出来。宋军退守不及，只得拼死力战。两军混战，宋军且战且退。菜园子张青武艺不精，乱军之中一个不留神，却被乱军砍死。宋军大败，退回三十里下寨，安顿了军马。整点兵将时，才发现乱军中折了菜园子张青。孙二娘见丈夫死了，着令手下军人找寻尸体，在尸体前痛哭了一场，把丈夫尸体就火烧化。

张青阵亡后，孙二娘悲痛欲绝，把全部精力都发泄在上阵杀敌上。宋江和卢俊义两路军马，夹攻清溪大内，孙二娘随众将四面八方，带兵杀了进去。孙二娘正好遇上敌将杜微，上前相斗，杜微看看斗不过，拍马便跑，孙二娘不知道杜威善使飞刀，拍马追赶，那杜威回头看得清楚，忽地发出一柄飞刀来，孙二娘躲闪不及，可怜凶顽夜叉，盖世女将，命丧在飞刀之下。宋江大破清溪城后，活捉了敌将杜威，叫蔡庆将杜微剖腹剜心，滴血享祭了被他飞刀杀死的郁保四和孙二娘，为孙二娘报了杀身之仇。

孙二娘死后，被朝廷加封为旌德郡君，名在史册。

孙二娘胆子大，武艺强，行动野蛮，杀人成性，有智慧，精明豪放，是一位男性化的女性。纵观其一生，前半生是杀人的魔鬼，后半生是卫国的女杰，是宋江的招安救了孙二娘，使她的身份发生了一百八十度的大转弯。孙二娘夫妇最后为国捐躯，对于这两个曾经杀人不眨眼的大魔头来讲，也许算是一种救赎，应该算是不错的结局吧。

一丈青扈三娘

定亲出征

梁山女将中，一丈青扈三娘人最漂亮，武艺也最高。

扈三娘自小生在扈家庄。他的父亲扈太公很喜欢她，百事都顺着她，因为她喜欢弄枪使棒，便请了许多的明师来教授。扈三娘生性泼辣，所以被大家称作一丈青，是个学武的天才，百般兵器都会，最会使马上双刀，又会使一门绝学，善使绳套马上捉人，神出鬼没。一长青有个哥哥名叫飞天虎扈成，也十分了得，但是武艺不及一丈青。扈家庄在本地不算是最大的庄，本地另外还有两个庄，一个是中间的祝家庄，一个是东头的李家庄。这三个村庄，在本地结成生死之交，有事互相救应。其中最大的是祝家庄。祝家庄老太公有三个儿子，老大祝龙，老二祝虎，老三祝彪。这兄弟三个中，以祝彪武艺最为高强。扈家庄与祝家庄联姻，便把一丈青嫁给祝家老三祝彪为妻，还没有过门，所以大家又称一丈青为扈三娘。

祝家庄活捉梁山时迁，扬言要剿捕梁山好汉。宋江大怒，带领梁山大军前来征讨祝家庄。三家曾有协议，所以扈太公便派扈成和扈三娘前去相助。

活捉王矮虎

宋江亲自做先锋，攻打头阵。前面打着一面大红帅字旗，引着马麟、邓飞、欧鹏、王矮虎等四个头领，一百五十骑马军，一千步军，直杀奔祝家庄而来。来到独龙冈前，宋江勒马看那祝家庄时，果然雄壮，庄前两面大旗上写着两行大字："填平水泊擒晁盖，踏破梁山捉宋江。"宋江心中大怒，说："我若打不下祝家庄，永不回梁山泊。"众头领看了，也都怒火中烧。由于前军探得祝家庄前门道路复杂，不宜攻打，宋江便带领人马，转过独龙冈后面来。看祝家庄时，后面也都是铜墙铁壁，把守严整。扈三娘自来到祝家庄，负责看守祝家后门，得知宋江前来，引领着二三十骑马军，呐喊着从后门杀出来。

一丈青来到阵前，立于马上，脚踏凤头鞋，身着黄金甲，雾鬓云鬟，柳腰娇蛮，手抡两口日月双刀，跨下一骑青骢战马，当先出战，英气逼人。宋江和众将看了，暗暗称奇。宋江说："刚说扈家庄有个女将好生了得，想来正是此人，谁敢迎敌？"话未说完，只见王矮虎站了出来。这王矮虎是个好色之徒，看到是个女将，指望一合便捉得过来。当时喊了一声，骤马向前，挺手中枪来迎战一丈青。两军呐喊。那扈三娘拍马舞刀，来战王矮虎。一个双刀的熟娴，一个单枪的出众。两个斗敌十数合之上，王矮虎枪法渐渐架隔不住。原来王矮虎初见一丈青，恨不得便捉过来。谁想斗过十合之上，看那一丈青生得漂亮，便手颤脚麻，枪法都乱了，无心应战。那一丈青是个聪明的人，心中说："这家伙好无礼！"便将两把双刀，直上直下砍过来。王矮虎敌不过，拨回马正待要走，一丈青纵马赶上，把右手刀挂了，轻舒猿臂，将王矮虎提离雕鞍，活捉了过去。

一丈青单捉王矮虎

众庄客齐上，把王矮虎横拖倒拽捉了过去。

军中混战

欧鹏见捉了王英，便挺枪来救。一丈青纵马拷刀，接着欧鹏，两个便斗。那欧鹏祖先原是军班子弟出身，使得好一条铁枪，宋江看了，正在暗暗喝彩。却发现欧鹏枪法虽然精熟，却似乎占不到一丈青半点便宜。邓飞在远处看见捉了王矮虎，欧鹏又战一丈青不下，跑着马，舞起一条铁链，大喊赶过来。祝家庄上已看了多时，诚恐一丈青有失，慌忙放下吊桥，开了庄门，祝龙亲自引了三百余人，骤马提枪，来捉宋江。马麟看见，一骑马使起双刀，来迎住祝龙厮杀。邓飞恐宋江有失，不离左右。两边厮杀，喊声迭起。宋江见马麟斗祝龙不过，欧鹏斗一丈青不下，正慌哩，只见一彪军马从斜刺里杀将来。宋江看时，大喜。原来是霹雳火秦明，听得庄后厮杀，前来救应。宋江大叫："秦统制，你可替马麟！"秦明是个急性的人，更兼祝家庄捉了他徒弟黄信，正没好气，拍马飞起狼牙棍，便来直取祝龙。祝龙也挺枪来敌秦明，马麟引了人去夺王矮虎。那一丈青看见了马麟来夺人，便撇了欧鹏，来接住马麟厮杀。两个都会使双刀，马上相迎着，四把刀舞起来正如风飘玉屑，雪撒琼花，宋江看得眼都花了。这边秦明和祝龙斗到十回合以上，祝龙敌不过秦明。庄门里面那教师栾廷玉见了，带了铁锤，上马挺枪，杀将出来。欧鹏便来迎住栾廷玉厮杀。栾廷玉也不来交马，带住枪时，斜刺里便走。欧鹏赶过去，被栾廷玉一飞锤正打着，翻筋斗坠下马去。邓飞大叫："孩儿们救人！"舞着铁链，径奔栾廷玉。宋江急唤小喽啰，救得欧鹏上马。那祝龙抵挡秦明不住，拍马便走。栾廷玉便撇了邓飞，来战秦明，两个斗了一二十合，不分胜败。栾廷玉卖个破绽，落荒而逃。秦明舞棍赶过去。栾廷玉便往荒草之中跑进去。秦明不知是计，也追了进去。不料那祝家庄各个地方，都有人埋伏，见秦明马到，拽起绊马索，连人和马都绊翻了，发声喊，捉住了秦明。邓飞见秦明坠马，慌忙来救，急见绊马索拽，却待回身，两下里叫声："着！"挠钩似乱麻一般搭来，就马上活捉了去。

失手被擒

宋江看见，连声叫苦。马麟撇了一丈青，急奔来保护宋江，望南而逃。背后栾廷玉、祝龙、一丈青，分头追赶。看看没路，正要被捉。只见正南方向一个好汉飞马而来，背后随从约有五百人马。宋江看时，乃是没遮拦穆弘。东南方向也有三百余人，

两个好汉飞奔前来：一个是病关索杨雄，一个是拼命三郎石秀。东北方向又来一个好汉，高声大叫："留下人着！"宋江看时，乃是小李广花荣。三路人马一齐都到，宋江心下大喜，合兵回战栾廷玉、祝龙。庄上望见，恐怕两个吃亏，先教祝虎守住庄门，小郎君祝彪骑一匹劣马，使一条长枪，引五百余人马，从庄后杀将出来。两军一齐混战。庄前李俊、张横、张顺，潜水过来，被庄上乱箭射来，不能下手。戴宗、白胜，只在对岸呐喊。

宋江见天色晚了，急叫马麟先保护欧鹏出村口。宋江又叫小喽啰鸣锣，聚拢众好汉，边战且撤。宋江拍马到处寻了看，唯恐弟兄们迷了路。正行之间，一丈青看见宋江落单，飞马赶来，宋江措手不及，拍马望东而走。背后一丈青紧追着，八个马蹄翻盏撒钹似的，赶投深村处来。一丈青赶上宋江，正要下手，只听得山坡上有人大叫："婆娘赶我哥哥哪里去！"宋江看时，是黑旋风李逵，抡两把板斧，引着七八十个小喽啰，大踏步赶来。一丈青便勒转马，望树林边逃走。宋江勒住马看时，只见树林边转出十数骑马军来，当先簇拥着一个壮士，正是豹子头林冲。林冲在马上大喝："那婆娘走哪里去！"一丈青见难以逃脱，毫不畏惧，飞刀纵马，来战林冲，林冲挺丈八蛇矛迎敌。两个斗不到十合，林冲卖个破绽，放一丈青两口刀砍入来，林冲用蛇矛将两口刀逼斜了，赶过去，轻舒猿臂，款扭狼腰，把一丈青只一拽，活挟过马来。一丈青本想活捉宋江，不料却被林冲活捉了过去。

宋江收兵回营，便把一丈青叫过来，把一丈青拴了双手，让她骑一匹马，命令二十个老成的小喽啰，四个头目，骑四匹快马，连夜送上梁山泊，交给宋太公收管。众头领都以为宋江看中了一丈青，连夜小心把一丈青送上梁山。

梁山改嫁

自一丈青被送上梁山的这一刻起，她的命运就彻底改变了。

一丈青的哥哥扈成与一丈青兄妹情深，见一丈青被捉，牵牛担酒，来求见宋江说："小妹一时鲁莽，年幼不省人事，误犯威颜。现在被擒，求将军宽恕。小妹原已许配祝家庄，所以才会奋一时之勇，得此结果。如蒙将军饶恕放还，你需要什么，我庄全力置办送上。"宋江说："我打祝家庄，与你扈家无冤。只是令妹引人捉了我王矮虎，所以拿了令妹。你把王矮虎放回还我，我便把令妹还你。"扈成回答说："这个好汉已被祝家庄拿了去。"吴用便说："这王矮虎现在在哪里？"扈成说："如今被擒锁在祝家庄上。小人不敢去取。"宋江说："你不取王矮虎还我，怎么能放令妹

回去？”吴用便说：“今后祝家庄上有什么动静，你庄上切不可派人去救。倘或祝家庄上有人投靠你那里，你可以绑了拿来交换令妹。令妹现在不在本寨，前天已派人送上山寨，奉养在宋太公处。你先放心回去。”扈成见保住了他妹妹的性命，承诺说再也不敢前去救应，要是他庄上有人来投，一定缚来见宋江。

后来祝家庄大败，祝彪无处可走，来投扈家庄。扈成便叫庄客捉了祝彪，缚来见宋江。走到半路，恰好遇上李逵。李逵一斧砍下祝彪的头，再抡起双斧，来砍扈成。原来李逵以为宋江要娶一丈青，心里正有气，便要杀了扈成，阻止宋江的好事。扈成见局面不好，拍马落荒而走，弃家逃命，投奔延安府去了。后来中兴时，也做了个军官武将。李逵杀得手顺，直抢入扈家庄，把扈太公一门老幼，尽数杀了，不留一个。叫小喽啰抢了马匹、财物，分作四五十驮，烧了庄院，回来献功。黑旋风一身血污，腰里插着两把板斧，直到宋江面前，唱个大喏，说：“祝龙是兄弟杀了，祝彪也是兄弟砍了。扈成那家伙逃跑了。扈太公一家都杀得干干净净。兄弟特来请功。”宋江喝道：“祝龙曾有人见你杀了，别的怎地都是你杀了？”黑旋风说：“我砍得手顺，望扈家庄赶去，正撞见一丈青的哥哥，押那祝彪出来，被我一斧砍了。只可惜逃了扈成那家伙。他家庄上，被我杀得一个也没了。”宋江喝道：“你这厮，谁叫你去的！你也须知扈成前日牵牛担酒，前来投降了。如何不听得我的言语，擅自去杀他一家，故意违了我的将令？”李逵说：“你就忘记了，我还不忘记！那家伙前天教那个乌婆娘赶着哥哥要杀，你今却又做人情。你又不曾和他妹子成亲，怎么就要帮那阿舅丈人！”宋江喝道：“你这铁牛，不要胡说！我怎么会要这妇人？我要她自然有用。你这黑厮捉了几个活的？”李逵答道：“谁耐烦！见着活的便砍了。”宋江见事已至此，无可奈何，只好将李逵功过两抵，不去追究。

一丈青上了梁山之后，被宋太公好言相劝，以礼相待，收做义女。原来宋江曾经答应给王矮虎找一门亲事，一直没有兑现诺言，这次却趁此机会，要成全王英，所以先叫父亲认了这个义女。宋江回山后，唤王矮虎来说道：“我当初在清风山时，许下你一头亲事，现悬挂在心中，不曾完愿。今日我父亲有个女儿，招你为婿。”宋江自去请出宋太公来，引着一丈青扈三娘到筵前。宋江亲自前去说媒：“我这兄弟王英，虽然武艺不及贤妹，但为人义气忠厚。我当初曾许下他一头亲事，一向没有办成。今天机缘巧合，你认我父亲做了义父，众头领都是媒人。今朝是个良辰吉日，贤妹就与王英结为夫妇。”一丈青一来是被掳之人，身不由己，二来见宋江义气深重，推却不得，三来思索就算反抗怕也无益，只得应允了。当日便由宋江主婚，大宴宾客，一丈青与王矮虎结为夫妻。

活捉彭玘

一丈青与王矮虎结为夫妻后，便被分派到后山扎寨，监督马匹。战争发生后便上阵杀敌。一丈青是梁山武艺最高的女将，所以自然成为梁山女将的头领，大战之中，以她建功最多，不胜枚举。

高俅举荐呼延灼任中军主将攻打梁山，呼延灼率前军主将韩滔、后军主将彭玘，带领马步三军，浩浩荡荡杀向梁山泊。宋江带众将迎敌，实施轮番出战的策略，由霹雳火秦明打头阵，豹子头林冲打第二阵，小李广花荣打第三阵，一丈青扈三娘打第四阵，病尉迟孙立打第五阵。官军主将彭玘号天目将，武艺高强，两眼放光，气势汹汹，勒马出战。彭玘横着三尖两刃四窍八环刀，骑着五明千里黄花马，来到阵前大骂花荣说："反国逆贼，何足为道！来和我见个输赢！"花荣大怒，拍马与彭玘交战。两个战到二十余回合，呼延灼见彭玘力怯，纵马舞鞭，来战花荣。斗不到三个回合，一丈青扈三娘率领人马赶到。一丈青大叫说："花将军稍歇，看我捉这家伙。"花荣便引军撤下山坡，呼延灼也住手，彭玘来战一丈青。一丈青要显威风，驱马和彭玘大战。两个在征尘影里，杀气阴中，一个使大杆刀，一个使双刀，拼力斗杀。两人斗到二十余回合，一丈青把双刀分开，回马便逃。彭玘不知是计，要立功劳，纵马追赶。一丈青把双刀挂在马鞍上，从袍底取出红绵套索来，上有二十四个金钩，等彭玘马来得近，扭过身躯，瞄准彭玘，把套索望空中一撒。那红绵套索就像长了眼睛，飞向彭玘，正把彭玘套在中央。一丈青拽住套索索头一拉，把彭玘拖下马来。孙立和众军一齐向前，把彭玘活捉了。呼延灼看见一丈青活捉彭玘，大怒，奋力向前来救。一丈青毫不慌张，拍马迎敌。呼延灼恨不得一口水吞了一丈青，但斗到十合之上，竟然丝毫占不到一点便宜。呼延灼是军中大帅，赢不下一个女将，心中啧啧称奇："这个泼女人和我手里斗了这么多回合还不输，真是了得！"呼延灼见一时赢不了一丈青，兵行险着，放一丈青靠近，左手抡鞭，盖住一丈青的双刀，右手提铜鞭，往一丈青脑门上打下来。一丈青眼明手快，却不上当，用左手刀一隔，右手那口刀望上直飞起来，正好挡住呼延灼的右鞭。刀鞭在空中相撞，火光四迸。一丈青也不恋战，战了一阵，撤马回转，由孙立接斗，自己引着人马，转下山坡去了。一丈青巾帼不让须眉，使红绵套索阵前活捉彭玘，尽展英姿。

活捉彭玘，一丈青在战场上威名大振。此后梁山历次战役，如打北京，打高俅，征辽，打田虎，打王庆，打方腊，都没有缺少这位飒爽英姿的女将身影。打埋伏活捉董平，打富阳县关隘活捉方腊将领温克，都是他夫妻的功劳。梁山排定座次，一丈青和丈夫均位列其中，被分派专掌三军探事一职，用现在的话说，就是情报局局长，在

这一职位上，一丈青也干得不错。譬如打北京乔装夫妻进城做内应，打高俅乔装送饭的火烧船厂，打杭州乔装艄婆献粮做内应等。

活捉天寿公主

一丈青活捉辽国天寿公主，也是值得书写的一段故事。

这是征辽的最后一战。宋江摆混天阵，派一丈青领女兵着银甲攻打大辽太阴阵。一丈青率领顾大嫂、孙二娘、王英、孙新、张青、蔡庆等六员大将，打进阵去。辽国天寿公主也是一员武艺高强的女杰，听到四边厮杀，整顿军器上马，引女兵等候。一丈青舞起双刀，纵马引着顾大嫂等六员头领，杀进帐来，正与天寿公主交锋，两个在阵前大战。天寿公主虽然英雄，怎敌得过惯于作战的一丈青，斗了几个回合，一丈青要捉天寿公主，放开双刀，抢入天寿公主怀内，劈胸将天寿公主揪住，拖过马来。天寿公主在马上挣扎，王矮虎赶来，夫妻活捉了天寿公主，打破了太阴阵。

宋江顺利大破辽军主力，辽国只好投降请和了。

战死疆场

一丈青和王英最终也没有逃脱战死疆场的厄运。夫妻两人都是死在方腊大将郑彪的手下。

宋江兵将攻打睦州，方腊派遣郑彪为先锋，包天师为中军，夏侯成断后，各带兵马，出清溪城前来救睦州。那郑彪因为诡计多端，善于在阵前使机关和打金砖伤人，所以外号郑魔君。宋江听到敌军清溪救兵到，便派王矮虎、一丈青两个前往迎敌。

夫妻二人，带领三千军马，往清溪路上进发，半路上正迎着郑彪。王英首先出马，与郑魔君交战。两人互不说话，排开阵势，交马就斗。斗到大约八九个回合，那郑彪使出机关，口里念念有词，喝声说：“疾！”只见从他头盔顶上冲出一道黑气来，黑气之中，一个金甲天神站起来，手持一根宝杵，从半空打将下来。王矮虎看见，大吃一惊，不知道他的机关，心慌意乱，枪法大乱。郑魔君趁王英惊慌失措的时候，一枪戳过来，把王英戳落马下，王英当场战死。

一丈青见丈夫落马，心中大急，舞双刀来救王英。郑魔君截住一丈青交战。两人斗了几个回合，郑魔君回马便走。一丈青本是暗算的高手，轻易不会上当，但此时要替丈夫报仇，心情大乱，不考虑许多，拍马就赶。那郑魔君歇住铁枪，伸手去身边锦袋内，摸出一块镀金铜砖，扭回身看准一丈青面门，一砖打来。可怜一丈青能战佳

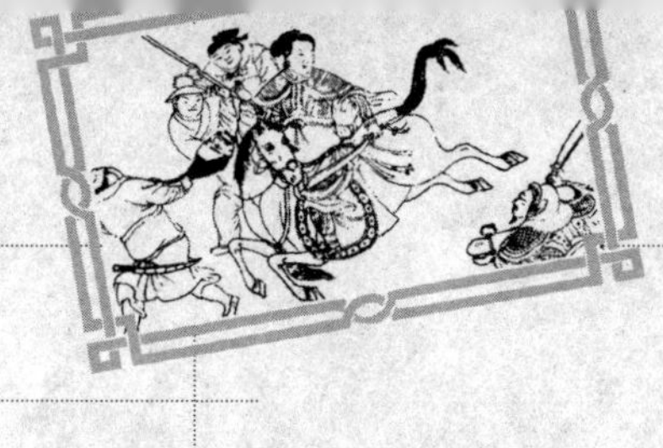

人，被打落马下，命丧黄泉。

一丈青夫妻双双战死后，宋江悲痛万分，带军迎敌，最后由混世魔王樊瑞也使机关，帮助关胜一刀砍死郑魔君，帮一丈青夫妻报了杀身之仇。

一丈青死后，被加封为花阳郡夫人，名列史册。她的丈夫王英则被封为义节郎，赐立庙享祭。

一丈青为国捐躯，战死疆场，令说书人叹息不已，所以做了一首诗来赞颂她的事迹：花朵容颜妙更新，捐躯报国竟亡身。老夫借得春秋笔，女辈忠良传此人。戈戟森严十里周，单枪独马雪夫仇。噫嗟食禄忘君者，展卷闻风岂不羞。

母大虫顾大嫂

投奔梁山

顾大嫂为人豪爽仗义，她的上梁山带有主动性。与她同时上梁山的，还有她的两个堂弟解珍、解宝、她丈夫孙新、她的哥嫂孙立和乐大嫂子、她的舅舅乐和以及她丈夫的好友邹渊、邹润，一共是七位好汉。这七人可以说都是受到顾大嫂豪爽气质的感染，才一齐投奔梁山的。

登州猎户解珍、解宝兄弟射杀一头大虎、被本乡财主毛太公抵赖，那毛太公将两人强扭做贼，押送到州里，买通上上下下，让牢房看守包节级俟机谋害两人性命，两人性命危在旦夕。牢房里有一个小看守叫乐和，知道了情况，便来向两人报信。那乐和见两边没人，对二解兄弟说："你两个认得我么？我是你哥哥的妻舅。"解珍说："我只有弟兄两个，别无哥哥。"乐和说："你两个是孙提辖的兄弟吧。"解珍说："孙提辖是我的姑舅哥哥，但我和你从没见过面，你莫非就是乐和舅？"乐和说："正是，我姓乐，名和，茅州人。先祖搬迁到这里，我姐姐嫁给孙提辖为妻。我在这州里做小看守。人见我唱得好，都叫我做铁叫子乐和。姐夫见我武艺不错，又教我学了几路枪法。"原来这乐和是一个聪明伶俐的人，各种乐器，一学就会，做事见头知尾，说起枪棒武艺，爱得如糖似蜜，因为见解珍、解宝是个好汉，又是沾亲，所以有心要救他俩，只是孤掌难鸣，只能来帮二解传个信。乐和问："如今包节级收了

毛太公钱财，要害你俩性命，你两个现在怎么办？”解珍说：“你不说孙提辖我还想不起来，你既说起他，我想起一人来，请你帮我传个信给她，她定会来救我们。”乐和问：“那人是谁？”解珍说：“我有个姐姐，是我爷面上的，嫁给孙提辖的弟弟为妻，现在东门外十里牌住。她是我姑妈的女儿，叫做母大虫顾大嫂，开一座酒店，家里又杀牛开赌。我那姐姐三二十人近她不得，姐夫孙新这等本事，也输给他。那个姐姐为人最仗义，和我弟兄两个最好。请你暗暗传个信给他，把我们的事情说知，她必然来救。”乐和听了，吩咐说：“你两个且宽心，我定把信送到。”先去藏些烧饼肉食，来牢里开了门，叫解珍、解宝吃了。推了工作，锁了牢门，教别个小看守看守了门，直奔东门外十里牌而去。

乐和来到十里牌，远远望见一个酒店，门前悬挂着牛羊肉，后面屋下一簇人在那里赌博。乐和进了酒店，见酒店柜台里坐着一个妇人。那妇人眉粗眼大，胖面肥腰，插一头异样钗环，露两个时兴钏镯，不怒自威，正是江湖上人称的母大虫顾大嫂。乐和进店，看着顾大嫂，行礼问：“此间店主人姓孙么？”顾大嫂回答说：“正是。足下是要买酒，还是要买肉？如要赌钱，请到后面坐。”乐和说：“我是孙提辖的妻弟乐和。”顾大嫂笑说：“原来是乐和舅，和你姐姐长得一样像。请到里面喝茶。”顾大嫂把乐和请到里面坐下，就问：“听说舅舅在州里做事，我这里穷忙，没空去见面。今天什么风把你吹到这里来了？”乐和说：“我没事也不敢来打扰。今天牢里发来两个犯人，以前虽没见过，但常听说他们的大名，一个是两头蛇解珍，一个是双尾蝎解宝。”顾大嫂大惊说：“这两个都是我的兄弟，不知犯什么罪坐的牢？”乐和便把毛太公陷害一事都讲了，说：“我虽路见不平，但独力难救。只想一者沾亲，二乃义气为重，所以把消息告诉他俩。他俩说：‘只有姐姐能救他俩。’要是不早点想办法搭救，恐怕他俩会遭毒手。”顾大嫂是个火爆脾气，听完，大声叫苦。吩咐店里伙计：“快去找二哥回来说话。”几个伙计慌忙出去找顾大嫂的丈夫孙新。孙新祖上是琼州人，军官子孙，因调来登州驻扎，所以和弟兄孙立在登州安家。孙新生得身长力壮，是跟他哥哥学的本事，使得几路好鞭，人叫他小尉迟。孙新回来，顾大嫂把事情都对孙新说了，孙新便给乐和一包银子，叫他先回去打发那些看守，并照顾好二解，他和顾大嫂再好好商量救人的办法。乐和得信回去了。

乐和走后，顾大嫂就问孙新：“你有什么办法救我两个兄弟？”孙新说：“毛太公那厮，有钱有势，他既然想害死你两个兄弟，就一定说到做到。除了劫牢，别样救不出来。”顾大嫂说：“我和你今夜就去。”孙新笑说：“你好鲁莽，我和你也要想长远点，劫了牢，也要有个去向。这事还需要我哥哥和两个人帮忙才做得到。”顾大

嫂追问："那两个人怎么找？"孙新说："我有两个赌友，是叔侄俩，一个叫邹渊，一个叫邹润，现在在登云山台峪里聚众打劫，和我最好，要是请动他俩帮忙，此事便成。"顾大嫂说："登云山离这里不远，你快连夜去请他叔侄来商议。"孙新说："我现在就去。你先安排酒菜，我一定把他俩请来。"顾大嫂吩咐伙计，宰了一口猪，铺下数盘果品，排下桌子。天色黄昏时候，只见孙新引着两个好汉归来。领头的姓邹，名渊，原是莱州人氏，自小好赌，闲汉出身，为人忠良慷慨，有一身好武艺，性气高强，不肯容人，江湖上唤他出林龙。第二个好汉，名邹润，是他侄儿，年纪与叔叔差不多，身高马大，天生异相，脑后一个肉瘤，人都唤他独角龙，那邹润和人争闹，性起来就一头撞去，有一次一头撞折了涧边一株松树，看的人都惊呆了。顾大嫂见了，请入后屋，把这件事告诉他俩，便请他俩帮忙。邹渊说："我那里虽有八九十人，只有二十来个心腹可以帮忙。明天干了这事，便安身不得了。我有个去处，我也早就有心要去那里，只不知你夫妇二人肯不肯去？"顾大嫂说："不管什么去处，都随你去，只要救了我的两个兄弟。"邹渊说："如今梁山泊非常兴旺，宋公明招贤纳士。他手下现有我的三个相识：一个是锦豹子杨林，一个是火眼狻猊邓飞，一个是石将军石勇，都在那里入伙多时了。我们救了你的两个兄弟，就一起上梁山泊投奔入伙去，怎么样？"顾大嫂大喜说："最好，哪一个不去，我就乱枪戳死他！"邹润说："还有一件事要考虑，我们要是救了人，登州官府军马追来，怎么办？"孙新说："我的亲哥哥现做本州军马提辖，现在登州只有他一个了得。几次草寇攻城，都是他打败的。我明天就去请他来，要他帮忙就是了。"邹渊说："只怕他不肯落草。"孙新说："我自有良法。"当夜喝了半夜酒，歇到天明。

第二天，顾大嫂留下两个好汉在家里，派一个火家带领了两个人，推一辆车子，到到城中营里，请她的哥哥孙提辖和嫂嫂乐大娘子。顾大嫂吩咐伙计说："只说我病重要死，请他们来，有几句临终的话要说。"一顿饭时分，车儿载着乐大娘子，背后孙提辖骑着马，十数个士兵跟着，望十里牌来。孙新进去报给顾大嫂说："哥嫂来了。"顾大嫂吩咐说："只依我如此就行。"孙新出来，接见哥嫂，先请嫂嫂下车到房里看弟媳病情。孙提辖下了马，进门来。那孙提辖姓孙，名立，绰号病尉迟，淡黄面皮，络腮胡须，八尺以上身材，射得硬弓，骑得劣马，使一管长枪，腕上悬一条虎眼竹节钢鞭，武艺高强。孙立进门便问："兄弟，婶子害了什么病？"孙新回答说："她害的病，病得跷蹊，请哥哥到里面说话。"孙立便也进去探望。孙立同乐大娘子进房探望，房里没有病人。孙立问："婶子病在那间房内？"顾大嫂就从外面走进来，邹渊、邹润跟在背后。孙立问："婶子，你害了什么病？"顾大嫂说："伯伯

拜了。我害了救兄弟的病。”孙立说：“你又搞什么鬼！救什么兄弟？”顾大嫂说：“伯伯你不要装聋作哑，你在城中，岂不知道，他两个既是我的兄弟，难道就不是你的兄弟！”孙立说：“我并不知情况，是哪两个兄弟？”顾大嫂说：“伯伯在上，今天事急，只得直话说了：这解珍、解宝被登云山下毛太公勾结王孔目设计陷害，迟早要谋他两个的性命。我现在和这两个好汉商量已定，要去城中劫牢，救出两个兄弟，大家都投梁山泊入伙去。恐怕明天事发，负累了伯伯。因此我推说患病，请伯伯、嫂子到这里说个清楚。要是伯伯不肯去梁山，我们自行上梁山泊去。现在朝廷讲什么道理，我们走了的倒没事，你们留下的就会吃官司。常言说：‘近火先焦。’伯伯要是替我们吃官司坐牢，连饭也没人来送，不如同我们一起救了兄弟，同上梁山去，伯伯尊意如何？”孙立说：“我是登州军官，怎么能做这样的事！”顾大嫂说：“伯伯不肯，我们今天先和伯伯拼个你死我活！”顾大嫂便从身边抽出两把刀来，邹渊、邹润各拔出短刀在手。孙立见了不是办法，叫道：“婶子且住，不要急躁！待我从长计较，慢慢商量。”乐大娘子惊得半晌做声不得。顾大嫂又说：“既是伯伯不肯去，我们先送嫂子前去，我们自己劫牢。”孙立被逼无奈，说：“就是要去打劫牢房，也等我回家收拾些包裹行李，摸清情况，才能去得。”顾大嫂说：“伯伯，你的乐阿舅已经透风给我们了。一齐去劫了牢，再去取行李不迟。”孙立叹了一口气，说：“你众人既然打定主意要这么做，我怎么推却得开，不成日后倒要替你们吃官司？罢，罢，罢！一起去了算了。”那顾大嫂说动孙立入伙，于是大家一起准备劫牢。

第二天，登云山邹渊聚合二十几人，孙新聚合七八个心腹伙计，孙立聚合十几个士兵，共有四十余人，一齐来到。大家饱吃一顿。顾大嫂贴肉藏了尖刀，扮作个送饭的妇人先行。孙新跟着孙立，邹渊领了邹润，各带了伙计，分两路前去。顾大嫂先到。乐和已经得到消息，拿着水火棍，立在牢门里接应。听到门铃子响，乐和问：“什么人？”顾大嫂回答说：“送饭的妇人。”乐和已瞧见了，便来开门，放顾大嫂进去，再关了门。走过廊下，包节级正在亭心，看见便喝问：“这妇人是什么人？敢进牢里来送饭！自古狱不通风。”乐和说：“这是解珍、解宝的姐姐，前来送饭。”包节级喝道：“不要让她进去！你帮她送进去。”乐和拿了饭，开了牢门，递给解珍、解宝。两人问：“情况怎么样？”乐和说：“你姐姐已进来了，只等里外应合。”乐和便帮他俩开了枷。只听见小看守进来报告说：“孙提辖敲门要进来。”包节级说：“他是军官，来我牢里干什么？不要开门！”顾大嫂已转到亭心边去。外面又叫：“孙提辖生气，打门了。”包节级大怒，便下亭心来。顾大嫂大叫一声：“我的兄弟在哪里？”抽出两把明晃晃的刀来。包节级吓了一跳，往亭心外便逃。解珍、

解宝提起枷，从牢房里钻出来，迎着包节级，解宝一枷把包节级脑袋砸得粉碎。当时顾大嫂手起刀落，戳翻三五个牢子，大家一齐使力，从牢里打将出来。孙立、孙新两个守住牢门，接四人出来，一齐往州衙前逃走。邹渊、邹润也已杀了州衙里陷害二解的王孔目，前来会合。大家一齐大喊，奔出城去。孙提辖骑着马，弯着弓，搭着箭，在后面压阵。街上人家都关上门，不敢出来；州里公差，认得是孙提辖，不敢拦挡。众人簇拥着孙立，奔出城门去，一直来到十里牌，扶搀乐大娘子上了车。顾大嫂、孙新、乐和簇拥着车儿先行，上了梁山。孙立引着解珍、解宝、邹渊、邹润和伙计们去毛太公庄杀了毛太公满门，随后也来投奔了梁山。

梁山建功

顾大嫂一行上梁山时，正赶上宋江攻打祝家庄，连吃败仗，一连六七个头领被捉，焦头烂额。顾大嫂一行的到来使战局顿生变化。原来孙立和祝家庄的教师铁棒栾廷玉是师兄弟关系，孙立便向梁山献计，他等扮作登州对调过来的军官，借机路过顺便探望师兄弟，混进庄去做内应，里应外合攻打祝家庄。吴用、宋江大喜，依计行事。

孙立便把旗号改作“登州兵马提辖孙立”，领顾大嫂等一行人马，来到祝家庄后门前。庄上墙里，望见来人打着登州旗号，报进庄去。栾廷玉听说是登州孙提辖前来探望，对祝氏三杰说：“这孙提辖是我的弟兄，自幼同门学艺。今天不知道为什么到了这里？”栾廷玉带了二十几号人马，开庄门放吊桥出来迎接。孙立一行人都下了马。双方见了礼，栾廷玉问：“贤弟守卫登州，怎么到这里来了？”孙立回答说：“总兵府行下文书，对掉我来守卫郓州，提防梁山泊强寇；经过这里，听说师兄在此，特来拜望。”栾廷玉说：“我这几天正天天与梁山泊强寇厮杀，已捉了他几个头领在庄里。只等捉了贼头宋江，一起解送官府。天幸又叫贤弟你来这里镇守。”廷玉大喜，当下引着一行人都进了庄，再拽起吊桥，关上庄门。孙立一行人安顿好车辆人马，换了衣裳，栾廷玉引大家都来前厅见祝朝奉、祝龙、祝虎、祝彪。栾廷玉对祝朝奉说：“我这个贤弟孙立，绰号病尉迟，任登州兵马提辖。现在奉总兵府对调命令，来这里镇守郓州。”祝朝奉说：“我这里也受郓州管辖。”孙立说：“卑小之职，何足道哉？还望朝奉老前辈提携指教。”祝氏三杰请大家上坐，孙立说：“连日相杀，辛苦兄弟了。”祝龙说：“还没分出胜败。你们一路辛苦。”孙立便叫顾大嫂引乐大娘子去后堂拜见亲属；叫孙新、解珍、解宝过来参见了，说：“这三个是我的兄

弟。”指着乐和说：“这位是郓州派来迎接的公吏。”指着邹渊、邹闰说：“这两个是登州送别的军官。”祝朝奉并三子虽然聪明，但是见他又有老小，又带着这么多行李人马，又是栾廷玉教师的兄弟，哪里有疑心？只顾忙着杀牛宰马款待众人。

过了一两天，到第三天，庄兵前来报告说：“宋江又调军马杀来了！”祝彪说：“我去捉拿此贼！”便出庄门，放吊桥，引一百余骑马军出来迎战。正碰上小李广花荣。祝彪和他战了一场，不分胜负，花荣回马就走，祝彪怕花荣弓箭厉害，不敢追赶，也勒马回庄。祝彪进后堂来喝酒，孙立问：“小将军今天捉了什么贼？”祝彪说：“这伙阵里有个什么小李广花荣，枪法好生了得。斗了五十余合回头就走。我正要追他，军人们说他弓箭厉害，因此就收兵回来了。”孙立说：“明天看小弟不才，捉他几个。”当天席上叫乐和唱曲，大家都高兴。到了第四天中午，庄兵又来报告：“宋江军马又来了！”祝龙、祝虎、祝彪三人披挂出战。祝朝奉带栾廷玉、孙立坐在庄门上观战。先是祝龙和林冲交战，不分胜败；接着祝虎和穆弘接战三十回合，又没胜败；接着祝彪和杨雄在阵前大战。孙立在庄上见了，心中忍耐不住，就叫孙新：“取我的鞭来！把我的衣甲头盔袍袄拿来！”披挂出马来到阵前说：“看小可捉这伙强盗！”孙立把马兜住，喝问：“你那贼兵阵里有好杀的出来与我决战！”宋江阵内鸾铃响处，一骑马跑将出来。众人看时，乃是拼命三郎石秀。两马相交，两个斗了五十回合，孙立装作不敌，让石秀扑进来；忽地闪过，把石秀轻轻从马上活捉过来，直挟到庄门撇下，喝道：“缚了！”祝家三子把宋江军马一搅，都赶散了。三子收军回到门楼下，见了孙立，拱手钦伏。孙立趁机便问：“共捉了几个贼人？”祝朝奉说：“起初捉得一个时迁，次后捉得一个探子杨林，后来又捉了一个黄信；一丈青捉了一个王矮虎；阵上捉了两个：秦明、邓飞；今天将军又捉了一个石秀，这厮正是那个烧我酒店的家伙，一共是七个。”孙立说：“一个都不要弄死了；快做七辆囚车装了，把些酒菜他们吃，不要把他们饿瘦了，不好看。明天捉了宋江，一起解送东京去，教天下传名，都知道祝家庄三杰！”祝朝奉谢道：“多幸提辖相助。想是这梁山泊当灭了。”邀请孙立到后堂赴宴。

孙立捉石秀，是宋江的欲擒故纵计，是为了让祝家庄人更相信孙立。果然，祝家庄人不再提防顾大嫂和孙立众人，任由他们在庄里到处走。顾大嫂与乐大娘子在里面，把来往门户都摸清了。孙立、邹渊、邹闰、乐和等也摸清了前后庄上的路线。邹闰又把消息通知了被捉的众人。到第五天，早饭过后，只见庄兵来报：“宋江分兵四路，攻打本庄！”孙立说：“分十路又怎地！你手下人先不要慌，早作准备就是了。先安排些套索，须要活捉，拿死的不算数！”庄上人都披挂出阵。正东来的是豹子头

林冲、李俊、阮小二，约有五百人马；正西是小李广花荣、张横、张顺，也有五百人马；正南是没遮拦穆弘、病关索杨雄、黑旋风李逵。栾廷玉出前门迎战西北方向；祝虎出后门迎战西南方向。祝彪出战前门捉宋江。其余的都守住庄门呐喊。此时邹渊、邹润藏了大斧，守在监狱门左侧。解珍、解宝藏了暗器，来到后门。孙新、乐和来到前门。顾大嫂拨兵保护乐大娘子，自拿双刀，在堂前等候风声，就要下手。庄上三通战鼓，一声号炮，前后门大开，吊桥放下，四路军兵出门厮杀。庄里顾大嫂等听了，一齐动手：孙立带十几个军兵，立在吊桥上，把原带的旗号插上门楼；乐和便提枪唱进去；邹渊、邹润听到歌声，抡动大斧，砍翻牢房看守，放出被捉的七只大虫。大家各自寻了兵器，和顾大嫂一齐杀起。庄里哪里挡得住。祝朝奉见头势不好，正要投井，被石秀一刀剁翻。后门头解珍、解宝又去庄上放火，宋江四路人马见庄上火起，并力向前。宋江军里应外合，大破祝家庄。祝氏三杰都被杀死。

义探监牢

宋江为打东平府，派史进前去一个妓女家做内应，吴用大惊，说妓女必定告密，史进此去凶多吉少。宋江便向吴用请教怎么办。吴用便叫顾大嫂说：“劳烦你去走一遭。你扮作贫婆，潜入城中，装作乞丐。要是情况不妙，火速就回。要是史进陷在牢中，你装成送饭的，想办法见到史进，告诉史进，我们在没月亮的夜晚黄昏前后必来打城，你可俟机行事，乘乱帮助史进脱身。月尽夜，你就在城中放火为号。我们就在外面加力攻城。”顾大嫂领命，前去准备。

顾大嫂头髻蓬松，衣服褴褛，杂在众人中混进城来。沿街求乞，到衙门前，打听到史进果然陷在牢中，方知吴用料事如神。第二天，顾大嫂提着饭罐，前去司狱司探监。一个老年公差，从牢里走出来，顾大嫂上前倒地便拜，泪下如雨。那年老公人问：“你这贫婆，哭什么？”顾大嫂说：“牢中关的史大郎，是我以前的主人。我自从离开主人已经十年了，只听说他在江湖上做买卖，没想到他不知犯了什么事陷在牢里。眼见他无人送饭，老身叫化得这一口儿饭，特要给他充饥。哥哥，你可怜可怜我，把我引进去送了这饭！强似造七层宝塔。”那公差说：“他是梁山泊强盗，犯着该死的罪，谁敢带你进去？”顾大嫂说：“就是一刀一剐，他自会瞑目而受。你可怜可怜，引老身进去，送这口儿饭，帮我了了这旧日之情。”说罢，又哭。那老公人寻思：“若是个男子汉，难带他进去。一个妇人家，有什么关系。”便引顾大嫂直进牢中。史进项带沉枷，腰缠铁索，见了顾大嫂，吃了一惊，不敢做声。顾大嫂一头假哭，一头喂饭。别的看守见了喝叫：“这个该死的女

人，狱不通风，谁放你来送饭？赶快出去，饶你两棍！”顾大嫂见牢内人多，难说详细。只说了一句：“月尽夜打城，叫你牢中自挣扎。”史进要再问时，小看守把顾大嫂打出牢门。史进只记得月尽夜。

后来，小看守记错了日期，害得史进二十九号在牢里发动五六十人暴动，外面顾大嫂没有放火发信号，接应的军队没到，差点误了大事。幸亏宋江军提前行动，活捉董平，打破城池，顾大嫂协助众人，才顺利救回史进。

建功受封

加入梁山后，顾大嫂和孙立的生活也发生了巨大的改变。

顾大嫂夫妻在梁山上的职责是看守梁山西路酒店。晁盖死后，宋江重新安排职位，顾大嫂夫妻的职位没有变化。一旦遇上战争，两人则并肩同上战场。

顾大嫂和孙二娘一样，作为梁山的三大女将，为梁山事业立下了汗马功劳。如招安前，打北京城救卢俊义，扮作看灯夫妻深入卢家做内应；打东平府救史进，深入虎穴送信；打高俅，扮送饭的火烧船厂。招安后，夫妻二人又开始为国出力。

征辽最后一战，宋江摆混天阵大胜辽国国主，逼迫辽国请降，顾大嫂、孙二娘等女兵大破太阴阵，活捉天寿公主。

打方腊，卢先锋在独松关连损周通、董平两员大将，过不了关。得亏孙新、顾大嫂夫妻二人，扮作逃难百姓，到深山找到一条小路，引李立、汤隆、时迁、白胜四个半夜上关偷袭，才破了独松关，过了关去。

打杭州城，顾大嫂等三对夫妻扮作艄公艄婆，护送炮手凌振、杜迁、李云、石勇、邹渊、邹润、李立、白胜、穆春、汤隆，前去诈降献粮，里应外合，为打破杭州城池立下了大功。

顾大嫂比梁山其他两位女将要幸运得多，她最后和丈夫孙新以及兄弟孙立、乐和都从战场上幸存了下来。打方腊胜利后，孙立带同兄弟孙新、顾大嫂和妻子老小，仍然回登州任职。顾大嫂，则作为梁山唯一幸存的女将，被封授为东源县君，享受了一方的荣耀。

附

两头蛇解珍 双尾蝎解宝

解珍、解宝兄弟俩身列天罡星第三十四、三十五位，是真正来自下层民间的豪杰。

兄弟俩原是山东登州的猎户，父母早亡，靠打猎为生，自小在山林出没，摸爬滚打，学得一身好本领。兄弟俩身高都在七尺以上，使的兵器是打猎惯用的浑铁点钢叉，当地猎户都服他二人武艺，推为猎户中第一。哥哥经事较多，心性狠毒，人称两头蛇；弟弟解宝武艺比哥哥还要厉害，山中杀豹斗虎，骁勇莽猛，人称双尾蝎。兄弟俩平素多为猎户出头，乡绅官府对他俩是既恨又怕。

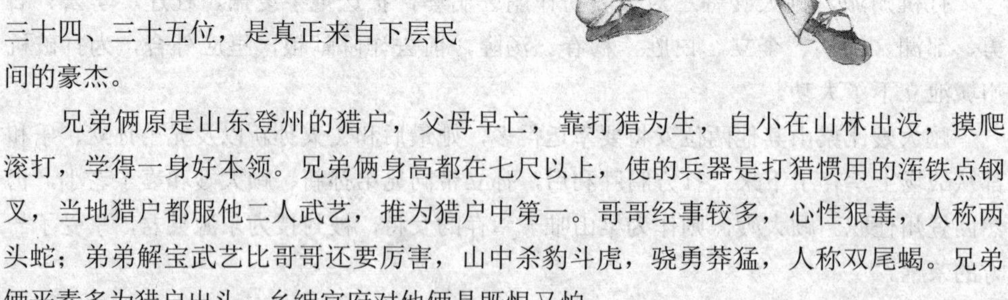

解珍、解宝上梁山纯粹是乡绅勾结官府迫害的结果。

登州境内山上老虎出没伤人，官府勒令当地猎户三日之内捉拿老虎，捉者有赏，否则重罚。兄弟俩作为猎户头目，领命前往登州山上伏击老虎，直等了三天三夜，才等到老虎出来活动。兄弟俩用药箭射中老虎，一路追赶。老虎药力发作，一骨碌从山

上直滚到庄上富户毛太公家后院。兄弟俩前去讨要。毛太公要冒领奖赏，偷偷将老虎藏了起来。兄弟俩没找到老虎，便起争斗，毛太公庄上人多，早有准备。兄弟俩不肯输这口气，第二天，带领众猎户前去讨要，遇上毛太公的儿子毛仲义。毛仲义假装埋怨父亲不公道，要帮兄弟俩讨回老虎，将兄弟俩骗到家里，瓮中捉鳖将两人抓了，直送到官府里去。毛家状告兄弟俩人混赖老虎，入室抢劫财物。毛家在当地有钱有势，又有一个女婿在州衙门做一个孔目的官，一边向知府行贿，自然官官相卫。知府也是早就忌惮兄弟俩替平头百姓撑腰，便趁此机会将两人严刑拷打，屈打成招，做成死刑案，打入大牢，只等机会在牢里弄死兄弟俩。

后来，看守的小牢头乐和路见不平，帮兄弟俩传信给分房姐姐顾大嫂，顾大嫂说动孙新、孙立、邹渊、邹润等好汉，众英雄仗义打劫州牢，将两人救出了牢笼，一起投奔梁山。

兄弟俩由于武艺出众，又敢拼敢干，自上梁山，深得众英雄钦佩。梁山排座次，兄弟俩以普通猎户身份同时入选天罡星之列，作为步兵首领，独立把守山前南路第一关，这可以看出梁山对他俩的认可和器重。和他们同时上梁山的孙新、孙立、乐和、邹渊、邹润，没有一个有他们的地位，最后全部只能入选地煞星。

兄弟俩为梁山冲锋陷阵，建功立业，自不必说。其中独鹿山探访消息救卢俊义等梁山一十三将一次，功劳甚大，值得一说。宋江征辽，与卢俊义合兵攻打幽州，在独鹿山与辽军接战，辽军行诱兵之际，将卢俊义等梁山一十三将引进独鹿山青石裕，青石裕三面环山，乃为死路，辽军从山上推石堵死谷口，卢俊义、徐宁、索超、韩滔、彭玘、陈达、杨春、周通、李忠、邹渊、邹润、杨林、白胜大小十三个头领，与五千

军马，都陷入谷中，又无粮草，眼看饿死。宋江派二解扮猎户上山寻找众人，二解不辱使命，连夜上山寻觅，找到一个避难的猎户，方才探听到青石裕的详细消息，连夜回报宋江。后来又有白胜从谷中冒死滚下山来报信。宋江差人马强攻青石裕，方才救回众将。

兄弟二人身为猎户，以山林起家，最后，也在山林之中壮烈为国捐躯。宋江攻打方腊，来到乌龙岭，因见过岭就是方腊老巢睦州，决心速战，不知道乌龙岭乃是天险，强攻乌龙岭。首战步兵李逵等被山上石木打回。次战阮小二、孟康、童威、童猛引水军出阵，又中了敌人的火排计，阮小二、孟康战死在水路。宋江愁眉不展。解珍、解宝见宋江连连失利，要报宋江器重之恩，便请出战，攀山到敌寨上放火，希望火攻乌龙关，迫使敌人弃关而去。吴用见山势险峻，立行阻难，不肯放二解出行。二解也知此去凶多吉少，但已抱定必死之心，定要报答宋江。宋江无奈答应。二解攀山而上，虽然身手了得，但还是被敌人发现，哥哥解珍被挠钩拖住，不肯受辱被捉，砍断挠钩坠崖而死，弟弟见哥哥身亡，正要退步下山，被山上乱箭射死。兄弟俩双双捐躯在乌龙岭下。

二解死后，宋江大哭。敌人将二解的尸体悬挂在山岭树上示众，宋江大怒，不顾性命，带兵前去抢夺二解的尸体，中敌埋伏，差点命丧乌龙岭，多亏吴用援兵赶到，方才救回。后来还是放弃攻关，绕小路过关，从另一面攻打，方才打破乌龙关隘，尽杀守关敌兵将，为二解报了大仇。

二解并无子孙，朝廷旌表众将，二解为国战死，皆得封为忠武郎爵位，令其家乡立庙纪念。不过，这对于身为猎户的下层百姓解珍、解宝而言，似乎并不是一件什么重要的事了。

解宝

病尉迟孙立
小尉迟孙新

地勇星病尉迟孙立，排名地煞星第三位；地数星小尉迟孙新，排名地煞星第六十四位。

孙立、孙新是亲兄弟，祖上是琼州人，军官世家，因调来登州驻扎，所以在登州安家。兄弟俩各有擅长。

孙立，出身军官世家，自幼拜得名师习武，以武艺著称。因淡黄面皮，络腮胡须，八尺以上身材，射得硬弓，骑得劣马，使一管长枪，腕上悬一条虎眼竹节钢鞭，所以绰号病尉迟。在登州做军马提辖，管理一方治安。登州城武艺最高强的军官，几次草寇攻城，都是他打败的。孙立之妻为乐和的姐姐。

孙新身长力壮，武艺是跟哥哥学的，也使得几路好鞭，但不如哥哥，人叫他小尉迟。孙新武艺虽不如哥哥，但豪放侠义，娶得豪爽义勇的顾大嫂为妻，在登州郊外开酒店，办赌场，结交四方黑道豪杰。登州山上的土匪头子邹渊、邹润叔侄就是他的赌友。其势力比哥哥不输。

孙立、孙新上梁山完全是顾大嫂的功劳。

解珍、解宝兄弟被诬陷下狱，眼看性命不保，看守乐和见两人英雄了得，向顾大嫂报信。顾大嫂是二解的远房姐姐，为人最豪侠，焉能袖手旁观，当晚就要丈夫孙新

去劫登州大牢。孙新为人有谋略，一面叫人去登州山上请来邹渊、邹润叔侄帮忙，一面去骗来哥哥孙立，要拉哥哥入伙劫牢。孙立也是一条英雄，敌不过顾大嫂和弟弟的软硬兼施，也怕自己将来受连累，一不做二不休，就加入了救人劫牢的行列。兄弟俩黑白两道通吃，官军自然难以抵挡，救得二解成功脱狱。孙立、孙新因此而齐去投奔了梁山。

兄弟俩一上梁山，就给梁山送一个大礼，帮助梁山打下了久攻不下的祝家庄。孙立和祝家庄的教师栾廷玉是从小一起学艺的师兄弟，利用这层关系，孙立扮成调防的官军，二解、孙新、顾大嫂、乐和、邹渊、邹润扮成随行家属，前去拜访，打入祝家庄内部，里应外合，一举拿下了祝家庄。兄弟俩在梁山也站稳了脚跟。

在梁山上，孙立是马军小彪将，而孙新则与顾大嫂一起负责山下一个酒店，打探来往消息。

孙立本领较高，以后战功也更卓著。在征辽打幽州一战中，孙立力斩辽军寇先锋，为大宋大长了威风。

征方腊胜利后，孙立、孙新从战场幸存下来。作为偏将，兄弟俩都被授于登州都统领的官职，袭武奕郎爵位。孙立带着孙新、顾大嫂和众人，仍旧回登州任上去了。

孙新

乐和

铁叫子乐和

地乐星铁叫子乐和在梁山排名第七十七位，人如其名。

乐和也是梁山上的一个奇人。乐和的本事不是武功，他的本事表现在其他几个有意思的特点上：一是人缘好，他的姐姐是登州孙提辖孙立之妻，所以上梁山前他便在州里做小牢子；二是善唱曲，大家都叫他铁叫子，上梁山后，宋江常常会写一些小曲请他唱，所以很得宋江喜欢，菊花会的时候还曾因为替宋江唱一首招安的曲，惹出一场事故来；三是为人清慧善说，高俅被梁山释放后，答允回京向皇帝奏请招安，当时梁山被派随高俅回京办理招安事项的，就是乐和与萧让，可见梁山对他的信任和他本人的能力；最后，乐和得以从梁山全身而退，在驸马王都尉府中，尽老清闲，终身快乐。

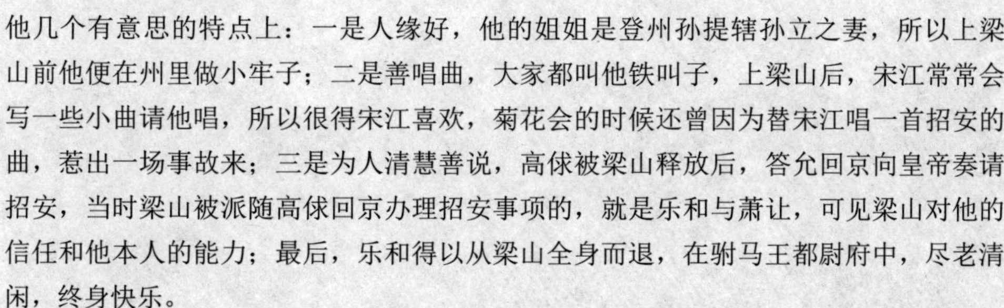

乐和的上梁山半为义气半为亲戚关系。二解兄弟受陷害落入大牢，乐和主动帮助二人向顾大嫂送求救信，一面在狱里观望照顾。顾大嫂带孙立、孙新、邹渊、邹润前去劫牢，乐和做内应。救出二解兄弟，乐和也自然随大家上梁山了。

乐和在梁山上是军中走报机密步军头领第一位，事实上，是其他三位（鼓上蚤时迁、金毛犬段景住、白日鼠白胜）的领导。他最大的一件事情便是帮助梁山随高俅上京处理梁山事务，宋江选定他和萧让，也是看中了两人灵活善变而且讨人喜欢的特

点，可惜他被高俅软禁。后来，燕青和戴宗设计用绳索将两人从高府救出，领回了梁山。其实高俅并无伤害他俩的意思，后来梁山解散后萧让便拜到高俅门下做了门生，从这一点就可以看到其中的信息。乐和可能也借此机会认识了不少京城名流，不然，他后来怎么那么容易被王都尉相中，终老都尉府呢？

在打王庆胜利后，乐和因善唱曲，被驸马王都尉要去做了家臣，得以尽年终老。

乐和因为义气而上梁山，因为善唱而得诸方爱戴，得保终年，亦可谓能把握自己命运的智者。

出林龙邹渊
独角龙邹润

邹渊、邹润原是叔侄，但年龄相当。出林龙邹渊号称地短星，排名地煞星第九十位，独角龙邹润号称地角星，排名地煞星第九十一位。

两人在上梁山前有自己的山头，上梁山是两人明智的抉择。

邹渊自小好赌，闲汉出身，为人忠良慷慨，有一身好武艺，因为性气高强，不肯容人，索性伙同邹润去登云山台峪里聚众打劫为生，江湖上称他为出林龙。邹润身高马大，天生异相，脑后一个肉瘤，人称独角龙，因为相貌古怪，小时候常受人欺负，多和人打架，性起就一头撞去，渐渐练就一招铁头功，有一次和人打赌，一头撞折涧边一株松树，看的人都惊呆了。叔侄俩在登云山落草，聚合八九十人，自立为王。

邹渊因为好赌，所以与登州郊外开赌场的孙新和顾大嫂交好。登州官府一直想清除登云山地面的土匪，邹渊、邹润知道登云山太小，不长久，早就想上梁山去投靠好友邓飞、杨林和石勇，只可惜时机一直不成熟。不久，机会来临，顾大嫂和孙新来请他们帮忙打劫登州大牢，解救解珍、解宝兄弟。邹家叔侄便乘机建议，一要孙立也加

入，这样便不怕官军追捕，二救完人后大家一同投奔梁山，梁山势大不怕官军攻打，众人人多也不怕梁山小瞧不收。众人都极力赞成。于是，邹渊和邹润回登云山收拾财物，解散人马，只带了二十几个心腹，一起帮助救人。救下二解，伙同六位好汉，一起投奔梁山石勇的酒店，最后顺利上了梁山。

邹渊、邹润叔侄审时度势，明智地放弃登云山，带领自己的人马加入梁山，顺利完成了事业的扩展。事实证明，他们的选择是对的。后来叔侄俩跟随梁山众英雄好汉，将梁山做成了江湖上的第一大帮，连朝廷也要来招安。叔侄俩也成为梁山步兵将校，在历次战争中均有军功。

叔侄俩的结局不同。邹渊不幸，在打方腊的最后一战中，乱战身亡，战争结束后被封为义节郎，赐庙纪念。邹润则从战场上幸存了下来，被授予武奕郎爵位，赐予地方都统领的武职；但邹润却不愿为官，明智地辞官归隐，仍回登云山，做一个快活的自由民去了。